HEYNE BÜCHER

Tip des Monats

In derselben Reihe
erschienen außerdem als Heyne-Taschenbücher:

Alistair MacLean · Band 23/1
Johannes Mario Simmel · Band 23/2
Sandra Paretti · Band 23/3
Willi Heinrich · Band 23/4
Desmond Bagley · Band 23/5
Victoria Holt · Band 23/6
Michael Burk · Band 23/7
Marie Louise Fischer · Band 23/8
Will Berthold · Band 23/9
Mickey Spillane · Band 23/10
Robert Ludlum · Band 23/11
Susan Howatch · Band 23/12
Hans Hellmut Kirst · Band 23/13
Colin Forbes · Band 23/14
Barbara Cartland · Band 23/15
Louis L'Amour · Band 23/16
Alistair MacLean · Band 23/17
Victoria Holt · Band 23/18
Jack Higgins · Band 23/19
Utta Danella · Band 23/20
Desmond Bagley · Band 23/21
Caroline Courtney · Band 23/22
Robert Ludlum · Band 23/23
Gwen Bristow · Band 23/24
Heinz G. Konsalik · Band 23/25
Leon Uris · Band 23/26
Susan Howatch · Band 23/27
Colin Forbes · Band 23/28
Utta Danella · Band 23/29
Craig Thomas · Band 23/30
Daphne Du Maurier · Band 23/31
Robin Moore · Band 23/32
Marie Louise Fischer · Band 23/33
Johanna Lindsey · Band 23/34
Alistair MacLean · Band 23/35
Philippa Carr · Band 23/36
Joseph Wambaugh · Band 23/37
Mary Stewart · Band 23/38
John D. MacDonald · Band 23/39
Caroline Courtney · Band 23/40
Robert Ludlum · Band 23/41
Utta Danella · Band 23/42
Johanna Lindsey · Band 23/43
Stefan Murr · Band 23/44

3 Romane in einem Band

Marie Louise Fischer

Eine Frau in den besten Jahren
Hasardspiel der Liebe
Glück ist keine Insel

WILHELM HEYNE VERLAG
MÜNCHEN

HEYNE TIP DES MONATS
Nr. 23/45

»Glück ist keine Insel« erschien bereits unter dem Titel »Liebe, die verboten ist«.

Alle drei Titel sind als Einzelbände in der Allgemeinen Reihe mit den Band-Nummern 01/5011, 01/5908 und 01/6455 erschienen.

Printed in Germany 1989
Umschlagfoto: ZEFA/Photofile, Düsseldorf
Autorenfoto: Flo Kernmayr
Umschlaggestaltung: Atelier Ingrid Schütz, München
Satz: Compusatz, München
Druck und Bindung: Presse-Druck Augsburg

ISBN 3-453-03501-1

Inhalt

Eine Frau in den besten Jahren

1

Sylvia Holl erwachte jäh. Aber noch in der Sekunde des Zusichkommens sah sie den Traum der vergangenen Nacht klar vor sich – dann schlug sie die Augen auf, und alles verschwand.

Die Sonne schien warm und hell durch die goldfarbenen Seidenvorhänge.

Aus dem Bad, das ihren Schlafraum mit dem ihres Mannes verband, ertönte das Brausen der Dusche, das sie, wie jeden Morgen, geweckt hatte. Sylvia Holl brauchte nur die Augen zu schließen, um Georg Holl vor sich zu sehen, wie er Bäche heißen und eiskalten Wassers auf seinen massigen weißen Körper herabprasseln ließ, das nasse Haar im Gesicht, prustend wie ein Seehund. Dann wurden die Hähne zugedreht, sie hörte das Tappen nasser Füße auf den Fliesen und dann – nichts mehr. Georg Holl hatte sich in sein Ankleidezimmer zurückgezogen.

Sylvia wußte, daß sie jetzt und in diesem Moment aufstehen mußte, wenn sie mit ihrem Mann frühstücken wollte. Sie tat es nicht. Schon seit langem nicht mehr.

Sie hörte, wie Valentin, ihr Sohn, sein Auto aus der Garage fuhr. Er ließ, sinnlos und völlig überflüssig, den Motor aufheulen – wahrscheinlich nur, um seiner Freude Ausdruck zu geben. Vielleicht aber war dieses Aufheulen auch Zorn? Protest?

Sylvia wußte es nicht. Es hatte gar keinen Zweck, darüber nachzugrübeln, sie würde es nie ergründen. Valentin und seine Schwester waren ihr entglitten – trotz aller Liebe, die sie für die beiden empfand. Sie hatten sich von ihr gelöst, unmerklich, aber unaufhaltsam. Sie waren im vorigen Monat achtzehn Jahre alt geworden, erwachsener, als sie es selbst in diesem Alter gewesen war, obwohl sie damals schon mit Georg Holl verheiratet gewesen war. Barbara und Valentin, so grundverschieden, und doch in einem einig – sie brauchten die Mutter nicht mehr.

Den Vater vielleicht. Denn er war es schließlich, der sie mit Geld versorgte, in dessen Macht es stand, ihnen ihre Wünsche zu erfüllen oder zu versagen – aber sie, Sylvia, die Mutter – was hatte sie ihnen denn wirklich zu geben?

Sie konnte sich ja selber nicht helfen.

Sie war seit neunzehn Jahren verheiratet, glücklich verheiratet, und dennoch glaubte sie manchmal und in letzter Zeit immer häufiger, daß sie sich losreißen müsse, davonlaufen, gleichgültig wohin, nur weit, weit weg, wenn sie nicht ersticken wollte.

Gleichzeitig aber begriff sie, daß es unmöglich war – nicht, weil Georg sie liebte, weil sie ihn und die Kinder nicht im Stich lassen durfte, sondern einfach deswegen, weil sie nicht mehr die Kraft dazu aufbringen würde. Sie fühlte sich so schwach, erschöpft, ausgelaugt, daß sie manchmal sogar am hellen Tag der Wunsch befiel, sich in eine dunkle Ecke zurückzuziehen und zu weinen – einfach zu weinen, ohne Grund.

Das Gefühl, daß das Leben ihr unter den Händen zerronnen war, erfüllte sie mit Bitterkeit und Trauer.

Auch jetzt, während sie in ihren seidenen Kissen lag, die Augen zum Schutz gegen den andrängenden Tag wieder fest geschlossen, grübelte sie darüber nach, was sie falsch gemacht hatte. Und wieder gelang es ihr nicht, den Fehler zu finden. Vielleicht hatte damals alles angefangen, als sie Georg Holl geheiratet hatte – aber sie hatte ihn doch geliebt. Er war wie eine Offenbarung in ihr Leben getreten, und in all den Jahren ihrer Ehe hatte es nie jemanden gegeben, der ihr auch nur annähernd soviel hätte bedeuten können wie Georg.

Ja, sie liebte ihn auch heute noch!

Sie hatte keinen Grund, irgend etwas zu bereuen. Georg hatte sie nie vernachlässigt, nie betrogen – jedenfalls hatte sie nie etwas davon erfahren. Sie selber hatte nie in ihrer Liebe zu ihm geschwankt. Sie hatte versucht, ihm eine gute Frau zu sein, den Kindern eine gute Mutter. Sie hatte alles getan, was in ihren Kräften stand – und was war daraus geworden?

Sie wollte sich gerade aufrichten, um nach dem Mädchen zu klingeln und den Tag zu beginnen, als sie hörte, wie die Schlafzimmertür sachte geöffnet wurde. Sie wußte sofort, daß es nur ihr Mann sein konnte, und ehe sie sich noch Rechenschaft ablegen konnte über das, was sie tat, hatte sie sich schon entspannt, lag ganz ruhig, die Augen geschlossen.

Sie spürte mehr, als daß sie es hörte, wie er näher kam, denn der dicke Teppich schluckte seine Schritte. Eine kribbelnde Nervosität durchschauerte ihren Körper, von den Zehen bis zu den Haarspitzen. Sie erwartete jeden Augenblick, daß er sich über sie beugen würde, wußte, daß sie dann ihre Rolle aufgeben müßte.

Aber nichts dergleichen geschah. Beinahe hätte sie erleichtert aufgeatmet, als sie begriff, was er jetzt tat – er hatte ihren kleinen Terminkalender von ihrem Nachttisch genommen und trug etwas ein. Sie hörte das Geräusch, das der weiche Bleistift auf dem Papier machte, hörte, wie er den ledergebundenen Kalender wieder zurücklegte – und eine ganze Weile Stille, bis die Tür fast unhörbar ins Schloß gezogen wurde.

Sylvia war wieder allein.

Dennoch dauerte es eine ganze Weile, bis sie die Augen aufzuschlagen wagte. Sie griff zu dem Notizblock auf ihrem Nachttisch, sah, daß er eingetragen hatte: ›9 Uhr 30 – Frau Hensel anrufen!‹ – ›5 Uhr Gartenarbeit‹ war durchgestrichen, statt dessen stand dort jetzt: ›Verabredung mit Frau Hensel im Carlton!‹

Ganz unten auf die Seite hatte Georg Holl mit seiner kräftigen eckigen Handschrift gekritzelt: ›Valentin kommt heute mittag später nach Hause. Habe ihn in die Bank bestellt. Muß mit ihm reden. – Mach dir einen schönen Tag. Georg.‹

Sie lächelte, während ihr die Tränen in die Augen schossen. So war das also! Georg hatte gar nicht mit ihr sprechen, er hatte ihr nur seine Anordnungen erteilen wollen – dies hast du zu tun und dies zu lassen. Eine Antwort von ihr war gänzlich überflüssig. Eine Sekunde schoß ihr der verwegene Plan durch den Kopf, Frau Hensel, die ihr im übrigen nicht das geringste bedeutete, nicht anzurufen, und nicht mit ihr im Carlton Tee zu trinken – dann vielleicht würde Georg auf sie aufmerksam werden, dann würde er begreifen müssen, daß sie keine Puppe war, sondern ein lebender Mensch mit eigenen Wünschen und eigenem Denken.

Es dunkelte bereits, als Georg Holl am Abend seinen Besitz am Herzogpark betrat. Hubert Berger, der Fahrer, hatte die rückwärtige Tür der schwarzen Limousine geöffnet, Betty, das Stubenmädchen, kam aus der Haustür, nahm ihm Hut, Mantel, Regenschirm und Aktentasche ab.

»Danke«, sagte Georg Holl, »das Köfferchen trage ich selber.« Es war ein kleiner, eckiger Koffer von beträchtlichem Gewicht. »Wo ist die gnädige Frau?«

»Auf der Terrasse.«

Ein gepflasterter Weg führte um das Haus herum. Er hatte Sehnsucht nach Sylvia. Mit wenigen Schritten hätte er bei ihr sein können, aber er versagte es sich.

Er trat ins Haus, schritt die stählerne Treppe hinauf, die lichtdurchlässig und formschön, ein kleines zweckbedingtes Kunstwerk, mitten in der Halle stand. Oben, in seinem Badezimmer, wusch er sich unter fließendem Wasser gründlich die Hände, bürstete sich vor dem Spiegel das immer noch volle, eisengraue Haar, trat in das Ankleidezimmer und wechselte sein dunkles Jackett gegen eine helle Jacke aus Homespun. Dann stieg er die Treppe wieder hinunter, trat in den Raum hinter der Halle, deren gläserne Wand zum Garten jetzt an dem warmen Sommerabend noch versenkt war.

Er sah Sylvia, deren schlanke Silhouette im weißen Kleid sich hell gegen das nächtliche Dunkel des Gartens abhob. Das Feuer, das im offenen Kamin aus unpoliertem Marmor brannte, zauberte rötliche Lichter in ihr nußbraunes Haar.

Sie hatte ihn kommen hören, schwang sich mit jener anmutigen Damenhaftigkeit, die er so sehr an ihr liebte, aus dem korbgeflochtenen Schaukelstuhl, kam auf ihn zu, nahm seinen Kuß entgegen.

»Du kommst spät«, sagte sie ohne Vorwurf, »sicher hast du schon gegessen.«

»Ja. Mit Bowery. In den ›Vier Jahreszeiten‹. Hätte dich gerne dabei gehabt, aber ich weiß, daß du auf dergleichen halbgeschäftliche Angelegenheiten sehr wenig Wert legst.«

»Wenn du es gewünscht hättest.«

»Ich weiß. Es sollte auch kein Vorwurf sein.« Er streckte sich auf eine der weich gepolsterten Liegen aus. »Was hast du heute erlebt?«

Sie hatte diese Frage erwartet und begann sofort zu berichten: Friseur, Eröffnung der Picasso-Ausstellung, Sonnenbad, Golf, eine Stunde im Carlton Tea Room mit Frau Hensel.

»Ich hoffe, du warst nett zu ihr«, sagte Georg Holl. »Ihr Mann ist sehr wichtig für mich, du solltest diese Beziehungen pflegen. Wo sind die Kinder jetzt?«

»Beide auf ihren Zimmern. Barbara hat für die Schule zu arbeiten und Valentin war ganz zerschmettert. Er ist heute überhaupt nicht aus dem Haus gegangen.«

»Ich weiß, es war ein harter Schlag für ihn, daß ich ihm den Führerschein abnehmen mußte. Ich hoffe, es wird ihm eine Lehre sein.« Georg Holl wechselte das Thema. »Hast du übrigens schon über den zehnten August nachgedacht?«

»Nein«, sagte sie erstaunt, »oder doch ... am zehnten August hat die Bank Jubiläum.«

»Dreißig Jahre ... eine lange Zeit. Ich denke, da müßte man etwas starten. Am Jubiläumstag selber wird natürlich allerlei los sein, offizielle Ehrungen und dergleichen. Ich rechne übrigens mit dem Bundesverdienstkreuz. Aber Fräulein Angermann hat für mich im Kalender nachgesehen, am Zwölften ist ein Samstag. Das wäre genau der richtige Tag für eine Party. Nicht hier in der Stadt, das wäre zu langweilig, aber draußen auf dem Sonnenhof. Natürlich nicht zu viele Gäste ... sagen wir fünfzig, nicht viel mehr. Ich überlasse die Auswahl dir. Du wirst ja langsam gelernt haben, welche Leute wichtig sind. Ich habe übrigens schon heute bei der Agentur Berber zwanzig gute Leute zur Bedienung bestellt. Natürlich brauchen wir auch Detektive. Zwei wird wahrscheinlich die Stadt hinbeordern. Mindestens zwei werden wir selber engagieren müssen.

Was das Essen betrifft, so habe ich ebenfalls bereits alles geregelt.«

Er steckte einen Apfelschnitz in den Mund, sagte kauend: »Ich stelle mir das großartig vor. Der alte Park vom Sonnenhof festlich illuminiert. An einem Feuer im Freien, du weißt schon, in der windgeschützten Ecke im Hof, wird ein ganzer Ochse ... vielmehr leicht übertrieben ... sagen wir, ein Kalb gebraten.«

Er nahm einen Schluck Milch, sah sie an. »Sag mal, Sylvia, was machst du denn für ein Gesicht? Gefällt dir meine Idee etwa nicht?«

»Du stellst mich wieder einmal vor ein Fait accompli.«

»Sicher tu' ich das. Was ist denn dabei? Es muß etwas geschehen, das weiß ich genau. Ist es ein Verbrechen, wenn ich dir die Entscheidung und die nötigen Vorbereitungen abnehme?«

»Sicher nicht«, sagte sie hilflos und ohne Hoffnung, ihm ihre Gefühle verständlich zu machen, »nur ...«

»Keine Angst, Sylvia, du brauchst dich mit der ganzen Geschichte überhaupt nicht zu befassen. Du hast nur eine Aufgabe: dazusein und schön zu sein.:«

Am letzten Schultag kam Barbara mittags sehr aufgekratzt nach Hause. »Mama«, rief sie, kaum daß sie den Fuß auf die Schwelle des Wohnraums gesetzt hatte, »kann ich heute nachmittag deinen Wagen haben?«

»Natürlich, Liebling.«

»Warum seufzt du so schwer?«

Sylvia zündete sich ihre Zigarette an, nahm einen tiefen Zug, bevor sie sprach. »Ich habe dir etwas nicht sehr Angenehmes zu sagen, Liebling. Und ich fürchte mich vor deinen... nun eben... ziemlich heftigen Reaktionen.«

»Etwas Unangenehmes?«

»Na, gar so schlimm ist es auch nicht.« Sylvia ließ sich auf ihren Lieblingsplatz, den Schaukelstuhl, sinken. »Vater hat deinen Graf Schwarzenbach von der Gästeliste gestrichen.«

»Pit? Was hat er denn gegen ihn?«

»Ich weiß es nicht.«

»Aber irgendeine Erklärung muß er dir doch gegeben haben.«

Sylvia lehnte sich zurück und betrachtete ihre aufgeregte Tochter mit liebevoller Nachsicht. »Nein, er muß nicht, und er hat nicht. Seit wann wäre Vater verpflichtet, uns Erklärungen für seine Entscheidungen abzugeben? Das letzte Wort in diesem Hause hat doch immer er. Sprich mit ihm, wenn du glaubst, daß du im Recht bist.«

»Du wirst lachen«, sagte Barbara aufgebracht, »ja, das werde ich auch tun, und zwar sofort. Ich verzichte auf das Mittagessen, mir ist der Appetit vergangen!«

Barbara trat hoch erhobenen Kopfes, ohne die Spur eines verbindlichen Lächelns, in den Arbeitsraum des Bankiers und sagte statt jeder Begrüßung: »Was hast du gegen Pit Schwarzenbach, Vater? Ich will es wissen!«

»Hast du deiner Mutter zugesetzt, ihn auf die Gästeliste zu setzen?«

»Ja.«

»Das ändert die Dinge erheblich... nicht zum Guten, Barbara.«

Das junge Mädchen, dessen Augen so grau waren wie die ihres Vaters, dachte nicht daran, den Blick zu senken. »Möchtest du so freundlich sein, mir das zu erklären?«

»Ich hätte es getan, auch ohne daß du mich darum bittest.« Georg Holl nahm im Sessel hinter seinem Schreibtisch Platz, ohne seine Tochter aufzufordern, sich ebenfalls zu setzen. »Ich habe Erkundigungen über diesen Grafen eingezogen. Sie sind nicht günstig ausgefallen.«

»Was du schon günstig nennst!« Sie errötete unter seinem Blick, sagte plötzlich kleinlaut: »Entschuldige, bitte, Papa.«

»Seit wann kennst du ihn?«

»Och, eigentlich schon immer.«

»Ich möchte eine exakte Antwort haben.«

»Er war im Tennisklub, schon bevor Valentin und ich eintraten. Aber wir haben nie besonders auf ihn geachtet. Erst jetzt im Frühjahr haben wir uns ein bißchen angefreundet. Er hat einen fabelhaften Aufschlag, Vater. Und dann, er hat Rennen gefahren, richtige große Rennen. Er ist ungeheuer interessant, du solltest ihn bloß kennenlernen. Und er sieht gut aus.«

»Ich weiß. Dennoch erwarte ich von dir, daß du den Verkehr mit ihm abbrichst. Das gleiche gilt auch für Valentin, aber dem werde ich es noch persönlich sagen.«

»Abbrichst! Wie stellst du dir das vor? Sollen wir etwa aus dem Klub austreten?!«

»Versuch nicht, mir das Wort im Mund umzudrehen. Ich habe nichts dagegen, wenn du ihn höflich begrüßt. Auch nicht, wenn du hie und da eine Partie mit ihm spielst, aber mehr auch nicht. Dieser Bursche ist kein Umgang für dich, Barbara. Er hat einen denkbar schlechten Ruf!«

»Nun sag mir bloß um Himmels willen, was du unter einem schlechten Ruf verstehst?«

»Es gab da eine reiche Amerikanerin...«

Barbara lachte. »Shirley Hamond? Wegen der regst du dich auf? Aber das war doch eine ganz harmlose Geschichte. Pit hat sie mir haarklein erzählt. Sie war vernarrt in ihn. Kannst du ihm das etwa zum Vorwurf machen?«

»Nein. Aber er hat Geschenke von ihr angenommen, er hat ein ganzes Jahr auf ihre Kosten gelebt. Um ganz offen zu sprechen... er hat sich aushalten lassen. Bitte, frag mich jetzt nicht nach Einzelheiten, ich rede nicht gerne mit einem, wie ich hoffe, gut erzogenen jungen Mädchen über solche Dinge.«

Barbaras graue Augen hatten sich verdunkelt. »Das habe ich nicht gewußt«, sagte sie leise.

»Ich glaube dir. Du weißt sicher einiges nicht. Die Geschichte passierte vor drei Jahren, als du noch... nun, andere Interessen hattest. Dieser Graf ist damals als Playboy durch die ganze Presse gezogen worden. Der ständige Begleiter Shirley Hamonds – eine peinliche Geschichte. Und das war nicht das letzte Mal, daß die Schreiber der Klatschspalten sich für ihn interessierten. Er ist seitdem noch sehr häufig erwähnt worden. Und immer im Zusammenhang mit einer anderen mehr oder weniger anrüchigen Dame.« Georg Holl erhob sich, trat auf Barbara zu, packte sie bei den Schultern. »Bist du heute mit ihm verabredet?«

»Ja, Vater.«

»Du wirst nicht hingehen, ich will es nicht. Du fliegst morgen und bleibst ein paar Wochen fort. Das ist sehr gut so.«

»Aber – warum soll ich denn nicht wenigstens noch einmal mit ihm reden?«

»Weil du ihm nicht gewachsen bist. Glaub mir, Barbara, es ist für einen Mann sehr leicht, einem Mädchen etwas vorzumachen. Gefühle, die nicht echt sind, Versprechungen, die nicht ernst gemeint sind. Man muß nur skrupellos genug dazu sein. Und das ist dieser junge Herr. Nun weine nicht, Kleines, du wirst diesen Hallodri im Handumdrehen vergessen haben.« Er legte ihr die Hand unters Kinn, sah sie besorgt an. »Es ist doch nichts Ernstes?«

Sie schüttelte stumm den Kopf.

»Na also. Ich will nicht, daß mein kleines Mädchen unglücklich wird. Es wäre schrecklich für mich, in den Klatschspalten zu lesen: anwesend waren Barbara Holl, einzige Tochter und so weiter mit ihrem ständigen Begleiter. Verstehst du, daß ich das nicht will?«

»Ja, Vater.«

»Dann ist es ja gut. Ich werde jetzt Mutter anrufen, damit sie dich abholt. Ich gebe euch einen hübschen runden Scheck, damit ihr Einkäufe machen könnt. Es fehlt dir doch sicher noch allerhand für Genf, nicht wahr? Siehst du, das habe ich mir gedacht. Wenn ihr mich nicht hättet.«

2

Der 10. August wurde zu einem Tag voller offizieller und inoffizieller Ehrungen für den Bankier Georg Holl.

Die Cour der Gratulanten dauerte, obwohl er mit jedem nicht mehr als einen kurzen Händedruck wechseln konnte, volle zwei Stunden. Glückwunschadressen trafen aus aller Welt ein. Das erwartete Große Bundesverdienstkreuz wurde ihm vom Regierungspräsidenten persönlich überreicht. Es war ein Tag unerhörten Glanzes, Triumph eines kühnen und schaffensreichen Lebens. Georg Holl hatte den Gipfel des Erfolges erreicht.

Georg Holl war klug, aber nicht ohne Eitelkeit. Er freute sich über die Ehrungen, die ihm zuteil wurden, empfing sie mit einer gewissen Genugtuung.

Dennoch spürte Sylvia, die den langen ermüdenden Tag, schöner denn je, an seiner Seite durchstand, daß er sich nicht ganz wohl fühlte. »Was ist mit dir?« fragte sie. »Du bist blaß.«

Er zwang sich zu einem Lächeln. »Hat nichts zu bedeuten. Zuviel des Vergnügens bekommt mir anscheinend nicht.«

Tatsächlich war er beunruhigt. Sein linker Oberarm schmerzte ihn, und er hatte einmal in einer medizinischen Zeitschrift gelesen, daß dies eine Ausstrahlung vom Herzen her sei, ein bedenkliches Zeichen und eine Warnung.

Er versuchte, sich seine Sorgen auszureden, und rief Professor Bertram an, der ihn vor einem halben Jahr auf Herz und Nieren untersucht hatte, machte einen Termin mit ihm für den Vormittag des Vierzehnten aus. Er befürchtete, daß der Professor ihm strenge Maßnahmen vorschreiben würde, und er wollte sich, trotz aller uneingestandener Ängste, das Fest auf Gut Sonnenhof nicht verderben lassen. Er schob einen Teil seiner Beschwerden auf den Föhn, der seit nahezu sechs Wochen ununterbrochen über dem Alpenvorland herrschte.

Georg Holl und seine Frau empfingen ihre Gäste mitten auf dem grünen Rasen. Sylvia, in einem sehr raffiniert geschnittenen Kleid aus weißem Brokat, das ihre schmalen Fesseln freigab, sah atemberaubend aus. Um ihren Hals, in ihren Ohren, an ihrer Hand funkelten Rubine und Brillanten.

Die Band intonierte, bevor das Zeichen zum Tanz gegeben war, einen angenehm gemäßigten Jazz. Barbara, sehr reizend in einem jugendlichen hellblauen Kleid mit ganz weitem Rock, und Valentin, in weißer Smokingjacke, zogen sich mit den anderen jungen Leuten in einen Winkel zurück, um ungestört von der älteren Generation nach Herzenslust plaudern und albern zu können.

Dann, als die Auffahrt der Wagen ihr Ende genommen hatte, schlug Georg Holl höchstpersönlich auf einen hell klingenden Gong – unter allgemeiner Anteilnahme schlug er den Spund in das Bierfaß.

Als er sich wieder aufrichtete, war er hochrot im Gesicht, aber er nahm lächelnd den Beifall entgegen, den seine Gäste ihm spendierten. In den nächsten zehn Minuten waren die Diener nur noch damit beschäftigt, Krüge voll Bier einzuschenken und zu verteilen.

Dann hob Georg Holl sein Glas und sagte mit lauter, kraftvoller Stimme: »Freunde! Zum...«

Seine Stimme brach ab, er fuhr mit der Hand zum Herzen, seine Augen verdrehten sich, er stürzte rückwärts zu Boden, sein Körper schlug mit einem dumpfen Aufprall auf den Rasen.

Sylvia kniete sich an seine Seite, ohne darauf zu achten, daß ihr weißes Kleid in eine Lache von verschüttetem Bier geriet. »Georg«, sagte sie, atemlos vor Entsetzen, »Georg, bitte...«

Irgend jemand hatte die Band darauf aufmerksam gemacht, daß etwas Furchtbares geschehen war. Die Musik brach ab. Es wurde sehr still.

Professor Bertram, der einige Schritte entfernt gestanden hatte, trat auf den am Boden liegenden zu, beugte sich über ihn. Ein Blick in die starren, immer noch offenen Augen sagte ihm genug. Er richtete sich auf, sagte, ohne seine Stimme zu erheben, in das Schweigen hinein: »Meine Damen und Herren, ich fürchte, wir werden diese Geselligkeit abbrechen müssen. Ein plötzliches Unwohlsein unseres Gastgebers. Bitte, ersparen Sie mir alle näheren Erklärungen.«

Sylvia richtete sich auf: »Aber, Professor«, sagte sie, und in ihrer Stimme klang ein gefährlich hysterischer Unterton, »warum tun Sie denn nichts. Untersuchen Sie ihn... geben Sie ihm eine Spritze! Irgend etwas... Sie sind doch sein Arzt!«

Der Professor nahm Sylvias Hände mit festem, fast schmerzhaftem Druck, sagte eindringlich: »Gnädige Frau, Sie müssen jetzt sehr tapfer sein... Georg Holl ist tot.«

3

Roman Miller, erster Prokurist von Holl & Co., besaß eine Eigentumswohnung in einem modernen Appartementshochhaus in München-Bogenhausen – übrigens in demselben Haus, in dem auch Barbaras Graf wohnte. Aber er kam nicht allzu oft dazu, die Vorteile dieser feudalen Junggesellenwohnung zu genießen; er ging fast jeden Abend aus, und über das Wochenende war er meist verreist.

Diesmal aber war es anders.

Ein nicht mehr ganz junges Mädchen mit schräg stehenden, sehr untermalten Augen und einer feuerrot gefärbten Mähne hockte auf der überbreiten Couch und beobachtete unzufrieden, wie Roman Miller sich vor dem Spiegel eine schwarze Krawatte band. Sie hatte sich einen rotseidenen Morgenmantel von ihrem Gastgeber ausgeliehen, dessen Ärmel sie hatte hochkrempeln müssen, weil er ihr viel zu groß war. Regen schlug gegen die große Fensterscheibe, lief in breiten Bächen das Glas hinab.

»Das paßt mir aber gar nicht, daß du mich jetzt einfach sitzenlassen willst«, sagte das rothaarige Mädchen unzufrieden, »gerade heute! Du hast seit Wochen gewußt, daß ich heute abend frei haben würde, du hättest es dir wirklich einrichten können.«

»Eben nicht«, sagte er und riß ungeduldig an seiner Krawatte, »woher konnte ich ahnen, daß Georg Holl tot umfallen würde?«

»Na«, sagte das Mädchen ungerührt und schlug die schlanken Beine übereinander, »gewünscht hast du es ihm ja schon lange.«

Er packte sie bei den Schultern. »Bitte, Tamara, nun sei doch nicht so... bitte nicht! Du weißt, wieviel jetzt für mich auf dem Spiel steht...«

»Nein«, sagte sie, »gerade das begreife ich eben nicht. Es gibt doch nur zwei Möglichkeiten: Entweder der alte Holl hat dir einen Anteil an der Firma vermacht...«

»Das hat er bestimmt!«

»... oder er hat dich hereingelegt«, fuhr sie ungerührt fort. »Wie auch immer... ändern kannst du jetzt ganz bestimmt nichts mehr. Es gibt also keinen Grund, verrückt zu spielen.«

»Ich habe Verpflichtungen...«

»Georg Holl gegenüber? Daß ich nicht lache! Hast du vergessen, daß du mir so und so oft erzählt hast, wie er dich aufs Kreuz gelegt hat?«

»Ich habe mir selber gegenüber Verpflichtungen, Tamara, mir, meiner Stellung und der Bank gegenüber. Holl & Co., das bin von nun an ich!«

Sie sah ihn mit einem rätselhaften Blick ihrer schräg geschnittenen Augen an. »Ich fürchte, du bist auf dem besten Weg, größenwahnsinnig zu werden.«

Er ließ sie los, wandte sich ärgerlich ab. »Ach, mit dir kann man ja nicht reden. Nicht mehr Hirn als eine Maus.« Er ging ins Bad, prüfte seine Rasur vor dem Spiegel. Dann strich er sich ein wenig Fixativ auf die Handflächen, rieb es in sein dunkles Haar, das er gleich darauf mit zwei Bürsten zu bearbeiten begann.

Das Telefon klingelte.

Tamara wartete ab, ob Roman Miller es hörte. Erst beim zweiten Zeichen ging sie ohne Eile zum Badezimmer: »Telefon, Sweety!«

Eine Sekunde war er verdutzt, dann sagte er: »Ach, das wird der Notar sein. Ich konnte ihn heute früh nicht erreichen und habe gebeten...« Er stürmte zu seinem Schreibtisch.

Es hatte bereits das vierte Mal geklingelt, als er den Hörer abnahm und sich meldete: »Roman Miller! Jawohl, Herr Doktor, ich habe Ihren Anruf erwartet. Ja, es ist wirklich furchtbar. So völlig unerwartet. Nein, die Beerdigung ist erst Dienstag. Über Sonntag war ja keine Verständigung möglich. Dienstag zehn Uhr in Lauterwies.« Er zog sich einen Sessel heran, setzte sich. »Ich rechne mit einer großen Beteiligung. Warum erst Mittwoch? Nein, meines Erachtens könnte die Testamentseröffnung doch sehr gut Dienstag nachmittag... natürlich, Frau Holl ist sehr angegriffen. Also gut, dann doch Mittwoch. Wann sollen wir also bei Ihnen...«

Roman Miller brach ab, und Tamara sah, wie alles Blut aus seinem Gesicht wich, während er den Worten des Notars lauschte.

»Ich verstehe«, sagte er dann mit gepreßter Stimme. »Ja, ich verstehe vollkommen. Im Trauerhaus oder... Ich werde darüber noch mit Frau Holl sprechen. Ich gebe Ihnen morgen Bescheid.«

Er hielt den Hörer immer noch in der Hand, sah mit stumpfen Augen vor sich hin, während der Notar längst eingehängt hatte.

Tamara ließ sich neben ihm in die Knie sinken, sah ihn besorgt an. »Was ist, Sweety? Mach doch nicht so ein Gesicht. Bitte, was ist? Sprich doch!«

Ganz langsam legte er den Hörer auf. »Nichts, was dich überraschen könnte«, sagte er tonlos.

»Ich verstehe nicht...«

»Er hat mich reingelegt. Er hat mich wieder einmal und noch zum Schluß hereingelegt! Georg Holl, der ehrenwerte Mann... pfui Teufel!«

»Hat er dir... nichts vermacht?«

»Wer spricht denn von vermachen! Nicht einmal erwähnt bin ich in seinem Testament. Nicht mit einer Silbe!« Der wilde Zorn, der ihn gepackt hatte, ließ die blaue Ader an seiner Schläfe gefährlich anschwellen.

»Bitte, reg dich doch nicht auf«, sagte Tamara rasch, »es kann doch alles ein Irrtum sein. Das Testament ist ja noch nicht einmal eröffnet!«

»Aber ich bin nicht dabei!« Seine Stimme schlug über. »Ich werde nicht einmal dabei sein. Nur die Familie! Und ich Narr habe mich von dem alten Gauner hinhalten lassen, ich habe an dieses verfluchte Testament geglaubt. Und er?« Roman Miller sprang auf und schüttelte Tamara von sich wie ein lästiges Insekt. »Aber das wird er mir büßen. Die ganze Sippe wird es mir büßen! Diese verfluchten Holls!«

Die Bestattung des Bankiers Georg Holl fand mit großem Pomp statt. Es war ein grauer Tag, aber es regnete nicht mehr.

Die Trauergemeinde war so zahlreich, daß der Dorffriedhof nicht allen Raum bot; große Gruppen blieben während der ganzen Feier jenseits der Mauern, flüsterten einander ihre Eindrücke zu und waren wieder still, wenn sie glaubten, Fetzen der Grabreden erhaschen zu können.

Zahlreiche Vertreter des öffentlichen Lebens, aus Industrie, Handwerk und Regierung waren erschienen oder hatten zumindest Kränze geschickt. Die Blumengrüße – riesige Räder aus Lorbeer, Rosen, Lilien und Nelken, mit breiten bunten Schärpen, auf die die Namen der Spender mit prächtigen goldenen Buchstaben geprägt waren – stapelten sich in der Kapelle. Roman Miller sprach am offenen Grab, Oberregierungsrat Schnitzler in Vertretung des Herrn Regierungspräsidenten, und zum Schluß der Pfarrer von Lauterwies, und alle priesen sie den Verstorbenen als einen Ehrenmann.

Sylvia sah und hörte von alldem nichts.

Sie stand, sehr schmal in einem schwarzen Schneiderkostüm, am Grabe, rechts und links gestützt von ihren Kindern, eine trauernde Witwe, deren Gesicht völlig von einem dichten schwarzen Schleier bedeckt war. Sie stand unbeweglich und schluchzte nicht einmal auf, als der schwere eichene Sarg unter den Klängen eines Trauermarsches in die Tiefe gesenkt wurde.

Erst als ihr der Mesner die kleine Schaufel mit der dunklen Erde in die Hand gab und Barbara ihr zuflüsterte: »Komm, Mama, du mußt es ihm jetzt nachwerfen!« – schien sie zu begreifen. Sie schwankte, ihr Körper wurde geschüttelt, die Erde rieselte zu Boden, und der Mesner mußte ihr die Schaufel noch einmal füllen. Der dumpfe Klang, mit dem die schwere Erde auf das Holz des Sarges traf, hatte etwas Endgültiges.

Nachher reichte sie ihre schmale Hand in dem schwarzen feinen

Lederhandschuh jedem, der sie nehmen wollte – und es waren Hunderte, die an dem offenen Grab vorbeidefilierten und ihr Worte des Beileids sagten; Worte, die oft gut gemeint und doch ganz und gar sinnlos waren.

Sie hatte das Gefühl, daß diese Qual nie ein Ende nehmen würde, als der junge Markus Ebinger sich von hinten zwischen sie und ihre Tochter drängte. »Ich bringe dich nach Hause, Sylvia«, flüsterte er, »es ist genug. Jetzt können die Kinder dich vertreten.« Er schob seinen Arm unter ihren Ellbogen, umschloß ihr Handgelenk mit festem Griff und brachte sie zum Friedhofstor.

Er hatte Hubert schon vorher Bescheid gesagt, und dem Chauffeur war es gelungen, den Rover aus der endlosen Reihe parkender Wagen herauszumanövrieren und zu wenden. Er stieg aus, öffnete Frau Sylvia die hintere Tür. Markus Ebinger half ihr in das Auto. Sie beugte sich noch einmal vor, sagte warm: »Danke, Markus... danke! Du bist ein guter Freund.« Dann fiel die Tür hinter ihr ins Schloß.

Markus Ebinger stand und sah dem langsam davonfahrenden Wagen nach. Auf seinem Gesicht spiegelten sich die widerstrebendsten Gefühle.

Am nächsten Vormittag fuhr Hubert die Familie zum Notar. Frau Sylvia war es so lieber gewesen, als den Testamentsvollstrecker in den Privaträumen ihres Hauses am Herzogpark oder in der Bank zu empfangen.

Dr. Schrupp war ein hagerer, weißhaariger Herr, der wie ein guter Sechziger aussah, obwohl er tatsächlich gleichaltrig mit Georg gewesen war.

Er kam Sylvia bis zur Tür seines Büros entgegen, drückte ihr und den Kindern die Hand, führte sie dann zu den drei Sesseln, die seine Sekretärin vor seinen Schreibtisch geschoben hatte. Barbara und Valentin nahmen neben ihrer Mutter Platz.

Der Notar öffnete den dicken amtlich versiegelten Umschlag, nahm den gestempelten Bogen heraus und begann sehr rasch vorzulesen: »Am achtzehnten Oktober neunzehnhundertsechsundfünfzig erschien vor mir, Doktor Leo Schrupp, Notar in München, in meiner Geschäftsstelle München, Maximilianstraße, Herr Georg Wilhelm Holl, Bankier, wohnhaft in München-Bogenhausen, Herzogpark, geboren am achten Juli neunzehnhundertundvierzehn, mir persönlich bekannt. Er erklärte, ein Testament durch mündliche Erklärung errichten zu wollen. Die Zuziehung von

Zeugen zu dieser Verhandlung wurde nicht gewünscht und auch nicht veranlaßt. Herr Georg Holl ist nach meiner Überzeugung voll testierfähig. Er erklärte seinen Willen vor mir mündlich und deutlich wie folgt:« Dr. Schrupp warf einen Blick über seine Brille, als wenn er sagen wollte: Jetzt kommt's.

Frau Sylvia fühlte, wie eine eisige, gänzlich unerklärliche Angst ihr das Herz zusammenkrampfte. Unwillkürlich suchte sie die Hand ihrer Tochter. Aber Barbara merkte es nicht, sie saß ganz starr, alle ihre Sinne waren auf das Testament gerichtet.

Mit klarer, gelassener Stimme las der Notar: »Ich, Georg Holl, setze hiermit zum alleinigen und ausschließlichen Erben meine Ehefrau ein, Sylvia Holl, geborene Sollnhofen, geboren am achtzehnten Januar neunzehnhundertvierundzwanzig...«

Es war Valentin, der den Vortrag unterbrach. »Sagen Sie das noch mal!« platzte er heraus. »Ich höre wohl nicht recht! Alles für Mama? Und wir? Was wird aus uns?«

»Bitte, Valentin...« murmelte Sylvia, selber ganz verwirrt.

Der Notar sah den jungen Mann ausdruckslos über seine Brille hinweg an. »Einen Augenblick, Herr Holl. Sie werden es gleich hören. Sie und Ihre Schwester... Ihre genauen Daten und so weiter sind natürlich angeführt, es besteht kein Zweifel... sollen nach dem Tod Ihrer Mutter zu gleichen Teilen erben.«

»Und jetzt?« rief Valentin. »Jetzt bekommen wir also gar nichts? Keinen Pfennig?«

»Halt den Mund!« sagte Barbara kalt. »Bitte, lesen Sie weiter, Herr Notar.«

»An die Stelle eines verstorbenen Kindes treten dessen eheliche Abkömmlinge als Ersatzerben, im übrigen sind die eingesetzten Miterben gegenseitig Ersatzerben.« Wieder hob der Notar den Kopf. »Soll ich das vielleicht mal erklären?«

»Danke, Herr Doktor. Später vielleicht.« Sylvia wunderte sich, daß ihre Stimme ihr gehorchte. »Wie ich bis jetzt verstanden habe, erbe ich allein und die Kinder erst nach meinem Tode zu gleichen Teilen. Ist das richtig?«

»Vollkommen. Natürlich könnten der junge Herr Holl oder seine Schwester auf einen Pflichtteil klagen. Aber das wäre wohl nicht sehr zweckmäßig, weil es in keinem Vergleich zu der tatsächlich ausstehenden Erbschaft stehen würde.«

Valentin Holls bräunliches Gesicht war vor Erregung rot angelaufen. »Das ist ja... Betrug!« preßte er heraus. »Wir... Barbara und ich... sind betrogen. Wer sagt uns denn, ob wir je etwas kriegen? Mutter kann ja alles verschleudern, verschenken.«

»Ja, das kann sie«, sagte der Notar ruhig, »aber Ihr verstorbener Herr Vater hat anscheinend genügend Vertrauen in die gnädige Frau gesetzt, daß das nicht geschehen wird. Allerdings...« Er sah wieder auf das Testament, »... eine Einschränkung hat er gemacht. Ich lese: Sollte sich meine Ehefrau nach meinem Ableben noch einmal verheiraten oder nach mehr als zehn Monaten nach meinem Tode Mutter werden, dann geht das gesamte Erbe sofort zu gleichen Teilen auf meine Kinder Barbara und Valentin über. Meiner Ehefrau verbleibt dann nur Gut Sonnenhof und seine Einkünfte.«

Barbara holte tief Atem. »Wenn Mutter heiratet, dann... dann erben wir also doch?«

»Ja. Sobald Ihre Frau Mutter stirbt oder heiratet...«

Sylvia stand auf. »Sie haben das sehr deutlich ausgedrückt, Herr Notar«, sagte sie mit bebender Stimme, »aber Sie haben einen Punkt vergessen: Sobald ich ein Baby bekomme!« Sie wandte sich ihren Kindern zu, sagte mit flammenden Augen: »Ihr seht also, ihr habt keinen Grund, euch zu beschweren. Ihr seid genügend abgesichert. Das Vertrauen eures Vaters zu mir hat entschieden seine Grenzen.« Sie schlug die Hände vors Gesicht. »Starrt mich nicht so an! Ich will euch doch nichts wegnehmen! Begreift ihr denn nicht, was ich verloren habe? Glaubt ihr denn, daß mir an dem verfluchten Geld und der verfluchten Bank und alledem wirklich etwas läge?«

4

Als Sylvia Holl nach Hause kam, öffnete Valentin ihr die Tür. Noch nie hatte sie das Heimkommen so angenehm empfunden wie nach diesem langen Vormittag, an dem sie sich in der Bank, die jetzt ihr gehörte, mit Vertragsklauseln und unverständlichen Berechnungen hatte abplagen müssen. Am liebsten hätte sie Valentin in die Arme genommen und herzlich geküßt, so wohl tat es ihr, sein klares Jungengesicht zu sehen.

Sie tat es nicht.

»Habe ich mich verspätet?« fragte sie nur lächelnd. »du hast so einen hungrigen Blick.«

Er half ihr aus dem schwarzen Seidenmantel, blieb abwartend im hellgetäfelten Garderobenraum hinter ihr stehen, während sie sich vor dem in das bunte Mosaik eingelassenen Spiegel das schwarze Chiffontuch abnahm und die Haare ordnete.

»Nein, Mama«, sagte er und trat nervös von einem Fuß auf den anderen.

»Dann finde ich es besonders nett, daß du mich erwartet hast.«

»Ich muß mit dir sprechen.« Valentins Mund war schmal vor Entschlossenheit.

Sie spürte neue Schwierigkeiten auf sich zukommen, Schwierigkeiten, denen sie sich nicht gewachsen fühlte, und sagte rasch: »Doch nicht jetzt.« Sie legte ihre schmale Hand auf seinen Arm, fügte beschwörend hinzu: »Ich habe einen sehr anstrengenden Vormittag hinter mir.«

»Es ist wichtig, Mama.«

Sie ahnte nicht, von was er sprechen wollte, aber ihr Herz zog sich in unbestimmter Furcht zusammen. »Etwas... Unangenehmes?« fragte sie und schämte sich über sich selber, daß sie vor einer Aussprache mit ihrem noch nicht erwachsenen Sohn zurückschreckte.

»Nein, gar nicht.« Valentins Stimme klang rauh vor Anspannung. »Es ist nur... ich will für den Rest der Ferien nicht nach London zurück.«

»Ach so. Wenn das alles ist.« Sylvias Erleichterung war ehrlich. »Niemand zwingt dich dazu.« Sie trat an die kleine Hausbar, begann sich ein Glas Wermut Soda on the rocks zu mixen.

»... und ich will meinen Führerschein wieder haben!« platzte er heraus.

Sylvia schwieg einfach, weil sie außerstande war, sogleich auf diese Forderung zu reagieren. Sie schüttelte das Glas leicht, so daß das Eis klirrte, nahm einen kleinen Schluck.

»Mama!« rief er zornig. »Warum sagst du denn nichts? Ich habe dich etwas gefragt!«

Sie sah ihn an,und selbst in diesem Augenblick, als er zornglühend, ungebärdig vor ihr stand, spürte sie, wie sehr sie ihn liebte, ihren jungen Sohn.

»Es ist mir nicht aufgefallen, daß du mich etwas gefragt hättest«, sagte sie und mußte sich zur Ruhe zwingen, »du hast gefordert, und das ist denn doch wohl ein gewaltiger Unterschied.« Sie nahm in dem kleinen Gobelinsessel Platz, stellte ihr Glas auf das Tischchen, öffnete ihre Handtasche.

Sie wollte nicht nachgeben, denn sie spürte deutlich, daß diese Stunde entscheidend war, entscheidend für sie und für ihren Sohn. »Valentin«, sagte sie mit Nachdruck, »Vater hat bestimmt gewußt, warum er dir den Führerschein abgenommen hat. Ich denke nicht daran, diese Maßnahme, kaum daß er unter der Erde ist, rückgängig zu machen.«

»Dann«, sagte Valentin, und seine Augen funkelten, »fahre ich eben ohne Führerschein! Was kann mir schon passieren! Du hast ihn ja! Wenn die Polizei mich wirklich erwischt, wirst du ihn schon herausrücken.«

Sylvia spürte, wie ein nie gekannter, glühender Zorn in ihr hochstieg. Sie drückte schweigend ihre Zigarette aus, nahm einen Schluck Wermut Soda, kämpfte um ihre Beherrschung.

»Mach doch nicht so ein Gesicht, als wenn ich etwas Ungeheuerliches gesagt hätte!« rief Valentin. »Ich habe recht, Mama, gib es doch zu!«

Sie stand auf. »Nein«, sagte sie, »du bist im Unrecht, Valentin. In mehr als einer Beziehung. Ich habe keine Ahnung, wo dein Führerschein steckt.«

»Aber...« Der Junge starrte seine Mutter mit weit aufgerissenen Augen an.

»Ich weiß es nicht«, wiederholte Sylvia, und ihre eigene Stimme klang fremd in ihren Ohren, »unter Vaters privaten Papieren war er jedenfalls nicht. Außerdem würde er dir auch nichts nützen, denn du hast ja kein Auto mehr.«

»Aber wieso denn nicht? Mein Wägelchen steht doch in der Garage.«

»Es gehört nicht mehr dir, Vater hat es dir entzogen, und ich habe mich entschlossen...«, sie machte eine kleine Pause, nahm alle Kraft zusammen, »ihn Markus Ebinger zu schenken. Er ist im Testament zu kurz gekommen, und es wäre wirklich nur eine kleine Geste der Freundschaft.«

»Ausgerechnet Markus Ebinger! Ja, sag einmal, Mutter, bist du denn total verrückt geworden? Diesem Duckmäuser willst du...«

»Nimm dich zusammen, Valentin! Schlag augenblicklich einen anderen Ton an, sonst...«

Er war zu aufgeregt, um den gefährlichen Unterton in ihrer Stimme zu bemerken, brüllte zurück. »Was denn... sonst? Womit willst du mir denn drohen? Bildest du dir ein, ich habe Angst vor dir?«

Ihre Hand klatschte auf seine Wange.

Sie begriff es selber erst, nachdem es geschehen war.

Er starrte sie ganz verdutzt an. »Du... du hast mich geschlagen?!«

Sie war den Tränen nahe, Tränen über ihr Schicksal, ihren Sohn, ihre eigene Unfähigkeit. »Komm... bitte«, sagte sie und packte seinen Arm. »So geht es doch nicht. Laß uns doch noch einmal versuchen, alles in Ruhe zu besprechen. Mach erst einmal dein Abitur, wie Vater es gewünscht hat, und dann... natürlich bekommst du nach dem Abitur einen neuen Wagen von mir, ein ganz neues todschickes Modell.«

Er riß sich los. »Nein«, sagte er, »nein. Ich will nicht. Ich lasse mich zu nichts zwingen. Von dir schon gar nicht. Gut, du kannst mir meinen Führerschein vorenthalten, daran kann ich nichts ändern, du kannst auch mein Auto verschenken oder verkaufen oder sonst was damit anstellen. Aber du kannst mich nicht daran hindern, zu fahren. Immer wieder und sooft mir ein Auto unter die Finger kommt.«

»Valentin!«

»Und du kannst mich auch nicht zwingen, zu lernen. Ich habe genug... genug von dieser öden Penne, der ewigen Bevormundung, den idiotischen Vorträgen. Daß du es nur weißt: Ich werde nicht mehr auf die Schule zurückgehen. Keine zehn Pferde können mich dazu zwingen. Ich tu's einfach nicht.«

Sylvia spürte, wie alles Blut zu ihrem Herzen strömte, ihr Gesicht wurde sehr blaß unter der bräunlichen Haut. »Das«, sagte sie mit einer Stimme, die ihr kaum noch gehorchte, »das ist doch nicht dein Ernst?« Sie trat näher auf ihn zu, packte ihn bei den Rockaufschlägen. »Das hast du doch alles nur aus Wut gesagt, nicht wahr? Du willst mich erschrecken.«

»Nein«, sagte er, »ich wollte es schon immer. Die Schule interessiert mich überhaupt nicht mehr. Schon lange nicht. Es ist bloß vergeudete Zeit, die ich dort verbringe. Ich habe die Nase voll.«

»Aber, Valentin«, sagte sie außer sich vor Verzweiflung, »du mußt doch auf die Schule gehen. Was willst du denn sonst anfangen?«

»Rennfahrer werden. Der Graf hat gesagt...«

»Welcher Graf? Wovon redest du?«

»Barbaras Graf natürlich. Er sagt, ich hätte eine ausgesprochene Begabung dafür, und er versteht was von der Sache, worauf du dich verlassen kannst. Er sagt, wenn ich die nötige Energie hätte ... und die habe ich, Mama, du wirst dich wundern. Ich lasse mich nicht länger unterjochen, ich will etwas tun, war mir liegt, was mir Spaß macht. Große Rennen fahren, ganz an der Spitze liegen ...«

»Nein, Valentin«, sagte Sylvia, «schlag dir das aus dem Kopf. Das werde ich dir nie erlauben.«

»Ich pfeife auf deine Erlaubnis! Wie willst du mich denn hindern? Willst du mich etwa prügeln, ja? Versuch's nur. Du wirst ja schon sehen, was dann geschieht!«

Barbara erschien kurz nachdem Betty angefragt hatte, ob sie das Essen servieren dürfte. Erhitzt, zerzaust, mit strahlenden Augen stürmte sie in das Zimmer. Sie hatte das schwarze Kostüm der letzten Tage gegen ein leichtes Sommerkleid aus hellblauer Shantungseide eingetauscht.

Sylvia Holl sah es mit Unbehagen. Aber die Auseinandersetzung mit Valentin hatte sie so mitgenommen, daß sie es nicht wagte, eine Bemerkung über diesen allzu fröhlichen Aufzug zu machen.

Barbara küßte die Mutter flüchtig auf die Stirn, bevor sie sich zu Tisch setzt, fragte, während sie sich ihre Serviette auf den Schoß legte: »Wo ist Valentin?«

»Er weiß, daß wir essen.«

»Aha. Krach gegeben?«

Sylvia wartete, bis Betty die Kaltschalen serviert hatte und in die Anrichte gegangen war, sagte dann: »Ich hatte eine sehr ärgerliche Unterredung mit ihm.«

»Tut mir leid, Mami«, sagte Barbara und löffelte ungeniert ihre Suppe.

»Er will nicht mehr zur Schule.«

»Ich weiß.«

Sylvia beugte sich vor. Sie traute ihren Ohren nicht. »Du weißt das ... und du hast mir nie ein Wort davon gesagt?«

»Warum sollte ich? Ist ja schließlich sein Bier.«

Sylvia war so erschüttert, daß sie sogar darauf verzichtete, die saloppe Ausdrucksweise ihrer Tochter zu rügen. »Weißt du etwa auch von seinen Rennfahrerplänen?«

»Schon lange.« Barbara lächelte ihrer Mutter zu. »Aber reg dich bloß nicht auf, Mama, nichts wird so heiß gegessen, wie es gekocht wird. Ich halte es für ausgeschlossen, daß er es schafft. Pit sagt auch ...« Sie stockte.

»Sprich nur weiter«, sagte Sylvia mit erzwungener Ruhe, »ich nehme an, du sprichst von ›deinem Grafen‹, wie Valentin ihn nennt...«

»Ach, hör doch nicht auf den Jungen«, sagte Barbara tödlich verlegen.

Betty kam wieder herein, wechselte die Teller, trug eine große Schüssel Geflügelsalat, garniert mit Oliven, Pfeffergurken, hartgekochten Eiern, auf.

»Danke, Betty«, sagte Sylvia, »wir bedienen uns selber.« Als sie wieder mit ihrer Tochter allein war, fragte sie: »Handelt es sich etwa um den gleichen Grafen... ich habe den Namen leider vergessen... mit dem zu verkehren Vater dir strikt untersagt hatte?«

Barbara hob den Kopf und sagte mit aufflammendem Trotz: »Peter Graf Schwarzenbach... ja, um den handelt es sich.«

»Vater hat mit dir darüber gesprochen«, sagte Sylvia und tat sich ein wenig Salat auf den Teller. »Er hat mich gebeten, darauf zu achten, daß du mit diesem jungen Mann möglichst wenig zusammentriffst. Er sagte mir, daß er einen denkbar schlechten Ruf hätte, durchaus nicht geeignet für den Umgang mit jungen Mädchen wäre...«

»Vater hat sich eben ein falsches Bild gemacht«, sagte Barbara heftig.

»Das kann ich mir nicht vorstellen. Vater besaß eine überragende Menschenkenntnis.«

»Aber er hat ihn doch gar nicht gekannt, Mama. Er hat ihn in seinem ganzen Leben nicht einmal von weitem gesehen. Er hat sich etwas zutragen lassen. Das ist alles.«

»Wie alt ist er?« fragte Sylvia.

»Keine Ahnung.«

»Älter als du?«

»Natürlich. Was denkst du denn, Mama? Meinst du denn, ich interessiere mich für Valentins Garnitur?«

»Für ihn interessierst du dich also?«

»Was soll das, Mama?« Barbara stieß ihren Stuhl zurück und stand auf. »Das artet ja geradezu in ein Verhör aus. Was habe ich denn getan? Bloß weil Valentin blöde Bemerkungen gemacht hat...«

»Bitte, Barbara, nimm sofort wieder Platz!« Sylvia war zu erschöpft, um ihre Stimme zu erheben. »Du weißt, es gehört sich nicht, vom Tisch aufzuspringen. Das tun nur die ganz kleinen Kinder«, sagte sie müde. »Und um deine Frage zu beantworten:

Nein, du hast nichts getan. Ich hoffe jedenfalls, daß du nichts getan hast. Trotzdem kann es dich nicht wundern, daß ich beunruhigt bin. Du verkehrst heimlich mit einem Mann, gegen den dein Vater stärkste Einwände hatte.«

Mit einer Handbewegung hieß sie Barbara schweigen. »Ob zu recht oder zu unrecht, darum handelt es sich jetzt gar nicht. Daß du heimlich mit diesem Mann zusammenkommst, das gefällt mir nicht. Alles, was heimlich geschieht, ist gefährlich. Und ganz besonders für ein junges Mädchen.«

»Pit ist für mich absolut ungefährlich.«

»Er ist dir also gleichgültig?«

Barbara schwieg, spießte ein Stückchen Geflügelfleisch auf ihre Gabel, steckte es in den Mund, ließ sich Zeit, bis sie wieder sprechen konnte.

Dann sagte sie: »Ehrlich gestanden... nein. Aber er ist ein Gentleman.«

Das Gefühl von Unwirklichkeit, das Sylvia schon seit einer ganzen Weile empfunden hatte, wurde stärker und stärker, nahm ihr jede Kraft.

»Es tut mir sehr Leid, Barbara, aber das kann ich beim besten Willen nicht glauben. Ein Gentleman trifft sich nicht heimlich mit einem jungen Mädchen. Ein wirklicher Gentleman bringt eine Frau niemals in eine solche Situation.«

Sylvia spürte, daß alles, was sie sagte, ganz falsch klang, an den Tatsachen vorbeiging. Sie wunderte sich, daß Barbara überhaupt darauf antwortete.

»Aber er liebt mich doch, Mama.«

»Bist du ganz sicher?«

»Ja. Vollkommen.« Barbara schob das Kinn vor und erinnerte in diesem Augenblick sehr an ihren Vater. »Er liebt mich, und er will mich heiraten.« Sie sah ihre Mutter herausfordernd und erwartungsvoll an, sagte nach einer kleiner Pause, als Sylvia sich nicht rührte: »Und ich will auch nicht mehr in die Schule gehen, daß du es nur weißt. Valentin und ich sind uns ganz einig. Ich hätte es dir bloß jetzt noch nicht sagen wollen, so kurz nach Vaters Tod.«

Sie legte ihre Gabel aus der Hand.

»Aber jetzt ist's eben heraus, und vielleicht ist es gut so.«

5

Der Golfklub, dem Frau Sylvia Holl nun schon seit vielen Jahren als Mitglied angehörte, war nicht nur teuer, sondern auch in gewisser Weise exklusiv. Es bedurfte der Protektion zweier Mitglieder, um aufgenommen zu werden, und auch dann noch blieb dem selbstgewählten Aufsichtsrat die Entscheidung über das Für und Wider einer Bewerbung vorbehalten.

Sylvia hatte schon am Tag zuvor, wie es Vorschrift war, dem Klubmanager, einem Herrn von Werner, mitgeteilt, daß sie Graf Schwarzenbach zu Gast haben würde, und hatte bei dieser Gelegenheit auch um die Möglichkeit einer hoffentlich ungestörten Unterredung gebeten.

Der Donnerstag war wieder sehr heiß – gegen Mittag hatte es ausgesehen, als wenn es ein Gewitter geben würde, aber die Wolken hatten sich unmerklich wieder verzogen.

Sylvia fuhr im offenen Wagen die 30 Kilometer bis nach Tuttlach, kam wenige Minuten vor fünf Uhr, ein wenig vom Wind zerzaust, aber auf merkwürdige Art erfrischt an und parkte ihr Auto nahe der Auffahrt. Ohne Grund fühlte sie sich wohler als all die Tage nach Georg Holls Tod.

Sie nahm sich nicht die Mühe, das Verdeck zu schließen, ging geradewegs in das Büro, um den Klubmanager zu sprechen. Er empfing sie mit Zuvorkommenheit, und doch war irgend etwas fremd und befremdlich in seinem Ton. Sylvia schien es jedenfalls so, oder spielten ihr die überreizten Nerven einen Streich?

Sie erinnerte sich dunkel, unter den Blumen und Kränzen zu George Holls Beerdigung eine breite Schleife in den Klubfarben gesehen zu haben, und auch jetzt drückte ihr der Klubmanager noch einmal sehr formell sein Beileid aus. Aber niemals – so schien es Sylvia jedenfalls – hätte er zu Lebzeiten ihres Mannes gewagt, ohne daß sie ihm einen Anlaß dazu gegeben hätte, sozusagen aus heiterem Himmel nach ihren Plänen für die Zukunft zu fragen.

»Ich habe mich noch nicht entschieden«, erwiderte sie kühl und ein wenig irritiert.

»Noch nicht? Nun, es kam alles sehr plötzlich... selbstverständlich, ich verstehe durchaus. Aber wenn ich mir einen Rat erlauben dürfte, gnädige Frau... ich würde eine längere Reise durchaus für angemessen halten.«

»Das klingt ja gerade, als ob Sie mich forthaben wollten«, sagte Sylvia mit dem Versuch, ihre wachsende Betroffenheit zu überspielen.

»Oh, durchaus nicht«, sagte Herr von Werner rasch, aber es kam nicht so überzeugend, wie Sylvia es erhofft hatte. »Sie wissen sehr wohl, gnädige Frau, wie sehr die anderen Mitglieder und auch... wenn ich mir die Bemerkung erlauben darf... ich persönlich Sie und Ihren sehr verehrten Herrn Gemahl immer geschätzt haben...«

Sylvia hatte ein sehr gutes Ohr für Nuancen; sie war sich jetzt ganz sicher, daß sie sich nicht geirrt hatte.

»Ich bin auch immer sehr gerne hier gewesen«, sagte sie leichthin, »aber es sieht so aus, als wenn ich in nächster Zukunft nicht mehr allzuoft zum Spielen kommen würde.« Sie zog den Schlüssel zu ihrem Schrank im Umkleideraum aus der Tasche, reichte ihn Herrn von Werner. »Bitte, seien Sie so nett und veranlassen Sie, daß meine Sachen ausgeräumt und zu meinem Wagen gebracht werden. Er ist offen, der Junge braucht nur alles auf den Rücksitz zu legen.«

Jetzt war der Manager doch betroffen. »Gnädige Frau, Sie werden doch nicht...«, stammelte er, »ich meine, ich würde es ungemein bedauern, wenn Sie...«

Sylvia winkte ab. »Schon gut. Sie wissen, wen ich erwarte. Lassen Sie mir bitte ein Kännchen Tee servieren.«

Sie ließ den Manager mit einem leichten, hochmütigen Kopfnikken stehen und ging über den breiten Flur mit dem niedrigen Fenster in das sogenannte Lesezimmer hinüber, einen dunkel getäfelten Raum mit mächtigen Ledersesseln, einer Sammlung von englischen Kriminalromanen nicht mehr ganz jungen Datums hinter gläsernen Türen und ganzen Stößen von Zeitungen und Zeitschriften aller möglichen Sprachen, die täglich aussortiert und ergänzt wurden, obwohl kaum jemals ein Mitglied des Klubs hierherfand. Selbst bei schlechtem Wetter hielt man sich lieber in der Bar oder in den Gesellschaftsräumen auf, und das war auch der Grund, warum Sylvia gerade dieses Zimmer für ihre Begegnung mit Graf Schwarzenbach gewählt hatte; hier konnte sie hoffen, ungestört zu sein. Aber in diesem Moment, als sie sich an einem der runden Tische nahe dem Fenster niederließ, war es ihr unmöglich, sich auf die vor ihr liegende Unterredung zu konzentrieren, ihre Gedanken waren sehr weit von den Problemen ihrer Kinder entfernt. Ein Gefühl hatte sich ihrer bemächtigt, das sie tatsächlich seit vielen Jahren nicht mehr gekannt hatte – sie war wütend.

Sylvia Holl war so in ihren Zorn vertieft, daß sie zusammenzuckte, als sie angesprochen wurde.

»Gnädige Frau...«

Sie blickte auf und sah in zwei leicht zusammengekniffene blaue Augen, die vor Spottlust zu funkeln schienen.

Der junge Mann – er schien sehr jung in einer Kammgarnjacke, verbeugte sich, sagte ernsthaft:

»Schwarzenbach... ich glaube, Sie erwarten mich, gnädige Frau!«

Sylvia Holl fand von weit her zurück. »Ja, natürlich«, sagte sie. Sie wollte ihn auffordern, Platz zu nehmen, aber da hatte er sich schon gesetzt, mit einer Selbstverständlichkeit, die ans Unverschämte grenzte. Der Klubdiener kam, servierte den Tee mit feierlicher Miene in hauchdünnen chinesischem Porzellan.

Graf Schwarzenbach schnupperte, sah auf seine Armbanduhr, sagte: »Es ist fünf vorbei... also... bringen Sie mir bitte einen Whisky, Herr Ober!«

Der Klubdiener blieb stehen, sah Sylvia fragend an.

»Na, was ist?« fragte der Graf ungeduldig. »Worauf warten Sie noch?«

»Bringen Sie dem Herrn, was er sich bestellt hat«, sagte Sylvia, sie fügte, als der Klubdiener verschwand, erklärend hinzu: »Hier können nur Klubmitglieder Bestellungen aufgeben. Bezahlt wird nicht sofort, sondern erst am Ende des Monats, alles insgesamt.«

»Sehr praktisch«, sagte er ohne die geringste Verlegenheit, »besonders für Leute, die Mitte des Monats pleite sind.«

»Ich glaube nicht, daß solche Leute hier Zugang finden«, sagte Sylvia steif.

Er lachte unbekümmert. »Hätte ich mir denken können. Riecht alles ein bißchen muffelig. Ganz ehrlich, gnädige Frau, fühlen Sie sich wohl hier?«

Sie war es nicht gewohnt, in so direkter Art gefragt zu werden, und sagte zu ihrer eigenen Überraschung: »Nein. Nein, wirklich nicht. Ich mag keine Snobs, sie sind so herzlos.« Es war ihr peinlich, zu einem wildfremden Menschen so offen gewesen zu sein, und sie fügte erklärend hinzu: »Tatsächlich hat es mir jahrelang ganz gut gefallen, bloß jetzt... ich meine, seit mein Mann tot ist... sieht alles so anders aus.«

Er sagte gar nichts, sah sie nur an, mit einem hellen, scharfen, durchdringenden Blick, der sie beunruhigte.

Ganz plötzlich fiel ihr ein, daß sie, seit sie von zu Hause weggefahren war, nicht mehr in den Spiegel gesehen hatte – sie hatte es über ihrem Ärger mit dem Klubmanager ganz vergessen. Ihre Hand zuckte zu ihrer Handtasche, aber sie öffnete sie nicht. Sie konnte unmöglich in Gegenwart eines Mannes, noch dazu eines Fremden, ihr Aussehen prüfen.

»Sie sehen bezaubernd aus«, sagte er, als wenn er ihre Gedanken hätte lesen können, »ich möchte nicht übertreiben, aber ich bin sicher, daß wenigstens momentan keine auch nur annähernd so schöne Frau wie Sie in München und näherer Umgebung herumläuft.« Wie er es sagte, klang es durchaus nicht bewundernd oder überschwenglich, sondern einfach wie eine ganz nüchterne Feststellung.

Sylvia Holl drückte ihre Zigarette aus. Sie begriff plötzlich, daß Barbara sehr wenig Chancen gehabt hatte, sich in diesen merkwürdigen Mann nicht zu verlieben. »Wollten Sie mir nicht etwas sagen, Graf?« fragte sie.

»Mir scheint, ich habe Ihnen schon eine Menge gesagt!«

»Nun, ich dachte, Sie hätten mich aus einem ganz bestimmten Grund sprechen wollen.«

Der Klubdiener kam, brachte den Whisky. Graf Schwarzenbach klopfte seine Taschen ab, bis sie merkte, daß er Zigaretten suchte und ihm ihre Packung über den Tisch zuschob. »Danke«, sagte er und zündete sich seine Zigarette mit ihrem kleinen goldenen Feuerzeug an, das sie auf dem Tisch hatte stehen lassen.

Sie beobachtete, ohne es zu wollen, seine kräftigen Hände mit den langen, geschmeidigen, sehr sensitiven Fingern, die schlanken, beweglichen Handgelenke. Sie registrierte, daß er zu der sehr saloppen Jacke, den zerknautschten, ein wenig zu kurzen Flanellhosen ein tadellos sauberes, schneeweißes Hemd mit Krawatte trug.

Als sie bemerkte, daß wieder jener amüsierte Funken in seinen hellen Augen aufzublitzen begann, schaute sie rasch beiseite.

»Sie wollten mir etwas sagen«, wiederholte sie.

Er strich sehr behutsam die Asche seiner Zigarette ab. »Ich habe es mir anders überlegt.«

»Was?« Sie riß die Augen auf. »Sie wollen... also ich meine... es liegt Ihnen auf einmal nichts mehr an meiner Tochter?!«

»Diese Schlußfolgerung liegt natürlich nahe«, sagte er, »sie ist aber nicht ganz treffend. Es ist mir einfach klar geworden, daß es nicht sehr sinnvoll ist, etwas zu verlangen, wenn man von vornherein weiß, daß man es nicht bekommt.«

»Sie sprechen ziemlich verschlungen«, sagte sie irritiert und griff nach ihren Zigaretten.

Er beugte sich vor, gab ihr Feuer, und eine Sekunde lang trafen sich ihre Augen über der winzigen Flamme.

»Ich liebe sie«, sagte er.

»Barbara erzählte es mir. Sie ... ich bin sicher, sie hat Sie auch sehr gerne. Aber sie ist ja noch viel zu jung, um überhaupt beurteilen zu können.«

Er unterbrach sie. »Wenn ich mich nicht irre, hat Barbara mir erzählt, daß Sie selber, gnädige Frau, in diesem Alter schon verheiratet waren. Sagen Sie jetzt bitte nicht, das wäre etwas ganz anderes.«

»Nein. Aber gerade weil es bei mir so war, möchte ich, daß Barbara es anders macht. Daß sie sich erst in der Welt umschaut, ihre Jugend genießt, ihre Freiheit auskosten kann ...« Sie stockte, fügte fast erschrocken hinzu: »Nicht, daß ich es selber je bereut hätte, so jung geheiratet zu haben.« Sie nahm einen Zug aus ihrer Zigarette, zwang sich, ihm gerade in die Augen zu sehen. »Sie wissen, Graf, daß mein Mann es Barbara verboten hatte, Sie auch nur wiederzusehen.«

Er zuckte mit keiner Wimper. »Ja, ich weiß, er hatte was gegen mich. Aber da Ihr verehrter Herr Gemahl mich nicht einmal gekannt hat, dürfte sein Urteil kaum als maßgeblich anzusehen sein.«

»Ich habe nicht vor, mit Ihnen über das Urteilsvermögen meines verstorbenen Mannes zu diskutieren«, sagte sie und fühlte eine wachsende Gereiztheit in sich aufsteigen. »Es gibt tausend gute Gründe, warum eine Verbindung zwischen Barbara und Ihnen als verfehlt angesehen werden muß. Wenn ich es könnte, würde ich Barbara den Umgang mit Ihnen ganz einfach verbieten. Aber leider weiß ich, daß Barbara dieses Verbot nicht achten würde. Also bleibt mir nur eines übrig, Sie zu bitten! Bitte, Graf, lassen Sie Barbara in Ruhe!«

Er sah sie mit einem unverschämten Lächeln an. »Warum sollte ich das?«

»Nun, natürlich ...« Sie war tödlich verlegen, nestelte an ihrer Handtasche, »ich verlange nicht, daß Sie es umsonst tun. Ich wäre natürlich bereit, Sie ... nun, ich weiß nicht, wie ich das ausdrücken soll ... zu entschädigen.« Sie machte eine kleine Pause, aber da er sie nur unentwegt ansah, fügte sie mit gesenkten Lidern hinzu: »Mein Mann hat mich gelehrt, daß sich die meisten Dinge mit Geld arrangieren lassen.«

Sie schwieg, wagte nicht, ihn anzusehen und hatte das peinigende Gefühl, ihn tödlich beleidigt zu haben. Aber als er nach einer ganzen Weile endlich sprach, klang seine Stimme vollkommen ruhig.

»Sie haben mich durchschaut«, sagte er, und es schien ihr, als wenn er sich über sie lustig machte, »ich bin kein einwandfreier Charakter, und Geld brauche ich tatsächlich immer. Dennoch... ich bin auch ein Spieler oder, um es anders auszudrücken: Mir ist die Taube auf dem Dach immer noch lieber als der Spatz in der Hand. Das heißt, so lange natürlich, als ich noch hoffen kann, die Taube zu fangen.«

»Das wird Ihnen nicht glücken«, sagte sie, »ich werde Ihnen Barbara nicht ausliefern... niemals!«

Er hob die Augenbrauen, sagte unschuldsvoll: »Was haben Sie eigentlich gegen mich?«

»Nichts«, sagte sie, »nichts gegen Sie persönlich, meine ich. Aber ich will nicht, daß Barbara das Opfer ihrer ersten Verliebtheit wird.«

»Aha. Ich verstehe. Drum prüfe, wer sich ewig bindet und so weiter und so fort. Gut. Einverstanden. Setzen wir also eine Prüfzeit fest. Ich verspreche Ihnen, daß ich Barbara nicht verführe. Das ist es doch, was Sie ängstigt, nicht wahr? Und Sie erklären sich einverstanden, daß ich Barbara zu Sport und Spiel abhole, als ein guter Freund in Ihrem Hause verkehre, und daß wir nach einem Jahr... falls unsere Gefühle bis dahin noch unverändert sind... uns offiziell verloben, nach Ablauf eines weiteren Jahres heiraten dürfen.« Er leerte sein Glas. »Zufrieden?«

Sie war verwirrt. Sie hatte sich das Gespräch mit diesem jungen Mann ganz anders vorgestellt, irgendwie hatte sie das ungute Gefühl, überrollt worden zu sein. Dennoch schien sein Vorschlag ganz passabel, zumindest gewährte er einen entscheidenden Aufschub. Ein Jahr war lang. In einem Jahr konnten sich Barbaras Gefühle für den Grafen abgekühlt haben, zumindest würde sie bis dahin mit der Schule fertig sein.

»Und Valentin?« fragte sie. »Sie wissen, daß Sie ihn auf diese absurde Idee gebracht haben, Rennfahrer zu werden.«

Er lachte. »Barbara hat mir davon erzählt. Ein komischer Knabe, so wörtlich habe ich das gar nicht gemeint. Aber ich kann ja mal mit ihm sprechen und ihm den Kopf zurechtsetzen.«

»Hoffentlich gelingt es Ihnen.«

»Machen Sie sich nur nicht zuviel Sorgen, gnädige Frau. Betrachten Sie mich in Zukunft als Ihren Ritter. Anruf genügt, Pit erledigt alles. Es gibt nichts, was ich für Sie nicht auszuführen imstande wäre.«

Sie winkte dem Klubdiener, der in der Tür erschienen war, unterschrieb die Rechnung, die er ihr vorlegte.

Dann, als sie aufstand, Handtasche und Handschuhe vom Fensterbrett nahm, sagte sie, ohne die Hand zu reichen: »Also, leben Sie wohl!«

Er hatte sich ebenfalls erhoben. »Wann sehen wir uns wieder?«

»Wir? Uns?«

»Nun, es war doch abgemacht, daß ich in Ihrem Hause verkehren darf und...«

»Ja, und dabei bleibt es auch. Aber die Termine für Ihre Verabredungen treffen Sie doch wohl besser mit Barbara selber. Und was Valentin betrifft, halten Sie es nicht selber für günstiger, an irgendeinem neutralen Ort mit ihm zu sprechen?«

»Sie haben recht, wie immer«, sagte er mit einem spöttischen kleinen Lächeln in den Augenwinkeln, und ehe sie es verhindern konnte, hatte er seinen schmalen blonden Kopf über ihre Hand gebeugt.

Fast erschrocken riß sie die Hand zurück, drehte sich um und ging aus dem Zimmer.

»Mich können Sie nicht dumm machen!« Valentin Holl stand, die Hände in den Hosentaschen, in dem großen Wohnraum von Graf Schwarzenbachs Appartement, den Rücken zum Zimmer gewandt, und starrte durch die Ritzen der Sonnenjalousie auf das Panorama von München.

Es war wenige Tage, nachdem das entscheidende Gespräch zwischen dem Grafen und Frau Sylvia stattgefunden hatte.

»Sie haben sich von Mutter einwickeln lassen. Seien Sie wenigstens ehrlich.«

»Stimmt.« Der Graf drückte seine Zigarette aus. »Es hat was mit Ihrer Mutter zu tun. Wissen Sie, Valentin, ganz ehrlich, ich bin ein Aufschneider. Ich habe Ihnen gegenüber – und natürlich nicht nur Ihnen gegenüber – eine Menge aufgeschnitten. Von meiner Karriere als Rennfahrer und all dem Quatsch. Man gewöhnt sich so was so leicht an. Es ist mir zum Beispiel sehr dienlich beim Autoverkaufen. Nicht nur den Damen gegenüber. Ich habe also so dahergeredet, ohne mir viel dabei zu denken, und habe ja auch gar nicht geahnt, daß Sie das so ernst nehmen würden, Valentin. Aber als ich dann Ihre Mutter sprach, da wurde mir plötzlich klar, daß ich etwas Unverantwortliches angerichtet habe, verstehen Sie?«

»Kein Wort.«

»Valentin«, sagte er und nahm den Jungen bei den Schultern, »so sperren Sie doch die Ohren auf! Ich habe gelogen, das ist doch leicht zu verstehen!«

»Sie waren also gar kein Rennfahrer?«

»Doch. Natürlich.« Der Graf ließ ihn los. »Ich war einer, Ich habe auch Erfolge gehabt. Wenn du nachher mal mit mir auf den Speicher gehen willst, da steht eine ganze Kiste mit Trophäen, Urnen und Schalen und Bronzeteller und Silberbecher und Goldmedaillen, die natürlich in Wirklichkeit gar nicht von Gold sind. Kurzum, lauter scheußliches Zeug. Aber mir hat es einmal viel bedeutet.«

»Warum haben Sie dann Schluß gemacht?«

»Weil ich draufkam...« Der Graf unterbrach sich, sagte gequält: »Wenn Sie ahnten, wie ungern ich darüber spreche!« Er ging zum Tisch, nahm sich eine Zigarette, zündete sie sich an und warf dann das Päckchen Valentin zu.

»Ich könnte Ihnen jetzt von meinen Stürzen und Knochenbrüchen erzählen«, sagte er nervös, »aber das würde Sie wohl kaum beeindrucken. Also die Wahrheit...« Er trat auf Valentin zu, der sich ebenfalls eine Zigarette angezündet hatte. »Ich habe aufgehört, weil ich einen Menschen getötet habe. Ein Kind. Einen kleinen Jungen von acht Jahren. Es war bei einer Testfahrt mit einem Rennwagen der Mittelklasse, also nicht einmal einer sehr schweren Maschine. Ich hatte zweihundertundzwanzig drauf und war mit mir und dem Motor sehr zufrieden. Da passierte es. In einer Kurve wurde ich aus der Bahn geworfen. Ich habe nicht versagt, sondern es lag am Wagen, wie später einwandfrei festgestellt werden konnte. Ich raste in eine Gruppe von Zuschauern hinein, Werkmeistern, Mechanikern und eben jenem Jungen. Ein paar passierte gar nichts, zwei bekamen sehr schwere Verletzungen ab, ein Mann wurde leicht verletzt, und das Kind... eben das Kind war tot.« Der Graf schwieg.

»Es war nicht Ihre Schuld«, sagte Valentin hilflos.

»Sind Sie sicher? Ich nicht. Jedenfalls habe ich seit damals diesen Beruf aufgesteckt. Sie können mir jetzt sagen, so was könnte überall passieren und passiert auch ... auf jeder Großstadtstraße. Aber es ist nicht dasselbe. Der normale Mensch fährt, um ein Ziel zu erreichen. Das Auto ist ihm also Mittel zum Zweck. Der Rennfahrer fährt um des Fahrens, um der Geschwindigkeit willen. Man nennt das Sport. Ich habe nichts gegen einen gefährlichen Sport, solange der Sportler nur sich selber und seine Kameraden gefährdet. Aber bei Autorennen ist es anders.«

»Ja, natürlich«, sagte Valentin, »aber schließlich ... der Junge hatte ja gar nichts an der Teststrecke zu suchen.«

Das Antlitz des Grafen verwandelte sich in eine zornige Maske. »Sagen Sie, sind Sie so borniert, oder stellen Sie sich nur so?« sagte er mit einer Stimme, die er gerade noch beherrschte.

»Entschuldigen Sie«, sagte Valentin, »nur ... mir leuchtet es immer noch nicht ganz ein. Schließlich gibt es ja immer noch Rennfahrer und Leute, die Spaß daran haben, zuzusehen.«

»Sollen sie«, sagte der Graf, und sein Gesicht entspannte sich, »ich habe ja nichts dagegen. Nur ... es ist eben kein Beruf für mich und meine Freunde. Das war alles, was ich klarstellen wollte. Im übrigen müssen Sie sich natürlich ganz allein entscheiden.«

Valentins Jungengesicht zeigte Betroffenheit.

Der Graf stieß nach. »Außerdem, so was geht ja nicht von heute auf morgen. Sie müßten natürlich erst Automechaniker werden, Valentin, ein sehr schöner und nützlicher Beruf. Die Ausbildung bis zum Gesellen dauert drei Jahre, und dann müßten Sie versuchen, Verbindung mit einem guten Werk zu bekommen. Sie müßten sich testen und wieder testen lassen, und selbst wenn alles gut geht, müßten Sie noch von Glück sagen, wenn man Sie ans Steuer ließe. Also, na ja, überlegen Sie sich die Sache. Natürlich können Sie immer noch in einer Autoreparaturwerkstätte arbeiten oder Verkäufer werden wie ich. Das bleibt Ihnen in jedem Fall noch offen.«

Valentin nagte an seiner Unterlippe. »Aber ich mag nicht mehr auf die Schule gehen«, sagte er.

»Wenn ich Sie wäre ...«, sagte der Graf. »Aber das interessiert Sie wohl nicht.«

Valentin hob den Kopf. »Doch. Sehr sogar.«

»Ich würde versuchen, in die Bank zu kommen. Geld ist Macht. Menschenskind, wenn ich je so eine Chance gehabt hätte. Das

Bankgeschäft, das ist es, was Sie lernen sollten, denn eines Tages gehört die Bank Ihnen, Ihnen und Ihrer Schwester.«

»Nicht die Bohne. Sie gehört Mutter. Bis wir dran sind, sind wir alt und grau geworden.«

»Na, wenn schon! Aber Sie könnten das Unternehmen verwalten und leiten. Bis dahin, meine ich. Ihre Mutter wäre bestimmt nur froh, wenn es in der Familie bliebe.«

»Hat sie Ihnen diesen Floh ins Ohr gesetzt?«

»Bestimmt nicht. Bei allem, was mir heilig ist. Wir haben das Wort ›Bank‹ nicht einmal erwähnt.«

Valentin Holl drückte seine Zigarette sehr sorgfältig im Aschenbecher auf dem Couchtisch aus. Dann ging er mit einem unsicheren Lächeln an Graf Schwarzenbach vorbei zur Etagentür. »So long«, sagte er, »und Dank für alles!«

Der Graf hütete sich, noch eine Frage zu stellen. Er begriff, daß Valentin Zeit brauchte, mit seinen Problemen fertig zu werden. »So long«, sagte er nur, »und grüßen Sie Barbara!«

Sylvia Holl trocknete gerade ihren schlanken braunen Körper mit dem dicken rauhen Badetuch ab, als das Telefon klingelte.

Sie ging ins Schlafzimmer hinüber, nahm den Hörer ab. Als sie sich meldete, war sie ganz darauf gefaßt, die dunkle, immer ein wenig heisere Stimme des Grafen zu hören.

Aber es war Valentin, der sie anrief.

»Du?« sagte sie überrascht. »Von woher sprichst du denn?«

»Von unten. Aus der Diele. Ich wollte bloß fragen, ob du bald runterkommst.«

Sylvia sah auf ihre kleine, brillantbesetzte Armbanduhr, die sie vor dem Baden auf den Nachttisch gelegt hatte. »Aber es ist doch noch Zeit bis zum Dinner«, sagte sie.

»Ich möchte dich unbedingt noch vorher sprechen. Ich habe dir etwas Wichtiges zu erzählen.«

»Was?« fragte Sylvia. »Etwas Unangenehmes?«

»Ach wo. Im Gegenteil. Du wirst dich freuen.«

Ehe sie noch eine weitere Frage stellen konnte, hatte er schon aufgehängt.

Unwillkürlich beeilte Sylvia sich, nach unten zu kommen, obwohl sie eher beunruhigt, als freudig gespannt war. Sie konnte sich nur schwer vorstellen, daß Valentin wirklich eine gute Nachricht für sie haben würde.

In dem großen Wohnraum fand sie beide – Valentin und seine Zwillingsschwester Barbara. Valentin hatte sich rittlings auf einen der seidenbespannten zierlichen Stühle gesetzt, Barbara lag auf dem Récamier-Sofa, die Arme unter dem Kopf verschränkt, die Beine auf der Lehne. Beide lauschten hingegeben einem Dixieland, dessen scharfer Rhythmus aus allen Ecken des großen Zimmers widerzuhallen schien. Sie hatten die Stereo-Lautsprecheranlage eingeschaltet, die ihr Vater noch ein halbes Jahr vor seinem Tod hatte einbauen lassen.

Das Getöse war so groß, daß sie Sylvias Eintritt gar nicht bemerkten. Sie fuhren erst auf, als sie die Apparatur mit einem Fingerdruck abstellte.

»Aber, Mama, warum...«, schrie Valentin empört.

»Ich dachte, du wolltest mit mir sprechen.« Wieder einmal wurde es Sylvia bewußt, wie jung diese beiden waren – jung genug, um alle ihre Sorgen und Probleme wenigstens für den Moment über einer neuen Tonaufnahme zu vergessen.

»Ach ja, natürlich.« Valentin stand auf, schwang ein Bein über die Lehne des Stuhls, sagte, wie um einen unausgesprochenen Vorwurf zu entkräften: »Ich setze mich schon anständig hin, Mama.« Auch Barbara nahm ihre Füße von der Lehne des Sofas, stellte sie auf den Boden und richtete sich auf.

Sylvia hatte sich in einigem Abstand zu Barbara auf dem Récamier-Sofa niedergelassen; jetzt zündete sie sich eine Zigarette an. Valentin runzelte die braune Stirn, als wenn es schwierig wäre, die rechten Worte zu finden, dann platzte er heraus: »Ich war bei Roman Miller!«

Als er Verständnislosigkeit und Staunen in den Augen von Mutter und Schwester sah, fügte er nicht ohne Selbstgefälligkeit hinzu: »Das haut hin, wie?«

»Ich wäre dir dankbar, wenn du nicht so vulgär sein wolltest«, sagte Sylvia nervös.

Aber niemand verstand sie, weil Barbara im selben Moment, sehr hell und sehr energisch fragte: »Was wolltest du von dem alten Widerling?«

»Er ist gar nicht so übel.« Valentin grinste von einem Ohr bis zum anderen. »Voller Verständnis und so weiter und so fort. Er hat mir einen Lehrvertrag gegeben.« Verlegen und mit mühsam unterdrücktem Stolz zog er das Dokument aus der Tasche. »Du brauchst nur noch zu unterschreiben, Mama.«

Barbara lachte schallend. »Valentin als Banklehrling, das ist ein Witz! Ich sehe dich schon mit Bowler und Regenschirm.«

»Quatsch! Das ist doch bloß in London!«

»Bitte«, sagte Sylvia, »bitte. Ich finde diese ganze Angelegenheit durchaus nicht komisch. Hör bitte auf zu lachen, Barbara. Was ist dir nur dabei eingefallen, Valentin? Wolltest du nicht vor ein paar Tagen noch Rennfahrer werden?«

»Klar. Aber das hat Pit mir gründlich ausgeredet. Statt dessen hat er mir den Tip mit dem Bankgeschäft gegeben und deshalb...«

»Also freu dich doch, Mama«, sagte Barbara. »Warum machst du bloß so ein Gesicht? Ich finde die Idee von Pit einfach fabelhaft.«

Sylvia stand auf und drückte ihre Zigarette aus. »Ja, natürlich freue ich mich«, sagte sie lahm. Tatsächlich fühlte sie sich einfach überrumpelt. Es kränkte sie, daß ihr Sohn sich nicht vorher mit ihr besprochen hatte, sie fand es merkwürdig, daß Roman Miller sich nicht sogleich mit ihr in Verbindung gesetzt hatte. »Warum hast du dich nicht mit mir beraten, Valentin? Du weißt doch, wie ich es hasse, vor vollendete Tatsachen gestellt zu werden.«

Die beiden sahen sich einen Augenblick verblüfft an, dann platzte es laut los. »Entschuldige, Mama«, sagte Barbara prustend, »aber das ist wirklich zu komisch.«

Sylvia errötete. »Ich verstehe durchaus nicht, was es da zu lachen gibt«, sagte sie gereizt.

»Aber Mama, wirklich nicht? Daß du so etwas sagen kannst, ausgerechnet du. Wo Vater dich doch dein ganzes Leben lang vor vollendete Tatsachen gestellt hat.«

»Darüber«, sagte Sylvia und ihre Augen funkelten vor Zorn, »steht euch kein Urteil zu. Ihr seid unreif und anmaßend. Ich dulde nicht, daß ihr so von der Ehe eurer Eltern sprecht.«

Barbara und Valentin schwiegen betroffen.

Dann sagte der Junge mit gerunzelten Augenbrauen: »Wirst du nun unterschreiben, Mutter, oder nicht?«

»Das muß ich mir noch überlegen«, sagte Sylvia hart, dann aber spürte sie selber, daß sie im Begriff stand, den Bogen zu überspannen und verbesserte sich mit einem gezwungenen kleinen Lachen: »Natürlich hast du meine Einwilligung.« Sie nahm das Gesicht ihres Sohnes zwischen beide Hände und gab ihm einen raschen Kuß auf die Nase. »Ich bin ja froh darüber. Im Grund genommen war es ein ganz vernünftiger Entschluß von dir. Nur in Zukunft bitte keine solchen Überraschungen mehr.«

»Danke, Mama«, sagte Valentin aufatmend, und Barbara fügte lächelnd hinzu« »Na, Gott sei Dank, dann ist ja alles okay.«

6

Seit dem Tod ihres Mannes waren Sylvias Tage leer geworden. All die größeren und kleineren gesellschaftlichen Ereignisse, an denen sie früher teilgenommen hatte – Rennen in Daglfing, Eröffnungen von Ausstellungen, Tennis- und Golfturniere, Modenschauen, Theaterpremieren, Parties und Einladungen –, waren ihr von einem zum anderen Tage versagt. Im übrigen stand ihr auch durchaus nicht der Sinn danach. Sie spürte sehr deutlich, daß fast alle Dinge, die sie zu Lebzeiten ihres Mannes betrieben hatte, nur um seinetwillen geschehen waren. Er war es, der ihr Programm zusammengestellt, der immer darauf geachtet hatte, daß ihr kleiner Terminkalender keine leeren Stellen aufwies.

Jetzt auf einmal schien ihr alles, was sie früher mit Eifer und Pflichtbewußtsein getan hatte, als ganz belanglos. Selbst zum Besuch des Friseurs und der Kosmetikerin konnte sie sich nicht so regelmäßig wie früher aufraffen. Ihre Schönheit zu pflegen, schien ihr sinnlos geworden zu sein.

So kam es, daß die kleine Einladung, die sie auf Wunsch ihrer Kinder für den Grafen Schwarzenbach geben wollte, weit mehr Bedeutung für sie gewann, als es zu normalen Zeiten der Fall gewesen wäre. Er war der erste offizielle Gast, der nach dem Tode Georg Holls das Haus am Herzogpark betrat, vielleicht ihr künftiger Schwiegersohn. Sylvia war entschlossen, daß alles glatt und ohne Zwischenfall verlaufen würde. Sie hatte sich gegen den Wunsch der Kinder, den Freund abends bei sich zu sehen, entschieden gewehrt, und nach einigem Hin und Her hatten die beiden sich mit dem nächsten Sonntagmittag einverstanden erklärt.

Sie machte sich, nach langer Zeit zum erstenmal wieder, mit ganz besonderer Sorgfalt zurecht, brauchte lange für die Maniküre ihrer schmalen, bräunlichen Hände, wählte mit Bedacht Nagellack und Lippenstift, bürstete ihr goldbraunes Haar, bis es in weichen duftigen Wellen ihr Gesicht umschmiegte, massierte sanft und lange die feinen Fältchen, die sich in den Winkeln ihrer schönen Augen gebildet hatten.

Sie brauchte einige Zeit, bis sie sich entschieden hatte, was sie anziehen sollte.

»Bloß nichts Schwarzes«, hatte Barbara gesagt, »wir sind ja keine Trauergesellschaft.«

Schließlich wählte sie ein raffiniert geschnittenes dunkelbraunes Seidenkleid – ein Pariser Modell –, das ihr kleidsam und seriös genug für den bevorstehenden Anlaß schien.

Sylvia warf einen letzten Blick in den großen, dreiteiligen Spiegel, verließ das Zimmer und schritt die breite, luftig konstruierte Treppe hinunter.

Schon von weitem hörte sie Musik. Aber es war nicht Jazz, wie sie unwillkürlich erwartet hatte, sondern – sie verhielt ihren Schritt – Mozart. Das Klavierkonzert Nr. 5, G-Dur. Das Adagio. Die wunderbaren, fast überirdischen, heiteren Klänge trafen sie mitten ins Herz.

Wer mochte diese Platte aufgelegt haben? Barbara? Valentin? Um ihr eine Freude zu machen? – Sie bezweifelte es im gleichen Augenblick, in dem sie es dachte. Nein, das sah ihnen so gar nicht ähnlich. Es konnte nur der Gast gewesen sein.

Sie eilte, plötzlich beschwingt, die Treppe hinunter, trat in den großen Raum, der ganz von Musik erfüllt zu sein schien.

Graf Schwarzenbach stand auf, beugte sich über ihre Hand, reichte ihr drei wunderbare langstielige gelbe Rosen. Sie legte lächelnd den Finger auf den Mund, als er etwas sagen wollte, und er verstand und schwieg.

Aber da war Barbara schon aufgesprungen und hatte den Apparat ausgeschaltet. Es wurde plötzlich sehr still, nichts war zu hören als das gleichmäßige Rauschen des Regens draußen vor den Fenstern.

»Warum tust du das?« fragte der Graf mit einer Schärfe, die für alle, besonders für Barbara, überraschend kam.

Das junge Mädchen errötete, zuckte trotzig die Schultern. »Warum nicht? Das ist doch einfach blöd, herumzusitzen und kein Wort zu sprechen.«

Er sah sie an, ein seltsames Lächeln in den hellen Augen. »Ich vergaß«, sagte er, »du bist wohl zu jung, um Mozart lieben zu können.«

Sylvia spürte, wie verletzt ihre Tochter war und wechselte schnell das Thema. »Ich danke Ihnen für die herrlichen Rosen, Graf«, sagte sie. »Bitte, sei doch so gut, Barbara, und such' eine passende Vase aus.« Sie setzte sich in einen hochlehnigen antiken Gobelinsessel und begann, wie sie es zu Lebzeiten ihres Mannes gewöhnt gewesen war, Konversation zu machen. »Die Kinder haben es sehr bedauert, daß es ausgerechnet heute regnet. Sie wollten...«

»Wenn du uns damit meinst, Mama«, unterbrach Barbara sie hitzig, »so muß ich dich darauf aufmerksam machen, daß wir längst keine Kinder mehr sind – weder ich noch Valentin.«

»Du hast recht, mein Liebling«, sagte Sylvia gelassen, »aber für mich werdet ihr wohl immer Kinder bleiben, auch wenn wir in Wirklichkeit schon alle alte Leute geworden sind.«

Der Graf nahm das Stichwort auf und erzählte sehr witzig von seiner Urgroßmutter, einer neunzigjährigen und noch sehr munteren alten Dame, die in ihrem ältesten, jetzt immerhin auch schon siebzigjährigen Sohn immer noch ›den Jungen‹ sah und ihn wie einen unselbständigen Buben behandelte.

Barbara hatte die Rosen in einer hohen Kristallvase geordnet und sie auf den Erkertisch gestellt. Jetzt kam sie wieder zu den anderen zurück und sagte: »Na, bei einer senilen alten Dame mag das noch angehen. Aber du bist schließlich noch nicht alt genug, um schrullig sein zu dürfen, Mama.«

Sylvia begriff, daß ihre Tochter es darauf anlegte, sie zu verletzen, aber sie wußte nicht, wie sie diesen Angriff abwehren konnte, ohne die Dinge zu verschlimmern.

Der Graf tat es für sie. »Hast du dir schon einmal überlegt, Barbara«, sagte er mit gefährlicher Liebenswürdigkeit, »daß deine Mutter und ich etwa gleichaltrig sein dürften?«

»Aber du bist doch noch keine vierzig!« Barbara schrie es fast heraus.

In Valentin meldete sich der Kavalier. »Aber Mutter doch auch noch nicht«, sagte er, »das weißt du ganz genau.«

»Nun also, ich habe recht«, sagte der Graf und lächelte Sylvia hintergründig an, »wir gehören zur selben Generation.«

»Und warum erzählst du das? Warum gerade jetzt?« fragte Barbara böse.

»Denk' einmal nach. Du warst ja immer schon ein kluges Kind. Pardon, eine intelligente junge Dame. Ich wette, du wirst ganz von selber darauf kommen.«

Sylvia versuchte abzulenken. »Bitte, Valentin«, sagte sie, »mach uns ein paar Cocktails zurecht. Was möchten Sie trinken, Graf?«

»Einen Sherry, bitte.«

»Sherry? Du bist aber heute sehr zahm, Pit!« sagte Barbara spöttisch.

»Fällt es auf?« fragte er ungerührt. »Ich versuche eben, mich von meiner besten Seite zu zeigen.«

»Mir gegenüber aber durchaus nicht.«

»Es sollte mir leid tun, wenn ich es dir gegenüber an Höflichkeit und Achtung hätte fehlen lassen«, lautete die ironische Antwort.

»Du bist unausstehlich!« Barbara ballte die Fäuste.

»Bitte«, sagte Sylvia, »bitte, muß das sein?«

»Mach dir nichts draus, Mama«, sagte Valentin tröstend, »die denken sich gar nichts dabei. Nimmst du auch einen Sherry?«

»Bitte, ja.«

Der Graf beugte sich vor, zog ein Zigarettenpäckchen aus seiner Jackentasche und bot Sylvia eine Zigarette an. »Ich habe, nach unserem Gespräch im Golfklub damals, noch sehr lange an Sie denken müssen, gnädige Frau.« Er steckte sich selber eine Zigarette zwischen die Lippen, nahm Sylvia das kleine goldene Feuerzeug aus der Hand und ließ es aufspringen. »Alles, was Sie mir sagten...«

Sylvia unterbrach ihn erstaunt. »Ich erinnere mich durchaus nicht. Was sagte ich denn?«

»Sie machten sich Sorgen um Barbara und Valentin.« Er wollte das Zigarettenpäckchen wieder einstecken, sah Barbaras aufgebrachten Blick und sagte rasch: »Entschuldige, möchtest du auch eine?«

»Nein, danke«, sagte sie schneidend.

Er wandte sich wieder an Sylvia und fuhr gelassen fort: »Dabei besteht für eine derartige Sorge nicht der geringste Anlaß. Beide sind jung und gesund und auf geradezu erquickende Weise egoistisch. Der einzige Mensch, um den es sich wirklich nachzudenken lohnen würde, das sind Sie selber, gnädige Frau...«

»Ich?« Sylvia zwang sich zu einem Lächeln. »Warum? Nein, Graf, da irren Sie sich ganz gewaltig. Wenn ich Barbara und Valentin auf dem richtigen Weg weiß, sind alle meine Probleme gelöst.«

»Sie machen einen Fehler, gnädige Frau, einen ganz schweren Fehler«, sagte er plötzlich sehr ernst, »Sie stehen im Begriff sich aufzuopfern. Das sollte man nie tun. Es wirkt so demoralisierend.«

Sylvias Lächeln wurde freier. »Oscar Wilde?« sagte sie, »ich meine, hat er das nicht gesagt? Oder etwas Ähnliches?«

Er zeigte, nicht ein bißchen verlegen, seine Zähne, sehr weiße und sehr kräftige Zähne. »Man kann Ihnen nicht so leicht etwas vormachen«, sagte er, »Sie haben mich ertappt. Und dennoch habe ich in der Sache recht. Darf ich Sie etwas fragen? Etwas ziemlich Persönliches?«

»Wenn es nicht zu persönlich ist.«

»Ich hoffe nicht. Also, wir wollen mal resümieren: Valentin tritt ins Bankgeschäft. Barbara wird sich nach Ablauf einer gewissen Zeit mit mir verloben...«

»Das ist noch gar nicht so sicher«, erklärte Barbara gereizt.

»Natürlich nicht. Es soll sich ja um eine Art Bedenkzeit handeln. Aber es geht mir jetzt einmal nicht um uns, sondern um deine Mutter. Was haben Sie für Zukunftspläne, gnädige Frau?«

Sylvia nahm das Glas Sherry entgegen, das Valentin ihr reichte. »Pläne«, sagte sie, »nein, eigentlich Pläne... ich weiß nicht...«

»Aber Sie sollten sich Pläne machen. Sie sind viel zu jung, um sich einfach treiben zu lassen. Zu jung und zu schön.«

Barbara stand brüskiert auf und schob ihren Stuhl zurück.

Er schien es gar nicht zu bemerken. »Sie haben noch sehr viel vom Leben zu erwarten«, sagte er, »tatsächlich stehen Sie erst am Anfang, und da ist es wichtig, sein Schicksal fest in die Hand zu nehmen, damit es nicht eine falsche Richtung bekommt. Ich glaube fast... erlauben Sie mir, daß ich so offen sprechen..., Sie haben bisher nur für Ihren Gatten, Ihre Ehe, Ihre Kinder, Ihre gesellschaftlichen Verpflichtungen gelebt. Jetzt ist der Augenblick gekommen, wo Sie an sich selber denken können und denken müssen. Jetzt dürfen Sie endlich Ihr Leben, Ihr ureigenstes Leben...«

»Ich verstehe«, sagte Sylvia, »ich verstehe Sie sehr gut. Aber dazu müßte ich erst einmal herausfinden, wie es sein sollte, mein ureigenstes Leben.«

»Sie würden mich glücklich machen, wenn ich Ihnen dabei helfen dürfte.«

Barbara drehte sich um und verließ das Zimmer. Kurz darauf hörten sie, wie die Haustür hinter ihr ins Schloß fiel.

Barbara hatte das Haus verlassen.

Sylvia wartete, solange es eben ging, aber ihre Tochter ließ sich nicht blicken. So blieb ihr endlich nichts anderes übrig, als ihren Gast und Valentin zu Tisch zu bitten.

Es wurde eine trübselige Mahlzeit.

Obwohl Graf Schwarzenbach sich so unbefangen wie nur möglich gab, obwohl Sylvia sich nach Kräften bemühte, die Situation zu überspielen – das leere Gedeck vor Barbaras Stuhl war nicht zu übersehen.

Valentin als einziger verlor keine Sekunde seinen Appetit oder seine gute Laune. Er redete munter drauflos, ohne zu beachten, daß der Graf immer einsilbiger wurde und seine Mutter endlich ganz verstummte. Sylvia hatte jenes leere konventionelle Lächeln aufgesetzt, hinter dem sie schon seit Jahren gelernt hatte, ihre Gefühle zu verbergen. Innerlich aber wartete sie mit angespannter Aufmerksamkeit darauf, die Haustür sich wieder öffnen zu hören. Jede Sekunde hoffte sie, Barbara eintreten zu sehen – aber Barbara erschien nicht wieder.

Der Graf verabschiedete sich gleich nach dem Mokka, und Sylvia machte keine Anstalten, ihn zurückzuhalten.

»Es tut mir sehr leid«, sagte er und hielt ihre Hand eine Sekunde länger, als es notwendig gewesen wäre, »ich fürchte, es ist meine Schuld. Ich weiß zwar nicht, was ich getan habe, aber anscheinend habe ich mich wie ein Elefant im Porzellanladen benommen.«

»Barbara ist sehr sensibel«, sagte Sylvia ohne rechte Überzeugung.

»Sie ist noch sehr jung«, sagte der Graf mit einem kleinen, schwer zu deutenden Lächeln. Er wandte sich an Valentin. »Ich fahr noch mal hinaus nach Daglfing. Kommen Sie mit?«

»Jetzt?« fragte Sylvia. »Aber es regnet doch so stark. Ich glaube nicht, daß ein Rennen stattfindet.«

»Wir bummeln nur so ein bißchen durch die Ställe«, erklärte Valentin, »unterhalten uns mit den Jockeys und Trainern...«

»Ich pflege mein Taschengeld gelegentlich durch Rennwetten aufzufrischen«, fügte der Graf hinzu, »da muß man sich auf dem laufenden halten.«

»Tust du das etwa auch, Valentin?« fragte Sylvia entsetzt. »Auf Pferde wetten, meine ich?«

Valentin lachte. »Aber nein, Mama, wovon denn?«

»Nur keine Sorge, gnädige Frau«, sagte der Graf, »ich passe schon auf ihn auf.«

Sylvia blieb allein zurück – allein in dem großen, mit einem Male sehr leer gewordenen Haus.

7

Valentin Holl trat am 1. Oktober als Lehrling in das Bankhaus ›Holl & Co.‹ ein.

Vom ersten Augenblick an genoß er das Wohlwollen sämtlicher Vorgesetzten, Kollegen und Sekretärinnen. Markus Ebinger, dem es als einzigem um eine wirklich fachgerechte Ausbildung des jungen Mannes ging, konnte sich gegen die allgemeine Welle von Sympathie und Nachsicht nicht anstemmen.

Wenige Tage nach seinem Eintritt wurde Valentin zu Roman Miller, dem jetzigen Chef des Bankhauses, bestellt. Valentin folgte dieser Aufforderung mit einem gewissen Unbehagen; er war sich durchaus bewußt, sich nicht immer ganz korrekt im Betrieb benommen zu haben. Er war zweimal zu spät gekommen, hatte die Kollegen durch Erzählen dramatischer Turf-Anekdoten von der Arbeit abgehalten und hatte eine einfache Aufstellung, die er auf der Rechenmaschine zusammenzählen sollte, vollkommen verkorkst.

Aber Roman Millers eitles, verschlagenes Gesicht strahlte das lauterste Wohlwollen aus, als sich der junge Mann seinem Schreibtisch näherte.

»Nun, mein Junge«, sagte er und rieb sich heiter die Hände, »ich habe Sie kommen lassen ... bitte setzen Sie sich doch, machen Sie sich's bequem. Zigarre gefällig?« Er öffnete einen Kasten mit den teuren Importen, die für besonders hervorragende Besucher bestimmt waren. Sein Lächeln vertiefte sich, als er Valentins verständnisloses Gesicht sah. Er sagte: »Natürlich, ich verstehe, das ist noch nichts für Sie, wie? Aber Sie haben ganz recht. Ich rauche auch lieber Zigaretten.« Er schob ihm eine Zigarettendose hin, deren kunstvoll ziselierter Deckel die Initialen der Firma zeigte – ein Geschenk der Belegschaft zu irgendeinem Geburtstag des verstorbenen Georg Holl.

Roman Miller hatte den Blick des Jungen aufgefangen. »Ja, Ihr Vater, Valentin«, sagte er mit einem tiefen Seufzer, »er war ein großer Mann. Sein Genie fehlt uns an allen Ecken und Enden.« Er lächelte schon wieder. »Aber ich sehr froh, daß Sie sich entschlossen haben, in seine Fußstapfen zu treten.«

Jetzt zum ersten Male kam Valentin zu Wort. »Nun, Fußstapfen ist vielleicht doch übertrieben«, sagte er, »vorläufig ist mir das Bankgeschäft noch ein Buch mit sieben Siegeln.«

Roman Miller öffnete eine Schublade seines Schreibtisches, zog ein unscheinbares, graues Heftchen heraus, blätterte gedankenverloren darin.

»Ihr Führerschein, Valentin. Ich habe ihn erst ganz vor kurzem unter der Hinterlassenschaft Ihres Vaters gefunden.«

Unwillkürlich streckte Valentin die Hand aus, als wenn er Roman Miller dieses Dokument, das für ihn so kostbar war, entreißen wollte.

Roman Miller beobachtete es amüsiert. »Bitte...«, sagte er und reichte ihm mit einer großzügigen Geste den Führerschein hin. Valentin ergriff ihn hastig, schlug ihn auf, klappte ihn wieder zu, hielt ihn in verkrampften Fingern, unschlüssig, ob er ihn so ohne weiteres einstecken durfte oder ob an diese überraschende Rückgabe eine neue Bedingung geknüpft war. Er wagte seinem Glück nicht zu trauen.

»Ich weiß nicht, warum Ihr Vater Ihnen den Führerschein abgenommen hat«, sagte Roman Miller bedachtsam; er hob abwehrend die Hand, als Valentin zu einer Erklärung ansetzen wollte. »Ich will es auch gar nicht wissen. Ich begreife wohl, daß es zwischen Vater und Sohn zu Mißverständnissen kommen kann. Jedenfalls bin ich froh, daß ich diese Angelegenheit in Ordnung bringen konnte. Sie verdienen es, mein lieber Junge.« Roman Miller erhob sich andeutungsweise.

Valentin Holl begriff, daß er entlassen war. Verwirrt und freudig erregt stammelte er seinen Dank hervor und verließ den feudal eingerichteten Raum.

Im Vorraum traf er Markus Ebinger, den jungen Prokuristen, der darauf wartete, zu Roman Miller vorgelassen zu werden.

»Hallo, Valentin«, sagte er überrascht, »du machst ja ein Gesicht, als wenn du dem Weihnachtsmann begegnet wärst.«

»So ähnlich war es auch.« Valentin genoß seinen Triumph. »Hier, mein Führerschein! Ich habe ihn wieder. Roman Miller hat ihn mir zurückgegeben.«

»Herzlichen Glückwunsch!« sagte Markus Ebinger ohne Begeisterung.

Valentin steckte den Führerschein wieder ein, sagte spöttisch: »Trag's mit Fassung!«

»Weiß deine Mutter davon?«

»Nein. Und ich habe auch nicht die Absicht, es ihr zu sagen.« Er grinste unverschämt. »Aber das wäre eine feine Gelegenheit, dich mal wieder Liebkind bei ihr zu machen.« Er drehte sich um und verließ übermütig pfeifend das Zimmer.

Markus Ebinger blickte ihm sehr nachdenklich nach.

Barbara hatte jede Verbindung zu Graf Schwarzenbach abgebrochen. Aber Sylvia war nicht so froh darüber, wie sie eigentlich hätte sein sollen. Barbaras Unglück zerriß ihr das Herz.

Das junge Mädchen zeigte nichts mehr von strahlender Jugend. Sie war freudlos geworden, unruhig, begann sogar ihr Äußeres zu vernachlässigen. Weder mit guten noch mit bösen Worten war sie zu bewegen, nach den Ferien in ihre alte Klasse zurückzukehren. Sie aß wenig, ging nicht mehr zum Telefon, wenn Freunde oder Freundinnen sie anriefen, wurde täglich blasser.

Barbara wirkte krank, aber Sylvia brauchte keinen Arzt, um die Diagnose stellen zu lassen. Barbara war verliebt – todunglücklich verliebt. Deshalb glaubte Sylvia, daß Ablenkung das beste wäre. Sie setzte diesen Gedanken auch gleich in die Tat um und bestellte noch am gleichen Tag zwei Plätze für einen Flug nach Rom im Stadtbüro der Lufthansa. Sie hatte recht mit ihrer Kalkulation. Barbara freute sich sehr auf diese unverhoffte Reise, obwohl sie es nicht zugeben mochte. Aber sie war aufgeschlossener und umgänglicher als seit langem. Sie erbot sich freiwillig, der Mutter beim Packen zu helfen, und tatsächlich stellte diese Aufgabe Sylvia vor ein Problem, bei dem sie Rat und Hilfe sehr wohl brauchen konnte. Erst jetzt wurde ihr bewußt, daß sie in den langen Jahren ihrer Ehe nie, tatsächlich niemals mit kleinem Gepäck gereist war. Jetzt stand sie der Aufgabe, ihr Gepäck auf das Wesentliche und unbedingt Erforderliche zu beschränken, hilflos gegenüber.

Sie dachte darüber nach, als sie am Nachmittag auf Gut Sonnenhof hinauffuhr, um sich mit dem Verwalter zu besprechen und das Grab ihres verstorbenen Mannes zu besuchen.

Georg Holls Grabstätte war bereits eingeebnet und mit einem immergrünen Moos bepflanzt. Ein Rosenstrauch rankte sich neben der Stelle, wo später der Grabstein hinkommen sollte. Sylvia hatte aus München einen großen Strauß leuchtender Dahlien mitgebracht; den stellte sie jetzt in einen großen, mit Wasser gefüllten Tonkrug gegenüber dem verblühenden Strauch.

Mehr war nicht zu tun. Dennoch stand sie lange und tief in Gedanken versunken. Fast überfiel es sie hier, am Grab ihres verstorbenen Mannes, wie Gewissensbisse. Was hätte Georg gesagt, wenn er wüßte, daß sie, so kurz nach seinem Tode, verreisen wollte? Fort von Lauterwies, fort von München, nach Rom, in diese Stadt voll südlichen Lebens und voller Abenteuer? Er hätte es bestimmt nicht gutgeheißen. Oder doch? Sie unternahm diese Reise ja nicht aus Vergnügungssucht, sondern nur Barbaras wegen.

Sylvia machte sich bei dieser Entschuldigung vor sich selber tatsächlich nichts vor. Sie wäre liebend gern geblieben, zwar nicht in ihrem Haus am Herzogpark, sondern hier draußen, auf Gut Sonnenhof.

Sie stand lange am Dielenfenster des großen alten Hauses und sah zu, wie die flachen Wagen, mit Kartoffelsäcken beladen, in den Hof fuhren. Drüben vor der großen Scheune wurde Futtergetreide geschrotet. Tief atmete Sylvia die klar, herbe Luft – es roch nach Tieren, nach Äpfeln, nach Kartoffelfeuern, ein warmer, süßer Geruch, der sie an die Herbstferien ihrer Kindheit erinnerte.

Der Verwalter, ein Herr Pröll, holte sie ab und ging mit ihr durch die Ställe, redete zu ihr über das Vieh, die Ernte, die Gewitterschäden. Sylvia hörte zu, stellte hier und da eine Frage, versuchte zu verstehen.

»Ich bin sehr zufrieden«, sagte sie endlich, »ich habe den Eindruck, daß Sie die Dinge wunderbar in der Hand haben, lieber Herr Pröll, besser könnte es mit Gut Sonnenhof gar nicht stehen.«

»O doch, sagte Pröll, »leider doch. Ich habe wirklich versucht herauszuholen was herauszuholen ist; aber ohne Zuschuß werden wir auch dieses Jahr nicht auskommen. Trotz der guten Ernte nicht und trotz aller Subventionen. Die Löhne der Landarbeiter sind wieder gestiegen, und so gleicht es sich aus.«

Sylvia sah ihn aus großen Augen an. »Soll das heißen, das Gut ist nicht rentabel?«

Das Erstaunen des Verwalters war ganz echt. »Rentabel? Aber damit war doch nie zu rechnen. Das hat selbst Herr Holl niemals verlangt. Ich hatte ihm nur versprochen, mein Bestes zu tun, damit die Zuschüsse gestrichen werden könnten.«

»Ach so«, sagte Sylvia ganz verwirrt, »Gut Sonnenhof ist also ein Zuschußunternehmen?«

»So kann man es nennen. Sie wissen ja, als Herr Holl es vor fünfzehn Jahren erwarb, war es ganz herunter. Er hat eine Menge hineinstecken müssen, um es überhaupt in die Höhe zu bringen.«

»Aber eines Tages muß sich das Gut doch rentieren, ein so

großer Betrieb. Ich verstehe ja leider nichts von diesen Dingen, aber ich denke doch... es müßte sich wenigstens selbst erhalten.«

»Ausgeschlossen, gnädige Frau. Das habe ich Herrn Holl Jahr für Jahr erklären müssen. In der Landwirtschaft liegt heutzutage kein Verdienst mehr.«

Sylvia sah Herrn Pröll von der Seite an. Sie gingen über den sauber gepflasterten Hof auf das Haupthaus zu. Ganz überraschend wurde ihr bewußt, daß sie diesen großen, blonden, allzu selbstsicheren Mann nicht mochte, nie gemocht hatte.

»Das ist schwer zu glauben«, sagte sie, und, als sich das Gesicht des Verwalters verfinsterte, fügte sie abschwächend hinzu: »Vielleicht müßte man andere Bedingungen schaffen.«

»Wie denn?«

»Das weiß ich nicht. Leider bin ich mit den Gegebenheiten ja zu wenig vertraut.«

»Wenn Sie Einblick in die Bücher wünschen, gnädige Frau... bitte. Jederzeit! Sie werden einsehen, daß ich Ihr Mißtrauen nicht verdient habe. Wir brauchen das Geld gerade jetzt, bevor die Ernte verkauft ist. Es besteht schon ein sehr beträchtliches Defizit.«

»Herr Pröll«, sagte Sylvia, »ich muß Sie etwas fragen, es geht mir jetzt nicht um die augenblickliche Situation. Ich hatte eigentlich vor, über kurz oder lang die Bank meinen Kindern zu überlassen und mich auf Gut Sonnenhof zurückzuziehen. Ich hatte gehofft, dann von den Einkünften des Gutes leben zu können.«

»Unmöglich.«

»Auch dann nicht, wenn man die Ausgaben einschränkte? Oder versuchen würde, neue Einnahmequellen zu erschließen.«

»Welche?« fragte der Verwalter trocken.

»Nun, zum Beispiel könnte man nicht Holz schlagen und verkaufen?«

»In zwanzig Jahren vielleicht. Das ganze Waldgebiet ist erst von Herrn Holl aufgeforstet worden.«

»Schade«, sagte Sylvia.

»Wenn wir genügend Wald hätten, wäre alles kein Problem«, erklärte Herr Pröll, »die meisten Bauern hier herum leben in erster Linie von ihren Wäldern.« Er blieb stehen, als sie am Gutshaus angekommen waren. »Ich möchte Ihnen wirklich gerne meine Bücher zeigen.«

»Jetzt nicht«, sagte Sylvia. »Ich fliege morgen mit meiner Tochter nach Rom. Vielleicht, wenn ich zurückkomme.«

»Aber ich brauche das Geld. Sie müssen mir glauben, gnädige Frau, ich belästige Sie nur sehr ungern damit. Vor dem Tode von Herrn Holl wurde es mir immer durch die Bank überwiesen, aber seither ist es ausgeblieben.«

»Ich werde mit Herrn Miller darüber sprechen.«

»Ich bitte darum, gnädige Frau. Im übrigen steht der Gutsbetrieb jederzeit einer Inspektion zur Verfügung.«

Sehr nachdenklich fuhr Sylvia nach München zurück.

Bisher hatte sie geglaubt, daß ihr verstorbener Mann ihr mit der Erbschaft von Gut Sonnenhof eine beschränkte, aber doch immerhin sichere Existenz hatte überlassen wollen. Nun hatte es den Anschein, daß nicht einmal das der Fall war.

Selbst wenn der Verwalter aus begreiflichen Gründen die Lage allzu schwarz schilderte – fest stand, daß er von Georg Holl Jahr für Jahr beträchtliche Zuschüsse für das Gut bekommen hatte. Der Sonnenhof stellte also, wenn sie sich tatsächlich jemals zu einer zweiten Ehe und damit zu einem Verzicht auf das gesamte anderweitige Vermögen entschließen würde, eher eine Belastung als einen Gewinn dar. Und Georg Holl mußte das gewußt haben.

Warum hatte er ihr das angetan?

Nur um zu verhindern, daß sie noch einmal heiratete? Konnte er so eifersüchtig sein – so besitzgierig über den Tod hinaus?

Sylvia schauderte. Wie wenig hatte sie ihn gekannt, den Mann, mit dem sie Seite an Seite die letzten zwanzig Jahre ihres Lebens verbracht hatte.

Wenn er ihr wenigstens einmal erklärt hätte, warum er die Dinge so und nicht anders geordnet hatte.

Aber da gab es nichts zu erklären. Die Klauseln, die er sich ausgedacht hatte, waren niederträchtig und demütigend für sie. Nur gut, daß außer ihr selber und den Kindern niemand etwas von dem beschämenden Mißtrauen ihres Mannes je erfahren würde.

Es wurde Sylvia schwer, ihre Kinder beim Nachhausekommen nicht fühlen zu lassen, wie niedergedrückt sie war.

Barbara empfing sie in bester Stimmung. »Es kann losgehen, Mama«, sagte sie munter. »Die Pferde sind gesattelt, die Koffer sind gepackt. Valentin weiß auch schon Bescheid. Da staunst du, was? Ich kann tüchtig sein, wenn ich will.«

»Ich staune wirklich«, sagte Sylvia und zwang sich zu einem Lächeln. »Soll das heißen, daß du meine Sachen etwa auch schon eingepackt hast?«

»Du sagst es.«

»Aber du weißt doch gar nicht, was ich mitnehmen wollte.«

Barbara lachte. »Sei doch ehrlich, Mama, das wußtest du ja selber nicht. Ich habe mir alles genau überlegt, guck nicht so mißtrauisch... übrigens habe ich mir natürlich von Betty helfen lassen.«

»Na, da fällt mir ein Stein vom Herzen.«

Barbara wurde plötzlich ernst. »Wie wenig Vertrauen du zu mir hast, Mama.«

»Vertrauen?« sagte Sylvia. »Doch, das habe ich. Nur...«, sie brach ab. Sie hatte sagen wollen, daß sie sich tatsächlich schon darauf gefreut hatte, endlich einmal ihre Garderobe selber zusammenstellen zu dürfen. Aber wozu das aussprechen? Es hätte Barbara nur unnötig gekränkt.

Aber ihre Tochter war hellhörig. »Was... nur? Ich hasse angefangene Sätze.«

»Du bist wie dein Vater«, sagte Sylvia, und sie wußte selber nicht, ob sie das freuen oder traurig stimmen sollte. »Wie hat Valentin es aufgenommen?«

»Ach, ich glaube, er ist ganz froh, uns los zu sein. Da kommt er. Du kannst ihn selber fragen.« Valentin kam die Treppe herunter, immer zwei Stufen auf einmal nehmend. »Hallo, Mama«, sagte er, »ist es wahr, oder hat Barbara mich angeschwindelt? Ihr wollt euch selbständig machen?«

»Ja, Valentin, aber natürlich nur für ein paar Wochen. Ich denke, so lange kannst du allein hier hausen. Betty und die Köchin bleiben da. Nur Hubert will in Urlaub gehen.«

»Fahrt ihr mit dem Wagen?«

»Nein, wir fliegen.« Plötzlich wußte sie, woran Valentin dachte. »Aber die Autos sind fort«, sagte sie rasch, »der große muß in die Bank, ich habe versprochen, ihn Roman Miller für offizielle Gelegenheiten zur Verfügung zu stellen, und meinen bringe ich morgen früh noch zur Inspektion.«

»Die dauert aber doch nicht Wochen.«

»Stimmt. Aber trotzdem möchte ich nicht, daß du mein Auto benutzt. Ich möchte überhaupt nicht, daß du selber fährst.«

»Bloß, weil Vater es mir verboten hatte?«

»Nein, weil ich mir keine Sorgen um dich machen will. Ich hätte keine ruhige Sekunde in Rom, wenn ich mir vorstellen müßte, daß du die Fahrbahnen als Rennpiste benutzt.«

»Aber die Zeiten sind doch längst vorüber.«

»Ich möchte es nicht, Valentin. Das ist mein Ernst. Versprich mir in die Hand, daß du nicht selber chauffierst, sonst könnte ich dich nicht mit gutem Gewissen allein lassen.«

»Als ob mir soviel daran läge«, sagte Valentin überraschend, »von mir aus... großes Ehrenwort!«

»Danke, Valentin.«

Sylvia sah ihre Kinder an. Sie sahen sich wenig ähnlich, die blonde energische Barbara, und der braune, jungenhaft verspielte Valentin, und doch merkte man, daß sie aus demselben Holz geschnitzt waren – beide so unkompliziert, so selbstsicher, so gesund.

»Ich bin froh, daß ich euch habe«, sagte Sylvia.

Sie hatte plötzlich das Gefühl, daß alle Schwierigkeiten der vergangenen Jahre nicht von den Zwillingen, sondern nur von ihr selber verschuldet worden waren.

Die Bartänzerin Tamara Tess hatte täglich um Mitternacht ihren letzten Auftritt im ›Parisiana‹. Nachher war sie frei, denn ihr Vertrag schloß ausdrücklich Tischverpflichtungen aus, eine Tatsache, auf die sie sich viel zugute tat. Manchmal sah Roman Miller sich das Programm an, meist aber holte er sie in der Garderobe ab.

»Ich bin mal wieder ausgedörrt wie ein Schwamm«, sagte sie, als sie ihren Abendmantel – dunkelvioletter Brokat mit Weißfuchsbesatz – eng um sich raffend, zu ihm ins Auto stieg. »Wohin fahren wir, Sweety?«

»Zu mir nach Hause.«

»Jetzt sofort?« fragte sie enttäuscht. »Ich hatte gedacht, wir würden...«

»Ich habe mit dir zu sprechen.«

Sie wurde sofort hellhörig. »Was Unangenehmes?« Sie beobachtete sein Profil gespannt unter den schwarzen, getuschten, überlangen Wimpern hervor.

»Nein«, sagte er, ganz damit beschäftigt, den Wagen rückwärts auf die Fahrbahn zu steuern.

Sie lehnte sich in die Polster zurück, schloß die Augen und sagte mit einem Lächeln: »Ein Talent hast du, das muß der Neid dir lassen, du verstehst es, es spannend zu machen. Du hättest Märchenerzähler werden sollen.«

Roman Miller wählte die Strecke durch den Englischen Garten. Die Fahrbahnen waren jetzt, gegen ein Uhr früh, fast ausgestorben.

Sie kamen rasch und ohne Zwischenfall voran und erreichten in kaum mehr als fünf Minuten das Appartementhochhaus in München-Bogenhausen.

Er gab ihr Haustür- und Wohnungsschlüssel. »Fahr schon nach oben«, sagte er, »und mach's dir gemütlich. Ich bringe nur den Wagen in die Garage.«

Oben angekommen, zog sie in der Garderobe ihren Abendmantel aus. Die Wohnung wirkte sehr aufgeräumt, die Vorhänge waren zugezogen. Sie wäre gern in die Badewanne gestiegen, denn sie hatte, wie immer nach ihrer Arbeit, ein starkes Bedürfnis nach Sauberkeit. Aber die Andeutungen ihres Freundes hatten sie mißtrauisch gemacht. Sie ahnte nicht, was er im Schilde führte, aber sie wußte, daß es immer besser war, gerüstet zu sein. Ihr sehr elegantes kleines Cocktailkleid, das ihre schöne, ein wenig üppige Figur voll zur Geltung brachte, gab ihr Halt und Sicherheit. Sie prüfte ihr breitflächiges Gesicht mit den hochstehenden Backenknochen und den sehr schräg geschnittenen Augen vor dem Spiegel. Sie kämmte sich zwei-, dreimal achtlos durch ihre rote Mähne, ging dann in die kleine Küche, öffnete einen Eisschrank.

Sie stieß einen leisen Pfiff aus, als sie die Platte mit kleinen Salaten und Delikatessen entdeckte. Das war ungewohnt. Ihre Beziehungen zu Roman Miller waren längst auf dem Punkt angekommen, wo man glaubt, ohne lästige Formalitäten miteinander verkehren zu können.

Aber für diesen Abend hatte Roman Miller sich sichtlich angestrengt. Er hatte sogar eine Flasche Sekt eingekühlt. Tamara las das Etikett – eine französische Marke.

Sie stand mit gerunzelter Stirn und dachte nach. Nun denn, wenn er es feierlich haben will – soll er.

Sie fand im Wandschrank eine weiße, nie gebrauchte Tischdekke, breitete sie über den niedrigen Kacheltisch und machte sich ans Werk.

Als Roman Miller zehn Minuten später nach oben kam, waren alle Leuchten bis auf eine kleine rosa beschirmte Lampe am großen Fenster gelöscht, Kerzen flammten auf dem festlich gedeckten kleinen Tisch, und aus dem Radio erklang gedämpfte Tanzmusik. Er zog sie, noch im Mantel, in die Arme, küßte sie auf die nackte, helle Schulter. »Hatte ich nicht recht?« murmelte er. »Ist es hier nicht schöner als wieder und wieder in diesen dummen Nachlokalen?«

Sie genoß die Berührung seiner Lippen, den festen Druck seiner warmen Hände, aber sie hielt sich ganz steif. »Du wolltest mir etwas mitteilen«, sagte sie, und ihre Stimme klang noch rauher als sonst.

»Ja, natürlich, sofort. Laß mich nur eben den Mantel ausziehen und die Flasche öffnen.«

Sie setzte sich auf die Couch, schlug die langen, schlanken Beine übereinander und sah ihm zu.

»Es ist wirklich ein Jammer«, sagte er, »daß eine Frau wie du sich Abend für Abend von einem Haufen Banausen anstarren lassen muß.« Mit einem dumpfen Knall schoß der Sektkorken aus der Flasche, Roman Miller ließ die schäumende Flüssigkeit geschickt in die flachen Schalen fließen. »Weiß Gott, ich sehne den Tag herbei, wo ich dich aus all dem herausnehmen kann, mindestens so sehr wie du selber.«

Sie saß schweigend, ein kleines, gefrorenes Lächeln um den Mund.

»Warum sagst du nichts? Was ist mit dir los?« fragte er.

»Ich höre dir zu, Sweety«, sagte sie ruhig, nahm ihr Glas und hob es ihm entgegen; dann stürzte sie den Inhalt des vollen Glases wie eine Verdurstende hinunter, hielt es ihm wieder zum Einschenken hin.

»Du sagst das so... glaubst du mir nicht?«

»O doch. Jedes Wort.«

Sie nahm sich zwei Löffel Hummermayonnaise auf den Teller, begann genüßlich zu essen.

»Mir fehlt es wahrhaftig nicht an gutem Willen«, sagte er mit Nachdruck.

Jetzt hob sie den Kopf und sah ihn an; ihre grünen Augen funkelten. »Woran denn?«

»Ich kann es mir einfach nicht leisten, und das weißt du ganz genau«, sagte er polternd, um seine Unsicherheit zu verbergen, »später...«

»Wann... später?«

»Wenn ich mein Ziel erreicht habe. Dann werde ich mehr für dich tun, als du dir heute träumen läßt.«

»Das heißt, wenn du die Familie Holl aus der Bank hinausgedrückt hast.«

»Tamara!« sagte er, von ihrer Unverblümtheit unangenehm berührt.

»Du bist ein seltsamer Mensch.« Sie biß mit gutem Appetit in ein Stück Toast. »Hegst die finstersten Pläne in deinem Busen und scheust wie ein junges Pferd, wenn man die Dinge beim Namen nennt. Warum eigentlich? Traust du dich doch nicht? Hast du ein schlechtes Gewissen?«

»Du weißt genau, daß es nicht so ist. Nach dem, was Georg Holl mir angetan hat.«

»Fang nicht wieder davon an. Das kann ich schon singen. Also, was willst du von mir?«

Er tat erstaunt. »Wie kommst du darauf, daß ich etwas von dir will?«

»Aber, aber! Ich mag ja ziemlich dumm sein, aber jedenfalls bin ich nicht unerfahren. Was sollte das alles, die festlichen Vorbereitungen, deine ausschweifenden Versprechungen, wenn du nichts von mir willst?« Er schwieg, und sie sagte: »Daß ich dir bei der Verwirklichung deiner Pläne helfe, wirst du wohl kaum von mir verlangen, für so etwas bin ich nämlich bestimmt nicht die richtige Person.«

»Vielleicht doch.«

»Aha«, sagte sie, schob den noch halb gefüllten Teller von sich, zündete sich eine Zigarette an einer Kerzenflamme an, »jetzt wird es spannend.«

»Tamara«, sagte er, »das, um was ich dich bitten möchte, ist wirklich nicht die Welt. Es handelt sich einfach um folgendes: Sylvia Holl und ihre Tochter sind heute nach Rom geflogen.«

»Sie einmal an! Die lustige Witwe!« spöttelte sie.

»Der Junge ist allein zu Hause geblieben. Du weißt, daß er seit dem Ersten bei uns in der Bank arbeitet, ich fühle mich also gewissermaßen für ihn verantwortlich.«

Sie unterbrach ihn wieder. »Sag einmal, für wen hast du diese Rede einstudiert? Doch sicher nicht für mich?«

»Laß mich doch bitte erst einmal ausreden. Es handelt sich einfach darum, daß ich das Gefühl habe, der Junge könnte sich einsam fühlen.«

»Und ich soll ihn ein wenig aufheitern? Zerstreuen?«

»Genau das.«

Sie lachte heiser auf. »Deutlicher gesagt, ich soll den Jungen ruinieren?«

»Übertreib' doch nicht immer gleich so. Ruinieren! Wer denkt denn an so etwas. Ich möchte einfach, daß du dich ein wenig um ihn kümmerst. Herausbringst, was er so denkt, sagt und träumt. Weiter gar nichts.«

»Bestimmt nicht?«

»Soll ich es dir schriftlich geben? Dein Gerede von dem neuen Leben, das du dir aufbauen willst, scheint nicht sehr ernst gemeint zu sein. Opfer willst du jedenfalls keine dafür bringen.«

»Nicht auf anderer Leute Kosten.«

»Wer hat denn dich je geschont!«

Auf diese Frage wußte sie keine Antwort, und es entstand eine lange, beklemmende Pause.

»Na gut«, sagte sie endlich und drückte ihre Zigarette aus. »Ich werde mir den Knaben einmal ansehen. Wie heißt er?«

»Valentin.«

»Sehr romantisch. Ich werde ihn mir also anschauen und ihm ein bißchen auf den Zahn fühlen. Mehr kann ich dir vorerst nicht versprechen. Woher weißt du denn, ob ich sein Typ bin?«

»Ich weiß es«, sagte er ruhig und senkte die Lider, um den Triumph in seinen Augen nicht allzu deutlich werden zu lassen. »Wenn du nur willst, muß es klappen.«

»Aber wie soll ich ihn überhaupt kennenlernen? Ohne daß es auffällt, meine ich. Geht er in Nachtlokale? Willst du ihn etwa in das ›Parisiana‹ schleppen?«

»Ich glaube nicht, daß das das Richtige wäre«, sagte er nachdenklich, »wir müssen uns etwas Besseres ausdenken. Aber das hat Zeit. Hauptsache, wir sind uns grundsätzlich einig.« Er suchte mit dankbarem Lächeln ihren Blick. »Ich wußte ja, daß ich mich auf dich verlassen kann.«

8

Die ersten Tage in Rom wurden für Sylvia Holl und ihre Tochter ein Erlebnis.

Sie hatten bisher nie allzuviel Zeit füreinander gehabt, jetzt, zum ersten Male, lernten sie sich wirklich kennen. Sylvia erfuhr mehr über ihre Tochter als in den vergangenen Jahren. Beide hatten das starke und berauschende Gefühl, daß das Glück auf ihrer Seite stand.

Sie hatten die Wohnung, von der Sylvia geträumt hatte, tatsächlich durch die Vermittlung der Gräfin Orsini bekommen – ein winziges, luxuriös eingerichtetes Haus, das in einem uralten gepflegten Park auf dem Grundstück eines Palazzos auf einem der sieben Hügel Roms stand. Die Hausmeisterin und ein junges Mädchen aus Neapel verrichteten den Haushalt. Das kleine Haus hatte einen geräumigen Wohnraum, drei Schlafzimmer und drei Bäder, eine hochmodern eingerichtete Küche im Erdgeschoß und eine Dachterrasse, von der aus sie einen herrlichen Blick über die ganze Stadt genießen konnten.

Meist frühstückten sie hier oben und machten Pläne für den kommenden Tag, freuten sich an dem seidig blauen Himmel und der milden warmen Luft, die in angenehmem Gegensatz zu der herbstlichen Kühle stand, vor der sie geflohen waren.

Sie plauderten über alles mögliche miteinander – nur über den Grafen sprachen sie nie. Sylvia wagte nicht, dieses Thema anzuschneiden. Sie wußte, erst wenn Barbara von sich aus darüber sprechen würde, war die schmerzhafte Wunde ganz verheilt.

Sie bummelte einen ganzen Tag lang mit Barbara über das Forum, nahm an einer Führung durch die Engelsburg teil, besuchte die Katakomben und das Vatikanmuseum, bestaunte das Kolosseum – alles Dinge, für die sie früher nie Zeit gehabt hatte.

Barbara lächelte etwas über den Eifer ihrer Mutter. »Du mit deinem späten Bildungshunger«, pflegte sie zu sagen, »tun dir denn noch nicht die Füße weh?«

Meist gab Sylvia dann nach, beugte sich der sanften Tyrannei ihrer Tochter. Aber der Verzicht fiel ihr nicht schwer, weil er, wie sie glaubte, ganz freiwillig war.

Wenige Tage später saßen sie gegen zehn Uhr auf der Dachterrasse bei einem späten Frühstück, als die kleine Neapolitanerin die Treppe hinaufgehüpft kam.

»Un Signore, prego!« meldete sie wichtig.

»Ein Herr?« sagte Sylvia erstaunt. »Was will er? Was für ein Herr?«

Die kleine Neapolitanerin reichte ihr strahlend eine Visitenkarte, die sie in ihrer Hand gehalten hatte.

»Vielleicht ein Vertreter?« sagte Barbara. »Ich hätte immer schon riesig gerne mal einen italienischen Vertreter genossen...«

Sylvia sah ihre Tochter an. »Es ist kein Vertreter«, sagte sie langsam, »und es ist auch kein Italiener...«

»Wer denn?«

»Weißt du es wirklich nicht?«

»Du sprichst in Rätseln.«

Sylvia reichte ihrer Tochter die Karte. »Peter Graf Schwarzenbach!«

Barbara sprang auf. »Pit?« rief sie, und es war schwer zu erkennen, ob sie entzückt oder entsetzt war.

»Wenn du ihm nicht geschrieben hast, muß Valentin ihm unsere Adresse verraten haben«, sagte Sylvia. »Jedenfalls ist es eine Frechheit, uns hier mir nichts dir nichts zu überfallen.« Sie wandte sich an die Neapolitanerin, die immer noch abwartend und verlegen lächelnd dastand. »Bitte, Elena, sagen Sie ihm, daß wir nicht zu sprechen sind... haben Sie mich verstanden? Die Damen sind nicht...«

»Aber, Mama!« rief Barbara. »Du willst ihn doch nicht etwa fortschicken?«

»Was denn sonst?«

»Wo er die weite Reise gemacht hat, nur um mich zu sehen? Nein, Mama, bitte, tu's nicht. So grausam kannst du doch gar nicht sein.«

»Aber, Barbara«, sagte Sylvia sehr erstaunt, »ich verstehe gar nicht. Du warst es doch, die ihn nicht mehr sehen wollte. Wir sind doch nach Rom geflogen, um eine möglichst große Entfernung zwischen ihn und dich zu legen, und jetzt auf einmal...«

»Aber, Mama, begreifst du denn nicht, daß jetzt alles anders geworden ist? Warum ist er denn gekommen? Doch nur, weil er mich liebt. Das ist der Beweis, auf den ich gewartet habe.« Sie wandte sich an das Mädchen. »Bitte, Elena, bringen Sie ihn herauf. Oder noch besser, zeigen Sie mir, wo er ist. Im Wohnzimmer? Oder haben Sie ihn noch gar nicht heraufgelassen? Ich laufe und hole ihn.«

Sylvia hatte das Gefühl, daß sie etwas sagen, dies verhindern müßte. Aber sie war wie gelähmt. Sie spürte ein merkwürdiges Ziehen im Herzen, eine Beklemmung, wie sie sie noch nie empfunden hatte – das Schlucken, ja, sogar das Atmen fiel ihr schwer. War es die Ahnung kommenden Unheils, die ihr das Herz abschnürte?

Es war vier Uhr nachmittags. Der Himmel über München war schwer von Wolken.

Die leitenden Herren des Bankhauses ›Holl & Co.‹ hatten sich im sogenannten ›großen Konferenzsaal‹ zu einer Besprechung versammelt. Noch waren die hochlehnigen mit grünem Leder bespannten Sessel um den langgestreckten Tisch leer. Die Herren standen, Akten und Ledertaschen unter dem Arm, in kleinen Gruppen beieinander und unterhielten sich gedämpft. Hin und wieder verriet ein kräftiges Auflachen, daß man nicht vorwiegend über geschäftliche Belange geplaudert hatte. Junge Damen eilten geschäftig hin und her, verteilten Statistiken, Notizblätter und Schreibgeräte an den einzelnen Plätzen, Aschenbecher, Zigarren- und Zigarettenschachteln, Wasserflaschen und Gläser.

Auch als Roman Miller eintrat, entstand nicht sogleich jene erwartungsvolle Stille, die zu Georg Holls Lebenszeiten selbstverständlich gewesen war. Der geschäftsführende Direktor mußte erst die kleine Glocke ertönen lassen; er tat es mit ärgerlich gerunzelter Stirn.

Dann erst zogen die Sekretärinnen sich eiligst zurück. Die Herren begaben sich auf ihre Plätze.

Roman Miller wartete, bis alle saßen. »Nun also, meine Herren«, sagte er dann nach einem kurzen Räuspern, »um gleich zum ersten Punkt unserer Tagesordnung zu kommen... es ist erwogen worden, ein repräsentatives Bild des Gründers dieser Firma unten in der Halle oder an einem sonst gut sichtbaren Platz aufzuhängen. Ich möchte mich zu diesem Vorschlag erst einmal der Stimme enthalten und Sie, meine Herren, bitten...«

Das Telefon zu Roman Millers Rechten klingelte.

Er unterbrach sich, nahm den Hörer ab, sagte ärgerlich: »Was fällt Ihnen ein, Fräulein Angermann. Sie wissen ganz genau...« Dann plötzlich änderte sich Ton und Gesichtsausdruck. »Wahrhaftig«, sagte er wesentlich milder, »das könnte stimmen, ja, Sie könnten recht haben, es ist meine Schuld. Ich habe vergessen, diese Verabredung notieren zu lassen. Nein, natürlich hat es keinen Zweck, die Dame warten zu lassen. Moment mal!«

Er hielt die Sprechmuschel zu, wandte sich an die Anwesenden. »Mir ist da etwas sehr Dummes passiert. Eine Dame... keine Kundin des Hauses... wollte mich persönlich wegen ihrer Wertpapiere um Rat fragen. Und ich habe den Termin vergessen. Jetzt wartet sie unten.«

Markus Ebinger erhob sich sofort. »Soll ich vielleicht?«

»Nein, nein, bleiben Sie hier. Ich brauche Sie noch. Aber wie wäre es... natürlich, das ist das Einfachste!« Er gab die Sprechmuschel frei, sagte: »Bitte, Fräulein Angermann, bitten Sie Herrn Holl junior, die Sache zu übernehmen. Ja, das ist ein Auftrag! Halt, Fräulein Angermann, noch eines. Von nun an möchte ich auf keinen Fall mehr gestört werden!«

Er wandte sich wieder an die Konferenzteilnehmer. »Also, wo waren wir stehengeblieben ... richtig! Was das Bild unseres allseits verehrten, allzu früh verstorbenen Chefs betrifft, bitte ich um Ihre Stellungnahme!«

Während die anderen redeten, zeichnete Markus Ebinger Kreise und Quadrate auf einen Notizblock. – Sonderbar, dachte er, irgend was an dieser Geschichte ist sonderbar. Wenn ich nur wüßte, was. Sie war zu geschickt serviert, um echt zu sein. Roman Miller kann kein solcher Narr sein, einen Termin nicht notieren zu lassen. So etwas geht doch in Fleisch und Blut über. Und Valentin ist kein Fachmann für Geldanlagen ... einfach lächerlich. Aber es klang alles so natürlich. Trotzdem oder gerade deshalb ... irgend etwas ist faul.

Obwohl Valentin Holl über ein mehr als gewöhnliches Maß an Selbstbewußtsein verfügte, war ihm, als er sich auf den Weg zum kleinen Konferenzraum machte, doch etwas beklommen zumute. Die Aufforderung, eine Kundin zu beraten, hatte ihn wie ein Blitz aus heiterem Himmel getroffen. Zudem hatte das Wort ›Dame‹ sofort eine ziemlich unangenehme Assoziation in ihm geweckt – er stellte sich, er wußte selber nicht warum, unter dieser Bezeichnung ein ältliches weibliches Wesen mit spitzer Nase, dick bepudertem Gesicht und bläulich getöntem Haar vor.

Um so angenehmer war er überrascht, als er Tamara sah.

Sie hatte sich für diese Begegnung sorgfältig zurechtgemacht und nach langem Überlegen ein betont jugendliches marineblaues Kostüm mit großem weißen Kragen gewählt. Sie hatte die Wimpern ihrer schräg stehenden Augen nur ganz zart getuscht, den allzu üppigen Mund durch ein paar geschickte Striche mit dem Lippenstift verkleinert. Ihre lange, leuchtendrote Mähne hatte sie nach oben gebürstet und am Hinterkopf hochgesteckt.

Valentin war fasziniert.

Sie reichte ihm ihre weiße Hand mit den sehr lang gefeilten, mit einer irisierenden Lackmischung angemalten Nägeln. »Endlich, Herr Direktor«, sagte sie mit ihrer tiefen, ein wenig heiseren Stimme, »ich habe schon gedacht ...«

Er beugte sich tief über ihre Hand. »Gnädige Frau, ich bedaure unendlich. Hoffentlich sind Sie nicht zu enttäuscht. Aber ich bin nicht Direktor Miller.«

Tamara konnte nur mit Mühe ein Lächeln über seine Naivität unterdrücken. Sie tat sehr überrascht: »Nicht? Aber ich hatte doch extra gebeten... es war ganz fest ausgemacht!«

»Ich bin Valentin Holl«, sagte der Junge mit Nachdruck, »vielleicht sagt Ihnen der Name etwas. Ich bin der Sohn des Firmengründers.«

Tamara hielt es für richtig, sich angenehm berührt zu zeigen. »Ach, wirklich?« fragte sie. »Da haben Sie die Börsengeschäfte ja wohl sozusagen mit der Muttermilch aufgesogen?«

Valentin zögerte eine Sekunde, dann sagte er: »Nein. Bei uns zu Hause wurde nie über Geld oder Geschäfte gesprochen.«

Das hat gesessen, dachte Tamara, arroganter Flegel! – Sie sagte: »Wahrscheinlich hat sich Ihre Frau Mutter nicht für diese Dinge interessiert?«

»Natürlich nicht. Warum sollte sie auch?«

»Stimmt«, sagte Tamara und nahm sich eine Zigarette aus der Teakholzdose, die Valentin ihr anbot. »Warum sollte sie?« Sie hielt die Spitze ihrer Zigarette in die Flamme des Tischfeuerzeuges, das er ihr bot. »Ihre Frau Mutter muß beneidenswert sein«, sagte sie.

»Keine Ahnung«, sagte er und zog eine kleine Grimasse, »ich verstehe nichts von der weiblichen Psyche.«

»Wirklich nicht?« Sie lächelte ihn aus grünen Augen durch den Rauch ihrer Zigarette an. »Das ist aber schade.«

Ihm wurde plötzlich heiß. Er hätte gerne ein Fenster aufgemacht, aber er wagte es nicht.

Sie beobachtete mit Genugtuung sein Erröten, sagte, indem sie ihre Wimpern senkte und auf die Asche ihrer Zigarette blickte: »Aber das kann man lernen.«

Valentin lachte verlegen auf. »Kein Interesse«, sagte er.

Sie änderte den Ton. »Nun ja, ich bin schließlich nicht gekommen, um Ihnen gute Ratschläge zu geben, Herr Holl, sondern um Ihren Rat zu erbitten. Ich habe eine Anzahl Papiere, noch von meinen Eltern ererbt. Sie liegen auf einer Berliner Bank. Vielleicht gleiche ich ein wenig Ihrer Frau Mutter, jedenfalls habe ich mich um diese Dinge nie gekümmert. Meine Papiere bringen mir Jahr um Jahr ein paar Prozente ein, und ich fand das immer ganz nett. Nun sagte mir ein Bekannter, daß das dumm wäre. Wenn man sich ein bißchen um die Dinge kümmerte, könnte man weit mehr herausholen, und da dachte ich... Ich habe eine Aufstellung der Werte gleich mitgebracht!« Sie zog eine maschinengeschriebene

Liste aus ihrer Handtasche, die Roman Miller ihr zusammengestellt hatte. »Ich weiß natürlich nicht, wieviel die Papiere beim Einkauf gekostet haben. Aber vielleicht können Sie das herausbringen?«

»Wann ungefähr wurden sie gekauft?«

»Kurz vor dem Krieg.«

»Und Sie möchten gerne wissen, wieviel sie damals gekostet haben?«

»Ja. Und wieviel sie heute wert sind.«

»Augenblick, bitte. Da muß ich mir erst einmal Unterlagen besorgen.«

Tamara blickte ihm amüsiert nach. Sie drückte die angefangene Zigarette aus – sie war schon ein wenig trocken gewesen, dazu nicht ihre Marke – und nahm sich eine aus ihrem eigenen Päckchen. Eigentlich eine ganz amüsante Aufgabe, dachte sie, ich hatte es mir erheblich anders, schlimmer, vorgestellt. Ein ziemlich dummer Junge – aber wenigstens ist er hübsch. Sehr hübsch sogar. Und er hat Charme. In ein paar Jahren wird er ein sehr attraktiver Mann sein.

Valentin kam zurück. Er hatte sich die Vergleichswerte besorgt und begann eifrig zu rechnen. Stolz zeigte er Tamara das Ergebnis, und sie gab sich auch entsprechend beeindruckt.

»Wahrhaftig, das grenzt ans Wunderbare«, sagte sie. »Ich bin wirklich froh, daß ich zu Ihnen gekommen bin. Da habe ich also, ohne selber eine Ahnung davon zu haben, in den letzten fünfundzwanzig Jahren ein kleines Vermögen verdient. Das heißt natürlich, nicht ich habe es verdient, denn ich war seinerzeit ja noch gar nicht geboren. Das ist wirklich eine angenehme Überraschung, von einer Stunde zur anderen zu erfahren, daß man gar kein so armes Mädchen ist, wie man immer geglaubt hat!«

»Und jetzt möchten Sie wahrscheinlich wissen, ob Sie vielleicht das eine oder andere dieser Papiere abstoßen und dafür ein neues erwerben sollten?«

Tamara stand auf. »Nein, o nein! Das würde ich mich niemals trauen. Nachdem, was ich eben erfahren habe, lasse ich lieber alles beim alten.«

»Ich verstehe...«

»Sie sind doch nicht etwa enttäuscht? Zu dumm, jetzt wird es mir erst klar, ich habe Sie ganz umsonst bemüht. Für nichts und wieder nichts sozusagen.«

»Das macht doch gar nichts, gnädige Frau...«

»Und ob das etwas macht! Wie kann ich mich denn erkenntlich zeigen? Ah, ich weiß, ich habe eine Idee. Davon wird zwar nicht die Bank profitieren, aber Sie! Ich lade Sie ein. Wirklich, warum besuchen Sie mich nicht mal? Im ›Parisiana‹, ich arbeite dort als Tänzerin! Ich lasse Ihnen einen Tisch reservieren, und Sie sind den ganzen Abend mein Gast! Versprechen Sie es mir?«

»Ich weiß wirklich nicht...«, sagte Valentin tödlich verlegen.

»Nicht? Oh!« Ihre Augen wurden dunkel. »Es liegt Ihnen nichts daran, mich wiederzusehen?«

»Das nicht, nur...«

»Es liegt Ihnen also doch etwas daran? Ein ganz, ganz kleines bißchen! Geben Sie es doch zu. Ach, wie wunderbar! Also, Sie kommen? Heute abend, ja?«

»Vielleicht. Wenn ich es möglich machen kann.« Valentin zögerte. »Aber auf keinen Fall dürfen Sie mich einladen.«

Tamara lächelte strahlend. »Nun gut, dann bin ich Ihr Gast, Herr Holl, daran soll es nicht scheitern. Im Gegenteil«, fügte sie verheißungsvoll hinzu, »ich liebe großzügige Männer!«

Valentin hatte keineswegs wirklich vorgehabt, dieser Aufforderung zu einem Wiedersehen Folge zu leisten – jedenfalls sagte er sich das später zu seiner eigenen Entschuldigung. Daß er abends dann doch ins ›Parisiana‹ ging, geschah mehr aus Oppositionslust als aus dem Wunsch heraus, ein Abenteuer zu erleben.

Draußen nieselte es. Er verfluchte es wieder einmal, daß er keinen Wagen zur Verfügung hatte, schlug den Mantelkragen auf und ging zu Fuß in Richtung Stachus.

Im Espresso in der Maxburg fand er, wie immer um diese Tageszeit, einige junge Leute aus seiner Clique, seine Schulkameraden von einst, Martin Meyers und Klaus Ritter. Für sie war er immer noch der große Mann. Zwar hatte sein Ruf eine Weile darunter gelitten, daß er kein Auto mehr hatte, aber die Tatsache, daß er nicht mehr die Schulbank zu drücken brauchte, hatte das wieder voll und ganz wettgemacht.

Er wurde mit Hallo begrüßt, man machte ihm Platz, begann die jüngsten Neuigkeiten auszukramen.

Valentin saß weit zurückgelehnt, auf den Hinterbeinen des kleinen, weißgestrichenen Stuhls balancierend, und hörte sich das Gerede der anderen blasiert und mit halb geschlossenen Augen an.

Es dauerte eine ganze Weile, bis endlich Martin Meyers sein

Schweigen bemerkte. »Nanu?« sagte er. »Du bist so komisch, Valentin? Was ist los mit dir?«

»Oh, nichts... gar nichts«, sagte Valentin geistesabwesend.

»Na, hör mal, mach uns doch nichts vor! Natürlich ist was mit dir. Seit wann spielst du die Auster?«

»Überhaupt nicht«, sagte Valentin und schlürfte einen Schluck seines heißen Kaffees, »oder... wenn ihr es genau wissen wollt... eure ewigen Schulgeschichten fangen langsam an, mir auf die Nerven zu gehen.«

»Hört! Hört!« rief Klaus Ritter und klatschte sich auf die Schenkel vor Vergnügen.

Martin Meyers war empfindlich. »Wenn wir dich so langweilen«, sagte er, »brauchst du ja nicht mehr mit uns zu verkehren, schließlich, wo du jetzt Bankier geworden bist.«

»Es dreht sich ja nicht um euch, ihr seid schon richtig«, sagte Valentin großmütig, »bloß euer blödes Gerede ödet mich an! Dem Lateinlehrer alberne Antworten geben, das soll schon was sein. Früher fand ich so was ja auch ganz nett, aber jetzt bin ich doch schon entschieden über dieses Stadium hinaus. Ihr habt ja keine Ahnung vom wirklichen Leben.«

»Aber du!« Martin Meyers schnaufte verächtlich durch die Nase.

»Sehr richtig. Ich ja. Wenn man erst einmal im Beruf steht. Ihr meint vielleicht, das wäre ziemlich öde, aber in unserer Bank kann man Sachen erleben...« Um den Effekt zu erhöhen, sprach er den Satz nicht zu Ende und erreichte damit genau das, was er beabsichtigt hatte.

»Was für Sachen?« fragten seine beiden Freunde fast gleichzeitig.

»Na, heute zum Beispiel. Da kam eine tolle Frau in die Bank, irrsinnig toll, sage ich euch.« Valentin zündete sich eine Zigarette an, blies den Rauch durch die Nase. »Wollte ausdrücklich nur von mir beraten werden. Nachher hat sie mich aufgefordert, zu einem Rendezvous sozusagen. Sie ist Tänzerin im ›Parisiana‹.«

»Und?« fragte Klaus Ritter, dessen blaue Augen vor Aufregung leicht hervortraten. »Gehst du hin?«

»Weiß noch nicht. Keine Ahnung.«

»Menschenskind, das würde ich mir doch nicht entgehen lassen«, sagte Klaus beeindruckt. »Mich sollte mal eine Dame in ein Nachtlokal einladen. So was ließe ich mir nicht zweimal sagen.«

»Laß dir doch nichts vormachen, Klaus«, sagte Martin Meyers rachsüchtig. »Valentin gibt ja bloß an. Merkst du das denn nicht?«

»Denk, was du willst«, sagte Valentin hochmütig, »das interessiert mich gar nicht.« Aber da ihm tatsächlich sehr viel daran lag, seine Freunde zu beeindrucken, fügte er inkonsequent hinzu: »Ihr könnt ja mitkommen, wenn ihr wollt.«

»Ist das dein Ernst?« Martins helles, noch sehr kindliches Gesicht wurde dunkelrot vor Erregung.

»Und warum nicht? Ich nehme euch mit. Aber unter einer Bedingung. Ich brauche einen Wagen.«

»Für was?« fragte Martin.

»Zum Angeben natürlich«, sagte Klaus, »um der Dame zu imponieren, stimmt ja auch. Zu so was kann man nicht mit der Straßenbahn fahren!«

»Und Taxis sind was für alte Herren«, sagte Valentin, »also laßt euch was einfallen.«

»Warum nicht du?« fragte Martin. »Ihr habt doch massenhaft Autos im Stall.«

»Im Moment nicht einen einzigen.«

»Dann holen wir uns eins beim Autoverleih.«

»Armer Ignorant«, sagte Valentin mit freundlicher Herablassung, »als wenn ich das nicht schon versucht hätte. Dazu braucht man die Unterschrift eines Elternteils.«

Klaus Ritter beugte sich vor. »Mein Vater«, sagte er und dämpfte unwillkürlich seine Stimme, »der kommt gewöhnlich zwischen sieben und acht Uhr nach Hause. Dann stellt er sein Auto in die Garage.«

»Was für 'ne Marke?« fragte Valentin.

»BMW.«

»Nicht schlecht.«

»Also, dann geht er ins Haus. Abendbrotessen. Und nachher Fernsehen. Jeden Abend dasselbe. Außer freitags, da hat er seinen Herrenabend. Und jeden zweiten Dienstag, da haben meine Eltern ihr Opernabonnement.«

»Heute ist Donnerstag«, sagte Martin Meyers träumerisch.

»Eben.«

Valentin runzelte die Stirn. »Und du glaubst wirklich, er merkt das nicht?«

»Wenn wir den Wagen hinausschieben? Das macht doch bestimmt keinen Krach.«

»Das nicht. Aber wie kommst du an die Schlüssel. So Sachen mit Draht mache ich nämlich keinesfalls.«

»Den Zündschlüssel legt er immer ins Handschuhfach. Damit er ihn bei der Hand hat. Wenn's mal brennt oder so...«

»Ein sehr vorsorglicher alter Herr«, sagte Martin Meyers sanft, »fürwahr ein prächtiger alter Bursche...«

»Also, machen wir's?« fragte Klaus.

»Wenn du dich traust«, sagte Valentin großspurig »Ich immer.«

Er ahnte nicht, daß er damit den Startschuß zu einem Unternehmen gab, das nicht nur ihn selber, sondern auch seine Mutter an den Rand des Abgrundes führen sollte.

Sylvia Holl erfuhr nicht, was ihr Sohn während ihrer Abwesenheit tatsächlich trieb.

Sie rief verschiedentlich zu Hause an, aber selbstverständlich erwähnte Valentin mit keiner Silbe seine nächtlichen Ausflüge mit heimlich entliehenen Wagen in Münchens Nachtlokale. Er versicherte nur immer wieder, daß alles in Ordnung wäre, daß Sylvia sich keine Sorgen zu machen brauche, daß er sich sehr gut allein zurechtfände.

Markus Ebinger entging die bedenkliche Entwicklung des jungen Mannes nicht, aber er verschwieg Sylvia seine Beobachtungen. Er hatte dafür zwei gute Gründe: erstens wollte er sich nicht zum Angeber machen, und zweitens wollte er Sylvia nicht beunruhigen, sie sollte ihre römischen Tage ungestört genießen.

So kam es, daß Sylvia, was Valentin betraf, ganz unbesorgt war. Sie hatte genug mit sich selber und dem Problem Barbara zu tun. Seit Graf Schwarzenbach unvermutet in Rom aufgetaucht war, hatte sich das Verhältnis zwischen Mutter und Tochter merklich getrübt. Barbaras glücklicher Überschwang hatte sich sehr schnell gelegt, sie gab sich ausgesprochen schwierig.

Sylvia begriff nicht, woran es lag. Sie überprüfte ihre eigene Haltung immer wieder, fand aber nichts, was sie sich hätte vorwerfen müssen. Zwar hatte das plötzliche Auftauchen des Grafen sie anfangs sehr irritiert, aber sehr schnell hatte sie sich damit abgefunden.

Eines Abends – sie saßen bei einbrechender Dunkelheit auf der Via Veneto und tranken einen Aperitiv – schlug der Graf einen längeren Trip in Richtung Neapel, Pompeji, Capri vor.

Barbara stimmte sofort begeistert zu, und Sylvia, die eigentlich gar keinen Anlaß sah, Rom auf Tage zu verlassen, wollte nicht mit ihren Bedenken die Vorfreude der anderen stören.

Aber später, als sie in ihr Haus auf dem Aventino zurückkehrten und Barbara sofort begann, die Koffer von den Schränken zu reißen und zu packen, konnte Sylvia nicht länger zurückhalten. »Eigentlich ist es schade«, sagte sie.

»Was?« Barbara drehte sich nicht einmal um; sie war voll und ganz damit beschäftigt, Schränke und Schubladen aufzureißen.

»Daß wir all das hier verlassen wollen«, sagte Sylvia. »Schöner treffen wir es sicher nirgends.«

»Du kannst ja bleiben!«

Sylvia war ans Fenster getreten und hatte in den Park hinuntergeschaut, durch dessen dunkles Laub die Lichter des Palazzos schimmerten.

Sie brauchte ein paar Sekunden, bis sie begriff, was Barbara mit ihrer Bemerkung wirklich meinte.

Sie drehte sich um, sehr langsam, um Zeit zum Nachdenken zu gewinnen. »Du möchtest alleine mit ihm fahren?« fragte sie.

»Was ist dabei so unnatürlich?«

»Nichts, Barbara, wirklich gar nichts.«

»Dann tu auch bitte nicht so, als wenn ich etwas Ungeheuerliches gesagt hätte! Ich war jetzt lange genug taktvoll, weiß Gott!« Barbara trat auf ihre Mutter zu, sagte fast flehend: »Begreifst du denn nicht, daß Pit und ich, nun eben, daß wir allein sein wollen? Ich sage dir das nicht gerne, wirklich nicht, Mama! Ich habe immer wieder gehofft, daß du es von selber merken würdest.«

»Ich habe euch also gestört?«

»Nicht so, Mama, sage es nicht so. Das klingt so, als wenn Pit und ich denkbar üble Egoisten wären, aber das sind wir nicht, ganz gewiß nicht. Unsere Beziehungen sind nur eben in ein Stadium getreten, wo einfach jeder Dritte stört.«

»Ich verstehe.«

»Und du bist uns nicht böse?«

»Nein.«

Barbara gab ihrer Mutter einen raschen Kuß auf die Wange. »Ich wußte ja, daß du vernünftig sein würdest«, sagte sie. »Du hast es richtig verstanden, nicht wahr? Wenn ich jetzt lieber mit Pit allein sein möchte, so heißt das nicht, daß ich dich weniger liebe als früher, ganz bestimmt nicht!« Sie wandte sich wieder ihren Koffern zu, sagte geschäftig: »Herrje, das ist mal wieder eine Arbeit! Wo ist mein Leinenkostüm? Stimmt ja, das hatte Elena zur Reinigung gebracht. Aber ich kann doch nicht ohne...« Sie rannte zur Treppe, die ins Erdgeschoß und in die Küche führte, rief: »Elena! Elena!«

Sylvia wollte sich in ihr Zimmer zurückziehen, aber Barbara lief ihr nach. »Augenblick noch, Mama... morgen früh könnte ich es am Ende vergessen. Ich brauche Geld!«

Sylvia drehte sich zu ihr um. »Wieviel?«

»Keine Ahnung. Aber jedenfalls möchte ich mich nicht von ihm einladen lassen, das gäbe ein falsches Bild. Sagen wir also fünfhunderttausend Lire.«

Sylvia sah ihre Tochter an. »Ist das nicht ziemlich üppig? Für die paar Tage?«

»Werd' bloß nicht geizig, Mama! Schließlich handelt es sich ja nicht nur um den Capri-Trip. Wahrscheinlich komme ich gar nicht mehr nach Rom zurück, sondern fahre direkt mit Pit nach München zurück.«

»Es ist reizend von dir, daß du mir diesen Entschluß wenigstens am Rande mitteilst«, sagte Sylvia mit einem Spott, der ihre Trauer nur schlecht verbarg.

»Sei nicht beleidigt, es ist mir ja selber eben erst eingefallen«, sagte Barbara unbekümmert, »also, du gibst mir das Geld, ja?«

Sylvia holte ihr Scheckbuch, das von der Bank ›Il spirito santo‹ ausgestellt worden war, aus der Handtasche, schlug es auf, füllte eines der kleinen Formulare aus. Sie zögerte den Bruchteil einer Sekunde, bevor sie die Summe, die Barbara gefordert hatte, einsetzte.

»Danke, Mama«, sagte Barbara und steckte den Scheck achtlos in ihre Jackentasche, »wirklich süß von dir!« Sie drehte sich um, packte die Neapolitanerin Elena, die mit neugierigen Augen gewartet hatte, beim Arm und zog sie in ihr Zimmer.

Die Einsamkeit, die sich wie ein gähnender schwarzer Abgrund vor Sylvia auftat, war so ungeheuerlich, daß sie nicht einmal Tränen fand. Sie spürte keine Kränkung, keinen Schmerz, keine Enttäuschung. Jedes Gefühl schien in ihr abgestorben.

Am nächsten Morgen fand sie nicht die Kraft, aufzustehen und wie sonst mit Barbara zusammen zu frühstücken. Sie blieb ganz still in ihrem Bett liegen, lauschte den Geräuschen des erwachenden Morgens, hörte Barbaras frische junge Stimme durch die Räume hallen, Türenschlagen, Abschiedsworte.

Für Barbara war in diesem Augenblick die Erinnerung an ihre

Mutter, die sie allein zurückgelassen hatte, zu einem Nichts zusammengeschrumpft, völlig bedeutungslos geworden. Sie sah den weißen Thunderbird, der gegenüber dem Tor geparkt war, sah den Grafen, der ihr über den schattigen Vorplatz entgegenkam. »Pit!« rief sie strahlend und lief ihm ein paar Schritte entgegen.

Er umarmte sie auf jene zärtliche und unverbindliche Art, die er sich seit langem im Umgang mit ihr angewöhnt hatte, hielt sie dann auf Armeslänge von sich und sagte: »Gut siehst du aus, Kleines! Dieses Hellblau steht dir hervorragend. Wirklich!« Er musterte sie von Kopf bis Fuß, und sie errötete unter seinem Blick. »Gerade dieses Blau intensiviert den Ausdruck deiner Augen.«

»Es liegt, glaube ich, nicht an der Farbe, sondern ...« begann sie.

Aber er hörte schon gar nicht mehr hin. Er hatte sie losgelassen und half jetzt Elena und der Köchin, das Gepäck im Kofferraum zu verstauen.

»Ist das alles?« fragte er und gab beiden ein großzügiges Trinkgeld.

Sie sagten: »Si, Signore ...« und: »Grazie, Signore!« und bedankten sich knicksend.

Barbara war neben ihn getreten. »Los, Pit, wir können«, sagte sie.

»Und deine Mutter?«

»Kommt nicht mit. Sie hat es sich anders überlegt.«

Er sah sie mit hochgezogenen Augenbrauen an, und sie fügte rasch hinzu: »Komm schon! Ich erklär's dir unterwegs!«

Er warf einen Blick zum Park zurück, sah, daß die Köchin und Elena neugierig stehengeblieben waren, um ihre Abfahrt mitzuerleben, setzte sich ans Steuer und ließ den Motor an.

Barbara schwang sich neben ihn. Ihre Wangen glühten. Sie saß mit zusammengepreßten Lippen, leicht vornübergebeugt und beobachtete jeden seiner Handgriffe. Erst als sie die Ausfahrt aus dem in sich abgeschlossenen kleinen Platz erreicht hatten und den Hügel hinunterfuhren, löste sich ihre Spannung, und sie lehnte sich bequem zurück.

»Bitte, fahr erst zur Bank ›Il spirito santo‹«, sagte sie. »Ich möchte einen Scheck einlösen.«

Er sagte nichts.

Sie warf ihm einen scheuen Blick von der Seite her zu. Sein männliches, sehr ausgeprägtes Profil unter dem Helm seines blonden Haares wirkte kalt und fremd.

»Warum sagst du nichts?« fragte sie eingeschüchtert.

»Du wolltest mir etwas erklären!«

»Ach, du meinst wegen Mama?« Einen Augenblick suchte sie nach einer Ausrede, dann warf sie den Kopf in den Nacken. »Ich habe es ihr gesagt. Ich mußte es ihr endlich einmal sagen, daß wir lieber allein sein wollen.«

Er schwieg, den Blick auf die Fahrbahn gerichtet.

»Du brauchst dich gar nicht aufzuregen«, fuhr sie fort. »Ich habe es ihr so taktvoll wie möglich beigebracht. Glaub' nur nicht, ich hätte sie beleidigt. Sie hat es auch sofort eingesehen. Es gibt keinen Grund, weshalb ich es ihr nicht hätte sagen sollen.«

Jetzt, endlich, sprach er wieder. »Doch, es gibt einen!«

»Und der wäre?« fragte sie kampfeslustig. »Mama ist nicht so schonungsbedürftig, wie du dir einbildest. Sie kann die Wahrheit sehr wohl vertragen!«

Er lenkte den Wagen an den Bordstein, sah sie an, und in seinen hellen Augen stand ein Ausdruck, der Barbara erschauern ließ. »Es ist nicht die Wahrheit«, sagte er hart. –

Sylvia Holl verbrachte einen langen ruhelosen Tag. Die Sinnlosigkeit ihres Daseins drohte sie zu überwältigen. Das Schicksal hatte ihr alles, aber auch alles aus den Händen geschlagen. Sie hatte keine Aufgabe, kein Ziel, ihr Leben hatte nicht den geringsten Inhalt.

Gegen Abend kam ein Telegramm. Sie mußte es dreimal lesen, bis sie begriff, was es bedeutete, und auch dann noch stellte es sie vor ein Rätsel.

Es war von Barbara und kam aus Paris – BIN SOEBEN EINGETROFFEN STOP MACH DIR KEINE SORGEN UM MICH STOP MUSS ALLEIN SEIN STOP BARBARA.

Barbara war also nicht mit dem Grafen zusammen, nicht in Capri, sie war nach Paris geflogen, um allein zu sein. Das konnte nur eines bedeuten – die beiden hatten sich wieder zerstritten.

Sylvia begriff schuldbewußt, daß diese Tatsache sie eigentlich mit Sorge hätte erfüllen müssen. In Wahrheit spürte sie nichts als eine grenzenlose Erleichterung, deren Ursache sie nicht erkannte.

Sie nahm zwei Schlaftabletten und hatte eine gute Nacht. Sie erwachte gegen neun, noch sehr schlaftrunken. Elena hatte das Frühstück schon auf der Dachterrasse serviert, und Sylvia bürstete sich nur das weiche braune Haar und putzte sich die Zähne, bevor sie in ihren weißen, seidenen Hausmantel schlüpfte und nach oben ging.

Sie trank eine Tasse starken Tee, löffelte eine Grapefruit und genoß den Blick über die wundervollen alten Bauwerke, die Brükken und den Tiber. Sie fühlte sich ganz mit sich selber in Harmonie und begriff nicht mehr, wie sie gestern so verzweifelt hatte sein können.

Gerade wollte Sylvia sich eine Zigarette anzünden, als sie Schritte auf der Treppe hörte. Sie hob nicht einmal den Kopf, sicher, daß es nur Elena sein konnte. Erst als ein großer Schatten über sie fiel, sah sie auf.

Peter Graf Schwarzenbach stand vor ihr. Und obwohl sein Mund ganz ernst blieb, lächelten seine hellen Augen so vielbedeutend und unverschämt auf sie nieder, daß es ihr unmöglich war, ein Wort hervorzubringen.

»Guten Morgen, gnädige Frau«, sagte er fröhlich.

Sie holte tief Atem, sagte mit einer Stimme, die ihr selber fremd in den Ohren klang: »Was wollen Sie?«

»Waren wir nicht zu einem Capri-Trip verabredet? Gestern sind Sie nicht gekommen, und da dachte ich mir...«

Sylvia fühlte, während ein seltsam süßes Gefühl sie schwindeln machte, daß sie verloren war, wenn sie sich auch nur auf ein Gespräch mit ihm einließ. »Gehen Sie«, sagte sie heiser, »gehen Sie... sofort!«

Er rührte sich nicht von der Stelle, hielt ihre Augen mit seinem Blick in Bann. »Sylvia«, sagte er, »warum machen Sie es sich denn so schwer? Was haben Sie denn zu verlieren? Was glauben Sie zu versäumen? Haben Sie immer noch nicht begriffen, daß es niemanden und nichts gibt, das Sie hält?«

9

Valentin Holls allnächtliche Ausflüge ins ›Parisiana‹ kamen ihn teuer zu stehen. Seine beiden Freunde, Klaus Ritter und Martin Meyers, betrachteten sich selbstverständlich als seine Gäste, und die Tänzerin Tamara tat es nicht unter Sekt, noch dazu von einer sehr kostspieligen Marke.

Schon am zweiten Abend konnte Valentin die Rechnung nicht

mehr bezahlen. Er klopfte seine Jackentasche ab, sagte, tödlich verlegen: »Verdammt, ich fürchte, ich habe meine Brieftasche vergessen.«

»Macht ja nichts«, sagte Tamara sofort und gab dem Kellner einen Wink, »schreiben Sie es bitte auf. Herr Holl zahlt ein andermal.«

Valentin fand das sehr praktisch. Er ärgerte sich, daß er nicht von sich aus darauf gekommen war. Schließlich, wenn er sein Gehalt und das Taschengeld von seiner Mutter bekommen hatte, würde er mit Leichtigkeit alles zusammen bezahlen können.

Aber er hatte sich verrechnet. Als er sich endlich, vierzehn Tage nach seinem ersten Besuch im ›Parisiana‹ die Rechnung präsentieren ließ, betrug sie mehr als das Doppelte seiner Einnahmen.

Während er noch blitzschnell überlegte, was jetzt zu tun sein, sagte Martin Meyers drängend: »Komm, beeil dich, sonst entwischt uns Tamara! Wir wollten doch alle zusammen noch in den ›Ventilator!«

»Ich werde Ihnen einen Scheck geben«, sagte Valentin Holl mit einem vorsichtigen Blick auf den Oberkellner, und als dieser keine Miene verzog, zückte er sein Scheckbuch und schrieb den Scheck über die gewünschte Summe aus, legte einen Zwanzigmarkschein dazu und sagte: »Das Kleingeld ist für Sie.«

Der Kellner verneigte sich dankend und zog sich zurück.

»Mensch, du hast's bärig«, sagte Martin Meyers neiderfüllt, »einfach so mit Scheck zahlen, während unsereiner jeden Groschen dreimal umdrehen muß. Bankier sollte man sein.«

»Wenn du Wert darauf legst«, erklärte Valentin ziemlich von oben herab, »ich kann dir jederzeit ein Konto bei uns einrichten...«

»Du hast Nerven! Von was denn?«

Valentin zuckte nur die Achseln und erhob sich. Obwohl er ziemlich viel getrunken hatte, war ihm doch durchaus bewußt, etwas Strafbares oder zumindest Unerlaubtes getan zu haben. Der Scheck, den er eben ausgegeben hatte, war in keiner Weise gedeckt.

Aber diese Tatsache machte ihm nicht allzuviel zu schaffen. Er, der in seinem ganzen Leben kaum je Sorgen und niemals Geldschwierigkeiten gekannt hatte, war überzeugt, daß sich, wenn er erst einmal wieder ganz nüchtern war, ein Weg finden lassen würde, die Dinge in Ordnung zu bringen.

Sie fuhren im offenen Wagen die Küste entlang, Sylvia Holl und Graf Schwarzenbach, der Mann, den ihre Tochter liebte.

Sie hatte den Kopf in den Nacken gelegt. Durch die geschlossenen Lider hindurch spürte sie die herbstliche Sonnenglut. Der Fahrtwind strich durch ihre Locken, umspielte ihre Stirn. Sie atmete tief, füllte ihre Lungen bis zum Rande mit der herben Meeresluft, die nach Salz schmeckte, nach Tang, nach Freiheit.

Ganz plötzlich wurde ihr bewußt, daß sie glücklich war – und sie erschrak fast bei dieser Erkenntnis.

Wie war es möglich? Was war mit ihr geschehen?

War es die Gegenwart des Mannes am Steuer, die dieses beinahe vergessene Gefühl in ihr geweckt hatte? War es das Bewußtsein, begehrt zu werden? Oder die Tatsache, daß sie ausgebrochen war, etwas ganz und gar Unkonventionelles getan, ihre Verpflichtungen abgeschüttelt hatte?

Langsam öffnete sie die Augen und blickte Graf Schwarzenbach forschend unter den gesenkten Lidern an. Er fuhr im weißen offenen Hemd, dessen Ärmel bis zum Ellbogen aufgekrempelt waren und die schlanken und doch kräftigen Unterarme freigaben. Sie sah seine schmalen Hände mit den langen, sehr sensitiven Fingern, hob den Blick zu dem klugen männlichen Profil mit dem weichen, ein wenig spöttischen Mund.

Graf Schwarzenbach spürte ihren Blick und wandte sich ihr zu.

»Es ist schön, daß Sie bei mir sind, Sylvia«, sagte er zärtlich.

Sie richtete sich auf. »Ich weiß nicht, ob es richtig war«, sagte sie zweifelnd. Er widersprach nicht, noch stimmte er zu.

»Ich mache mir Sorgen«, sagte sie.

»Immer noch?«

»Ja. Barbara ist so jung...«

»Das kommt nur Ihnen so vor, Sylvia. Sie müssen sich langsam daran gewöhnen, daß Ihre Kinder...« Er betonte dieses Wort mit leichtem Hohn, »erwachsen geworden sind und ihre eigenen Wege gehen wollen.«

Sie hatte ihm gar nicht richtig zugehört. »Wenn sie mich nun braucht, sie könnte mich nicht einmal erreichen. Niemand kann mich erreichen.«

»Ist das nicht wunderbar?« fragte er lächelnd.

Sie begriff, was er meinte, sagte: »Doch, natürlich.«

»Seien Sie ehrlich, Sylvia, Sie haben sich seit Jahren danach gesehnt, frei zu sein, Sie selber sein zu dürfen...«

»Woher wissen Sie das?«

Er beantwortete ihre Frage nicht. »Und nun, wo es soweit ist«, sagte er, »haben Sie Angst, ganz erbärmliche, törichte Angst um Barbara und um Valentin, Angst um Ihre verdammte Bank, Angst um Ihren Ruf, der Ihnen, solange Sie seiner ganz sicher sein konnten, immer sehr unwichtig erschienen ist.«

Sie sah, daß seine Lippen schmal wurden, legte rasch ihre Hand auf seinen Arm, zuckte aber bei der ungewollten Berührung seiner heißen, gespannten Haut unwillkürlich zurück. »Sie haben recht, Graf.«

»Bitte nennen Sie mich Pit, wie alle meine Freunde.«

»Also gut, Pit, Sie haben natürlich recht. Aber ich bin nun einmal nicht dazu erzogen, durch die Welt zu zigeunern. Ich kann nicht über meinen eigenen Schatten springen.« Ihre Stimme bekam einen kleinen Sprung. »Wenn Sie nur wüßten, wie sehr ich es möchte.«

»Quälen Sie sich nicht so, Sylvia, warum müssen Sie sich alles so schwer machen? Spannen Sie doch einfach mal aus, genießen Sie die Stunden, lassen Sie ihre Gedanken herumspazieren.«

»Aber das ist es ja gerade«, sagte sie kläglich, »sie kehren immer wieder zu dem einen Punkt zurück ... meine Gedanken, meine ich. Immer muß ich an sie denken ... an meine verstörte, verzweifelte, kleine Tochter.«

»Sie ist weder das eine noch das andere. Jedenfalls, als ich sie verließ, war sie es nicht.«

»Aber Sie hatten doch eine Auseinandersetzung mit ihr?«

»Ja«, sagte er kurz.

»Wollen Sie mir nicht wenigstens erzählen ...?«

»Nein«, sagte er, »gerade das möchte ich nicht ... noch nicht.«

Sie wartete darauf, daß er noch etwas sagen würde, sah ihn an. Aber da er schwieg, mit zusammengepreßten Lippen, eine steile, zornige, kleine Falte über der Nasenwurzel, gab sie es endlich auf. Sie ließ sich wieder in das Polster zurücksinken, schloß die Augen – aber das berauschende Gefühl von Ungebundenheit, das sie vorhin so stark empfunden hatte, war verflogen. Geblieben war Ernüchterung, Schuldbewußtsein, ein schweres Herz.

»Was würde Barbara denken, wenn sie wüßte, daß wir nun doch nach Capri fahren, allein, ohne sie? Sie würde ...«

Er unterbrach sie hart. »Barbara weiß es.«

Sie fuhr hoch. »Aber, wie sollte sie denn?«

»Ich habe es ihr gesagt.«

»Aber Sie wußten doch noch nicht... Was haben Sie ihr gesagt?«

»Daß ich Sie liebe!«

Sylvia Holl starrte ihn an. Jetzt hatte er das ausgesprochen, was sie nicht hören durfte, was sie nicht wahrhaben wollte. Er hatte damit ihre schon an sich schwierige Situation ganz und gar unmöglich gemacht. Was sollte sie tun? Ihn bitten, anzuhalten? Umzukehren?

»Haben Sie schon vergessen, daß Sie Barbara heiraten wollten?« fragte sie und konnte eine aufsteigende Bitterkeit nicht unterdrükken.

»Ich wollte es nicht mehr, seit ich Sie gesehen hatte, Sylvia«, sagte er ernsthaft, »das müssen Sie mir glauben. Ich weiß, Sie werden mir jetzt vorhalten, daß ich hätte aussteigen müssen... in dem Moment, als ich meinen großen Irrtum erkannt hatte. Aber dann hätte ich mit Barbara zugleich auch Sie aufgeben müssen. Barbara war der einzige Weg für mich, der zu Ihnen führte, Sylvia.«

»Ein kluges Spiel – auf Kosten meiner Tochter.«

»In jedem Spiel gibt es einen Verlierer«, sagte er ruhig, »so ist das Leben. Das wirkliche Leben, von dem Sie noch so wenig erfahren haben, Sylvia. Ich bin sicher, Georg Holl hätte mich besser verstanden.«

»Er hat Sie abgelehnt. Er hatte Barbara jeden Verkehr mit Ihnen verboten.«

»Weil er mich nicht kannte. Oder, ich will ehrlich sein, vielleicht hätte er es auch getan, wenn er mich gekannt hätte. Aber es geht doch jetzt nicht mehr um Barbara. Es geht um uns beide, Sylvia, nur um uns.«

Als sie schwieg, sagte er: »Wir können jetzt noch umkehren, Sie brauchen nur zu befehlen. Aber warum wollen Sie sich selber im Wege stehen? Ich liebe Sie. Ja, das ist wahr. Aber ich verlange nichts von Ihnen, gar nichts. Ich darf nichts von Ihnen verlangen, weil ich Ihnen nichts bieten kann.«

Sie mußte plötzlich lächeln. »Dieser Ausspruch«, sagte sie, »paßt sehr wenig zu Ihnen, lieber Graf. Sie haben bisher niemals einen übertrieben bescheidenen Eindruck auf mich gemacht.«

»Ich bin nicht bescheiden«, erklärte er ruhig, »ich bin nur ehrlich. Und ich war auch das nicht immer. Aber Ihnen gegenüber will ich mich bemühen, ehrlich zu sein.« Er stockte, sagte dann: »Ich bin ein Abenteurer. Georg Holl hatte recht, Ihre Tochter vor mir zu warnen. Ich bin alles andere als ein Garant des Glückes. Aber ich glaube, ich kann Ihnen gerade das geben, was Sie brauchen... eine ungetrübte Zeit, ein paar glückliche Tage, vielleicht auch ein paar Wochen. Wenn es hoch kommt... Monate. Mehr nicht. Das Leben ist so kurz. Empfinden Sie das nicht auch manchmal? Man darf nicht zu große Forderungen stellen; aber man soll ruhig mit beiden Händen zugreifen, wenn sich das Glück einem bietet. Es wäre ein Verbrechen, es nicht zu tun, Sylvia. Ich weiß, daß ich mit Ihnen sehr glücklich sein könnte, vielleicht so glücklich wie nie zuvor.«

»Glück«, sagte sie und starrte auf die bizarren Felsen vor Capri, die sich im Schein der untergehenden Sonne rötlich zu färben begannen, »ich weiß gar nicht mehr, was das ist.«

»Ich werde es Sie lehren.«

Capri war ganz in rote Glut getaucht, die sich phantastisch von dem verdämmernden Himmel und den tintenblauen Farben des Meeres abhob, als Sylvia Holl und Graf Schwarzenbach das Fischerdorf auf der Halbinsel erreichten.

Der Graf stellte seinen schnellen Wagen in einer Garage unter, verhandelte mit einem kräftigen, glatzköpfigen Mann in Hemdsärmeln, der ihnen einen Jungen für das Gepäck mitgab. Als sie den kleinen, sehr lebhaften Fischerhafen erreichten, gingen drüben auf Capri die ersten Lichter an und machten das Bild noch märchenhafter.

Der Graf ging zielsicher auf eine bestimmte Stelle am Kai zu, wo ein schnittiges, mit Mahagoni verschaltes Motorboot vor Anker lag. Auch der Junge schien sich auszukennen; ohne eine besondere Aufforderung abzuwarten, schleppte er die Koffer in die Kabine, bedankte sich lebhaft für das großzügige Trinkgeld, das der Graf ihm gab, und verschwand in der Dämmerung.

Sylvia schauderte leicht. Die ganze Szenerie war unwirklich und überwältigend wie in einem Traum.

Sie sah zu, wie der Graf ins Boot sprang. Er reichte ihr den Arm, um ihr beim Einsteigen zu helfen – und bei der Berührung seiner kräftigen Hände begriff sie erst richtig, daß sie dies alles wirklich erlebte.

Den Bruchteil einer Sekunde hielt er sie ganz fest, und sie erwartete schon – halb erschrocken –, daß er sie jetzt küssen würde. Aber dann ließ er sie ganz plötzlich los, sagte – und sie hatte den fatalen Eindruck, daß er sich über sie lustig machte: »Sie frieren,

Sylvia, ich werde Ihnen Ihren Pelz holen.« Er ging in die Kabine, kam mit ihrem silbergrauen, sehr leichten Sommerpelz zurück, legte ihn ihr über die Schultern.

»Danke«, sagte sie leise und wunderte sich selber, daß ihre Stimme keine Kraft mehr hatte.

»Sylvia«, sagte er, »Sie haben doch nicht etwa... Angst?«

»Nein«, sagte sie kläglich, »wovor sollte ich denn?«

Sie sah im Dämmerlicht seine hellen Augen spöttisch aufblitzen. »Wenn Sie sich jetzt sehen könnten. Sie machen Augen wie ein kleines Reh, das sich im großen Wald verirrt hat, Sylvia. Wovor fürchten Sie sich?«

»Ich weiß, ich bin dumm«, sagte sie, »aber das sollte kein Grund für Sie sein, sich über mich lustig zu machen.«

»Sylvia«, sagte er zärtlich.

Rasche tapsende Schritte näherten sich über den steinernen Kai. Ein geschmeidiger, braunlockiger junger Mann sprang ins Boot, lächelte den Grafen mit blitzenden Zähnen an, ließ einen ganzen Schwall Worte los, die im Dialekt der Landschaft gesprochen wurden, und die Sylvia nicht verstand.

»Das ist Francesco«, stellte der Graf vor, »ein sehr tüchtiger und sogar einigermaßen zuverlässiger Bursche. Francesco, das ist die Herrin... Signora Sylvia.«

Sylvia spürte, wie sie rot wurde, und sie war dankbar, daß man ihr Gesicht nicht sehen konnte.

Der Graf schien gar nichts von Ihrer Verlegenheit zu bemerken. Er war jetzt ganz damit beschäftigt, die Vertäuung zu lösen. Das Aufheulen des Motors ging in ein gleichmäßiges Brummen über. Leise tuckernd verließ das Boot den Hafen, nahm Kurs auf die leuchtende Wunderwelt der Insel. Im Schein der Positionslampen schimmerte die Gischt in seinem Kielwasser bunt auf.

Hinter einem schroffen, sehr hohen Felsen, der einige Meter ins Meer hinaus ragte, verbarg sich eine natürliche Bucht, in die das Boot steuerte. Kaum war der Motor abgestellt, als Francesco sich schon auf eine kleine Plattform in der Felswand schwang, ein Tau zwischen den Zähnen. Der Graf griff zu einer langen Stange, und mit gemeinsamer Anstrengung gelang es den beiden Männern, das schwere Boot in den winzigen Hafen zu bugsieren und zu verankern.

Sylvia hatte alles staunend beobachtet. Sie begriff auch dann noch nichts, als der Graf lächelnd sagte: »Wir sind da, Sylvia.«

»Aber...«, sagte sie verwirrt, »ich dachte, wir wollten nach Capri... ich meine, nach Capri selber... ins Dorf, in ein Hotel.«

Er schüttelte sachte den Kopf. »Ich glaube nicht, daß das für Sie das Richtige gewesen wäre, Sylvia, gewiß nicht. Und außerdem, Sie können morgen immer noch umziehen, wenn es Ihnen in der Villa Romulus nicht gefällt.«

»Von was für einer Villa sprechen Sie?« fragte sie, jetzt schon wirklich müde und leicht gereizt.

»Da! Schauen Sie mal hoch!«

Sie legte den Kopf in den Nacken und sah in nahezu fünfhundert Meter Höhe an einem Steilhang fast senkrecht über dem Meer gelegen flackernde Lichter.

»Aber da kommen wir doch nie hinauf«, sagte sie, eher erschrokken als beruhigt.

»Da dieses Kunststück einigen Leuten vor uns gelungen ist, werden wir es auch noch schaffen.« Er streckte ihr die Hand entgegen. »Kommen Sie, trauen Sie sich nur. Es ist gar nicht so arg. Eine sehr schöne Treppe mit einem Geländer führt hinauf.«

»Und unser Gepäck?«

»Das lassen Sie nur Francescos Sorge sein. Er hat noch einiges andere außer den Koffern hinaufzuschaffen.«

Tatsächlich war Francesco schon dabei, Kisten voller Flaschen mit einer ebenso einfachen wie sinnvollen Hebevorrichtung ans Ufer zu schaffen.

Zögernd reichte Sylvia dem Grafen die Hand. Mit einem kräftigen Schwung zog er sie ans Ufer. Der tastende runde Schein seiner Taschenlampe zeigte ihr die ersten Stufen der beschriebenen Treppe.

»Gehen Sie voraus«, sagte er, »ich werde Ihnen leuchten. Und wenn Sie stolpern sollten, fallen Sie höchstens in meine Arme. Klettern Sie langsam, wir haben viel Zeit. Aber wenn ich Ihnen einen Rat geben darf, schauen Sie sich nicht um. Man sollte sich niemals umschauen, wenn man einen abenteuerlichen Weg beschritten hat, das könnte lebensgefährlich werden.«

Gehorsam folgte sie seinem Rat, setzte Fuß vor Fuß, stieg höher und höher, ohne sich umzuschauen.

Ihre Beine zitterten, als sie die höchste Plattform erreicht hatten. Er spürte es, schob sanft seinen Arm unter ihren Ellenbogen, führte sie auf die Villa zu, die wie ein glatter weißer Steinwürfel im Schein der Windlichter zwischen Pinien, Zypressen und Nußbäumen lag.

Eine Pergola in den Felsen hineingehauen, führte bis zum Hang über dem Meer.

Sylvia blieb einen Augenblick stehen – überwältigt von dem unverhofften Anblick, erschöpft von der überstandenen Anstrengung.

»Sie werden es nicht bereuen, Sylvia«, sagte er und drückte ihren Arm ein wenig fester, »es ist ein wunderbares Haus. Ganz einfach, aber wirklich schön.«

»Gehört es Ihnen?«

»Mir? Was glauben Sie denn?« Er ließ ihren Arm los. »Ich bin ein armer Mann. Die Villa gehört einem guten Freund von mir, einem Mailänder Industriellen. Er hat mir erlaubt, sie zu benutzen, wann ich mag.«

»Sie könnten also auf der Insel leben, für immer.«

»Nicht so, wie ich es mir wünsche... bedürfnislos und unabhängig. Freundschaft ist eine noch stärkere Fessel als...« Er stockte.

»Als Liebe«, versuchte sie den angefangenen Satz zu ergänzen.

»Als Mittellosigkeit«, sagte er, »als der scheußliche Zwang, sich sein Geld durch Katzbuckelei zu verdienen.«

Er stand einen halben Meter von ihr entfernt, aber sie spürte, daß er zitterte.

»Jetzt frieren Sie«, sagte sie und tat unwillkürlich einen Schritt zu ihm hin.

»Nein«, sagte er, »es ist nicht die Kälte.«

Plötzlich wurde ihr bewußt, was sie von Anfang an so zu ihm hingezogen hatte – eine Schwäche. Er war schwach und empfindsam wie sie selber, nicht stark und überlegen wie Georg Holl. Seine Ironie, sein funkelnder Spott waren nichts als Panzer, mit denen er sein wehrloses Herz umgeben hatte.

»Pit«, sagte sie, »bitte...«

Er wandte sich zu ihr um, und sein Gesicht war in dem kalten Licht des aufgehenden Mondes wie eine Maske. »Sylvia«, sagte er und streckte beide Hände nach ihr aus, »Sylvia, ich brauche dich so sehr.«

Später wußte sie nicht mehr, wie sie in seine Arme gekommen war, ob er sie genommen, oder sie sich ihm an die Brust geworfen hatte – aber es war wunderbar, sich an ihn zu klammern und sich in seiner Schwäche stark zu fühlen.

»Sylvia«, flüsterte er sehr nahe an ihrem Ohr, »laß mich nie mehr allein, hörst du? Nie mehr!«

10

Valentin Holl saß zusammengekauert, den Mantelkragen hochgeschlagen, die Mütze tief in die Stirn gezogen, am Steuer des BMW, der nicht ihm gehörte.

Seine beiden Freunde hockten neben ihm. Die Nacht war herbstlich kalt, aber sie hatten das Verdeck des Cabriolets zurückgeschlagen, um sportlich zu sein.

Mitternacht war längst vorüber. Sie hatten in einer Wirtschaft am Ammersee ein paar Flaschen Bier geleert, die Musikbox in Betrieb gesetzt, sich vor den einheimischen Burschen aufgespielt – mit einigem Erfolg, denn ihr starker Wagen imponierte.

Jetzt rasten sie nach München zurück.

Die Bundesstraße 12 lag schwarz und glänzend und fast gänzlich ausgestorben vor ihnen. Nur selten begegnete ihnen ein anderes Fahrzeug, und nie wurden sie überholt.

Valentins Wangen glühten, er hielt den Blick starr geradeaus gerichtet, den Fuß fest und nachdrücklich auf dem Gaspedal.

»Mensch, ras nicht so durch die Pfützen!« brüllte ihm Klaus Ritter zu. »Wenn du den Wagen so verdreckst, riecht mein Vater Lunte!«

»Wundert mich, daß er's nicht schon längst gemerkt hat!« schrie Martin Meyers.

»Na, wenn schon!« trompetete Valentin zurück. Er fühlte sich im Rausch der Geschwindigkeit über sich hinausgehoben, unbesiegbar, der Held seiner eigenen Träume.

Kurz nach der Ausfahrt Inning bog aus einem Seitenweg ein Personenwagen nach rechts auf die Bundesstraße ein. Er kam ihnen entgegen, nicht sehr schnell und ohne abzublenden.

Valentin gab ihm ein Zeichen – er blendete ab, auf, ab und wieder auf. Aber der andere reagierte nicht.

»Besoffenes Schwein!« brüllte Klaus Ritter.

Valentin knurrte nur. Er hielt das Lenkrad fest in beiden Händen, brauste weiter geradeaus, ohne den Fuß auch nur für eine Sekunde vom Gas zu nehmen.

Die Blendung war stärker, als er erwartet hatte. Für den Bruchteil einer Sekunde sah er nichts als das grelle weiße Licht der entgegenkommenden Scheinwerfer, er mußte sich zwingen, die Augen nicht zu schließen – da spürte er plötzlich, wie die Straße gleichsam unter ihm hinweggerissen wurde, die Räder fanden keinen Halt mehr, drehten sich im Leerlauf, der Wagen wurde in hohem Bogen in die Luft geschleudert.

Mehr wußte Valentin nicht. Alles um ihn her versank in tintenschwarze, samtdunkle Nacht.

Er hörte nicht den Schrei Klaus Ritters, nicht das knirschende, scheppernde, klirrende Geräusch von mißhandeltem Blech und zerspringendem Glas, das entstand, als das Auto gegen einen Baum prallte.

Er kam erst wieder zu sich, als Martin Meyers ihn bei den Schultern schüttelte, schlug die Augen auf, fühlte etwas Warmes, Nasses auf der Wange – aber es war kein Blut, sondern nur die Tränen des Freundes, der hysterisch und verzweifelt schluchzte.

»Was ist?« fragte Valentin verwirrt. »Was ist denn los?«

»Es hat uns aus der Kurve geschleudert«, schluchzte Martin verzweifelt, »der Wagen ist hin.«

»Und deshalb heulst du?« sagte Valentin mit klappernden Zähnen. »Sei froh, daß du noch alle Knochen beisammen hast.«

»Es ist deine Schuld«, stöhnte Martin. »Warum bist du auch wie ein Verrückter gefahren? Ich habe dich gewarnt... ich habe...«

Sehr langsam kam Valentin das Gedächtnis zurück. »Jetzt weiß ich wieder«, sagte er, »da war so ein Schwein, das nicht abgeblendet hat.« Er richtete sich ruckartig auf. »Wo ist Klaus?«

»Ich... weiß es... nicht.«

»Wir müssen ihn suchen. Sofort.« Mühsam kam Valentin auf die Beine. »Ich habe ein Gefühl«, sagte er, »als wenn mich jemand durch die Mangel gedreht hätte. Hör endlich auf zu heulen, du Idiot! Was soll denn das jetzt noch nutzen?«

Sie fanden Klaus Ritter nahe bei dem Unfallwagen. Er lag lang ausgestreckt im Licht der Scheinwerfer, die wie durch ein Wunder immer noch brannten. Ansonsten gab es nichts an diesem Auto, das noch gebrauchsfähig zu sein schien.

Valentin stöhnte, ohne es selber zu wissen. Er beugte sich über Klaus, erschrak vor der Leichenblässe seines Gesichts.

Martin Meyers hatte nach dem Puls gefaßt. »Er... ist tot«, sagte er, stammelnd und entsetzt, dann noch einmal, mit überschnappender Stimme: »Klaus ist tot!«

»Schrei nicht so!« sagte Valentin verstört. »Muß das jeder hören? Außerdem... vielleicht stimmt es nicht einmal.«

»Aber... versuch's doch selber... er hat keinen Puls mehr.«

»Verdammt!«

»Wenn wir uns jetzt verdrücken«, sagte Martin Meyers, »wenn wir jetzt ganz schnell abhauen, dann sind wir gerettet. Sie werden glauben, daß Klaus es allein gewesen ist, daß er selber am Steuer gesessen hat, als es passiert ist.«

Valentin runzelte die Stirn. »Du meinst, wir sollen ihm die Schuld zuschieben?«

»Aber ihm schadet es doch nicht mehr. Begreifst du denn nicht? Er ist ja tot.«

Es dauerte eine ganze Weile, bis Valentin antwortete: »Ich glaube es nicht«, sagte er dann langsam, »nein, ich glaube es nicht, es kann nicht sein.«

»Du willst es nicht wahrhaben.«

»Hör mal, Martin, nun nimm dich mal zusammen. Ich gebe zu, die Sache sieht übel aus, verflucht übel. Aber wenn wir uns jetzt einfach in die Büsche schlagen, machen wir es womöglich noch schlimmer.«

»Aber wieso denn?«

»Na, nimm doch mal an, Klaus lebt noch. Wovon ich persönlich fest überzeugt bin. Dann dürfen wir ihn doch keinesfalls allein lassen. Es kann Stunden dauern, bis sie ihn finden, wahrscheinlich erst morgen früh. Bis dahin könnte er sich doch eine Lungenentzündung oder so was geholt haben.«

»Aber wir... wir wären gerettet.«

»Und wenn er nun aussagt?«

»Ach, Valentin, der doch nicht mehr.«

Valentin beugte sich nieder, legte den Handrücken gegen Klaus Ritters Wange, spürte kalten Schweiß.

»Augenblick mal«, sagte er und hielt Martin am Jackenärmel zurück, »du warst doch auch mit in dem Erste-Hilfe-Kurs voriges Jahr... fällt dir da gar nichts auf? Denk doch mal nach, wir haben es doch dutzendmal von Anfang bis Ende durchgekaut. Leichenblässe, Puls nicht fühlbar, kalter Schweiß, was ist das?«

»Schock«, sagte Martin Meyers.

»Na, eben. Siehst du. Also komm, denk nicht mehr ans Weglaufen, hilf mir lieber. Legen wir ihn auf die Seite. Vorsicht, du weißt.«

In diesem Augenblick begann Klaus Ritter sich zu erbrechen.

Valentin kniete sich neben ihn, hielt ihm den Kopf, wartete geduldig, bis nichts mehr kam als grüne Galle.

»Mensch, Klaus«, sagte er. »Bin ich froh! Du hast uns ja einen Schrecken eingejagt. Komm, ich wasch dir den Mund ab, warte nur, gleich geht's dir besser.« Er schob ihn behutsam ein wenig beiseite. »Bleib ganz ruhig liegen, rühr dich nicht. Wir haben Zeit genug.« Er richtete sich auf, sagte zu Martin Meyers: »Paß du auf ihn auf. Ich klettere jetzt mal in den Wagen, zieh den Zündschlüssel ab und versuche, die Lichter auszukriegen. Menschenskind, Martin, was machst du denn für ein Gesicht? Begreifst du denn nicht, was für ein Riesenschwein wir gehabt haben?«

»Glück nennst du das? Und wer soll den Wagen bezahlen?«

»Als wenn das in so einem Augenblick 'ne Rolle spielte. Was ist wohl mehr wert: Geld oder das Leben? Preisfrage!«

Roman Miller empfing Valentin mit jovialer Herzlichkeit.

»Mein lieber Junge«, sagte er, »bitte, nehmen Sie doch Platz.« Er wies auf den Sessel gegenüber seinem Schreibtisch, »Sie wissen, ich freue mich immer, Sie zu sehen. Besonders so früh am Morgen.«

Valentin konnte es nicht verhindern, daß er errötete. »Entschuldigen Sie bitte«, murmelte er, »ich weiß, daß ich mich in letzter Zeit manchmal ein bißchen verspätet habe.«

»Aber! Aber! Sie nehmen doch nicht etwa an, Valentin, mein Junge, daß ich Ihnen deswegen Vorhaltungen machen will?« Roman Miller lachte herzlich. »Nein, so kleinlich bin ich nun doch nicht. Vor allem nicht zu dem künftigen Leiter dieses Unternehmens.«

»Ich brauche Geld«, sage Valentin.

»Einen Vorschuß auf Ihr Gehalt?«

»Nein. Mehr, viel mehr.«

Roman Miller gelang es, seine Genugtuung vollkommen zu verbergen. »Ach...«, sagte er nur sehr gleichgültig und vermied es, den Jungen anzusehen.

»Mir ist nämlich etwas ganz Scheußliches passiert«, sagte Valentin ehrlich, »ich habe ein Auto zu Schrott gefahren. Noch dazu eines, das mir nicht gehört hat.«

»Hoffentlich wenigstens mit Erlaubnis des Besitzers?«

»Nein«, gestand Valentin zögernd.

»Also gestohlen?«

Valentin straffte die Schultern, sein junges Gesicht wurde hart. »Nein«, sagte er, »natürlich nicht. So was täte ich doch nicht. Der Wagen gehörte dem Vater eines Freundes. Wir haben ihn zusammen ausgeliehen.«

»Nun, dann nehme ich doch an... ich verstehe nicht ganz..., der Wagen war doch wohl versichert?«

»Ja. Aber Herr Ritter sagt, die Versicherung wird nichts zahlen, weil er den Wagen nicht genügend gesichert hat. Er stand einfach so in der Garage, gar nicht abgeschlossen. Der Zündschlüssel lag im Handschuhfach. Jeder konnte an ihn heran.«

»Sehr schön. Dadurch werden Sie und Ihr Freund doch wesentlich entlastet.«

»Darum geht es ja gar nicht. Herr Ritter will, daß ich ihm den Wagen ersetze. Sonst will er Anzeige erstatten. Außerdem...«, fügte er rasch hinzu, ehe Roman Miller noch etwas sagen konnte, »auch wenn er den Verlust der Versicherung meldet, sagt er, wird die Versicherung von mir Schadenersatz verlangen.«

»Nun, aber doch wohl genausogut von Ihrem Freund.«

»Klaus ist gar nicht gefahren. Nur ich. Und ich möchte nicht, daß er mit hineingezogen wird. Davon wird die Sache ja nicht besser.«

»Nun hören Sie mir mal gut zu, Valentin. Zigarette? Wenn alles sich so verhält, wie Sie mir erzählt haben, dann gibt es bei dieser Sache doch drei Schuldige: Sie, diesen Herrn Ritter und seinen Sohn. Es wäre also doch nicht mehr als recht und billig, wenn Sie drei sich den Schaden teilen würden.«

»Wovon soll Klaus denn bezahlen? Etwa von seinem Taschengeld? Er hat ja sonst keinen Pfennig. Und Herr Ritter hat das Auto ja noch nicht einmal ganz abbezahlt, da kann man doch nicht verlangen...«

»Doch. Man kann. Gerade, wenn es so ist, hätte er besser achtgeben sollen.«

»Na schön.« Valentin hatte sich seine Zigarette angezündet, versuchte, sich zu entspannen. »Was geben Sie mir also für einen Rat?«

»Tun Sie erst einmal gar nichts. Lassen Sie die Dinge auf sich zukommen.«

Valentins Augen wurden schmal. »Sie wollen also, daß ich vor Gericht gezerrt werde?«

Roman Miller erschrak ehrlich. »Aber Valentin. Was reden Sie sich denn da ein? Ich meine es doch ehrlich mit Ihnen. So weit, denke ich, würde es doch gar nicht kommen.«

»Doch. Es würde. Herr Ritter wartet ja nur darauf, mir eins auszuwischen. Er behauptet, daß ich Klaus zu diesen Autofahrten verführt habe, daß ich die Schuld daran habe, daß Klaus in letzter

Zeit einige Arbeiten verhauen hat. Ich habe ihn ja nur mit Mühe und Not besänftigen können. Nur dadurch, daß ich versprochen habe, alles zu zahlen.«

»Warum haben Sie mir das nicht gleich gesagt, Valentin? Das habe ich natürlich nicht gewußt.«

»Jetzt wissen Sie's jedenfalls. Ich muß das Geld haben, sofort. Ich muß.«

»Um wieviel handelt es sich denn?«

»Es war ein BMW. Nicht mehr ganz neu. Mit vierzehntausend will sich der Alte zufriedengeben.«

Roman Miller schwieg, legte die Fingerspitzen gegeneinander.

»Kann ich das Geld haben«, fragte Valentin, »ja oder nein?«

»Nun, irgendeine Möglichkeit müßte es für Sie unbedingt geben«, sagte Roman Miller vorsichtig. »Sie könnten zum Beispiel Ihr Erbe beleihen.«

»Mein Erbe?« Valentin lachte böse. »Ich bekomme ja gar nichts. Alles gehört meiner Mutter.«

»Ja, natürlich, daß ich nicht gleich daran gedacht habe. Ihre Frau Mutter wird Ihnen doch sicher helfen.«

»Mama hat mir ausdrücklich gesagt, daß Sie, Herr Miller, für alle meinen Angelegenheiten zuständig sind, solange sie selber verreist ist.«

»Das stimmt. So war es abgemacht. Aber Ihre Frau Mutter hat bestimmt nicht daran gedacht, daß Sie um solche Beträge in Verlegenheit geraten könnten.«

»Nun, jetzt ist es aber passiert. Ich brauche das Geld, und ich habe Ihnen auch gesagt, wozu ich es brauche.«

»Ja, natürlich.« Roman Miller stand auf und begann mit unruhigen Schritten in dem großen Raum auf und ab zu gehen. »Das Dumme ist nur, daß ich einfach keine Möglichkeit sehe, Ihnen zu helfen. Über das Privatkonto von Frau Holl habe ich natürlich keine Vollmachten. Und Firmengeld kann ich, das werden Sie verstehen, in diesem Fall beim besten Willen nicht vorschießen. Ich selber... ja, es trifft sich wirklich alles außerordentlich ungünstig... ich selber habe mein ganzes Kapital augenblicklich in eine kleine Spekulation gesteckt, die...«

Valentin war aufgesprungen. »Soll das heißen, ich bekomme das Geld nicht?«

»Leider, mein lieber Junge, leider. Es steht ganz außerhalb meiner Macht, Ihnen da zu helfen.«

»Aber was soll ich denn jetzt tun?«

»Vielleicht versuchen Sie mal, sich mit Ihrer Mutter in Verbindung zu setzen.«

»Aber das habe ich doch schon. Heute nacht.«

»Und?«

»Sie ist nicht in Rom. Irgend so ein Mädchen erzählte mir etwas auf Italienisch, ich konnte nur sehr schwer verstehen. Jedenfalls scheinen Mama und Barbara augenblicklich nicht in Rom zu sein. Sie sind, wie das Mädchen sagte, verreist.«

»Keine Adresse?«

»Nein.«

Roman Miller tat, als ob er angestrengt nachdachte, dabei beobachtete er das verzweifelte Gesicht des Jungen aus den Augenwinkeln. »Tja«, sagte er schließlich, »dann weiß ich auch beim besten Willen keinen Rat mehr. Höchstens, Sie können ja nochmals telefonieren.«

»Aber Herr Ritter sagt, er will das Geld in spätestens drei Tagen haben, sonst...«

»Es tut mir so leid, Valentin«, sagte Roman Miller.

Der Junge hörte gar nicht hin. »Wenn ich nun gleich nach Rom flöge«, sagte er dann, »vielleicht...«

»Davon verspreche ich mir aber wirklich nicht viel.«

»Ich könnte es doch wenigstens versuchen. Sie haben die Wohnung doch für einen Monat gemietet, sie werden bestimmt bald zurückkommen.«

»Das klingt ganz einleuchtend, aber wenn sie zurück sind, können Sie sie ja telefonisch erreichen.«

»Wenn ich an Ort und Stelle bin, kann ich mich leichter verständigen. Vielleicht bringe ich in Rom heraus, wohin sie wirklich gefahren sind. Sicher bringe ich das heraus. Sie werden mir doch Urlaub geben, nicht wahr? Und die paar hundert Mark, die ich für die Reise brauche, habe ich noch auf meinem Konto.«

Roman Miller zuckte die Achseln. »Wie Sie meinen.«

Valentin stand auf. »Meine Mutter wird Sie dann anrufen, Herr Miller; ich denke, das genügt.«

Roman Miller lächelte verzerrt. »Besser wäre es schon, wenn ich es schriftlich bekäme. Lassen Sie sich von Fräulein Angermann ein Formular geben. Sie brauchen mir dann nur die Unterschrift Ihrer Mutter zu bringen. Falls sie einverstanden ist, heißt das.«

11

Sylvia Holl und Graf Schwarzenbach saßen in der Pergola der Villa Romulus auf Capri beim Frühstück.

Es war alles so schön und so friedlich, so märchenhaft und verzaubert – und doch war Sylvia nicht glücklich. Verstohlen sah sie auf den Mann an ihrer Seite, beobachtete, wie er mit seinen schlanken braunen Fingern eine Apfelsine zerteilte, sah den hellen, blonden Flaum auf seinem sehnigen Unterarm – er war ihr so nah, daß sie nur die Hand um Zentimeter hätte bewegen müssen, um ihn zu berühren. Und dennoch schien er ihr so fern wie nie zuvor. Plötzlich wurde ihr klar, wie wenig sie von ihm wußte, und diese Erkenntnis traf sie gleichzeitig mit einem kleinen ziehenden Schmerz in der Magengrube.

Nichts wußte sie von ihm, gar nichts. Er war für sie ein Fremder.

Er sah sie an, ein amüsiertes Funkeln in den hellen Augen, und sie senkte rasch den Blick.

»Ich überlege gerade«, begann sie hastig, als wenn er sie bei etwas Unrechtem ertappt hätte und sie sich nun entschuldigen müßte, »eigentlich weiß doch jetzt kein Mensch auf der ganzen Welt, wo wir sind, nicht wahr?«

»Ist dir das unangenehm?«

»Nicht gerade. Ich meine, es wäre schön, wenn es so bleiben könnte. Aber du weißt...«

»Ja, du hast Verpflichtungen.«

Es entging ihr nicht, wie bitter sein Ton war, aber sie wollte jetzt nicht darauf eingehen.

»Vielleicht gehen wir doch nachher mal ins Dorf, und ich könnte zu Hause anrufen oder lieber noch in der Bank.« Sie sah auf ihre zierliche, mit Brillanten besetzte Armbanduhr. »Valentin ist jetzt ja schon im Dienst.«

»Wenn es sich nur darum handelt«, sagte er ruhig, »telefonieren kannst du natürlich auch von hier aus. Ein Telefon steht in der Halle, vorne links neben der Haustür.«

»Ach... wirklich?« fragte sie, außerstande, ihre Erleichterung zu verbergen.

Er lächelte. »Wie hattest du dir denn das vorgestellt«, sagte er, »ich habe doch auch Francesco angerufen und ihm gesagt, daß wir kommen würden. Wie hätte denn sonst alles vorbereitet sein können?«

»Daran habe ich gar nicht gedacht. Mir schien alles wie ... reinste Hexerei.« Sie löffelte mechanisch ihre Grapefruit, lächelte ihm geistesabwesend zu.

»Warum tust du nicht einfach das, was du möchtest?« sagte er. »Ich habe noch nie einen Menschen getroffen, dem es so schwergefallen wäre, natürlich zu sein.«

»Aber ich tue doch, was ich möchte. Ich genieße den Ausblick, die Sonne, das Beisammensein mit dir. Ist etwas daran falsch?«

»Ja. Alles. Es ist einfach nicht wahr. Entweder schwindelst du, oder du machst dir selber etwas vor. Du wünschst dir nur das eine ... endlich telefonieren zu können. Also tu's doch.«

Seine Stimme hatte zuletzt so gereizt, ja zornig geklungen, daß sie ihn ganz erschrocken ansah.

»Entschuldige bitte, Sylvia«, sagte er sofort, »ich ... es tut mir leid. Ich weiß, ich bin ungerecht. Aber ich möchte dich einfach für mich allein haben, für mich ganz allein.«

Sie berührte im Aufstehen mit ihren Lippen flüchtig seine Stirn. »Es dauert ja nur ein paar Minuten«, sagte sie, »und für mich wäre es eine so große Beruhigung.«

Er sah ihr nach, wie sie auf das Haus zuging – sehr schlank und sehr elastisch in hautengen Hosen aus weißem Leder, einem grobgehäkelten hellblauen Seidenpullover. Er wendete den Blick erst ab, als sie im Dämmerlicht des Hauses verschwand. Dann schob er seinen Sessel zurück, stand auf, trat an die Brüstung der Pergola, schwang sich hinauf. Er zog die Beine an, umklammerte sie mit den Armen, stützte das Kinn auf die Knie und starrte, einen unergründlichen Ausdruck in den hellen Augen, auf das Meer hinaus. So kauerte er noch, als Sylvia zurückkam – eilig, mit sanft geröteten Wangen, leuchtenden Augen. »Pit!« rief sie schon von weitem. Er wandte ihr langsam den Kopf zu und setzte dann mit fast betont ungezogener Langsamkeit die Beine auf den Boden.

»Ich habe mir Roman Miller gesprochen«, sagte sie. Unter seinem Blick wurde sie unsicher, fuhr sich mit der Hand durch das braune, seidenweiche Haar.

»Warum siehst du mich so an? Ist etwas mit mir nicht in Ordnung?«

»Du siehst aus wie die personifizierte bürgerliche Zufriedenheit.«

Sie lachte nur, viel zu erleichtert, um irgend etwas übelzunehmen. »Ich bin froh«, sagte sie, »denk dir, zu Hause ist alles in

Ordnung. Valentin ist sehr brav, Roman Miller ist mit ihm zufrieden.«

»Keine Wirtschaftskrise? Kein Börsenkrach? Kein Kurseinbruch?«

»Nein«, sagte sie lächelnd, »denk dir, nichts von alledem.«

»Nun, dann habe ich ja noch einmal Glück gehabt.«

Sie hob, nun doch irritiert, die Augenbrauen. »Wie meinst du das?«

»Ist das so schwer zu verstehen? Nehmen wir nur einmal an, du hättest etwas Ungünstiges erfahren. Dann hättest du doch bestimmt Hals über Kopf nach München zurückgewollt?«

»Nicht wegen eines Börsenkrachs.«

»Möglich. Aber wenn Valentin in Schwierigkeiten geraten wäre.«

»Das ist doch etwas ganz anderes. Valentin ist mein Sohn. Daß du nicht begreifen kannst, was das bedeutet.«

»O doch. Nur zu gut. Ich kenne Valentin und auch Barbara. Auf ihre Art sind sie sehr passable junge Leute. Aber dir gegenüber sind sie egoistische, kleine Ungeheuer.«

»Komisch. So etwas Ähnliches sagte Roman Miller auch. Er behauptete, ich brauchte mir keinerlei Sorgen um Barbara zu machen. Sie würde sich bestimmt melden, wenn sie etwas brauchte.«

»Dieser Herr Miller scheint ein Menschenkenner zu sein«, sagte er und begann, die Hände in den Taschen, auf den Hacken zu wippen.

»Ich weiß nicht«, sagte sie und runzelte ein wenig die Stirn, »er ist nicht ganz angenehm.«

Sie nahm sich eine Zigarette.

Er reichte ihr Feuer, sagte eindringlich: »Sylvia, wenn wir nach München zurückkommen, muß alles aus mit uns sein.«

Sie starrte ihn über die Flamme seines Feuerzeugs hinweg an. »Warum?«

»Weil ich dich nicht kompromittieren will.«

Sie runzelte die Stirn. »Soll das ein Witz sein?«

»Nein«, sagte er, »ich wundere mich, daß dir das nicht von Anfang an klar gewesen ist. Du in deiner gesellschaftlichen Position kannst dir keine Liaison mit einem Mann wie mir erlauben.«

»Ich bekomme immer mehr den Eindruck«, sagte sie und streifte die Asche ihrer Zigarette ab, »du bist heute früh mit dem linken Fuß aufgestanden. Du legst es geradezu darauf an, die Dinge zu komplizieren. Du schaffst Probleme, wo gar keine sind. Und ausgerechnet von dir habe ich mir einreden lassen, ich wäre spießig. Du bist es, nicht ich.«

»Du willst mich nicht verstehen«, sagte er gequält.

»Nein«, sagte sie, »wirklich nicht. Ich will nicht. Ich bin so lange einsam und unglücklich gewesen. Ich will mich jetzt nicht mit einem Haufen neuer Sorgen belasten. Ich will einfach... leben!« Sie breitete die Arme weit aus, als wenn sie die glühende Luft umarmen wollte. »Mich freuen... glücklich sein!«

»Ich weiß«, sagte er, und sein Gesicht entspannte sich, »das war es, was ich dir versprochen hatte. Was wollen wir heute unternehmen? Wollen wir zur Grotta Azzura! Nach Anacapri? Oder zur Villa Jovis? Übrigens ist auch der Wind ganz günstig. Wenn du dich noch einmal die Felsentreppe hinuntertraust, können wir Segel setzen und uns nach Amalfi hinübersteuern. Es liegt bei dir. Du mußt dich entscheiden.«

Sie drückte ihre Zigarette aus, sah ihn aus zärtlichen Augen an. »Was du willst, Pit, ich wünsche mir nur eines – daß du wieder fröhlich bist!«

Wie Roman Miller seit dem Anruf aus Capri zu seiner Beruhigung wußte, erreichte Valentin in Rom nichts.

Die Gräfin Orsini bestätigte ihm, daß seine Mutter die Wohnung auf dem Aventino für den ganzen Monat gemietet hatte – aber wohin sie gefahren war, und wann sie zurückkommen würde, konnte sie auch nicht sagen. Die Köchin und das Mädchen Elena wußten genausowenig. Elena behauptete zwar, daß Mutter und Tochter von Capri gesprochen hatten, aber ganz sicher war sie dessen nicht.

Valentin gab noch nicht auf. Er suchte die Freunde seiner Eltern aus früheren Jahren auf, mußte aber bald feststellen, daß seine Mutter zu diesen Kreisen gar keine Verbindung mehr aufgenommen hatte.

Vierundzwanzig Stunden hielt er sich in Rom auf, wartete mit steigender Nervosität – aber nichts geschah. Er bemühte sich Klarheit zu gewinnen. Natürlich war es möglich, ja, sogar wahrscheinlich, daß seine Mutter über kurz oder lang zurückkehren würde. Es fragte sich nur, ob es dann nicht schon zu spät war. Endlich hielt er es nicht länger aus und flog nach München zurück, nicht ohne seiner Mutter einen Brief hinterlassen zu haben, in dem er sie bat, ihn sofort nach ihrer Rückkunft anzurufen.

Als er in München ankam, glaubte er mit Sicherheit, daß sie sich inzwischen gemeldet hätte. Aber er wurde enttäuscht.

Das Telefon klingelte zwar, kaum daß er das Haus am Herzogpark betreten hatte. Aber es war nur Klaus Ritter, der ihn anrief und ihm aufgeregt mitteilte, daß sein Vater sehr wütend sei und nicht einen Tag länger mit der Anzeige warten wollte.

Valentin versprach, das Geld jetzt sofort zu bringen. Ohne daß er selber wußte, wie es geschah, behauptete er, inzwischen die Erlaubnis seiner Mutter eingeholt zu haben.

Dann, als Klaus Ritter, selber sehr erleichtert, abgehängt hatte, wußte Valentin auf einmal den Ausweg – im Unterbewußtsein hatte er schon lange mit dieser Idee gespielt, hatte es nur nicht wahrhaben wollen.

Vor Jahren hatte er einmal die Unterschrift seines Vaters unter ein schlechtes Zeugnis gefälscht. Die Lehrer hatten es nie bemerkt. Konnte er nicht genausogut versuchen, die Schrift seiner Mutter nachzuahmen?

Er kramte in ihrem Schreibtisch, bis er eine sehr schöne Unterschrift von ihr fand, übte sich wieder und wieder darin, sie zu kopieren. Dann, als das Ergebnis seiner Anstrengungen endlich zufriedenstellend ausfiel, setzte er sie in einem Zug auf das Formular, das Fräulein Angermann ihm mitgegeben hatte.

Er zerriß die Papiere, auf denen er geübt hatte, stopfte sie in seine Hosentaschen, um sie irgendwo außer Haus in einen Papierkorb zu versenken.

Dann rief er noch einmal in Rom an, in der schwachen Hoffnung, seine Mutter doch noch zu erreichen – aber es trat nur das ein, was er schon befürchtet hatte. Sylvia Holl war noch nicht zurückgekehrt.

Valentin hatte ein unsicheres Gefühl in den Kniekehlen, als er Roman Miller eine Stunde später die gefälschte Einverständnis-Erklärung präsentierte. Aber er bezwang sich, so gleichmütig wie möglich dreinzuschauen, beantwortete die Fragen, die Roman Miller stellte – wie er seine Mutter gefunden hätte, ob sie sich gut erholt habe, wie lange sie noch zu bleiben gedenke –, mit einer Stimme, über deren Gelassenheit er sich selber wunderte. Roman Miller schien keinerlei Verdacht zu schöpfen. Er ließ die vierzehntausend Mark an die Bank, bei der Herr Ritter sein Konto hatte, überweisen, sagte Valentin, wie sehr er sich freue, daß nun doch noch alles ohne Schwierigkeiten ins Lot gekommen sei.

Valentin verließ das Chefbüro mit dem Gefühl, eine sehr bedrohliche Situation glänzend gemeistert zu haben. Er ahnte nicht, daß er gerade das getan hatte, worauf Roman Miller es angelegt hatte. Er war zum Betrüger geworden, ohne sich dessen überhaupt bewußt geworden zu sein.

12

Sylvias schöne Sicherheit war zerstört. Je länger sie mit Pit zusammen war, desto klarer wurde es ihr, daß weder sie noch er so weiterleben konnten. Entweder mußten sie sich trennen, oder sie mußte einwilligen, seine Frau zu werden. Sie konnte sich zu keinem von beiden entschließen.

Es war für sie fast eine Erleichterung, als Graf Schwarzenbach sich entschloß, eine Einladung von Freunden zu einer Mittelmeerfahrt auf einer Hochseejacht anzunehmen. Sylvia fuhr nach Nizza und hoffte, mit sich ins reine zu kommen.

Eines Tages traf Barbara überraschend aus Paris ein. Sie hatte über Markus Ebinger die Adresse ihrer Mutter erfahren. Über ihre Erlebnisse in Paris verlor sie kein Wort.

»Du siehst glänzend aus, Mama. So braun und so jung, fast wie ein junges Mädchen«, lobte Barbara, die ihrer Mutter im Appartement des Hotels Negresco in Nizza gegenübersaß.

Noch bevor Sylvia etwas erwidern konnte, fuhr ihre Tochter fort: »Hast du nichts mehr von Pit gehört?«

Sylvia schlug die Beine übereinander, lehnte sich in ihren Sessel zurück und antwortete: »Das ist eine lange Geschichte, Kind.«

»Eine Geschichte über Pit?«

»Sieh mal, Barbara, in deinen Augen bin ich vielleicht schon so etwas wie eine alte Frau. Aber ich hoffe, daß du Verständnis für mich hast. Auch für eine Frau in meinen Jahren ist das Leben noch nicht zu Ende.«

»Natürlich nicht, Mama. Du hast mir ja bereits in einem Brief angedeutet, daß du einen richtigen Freund gefunden hast, daß du vielleicht sogar bald wieder heiratest. Aber ich verstehe nicht, was das mit Pit zu tun hat...«

»Ich weiß nicht recht, wie ich es dir beibringen soll«, erwiderte Sylvia und drückte nervös ihre Zigarette im Aschenbecher aus. »Also Pit und ich...«

»Soll das heißen, daß Pit dein neuer Freund ist?«

»Ja. Pit und ich werden demnächst heiraten. Ich will dir jetzt alles genau erklären und hoffe...«

»Ich werde verrückt«, unterbrach sie Barbara, stand auf und ging ans Fenster.

Den Rücken zu ihrer Mutter gewandt, sprach sie weiter: »Dann kann ich also damit rechnen, daß dein Verlobter jede Sekunde hier auftaucht und mir einen väterlichen Kuß auf die Wange drückt, stimmt's?«

»Pit ist nicht da«, erwiderte Sylvia.

Barbara stand immer noch am Fenster und starrte auf das Meer. Dann wandte sie sich um und ging ins Zimmer zurück. Dicht vor ihrer Mutter blieb sie stehen.

»Was ist denn los, Kind?« fragte Sylvia bestürzt. »Du siehst so seltsam aus...«

»Du kannst Pit nicht heiraten, Mama, niemals!«

»Und warum nicht? Gönnst du mir denn nicht, daß ich glücklich werde?«

»Mama, ich muß dir ein Geständnis machen.«

»Ein Geständnis?«

»Ja, Mama«, antwortete Barbara. »Ich erwarte nämlich ein Kind. Ein Kind von Pit...«

Sylvias Gesicht nahm einen ungläubigen Ausdruck an: »Ein Kind... von Pit...«, stammelte sie. »Das ist doch völlig ausgeschlossen, Barbara.«

»Es ist die Wahrheit, Mama. Ich hoffe, daß du mir Einzelheiten ersparst«, erwiderte Barbara kühl.

Sylvia wollte sich aufrichten, aber sie hatte nicht die Kraft dazu. Ihr Oberkörper sank vornüber auf die Tischplatte. Ein Schluchzen schüttelte sie, ein Weinen ohne erlösende Tränen.

Barbara legte ihre Hand auf den Rücken ihrer Mutter. Dabei murmelte sie: »Aber das ist doch kein so großes Unglück, Mama. Man muß nur die Tatsache vergessen, daß der Vater meines Kindes ein Schuft ist.«

Einen Augenblick lang war Barbara in Versuchung, ihrer Mutter die Wahrheit zu gestehen, ihr zu sagen, daß sie gelogen, daß sie ein Märchen erfunden hatte, um die geplante Hochzeit ihrer Mutter mit Graf Schwarzenbach zu verhindern. Aber sie bezwang die Regung des Mitleids und war gleich wieder fest entschlossen, das begonnene Spiel weiterzuspielen.

Sylvia stand auf und ging ins Badezimmer, Schultern und Kopf vornübergebeugt, eine vom Schicksal geschlagene Frau.

Barbara atmete auf, als sie allein war. »Arme Mama«, sagte sie leise, »aber ich kann es dir nicht ersparen.«

Sie hockte sich in einen Sessel, zog die Beine an und begann zu rauchen. Barbara hörte, daß ihre Mutter nebenan mit Flaschen hantierte, hörte den Wasserhahn laufen.

Es dauerte lange, bis Sylvia wieder aus dem Badezimmer kam. Ihr Gesicht war bleich, als wäre sie schwer krank.

»Barbara, wie konntest du so etwas tun?«

»Und das fragst du mich?« begehrte Barbara auf. »Wende dich doch lieber an den sauberen Grafen Schwarzenbach, an diesen Kerl, der mir die Ehe versprochen, der mir hoch und heilig geschworen hat, daß er mich lieben würde bis zum Tode.«

»Ich verstehe die Welt nicht mehr«, sagte Sylvia leise. Tränen stiegen ihr in die Augen. Wieder wurde sie von einem Weinkrampf geschüttelt. »Das kann doch alles gar nicht wahr sein«, schluchzte sie.

»Beruhige dich doch, Mama. Trink ein Glas Cognac, das wird dir guttun.«

Barbara stand auf, ging zu einem Wandschrank, füllte ein Glas randvoll mit Cognac und reichte es ihrer Mutter. Sylvia trank das Glas auf einen Zug aus, gehorsam wie ein kleines krankes Kind.

»Barbara«, sagte sie dann, »es ist schrecklich für mich. Ich habe Pit geliebt... ich muß sehen, wie ich damit fertig werde. Sicher werde ich bald darüber hinwegkommen.«

»Ja, Mama.«

Sylvia streckte einen Arm aus, als wollte sie ihre Tochter beschwören:

»Du mußt ihn heiraten, das ist die einzige Möglichkeit.«

»Pit Schwarzenbach heiraten? Das ist doch wohl nicht dein Ernst, Mama. Du kannst mir doch nicht zumuten, einen Mann zu heiraten, den ich verachte.«

»Willst du mir denn nichts ersparen?« herrschte Sylvia ihre Tochter an, froh, endlich ein Ventil für den Aufruhr gefunden zu haben, der in ihrem Inneren tobte. »Du kannst unseren Namen doch nicht in einen Skandal verwickeln, Kind«, fuhr sie wütend fort. »Wir sind in München unmöglich, wenn du ein uneheliches Kind zur Welt bringst. Ich verlange von dir, daß du Pit heiratest, und zwar so schnell wie möglich.«

Barbara war von dem Zornesausbruch ihrer Mutter nicht beeindruckt. Gelassen erwiderte sie: »Das sind schöne Familienverhältnisse. Vor einer Stunde noch hast du mir gesagt, daß du Pits Braut bist. Und jetzt willst du auf einmal seine Schwiegermutter werden. Das ist doch absurd. Wir beide, du und ich, würden doch zeitlebens todunglücklich sein, wenn ich auf deinen Vorschlag einginge.«

»Du brauchst dich ja nur pro forma verheiraten«, schlug Sylvia vor. »Wenn das Kind geboren ist, kannst du dich ja wieder von Pit scheiden lassen.«

»Ich werde es mir überlegen, Mama«, lenkte Barbara ein. »Du mußt mir Zeit lassen. Ich will in Ruhe über alles nachdenken.«

Sie trat dicht an ihre Mutter heran, umarmte sie und küßte sie auf die Stirn.

Dann ging sie aus dem Zimmer, den Kopf in den Nacken geworfen, wie eine unerbittliche Rachegöttin.

Es war eine Nacht ohne Mond und ohne Wolken. Der Himmel war übersät mit unzähligen, glitzernden Lichtpunkten, die in der tiefschwarzen, spiegelglatten See reflektierten. Die grünen und roten Positionslaternen der ›Berenice‹ warfen einen schwachen Schein auf das Deck der Segeljacht. Im Ruderhaus brannte eine nackte Glühbirne und beleuchtete den Kompaß und eine Seekarte. Das Schiff hatte keine Segel gesetzt, sondern fuhr mit Motorkraft durch die Nacht.

»Wenn es nach mir ginge, würde diese Nacht nie zu Ende gehen«, sagte Helen Cloy, eine junge Amerikanerin, zu Pit Schwarzenbach. Die beiden hatten Wache auf dem Schiff.

Außer Pit und Helen waren noch drei Männer und eine Frau an Bord, Menschen, die jetzt in ihren Kojen schliefen, gewiegt von der sanften Dünung des Mittelmeeres.

Als ihre Wache zu Ende war, hatte die ›Berenice‹ alle Segel gesetzt. Eine leichte Brise war aufgekommen, und die See war schraffiert wie ein Waschbrett.

Jean Robail, ehemaliger Autorennfahrer wie Pit Schwarzenbach und der Besitzer der ›Berenice‹, führte das Ruder. Das Schiff gehorchte dem leisesten Druck seiner Finger wie ein Vollblutpferd.

Als Pit Schwarzenbach nach kurzem, traumlosem Schlaf wieder

an Deck erschien, rief sein Freund Jean ihm zu: »Heute wird es noch lustig. Ich spüre es in allen Gliedern, daß der Wind gehörig auffrischen wird.«

Eine Voraussage, die nur allzu schnell in Erfüllung gehen sollte... Alle Fahrgäste waren jetzt an Deck.

Gegen Mittag trat eine kurze Flaute ein. Am Horizont zogen schiefergraue Wolken auf. Und dann wehte ihnen plötzlich ein heftiger Wind aus Nordwest entgegen. Mistral...

Die See setzte weiße Schaumkronen auf. Pit und seine Freunde bargen das Segelzeug bis auf das Großsegel, das sie refften und dann stehenließen.

Die Männer und Frauen auf der ›Berenice‹ hatten gelbes Ölzeug übergezogen und Südwester aufgesetzt. Jean Robail stand immer noch am Ruder, während die anderen immer wieder von Backbord nach Steuerbord und zurück wechselten, um beim Kreuzen gegen den Wind ein Kentern der Jacht zu verhindern.

Brecher schlugen über Bord. Und dann geschah es plötzlich.

Als Helen wieder einmal mit den anderen von Backbord nach Steuerbord springen wollte, verlor sie auf den Deckplanken, die von dem Seewasser glatt wie Schmierseife geworden waren, das Gleichgewicht.

Sie rutschte aus, versuchte, sich an einem Tau festzuhalten, griff ins Leere und stürzte über Bord.

Ein gelber Fleck in der tosenden See, ein gelber Fleck, der schnell kleiner wurde.

Ohne sich lange zu besinnen, riß sich Pit Schwarzenbach das Ölzeug vom Leib und sprang kopfüber ins Meer. Es gelang ihm, die Tennisschuhe von den Füßen zu streifen. Er trug jetzt nur noch eine enge Leinenhose.

Mit kräftigen Stößen schwamm er auf Helen zu. Wenn er in ein Wellental geriet, verlor er sie aus den Augen. Aber er kam ihr langsam näher. Und dann war er endlich neben ihr. Sie ruderte verzweifelt mit Händen und Füßen. Todesangst machte ihre Züge alt und häßlich.

Mit ein paar schnellen Griffen riß Schwarzenbach ihr das gelbe Ölzeug vom Körper.

Und dann schrie er ihr durch das Toben des Sturmes zu: »Halten Sie sich über Wasser, so lange Sie können! Wenn es nicht mehr geht, werde ich Ihnen helfen.«

Sie lagen in der bewegten See nebeneinander auf dem Rücken.

Schwarzenbach hatte einen Arm unter ihren Rücken geschoben und stützte sie.

Die ›Berenice‹ hatte jetzt auch das Großsegel fallen lassen und arbeitete sich mit Motorkraft auf die beiden zu.

Helen war bewußtlos, als sie an Bord gezogen wurde. Und auch Pit Schwarzenbach war zu Tode erschöpft, als er auf Deck zusammenbrach.

Es dauerte nicht lange, bis Helen nach einigen Wiederbelebungsversuchen wieder zu sich kam. Sie wurde in Decken gepackt und in die Kajüte gebracht.

Als Schwarzenbach ein paar Stunden später nach ihr sah, rief sie ihm zu. »Das werde ich Ihnen nie vergessen, Graf, niemals...«

Gegen Abend flaute der Mistral ab. Aber die See blieb noch lange so bewegt, wie sie es schon seit Stunden war.

Am nächsten Morgen landete die ›Berenice‹ in Marseille. Eigentlich war es Schwarzenbachs Absicht gewesen, sofort mit dem Wagen nach Nizza zu fahren. Aber er war jetzt zu müde und schlief sich deshalb erst einmal in dem Hotel aus, in dem er in Marseille wohnte.

Gegen Abend wurde an seine Zimmertür geklopft. Pit Schwarzenbach, der gerade unter der Dusche stand, wollte nicht öffnen, doch das Klopfen an der Tür wurde heftiger. So zog er schließlich seinen knielangen Bademantel über und ging mit triefenden Haaren zur Tür. Ein großer, breitschultriger Mann stand draußen und lächelte ihm herzlich zu.

Bevor Schwarzenbach etwas sagen konnte, rief der Besucher aus: »Mein Name ist Cloy. Ich bin Helens Vater. Sie haben ihr das Leben gerettet, und dafür will ich Ihnen danken.«

»Aber das war doch eine Selbstverständlichkeit«, wehrte Schwarzenbach ab.

Es stellte sich schnell heraus, daß der Amerikaner unter Dank mehr verstand als ein paar unverbindliche, herzliche Worte. Als er in dem kleinen Raum Pit Schwarzenbach gegenübersaß, rückte er nämlich mit einem Vorschlag heraus: »Ich brauche Männer wie Sie, Mister Schwarzenbach. Ihr Verhalten bei dem Unfall meiner Tochter auf See beweist, daß Sie auch im Geschäftsleben durch dick und dünn gehen werden. Kurz und gut: Wollen Sie der europäische Generalvertreter meiner Firma werden? Ihr Freund, Jean Robail, hat mir gesagt, daß Ihre augenblickliche Stellung nicht sehr ertragreich ist.«

Pit Schwarzenbach antwortete nicht gleich. Mister Cloy fuhr dröhnend fort: »Sie wollen natürlich wissen, was dabei für Sie herausspringt. Nun, ich biete Ihnen ein Anfangsgehalt von monatlich fünftausend Dollar. Dazu selbstverständlich Spesen und eine anständige Provision.«

Noch immer schwieg Schwarzenbach. Seine steile Stirn war von tiefen Falten bedeckt.

»Ich habe den Eindruck, daß Helen sich bis über beide Ohren in Sie verliebt hat, Mister Schwarzenbach«, sprach Mister Cloy weiter. »Deshalb halte ich es nicht für ausgeschlossen, daß Sie eines Tages mein Schwiegersohn werden. Ich hätte nichts dagegen. Aber jetzt will ich erst einmal wissen, ob Sie auf meinen Vorschlag eingehen und die Europa-Vertretung meiner Firma übernehmen.«

»Ich nehme an, aber aus einer Heirat mit Helen wird nichts werden.«

»Diese Rechnung haben Sie aber ohne Helen gemacht«, schmunzelte Cloy. »Gegen ihre Ideen ist kein Kraut gewachsen. Das werden Sie in Zukunft schon selbst herausbekommen. Vorläufig bin ich aber erst einmal froh, daß wir uns geschäftlich geeinigt haben.«

Graf Schwarzenbach war in bester Stimmung, als er am nächsten Morgen über die Corniche nach Nizza raste. Mit einem Monatsgehalt von über zehntausend Mark konnte er Sylvia endlich etwas bieten. Und jetzt konnte ihm niemand mehr vorwerfen, daß er es auf ihr Geld abgesehen hätte. –

»Da bin ich endlich wieder, Liebling«, rief er aus, als er in Nizza im Hotel Negresco in Sylvias Appartement stürmte. Sie legte das Buch, in dem sie gelesen hatte, zur Seite und blickte ihn kühl an. Schwarzenbach beugte sich über sie und wollte sie küssen, doch sie stieß ihn heftig zurück.

»Das ist vorbei, ein für allemal«, sagte sie heiser. »Kümmere dich lieber um Barbara, um meine Tochter, um das arme Mädchen, das ein Kind von dir erwartet.«

»Bist du verrückt geworden? Wer hat dir einen solchen Unsinn vorgeschwatzt? Zwischen Barbara und mir ist nie etwas gewesen, nur ein paar flüchtige Küsse. Mein Gewissen ihr gegenüber ist völlig rein.«

»Barbara hat mir alles gestanden, hat mir gebeichtet, daß sie ein Kind von dir erwartet. Und du wirst verstehen, daß ich ihr glaube. Aus welchem Grunde sollte sie mir auch etwas vorlügen?«

Schwarzenbach begriff endlich, daß Sylvia es wirklich ernst meinte, daß sie felsenfest von dem überzeugt war, was sie sagte.

»Also von Barbara weißt du es«, sagte er langsam. »Wo ist sie?«

»In Saint-Tropez, in der Pension Miramar.«

Er meldete ein Gespräch nach Saint-Tropez an und erfuhr, daß Barbara Holl tatsächlich dort in der Pension Miramar wohnte.

»Wir sprechen uns später noch«, sagte er und verließ grußlos das Appartement.

Sein Herz war schwer, als er sich in seinen Wagen schwang und nach Saint-Tropez fuhr. Es war ihm, als ob die Geräusche des Motors einen bestimmten Rhythmus annahmen:

Aus, aus, aus...

Bohrender Schmerz überfiel Sylvia, als Pit Schwarzenbach gegangen war. Ihre Gedanken, ihre Erinnerungen marterten sie.

Gegen ihren Willen dachte sie an Schwarzenbachs Zärtlichkeiten, an den Glücksrausch, den sie mit ihm auf Capri erlebt hatte, an die kleinen Streitereien und leidenschaftlichen Versöhnungen, an seine heitere, unbekümmerte Art. Sylvia versuchte, sich von diesen quälenden Erinnerungen zu befreien, indem sie an Barbara und Valentin, an ihre Kinder, dachte.

»Aber die brauchen mich ja gar nicht mehr«, murmelte sie. »Mein Leben ist völlig unnütz geworden. Ich bin eine Frau, die zu alt für die Liebe ist, zu alt, um glücklich zu sein...«

Im Wohnzimmer des Appartements schrillte das Telefon. Sylvia wollte nicht abheben, aber das Telefon läutete in regelmäßigen Abständen weiter.

Schließlich meldete sie sich. »Ein Gespräch aus München, gnädige Frau«, sagte eine Männerstimme. »Bitte, bleiben Sie am Apparat, ich verbinde.«

In der Leitung knackte es. Einige Augenblicke blieb alles still, dann die Stimme Roman Millers, so deutlich, als wäre er mit Sylvia im gleichen Zimmer.

»Entschuldigen Sie die Störung, gnädige Frau«, sagte der Direktor des Bankhauses Georg Holl. »Ich muß Ihnen zu meinem großen Bedauern eine unangenehme Mitteilung machen.«

»Eine unangenehme Mitteilung«, wiederholte Sylvia, »ich verstehe nicht...«

Und dann begriff sie plötzlich, noch ehe Miller antworten konnte. »Ist etwas mit Valentin?« schrie sie in den Apparat. »Ist er verunglückt? Oder krank?«

»Gesundheitlich geht es Valentin ausgezeichnet. Aber ich rufe tatsächlich seinetwegen an.«

»Aber, um Gottes willen, was ist den los? Spannen Sie mich doch nicht so auf die Folter!«

»Sie müssen sofort nach München zurückkommen«, sagte Roman Miller. »Valentin hat eine große Dummheit gemacht, weil er dringend vierzehntausend Mark brauchte. Ich weiß nicht, ob sich die Sache vertuschen läßt. Sie müssen sofort kommen.«

»Aber wozu brauchte er denn vierzehntausend Mark?« fragte Sylvia nach einer kurzen Pause. Sie preßte den Hörer gegen ihr heißes Ohr.

»Das kann ich Ihnen am Telefon schlecht auseinandersetzen. Am besten ist es, wenn Sie sich in das nächste Flugzeug setzen und nach München kommen.«

»Wo ist Valentin denn jetzt?«

»Ich weiß es nicht, er hat München verlassen.«

»Ich... ich komme sofort zurück«, stammelte Sylvia und ließ den Hörer auf die Gabel fallen.

Sie war fast glücklich, als sie begann, ihre Koffer zu packen. Jetzt hatte ihr Leben wieder einen Sinn. Valentin war in Not. Sie mußte ihm helfen.

Barbara war nicht in der Pension, als Pit Schwarzenbach am Nachmittag in Saint-Tropez ankam.

Am sonnenüberfluteten Strand wimmelte es von knappen Bikinis, von gebräunter Haut, von Sonnenbrillen. Auch hier fand Schwarzenbach das Mädchen nicht, das er suchte.

Am Abend suchte Schwarzenbach systematisch jedes Nachtlokal auf. Und dann, in einer schummrigen Tanzbar, entdeckte er sie. Barbara, in engen langen Hosen und in eine lose kurze Bluse gekleidet, die den Bauch freiließ, twistete hingebungsvoll mit einem blonden Jüngling.

Schwarzenbach beobachtete sie einige Zeit. Dann drängte er sich mit düsterem Gesichtsausdruck durch die tanzenden Paare.

Barbara blieb wie angewurzelt stehen, als sie ihn erblickte. »Du... was willst du hier?« fragte sie.

»Komm raus!« befahl Schwarzenbach. »Ich muß mit dir reden.«

Ohne sich weiter um die neugierigen Blicke der anderen zu kümmern, begann er Barbara zum Ausgang zu zerren.

Draußen stellte sich Schwarzenbach dem Mädchen gegenüber,

die Hände in die Hüften gestemmt. Er sagte: »Ist es nicht sehr unvorsichtig von dir, so ausgelassen zu tanzen? Ich meine, weil du doch ein Kind erwartest.«

»Was geht dich das an?« fauchte Barbara. »Kümmere dich doch um deine eigenen schmutzigen Affären.«

»Aber das ist ja meine Affäre«, erwiderte Schwarzenbach. »Angeblich soll doch ich der Vater sein.«

Wirre Gedanken schossen ihr durch den Kopf. Wie aus weiter Ferne hörte sie, daß der Graf auf sie einsprach, aber sie verstand nicht, was er sagte. Und dann hatte sie plötzlich eine Idee: »Ja, du bist der Vater«, sagte sie mit vor Erregung schriller Stimme. »Jedenfalls wirst du nie das Gegenteil beweisen können.«

Mit ungläubigem Staunen trat Schwarzenbach einen Schritt zurück. »Du... also du erwartest tatsächlich ein Kind?«

»Ja«, log sie. »Ich habe in Paris einen Geliebten gehabt, einen Maler.«

»Du bist ein raffiniertes kleines Biest, aber ich werde dich schon zähmen!« schrie Schwarzenbach ihr ins Gesicht. »Du wirst auf der Stelle mit mir nach Nizza fahren und deiner Mutter die Wahrheit gestehen.«

Schwarzenbach schob Barbara in den Wagen. Dann setzte er sich hinter das Steuer, startete den Motor und fuhr los.

Um zwei Uhr nachts kamen Schwarzenbach und Barbara in Nizza an. Der Graf bemerkte, daß seine Begleiterin fröstelte. Behutsam legte er ihr seinen Regenmantel um die Schulter.

»Danke«, sagte Barbara. Und dann stiegen die beiden aus und betraten die Halle des Hotels Negresco.

Der grauhaarige Portier, an spleenige Wünsche der Hotelgäste gewöhnt, schien sich nicht zu wundern, als ihn Schwarzenbach trotz der späten Stunde bat, sofort Frau Sylvia Holl zu wecken und von seiner Rückkehr zu verständigen.

»Die gnädige Frau ist heute nachmittag abgereist«, erklärte der Portier. Dann deutete er mit dem Kopf auf Barbara und fragte: »Sie sind doch Fräulein Holl?«

»Ja, das bin ich.«

»Ihre Frau Mutter hat einen Brief für Sie hinterlassen. Hier ist er.«

Barbara riß den Umschlag auf und las, während Graf Schwarzenbach sie aus zusammengekniffenen Augen beobachtete.

Der Brief hatte folgenden Wortlaut:

Liebe Barbara!

Dringende geschäftliche Verpflichtungen zwingen mich, früher als geplant nach München zurückzukehren. Ich nehme an, daß Schwarzenbach Dich inzwischen in Saint-Tropez aufgesucht hat. Er war sehr erschrocken, als ich ihm sagte, daß Du ein Kind von ihm erwartest.

Bitte versuche, dich mit ihm zu arrangieren. Du mußt ihn ja nun wohl oder übel heiraten, und deshalb halte ich es für klug, wenn Du unnützen Streitereien mit ihm aus dem Wege gehst. Nach meiner Meinung ist es am besten, wenn Ihr Euch irgendwo in Frankreich trauen laßt, damit Eure Hochzeit kein Aufsehen erregt.

Ich hoffe, bald gute Nachrichten von Dir zu bekommen. Liebe Grüße von Mama.

Barbara knüllte den Briefbogen zusammen und schob ihn in ihre Handtasche. Schwarzenbach drängte: »Nun, wo ist deine Mutter hingefahren?«

»Davon steht nichts in dem Brief«, log Barbara. »Mama deutet nur an, daß sie sich irgendwo in den Alpen von den Aufregungen der letzten Zeit erholen will.«

»Und weiter steht nichts in dem Brief?« forschte Schwarzenbach. »Das glaube ich dir einfach nicht.«

»Mama gibt mir den Rat, mich gut mit dir zu stellen und dafür zu sorgen, daß du mich schnell heiratest. Sie hat Angst vor einen Skandal und will auf keinen Fall, daß ich ein uneheliches Kind zur Welt bringe.«

Schwarzenbach ergriff ihren Arm und führte sie schweigend nach draußen. Ein paar angetrunkene Nachtschwärmer gingen über die Promenade des Anglais.

Barbara und Schwarzenbach stiegen wieder in den Sportwagen des Grafen und fuhren nach Saint-Tropez zurück. Als Nizza hinter ihnen lag, brach sie das Schweigen. »Was willst du jetzt tun?«

»Was ich jetzt tun werde?« wiederholte Schwarzenbach wütend. »Bist du etwa auch so verrückt wie deine Mutter und glaubst, daß ich dich heiraten werde? Daß ich dich und mich unglücklich mache? Nur weil du dir eine alberne Lüge ausgedacht hast?«

Barbara lachte leise auf: »Nun, es ist ja noch nicht lange her, daß du ganz versessen darauf warst, mich zu deiner Frau zu machen. Warum ist dir der Gedanke daran jetzt so unangenehm?«

Schwarzenbach gab keine Antwort. Er preßte die Lippen aufeinander und beschleunigte das Tempo.

Im unbefangenen Plauderton fuhr Barbara fort: »Du brauchst übrigens keine Angst zu haben, daß ich dich tatsächlich heiraten will. Das ist nur eine Idee von Mama. Aber sie wird sich schon daran gewöhnen müssen, Oma zu werden, ohne einen Schwiegersohn zu haben.«

»Du bist ein raffiniertes kleines Biest, und du hast tatsächlich erreicht, was du wolltest. Ich bin fertig mit dir, fertig mit deiner Mutter. Und ich hoffe, daß ich euch nie wiedersehe.«

»Das wird auf die Dauer schwerfallen«, meinte Barbara. »Schließlich haben wir ja viele gemeinsame Bekannte in München.«

»Ich ziehe von München nach Paris«, erwiderte Schwarzenbach. Dann schwieg er, bis er Barbara vor ihrer Pension in Saint-Tropez absetzte.

Als sie im Bett lag, war das Triumphgefühl, das sie unterwegs verspürt hatte, plötzlich verflogen. Sie preßte ihren Kopf in die Kissen und fing hemmungslos an zu weinen.

13

Sylvia Holl empfing Roman Miller in der Bibliothek ihrer Villa. Im Kamin knisterten Buchenscheite und strahlten angenehme Wärme aus. Der Direktor des Bankhauses Georg Holl beugte sich tief über Sylvias schlanke Hand, hauchte einen Kuß auf ihre Fingerspitzen und sagte: »Sie sehen großartig aus, gnädige Frau.«

Sie überhörte das Kompliment und erwiderte: »Bitte, setzen Sie sich doch und sagen Sie mir gleich, was mit Valentin los ist.«

Miller nahm in einem Sessel Platz, breitete theatralisch die Arme aus und rief: »Das ist leider eine sehr unangenehme, peinliche Geschichte.« Und dann berichtete er: »Valentin hat die Bekanntschaft einer zweifelhaften Nachtclubtänzerin gemacht und scheint ihr völlig verfallen zu sein. Er hat sich von ihr dazu verleiten lassen, ein Auto auszuleihen, das er dann prompt zu Bruch gefahren hat. Um den Schaden zu decken, hat er Ihre Unterschrift gefälscht, gnädige Frau.«

Sylvia beugte sich mit weitaufgerissenen Augen in ihrem Sessel vor. Ihre Hände zitterten. »Wo ist er denn jetzt?« fragte sie erregt.

Miller zuckte die Schultern. »Keine Ahnung. Aber die Polizei wird es sicher schnell in Erfahrung bringen.«

»Die Polizei...«, stammelte Sylvia. »Aber was hat denn die Polizei damit zu tun?«

Miller ließ sich Zeit mit der Antwort. Er setzte umständlich eine Zigarre in Brand, paffte ein paar Rauchwolken ins Zimmer und sagte schließlich: »Ja, die Polizei. Ich weiß nicht, wie man sie aus der Geschichte heraushalten soll. Valentin hat nämlich noch ein paar Schecks gefälscht, weil er unbedingt Geld brauchte, um mit dieser Tänzerin zu verreisen. Er scheint völlig von ihr behext zu sein.«

»Aber kann man das denn nicht vertuschen? Ich komme für alle Schäden auf.«

»Das geht leider nicht so einfach«, antwortete Miller. Er bemühte sich, Anteilnahme in seine Stimme zu legen, als er fortfuhr: »Die Fälschung ist leider in der Bank entdeckt worden. Und nach dem Gesetz sind wir verpflichtet, Anzeige zu erstatten. Es tut mir sehr leid, gnädige Frau, aber ich sehe keinen Ausweg.«

Sylvia wurde blaß. »Sie müssen einen Ausweg finden, Herr Miller, mir zuliebe.«

Er legte die Fingerspitzen gegeneinander, lächelte Sylvia herzlich an und erwiderte: »Ihnen zuliebe tue ich alles, was in meinen Kräften steht.«

Sylvia war verwirrt. Sie konnte den Blick nicht deuten, den Miller ihr zuwarf.

»Was ist denn das für eine Frau, mit der Valentin ausgerissen ist?« fragte sie schließlich.

»Ich weiß nur, daß sie sich Tamara nennt. Und ich habe mir von dem Besitzer der Bar, in der sie zuletzt aufgetreten ist, erzählen lassen, daß sie es meisterhaft versteht, Männer einzuwickeln, Männer mit Geld, versteht sich.«

»Aber Valentin ist doch noch so jung, fast ein Kind.«

»Wissen Sie das wirklich so genau, gnädige Frau? Ich glaube, er hat allerhand Erfahrungen gesammelt, seitdem Sie damals München verlassen haben.«

Sylvia senkte den Kopf. Sie begriff plötzlich, daß sie eine große Schuld auf sich geladen hatte, als sie mit dem Grafen Schwarzenbach von Rom nach Capri gefahren war.

»Lassen Sie mich bitte allein, Herr Miller«, sagte sie nach einer kleinen Pause. »Ich muß mit diesen schlimmen Nachrichten erst einmal innerlich fertig werden. Und ich flehe Sie noch einmal an: Tun Sie alles, um die Polizei aus der Sache herauszuhalten.«

Miller verneigte sich in seinem Sessel. »Selbstverständlich«, murmelte er. »Ich werde mir erlauben, Sie morgen im Laufe des Tages wieder aufzusuchen. Vielleicht kann ich Ihnen dann bereits einen konkreten Vorschlag unterbreiten.« –

Es wurde eine schlimme Nacht für Sylvia. Stundenlang fand sie keinen Schlaf, wälzte sich von einer Seite auf die andere, dachte verzweifelt nach, um einen Ausweg aus der verfahrenen Situation zu finden.

Schließlich fiel sie in einen unruhigen Halbschlaf, war jedoch bald wieder hellwach.

Erst gegen Morgen schlief sie richtig ein. Aber der Schlaf brachte ihr keine Erquickung, denn böse Träume quälten sie. Sie sah Valentin in Gefängniskleidern, las im Traum die Schlagzeile einer Münchner Boulevard-Zeitung: BANKIERSSOHN ALS SCHECKBETRÜGER. Um acht Uhr weckte das Hausmädchen sie, wie es Sylvia angeordnet hatte. Sie fühlte sich matt und zerschlagen, so, als wäre sie in der letzten Nacht um zehn Jahre gealtert.

Als Sylvia nach dem Bad vor ihrer Frisiertoilette saß, blickte ihr ein fremdes, sorgendurchfurchtes Gesicht entgegen. Es gelang ihr nur mit Mühe, sich auf das Make-up zu konzentrieren, das die Spuren der letzten Nacht so gut wie möglich verwischen sollte. Plötzlich schrillte das Telefon in ihrem Boudoir. Sylvia hob ab und fühlte, wie ihr das Blut zum Herzen strömte. Sie erkannte Valentins Stimme sofort.

»Mama«, sagte er betreten. »Weißt du schon...?«

»Ich weiß alles, Valentin«, unterbrach ihn Sylvia. »Warum hast du nur so schreckliche Dummheiten gemacht?«

»Ich verstehe es jetzt selbst nicht mehr«, gestand Valentin kleinlaut. Und nach einer kurzen Pause fügte er hinzu: »Bist du mir sehr böse, Mama?«

»Böse ist nicht der richtige Ausdruck. Ich bin unendlich traurig. Aber das ist jetzt nicht so wichtig. Hauptsache ist, daß du dich sofort von dieser Tänzerin trennst.«

»Darüber brauchst du dir keine Sorgen mehr zu machen, Mama. Diese Geschichte ist zu Ende.«

»Wenigstens eine gute Nachricht.«

»Und was soll ich jetzt tun, Mama?« erkundigte sich Valentin. »Soll ich nach München zurückkommen?«

»Um Himmels willen, nein!« rief Sylvia aus. »Man würde dich unter Umständen verhaften. Wo hältst du dich eigentlich auf?«

»In Köln«, antwortete Valentin rasch. »Aber ich reise schon in ein paar Stunden weiter. Nach Hamburg und vielleicht weiter nach Kopenhagen. Wenn ich wieder eine feste Adresse habe, rufe ich dich sofort an.«

»Lieber Valentin«, murmelte Sylvia in die Leitung.

Und dann hörte sie noch, wie ihr Sohn sagte: »Verzeih mir bitte! Ich bin ein Riesenkamel gewesen. Aber diese Sache wird mir eine Lehre fürs ganze Leben sein...«

Dann legte er auf.

Am Nachmittag erschien Roman Miller wieder in der Villa am Herzogpark. Diesmal überreichte er Sylvia zur Begrüßung einen Strauß roter Rosen, eine Aufmerksamkeit, die Sylvia sich nicht erklären konnte, und die sie als höchst unpassend empfand. Trotzdem heuchelte sie Freude über die Blumen, weil sie wußte, wieviel von Millers gutem Willen abhing.

Als das Hausmädchen Kaffee und Cognac kredenzt hatte, meinte Miller beiläufig: »Ich habe den ganzen Tag gegrübelt, um eine Lösung zu finden. Aber mir ist leider noch nichts eingefallen, gnädige Frau.«

Er breitete wie entschuldigend die Arme auseinander, beugte sich dann im Sessel vor und betrachtete prüfend die weiße Asche seiner Zigarre.

Mit geduldigem Gleichmut lehnte sich Sylvia in ihrem Sessel zurück und schlug die Beine übereinander. Dann sagte sie, Miller nicht aus den Augen lassend: »Warum haben Sie mich gestern eigentlich belogen?«

Sie war enttäuscht, weil Miller keinerlei Verwirrung zeigte. Er fragte nur erstaunt: »Wie kommen Sie darauf? Was soll ich Ihnen denn vorgelogen haben, gnädige Frau?«

»Sie haben mir gestern erzählt, daß Sie nach dem Gesetz verpflichtet sind, Anzeige zu erstatten. Das stimmt aber gar nicht. Ich habe mich bei meinem Rechtsanwalt erkundigt. Niemand ist nach dem Gesetz verpflichtet, Anzeige zu erstatten. Es sei denn, es handelt sich um ein schweres Verbrechen wie Mord.«

Millers Zigarre war erloschen. Ungeduldig beobachtete Sylvia, wie er sie umständlich wieder in Brand setzte und ein paar Rauchwolken ins Zimmer paffte.

Schließlich sagte er: »Gut, ich will mit offenen Karten spielen. Ich bin tatsächlich nicht verpflichtet, Anzeige zu erstatten. Aber niemand kann mich hindern, es doch zu tun.«

»Aber... ich verstehe Sie nicht, Herr Miller...« stammelte Sylvia. »Wenn Sie nicht gezwungen sind, Anzeige zu erstatten, ist doch alles gut.«

Ein schrecklicher Verdacht stieg in ihr auf. Und noch ehe Miller antworten konnte, fuhr sie fort: »Wollen Sie mich vielleicht erpressen?«

»Erpressen?« wiederholte Miller. »Was für ein häßliches Wort. Vor allem, wenn es von einer Frau ausgesprochen wird, die ich schon seit vielen Jahren auf das tiefste verehre. Von einer Frau, die ich am liebsten auf Händen tragen würde...«

»Lassen Sie doch diesen Unsinn. Bleiben Sie bei der Sache.«

Miller warf seine Zigarre achtlos in den Aschenbecher, stand auf und begann, im Zimmer auf und ab zu gehen. Dabei sagte er: »Aber ich bleibe ja bei der Sache. Einmal muß ich Ihnen die Wahrheit gestehen. Ich liebe Sie, Sylvia.«

Verblüfft blickte sie auf, aber er hatte sich ans Fenster gestellt und sprach, den Rücken zu ihr gewandt, weiter: »Natürlich bin ich kein romantischer Schwärmer mehr, und deshalb muß ich Ihnen auch sagen, daß mir Ihr verstorbener Mann Georg Holl großes Unrecht zugefügt hat. Durch unsaubere Manipulationen hatte er es fertiggebracht, das Vermögen des Bankhauses fast ganz in seiner Hand zu konzentrieren. Er hat mich um die Früchte meiner Arbeit geprellt, wenn Sie dieses harte Wort einmal entschuldigen wollen.«

Er kam wieder ins Zimmer zurück, blieb dicht vor Sylvia stehen und sprach weiter: »Finden Sie es unter diesen Umständen nicht natürlich, daß ich nun endlich versuche, zu meinem Recht zu kommen?«

»Also doch Erpressung«, murmelte Sylvia. Dann sprach sie laut weiter: »Wenn ich Sie recht verstehe, sind Sie also bereit, unter gewissen Bedingungen keine Anzeige gegen Valentin zu erstatten, stimmt's?«

»Genau«, bestätigte er.

»Und welchen Preis fordern Sie?«

Miller antwortete schlicht: »Ich liebe Sie. Und deshalb bitte ich Sie, meine Frau zu werden.«

Sylvia blickte ihn verständnislos an. Es dauerte lange, bis sie den Sinn dieser Worte richtig begriffen hatte.

»Sie. . Sie wollen mich heiraten?« stammelte sie schließlich. »Das ist doch wohl ein Scherz.«

»Aber keineswegs, Sylvia«, erwiderte Miller. »Ich wäre der

glücklichste Mensch der Welt, wenn Sie sich dazu entschließen könnten, meine Frau zu werden.« Bei diesen Worten legte er seine rechte Hand mit einer theatralischen Bewegung auf die Brust.

Sylvia senkte den Kopf. Ihre Hände spielten nervös mit der langen Halskette, die sie trug.

»Sagen Sie bitte nicht nein«, beschwor sie Miller.

»Aber ich liebe Sie doch gar nicht. Eine Ehe, die unter solchen Voraussetzungen geschlossen wird, ist doch von vornherein zum Scheitern verurteilt. Und ich kann Sie ja noch nicht einmal achten, weil Sie versuchen, meine Notlage auszunützen.«

»Von Liebe reden wir später«, antwortete Miller. »Ich jedenfalls bin nicht mehr jung genug, um die Liebe für das Wichtigste in der Ehe zu halten. Nach meinen Erfahrungen sind Vernunftehen immer die besten.«

»Sie können reden soviel Sie wollen, Herr Miller. Ich werde auf keinen Fall mit offenen Augen in mein Unglück rennen,«

»Ich glaube nicht, daß das Ihr letztes Wort ist, Sylvia«, meinte Miller.

»Liegt Ihnen an der Zukunft Ihres Sohnes so wenig?«

»Lassen Sie Valentin aus dem Spiel! Sie brauchen mich nicht an meine Mutterpflichten zu erinnern.«

Roman Miller stand auf.

»Überlegen Sie sich das Ganze noch einmal in Ruhe, Sylvia«, sagte er. »Und prüfen Sie Ihr Herz genau, ob Sie mich nicht doch ein ganz klein wenig gern haben könnten. In ein paar Tagen melde ich mich dann wieder. Ich hoffe nicht, daß Sie mir einen Korb geben werden.«

»Und die Schecks mit den gefälschten Unterschriften? Was wollen Sie damit machen?«

»Die werde ich selbstverständlich vor Ihren Augen vernichten, Sylvia«, antwortete Miller.

»Wann?«

»Am Tage unserer Hochzeit...«

Er verneigte sich tief vor Sylvia und küßte ihre Hand.

Als er sich ein paar Minuten später hinter das Steuer seines Wagens setzte, sagte er sich: Das war ein hartes Stück Arbeit. Aber ich glaube, sie hat angebissen.

14

Die ersten Tage Graf Schwarzenbachs in Paris waren turbulent gewesen. Sein Vorgänger in der Pariser Niederlassung Mister Cloys hatte ihn mit den laufenden Geschäften und der Zielsetzung der amerikanischen Stahlfirma vertraut gemacht. Im Kopf des Grafen schwirrte es bald von Zahlen, Materialberechnungen, Statistiken. Es kostete ihn Anstrengung, sich in die ihm bisher nicht vertraute Materie einzuarbeiten. Aber er wollte es schaffen, war entschlossen, diese Chance, die das Schicksal selber ihm zugespielt hatte, zu einem wirklichen Erfolg zu machen. Es ging ihm dabei nicht mehr um Sylvia, nicht einmal um das Geld – obwohl 5000 Dollar im Monat mehr waren, als er sich je zu erträumen gewagt hatte –, sondern er wußte, daß ein Mißerfolg in dieser Tätigkeit seiner Selbstachtung den letzten, entscheidenden Schlag versetzen würde.

Sein Vorgänger, ein sehr energischer, nicht mehr junger Amerikaner namens Spencer Miller, führte ihn auch in sein Büro ein und machte ihn mit seinen Mitarbeitern bekannt.

Als sie in das helle Chefbüro mit den farbenfrohen Sesseln traten, sagte Spencer Miller: »Ich bedaure es aufrichtig, daß ich Ihnen meine Sekretärin nicht überlassen kann. Sie ist mit allen Geschäftsvorgängen bestens vertraut und würde Ihnen eine große Hilfe sein. Aber tatsächlich ist sie zu tüchtig, als daß ich mich von ihr trennen möchte. Ich nehme sie mit nach London.«

»Soll das heißen, daß eine meiner ersten Handlungen darin bestehen wird, nach einer geeigneten Sekretärin zu suchen?«

»Nein, o nein. Die Verwaltung in New York ist natürlich längst unterrichtet. Noch bevor Sie in Paris eintrafen, hatte ich die Zusage, daß eine junge Dame auf dem Weg nach Europa ist. Sie können ganz unbesorgt sein ... zweifellos hat die Verwaltung eine Kraft mit den nötigen Erfahrungen und Fähigkeiten geschickt.« Er zwinkerte mit den Augen. »Die Herren hatten ja die Auswahl. Ich glaube, es gibt keine Amerikanerin, die nicht gerne einmal ein paar Jahre in Paris verbringen würde.«

Als Spencer Miller Paris verließ, war Graf Schwarzenbach durchaus überzeugt, seiner Aufgabe gewachsen zu sein. Dennoch war es ein merkwürdiges Gefühl, die Räume der amerikanischen Niederlassung, die von jetzt an sein Reich sein würden, zum erstenmal allein zu betreten und nicht mehr im Schlepptau seines Vorgängers und Lehrmeisters.

Es war merkwürdig, daß er in diesem Augenblick – so stark, daß ihr Bild unvermutet ganz deutlich geradezu greifbar vor ihm auftauchte – an Sylvia Holl denken mußte.

Wie anders wäre alles gewesen, wenn sie Vertrauen zu ihm gehabt hätte. Wenn sie seinen Aufstieg mit ihm geteilt hätte, wenn er die Befriedigung gehabt hätte, zu wissen, für wen er arbeitete.

Aber es war vorbei. Eine Versöhnung war unmöglich geworden. Er mußte sich zwingen, zu vergessen.

Graf Schwarzenbach war an diesem, seinem ersten selbständigen Arbeitstag früh gekommen, weil er wußte, daß er für die Arbeit, die man von ihm erwartete, mehr Zeit brauchen würde als ein erfahrener Busineßman. Er studierte die eingegangene Post erst gründlich, machte sich Notizen, bevor er sich entschloß, eine Sekretärin zum Diktat hereinzurufen.

Er drückte auf den Knopf der Tastatur, der die Dame in seinem Vorzimmer alarmierte, wartete, indem er sich eine Zigarette anzündete.

Wenige Sekunden vergingen, dann wurde die Tür geöffnet und – Helen Cloy trat ein.

Obwohl sie Stenogrammblock und Bleistift in der Hand hielt, verstand er nicht gleich. »Helen... Sie?« sagte er verblüfft. »Aber ich dachte, Sie und Ihr Vater... wollten Sie nicht nach New York zurück?«

»Waren wir auch«, sagte sie strahlend, »aber es gibt Flugzeuge, sollten Sie das vergessen haben? Mit einem Düsenclipper ist die Entfernung von New York nach Paris nur ein Katzensprung.«

Er faßte sich mit der Hand an die Stirn. »Ach so, natürlich, nur...« Er zwang sich zu einem Lächeln. »Entschuldigen Sie bitte meine Schwerfälligkeit, aber ich habe es in meinem ganzen bisherigen Leben noch nie mit einer so energiegeladenen Person, wie Sie es sind, zu tun gehabt.«

»Sie werden sich daran gewöhnen müssen«, sagte sie ungerührt, nahm auf dem Stuhl neben seinem Schreibtisch Platz und schlug die langen Beine so ungeniert übereinander, daß nicht nur ihre Knie in den hauchfeinen Nylonstrümpfen, sondern darüber hinaus noch ein ganzes Stück mehr zu sehen war. »Gefällt Ihnen Ihre neue Tätigkeit?« fragte sie und sah ihn erwartungsvoll an.

»Nun, eigentlich habe ich ja noch nicht damit begonnen, aber ich bin ziemlich überzeugt, daß sie mir zusagen wird.« Er drückte seine Zigarette aus. »Aber wollen wir diese Unterhaltung nicht lieber auf ein anderes Mal verschieben? Ich habe nämlich zu arbeiten.«

»Natürlich«, sagte sie vergnügt, »deshalb bin ich ja gekommen.« Als sie sah, daß sein Gesicht immer noch ungläubig blieb, tippte sie mit dem stumpfen Ende ihres Bleistiftes auf den Stenogrammblock und sagte: »Ich bin Ihre neue Chefsekretärin. Ich bin extra deshalb nach Paris gekommen. Begreifen Sie endlich?«

»Ist das Ihr Ernst?« fragte er, eher erschrocken als begeistert.

»Ja«, sagte sie, »und ich kann arbeiten, ich bin lange Zeit sogar Daddys Sekretärin gewesen. Aber warum machen Sie denn so ein Gesicht? Ich war sicher, Sie würden sich freuen, mich wiederzusehen.«

»Das tue ich auch, aber natürlich tue ich das. Doch wenn Sie mich erst näher kennen, werden Sie bemerken, daß ich kein Freund von Überraschungen bin.«

»Oh ... nicht? Wirklich nicht? Ich liebe es, überrascht zu werden. Ich finde, Überraschungen machen das Leben aufregend.«

»Eben.« Er war ein paarmal in dem großen, hellen Raum auf und ab gegangen, jetzt blieb er dicht vor ihr stehen. »Helen«, sagte er, »Sie sind überhaupt eine sehr aufregende junge Dame.«

»Das ist ein wundervolles Kompliment. Das erste, das Sie mir machen, nicht wahr?«

Er ließ sich nicht unterbrechen. »Aber um wirklich arbeiten zu können, brauche ich Ruhe, Konzentration. Ich sage das auch um Ihretwillen, Helen. Ich bin sicher, Sie würden sich hier nur langweilen.«

»Bestimmt nicht. Es genügt mir schon, in Ihrer Nähe zu sein. Und ...« Ein Lächeln vertiefte ihre Grübchen.

»... und ich werde ganz brav sein, ich verspreche es Ihnen.«

»Helen«, sagte er, »nun passen Sie einmal gut auf. Ich habe nichts dagegen, wenn Sie hier arbeiten, aber unter einer Bedingung. Sie müssen mir versprechen, alle privaten Gespräche und Anspielungen auf die Zeit nach Feierabend zu verlegen. Hier im Büro wollen wir wirklich nur arbeiten. Ist das klar?«

»Soll das heißen, daß Sie ... wenigstens hin und wieder ... auch nach Geschäftsschluß für mich Zeit haben werden?«

»Ja«, sagte er kurz.

»O Pit!« Ihre Augen leuchteten auf. »Ist das Ihr Ernst?«

»Nehmen Sie es bitte nicht zum Anlaß, sich falsche Hoffnungen zu machen. Sie wissen, was ich Ihnen gesagt habe: Ich liebe Sie nicht.«

Helen zuckte mit keiner Wimper. »Aber Sie finden mich aufregend, das ist immerhin schon ein Anfang. Warten Sie nur, Sie werden mich auch noch lieben lernen.«

Er sah sie an, wie sie jung, hübsch und selbstbewußt vor ihm stand. – Warum nicht? dachte er. Sie ist ein zauberhaftes Mädchen und schwerreich dazu. Warum eigentlich nicht?

»Ich bin bereit, Ihren Vorschlag anzunehmen, Herr Miller«, sagte Sylvia Holl mit fester Stimme. Sie war sehr elegant in einem dunkelgrünen Chanel-Kostüm mit einem kleinen, hochgeschwungenen Hut, und doch konnte ihre sehr gepflegte Aufmachung nicht darüber hinwegtäuschen, daß sie sehr elend aussah. Ihre todtraurigen Augen verrieten, was in ihr vorging.

Roman Miller hatte es nicht anders erwartet, dennoch konnte er seinen Triumph nicht verbergen. »Sie sind also damit einverstanden, meine Frau zu werden?« sagte er und mußte sich Mühe geben, seine Stimme gelassen klingen zu lassen.

»Ja«, sagte sie kalt.

Er beugte sich vor. »Sie werden es nicht bereuen, Sylvia, niemals. Das verspreche ich Ihnen.«

»Hoffentlich werden Sie es nicht sein, der Grund zur Reue hat«, erwiderte sie und spürte gleichzeitig, wie verräterisch diese Bemerkung war.

Aber er schöpfte keinen Verdacht. »Bestimmt nicht«, sagte er überzeugt, »Sie waren für mich seit jeher... ich habe Sie schon seit Jahren angebetet, Sylvia.«

Sie hatte für dieses entscheidende Gespräch absichtlich das Chefzimmer im Bankhaus Holl & Co. gewählt, um Miller keinen Augenblick die geschäftliche Basis ihres Übereinkommens vergessen zu lassen. »Bitte, ersparen Sie mir diese Sentimentalitäten«, sagte sie kühl, »wir wollen uns doch nichts vormachen. Ich weiß, warum Ihnen an einer Ehe mit mir gelegen ist, und Sie wissen, auf welche Weise Sie mein Jawort erzwungen haben. Bestehen Sie darauf, daß wir einen Termin für die Amtshandlung festsetzen?«

»Aber nein, durchaus nicht. Sie haben einen ganz falschen Eindruck von mir, Sylvia. Ich will Sie in keiner Weise drängen. Allerdings glaube ich, daß wir unsere Verlobung so bald wie möglich bekanntgeben sollten.«

»Wann?«
»Nächsten Sonntag«, sagte er.
Sie konnte ihr Erschrecken nicht verbergen.
»Das... finden Sie nicht selber, daß das ein bißchen schnell ist? Mein Mann ist ja noch nicht einmal ein Jahr...« Sie sprach den Satz nicht zu Ende, weil sie spürte, daß ihre Stimme zu versagen drohte.
»Ich dachte, es läge in Ihrem Interesse, die leidige Angelegenheit so schnell wie möglich aus der Welt zu schaffen.«
»Geben Sie mir die Schecks!« sagte sie flehend. »Ich verspreche Ihnen, ich schwöre Ihnen, ich werde Sie heiraten, sobald es ohne allzuviel Peinlichkeit möglich ist.«
»Wann wollen Sie mich heiraten?«
Sie beantwortete diese Frage nicht, sondern wich aus. »Wann geben Sie mir die kompromittierenden Papiere?«
»Am Tag unserer Hochzeit.«
»Das ist zu spät.«
»Warum?«
»Sie wollen also tatsächlich die ganze Zeit dieses Druckmaterial gegen mich in der Hand behalten?«
Er begegnete ihrem Blick mit größter Unverfrorenheit. »Unbedingt. Ich will nicht noch einmal betrogen werden.«
»Noch einmal?«
»Ja. Georg Holl hat mich betrogen. Wußten Sie das nicht? Er hat mich auf juristisch unangreifbare Weise um mein Vermögen gebracht, hat mich zu seinem Handlanger erniedrigt. Wenn es Sie interessiert...«
»Nein«, sagte Sylvia, »es interessiert mich durchaus nicht. Geben Sie mir die Papiere...«
»Sobald Sie meine Frau sind.«
»Wer garantiert mir, daß Sie mich nicht betrügen?«
»Ich mache Ihnen einen Vorschlag, Sylvia, und ich glaube, daß er auch für Sie akzeptabel ist. Ich verspreche Ihnen, die Schecks, die Ihr Sohn gefälscht hat, noch auf dem Standesamt, nachdem wir beide unsere Unterschrift unter das Protokoll gesetzt haben, zu übergeben. Tue ich es nicht, können Sie immer noch protestieren. Ich bin sicher, daß es Ihnen im Notfall gelingen wird, unsere Ehe dann noch zu annullieren.«
Sylvia Holl dachte nach. »Ich finde diese Art einer Abmachung zwar niederträchtig, aber ich fürchte, es bleibt mir nichts anderes übrig, als darauf einzugehen.«

»Ich habe immer gewußt, daß Sie eine kluge Frau sind, Sylvia.«

»Unter diesen Umständen muß mir natürlich daran liegen, den Hochzeitstermin für die nächste Zukunft festzulegen.«

»Sehr richtig. Also, ich denke, es bleibt dabei... Verlobung nächsten Sonntag. Ich habe nur eine Junggesellenwohnung, deshalb am besten in Ihrer Villa am Herzogpark, Sylvia. Natürlich nur im kleinsten Kreise. Allerdings muß ich auf einer repräsentativen Anzeige in den wichtigsten Tageszeitungen bestehen und...«

Sylvia saß ganz still, die Hände im Schoß, unfähig, alle Einzelheiten dessen aufzunehmen, was Roman Miller ihr vortrug.

Sie dachte an Graf Schwarzenbach, und zum zweitenmal war sie froh, daß es aus war zwischen ihnen, daß sie ihn, auch ohne diese erzwungene Heirat, für alle Zeiten verloren hatte.

Wenn es anders wäre, dachte sie, wenn ich glauben müßte, daß er mich wirklich geliebt hat – ich könnte es nicht ertragen.

»Wann heiraten wir?« fragte die Tänzerin Tamara. Sie saß vor dem dreiteiligen Spiegel in ihrer Garderobe im ›Parisiana‹ und bürstete ihre langen, künstlichen Wimpern, ohne dabei das Spiegelbild Roman Millers, der schräg hinter ihr auf dem zerschlissenen Sofa saß, auch nur für eine Sekunde aus den Augen zu lassen.

Er zog es vor, diese Frage nicht zu beantworten, fragte statt dessen: »Wo ist Valentin Holl?«

»Du hast verlangt, ich sollte ihn von München fernhalten«, erwiderte sie mit erzwungener Ruhe. »Das habe ich getan. Mein Auftrag ist also erfüllt. Nun bist du daran, dein Versprechen zu halten, Roman.«

»Ich hatte dich gebeten, ihn nicht aus den Augen zu lassen.«

Sie zuckte die nackten Schultern. »Hältst du mich für eine Kinderschwester? Ich bin wirklich lange genug mit diesem Knaben durch die Gegend gezogen.«

»Du machst dir die Sache sehr leicht.«

Sehr unvermittelt wandte sie sich geschmeidig zu ihm um. »Nein, du, Roman! Ich habe dir eine Frage gestellt. Wann heiraten wir? Ich möchte eine klare Antwort hören und keine Ausflüchte.«

Er runzelte die Stirn. »Hör mal, Tamara«, sagte er, »ich habe es gar nicht gerne, wenn man in diesem Ton mit mir spricht. Ich gebe zu, ich habe möglicherweise einmal von Heirat geredet...«

»Du hast sie mir versprochen!«

»Also schön. Selbst wenn es so ist. Ich hoffe, du bist dir darüber im klaren, daß ein Eheversprechen an sich keineswegs bindend ist.«

Sie sprang auf, stand mit funkelnden Augen vor ihm. »Was!?«

»Setz dich«, sagte er und wies mit der Hand auf das Sofa.

Aber sie nahm wieder auf ihrem Garderobenhocker Platz. Mit spitzen Fingern griff sie in das geöffnete Zigarettenetui, das er ihr hinhielt, ließ sich Feuer geben, tat ein paar heftige Lungenzüge und stieß den Rauch durch die Nase. »Ich warte«, sagte sie mit Nachdruck.

Er hatte sich wieder auf dem Sofa niedergelassen, schlug seine Beine übereinander. »Tamara«, begann er, »du und ich, wir beide haben uns doch immer sehr gut verstanden, nicht wahr?«

»Möglich«, sagte sie, »aber bitte, zur Sache.«

»Ich bin bereits mitten drin. Also... wir haben uns wirklich verstanden, du warst für mich mehr als... nun eben... ein flüchtiges Abenteuer, viel mehr, und als ich dir vor einigen Wochen sagte, daß ich dich heiraten würde, da war ich ehrlich fest dazu entschlossen.«

»Jetzt bist du es also nicht mehr?« fragte sie, und in ihrer tiefen, leicht heiseren Stimme schwang unüberhörbar ein Unterton von Drohung.

Er überging diese Frage. »Ich habe dir gesagt, ich werde dich heiraten, wenn alles erledigt ist. Nur hat sich mittlerweile leider herausgestellt, daß davon nicht die Rede sein kann, deshalb...«

Sie fiel ihm ins Wort. »Wenn du glaubst, du könntest mich dahin bringen, noch länger zu warten«, sagte sie, »dann hast du dich getäuscht. Ich habe es satt, mich von fremden Männern anstarren zu lassen, satt, mir mein schäbiges Gehalt einteilen zu müssen. Satt bis dahin!« Sie fuhr sich mit der Hand bis zur Kehle.

»Nun, was das Geld betrifft«, sagte er rasch, »werden wir sicher ein Arrangement treffen können. Da ich hoffen kann, in allernächster Zukunft über reichliche Mittel zu verfügen, werden meine Freunde... und vor allen Dingen du, Tamara... natürlich davon profitieren.«

»Wie meinst du das?« fragte sie verwirrt, aber immer noch sehr mißtrauisch.

»Ich könnte dir eine sehr hübsche Apanage zukommen lassen«, sagte er und beobachtete lauernd die Wirkung seiner Worte.

Sie drückte ihre Zigarette in dem übervollen Aschenbecher aus. »Ich will keine Abfindung«, sagte sie heftig, »ich pfeife auf Almosen! Ich will dich!« Ihre Stimme brach, und sie fügte in verändertem Ton hinzu: »Du weißt doch, wie sehr ich dich liebe, Honey.«

»Ich dich auch, Tamara«, sagte er herzlich, »und ich habe natürlich auch keineswegs vor, dich zu verlieren. Nein, davon spricht niemand. Du wirst natürlich meine Geliebte bleiben. Nur unter veränderten, für dich wesentlich günstigeren Vorzeichen.« Er machte eine kleine Pause, und da sie nicht reagierte, ihn nur aus weit aufgerissenen Augen ansah, hielt er die Gelegenheit für günstig, ihr endlich die Wahrheit mitzuteilen. »Ich werde Sylvia Holl heiraten. Bitte, reg dich nicht auf, Tamara. Es kann dich ja gar nicht treffen. Diese Ehe hat mit Liebe nicht das geringste zu tun, aber ich muß es tun, um...«

Er kam nicht dazu, seine hastig hervorgestoßene Erklärung zu beenden.

Tamara hatte sich blitzartig umgewandt, die große Parfümflasche aus Kristallglas ergriffen und sie mit wildem Schwung in seine Richtung geworfen. »Du Schuft!« schrie sie und sprang auf. »Du ganz erbärmlicher Lump!«

Er konnte noch gerade rechtzeitig den Kopf ducken, und die schwere Flasche zersplitterte über ihm am Garderobenschrank.

Außer sich vor Wut und Enttäuschung stürzte Tamara auf ihn zu und fuhr ihm, ehe er sie noch abwehren konnte, mit ihren überlangen spitzen Fingernägeln durch das Gesicht.

Mit überschlagender Stimme schrie sie: »Das wirst du büßen!«

In der Nacht vor der offiziellen Verlobung von Sylvia Holl und Roman Miller rief Valentin zu Hause an.

Sylvia hatte ein schweres Schlafmittel genommen. Noch fast betäubt, griff sie zum Hörer, meldete sich.

»Hallo... hallo, bist du es selber, Mama?« rief Valentin. Seine Stimme war sehr klar und sehr deutlich.

»Valentin!« Sylvia Holl setzte sich auf. »Von wo rufst du an? Bist du in München?«

»Nein. In London. Bitte, sei mir nicht böse, Mama. Aber ich konnte es einfach nicht länger aushalten. Werde ich gesucht?«

So viel Angst sprach aus diesen einfachen Worten, daß Sylvia ganz erschüttert war. »Nein«, sagte sie rasch, »nein, Valentin! Es ist alles in Ordnung. Du kannst nach Hause kommen.«

»Ist das wahr?«

»Ja, Valentin. Die Sache ist erledigt, so gut wie erledigt.«

»Hast du die Schecks?«

»Noch nicht. Aber ich werde sie bekommen.«

»Ach, Mama...«, sagte Valentin hoffnungslos, »du kennst Roman Miller nicht.«

Ein Knacken ertönte in der Leitung, und voll Entsetzen glaubte Sylvia Holl, ihr Sohn hätte schon wieder eingehängt. »Valentin!« rief sie. »Bitte, hör mich doch an! Bist du noch da?«

»Ja, Mama.«

»Du brauchst dir wirklich keine Sorgen zu machen. Ich habe mich mit Roman Miller verlobt. Ich werde ihn heiraten, Valentin, und deshalb... er kann keine Anzeige mehr erstatten, verstehst du?«

»Ja, Mama«, sagte Valentin, dann, nach einer kleinen Pause, fügte er hinzu: »Hast du es meinetwegen getan?«

Sylvia zögerte. »Es gab den Anstoß.« Sie spürte, daß sie mit dieser Eröffnung den Jungen über Gebühr belastete, sagte rauh: »Aber es ist in jedem Falle so das Vernünftigste, nicht wahr? Ich bin allein, und er ist allein. Er führt die Bankgeschäfte. Ich bin sicher, daß es für uns alle so das Beste sein wird.«

Valentin ließ sich nichts vormachen. »Es ist meine Schuld«, sagte er düster. Wann kommst du zurück?« fragte Sylvia. »Morgen feiern wir unsere Verlobung. Wenn du das nächste Flugzeug nimmst, kannst du noch zurechtkommen.«

»Danke«, sagte Valentin, »nein, danke. Das denn doch nicht. Ich habe keine Lust, an deiner Hinrichtung teilzunehmen.« –

Barbara war schon einen Tag zuvor nach Hause gekommen. Anders als Valentin, der die Hintergründe zumindest erahnte, war sie mit der Wahl ihrer Mutter ganz einverstanden.

»Ich freue mich ja so für dich, Mama«, sagte sie, als sie am Morgen des Verlobungstages ihrer Mutter half, die zahlreichen Glückwunschsträuße in Vasen zu ordnen, »endlich hast du die Episode Schwarzenbach überwunden. Ich kann mir vorstellen, daß es nicht leicht für dich war. Es ist mir ja selber schwer genug gefallen. Aber er taugt wirklich nichts. Ein Glücksjäger und Hochstapler ist er, nichts weiter.«

»Und dennoch wirst du ihn heiraten müssen«, sagte Sylvia, »jedenfalls pro forma. Ein oder zwei Jahre später kannst du dich dann scheiden lassen. Dabei ist den gesellschaftlichen Formen Genüge getan. Ein Skandal würde nicht nur dir und deiner Familie, sondern auch dem Bankgeschäft schaden.«

»Aber ich will ihn nicht heiraten. Ich denke gar nicht daran!«

»Du wirst es tun, und wenn ich dich dazu zwingen müßte. Denk doch nur an das Kind, das du erwartest. Es wird reich sein, ja, und Geld bedeutet sehr viel. Aber nicht genug, um sich einen guten Namen dafür zu kaufen. Du allein trägst die Verantwortung dafür, daß dein Kind ehelich zur Welt kommt.«

Barbara schwieg eine ganze Weile, und Sylvia glaubte schon, daß ihre Argumente gewirkt hätten. Dann sagte sie unvermittelt, und ihre Stimme klang unsicher, mädchenhaft weich: »Und wenn es nun gar nicht wahr wäre? Wenn ich kein Kind von ihm erwartete?«

Sylvia Holl starrte ihre Tochter an. »Nicht? Soll das heißen, du hast... du hast mich belogen?«

»Aber Mama, bitte, reg dich doch nicht auf. Warum mußt du gleich so übertreiben? Selbst wenn ich damals nicht ganz bei der Wahrheit geblieben bin...«

Sylvia war totenblaß geworden. Alle Farbe war aus ihrem Gesicht gewichen. Ihre Knie gaben nach, sie mußte sich in den nächsten Sessel sinken lassen. »Wie konntest du mir das antun!« stöhnte sie und schlug die Hände vor die Augen.

Barbara kniete sich neben ihr nieder. »Ich wollte dir doch nur helfen, Mama. Dir begreiflich machen, daß Pit nichts für dich ist. Du hast gar keinen Grund, es tragisch zu nehmen. Sei mir lieber dankbar, daß ich dir die Augen über den Grafen geöffnet habe.«

Sylvia ließ die Hände sinken, sah ihre Tochter mit einem langen, todtraurigen Blick an. »Du hast es also ganz einfach frei erfunden?«

Unwillkürlich senkte Barbara den Blick. »Ja«, sagte sie leise.

»Bitte, Barbara«, sagte Sylvia flehend, »bitte, sei jetzt ehrlich. Es wird nichts an meinem Schicksal ändern, aber ich muß es wissen. Hätte die Möglichkeit bestanden, daß du... ein Kind von ihm bekämst?«

»Nein«, sagte Barbara, »nein.« Und bitter fügte sie hinzu: »Dafür hattest du ja gesorgt, daß es nicht geschehen konnte.«

»Du hast es dir also ganz einfach ausgedacht, um uns beide auseinanderzubringen? Aus Eifersucht?«

»Nicht aus Eifersucht«, sagte Barbara wild und sprang auf. In verändertem Ton fügte sie hinzu: »Oder doch... vielleicht doch aus Eifersucht. Aber das war nicht der Hauptgrund. Ich habe mir Sorge um dich gemacht, Mama, weil ich Pit längst durchschaut hatte. Aber du, du warst ganz ahnungslos. Gib es doch zu. Du wärest glatt auf ihn hereingefallen, wenn ich nichts unternommen hätte.«

»Ich habe ihm also Unrecht getan«, sagte Sylvia ganz erschüttert.

»Wem? Pit etwa? Daß ich nicht lache! Ausgerechnet Pit, der sich aus keiner Frau etwas macht, der sie alle nur ausgenutzt hat. Nein, Mama, mach dir deshalb keine Gedanken. Sein Schuldkonto ist so groß, daß ich ihm nur einen Bruchteil von dem, was er mir angetan hat, heimzahlen konnte.«

Sylvia sah ihre Tochter aus großen Augen an. »Wie kannst du nur so häßlich über einen Mann sprechen, in den du doch einmal sehr verliebt warst.«

»Weil ich ihn durchschaut habe. Ich gebe dir einen Rat. Ruf ihn an, ja, versuch's doch. Du brauchst nur den Mut zu haben und ihm zu eröffnen, daß du bei einer Verehelichung dein Vermögen verlierst... dann, ich garantiere dir, wirst du sein wahres Gesicht erkennen.«

»Aber, Barbara«, sagte Sylvia sanft, »das weiß er doch längst.«

Das junge Mädchen erstarrte mitten in der Bewegung. »Ist das wahr, Mama?« fragte sie mit tonloser Stimme.

»Ich habe es ihm gesagt, sobald ich merkte... als ich fühlte, daß er mir sehr viel zu bedeuten begann.« Jetzt war es Barbara, der die Erschütterung die Kehle abschnürte.

»Oh, Mama«, stammelte sie heiser. »Ich habe ja nicht gewußt... Oh, wie konnte ich nur. Dann ist es also doch wahr, er hat dich wirklich geliebt, denn...« Sie lief auf ihre Mutter zu: »Bitte, bitte, verzeih mir.«

Sylvia Holl nahm ihre Tochter in die Arme, strich ihr über das widerspenstige Haar. »Weine nicht«, sagte sie, »das nutzt ja nichts. Es hat wohl alles so kommen müssen.«

Barbara hob ihr tränennasses Gesicht. »Wenn ich zu ihm hinfliege?« schlug sie vor. »Wenn ich mit ihm spreche. Zugebe, daß alles nur meine Schuld war, vielleicht...«

»Nein, Barbara«, sagte Sylvia Holl entschlossen, »dazu ist es jetzt zu spät. Mach' dir keine Gedanken. Pit und ich waren nicht füreinander bestimmt. Es ist nicht deine Schuld. Auch wenn du nicht diese große Lüge zwischen uns aufgerichtet hättest. Ich hätte mich trotzdem für Roman Miller entschieden.«

»Aber du liebst ihn doch gar nicht.«

»Kommt es darauf für eine Frau in meinem Alter an? Nein, Barbara, mach dir keine Sorgen. Ich weiß, was ich tue und was das Richtige ist. Nur eine Bitte...«

»Ich tue alles, was du willst«, sagte Barbara hastig.

»Erwähne vor Roman Miller weder Graf Schwarzenbach noch die Klausel im Testament deines Vaters. Bitte, frag mich nicht, weshalb. Ich habe meine Gründe, das von dir zu verlangen. Willst du es mir versprechen?«

»Ja, Mama«, sagte Barbara und gab ihrer Mutter mit festem Druck die Hand.

Die Verlobungsanzeige war, sehr groß und sehr teuer, schon in den Wochenendausgaben der ›Süddeutschen Zeitung‹ und des ›Münchner Merkur‹ erschienen. Hunderte von schmalen vornehmen Karten waren an Freunde des Bankhauses, an Roman Millers Bekannte, an Verwandte von Sylvia Holl verschickt worden.

Zur Feier selber, die von einem festlichen Dinner in der Villa am Herzogpark gekrönt wurde, waren kaum mehr als zwölf Personen geladen worden.

Dennoch war der Rahmen, in dem die Verlobung stattfand, sehr feierlich. Es wurden Reden gehalten, in denen immer auch der Bank und Georg Holls gedacht wurde, und Sylvia nahm lächelnd die Trinksprüche entgegen, die auf ihr neues Glück ausgesprochen wurden.

Sie war sehr schön in einem Cocktailkleid aus scharlachroter Seide, das ihre glatten, bräunlichen Schultern, ihren schönen schlanken Hals voll zur Geltung brachte. Als einzigen Schmuck trug sie eine feine Platinkette um den Hals, an der ein riesiger Diamant wie eine Träne schimmerte, der mit den beiden tautropfengroßen Diamanten in ihrem Ohrläppchen korrespondierte.

Sie war gelassen, ganz große Dame, und Barbara, die wußte, wieviel ihre Mutter diese Haltung kosten mußte, bewunderte sie zum erstenmal in ihrem Leben aufrichtig.

Roman Miller saß an der Seite Sylvia Holls. Er machte eine glänzende Figur, gab sich galant, aufmerksam, heiter. Niemand wunderte sich darüber, daß die junge Witwe sich entschlossen hatte, dem Nachfolger ihres verstorbenen Mannes ihr Jawort zu geben. Aber innerlich war Roman Miller durchaus nicht so sorglos, wie er sich gab. Eine unbestimmte Unruhe nagte an ihm. Jetzt, da er dem Ziel seiner ehrgeizigen Wünsche so nahe gekommen war, fürchtete er, daß irgendein unvorhergesehenes Ereignis alle seine Hoffnungen wieder zerschlagen könnte. Er war sich jede Sekunde bewußt, daß er diese Verlobung mit unfairen Mitteln erzwungen hatte.

15

Mister Cloy war zu einem kurzen Besuch nach Paris gekommen, und Helen und Graf Schwarzenbach hatten mit ihm eine Nacht durchgebummelt. Der Graf, der Paris kannte wie seine zweite Heimat, hatte die Amerikaner in Lokale geführt, in die sie ohne seine Begleitung nie gelangt wären. Zum Abschluß führte er sie in die ›Cavalcade‹ am Montmartre, sehr versteckt gelegen, in dem wirklich keine Touristen, sondern nur Einheimische, Maler und Bohemiens verkehrten.

Mister Cloy war begeistert. Er bestellte eine Flasche Champagner – die fünfte in dieser langen Nacht –, und als der Sekt in den Kelchen schäumte, hob er sein Glas und sagte: »Sie sind wirklich ein toller Bursche, Graf! Ich muß sagen, ich bin wirklich sehr zufrieden mit Ihnen.«

Graf Schwarzenbach zog eine kleine, amüsierte Grimasse: »Mit meinen Fähigkeiten als Fremdenführer?«

»Nein, überhaupt. Es ist eigentlich gegen mein Prinzip, meine Mitarbeiter zu loben... du weißt es, Helen..., aber bei Ihnen möchte ich doch eine Ausnahme machen. Sie haben mich wirklich angenehm überrascht, Graf.« Er leerte sein Glas auf einen Zug.

»Aber Daddy«, sagte Helen mahnend, »du hast wirklich eine komische Art, dich auszudrücken.«

»Wieso denn? Weil ich die Wahrheit sage? Die ist doch in diesem Fall nur schmeichelhaft.« Er wandte sich wieder an Graf Schwarzenbach. »Tatsächlich, als ich Sie engagierte, habe ich mir nicht sehr viel von Ihnen versprochen. Ich habe es eigentlich nur Helens wegen getan.«

Er wollte die Champagnerflasche aus dem Eiskübel ziehen, aber Helen legte ihre Hand darauf. »Du hast schon genug getrunken«, sagte sie vorwurfsvoll, »du merkst nicht einmal mehr, daß du beleidigend wirst.«

»Ich bin nicht gekränkt, Helen«, sagte Graf Schwarzenbach und zündete sich gelassen eine Zigarette an. »Sie brauchen nicht für mich empfindlich zu sein. Mister Cloy hat ja ganz recht. Mein bisheriger Lebenswandel stellt nicht gerade eine Garantie für Geschäftstüchtigkeit dar.«

»Da hörst du es selber!« Mister Cloy griff so energisch nach der Champagnerflasche, daß Helen sie ihm wohl oder übel lassen mußte. »Niemand kann mir nachsagen, daß ich kleinlich bin. Aber

Sie werden mir zugeben, daß ich Sie ziemlich teuer eingekauft habe.«

»Ich war von Ihrer Großzügigkeit angenehm überrascht.«

Mister Cloy lachte. »Großzügig... weiß Gott, das haben Sie fein gesagt. Ja, das war ich. Aber ich wußte, daß das viele Geld gut angelegt war. Auch wenn Sie völlig versagt hätten. Warum? Ihr Name allein ist Gold wert, mein Junge. Da staunen Sie, was? Aber wir Amerikaner fliegen nun mal auf das... Deshalb wäre mir auch ein Schwiegersohn mit einem schönen Adelsprädikat ganz besonders willkommen.«

»Aber Daddy«, sagte Helen peinlich berührt.

»Nun sei nur nicht gleich zimperlich, Kleines, ich rede nun mal, wie mir der Schnabel gewachsen ist. Das ist einer jener Späße, die man sich erlauben kann, wenn man über das nötige Kleingeld verfügt. Hast du mir nicht selber gesagt, daß du ihn heiraten willst?«

»Zum Heiraten gehören immer zwei«, sagte Helen mit fester Stimme, »aber ich habe wirklich keine Lust, dieses Thema mit dir durchzudiskutieren. Noch dazu in dieser Stunde.« Sie markierte ein Gähnen. »Ich bin müde und möchte zu Bett. Bitte, bestell mir ein Taxi. Falls ihr beide noch aufbleiben wollt, bitte. Ich mache euch allerdings darauf aufmerksam, daß wir morgen im Büro einen schweren Tag haben werden.«

Mister Cloy fügte sich, und eine halbe Stunde später setzten Graf Schwarzenbach und Helen ihn mit dem Taxi im Hotel ›Crayon‹ am Place de la Concorde ab. Sie stiegen mit aus, um sich zu verabschieden.

»Wissen Sie, wozu ich Lust hätte?« fragte Helen, als sie allein auf der nächtlichen Straße standen. »Daß wir das Taxi fortschickten und Sie mich zu Fuß nach Hause brächten, Pit. Ich habe ziemlich viel getrunken und noch mehr Rauch geschluckt. Die frische Nachtluft würde uns beiden guttun.«

Er stimmte ihr zu, und wenige Minuten später schlenderten sie, Seite an Seite, durch die Straßen der großen Stadt, die auch jetzt, lange nach Mitternacht, nicht ausgestorben waren. Es begegneten ihnen Gruppen von heftig diskutierenden Studenten, Liebespaare, Straßenmädchen und einsame Spaziergänger.

Eine Weile gingen sie schweigend, dann sagte Helen: »Ich glaube, ich muß mich für Vater entschuldigen. Er kann manchmal sehr taktlos sein.«

»Im Gegenteil. Ich finde, er ist von einer erfrischenden Offenheit.«

»Das stimmt. Die meisten Amerikaner sind so oder bemühen sich doch, so zu sein. Sie dagegen, Pit... Wir sehen uns jetzt täglich, und dennoch... ich werde noch genausowenig schlau aus Ihnen wie am ersten Tag. Sie müßten doch langsam gemerkt haben, daß ich...«, sie schluckte, »... nun eben, daß ich es nur gut mit Ihnen meine. Warum erzählen Sie mir nichts von Ihren Plänen?«

»Die einfachste Erklärung ist die, daß ich gar keine Pläne habe«, sagte er.

»Jetzt sind Sie nicht ehrlich.«

»Aber doch. Durchaus. Ich bin mit dem jetzigen Zustand der Dinge ganz zufrieden.«

»Aber die Frau? Was ist mit der Frau, die Sie lieben? Wollen Sie sie nach Paris kommen lassen?«

»Nein«, sagte er kurz.

»Sie haben doch nicht vor, Ihre Stellung wieder aufzugeben und...«, begann sie erschrocken.

»Auch das nicht.« Er blieb stehen. »Helen, warum zerbrechen ausgerechnet Sie sich über mein Privatleben den hübschen Kopf?«

Sie begegnete seinem Blick, ohne mit der Wimper zu zucken. »Das wissen Sie sehr gut, Pit!«

Er schob seine Hand unter ihren Ellbogen. »Helen, Helen«, sagte er, »Sie sind ein zauberhaftes Mädchen, aber ich fürchte, Sie haben sich da in eine Idee verrannt...«

»Sie schätzen mich falsch ein«, sagte sie und konnte ein leichtes Beben in ihrer Stimme nicht unterdrücken, »Sie glauben, ich wäre fähig, irgend etwas zu unternehmen, um Sie und die Frau, die Sie lieben, auseinanderzubringen! Tatsächlich aber...«

Er unterbrach sie. »Das wäre nicht mehr nötig, Helen«, sagte er sehr ernst.

Sie begriff nicht sofort. »Was wollen Sie damit sagen?«

»Daß es aus ist zwischen mir und dieser Frau, aus und vorbei. Schon lange. Ich wollte es Ihnen nur nicht sagen, weil ich Zeit brauchte. Zeit, darüber hinwegzukommen, verstehen Sie?«

Sie blieb stehen, gerade unter einer Laterne. In ihren Augen schimmerten Tränen. »Pit«, sagte sie, »oh, Pit, das ist ja wunderbar! Vielleicht klingt das herzlos, seien Sie mir nicht böse, aber ich kann es nicht ändern. Ich war in meinem ganzen Leben noch nie so glücklich!« Sie schlang die Hände um seinen Hals und warf sich in seine Arme.

Er umfing sie zärtlich. »Helen«, flüsterte er dicht bei ihrem Ohr, »Helen, hast du es dir auch gut überlegt? Was weißt du schon von mir?«

Sie hob ihr strahlendes Gesicht zu ihm auf. »Nichts«, sagte sie, »und ich will auch nichts wissen. Ich habe mir immer schon einen Mann mit Vergangenheit gewünscht. Einen Mann, von Geheimnissen umwittert! Ach, was werden meine Freundinnen mich beneiden!«

Sie sagten Mister Cloy die große Neuigkeit erst, als sie am nächsten Tag nach dem Mittagessen in der Halle des Hotels ›Crayon‹ bei einem schwarzen Kaffee zusammensaßen.

Mister Cloy war nicht weiter überrascht. »Ich habe es dir ja prophezeit, Pit«, sagte er breit lächelnd, »was meine Helen sich in den Kopf setzt, das muß auch geschehen. Aber ich freue mich. Wann wollt ihr also heiraten?«

»So schnell wie möglich«, sagte Helen rasch.

»Damit er dir nicht wieder davonflattern kann? Ah, ich verstehe! Aber augenblicklich kann ich euch beide nicht in Paris entbehren, und heiraten möchtest du doch zu Hause, nicht wahr, Darling?«

Er war sehr enttäuscht, als Helen und Graf Schwarzenbach gestanden, daß sie beide sich eine kleine, sehr romantische Hochzeit in Paris vorgestellt hatten.

»Nein«, sagte er, »daraus wird nichts. Wenn ich schon mein einziges Kind hergeben muß, dann soll das auch so geschehen, wie ich es mir vorstelle. Eine große Hochzeit, bei der die ganze Clique zusammenkommt. Ich werde einen Saal im Waldorf-Hotel mieten. Es muß einen riesigen, guten amerikanischen Hochzeitskuchen geben, ich werde eine Band engagieren, es soll getanzt werden. Alles soll so sein, wie ich es mir für meine einzige Tochter erträumt habe!«

»Aber begreifst du denn nicht, daß so etwas restlos altmodisch ist?« sagte Helen.

»Altmodisch? Ich muß sagen, du hast dich sehr schnell europäisch infizieren lassen. Altmodisch! Was nützt dir denn ein Graf als Ehemann, wenn du ihn deinen Freundinnen nicht vorstellen kannst? Du weißt genau, wie böse Alice und Eve sein würden, wenn sie bei deiner Hochzeit nicht Brautjungfern werden könnten!«

»Das stimmt schon«, sagte Helen, schon halb für den Vorschlag ihres Vaters gewonnen. »Aber ich will nicht mehr unnütz warten und deshalb…«

Graf Schwarzenbach lauschte dem Gespräch nur noch mit halbem Ohr. Er hatte begriffen, daß seine Stimme in dieser Auseinandersetzung zwischen Vater und Tochter kein Gewicht hatte. Er winkte einem Zeitungsverkäufer, der von Tisch zu Tisch durch die Halle ging, erstand einen ›Paris Soir‹.

Er hatte nicht vorgehabt, die Zeitung jetzt zu lesen, legte sie zusammengefaltet vor sich hin. Da fielen seine Augen auf die Schlagzeile.

SKANDAL IN MÜNCHEN! DAME DER GESELLSCHAFT UNTER MORDVERDACHT! SYLVIA HOLL VERHAFTET!

Graf Schwarzenbach war es, als wenn eine eiserne Faust sein Herz zusammenpreßte. Die Halle des Hotels ›Crayon‹, Mister Cloy, Helen, der grünlivrierte Page, der an ihrem Tisch vorübereilte – alles begann sich vor seinen Augen zu drehen, erst langsam, dann schneller, immer schneller, in rasender Geschwindigkeit.

Wie aus weiter Ferne hörte er Helens Stimme: »Was hast du, Pit? Du bist ja mit einem Mal ganz blaß geworden?«

Mit ungeheurer Anstrengung gelang es ihm, tief durchzuatmen, und in dem Maße, in dem sich seine Lungen mit Luft füllten, begannen Dinge und Menschen wieder auf den Platz zu rücken, der ihnen zustand; der irrsinnige Wirbel vor seinen Augen löste sich.

»Bist du krank?« fragte Helen, besorgt und erschrocken. »Pit, sag doch schon etwas!« Sie wandte sich an ihren Vater: »Sitz nicht einfach da, Daddy, tu etwas! Bestell Pit einen Cognac. Oder besser noch, frag beim Empfang, ob ein Arzt im Haus ist!«

Mit Mühe bekam Graf Schwarzenbach seine Stimme in die Gewalt. »Nein«, sagte er, »nein, danke. Macht euch keine Sorgen wegen mir. Es ist schon vorbei!«

Mister Cloy sah ihn mit einer Spur von Mißtrauen an. »Sag mal, Junge, hast du so etwas öfter?«

»Keine Sorge.« Das Lächeln, das Graf Schwarzenbach sich abquälte, zeigte nicht die Spur von Fröhlichkeit. »Nur dann, wenn die Frau, die ich liebe, wegen Mordverdacht verhaftet wird.«

Eine Sekunde lang starrten beide ihn an, als ob er irrsinnig geworden wäre.

Dann begann sich Mister Cloys Kopf gefährlich zu röten, und er brüllte los: »Was sagst du da!?«

Helen war immer noch nicht fähig, ein Wort hervorzubringen.

Graf Schwarzenbach zuckte die Schultern. »Tut mir leid.« Er leerte das Cognacglas, das der Ober ihm auf silbernem Tablett reichte. »Ich weiß, was ihr für mich getan habt, aber...«

Mister Cloy ließ ihn nicht ausreden. »Ungeheuerlich!« sagte er zornig. »Unter diesen Umständen denke ich gar nicht daran, dir meine Tochter zur Frau zu geben. Sie ist zu schade, um...«

Helen legte beschwörend ihre Hand auf seinen Arm. »Daddy! Bitte!« sagte sie gefaßt. »Begreifst du denn nicht!? Es geht ja gar nicht um mich. Etwas Furchtbares ist geschehen. Bitte, Pit, laß es mich wissen! Sag mir alles!«

Er reichte ihr stumm die Zeitung über den Tisch.

Helen warf einen Blick auf die Schlagzeilen, verstand sofort.

»Sylvia Holl?« fragte sie. »Ist sie es?«

»Ja!«

Helen begann den Artikel zu überfliegen.

»Wollt ihr mich nicht wenigstens einweihen?« forderte Mister Cloy, immer noch grollend. »Um was geht es?«

Helen sah Graf Schwarzenbach fragend an.

»Soll ich vorlesen?«

»Ja, bitte«, sagte er, »ich bin selber noch nicht über die ersten Zeilen hinausgekommen.«

Helen las: »Skandal in München. Dame der Gesellschaft unter Mordverdacht! Sylvia Holl verhaftet...«

Sie warf einen zärtlich besorgten Blick zu Graf Schwarzenbach hin, aber er schien jetzt ganz ruhig. Seine Hand zitterte nicht, als er sich eine Zigarette anzündete.

Helen las nach kurzem Zögern weiter: »In den Vormittagsstunden des gestrigen Tages wurde der Münchner Bankkaufmann Roman Miller, geschäftsführender Direktor des Bankhauses ›Holl & Co.‹, in seiner Wohnung in einem Bogenhausener Appartementshaus erschossen aufgefunden.«

»Wer ist das?« fragte Mister Cloy.

»Warte, Daddy«, sagte Helen, »laß mich erst einmal zu Ende lesen.« Sie nahm einen Schluck Tee und fuhr fort: »Markus Ebinger, Prokurist bei ›Holl & Co.‹, hatte den Hausmeister veranlaßt, die Wohnung zu öffnen, nachdem der Direktor vormittags nicht in der Bank erschienen war und sich auch auf zahlreiche Anrufe in seiner Wohnung nicht gemeldet hatte. Ebinger und der Hausmeister fanden Roman Miller durch das Herz geschossen auf dem Boden liegend. Die Waffe, ein Revolver Kaliber 38, lag nicht weit entfernt auf dem Teppich. Die sofort herbeigerufene Polizei vermutete zuerst einen Selbstmord. Alle Anzeichen deuteten darauf hin, daß der Schuß aus nächster Nähe abgegeben worden war. Der Tote hatte jedoch keinerlei Mitteilung hinterlassen. Bei einer Überprüfung der Waffe stellte sich heraus, daß sie aus dem Besitz des verstorbenen Georg Holl stammt. Holl, Gründer und Inhaber des Bankhauses ›Holl & Co.‹, ein angesehener Münchner Bürger, war vor einem Jahr bei der privaten Feier des dreißigjährigen Bankjubiläums einem Herzinfarkt erlegen, ein Todesfall, der seinerzeit einiges Aufsehen erregte. Seine Witwe, Frau Sylvia Holl, eine der vermögendsten Frauen der Bundesrepublik, hatte sich vor einigen Wochen mit Roman Miller, dem Leiter ihres Bankhauses, verlobt. Wie es heißt, soll es jedoch bald zu Streitigkeiten zwischen dem Brautpaar gekommen sein. Die Polizei nimmt an, daß Frau Holl ihren Verlobten im Verlauf einer heftigen Auseinandersetzung getötet hat.«

Helen Cloy ließ die Zeitung sinken, sagte: »Fortsetzung auf Seite zwei. Bitte, gebt mir eine Zigarette!«

Ehe Graf Schwarzenbach noch in die Gegenwart zurückfand, hatte Mister Cloy seiner Tochter schon das Zigarettenpäckchen hingehalten, gab ihr Feuer.

Helen nahm einen tiefen Zug. »Kennst du diesen Roman Miller?« fragte sie.

»Flüchtig.«

»Wußtest du, daß er sich mit Sylvia Holl verloben wollte? Ist das der Grund, warum du und Sylvia auseinandergegangen seid?«

»Nein«, sagte Graf Schwarzenbach. »Als wir uns trennten, war von dieser Verlobung niemals die Rede gewesen.«

»Sehr sonderbar«, sagte Helen nachdenklich. »Wenn ich feststelle, daß ich mich mit einem Mann nicht vertrage, dann trenne ich mich von ihm. Ganz egal, ob ich mit ihm verlobt oder sogar schon verheiratet bin. Wieso soll sie es nötig gehabt haben, ihn zu erschießen?«

»Sie hat es nicht getan«, sagte Graf Schwarzenbach mit fester Stimme.

»Du redest dir also ein, daß sie unschuldig ist?« Mister Cloys Stimme klang sehr skeptisch. »Ich bin sicher, die Polizei weiß, was sie tut. Besonders in dem Fall, wo es sich um Mitglieder der High Society handelt.«

Graf Schwarzenbach hatte eine rasche Antwort schon auf der Zunge, aber er bezwang sich. »Bitte, lies weiter, Helen«, sagte er nur, »ich möchte alles wissen.«

Helen schlug das Titelblatt um, fand die Fortsetzung des Artikels, las: »Die Architektin Liselotte G., deren Wohnung an die des Ermordeten grenzt, will in der fraglichen Nacht eine heftige Auseinandersetzung in der Nachbarwohnung gehört haben, ohne allerdings Sätze oder auch nur Worte verstanden zu haben. Sie behauptete aber, daß es sich um eine männliche und eine weibliche Stimme gehandelt hätte, die beide sehr erregt geklungen hätten. Kurz vor Mitternacht sei dann ein Schuß gefallen. Die Journalistin Gisela S., die gleich darauf nach Hause kam, sei auf dem Flur vor den Wohnungen einer Frau begegnet, die sie inzwischen als Sylvia Holl identifiziert hat. Frau Holl ist ihr deshalb besonders aufgefallen, weil sie einen völlig verstörten Eindruck machte. Die beiden Frauen, Liselotte G., und Gisela S. geben an, sich noch in der gleichen Nacht über ihre Beobachtungen ausgesprochen zu haben. Unter den gegebenen Umständen hält die Polizei jeden Zweifel an der Täterschaft Sylvia Holls für ausgeschlossen. Sie rechnet damit, daß die Verdächtigte, die noch hartnäckig leugnet, unter dem Druck des Beweismaterials innerhalb der nächsten vierundzwanzig Stunden ein Geständnis ablegen wird.«

Helen Cloy faltete die Zeitung zusammen und legte sie auf den Tisch zurück. Sie sah Graf Schwarzenbach aus mitleidigen Augen an. »Ich kann dir nicht sagen, wie leid es mir tut, Pit!«

»Warum eigentlich?« fragte Mister Cloy und gab sich herzloser, als er wirklich war. »Da, wie du behauptest, zwischen dir und dieser Frau längst alles aus ist...« Er sah auf seine Armbanduhr. »Nun aber eilig, Kinder! Habt ihr eine Ahnung, wie spät es ist? Und um zwei Uhr will Monsieur Lulac aus Metz uns im Büro treffen.« Er erhob sich.

Auch Graf Schwarzenbach stand auf. »Es tut mir leid, Mister Cloy«, sagte er formell, »aber ich kann nicht mitkommen.«

Der Amerikaner brauste auf. »Was soll das heißen?«

»Aber Daddy!« Helen stellte sich zwischen die beiden Männer, sagte, den Blick auf Graf Schwarzenbach gerichtet: »Hast du denn immer noch nicht begriffen, um was es geht? Pit will nach München. Du mußt ihm Urlaub geben.«

»Und wenn ich das nicht tue? Wenn ich mich weigere, einen Mann zu beurlauben, der gerade erst in meinem Betrieb angefangen hat?«

Helen wandte sich zu ihrem Vater hin um. »Das wirst du nicht tun, Daddy«, sagte sie. »Oder hast du vergessen, daß ich nicht gesund hier vor dir stände, wenn er nicht gewesen wäre?«

»Sie können mich hinauswerfen«, sagte Graf Schwarzenbach, »das ist Ihr gutes Recht, und ich könnte es Ihnen nicht einmal übelnehmen. Aber weder Sie noch irgend jemand anderes kann mich daran hindern, nach München zu fahren und zu versuchen... versteht doch, ich muß es wenigstens versuchen... Sylvia Holl zu helfen.«

»Ich sehe schon, ihr wißt wieder einmal alles besser«, sagte Mister Cloy grollend, »es hat wohl wenig Zweck, wenn ich mich gegen eure Dummheiten sträube. Aber das eine muß ich dir sagen, mein Junge, was du jetzt tun willst, ist eine Dummheit. Ich kenne die Frau ja nicht, in die du so vernarrt bist, aber das eine sage ich dir: Ein Mädchen wie Helen findet man nur einmal in seinem ganzen Leben, ein einziges Mal, und dann nie wieder!«

»Das weiß ich«, sagte Graf Schwarzenbach aus ehrlichem Herzen und beugte sich über die Hand der jungen Amerikanerin. »Dein Vater hat recht, Helen, du bist wundervoll. Ich danke dir für alles, was du für mich getan hast!«

Als Barbara die Haustür aufschloß, kam Betty, das Stubenmädchen, ihr entgegen.

»Herr Graf Schwarzenbach ist vor einer halben Stunde gekommen«, sagte sie. »Er wartet im Musikzimmer.«

Für einen Augenblick verschlug es Barbara den Atem. Dann sagte sie zornig: »Ausgerechnet! Wie konnten Sie ihn nur hereinlassen, Betty!«

»Aber... ich hatte gedacht...« Betty stockte verwirrt.

Erst jetzt wurde es Barbara bewußt, daß das Mädchen, das in die Vorgänge nicht eingeweiht war, nicht anders hatte handeln können. »Ist schon gut, Betty«, sagte sie müde, »es ist nicht Ihre Schuld. Ich gehe jetzt nach oben. Sagen Sie dem Grafen bitte, daß wir ihn nicht zu sprechen wünschen.« Sie sah ihren Bruder, der nach ihr hereingekommen war, beschwörend an. »Weder ich noch Valentin!«

Sie wandte sich zur Treppe, aber sie hatte die erste Stufe noch nicht erreicht, als die Tür des Musikzimmers geöffnet wurde und Graf Schwarzenbach in die Halle trat.

»Barbara«, sagte er, »ich muß mit dir sprechen. Mit dir und Valentin!«

Ihr junges Gesicht erstarrte zu einer Maske von Trotz und Hochmut. »Ich wüßte nicht, was es zwischen uns noch zu besprechen gäbe, Graf Schwarzenbach«, sagte sie mit höhnischer Betonung.

Er war mit wenigen Schritten bei ihr, packte sie beim Handgelenk, sagte hart: »Komm, laß die Mätzchen! Für Bosheiten ist jetzt keine Zeit. Es geht um deine Mutter!«

Sie versuchte, sich loszureißen, aber er hielt sie eisern gepackt, so daß sie vor Schmerz aufschrie.

»Oder ist es dir etwa gleichgültig, was man ihr antut?!« sagte er zornbebend. »Kümmert es dich nicht, daß man sie eingesperrt hat, sie vor Gericht schleifen will?« Er ließ sie so plötzlich los, daß sie taumelte. »Ich hätte es wissen müssen«, sagte er bitter, »für dich gibt es nur einen Menschen, der zählt, und das bist du selber. Du haßt deine Mutter schon seit Jahren, nicht wahr? Du gönnst es ihr, daß sie verhaftet ist.« Er drehte sich um und ging mit großen Schritten zur Haustür.

Valentin hatte während dieses kurzen Wortwechsels stumm und ganz verwirrt dagestanden. Jetzt machte er eine rasche Bewegung, als wenn er dem Grafen folgen wollte.

Aber Barbara kam ihm zuvor. »Pit!« rief sie leidenschaftlich. »Bleib! Laß dir doch erklären! Du tust mir unrecht. Ich würde alles tun, um ihr zu helfen... alles! Aber...« Sie verstummte hilflos.

»Wir können nichts tun«, sagte Valentin, »alles spricht gegen sie.«

»Aber was besagt denn das?!« Graf Schwarzenbach war zu den jungen Leuten zurückgekehrt. »Kommt herein, laßt uns alles in Ruhe besprechen. Sie ist unschuldig. Also muß es auch einen Weg geben, das zu beweisen.« Er bemerkte, daß Barbara und Valentin einen raschen Blick wechselten, fragte mit hochgezogenen Augenbrauen: »Oder zweifelt ihr etwa daran?«

Barbara ließ sich in einen der Sessel nahe dem offenen Kamin sinken, stellte die schlanken geraden Beine nebeneinander, zog sich mit einer kleinen nervösen Bewegung den Rock über die Knie und sagte unsicher: »Die Dinge liegen nicht so einfach, wie du zu glauben scheinst.«

Er trat dicht vor sie hin: »Was soll das heißen?«

Valentin versuchte, seiner Schwester zu helfen. »Die Polizei ist sicher, daß Mama es getan hat«, sagte er.

»Na und? Was bedeutet das denn schon? Für die Polizei war sie von Anfang an die Hauptverdächtige. Stimmt. Aber diese Herren machen es sich ja gerne sehr bequem. Wenn sie einen geeigneten Verdächtigen gefunden haben, so suchen sie eifrig alle Beweise zusammen, die für ihre Theorie sprechen. Andere Spuren interessieren sie dann überhaupt nicht mehr.«

»Sie meinen also«, sagte Valentin, »wir müßten versuchen, diese anderen Spuren zu verfolgen?«

»Genau das. Und es sollte doch mit dem Teufel zugehen, wenn wir den wirklichen Täter nicht stellen könnten.«

Er sah aufmunternd von Barbara zu Valentin, aber die erhoffte Zustimmung blieb aus.

»Pit«, sagte Barbara endlich zögernd, »du weißt noch nicht alles. Ich nehme an, du hast gelesen, was die Zeitungen über den Fall geschrieben haben.«

»Ja.«

»Aber die Reporter haben nicht alles gebracht.« Sie biß sich auf die Lippen, sagte dann mit Überwindung: »Mama hat vielleicht wirklich einen Grund gehabt, Roman Miller zu töten.«

»Du kennst deine Mutter schlecht«, sagte Graf Schwarzenbach sehr ruhig, »auch wenn sie tausend Gründe hätte. Sylvia Holl würde so etwas nie tun. Sie ist völlig außerstande, einen anderen Menschen mit der Waffe in der Hand zu bedrohen.«

»Aber es war Vaters Revolver!« sagte Valentin. »Das steht ganz außer Zweifel. Vaters Revolver, der seit Jahr und Tag im Herrenzimmer gelegen hat!«

»In meinen Augen entlastet sie das höchstens«, erklärte Graf Schwarzenbach. »Erstens war sie ja nicht der einzige Mensch, der Zugang zu dem Schreibtisch und dem Revolver hatte, nicht wahr? Eine Menge Personen hätte ihn nehmen können. Du zum Beispiel, Valentin, und auch Barbara, das Hauspersonal und möglicherweise sogar der eine oder andere eurer Besucher. Wenn Sylvia wirklich damit geschossen hätte, würde sie ihn doch nicht am Tatort liegengelassen haben. Sie hätte ihn mitgenommen und in die Isar geworfen.«

»Ja«, sagte Barbara, »immer vorausgesetzt, daß sie überhaupt noch imstande war, ruhig und vernünftig zu überlegen. Aber das war sie bestimmt nicht. Ich bin sicher, sie war entsetzt über das, was sie getan hat. Ein furchtbarer Schock, als sie feststellen mußte, daß Miller tatsächlich tot war. Instinktiv ließ sie den Revolver fallen, um sich so von der Tat zu distanzieren, und stürzte Hals über Kopf aus der Wohnung. Sie achtete ja nicht einmal darauf, ob der Gang bis zum Lift frei war. Sie lief geradewegs dieser Wohnungsnachbarin in die Arme, der ihre Verstörtheit ja auch sofort auffiel.«

Graf Schwarzenbach zündete sich schweigend eine Zigarette an. Erst als sie brannte und er die ersten Züge getan hatte, sagte er: »Merkwürdig, Barbara, warum liegt dir eigentlich soviel daran, deine Mutter hinter Gitter zu bringen?«

Das junge Mädchen fuhr hoch. »Bist du wahnsinnig, so etwas zu behaupten?«

»Es ist keine Behauptung, sondern eine Feststellung. Aus jedem deiner Worte klingt die Überzeugung, daß deine Mutter schuldig sein muß. Warum eigentlich? Hat sie dir ein Geständnis gemacht?«

Barbara war sehr blaß geworden, ihre grauen Augen schwarz vor Erregung. »Ich versuche nur, die Dinge objektiv zu sehen ... nichts weiter. Mit Gefühlsduseleien können wir Mutter bestimmt nicht helfen.«

»Aber mit Liebe und mit Vertrauen. Auch wenn alles, aber auch alles gegen sie sprechen würde. Ich weiß, daß sie unschuldig ist.«

»Also, das ist nun wirklich ein bißchen übertrieben«, sagte Valentin, »wissen kann das niemand.«

»Doch. Ich kann es«, sagte Graf Schwarzenbach ruhig, und nach einer kleinen Pause fügte er mit Nachdruck hinzu: »Weil ich sie liebe!«

Plötzlich war es mit Barbaras Beherrschung vorbei. Mit einem kleinen, erstickten Laut preßte sie ihre Hände vor den Mund und stürzte aus dem Zimmer.

Graf Schwarzenbach machte eine rasche Bewegung, als ob er ihr nachlaufen wollte, aber Valentin hielt ihn zurück.

»Lassen Sie sie laufen«, sagte er, »sie ist ein bißchen durcheinander nach allem was passiert ist. Sie wird sich schon von ganz alleine wieder beruhigen.«

»Ich verstehe«, sagte Graf Schwarzenbach vorsichtig, »Frauen sind meist ganz besonders empfindlich, habe ich mir sagen lassen, in diesem Zustand.«

»He?« fragte Valentin verständnislos.

»Sie hat Ihnen also nichts verraten?«

»Nein. Was denn?«

Die Augen des Grafen waren schmal geworden. »Nun, in diesem Fall möchte ich lieber keine Indiskretion begehen...«, sagte er.

»Von mir aus darfst du ruhig reden!« rief Barbara bebend. Sie war überraschend zurückgekehrt und stand mit funkelnden Augen auf der Schwelle. »Erzähl nur, was ich Mama vorgemacht habe, um sie vor dir zu schützen. Sie weiß es längst.«

Er stand auf, trat langsam auf sie zu. »Du hast ihr also gestanden, daß alles gelogen war?«

»Ja. Als sie sich mit Roman Miller verlobte. Ich wußte ja nicht... und da war es schon zu spät.«

Barbara verlor ihre Beherrschung und sank aufschluchzend in Graf Schwarzenbachs Arme. Er klopfte ihr väterlich und beruhigend auf den Rücken.

»Ich bin schuld an allem«, schluchzte sie, »wenn ich euch nicht auseinandergebracht hätte, nie würde sie sich mit Miller verlobt haben. Niemals hätte sie ihn getötet.«

»Sie hat es nicht getan«, sagte Graf Schwarzenbach, »Barbara, Mädchen, willst du das denn nicht begreifen? So etwas liegt ganz außerhalb ihrer Möglichkeiten, begreif das doch endlich. Sie ist unschuldig!«

Barbara hob ihr verweintes Gesicht. »Aber... wer war es dann? Jemand muß doch den tödlichen Schuß abgegeben haben.«

»Stimmt«, sagte Graf Schwarzenbach und reichte Barbara sein großes blütenweißes Taschentuch. »Das herauszubringen ist eben unsere Aufgabe.«

16

»Tut mir leid, Herr Doktor«, erklärte Graf Schwarzenbach Dr. Jakobsen, dem Strafverteidiger Sylvias, mit Nachdruck und schlug die langen Beine übereinander, »ich kann Ihrer Argumentation durchaus nicht folgen. Die Tatsache, daß die Schecks verschwunden sind, ist meines Erachtens ein schlagender Beweis für Sylvia Holls Schuldlosigkeit.«

»Meine Mutter hat sie jedenfalls bestimmt nicht«, setzte Barbara hinzu, »denn wenn sie so viel Kaltblütigkeit besessen hätte, die

Schecks zu suchen und an sich zu nehmen, würde sie doch bestimmt nicht den Revolver einfach liegengelassen haben. Daß das nicht zueinander paßt, spürt man doch sofort.«

»Außerdem lügt Mama nicht«, sagte Valentin. »Ich könnte mir immerhin noch vorstellen, daß sie in der Wut jemand über den Haufen knallt. Aber lügen, das kann sie doch einfach nicht. Hat sie nie gekonnt.«

Dr. Jakobsen, der die jungen Holls und Graf Schwarzenbach zu einer Besprechung in seine Kanzlei hatte kommen lassen, wandte sich zuerst an Valentin. »Sie haben mich anscheinend ganz mißverstanden«, sagte er, »ich bin sicher, daß Ihre Frau Mutter die Schecks nicht hat, sie schien mir bei dieser Erklärung durchaus ehrlich...«

Graf Schwarzenbach fiel ihm ins Wort. »Ja, und daraus schließen Sie merkwürdigerweise, daß jemand in Millers Wohnung gekommen sein müßte, nachdem er schon tot war. Wieso eigentlich? Ich bin überzeugt, daß derjenige, der die Schecks an sich genommen hat, auch der Mörder ist.«

Eine Sekunde lang starrten ihn alle verblüfft an.

Dann lehnte Dr. Jakobsen sich tiefer in seinen Sessel zurück, hob die farblosen Augenbrauen und fragte ironisch: »Würden Sie, bitte, die Liebenswürdigkeit haben, Graf, uns das näher zu erläutern.«

»Nun, erstens einmal, wie sollte der Dieb nach Roman Millers Tod und nach Sylvia Holls Fortgang überhaupt in die Wohnung gelangt sein?«

Dr. Jakobsen legte die Fingerspitzen gegeneinander und sagte bedachtsam: »Dafür gibt es verschiedene Möglichkeiten. Erstens könnte Frau Holl in verständlicher Erregung die Wohnungstür nicht ins Schloß gezogen haben...«

»Sehr unwahrscheinlich«, sagte Graf Schwarzenbach, »unwahrscheinlich vor allem, daß jemand zufällig des Weges gekommen sein und die Entdeckung gemacht haben sollte, daß er ohne Schwierigkeiten in die Wohnung gelangen konnte. Vergessen Sie nicht, Mitternacht war vorbei und...«

»Die Wohnungsnachbarinnen«, sagte Barbara, durch ihren eigenen Einfall plötzlich ganz aufgeregt, »diese beiden Junggesellinnen! Sie wollen ja den Schuß gehört haben, wenigstens eine von ihnen! Hätte es da nicht nahegelegen, mal nach nebenan zu gehen und sich zu vergewissern, ob alles in Ordnung ist? Wahrscheinlich haben sie geklingelt, und niemand hat sich gemeldet. Und dann haben sie festgestellt, daß die Tür offen war und sind eingetreten.«

Barbara sah sich triumphierend um. »So könnte es gewesen sein, nicht wahr?«

Die Worte ihres Bruders ernüchterten sie schlagartig. »Du spinnst, Barbara«, sagte er grob, »denk doch mal vernünftig nach! Die beiden Damen wären furchtbar erschrocken gewesen, wenn sie die Leiche gefunden hätten. Bestimmt hätten sie sofort die Polizei angerufen.«

»Oder auch nicht!« widersprach Barbara. »Vielleicht waren sie so erschrocken, daß sie zu dem Entschluß kamen, einfach wieder zu verschwinden, um nicht in die Sache hineingezogen zu werden!«

»Du sagst es!« Valentin grinste. »Man kann den beiden allerhand unterstellen. Nicht aber, daß sie die Wohnung nach belastenden Papieren durchsucht hätten. Wie kämen sie denn dazu! Sie konnten ja nicht einmal ahnen, daß solche Papiere überhaupt existierten.«

»Immerhin finde ich den Gedanken von Fräulein Barbara gar nicht so abwegig«, sagte Dr. Jakobsen und sah das junge Mädchen durch die Gläser seiner randlosen Brille anerkennend an. »Wer sagt uns denn, daß die beiden Damen nicht möglicherweise sehr viel intimer mit Roman Miller gestanden haben, als sie jetzt zugeben? Vielleicht wußten sie doch von diesen Papieren. Oder möglicherweise... wollen wir den Faden ruhig mal weiterspinnen... hat Miller, der zweifellos kein Ehrenmann war, auch sie erpreßt? Vielleicht haben sie etwas anderes gesucht und die gefälschten Schecks nur zufällig gefunden?«

Graf Schwarzenbach hatte sich, während die anderen redeten, Notizen in ein kleines, ledergebundenes Buch gemacht. Jetzt hob er den Kopf und sagte mit einem hintergründigen Lächeln: »Wenn Sie diese Möglichkeit in Betracht ziehen, Herr Doktor, warum gehen Sie dann nicht noch einen Schritt weiter? Einen winzigen Schritt? Sie geben ja selber zu, daß Miller ein dunkler Ehrenmann war. Sie räumen ein, daß es noch andere geben könnte, die Grund gehabt hätten, ihn zu töten.«

»Aber belastet ist nun einmal Frau Holl! Sie war, als der Schuß fiel, in Roman Millers Wohnung.«

»Woraus schließen Sie das? Doch nur aus der Aussage dieser beiden Damen, deren Glaubwürdigkeit doch keineswegs bewiesen ist.«

Dr. Jakobsen beugte sich vor. »Lieber Graf Schwarzenbach«, sagte er, »der Eifer, mit dem Sie sich meiner Klientin annehmen, spricht für Sie! Aber Sie täten mir, sich selber und nicht zuletzt Frau Holl einen wirklichen Gefallen, wenn Sie sich endlich bequemen würden, die Dinge so zu sehen, wie sie sind. Meine Mandantin hat ja zugegeben, bis kurz vor Mitternacht in Millers Wohnung gewesen zu sein...«

»Na und? Was besagt denn das schon? Sie lassen doch selber die Möglichkeit offen, daß jemand nach Sylvia Holls Weggang in die Wohnung gekommen sein könnte. Sie unterstellen dabei, daß Miller da schon tot gewesen sein müßte. Warum eigentlich? Nehmen wir an, sie verließ ihn nach einer kleinen Auseinandersetzung, aber bei bester Gesundheit...«

»Sehr richtig!« fiel Barbara ihm ins Wort. »Dann wäre es ja noch viel wahrscheinlicher, daß er Besuch bekommen haben könnte! Dann brauchte Mama ja gar nicht die Tür offengelassen zu haben, dann hätte er ja selber öffnen können und...« Sie wandte sich Graf Schwarzenbach zu, sagte strahlend: »Danke Pit! Jetzt bin auch ich ganz sicher, daß Mama es nicht gewesen ist.«

Der Rechtsanwalt beobachtete die kleine Szene ohne ein Lächeln. »Ich möchte Sie nur ungern enttäuschen«, sagte er, »aber ich fürchte, wir haben uns die Sache doch etwas zu leicht gemacht. Es sind hier eine Menge mehr oder weniger einleuchtender Hypothesen vorgebracht worden, aber es fehlt uns bisher der geringste Beweis für die Unschuld Frau Sylvia Holls. Wir haben nichts weiter getan, als den Verdacht von Frau Holl auf die Wohnungsnachbarinnen Millers zu schieben, also auf jene beiden Damen, die man nahezu als Tatzeuginnen ansehen kann. Natürlich kann ich im Prozeß versuchen, ihre Glaubwürdigkeit zu erschüttern. Ja, das ist eine Möglichkeit. Aber sie muß nicht unbedingt Erfolg haben. Ich persönlich möchte annehmen, daß die beiden Damen sich nicht geirrt haben, daß sie ihre Aussagen nach bestem Wissen und Gewissen gemacht haben, daß ihr Lebenswandel so einwandfrei ist, daß Miller sie gar nicht erpressen konnte. Ja, ja, ich weiß, das ist nicht das, was Sie hören möchten. Aber wir müssen doch den Tatsachen ins Auge sehen. Ich kann meine Verteidigung nicht auf Hypothesen aufbauen, die dann, wenn sie sich bewähren sollen... nämlich im Prozeß... einfach zusammenbrechen, mir unter den Händen zerbröckeln.«

Barbara und Valentin konnten ihre Bestürzung nicht verbergen. Nur Graf Schwarzenbach blieb gelassen. »Sie haben natürlich recht«, sagte er ruhig. »Beweise, die die Geschworenen überzeugen könnten, haben wir noch nicht beisammen. Aber immerhin, ich denke, wir sind einen Schritt weitergekommen. Ich werde mir Fräulein Georg und Fräulein Schüler mal vorknöpfen...«

»Wer ist das?« fragte Barbara verblüfft.

»Die beiden Damen, die in den Zeitungsberichten als Liselotte G. und Gisela S. bezeichnet werden, erklärte der Rechtsanwalt.

»Woher kennen Sie die vollen Namen, Graf?«

»Ich habe meine Wohnung im gleichen Haus wie Miller, nur einen Stock höher. Die Damen sind zur selben Zeit wie ich dort eingezogen. Wir kennen uns vom Sehen und vom Grüßen.«

»Das könnte ein Gespräch natürlich erleichtern«, gab Dr. Jakobsen nachdenklich zu. »Aber ich bitte Sie, seien Sie vorsichtig, Graf! Geben Sie acht, daß man Ihnen die Unterhaltung nicht als Versuch einer Zeugenbeeinflussung auslegen kann. Und greifen Sie die Damen nicht an, reizen Sie sie nicht zum Widerspruch. Es könnte sonst leicht passieren, daß sie sich in einen möglichen Irrtum noch mehr verrennen. Also, wirklich, je mehr ich es mir überlege, desto nachdrücklicher möchte ich von solch einer Fühlungnahme vor dem Prozeß abraten.«

Graf Schwarzenbach erhob sich. »Ich begreife Ihre Bedenken durchaus«, sagte er, »möglicherweise haben Sie sogar recht mit allem, was Sie sagen. Aber wir können doch die Dinge nicht einfach so treiben lassen, wir müssen etwas unternehmen. Mein Gespräch mit den beiden Damen wird womöglich nur der Anfang sein. Ich werde nicht zulassen, daß Sylvia Holl unschuldig verurteilt wird.«

Graf Schwarzenbach hatte seine Münchner Wohnung auch während der Monate in Paris nicht aufgegeben. Jetzt war er froh darüber. Die Frau des Hausmeisters hatte die Räume in Ordnung gehalten, und er fand alles so vor, wie er es verlassen hatte.

Dennoch dauerte es eine ganze Zeit, bis er sich hier wieder zu Hause fühlte. Es wurde ihm deutlich, wie sehr er sich in der letzten Zeit verändert hatte – nicht erst in Paris. Seine große Wandlung hatte eingesetzt, als Sylvia Holl ihn verlassen hatte, nein, schon früher. Seit er ihr das erste Mal begegnet war, hatte er begonnen, ein anderer zu werden.

Er hatte sich einen Whisky eingeschenkt, stand nahe dem großen Fenster, blickte über die Stadt und überlegte, wie er die Damen Georg und Schüler am unauffälligsten in ein Gespräch verwickeln konnte, als es an der Wohnungstür klingelte.

Graf Schwarzenbach war überrascht. Nur sehr wenige Menschen wußten, daß er nach München zurückgekehrt war, und er erwartete niemanden.

Er stellte das Whiskyglas auf der Hausbar ab, bevor er öffnete. Ein kräftiger junger Mann stand vor ihm, den er noch niemals gesehen hatte.

»Sie wünschen?« fragte Graf Schwarzenbach und musterte den unerwarteten Besucher nicht ohne Mißtrauen.

»Markus Ebinger«, stellte der andere sich rasch vor, »Prokurist bei Holl und Co.« Als sich die abwehrende Haltung des Grafen nicht änderte, fügte er, ein wenig unsicher, hinzu: »Ich hatte gedacht, Barbara oder Valentin hätten Ihnen von mir erzählt, ich meine, wenigstens einmal meine Existenz erwähnt. Ich bin ein Freund der Familie, ich... ich verehre Sylvia Holl. Und ich möchte ihr gerne helfen.«

»Kommen Sie herein«, sagte Graf Schwarzenbach, »Markus Ebinger... ja, den Namen habe ich schon einmal gehört. Wissen Barbara und Valentin, daß Sie hier sind?«

»Nein. Ich wollte zuerst mit Ihnen sprechen.«

»Na, bitte. Fangen Sie an. Wenn Sie sich setzen möchten, aber ich muß Ihnen gleich sagen, ich habe nur wenig Zeit.«

»Ja. Ich weiß. Sie wollen mit Fräulein Georg und Fräulein Schüler sprechen.«

Graf Schwarzenbach konnte seine Überraschung nicht verbergen. »Wer hat Ihnen das gesagt?«

»Barbara Holl. Sie dürfen es ihr nicht übelnehmen, bitte. Ich glaube, es war sehr gut, daß sie mir alles gesagt hat.« Es war Markus Ebinger anzumerken, daß es ihm nicht leicht fiel zu sprechen. »Sie haben da einen sehr faszinierenden Schluß gezogen. Daß derjenige der Mörder ist, der die Schecks hat. Barbara war ganz glücklich darüber, und da mochte ich ihr nicht sagen...« Markus Ebinger hob den Kopf und sah Graf Schwarzenbach gerade in die Augen. »Es stimmt nämlich nicht.«

»Was?«

»Ich habe die Schecks!«

Graf Schwarzenbach sah den jungen Mann schweigend an. Erst nach einer ganzen Weile sagte er: »Das ist unbedingt interessant.« Er griff zu seinem Glas. »Mögen Sie auch einen Schluck?«

»Nein, danke.«

Graf Schwarzenbach begann mit großen Schritten im Raum auf und ab zu gehen, dann, ganz unvermittelt, wandte er sich Markus

Ebinger zu, fragte: »Sie waren also in der betreffenden Nacht auch bei Roman Miller?«

»Nein.«

»Nein? Also, erlauben Sie mal...« Graf Schwarzenbach schlug sich vor die Stirn. »Ach natürlich, verzeihen Sie, Sie arbeiten ja in der Bank. Vielleicht haben Sie die Papiere dort gefunden und...«

»Nein. Auch das nicht. Ich habe sie schon aus Millers Wohnung genommen. Aber erst am nächsten Morgen. Nachdem ich die Leiche entdeckt hatte.«

»Ach ja, jetzt weiß ich wieder, jetzt erinnere ich mich auch, woher ich Ihren Namen kenne. Sie waren es, der die Wohnungstür aufbrechen ließ...«

»Nicht aufbrechen. Der Hausmeister hatte einen zweiten Schlüssel.«

»Richtig. Und Sie drangen ein, nachdem Miller morgens nicht zur Arbeit gekommen war und sich auch auf verschiedene Anrufe nicht gemeldet hatte. So war es doch, nicht wahr?«

»Ja.«

»Ich möchte Ihnen natürlich nicht zu nahe treten, Herr Ebinger«, sagte Graf Schwarzenbach und zündete sich eine Zigarette an, »aber finden Sie dieses Vorgehen nicht selber ein bißchen ungewöhnlich? Normalerweise muß doch allerhand zusammenkommen, bis man sich entschließt, in eine fremde Wohnung einzudringen.«

»Es ist allerhand zusammengekommen.«

»Ach so?«

»Für jenen Morgen«, erklärte Markus Ebinger, »war eine Besprechung festgesetzt. Eine Besprechung zwischen Roman Miller und einem unserer bedeutendsten Kunden. Sie werden verstehen, daß ich hier nicht in Einzelheiten gehen kann, jedenfalls versichere ich Ihnen, daß es sich um ein Millionengeschäft handelte und zudem noch um eine Angelegenheit, die alles andere als leicht zu entscheiden war. Ich selber hatte eine gute Woche gebraucht, um alle nötigen Unterlagen zusammenzustellen. Wenn nun Herr Miller ausgerechnet zu diesem Termin nicht erschien, so mußte etwas Gravierendes geschehen sein.« Nach einem tiefen Atemzug fügte Markus Ebinger hinzu: »Im übrigen hat mich die Polizei gerade über diesen Punkt sehr eingehend befragt und alle meine Angaben genauestens geprüft.«

»Natürlich«, sagte Graf Schwarzenbach, »das hätte ich mir denken können. Bitte, entschuldigen Sie, ich hatte nicht aus Mißtrauen gefragt... oder, ehrlich gestanden, doch. Es ist mir im Augenblick jeder verdächtig, so lange, bis ich Sylvia Holls Unschuld bewiesen habe.«

»Ich verstehe das sehr gut«, sagte Markus Ebinger. »Sie ist eine wunderbare Frau.«

»Haben Sie die Papiere an sich genommen, um ihr zu helfen?«

»Ja. Ich kannte die ganze Geschichte. Ich fühlte mich sogar gewissermaßen mitverantwortlich, daß es dahin kommen konnte. Denn in der ganzen Zeit, in der Valentin immer mehr in Geldsorgen hineingeriet, ist er mir Tag für Tag begegnet. Und ich hatte keine Ahnung, was überhaupt gespielt wurde. Sie werden verstehen, daß ich mir das nur schwer verzeihen kann.«

»Valentin glaubt, daß seine Mutter sich einzig und allein wegen dieser Schecks mit Roman Miller verlobt hat...«

»Das ist auch durchaus richtig. Er hat sie erpreßt, sie hat es mir selber gesagt. Ich schlug ihr damals vor, ihm die belastenden Papiere abzunehmen, wenn nötig mit Gewalt. Aber davon wollte sie nichts wissen.«

»Darf ich Ihnen jetzt mal eine Frage stellen, die Sie möglicherweise auch vor Gericht werden beantworten müssen?«

»Bitte. Wenn ich glauben kann, daß es Tante Sylvia helfen könnte, tue ich alles.«

Graf Schwarzenbach streifte die Asche seiner Zigarette ab. »Nach allem, was Sie mir jetzt erzählt haben, muß ich annehmen, Sie standen sehr vertraut mit Frau Sylvia?«

»Vertraut?« wiederholte Markus Ebinger nachdenklich. »Ich glaube, sie hatte Vertrauen zu mir, jedenfalls in gewissem Maße. Ich war der Patensohn ihres verstorbenen Mannes. Ich glaube, sie hat in mir immer so eine Art zuverlässigen kleinen Bruder gesehen.«

»Jedenfalls hat sie Ihnen die Sorgen, die sie mit ihren Kindern hatte, anvertraut.«

»Ja.«

»Sie hat sich bei Ihnen Rat geholt, als sie vor der Frage stand, wie sie sich Roman Millers Erpressungen gegenüber verhalten sollte.«

»Nein. Dazu hat sie meinen Rat nicht gebraucht. Im Gegenteil, ich habe versucht, es ihr auszureden. Aber sie bestand darauf, sich für ihre Kinder zu opfern.«

»Immerhin scheinen Sie der einzige Mensch gewesen zu sein,

mit dem sie sich ausgesprochen hat. Nehmen wir nun einmal an, sie hätte Roman Miller erschossen und wäre, wie die Polizei annimmt, kopflos aus der Wohnung gestürzt. Nehmen wir einmal an, es wäre so gewesen. Dann wären Sie doch wahrscheinlich der Mensch gewesen, an den sie sich in ihrer Verzweiflung gewandt hätte. Ihnen hätte sie alles gestanden und Sie gebeten, ihr die Papiere auf irgendeine Weise aus der Wohnung zu holen.«

Markus Ebinger dachte nach. »Es ist durchaus möglich, daß sie das getan hätte, wenn... Aber das besagt ja nichts. Oder im Gegenteil, das spricht nur für ihre Unschuld. Denn tatsächlich hat sie es nicht getan. Als ich am Morgen die Wohnung durch den Hausmeister öffnen ließ, hatte ich keine Ahnung, daß sie in der Nacht dort gewesen war... daß sie überhaupt jemals dort gewesen war, um es genauer zu sagen.«

Graf Schwarzenbach zog die Zähne über die Oberlippe und starrte nachdenklich in sein Glas. »Sie wissen, Herr Ebinger«, sagte er, »daß ich weder ein Detektiv noch ein Polizist bin. Ich würde für Sylvia Holl kämpfen, ganz gleich, ob sie unschuldig ist oder nicht. Verstehen Sie? Auch wenn Sie mir etwas sagten, das Frau Holl belastet, es würde nicht das geringste an meiner Einstellung ändern. Andererseits ist es ungeheuerlich wichtig, die Wahrheit herauszubringen...«

»Ich begreife durchaus«, sagte Markus Ebinger ruhig. »Gerade weil ich das alles weiß, habe ich mich an Sie gewandt. Ich bin aber bereit, meine Aussage auch anderen gegenüber, sogar vor dem Richter, zu wiederholen. Es ist die Wahrheit, und ich kann sie beschwören.«

»Ausgezeichnet.« Graf Schwarzenbach leerte sein Glas und stellte es beiseite. »Trotzdem ist mir etwas immer noch nicht ganz klar. Als Sie Roman Miller fanden, brachten Sie seinen Tod doch durchaus mit Sylvia Holl in Verbindung.«

»Aber durchaus nicht«, widersprach Markus Ebinger rasch, »mein erster Eindruck war... Selbstmord! Ich war dessen nicht ganz sicher, um genau zu sein, mir kam auch schon der Gedanke, daß er erschossen worden sein könnte. Aber Frau Holl mit der Tat in Zusammenhang zu bringen, ist mir nicht im Traum eingefallen. Ich fürchtete nur, daß sie in die Sache hineingezogen werden könnte. Sie war ja offiziell mit Miller verlobt. Ich dachte nicht an eine Verhaftung, sondern nur an den Skandal.«

»Deshalb schickten Sie den Hausmeister fort?«

»Das ergab sich ganz von selbst. Der Mann schien sich sehr unbehaglich zu fühlen, stotterte herum, daß jemand die Polizei unten empfangen müßte. Ich ließ ihn natürlich gerne gehen. Mir waren die Schecks eingefallen. Außerdem vermutete ich, daß sich noch andere Hinweise in der Wohnung finden könnten. Vielleicht Briefe von Tante Sylvia, die für keinen Dritten bestimmt waren. Aber ich entdeckte nur die Schecks und nahm sie an mich.«

Er lächelte plötzlich jungenhaft.

»Natürlich habe ich mit Handschuhen gearbeitet. Ich habe nicht umsonst Kriminalromane gelesen.«

»Haben Sie sie vernichtet?«

»Nein. Das habe ich mich nicht getraut.« Markus Ebinger griff in die Brusttasche seines Jacketts. »Ich dachte, daß Sie...«

»Nein... nein, bitte nicht!« Graf Schwarzenbach hob abwehrend die Hand. »Ich kann wirklich nichts mit den Dingern anfangen. Wie wäre es, wenn Sie sie Doktor Jakobsen schickten? Er kann sicher am besten entscheiden, was jetzt damit geschehen soll.«

Markus Ebinger runzelte die Stirn. »Wenn er sie dem Gericht vorlegt, wird Valentin doch noch in die Sache hineingerissen. Es kommt dann raus, warum Tante Sylvia sich überhaupt mit Miller verlobt hat...«

»Nein, das glaube ich nicht. Doktor Jakobsen weiß, wieviel Sylvia daran liegt, daß diese Affäre nicht zur Sprache kommt. Er wird nichts gegen ihren ausdrücklichen Wunsch tun. Es sei denn, es ergäbe sich eine Situation, die ihn dazu zwänge. In einem solchen Fall wäre es nur gut, wenn er die Schecks vorweisen könnte. Allerdings müßten Sie dann wahrscheinlich auch darüber aussagen.«

»Also gut«, sagte Markus Ebinger, »wahrscheinlich haben Sie recht. Ich werde sie ihm bringen.« Er sah auf seine Armbanduhr. »Allerdings, für heute wird es schon zu spät sein. Sieben Uhr vorbei. Die Kanzlei ist sicher schon geschlossen.« Er sah den Grafen an. »Jedenfalls danke ich Ihnen, daß Sie mich angehört haben. Und entschuldigen Sie, bitte, daß ich Sie so lange aufgehalten habe.«

»Ich muß mich bei Ihnen bedanken«, sagte Graf Schwarzenbach und reichte ihm die Hand, »es war die Sache wert.« –

Als Markus Ebinger gegangen war, rief Graf Schwarzenbach in der Wohnung der beiden Damen im unteren Stock an. Er ließ den Apparat sehr lange läuten. Aber niemand meldete sich.

Er versuchte es eine halbe Stunde später noch einmal, aber als sein Anruf auch diesmal ohne Antwort blieb, verließ er die Wohnung und fuhr mit dem Lift einen Stock tiefer.

Er klingelte lange an der Wohnungstür, wieder ohne jeden Erfolg. Die nebenan liegende Wohnung von Roman Miller zeigte noch das polizeiliche Siegel.

Graf Schwarzenbach entschloß sich, zum Hausmeister hinunterzugehen und sich zu erkundigen, ob die beiden Damen außer Haus waren oder sich nicht sprechen lassen wollten.

»Da sind die schon«, sagte der Hausmeister und kratzte sich hinter dem Ohr, »aber die werden Sie nicht reinlassen. Die schleichen sich bloß noch über die Hintertreppe rauf und runter. Und öffnen tun die niemandem, nicht mal dem Schah von Persien. Die haben Angst vor den Zeitungsleuten, wissen Sie. Haben anscheinend 'ne Menge dumme Fragen gestellt bekommen.«

»Na ja, und dann der Schock«, sagte Graf Schwarzenbach und bot dem Hausmeister eine Zigarette an, »anscheinend waren die beiden doch mit Herrn Miller eng befreundet.«

»Befreundet? Überhaupt nicht! Jede Wette, die haben sich die ganzen Jahre, wo sie nebeneinander wohnten, höchstens mal im Treppenhaus getroffen. Auf der Straße hätten die sich sicher nicht mal erkannt.«

»Ach so. Ich dachte nur. Aber trotz allem hätte ich sie gerne mal gesprochen. Wären Sie nicht der richtige Mann, das zu vermitteln?«

»Ich? Nee. Ich habe kein Glück bei denen. Schlagen Sie sich das aus dem Kopf, Herr Graf.«

»Ich würde was dafür springen lassen.«

»Nutzt alles nichts. Ich sage Ihnen... unmöglich. Aber vielleicht versuchen Sie's mal morgen. Da können Sie mehr Glück haben. Da ist die Tatortbesichtigung, oder wie das heißt, vorüber.«

Graf Schwarzenbach konnte seine Betroffenheit nicht verbergen.

»Tatortbesichtigung? Sind Sie sicher?«

»Na, jedenfalls steht es so in den Abendzeitungen. Haben Sie die denn noch nicht gelesen? Morgen ist ganz großer Rummel hier. Meine beiden Mädchen sind schon reinweg verrückt deswegen. Am liebsten würden sie nicht mal in die Schule gehen, solche Angst haben sie, was zu verpassen.«

Die Architektin Liselotte Georg war eine Frau in den Dreißigern mit einem klugen, fast männlichen Gesicht und kurzgeschnittenem, dunkelblondem Haar. Sie machte einen sehr ruhigen und besonnenen Eindruck, und Graf Schwarzenbach begriff, daß sie eine ideale Zeugin für den Staatsanwalt sein würde.

»Wir helfen Ihnen gerne, wenn wir können«, sagte sie, »aber, bitte, stellen Sie uns nicht wieder die Fragen, die wir schon hundertmal haben beantworten müssen. Es hat keinen Sinn. Ich habe mich nicht geirrt, und Gisela auch nicht.«

»Nein«, sagte die Journalistin Gisela Schüler, »ganz bestimmt nicht. Wir haben uns selber inzwischen noch einmal gründlich die ganze Sache überlegt. Wir wissen schließlich, daß vielleicht ein Schicksal von unseren Aussagen abhängt.« Sie war jünger und zarter als die Freundin, wirkte aber eher noch intelligenter.

»Es ist furchtbar nett, daß Sie mich überhaupt empfangen haben, und ich hoffe inständig, daß mir eine ganz neue Frage einfallen wird. Bitte, denken Sie noch einmal nach. Haben Sie nachher... ich meine, nachdem Sie, Frau Georg, den Schuß gehört haben und Sie, Frau Schüler, Frau Holl auf dem Flur begegnet waren... haben Sie nachher noch ein Geräusch aus der Nachbarwohnung gehört?«

»Nein«, sagten die beiden Damen prompt.

Dann sahen sie sich an.

»Wir hätten es aber auch nicht unbedingt hören müssen«, erklärte Liselotte Georg dann, »Sie wissen ja selber, die Wände sind ziemlich stabil. Man hört nur dann etwas, wenn es wirklich laut zugeht. Normale Geräusche nicht.«

»Es hätte also theoretisch nach Frau Holl noch jemand in die Millersche Wohnung kommen können?«

»Ja, durchaus.«

»Du vergißt«, sagte Gisela Schüler, »daß es inzwischen schon nach Mitternacht war.« Sie wandte sich an Graf Schwarzenbach. »Sie wissen vielleicht nicht, aber seit ein paar Wochen haben wir hier im Haus eine neue Regelung. Nach Mitternacht ist die Haustür abgeschlossen. Man kann sie also nicht mehr aufdrücken, sondern muß beim Hausmeister klingeln. Und wenn er noch einen Besuch für Herrn Miller eingelassen hätte, hätte er es bestimmt längst gesagt.«

»Also käme nur ein Besuch aus dem Haus in Frage?« vergewisserte sich Graf Schwarzenbach.

»Das ist ungenau«, verbesserte Gisela Schüler, »sagen wir lieber

... wenn hier im Haus jemand nach Mitternacht einen Besuch machen will, muß er im Besitz eines Hausschlüssels sein.«

»Es wäre aber doch immerhin denkbar, daß Roman Miller selbst hinuntergefahren sein und einen nachmitternächtlichen Gast eingelassen haben könnte?« Er bot Zigaretten an. »Oder hätten Sie das hören müssen?«

»Nicht unbedingt.« Liselotte Georg hatte sich ihre Zigarette schon angezündet, noch bevor Graf Schwarzenbach ihr Feuer geben konnte. »Sie sind also der festen Meinung, Graf, daß der vermeintliche Schuß der Knall des Sektkorkens war? Daß Roman Miller noch lebte, als Frau Holl davonstürmte?«

»Ja. Ich bin ganz überzeugt, daß sie unschuldig ist.«

Einen Augenblick schwiegen alle drei.

»Aber wer«, fragte Gisela Schüler endlich, »könnte es sonst gewesen sein?«

»Nun, ich bin überzeugt, daß Roman Miller außer Sylvia Holl doch noch eine Menge anderer Menschen sehr gut kannte«, sagte Graf Schwarzenbach, »denken Sie, bitte, doch einmal scharf nach! Fällt Ihnen niemand ein, der ihn hier besucht hat? Sie müßten doch irgendwann mal jemandem begegnet sein...«

»Doch«, sagte Liselotte Georg, »nicht in jener Nacht. Aber früher einmal ziemlich häufig sogar. Eine rothaarige junge Frau. Ziemlich auffälliger Typ. Irgend jemand hat uns erzählt... aber ich weiß natürlich nicht, ob das stimmt..., sie soll Tänzerin in einem Nachtklub sein.«

17

Valentin Holl kam sehr verschlafen und mißgelaunt die Treppe herunter. Er trug über dem Schlafanzug eine hüftlange Hausjacke, deren Gürtel er unordentlich verknotet hatte, fuhr sich mit der Hand durch sein zerzaustes Haar.

»Was ist denn los?« fragte er unfreundlich. »Kann man denn nicht einmal mehr in Ruhe schlafen?«

»Ich muß Sie sprechen, Valentin«, sagte Graf Schwarzenbach, »bitte nehmen Sie sich zusammen!«

»Hätte das nicht auch Zeit bis morgen früh gehabt?«

»Nein.« Graf Schwarzenbach wandte sich an das Hausmädchen,

das ihm, selber ganz verschlafen, die Haustür geöffnet hatte. »Wäre es möglich, daß Sie uns beiden eine Tasse Kaffee kochen würden?«

Als er sah, daß sie nicht die geringste Lust hatte, dieser Aufforderung nachzukommen, schenkte er ihr sein charmantes Lächeln.

»Bitte!«

Das Mädchen wurde sofort weich, sagte: »Ja, sofort, Herr Graf. Möchten Sie etwas dazu essen?«

»Nein, danke, nur Kaffee. Damit wir munter werden.« Er legte Valentin den Arm um die Schultern, sagte: »Tut mir ja leid, daß ich Sie habe aus dem Bett trommeln müssen. Aber es ist wirklich wichtig. Ich habe das Gefühl, ich bin auf der richtigen Spur.«

Valentin wurde sofort wach. »Wirklich?« sagte er. »Donnerwetter! Das wäre wahrhaftig eine Wolke! Wer ist es? Und wie sind Sie darauf gekommen?«

»Durch Sie, Valentin«, sagte Graf Schwarzenbach ruhig.

»Tatsächlich?« fragte Valentin verblüfft.

»Nun mal ganz ehrlich...« Graf Schwarzenbach zog ein Zigarettenpäckchen aus der Hosentasche, ohne den jungen Mann dabei auch nur für eine Sekunde aus den Augen zu lassen. »Wußten Sie wirklich nicht, daß Ihre Tamara die Geliebte Roman Millers war?«

»Nein!« antwortete Valentin wie aus der Pistole geschossen.

»Es ist aber so. Ich bin ganz sicher.«

»Hat sie es Ihnen etwa gesagt?«

»Nein. Aber sie mußte zugeben, daß sie Miller kannte. Daraufhin habe ich unauffällig Erkundigungen angestellt und herausbekommen, daß sie seit langen Jahren seine Geliebte war. Auch während der Zeit, in der sie Sie in den Fängen hatte, Valentin. Wenn man diese Tatsachen kennt, braucht man ja schließlich nur noch eins und eins zusammenzurechnen.«

Valentin ließ sich auf den Sessel neben dem ausgebrannten Kamin fallen, vergrub das Gesicht in den Händen und stöhnte auf. »Was bin ich bloß für ein Idiot gewesen!«

»Kann man wohl sagen«, bestätigte Graf Schwarzenbach herzlos, »aber ich habe Ihnen das alles nicht erzählt, um Sie zu beschämen oder Ihnen Vorwürfe zu machen. Wie käme ich auch dazu? Ich habe bestimmt noch wesentlich größere Dummheiten in meinem Leben begangen. Gerade was Frauen betrifft...«

Valentin hob, schon halb getröstet, das Gesicht und sah ihn an:

»Wirklich? Oder sagen Sie das bloß so, um es mir leichter zu machen?«

»Ihre Gefühle, mein lieber Junge, sind mir im Augenblick gar nicht so interessant. Mir geht es nur um eines, den Mörder Roman Millers zu finden. Und nach alledem, was ich inzwischen herausgebracht habe, könnte die Tänzerin Tamara es sein. Nur in einem Punkt sehe ich noch ganz und gar nicht klar. Wie hätte sie an den Revolver Ihres Vaters kommen können?« Er spürte die Betroffenheit des Jungen und stieß blitzschnell nach. »Haben Sie sie etwa einmal hier mit ins Haus genommen?«

Valentin schwieg und biß sich auf die Unterlippe.

»Sie müssen jetzt die Wahrheit sagen!« drängte Graf Schwarzenbach. »Das Schicksal Ihrer Mutter kann davon abhängen!«

»Ich überlege ja nur«, sagte Valentin, »ja, einmal war sie hier. Ich hatte das ganz vergessen, sonst hätte ich es schon neulich gesagt. Wirklich, warum sollte ich denn gerade das verheimlichen? Sie war hier im Haus.«

»Allein?«

»Natürlich nicht. Ich war bei ihr.«

»Die ganze Zeit?«

»Nein... ich glaube... ich weiß nicht. Gerade daran versuche ich mich ja die ganze Zeit genau zu erinnern. Doch, sie war allein. Ich bin nach oben gegangen, um mich umzuziehen. Das hat aber höchstens zehn Minuten gedauert.«

»Lang genug. Ich nehme an, daß das Mädchen an diesem Tag gerade Ausgang hatte?«

»Ja. Und die Köchin auch. Sonst hätte ich sie ja nicht mitgenommen.«

»Ich verstehe. Und haben Sie jemals mit Tamara über den Revolver Ihres Vaters gesprochen?«

»Das bestimmt nicht! Das kann ich beschwören!«

»Schade«, sagte Graf Schwarzenbach.

Betty kam mit dem Kaffeetablett, und sie sprachen erst weiter, als sie serviert und den Raum wieder verlassen hatte.

»Trotzdem«, sagte Graf Schwarzenbach, »sie muß ihn genommen haben. Es kann nicht anders gewesen sein. Während Sie oben waren, hat sie sich in den unteren Räumen umgeschaut. Natürlich hat der Schreibtisch sie besonders interessiert. Dabei ist sie auf den Revolver gestoßen.«

»Aber warum sollte sie ihn mitgenommen haben?«

»Ich weiß es nicht. Das müssen wir sie selber fragen.«

»Sie wird alles ableugnen«, sagte Valentin rasch, »ich meine, wenn sie es überhaupt gewesen ist.«

»Stimmt. Und deshalb müssen wir uns einen Plan zurechtlegen. Irgend etwas, womit wir sie überrumpeln können. Sind Sie ein guter Lügner, Valentin? Trauen Sie sich zu, daß Sie ein bißchen Theater spielen können?«

»Ich weiß nicht...«, sagte Valentin und rührte unbehaglich in seiner Kaffeetasse.

»Sie müssen es versuchen. Denken Sie bloß immer daran, daß es die letzte Chance ist, Ihre Mutter freizubekommen. Dann werden Sie es schon schaffen.«

Es war elf Uhr vormittags, als das Telefon neben Tamaras Bett schrillte. Die Tänzerin schreckte aus quälenden Träumen hoch, nahm den Hörer auf, meldete sich. Eine keuchende Stimme am anderen Ende der Leitung sagte: »Tamara, bist du's selber? Hör gut zu. Zwei Herren von der Kripo waren heute bei mir. Sie haben mich in die Zange genommen, und ich, ich habe alles gesagt, was ich wußte. Ich konnte nicht anders...«

»Wer spricht denn da überhaupt?« unterbrach Tamara das erregte Gestammel.

»Ich bin's... ich, Valentin!«

»Ausgerechnet! Willst du mir etwa drohen?!«

»Nein, nein, wie kannst du so was denken! Ich will dich bloß warnen. Die Polizei hat dich in Verdacht. Sie können jeden Augenblick bei dir aufkreuzen. Sie haben mir gesagt, du wärst Millers Geliebte gewesen. Erst wollten sie sogar mir den Mord in die Schuhe schieben, stell dir nur vor! Ich habe ihnen natürlich gesagt... aber ich weiß nicht, ob sie mir geglaubt haben. Sie bilden sich ein, wir beide hätten es miteinander abgekartet. Und da mußte ich es ihnen natürlich sagen. Ich mußte, verstehst du? Daß du den Revolver genommen hast!«

»Aber das stimmt doch gar nicht!« protestierte Tamara, nicht länger imstande, ihr Entsetzen zu unterdrücken.

»Doch, doch, ich weiß es genau«, sagte Valentin hastig, »aber von mir aus kannst du auch versuchen, zu leugnen, vielleicht glauben sie es dir. Ich... es war mir so scheußlich, daß ich dich belasten mußte!«

»Was hast du denn sonst noch alles gequatscht?« sagte sie zornig.

»Sie werden es dir schon vorhalten! Ich wollte dir nur sagen, daß es mir leid tut... und dich warnen. Vielleicht bist du diesen Kerlen gewachsen. Ich bin es nicht. Ich haue ab.«

»Was?« rief sie. »Was tust du?«

»Ich verschwinde. Bis der Prozeß vorbei ist.«

»Das sieht dir ähnlich!« sagte sie wütend. »Und mich läßt du einfach sitzen. Erst reißt du mich hinein, und dann läßt du mich sitzen.«

»Ja, was soll ich denn sonst tun? Du bist sehr ungerecht, schließlich habe ich dich gewarnt.«

»Hast du wenigstens Geld?«

»Jede Menge. Ich gehe nach Paris. Da kann man leicht untertauchen, wenn man nur die richtigen Leute kennt.«

»Bitte, nimm mich mit!«

»Gut«, sagte er mit Überwindung, »vielleicht hast du recht. Schließlich sitzen wir beide im selben Boot. Aber es bleibt dir nicht viel Zeit. Mein Zug geht um 13 Uhr 49. Oder vielleicht ist es sogar besser, du fährst erst heute nacht, damit...«

»Nein, nein«, sagte sie hastig, »ich komme mit. Bis dahin sind ja noch fast zwei Stunden. Das schaffe ich leicht.«

»Von mir aus. Aber, bitte, sei vorsichtig. Nimm nicht zuviel Gepäck mit. Möglichst überhaupt nur eine Handtasche. Denk immer daran, daß du vielleicht schon überwacht wirst. Ich vielleicht auch. Wir dürfen keineswegs zeigen, daß wir uns kennen. Vielleicht hat auf diese Weise wenigstens einer eine Chance, rauszukommen. Am besten setzt du dich in das Abteil erster Klasse, das vorne beim Zug ist. Gleich hinter der Grenze komme ich dann zu dir. Ist dein Paß in Ordnung?«

»Ja«, sagte sie atemlos, »ja... aber, bitte, leg mich nicht hinein. Du mußt dich um mich kümmern. Du darfst mich nicht allein lassen. Ich liebe dich doch.«

»Gib lieber zu, du hast nicht genügend Geld. Nein, bitte, widersprich nicht. Es ist mir ganz egal, was du denkst. Hauptsache, du bist auf mich angewiesen. Jetzt, wo keiner von deinen alten Knakkern dir mehr helfen kann, sondern bloß noch ich. Jetzt bin ich jedenfalls für dich kein grüner Junge mehr!«

Tamara hörte, wie er auflegte, schmetterte den Hörer auf die Gabel und sprang aus dem Bett. Sie zweifelte keinen Augenblick daran, daß Valentin die Wahrheit gesagt hatte.

Bestimmt war es Graf Schwarzenbach, der die Polizei auf sie

gehetzt hatte – sie hatte das Unheil förmlich auf sich zukommen spüren, als er Roman Millers Foto bei ihr entdeckt hatte! Wie hatte sie nur so leichtsinnig sein können, ihn in ihre Wohnung zu lassen! Jetzt saß sie in der Falle.

Tamara lief zum Fenster, schaute vorsichtig, hinter den Vorhängen her, auf die Straße hinunter.

Sie erschrak so, daß ihr das Herz stehenblieb.

Auf der anderen Seite der Straße stand ein kräftiger junger Mann in einem grauen Regenmantel, den Filzhut tief in die Stirn gezogen, scheinbar ganz in seine Zeitung vertieft. Aber Tamara zweifelte keine Sekunde, daß dieser Mann ein Polizist war, der die Aufgabe hatte, sie zu überwachen. Der junge Mann sah ganz so aus – und außerdem, wer sonst wäre auf die Idee gekommen, sich mitten auf die Straße zu stellen und Zeitung zu lesen. Jetzt sah er sogar hoch, gerade zu ihrem Fenster – nein, es konnte kein Zweifel bestehen. Sie wurde schon überwacht.

In fliegender Eile begann Tamara sich anzuziehen. Mit einigem Bedauern wählte sie das unauffälligste ihrer Kleider, ein graues Schneiderkostüm, steckte das leuchtendrote Haar auf dem Kopf hoch, band ein Tuch darüber – es war nicht gerade notwendig, daß man sie auf hundert Meter Entfernung identifizieren konnte. Sie steckte alles ein, was sie an Geld im Haus hatte, packte ihren Schmuck zusammen, band ihn in ein Taschentuch und steckte ihn ebenfalls ein.

Dann rief sie den nächsten Taxistand an, wartete, bis das Auto vorfuhr.

Bevor sie ihr Zimmer verließ, warf sie noch einmal einen Blick durch die Vorhänge – der zeitunglesende Mann stand noch immer unten.

Sie zuckte zurück, zauderte, dann begriff sie, daß sie keine andere Wahl hatte. Sie verließ hastig die Wohnung, lief mit wenigen Schritten über die Straße auf das Auto zu, stieg ein. »Fahren Sie... rasch!« rief sie dem Chauffeur zu.

Der Chauffeur fuhr sofort an, aber als sie über die Schulter zurückblickte, stellte sie fest, daß der zeitunglesende Mann vom Bürgersteig verschwunden war. Wenig später wurde ihr klar, daß ein anderes Taxi sie verfolgte.

Ihr Verstand arbeitete fieberhaft. »Zum Stachus«, sagte sie dem Fahrer.

Immer wieder blickte sie rückwärts, hoffte, daß das andere Taxi endlich bei irgendeiner Kreuzung zurückbleiben würde, aber es folgte weiter, in ganz geringem Abstand.

Hastig öffnete sie ihre Handtasche, warf einen Blick auf den Taxameter, nestelte fünf Mark aus ihrem Portemonnaie, gab sie dem Fahrer und sagte: »Ich sage Ihnen dann, wo ich aussteigen werde.«

Als sie dicht an einer Straßenbahnhaltestelle vorbeifuhren, rief sie: »Jetzt!«

Der Fahrer bremste, sie schlüpfte aus dem Wagen, und es gelang ihr, in eine eben anfahrende Straßenbahn zu klettern.

Sie sah das Taxi, das sie verfolgt hatte. Der Fahrer war gezwungen, im Strom des Verkehrs die Straßenbahn zu überholen. Als es ein gutes Stück voraus war, sprang sie während der Fahrt ab, überkreuzte die Straße, und es gelang ihr, im Gewimmel des mittäglichen Verkehrs unterzutauchen.

Sie ging erst sehr schnell, dann ganz langsam, vergewisserte sich mehrmals, ob sie nicht noch verfolgt würde – dann aber begriff sie mit unendlicher Erleichterung: sie hatte ihren Verfolger abgeschüttelt.

»Ich glaube, es hat gewirkt«, sagte Markus Ebinger, als er kurz nach zwölf Uhr in das Foyer des Hotels ›Königshof‹ trat, wo Graf Schwarzenbach auf ihn wartete. »Ich weiß natürlich nicht, ob sie wirklich den Zug benutzen wird. Aber jedenfalls ist sie ganz schön durcheinander.«

»Hat sie einen Koffer mit?«

»Nein. Aber das besagt gar nichts. Sie hat mich bestimmt entdeckt, als sie gleich nach Valentins Anruf auf die Straße hinunterblickte. Ich habe mich ganz schön auffällig postiert.«

»Wenn sie sich verfolgt fühlt, wird sie am Ende gar nicht mehr wagen, zum Bahnhof zu gehen.«

»Nur keine Sorge. Ich habe mich ... ganz programmgemäß ... nachher abschütteln lassen.«

Graf Schwarzenbach entschlüpfte ein Seufzer. »Wenn sie bloß das tut, was wir von ihr wollen! Aber sie ist eine ziemlich hartgesottene Person. Ich habe Valentins Gespräch mit abgehört. Sie war sehr erschrocken, aber wirklich verraten hat sie sich mit keinem Wort.«

»Das wäre auch zuviel verlangt. Wieso sind Sie auf einmal so kleinmütig, Graf? Es war doch Ihr Plan. Und heute früh waren Sie noch felsenfest überzeugt, daß alles klappen würde.«

»Das war ich, ehrlich gestanden, nie. Ich habe nur so getan ... um

Valentin den nötigen Mut für seinen Anruf zu geben. Aber je näher die Entscheidung rückt, desto unwahrscheinlicher scheint es mir, daß wir wahrhaftig Erfolg haben werden.«

»Sie können es immer noch aufgeben... jeden Augenblick.«

Graf Schwarzenbach straffte die Schulter. »Nein, das doch nicht. Schließlich, ich habe wirklich nichts zu verlieren.«

»Gar nichts? Erlauben Sie mir eine ganz persönliche Frage. Man hat mir erzählt, daß Sie eine sehr gute Stellung in Paris aufgegeben haben, nur um Sylvia Holl zu helfen.«

»Nicht aufgegeben. Ich kann jederzeit wieder zurück. Gerade heute morgen noch habe ich einen Anruf aus Paris bekommen.«

»Mit Sylvia oder alleine? Ich meine, könnten Sie sie nach Paris mitnehmen?«

»Wenn diese Sache erledigt ist, das heißt, wenn es uns wirklich gelingen sollte, Sylvia Holl freizubekommen, werde ich nicht einen Schritt mehr ohne sie tun. Ich werde sie auf der Stelle heiraten... und wenn wir von Wasser und Brot leben müßten.«

»Falls Tante Sylvia das will«, sagte Markus Ebinger, »vielleicht wird sie es aber auch vorziehen, statt über einen mittellosen Ehemann über ein riesiges Vermögen zu verfügen.«

Auf diese Bemerkung gab Graf Schwarzenbach keine Antwort. »Ich glaube«, sagte er, »es bleibt mir gerade noch Zeit, mir mit einem kleinen Schluck Mut anzutrinken...« Er sah auf seine Armbanduhr. »Noch genau 39 Minuten bis zur Abfahrt des Zuges.«

Tamara hatte sich, als sie ganz sicher war, nicht mehr beobachtet zu werden, nicht sofort zum Bahnhof begeben. Sie hatte daran gedacht, daß sie auffallen mußte, wenn sie ohne jedes Gepäck den Fernschnellzug nach Paris benutzte.

So entschloß sie sich, in der Kaufingerstraße noch einen eleganten kleinen Koffer zu kaufen, Wäsche und Waschzeug. Danach blieb ihr noch gerade genug Geld für die Fahrkarte.

Als sie die Bahnhofshalle betrat, waren die Zeiger der großen Uhr schon auf 13 Uhr 31 vorgerückt. Vor allen Schaltern standen Schlangen. Als Tamara endlich an die Reihe kam und ihre Fahrkarte erstehen konnte, blieben ihr nur noch zwei Minuten bis zur Abfahrt des Zuges.

Sie mußte rennen, und sie tat es fast mit Erleichterung. Ihre Nerven waren so gespannt, daß es ihr – auch wenn sie Zeit genug gehabt hätte – fast unmöglich gewesen wäre, ruhig zu gehen.

Sie riß die Tür zum Abteil Erster Klasse auf, als der Zugführer schon das Signal zur Abfahrt gab. Atemlos und erschöpft stand sie auf der Plattform, während der Zug stampfend und fauchend die Bahnhofshalle verließ. Sie wartete, bis die Lokomotive draußen vor der Stadt freie Fahrt gewann, dann erst suchte sie sich einen Platz.

Sie fand ein Abteil, in dem nur eine alte Dame saß, grüßte, schob ihren Koffer in das Gepäcknetz, ließ sich auf den freien Fensterplatz sinken. Für eine Sekunde schloß sie die Augen. Sie war erschöpft, in Schweiß gebadet, und dennoch füllte ihr Herz sich mit triumphierendem Jubel – sie war entwischt. Nur mit Schaudern dachte sie an die Zeit zurück, die hinter ihr lag. Jetzt sollte für sie ein ganz neues Leben beginnen. Wenn sie über die Grenze kam – und daran zweifelte sie nicht –, würde sie gerettet sein.

Sie lehnte sich zurück, sah zum Fenster hinaus.

Etwa zehn Minuten später verließ die alte Dame das Abteil. Sie achtete nicht darauf. Sie war mit ihren Gedanken weit voraus, sah sich schon in Paris an Valentins Seite. Er war ein netter Junge, wenn er ihr auch nicht mehr bedeuten würde, als ein Sprungbrett. Als die Abteiltür geöffnet wurde, sah sie nicht auf. Sie war sicher, daß es nur die alte Dame sein würde, die zurückkam. Erst als sie Graf Schwarzenbachs Stimme hörte, fuhr sie hoch. Er stand vor ihr, lächelnd, die Hände in den Taschen seines Jacketts und sah sie an.

»Guten Abend, Tamara!«

Sie sprang auf, wollte an ihm vorbei. Aber er hielt sie fest.

»Lassen Sie mich los!« zischte sie. »Oder ich schreie!«

Er hatte mit dem einen Fuß die Abteiltür hinter ihnen zugeschoben, sagte freundlich: »Das ist eine gute Idee! Ich habe mal irgendwo gelesen, daß der Zugführer eine Art Polizeigewalt im fahrenden Zug hat. Na, wie wär's? Schreien Sie doch!«

Mit einer überraschenden Bewegung versuchte sie, ihn in die Hand zu beißen. Aber auch das mißlang. Er war auf der Hut gewesen.

»Na, na, na!« sagte er väterlich. »Aber was soll denn das? Sie sind doch ein vernünftiges Mädchen, Tamara. Denken Sie doch mal nach! Was hätten Sie denn davon, wenn es Ihnen wirklich gelänge, mich abzuschütteln? Wollen Sie etwa aus dem fahrenden Zug springen?«

»Sie haben kein Recht!« protestierte sie wütend und verzweifelt.

»Mit Ihnen zu sprechen? Dazu hat jeder das Recht. Und mehr will ich ja gar nicht.«

»Aber ich nicht! Ich hasse Sie! Gehen Sie weg! Sie... Sie Spitzel, Sie! Sie Verräter!«

»Jetzt verstehe ich gar nichts mehr«, sagte er ruhig.

»Ach, tun Sie doch nicht so. Mich können Sie nicht dumm machen. Ich weiß genau, daß Sie mich angezeigt haben. Wer denn sonst?!«

»Hat man Sie angezeigt?« fragte er mit gespielter Ahnungslosigkeit. Sie versuchte, sich die Ohren zuzuhalten. »Lassen Sie mich in Ruhe!«

»Ich tät's ja gerne«, sagte er, »aber genau das ist leider unmöglich. Ich muß Ihnen nämlich etwas sehr Wichtiges sagen. Und es wäre in Ihrem Interesse, wenn Sie mir zuhörten.« Er machte eine effektvolle kleine Pause, sagte: »Valentin Holl läßt sich entschuldigen!« Er ließ sie ganz plötzlich los, und instinktiv machte sie ein paar Schritte den Gang entlang. Dann, als wenn sie jetzt erst ganz begriffen hätte, was er sagte, blieb sie stehen, setzte ihren kleinen Koffer zu Boden, fragte entgeistert: »Was?! Was sagen Sie da?«

»Sie haben ganz richtig verstanden«, bestätigte er ruhig. »Valentin Holl ist nicht in diesem Zug. Er wird auch nicht im nächsten sein.«

»Aber er hat mir doch versprochen...«

Graf Schwarzenbach zuckte die Achseln. »Höhere Gewalt. Sie können ihm keinen Vorwurf daraus machen.«

»Ach so«, sagte sie und zerbiß sich die blutrot geschminkten Lippen, »ach so, er ist also doch verhaftet worden.«

Graf Schwarzenbach schwieg, sah sie nur an.

Sie erwiderte seinen Blick. »Sind Sie von der Polizei?«

»Ich? Nein, bewahre. Wie kommen Sie darauf?«

»Nun, das hätte doch nahegelegen.« Sie nahm das seidene Tuch, das ihr während des Handgemenges halb vom Kopf gerutscht war, vollends ab, löste mit geschicktem Griff den Kamm, mit dem sie ihr leuchtendrotes Haar hochgesteckt hatte. Es fiel wie eine Woge herab und bildete einen faszinierenden Kontrast zu ihrem kalkweißen, tödlich erschrockenen Gesicht. »Was wollen Sie von mir?« fragte sie und sah Graf Schwarzenbach gerade in die Augen.

»Ihre Flucht, Tamara, war ein Fehler«, sagte Graf Schwarzenbach, »damit haben Sie zugegeben, daß Sie etwas zu verbergen haben. Damit haben Sie sich verdächtig gemacht. Noch verdächtiger, als Sie vorher schon waren. Es besteht kein Zweifel, daß die Polizei einen Fahndungsbefehl nach Ihnen ausstellen wird.«

»Aber ich habe ja nichts getan«, sagte sie endlich mit gebrochener Stimme.

»So? Wirklich nicht?« fragte er voll Hohn. »Daß Sie Roman Miller erschossen haben, na, bitte, das könnte ich noch verstehen. Schließlich war er kein Ehrenmann, und Sie werden gewiß Ihre Gründe gehabt haben. Aber daß Sie jetzt eine unschuldige Frau für Ihr Verbrechen büßen lassen wollten, das zeugt von wirklicher Schlechtigkeit.«

»Unschuldig!« sagte Tamara bitter. »Sylvia Holl ist nicht besser als ich. Bloß hat sie immer Glück gehabt. Wenn man so viel Geld hat, kann einem ja gar nichts passieren.«

»Ein sehr interessanter Gedanke«, sagte er, »tatsächlich, da bringen Sie mich direkt auf etwas. Ja, so könnte man es machen. Sylvia Holls Rechtsanwalt wird alle Schuld Ihnen aufbürden. Er wird Ihr gewiß nicht uninteressantes Vorleben dem Gericht präsentieren, Ihre Beziehungen zu Roman Miller und zu Valentin Holl, die Tatsache, daß Sie einen Schlüssel zu Millers Wohnung besessen haben...«

»Aber das stimmt ja gar nicht!«

Graf Schwarzenbach ließ sich nicht unterbrechen. »...und ich gehe jede Wette ein«, sagte er, »daß die Geschworenen Sylvia Holl freisprechen werden. Sie aber werden bis an Ihr Lebensende eine Gejagte bleiben. Wenn Sie Glück haben. Andernfalls – und das ist noch wahrscheinlicher – wird man Sie schon sehr bald finden und vor Gericht schleppen. Und dann?«

»Hören Sie endlich auf damit! Es ist ja alles nicht wahr, was Sie sagen!« schrie sie gepeinigt. »Warum quälen Sie mich so?!«

»Still!« sagte er. »Sonst kommt noch jemand und fragt, was hier los ist. Und das wäre kaum in Ihrem Interesse. Was das andere betrifft, begreifen Sie denn wirklich nicht, daß ich Ihnen helfen will? Wie könnte ich das aber, ohne Ihnen erst Ihre Situation klar zu machen?«

Sie schluckte schwer: »Was soll ich also tun?«

»Umkehren.«

»Warum? Damit ich gleich verhaftet werde?«

»Wer weiß denn, ob das der Fall sein würde? Aber wenn Sie nichts riskieren wollen, steigen Sie an der nächsten Station aus, nehmen sich ein Auto...«

»Dazu habe ich nicht mehr genügend Geld.«

»Hört! Hört! Und da können Sie überhaupt noch daran denken,

nach Paris zu fahren? Aber wenn Sie wollen, kann ich einen Wagen mieten und Sie zurückbringen. Unterwegs überlegen wir dann, was zu tun ist.«

»Und wenn ich nicht will? Wenn ich mich weigere?«

»Dann fahren wir eben zusammen weiter. Meine Fahrkarte gilt auch bis Paris. Glauben Sie nur nicht, daß Sie mich abschütteln können.« –

Eine Stunde später fuhren sie auf der Autobahn in Richtung München zurück. Graf Schwarzenbach saß am Steuer des schon etwas angejahrten Mercedes, die Tänzerin Tamara hockte neben ihm, zog tief den Rauch einer amerikanischen Zigarette in ihre Lungen. Erst nach einer ganzen Weile fragte sie: »Also, wie soll es weitergehen?«

Graf Schwarzenbach zögerte den Bruchteil einer Sekunde, warf ihr einen raschen Seitenblick zu. »Erzählen Sie mir erst einmal, wie es gewesen ist«, sagte er.

»Damit Sie zur Polizei laufen!«

»Glauben Sie allen Ernstes, daß sie Ihr ganzes Leben mit einem Mord auf dem Gewissen herumlaufen können, ohne jemandem Ihr Herz auszuschütten.«

»Aber nicht gerade Ihnen.«

Er zuckte die Achseln. »Wie Sie wollen. Ich kann Sie nicht zwingen.«

Er wartete schweigend, bis sie es nicht länger ertragen konnte. »Wie kommen Sie überhaupt darauf, daß ich es gewesen wäre?«

»Ich weiß es, seit ich entdeckt habe, daß Sie Valentin Holl im Auftrag Ihres Geliebten verführt haben. Ein ziemlich schmutziges Geschäft, nicht wahr? Aber Sie machen andererseits nicht den Eindruck, als ob Sie ein Mensch ohne alle moralischen Bindungen sind. Folglich haben Sie es getan, weil Sie Miller hörig waren.«

»Ich habe ihn geliebt!«

»Na, bitte. Jedenfalls mußte es Sie ins Mark treffen, als Sie erfuhren, daß Miller, der Mann, für den Sie alles getan haben, Sylvia Holl heiraten wollte. Sie haben ihn aus Eifersucht, aus gekränkter Liebe getötet, nicht wahr?«

»Nein«, sagte sie.

Er überhörte ihren Widerspruch. »Wenn Sie darauf Ihre Verteidigung aufbauen würden... ich bin ziemlich sicher, daß jedes Gericht Verständnis für Sie haben würde. Bestimmt könnten Sie mit einer sehr milden Strafe rechnen. Allerdings... Sie müßten glaubhaft erklären können, mit welcher Absicht Sie den Revolver Georg Holls an sich genommen haben...«

»Nur so«, sagte sie, »ich habe mir gar nichts dabei gedacht, ich wollte nur...« Erst jetzt merkte sie, daß sie sich verraten hatte, wurde flammendrot.

»Sprechen Sie ruhig weiter«, sagte er, »vergessen Sie nicht, wir sind dabei, Ihre Verteidigung aufzubauen. Sie haben den Revolver also genommen, um ihn früher oder später gegen sich selber zu richten?«

»Nein. Ich dachte, irgendwo könnte er mir vielleicht dienen, Valentin Holl etwas anzuhängen. Das war es ja, was Roman Miller von mir wollte.«

»Er muß Ihnen sehr viel versprochen haben, wenn Sie solche Dinge für ihn zu tun bereit waren.«

»Er wollte mich heiraten, mich aus dem Nachtklubbetrieb herausnehmen«, sagte sie mit einem kleinen Zittern in ihrer rauhen Stimme, »ich hatte alles so satt, so verdammt satt. Ich habe ihm geglaubt. Vielleicht wollte er es ja auch wirklich. Nein, es hat keinen Zweck, wenn ich mir jetzt noch etwas vormache, er wollte es nie. Er hatte es von Anfang an darauf abgesehen, Sylvia Holl in seine Macht zu bekommen. Nicht weil er sie liebte, sondern weil er glaubte, daß er über sie an das Vermögen könnte. Aber das war gar nicht wahr. Ich wußte es. Valentin hatte es mir mal gesagt. Wenn sie heiratet, verliert sie alles.« Tamara zündete sich eine neue Zigarette an. »Ich sagte es ihm. Aber ich kam zu spät. Sylvia Holl war kurz vor mir da gewesen. Sie hat es ihm selber gestanden. Sie wußte, daß er es sonst von mir erfahren würde.« Sie lachte unfroh auf. »Natürlich konnte sie das in all ihren Vernehmungen nicht sagen. Es hätte sie furchtbar belastet. Er hat ihr nämlich vorgeschlagen, ihm ihre Tochter zur Frau zu geben. Ein ganz schönes Motiv für einen Mord, nicht wahr?«

»Aber Sylvia Holl hat ihn nicht erschossen.»

»Nein. Weil sie keinen Revolver bei sich hatte. Sie hat eben Glück gehabt.«

»Und Sie?«

Sie drehte sich plötzlich zu ihm um, sagte wild: »Er wollte von mir nichts mehr wissen. Er sagte es mir, eiskalt, zynisch, gemein, niederträchtig, wie nur er sein konnte: Altes Eisen poliert man nicht! Und da konnte ich es nicht länger ertragen. Ich knallte los. Ich wußte selber nicht wirklich, was ich tat. Erst als er auf dem

Teppich lag, begriff ich alles. Und da hatte ich nur den einen Gedanken... Flucht. Ich rannte aus der Wohnung.«

Er unterbrach sie. »Aber vorher nahmen Sie sich noch die Zeit, den Revolver und alles, was Sie sonst angefaßt hatten, noch sorgfältig abzuwischen.«

Sie sah ihn mit großen Augen an. »Nein. Wie kommen Sie denn darauf? Ich war ja höchstens drei Minuten in der Wohnung und hatte die Handschuhe gar nicht ausgezogen.«

»Sehr gut. Wenn Sie das alles so der Polizei erzählen, kommt die Sache in Ordnung. Aber ich gebe Ihnen einen Rat: sagen Sie nichts von Ihrer Flucht, das macht nur einen schlechten Eindruck. Erzählen Sie auch nicht, daß man Sie beobachtet hat und daß Valentin verhaftet worden ist, das führt zu nichts, und es stimmt auch gar nicht.«

»Was?!«

»Nein. Ich habe keinen Grund, Ihnen jetzt noch etwas vorzumachen. Es waren wir, Valentin und ich und unsere Freunde, die das alles inszeniert haben, um Sie zu einem Geständnis zu bringen.«

»Sie... Sie gemeiner Mensch!« schrie sie und ging mit beiden Fäusten auf ihn los.

»Sind Sie verrückt?! Wollen Sie, daß wir beide im Graben landen? Tamara, nehmen Sie doch Vernunft an.«

Sie ließ von ihm ab, brach in wildes Schluchzen aus.

Er ließ sie weinen. Erst als sie sich ein wenig zu beruhigen begann, sagte er: »Warten Sie's ab. Sie werden mir noch dankbar sein. Es ist viel besser so. Auch für Sie. Ich bin ganz sicher, Sie werden nicht viel abbekommen. Besonders wenn Sie behaupten, daß Sie sich freiwillig stellen, weil Sie es nicht ertragen können, daß ein anderer für Ihre Schuld büßen muß. Denn das hat Ihnen doch zugesetzt, nicht wahr? Ich weiß es. Sie brauchen sich gar nicht schlechter zu machen, als Sie sind.«

SYLVIA HOLL UNSCHULDIG – NACHTKLUBTÄNZERIN GESTEHT MORD – GROSSE WENDUNG IM FALL ROMAN MILLER verkündeten am nächsten Tag die Schlagzeilen der Boulevardpresse.

Aber da waren Sylvia Holl und Graf Schwarzenbach schon auf dem Flug nach Paris. Als die Boeing der Lufthansa sich vom Rollfeld abhob, beugte Sylvia sich vor und blickte auf Barbara, Valentin und Markus Ebinger zurück, die nahe beieinander auf der Aussichtsterrasse standen und Mützen und Tücher schwenkten.

»Fällt dir der Abschied schwer?« fragte Graf Schwarzenbach, als die Maschine sich hoch in die Luft erhoben hatte, und die jungen Leute Sylvias Blicken entschwunden waren.

Sie schüttelte den Kopf. »Nein. Nicht mehr. Jetzt weiß ich, daß ich mir keine Sorgen ihretwegen mehr zu machen brauche.«

»Weil Markus Ebinger auf Barbara aufpassen wird?«

»Daß sie sich lieben, habe ich schon seit langem gespürt. Nein, nicht nur deshalb. Valentin hat mir heute morgen versprochen... ganz freiwillig..., daß er noch ein oder zwei Jahre nach Salem gehen wird, um dort sein Abitur nachzuholen.«

»Alle Achtung.«

»Ja. Es freut mich.« Sylvia blickte noch einmal zum Fenster hinaus.

»Merkwürdig, wie klein alles geworden ist. Dinge, die gestern noch ungeheuer groß und wichtig waren, haben plötzlich jede Bedeutung verloren... alles ist geradezu... zusammengeschrumpft.«

»Na, ich denke, wir werden inzwischen schon eine ganz schöne Höhe gewonnen haben.«

»Nicht deshalb, Pit«, sagte sie und lächelte ihn an, »sondern weil wir beisammen sind. Für immer. Weil wir beide wissen, daß es jetzt nichts mehr auf der Welt gibt, was uns trennen kann.«

Hasardspiel der Liebe

Der Roman spielt ab 1972. Die geschilderten Prozesse und Probleme basieren auf dem damals gültigen Scheidungsrecht.

Nach dem gleichnamigen Roman von
Hans Gustl Kernmayr

Es war ein kalter Tag Anfang Oktober 1972, aber die Räume im Amtsgericht waren überheizt.

Frau Evelyn Kammeritz fühlte sich sehr unbehaglich in ihrem eleganten hellbraunen Persianermantel, konnte sich jedoch nicht entschließen, ihn auszuziehen. Für elf Uhr fünfzehn war der Termin Kammeritz gegen Kammeritz festgesetzt, jetzt war es schon halb zwölf. Frau Evelyn hätte gern geraucht, aber sie hatte vergessen, sich Zigaretten einzustecken, und sie mochte Dr. Erhard, ihren Anwalt, nicht darum bitten. Er hatte manchmal eine Art, sie mit spöttischen Augen anzusehen, die ihr durchaus nicht behagte. Aber er war tüchtig, deshalb hatte sie ihn sich genommen.

Der Gegenanwalt, Dr. Schneider, war nach ein paar hastigen Worten mit dem Gerichtsdiener wieder fortgeeilt.

»Was ist, wenn er nicht rechtzeitig zurückkommt?«

»Das ist nicht unsere Sorge«, erklärte Dr. Erhard.

»Kann der Termin dann trotzdem stattfinden?«

Dr. Erhard lächelte sie an. »Regen Sie sich jetzt nicht auf, gnädige Frau... das wäre das Verkehrteste, was Sie tun könnten!«

»Aber ich weiß nicht, was Sie wollen... ich rege mich gar nicht auf!«

»Um so besser!«

Die Tür des Gerichtszimmers öffnete sich, eine kleine Gruppe Menschen kam heraus, der Justizangestellte rief: »Kammeritz gegen Kammeritz!«

Evelyn schnellte auf, Dr. Erhard folgte ihr, und sie betraten das Gerichtszimmer. Der Rechtsanwalt zeigte seiner Klientin den Platz, und Frau Evelyn atmete auf. Endlich war die Warterei vorbei, endlich würde es sich zeigen.

Der Richter, Landgerichtsrat Professor Dr. Bergmeister, nahm an dem Richtertisch Platz, neben ihn setzten sich die Beisitzer. Auch der Gegenanwalt, Dr. Schneider, war plötzlich da, nur der Beklagte fehlte.

Der Richter sah sich um. »Können wir beginnen?«

»Ja«, sagte Dr. Schneider, »mein Klient läßt sich entschuldigen...«

»Aha...«

Der Richter blätterte in der Klageschrift. »Beide Parteien sind deutsche Staatsbürger. Die Klägerin hat schon seit Bestehen der Ehe häufig Veranlassung, wegen des Verhaltens des Beklagten Ehescheidung zu erwâgen. Insbesondere waren es die fortlaufenden Beziehungen des Angeklagten zu anderen Frauen, die Gegenstand ehelicher Differenzen und Zerwürfnisse gewesen sind. Ein weiterer wesentlicher Grund war die Tatsache, daß der Ehemann trotz seines ungewöhnlich hohen Einkommens die Ehefrau fast stets ohne Geld für ihre persönlichen Bedürfnisse und auch für den Haushalt gelassen hat, nur sehr dürftige Zahlungen leistete...«

Der Richter schaute auf und sah die Klägerin an. Sie wirkte sehr viel jünger, als sie tatsächlich war, jetzt, da sich ihre Wangen vor Erregung gerötet hatten, ihre braunen Augen weit aufgerissen waren und fast schwarz wirkten. Eine Locke ihres sorgfältig frisierten Haars hatte sich gelöst, und sie bemühte sich mit nervösen Fingern, sie wieder einzuordnen.

»Was bekommen Sie an Wirtschaftsgeld im Monat?« fragte der Landgerichtsrat.

»Das kann ich nicht genau sagen... er gibt mir nur ganz unregelmäßig Geld!«

»Ungefähr werden Sie es doch sagen können. Unter tausend oder über tausend?«

»Über tausend...« sagte Evelyn leise.

»Na also, finden Sie das so wenig?«

»Ich... wir führten einen großen Haushalt. Er brachte häufig Gäste mit; aber glauben Sie mir, Herr Richter, um jeden Pfennig habe ich betteln müssen! Und dabei verdient er genug, das können Sie mir glauben, aber für seine Familie hatte er eben keins übrig, er hat es lieber mit seinen Geliebten verpraßt. Er hat das nie zugegeben, o nein! Er hat immer wieder versucht, mir Sand in die Augen zu streuen, aber ich habe ja selber seine Spesenabrechnungen gesehen, soviel kann ein Mensch für sich allein gar nicht ausgeben! Er ist nie allein gefahren, nie, Herr Richter, immer hat er eine von seinen Geliebten mitgenommen, meistens natürlich das Fräulein Mauerhofer!«

»Aha, da kommen wir zum nächsten Punkt!« Der Richter las: »Die Klägerin befindet sich in einem Zustand dauernder Aufregung und Befürchtungen. Daran ändert auch die Tatsache nichts, daß es noch am Morgen desselben Tages, an dem die Klägerin die

Ehescheidung eingereicht hatte, zu einem ehelichen Verkehr gekommen ist. Die Klägerin hat geglaubt, dem Beklagten sich in diesem Punkt nicht versagen zu dürfen, obwohl das eheliche Verhältnis getrübt ist. Schon seit Jahren gibt sich die Klägerin nur noch aus Angst vor Gewaltanwendungen ihres Mannes dem ehelichen Verkehr hin. Der Beklagte hat sich schwerer ehelicher Verfehlungen schuldig gemacht, und zwar dadurch, daß er ehewidrige Beziehungen zu seiner Sekretärin Gisela Mauerhofer unterhält. Diese Beziehungen, die schon seit mehreren Jahren bestehen, sind häufiger Gegenstand ehelicher Differenzen zwischen den Parteien gewesen. Die Klägerin verlangt mit Recht, daß der Beklagte seine Sekretärin aus ihrer Stellung entlassen und die Beziehungen zu ihr abbrechen soll. Die Klägerin hat aber feststellen müssen, daß der Beklagte sein Verhältnis zu der Genannten noch immer nicht gelöst hat, sondern gegenwärtig noch fortsetzt. Ferner haben sich in der Zwischenzeit Anhaltspunkte dafür ergeben, daß der häufig sich auf Reisen befindliche Beklagte in verschiedenen Hotels in Begleitung von der Klägerin unbekannten Damen abgestiegen ist, so zum Beispiel im Hotel Kreuz in Zürich. Mit Rücksicht darauf und die in der Klageschrift vorgetragenen Eheverfehlungen vom soundsovielten bittet die Klägerin, und so weiter und so fort...«

Der Richter klappte das Aktenstück zu. »Hm, hm«, sagte er ausdruckslos.

Rechtsanwalt Dr. Erhard sprang auf. »Meine Mandantin beantragt, daß die Ehe wegen Alleinschuld des Ehegatten geschieden wird!«

»Alleinschuld ist ein großes Wort, Herr Anwalt«, sagte der Richter.

»Wir haben Beweise, daß der Beklagte durch sein ehewidriges Verhalten die Ehe schwer gestört hat!«

»Frau Klägerin«, sagte der Richter, »Sie wollen also schuldlos geschieden werden?«

Evelyn warf den Kopf zurück. »Jawohl!«

»Haben Sie sich das auch genau überlegt?«

»Ich hatte fünfzehn Jahre Zeit, es mir zu überlegen!«

»Sie waren also in der ganzen Zeit niemals glücklich mit Ihrem Mann?«

»Nein, nie...«

»Sind Sie ganz sicher?«

»Vielleicht... anfangs...«

»Aber in den letzten Jahren waren Sie immerzu unglücklich?«

»Ja, es war ein entsetzliches Leben, das ich geführt habe.«

»Aber erst vor wenigen Monaten faßten Sie den Entschluß, sich scheiden zu lassen?«

»Ich hätte es schon früher getan, wenn mein Mann darauf eingegangen wäre. Aber er wollte mir nicht meine Freiheit zurückgeben!«

»Welche Argumente führte er dafür an?«

»Argumente! Mein Mann hat es niemals für nötig gehalten, mir gegenüber Argumente anzuführen! Er sagt einfach, ich soll vernünftig sein... das ist alles!«

»Sehr interessant. Aber in der Anklageschrift steht, daß Ihr Mann Sie schon seit Jahren betrügt!«

»Ja, das stimmt!«

»Wenn Sie einen solchen... hm, sagen wir eine solche eheliche Verfehlung nachweisen können...«

»Das kann ich eben nicht. Mein Mann streitet alles ab, und ich bin mir zu gut, einen Detektiv hinter ihm herzujagen!«

»Woher wissen Sie denn, daß Ihr Mann Sie betrügt?«

»Ich habe es erfahren.«

»Bitte, seien Sie so gut, drücken Sie sich etwas genauer aus. Wodurch haben Sie es erfahren?«

»Man hat es mir gesagt.«

»So, man hat es Ihnen also gesagt! Ist Ihnen noch niemals aufgefallen, wieviel geredet wird, und wie wenig davon der Wahrheit entspricht?«

»Ich kenne meinen Mann, und deshalb weiß ich, daß es wahr ist. Jetzt habe ich auch den Beweis!«

»Nun, meine Liebe, dieser Beweis steht aber auf recht schwachen Füßen! Formal gesehen kann er möglicherweise genügen, um die Ehe zu scheiden, aber denken Sie doch mal selber nach, einige Küsse in guter Laune auf einem Betriebsfest, das ist doch bei Licht gesehen kein wirklicher Scheidungsgrund!«

»Ich bin überzeugt, daß es nicht nur Küsse zwischen den beiden gegeben hat. Nur für das andere habe ich keine Zeugen. Aber abgesehen davon, es genügt auch!«

»Wie meinen Sie das?«

»Herr Landgerichtsrat«, sagte Dr. Erhard, »meine Mandantin fühlt sich tief in ihrer fraulichen Ehre verletzt. Sie hätte als Frau des

Chefs wohl ein Anrecht darauf gehabt, an dem Betriebsfest teilzunehmen.«

»Haben die anderen Frauen der Betriebsangehörigen teilgenommen?«

»Das entzieht sich unserer Kenntnis, ist auch wohl kaum maßgebend. Maßgebend ist, daß der Beklagte seine Gattin auf diesem Betriebsfest vor den Augen aller aufs tiefste kompromittiert hat, indem er die Zuneigung zu seiner Sekretärin Gisela Mauerhofer ganz offensichtlich bekundet hat!«

Der Richter hatte wieder begonnen, in den Akten zu blättern. »Hier lese ich aber, daß diese Gisela Mauerhofer zur Zeit dieses Betriebsfeste sogar schon verlobt war!«

»Um so schlimmer!« rief Evelyn heftig. »Wenn Ihnen das nicht die Augen öffnet, Herr Richter. Sie sehen doch, er ist ein Mensch, der zu allem fähig ist!«

»Wenn das tatsächlich Ihre Überzeugung ist, wie kommt es dann, daß Sie immer wieder mit ihm verkehrt haben?«

»Was blieb mir denn anderes übrig? Einmal, als ich mich wirklich strikt geweigert habe, ist er mit dem Messer auf mich losgegangen! Er hat geschrien: ›Ich bringe dich um, ich bringe dich um!‹ Vielleicht glauben Sie mir das nicht, Herr Richter, aber ich schwöre Ihnen bei Gott dem Allmächtigen, es ist wahr!«

»Nun ist es an sich auch die Pflicht der Ehefrau, den Wünschen ihres Mannes, wenn sie im Rahmen liegen, nachzugeben!«

»Ich habe es auch getan! Ich habe mir in keinem Punkt etwas vorzuwerfen, Herr Richter!«

»Haben Sie sich einmal überlegt, warum Ihr Mann überhaupt Wert darauf legte, mit Ihnen zu verkehren?«

»Warum? Ich bin doch seine Frau!«

»Aber da Sie annehmen, daß er dauernd Freundinnen hatte, hätte er doch vielleicht auch auf den Verkehr mit Ihnen verzichten können.«

»Freundinnen hat er, Herr Richter, daran ist gar kein Zweifel! Aber was sind das für Frauen! Was sind das schon für Frauen, Herr Richter, die mit einem verheirateten Mann verreisen, ich bitte Sie! Natürlich hat keine davon nur halbwegs mein Format, und so dumm ist mein Mann nicht, daß er das nicht spürt.«

»Sie sind also fest entschlossen, sich scheiden zu lassen?«

»Jawohl, Herr Richter!«

Landgerichtsrat Bergmeister wandte sich an die Gegenpartei.

»Und Sie, Herr Anwalt, haben Sie etwas zu den Anschuldigungen gegen den Beklagten zu sagen?«

»Ja, Herr Landgerichtsrat. Mein Mandant bestreitet mit allem Nachdruck, seine Gattin je betrogen zu haben. Er ist sich auch keiner anderweitigen Verfehlung bewußt.«

»Er ist also nicht bereit, die Alleinschuld auf sich zu nehmen?«

»Im Gegenteil. Er ist fest entschlossen, die Ehe aufrechtzuerhalten. Er liebt seine Gattin trotz der völlig unbegründeten Eifersucht, mit der sie ihn fortwährend quält, und er ist fest entschlossen, ihr auch diesen unüberlegten Schritt, die Scheidung einzureichen, zu verzeihen...«

»Zu verzeihen?« rief Evelyn empört.

»Jawohl... zu verzeihen«, wiederholte Rechtsanwalt Dr. Schneider sehr ruhig.

Judith Weinberger warf noch einen letzten prüfenden Blick über den Mittagstisch. Er war so sorgfältig gedeckt, wie Eduard es liebte – weißer Damast, schimmerndes Porzellan, die Salz- und Pfeffernäpfchen aus edlem Kristall. Diese glänzende Aufmachung stand in einem seltsamen Gegensatz zu den schlichten, modernen Möbeln, die, billig erstanden, jetzt schon schäbig zu werden begannen.

Einen Augenblick saß Judith gedankenverloren da, dann begegneten ihre Augen den Blicken ihrer Kinder – in den blauen Augen der Tochter und den braunen ihres Sohnes las sie die gleiche hungrige Ungeduld.

»Sie begann die Suppe auszuteilen. »Wo bleibt denn Vater?« fragte sie.

»Der ist ins Schlafzimmer gegangen. Ich weiß auch, was er da macht!« antwortete Esther und zog das Näschen kraus.

»Kann ich schon anfangen? Ich hab' einen Mordshunger!« meldete sich Benjamin und kratzte sich in seinem braunen, krausen Haar.

»Die zwei Minuten wirst du ja wohl noch abwarten können!«

Die Kinder sahen gespannt auf die Tür, durch die der Vater kommen mußte. Endlich ging sie auf.

»Ich habe euch was mitgebracht«, sagte Eduard Weinberger mit betontem Gleichmut und legte eine illustrierte Zeitschrift auf den kleinen Rauchtisch.

»Oh, fein, Papi! Darf ich als erster...?« rief Benjamin.

»Toll siehst du aus, Papi«, konstatierte Esther und betrachtete anerkennend ihren Vater.

Leicht verlegen zog Eduard Weinberger seine ohnehin tadellos sitzende Jacke gerade. Er hatte ein weißes Hemd und eine neue silbergraue Krawatte angezogen, sein Kinn war frisch rasiert und das braune, schüttere Haar sorgfältig so gebürstet, daß es die durchschimmernde Kopfhaut verbarg.

»Wirklich toll«, wiederholte Esther, bevor sie ihren Löffel in die Suppe tauchte.

»Ist etwas mit dem Hemd passiert, Eduard?« fragte Judith.

»Wieso?«

»Ich dachte nur...«

»Ich muß dich wohl um Erlaubnis fragen, wenn ich einmal unter der Zeit mein Hemd wechseln will?«

»Aber durchaus nicht, Eduard! Nur, weil du doch heute früh ein frisches angezogen hattest.«

»Mach' ich dir etwa Vorwürfe, weil du alle naselang zum Friseur rennst?«

»Aber Eduard, ich gehe doch nur jeden Monat einmal, da kann man doch nicht sagen...«

»Und übrigens möchte ich dich darauf aufmerksam machen, daß es in Amerika die selbstverständlichste Sache von der Welt ist, sein Hemd einmal am Tag zu wechseln!«

»Wir sind aber nicht in Amerika, Papi!« ließ sich Benjamin mit vollem Mund vernehmen.

Eduard Weinberger warf seinen Suppenlöffel in den Teller, daß die Suppe hoch aufspritzte. »Unverschämtheit! Das ist deine Erziehung, Judith!« Er stieß den Stuhl zurück und sprang auf.

»Eduard... bitte...«

»Ich habe die Nase voll von euch! Mahlzeit!« Er drehte sich um und ging aus dem Zimmer.

Judith stand auf und ging ihm nach. Die Kinder hörten, wie sie draußen im Flur zu ihm sagte: »Eduard, ich bitte dich! Ben hat es doch gar nicht so gemeint! Wohin willst du denn jetzt gehen!?«

»Dorthin, wo man mir Achtung und Liebe entgegenbringt.«

Die Wohnungstür fiel ins Schloß.

Judith hatte Tränen in den Augen, als sie sich sehr langsam wieder an ihren Platz setzte.

»Der ißt jetzt bestimmt was Besseres als wir!« sagte Esther neiderfüllt.

»Na ja, Kartoffelsuppe! Kann ich noch mal haben?«

»Ihr dürft nicht traurig sein, Kinder...«

»Sind wir doch nicht, Mutti!«

»Vati ist in letzter Zeit etwas überarbeitet, das ist alles!«

»Wenn du dich bloß nicht aufregst«, sagte Esther.

»Ich glaube, wir haben uns sehr dumm benommen, alle drei. Wir müssen versuchen...«

»Nun sag bloß noch, daß wir schuld sind, Mutti!« protestierte Ben.

»Papi hat immerzu schlechte Laune, bestimmt hat er eine Freundin!«

»Esther... du weißt nicht, was du sprichst!«

»Natürlich weiß ich das, ich bin doch schließlich kein Kind mehr!«

»Mit fünfzehn darf man über solche Dinge noch gar nicht reden! Man darf noch nicht einmal wissen, daß es so etwas gibt.«

»Das war früher mal so, Mutti, heute...«

»Kann gut sein, daß Vati eine Freundin hat«, sagte Benjamin nachdenklich, »ich hab' da neulich einen Roman gelesen. Darin ging es um einen Mann, der wußte ein tolles Spionagegeheimnis, aber natürlich wußte er nicht, daß er es wußte, aber die anderen wußten es, und da haben sie eine Frau auf ihn losgelassen, und die...«

»Spinn nicht, Ben!« sagte Esther.

»Ob Papi auch etwas weiß, und er weiß nicht, daß er es weiß?«

»Am allergemeinsten fand ich, daß er dir vorgeworfen hat, daß du zum Friseur gegangen bist!« sagte Esther. »Ich möchte mal wissen, wie es ihm gefallen würde, wenn du überhaupt nicht mehr hingingst, dann möchte ich sein Gesicht sehen!«

»Mir gefällt Mutti ja anders besser... nicht so lackiert!« behauptete Ben und sah seine Mutter kritisch an.

Tatsächlich hatte der Friseur ihr reiches blondes Haar ein wenig zu sorgfältig und gleichmäßig in Wellen und Locken gelegt, so daß ihr rundes, weiches Gesicht mit den sanften, blauen Augen etwas Puppenhaftes bekommen hatte.

»Lackiert! Was ist das für ein blöder Ausdruck!« protestierte Esther.

»Sieht aber ganz so aus, wie... wie mit dem Zirkel! Mit gefällt die Frisur viel besser, wie das Mädchen da eine auf dem Titelbild hat.« Benjamin wies mit dem Daumen auf die Illustrierte.

»Ein Mannequin!« sagte Judith lächelnd. »Nein, damit kann ich natürlich nicht konkurrieren!«

»Du bist ein Idiot, Ben! Was glaubst du, wie lange der Friseur an der rumgepusselt hat, bis er die Haar so hübsch unordentlich hatte, wie sie fotografiert ist!?«

»Weiß ich nicht. Ich sage ja nur, so was gefällt mir besser! Aber für Mutti paßt es vielleicht wirklich nicht. Schließlich ist sie ja schon eine alte Dame!«

»Alte Dame? Du hast wohl nicht mehr alle Tassen im Schrank, Ben?«

»Na, jung ist sie bestimmt nicht mehr!«

»So jung wie Resi Müller ist sie natürlich nicht, aber die Resi ist ja auch noch keine Frau, die ist ein Rotzbalg!«

»Du hast mir nachspioniert!«

»Dazu brauche ich dir nicht nachzuspionieren! Das weiß die ganze Straße, daß du ihr ein Eis spendiert hast!«

»Du ärgerst dich ja bloß, daß ich dich nicht eingeladen habe!«

»Mich? Daß ich nicht lache! Mit so einem Lümmel, wie du einer bist, würde ich mich ja nirgends sehen lassen!«

»Schluß, Kinder, zankt euch nicht«, bat die Mutter, »Resi Müller ist ein sehr nettes kleines Mädchen, und Ben kann ihr Eis spendieren, soviel er will... soviel Taschengeld er hat, heißt das natürlich. Und jetzt marsch an eure Schularbeiten, ich will über dieses Thema nichts mehr hören!«

Judith Weinberger hatte schon das Geschirr zusammengestellt und heißes Wasser in das Abwaschbecken gelassen, als ihr einfiel, daß Eduards Anzug noch auf dem Balkon hing.

»Esther! Benjamin!«

Aber die Kinder hörten nicht, oder sie wollten nicht hören. Judith Weinberger seufzte leicht, trocknete ihre Hände ab, und dann ging sie rasch auf den Wohnzimmerbalkon hinaus. Sie nahm den Anzug vom Haken und begann ihn auszubürsten, stülpte gewohnheitsmäßig die Anzugtaschen um, säuberte sie gründlich von Tabakresten, Flusen und Krümeln.

In der Hosentasche fühlte sie etwas – wahrscheinlich war es ein alter Fahrschein oder ein leeres Zigarettenpäckchen. Judith nahm das Papier heraus. Es war ein Brief, er steckte in einem geöffneten Umschlag, der zweimal zusammengefaltet war.

Gedankenlos glättete ihn Judith – *Herrn Eduard Weinberger* stand darauf, er war an die Büroadresse ihres Mannes gerichtet.

Eigenartig, dachte sie, ein Geschäftsbrief ist es nicht, sonst wäre er ja an die Firma gegangen. Außerdem, wie käme Eduard dazu, Geschäftsbriefe in der Hosentasche mit sich herumzutragen?

Befremdet, aber immer noch ohne böse Ahnung, zog sie den Bogen aus dem Umschlag. Sie las: »Mein liebes Herz, ich weiß, Du hast es nicht gerne, wenn ich Dir ins Büro schreibe, aber anrufen ist ja noch schwieriger. Ich möchte Dir nur schnell sagen, daß Du mich nicht vom Geschäft abzuholen brauchst, ich habe übermorgen nachmittag frei bekommen, um zum Friseur zu gehen, und gehe anschließend gleich nach Hause und mache mich schön – für Dich, mein Liebster. Ich freue mich, ich freue mich, ich freue mich! Mit viel Liebe und tausend Bussis, Deine Erika.«

Für Judith Weinberger zerbrach eine Welt.

Es war zwölf Uhr mittags.

Gisela Mauerhofer, die Sekretärin von Direktor Kammeritz, war gerade im Begriff, zum Mittagessen in die Kantine zu gehen. Sie hatte ihren Schreibtisch aufgeräumt, ihre kleinen, sehr gepflegten Hände gewaschen, ihr braunes, natürlich gewelltes Haar gebürstet, sich die Lippen nachgezogen, und betrachtete nun noch wohlgefällig ihre zierliche, wohlproportionierte Figur im Spiegel des Waschkabinetts, bevor sie sich zum Gehen wandte.

Sie fuhr zusammen, als die Tür aufgerissen wurde und Heino Kammeritz mit großen Schritten ins Zimmer kam.

»Tag, Mauerblümchen!« sagte er.

»Herr Direktor! Schon zurück?«

»Nein. Ich bin noch in Zürich. Was gibt es Neues?«

Gisela Mauerhofer schloß rasch die Tür zum Kabinett und eilte hinter Heino Kammeritz ins Chefzimmer. »Herr Direktor, ich ...«

»Wo sind die Posteingänge ... und die Unterschriftenmappe? Sie wissen, daß ich sie immer auf meinem Schreibtisch wünsche!«

»Ich dachte ...«

»Machen Sie mich nicht wahnsinnig! Bringen Sie mir die Sachen her, aber rasch!«

Gisela Mauerhofer sauste zu ihrem Schreibtisch zurück, holte die Unterschriftenmappe und einen Stoß geöffneter Briefe. »Hier, Herr Direktor ...«

»Danke!« Er begann zu lesen.

»Herr Direktor ...«

»Wenn Sie mich fragen wollen, ob Sie jetzt essen gehen dürfen... nein! Ich muß einige sehr wichtige Briefe diktieren, nachher bin ich nicht mehr da!«

»Aber das wollte ich ja gar nicht fragen!«

»Was denn?«

»Herr Direktor... vielleicht finden Sie es aufdringlich, aber...«

»Stottern Sie nicht herum, Mauerblümchen, sagen Sie, was Sie auf dem Herzen haben! Sie wissen, daß mich solches Getue wahnsinnig macht!«

Gisela Mauerhofer holte tief Luft. »Ist die Scheidung ausgesprochen?«

Er sah sie mit gerunzelter Stirn an. »Wieso interessiert Sie das?«

»Aber, Herr Direktor, Sie wissen doch, daß ich bei Ihrer Scheidung eine gewisse Rolle spiele!«

»Rolle nennen Sie das? Na ja, man kann es auch so nennen...« Heino Kammeritz las seine Post weiter, machte sich auf jeden Brief eine kleine Notiz.

Gisela Mauerhofer blieb vor ihm stehen.

»Worauf warten Sie, Mauerblümchen?«

»Herr Direktor...«

»Haben Sie Stenogrammblock und Bleistift?«

»Herr Direktor... ich muß mit Ihnen sprechen...«

»So!?«

»Ja, es ist sehr wichtig... für mich und für Sie!«

»Und das muß ausgerechnet jetzt sein!? Ausgerechnet jetzt, wo Sie wissen, daß ich in einer halben Stunde bei der Konferenz erscheinen muß?

»Ja, Herr Direktor, es muß jetzt sein!« sagte Gisela Mauerhofer mit fester Stimme. »Mein Bräutigam...«

»Ach herrje! Müssen Sie mich ausgerechnet jetzt mit Ihrem Liebesleben belästigen?«

»Es handelt sich nicht nur um mich, Herr Direktor, es handelt sich auch um Sie!«

»Da bin ich aber mal gespannt...« Heino Kammeritz ließ sich in den Sessel zurücksinken und sah Gisela Mauerhofer aufmerksam an.

Unwillkürlich senkte sie die Augen, aber sie sagte trotzdem das, was sie sich vorgenommen hatte. »Herr Direktor, ich... ich kann nicht so in eine Ehe gehen! Ich muß Herbert alles sagen... ich kann einfach nicht länger lügen und schweigen!«

»Wovon reden Sie?«

»Sie wissen doch...«

»Nichts weiß ich! Wenn Sie sich schon mit mir unterhalten wollen, dann drücken Sie sich bitte deutlicher aus! Was müssen Sie ihm sagen?«

Sie schlug die Augen auf und sah ihn an. »Alles!«

Einen Augenblick blieb Heino Kammeritz stumm, dann sagte er: »Ach so! So ist das also!«

»Ja, so ist das, Herr Direktor, und deshalb werden Sie sicher verstehen, daß ich gerne wissen möchte, ob die Scheidung nun ausgesprochen ist oder nicht!«

»Nein, ich bin nicht geschieden.«

»Dann hat Ihre Frau also nicht alles erfahren?«

Heino Kammeritz zündete sich eine Zigarette an. »Nun hören Sie mir mal gut zu, Mauerblümchen, ich ahne natürlich, worauf Sie hinauswollen, aber ich muß schon sagen, ich finde es nicht gerade fair, daß Sie diese alten Kamellen gerade jetzt ausgraben!«

»Finden Sie es etwa fair, ein junges Mädchen zu verführen?«

»Erstens sind Sie nicht mehr so jung, wie Sie gern sein möchten, Mauerblümchen... und zweitens können Sie wirklich nicht behaupten, daß ich Sie verführt habe!«

»Das haben Sie nicht!?«

»Nein!«

»Wollen Sie damit etwa behaupten, daß ich... Sie...?«

»Ich will gar nichts behaupten. Wenn ich ganz ehrlich bin, muß ich zugeben, daß ich keine Ahnung habe, was in dieser Nacht damals überhaupt passiert ist.«

»Ich weiß es, Herr Direktor, und ich glaube, das genügt!«

»Na schön, unterstellen wir, daß es so gewesen ist, wie Sie behaupten... und weiter?«

»Ich erwarte, daß Sie die Konsequenzen ziehen!«

»Was für Konsequenzen um Himmels willen?«

»Sie müssen Ihrer Frau die Wahrheit sagen!«

»Sind Sie wahnsinnig? Das würde ihr einen triftigen Scheidungsgrund geben!«

»Sie käme zu ihrem Recht!«

»Nach dem Gesetz vielleicht! Aber das wäre doch... verstehen Sie denn nicht, daß das gegen alle Vernunft wäre? Wir haben ein Kind. Ich liebe meine Frau, sie ist gar nicht fähig, ohne Mann mit dem Leben fertig zu werden, und da soll sie sich scheiden lassen? Nur weil ich... nur weil Sie behaupten...«

»Nicht weil ich behaupte, Herr Direktor, sondern weil es tatsächlich passiert ist!«

»Nun setzen Sie sich mal hin, Mauerblümchen, Sie machen mich ganz nervös, wenn Sie da immer rumstehen! Nehmen Sie sich eine Zigarette und lassen Sie uns die Sache mal in Ruhe durchsprechen. Was haben Sie davon, wenn ich mich scheiden lasse?«

»Wenn Sie ein freier Mann sind, sehen die Dinge gleich ganz anders aus!«

»Aber doch nicht für Sie!«

»Gerade für mich, Heino!«

Er seufzte. »Sie sind also fest entschlossen, Ihrem Herbert alles zu erzählen?«

»Ja, Heino...«

»Und Sie glauben, daß er es verstehen wird?«

»Niemals!«

»Nicht?«

»Nein, er wird mich bestimmt nicht mehr heiraten wollen.«

»Na, hören Sie mal!«

»Ja, und jetzt werden Sie verstehen...«

»Was?«

»...daß es das einzig Anständige ist, wenn Sie sich scheiden lassen!«

»Und Sie heirate?«

»Warum nicht?«

»Warum ja? Bloß, weil Sie mir einreden wollen, daß ich mich ein einziges Mal Ihnen gegenüber vergessen habe?«

Gisela Mauerhofer stand auf. »Ich sehe, Sie wollen mich nicht verstehen, Herr Direktor, dann werde ich einen anderen Weg suchen müssen!«

»Aber Gisela, seien Sie doch nicht gleich eingeschnappt. Das Ganze muß sich doch mit ein bißchen Vernunft regeln lassen, nicht wahr? Sind Sie denn sicher, daß Ihr Bräutigam unter keinen Umständen bereit ist, Ihnen einen einzigen Fehltritt zu verzeihen?«

»Von einem armen Mädchen, wie ich es bin, erwartet ein Mann mit Recht Tugend.«

»Wenn Sie also nicht ganz so arm wären...?«

»Sie stellen sich die Dinge zu einfach vor!«

»Durchaus nicht. Sie wissen ganz genau, daß ich keineswegs so gut bei Kasse bin, wie meine Frau immer glaubt. Trotzdem würde ich gern versuchen, Ihnen ein bißchen zu helfen, so weit ich kann!«

»Das ist sehr nett von Ihnen, Herr Direktor, aber ich bin sicher...«

»Wieviel brauchen Sie?«

»Mir fehlt noch ein Schlafzimmer für die Aussteuer.«

»Dreitausend Mark?«

»Ja!« sagte sie, ohne zu zögern.

»Gut, Gisela, das ist ein Wort. Und nun passen Sie mal auf. Sie wissen, ich war all die Jahre immer sehr zufrieden mit Ihnen, nicht wahr? Sie waren eine tüchtige und fähige Mitarbeiterin, wenn Sie mir... na ja, aber das gehört nicht hierher.«

»Wenn ich Ihnen auch manchmal auf die Nerven gegangen bin, das wollten Sie doch sagen oder...?«

»Um der Wahrheit die Ehre zu geben... ja. Ich habe aber nichts gegen Sie, Mauerblümchen, und von mir aus können Sie bis ans Ende Ihrer Tage bei mir arbeiten, aber Sie wissen, meine Frau ist gerade auf Sie eifersüchtig... ohne jeden Grund...«

»Nicht ganz, Herr Direktor!«

»Doch, denn sie hat von den ganzen Zusammenhängen ja keine Ahnung. Wie wäre es also... überlegen Sie sich die Sache mal gut... wenn Sie kündigen würden. Sie sind ein fähiges Mädchen, Sie werden überall eine gleich gut bezahlte, wenn nicht eine bessere Stellung finden. Ich werde nicht kleinlich sein, das können Sie mir glauben! Also... wie wär's?«

Sie hob den Kopf und lächelte ihn strahlend an. »Nein, Heino, das ist unmöglich!«

»Aber... wieso!?«

»Ich habe mich viel zu sehr an dich und an meinen Arbeitsplatz hier gewöhnt! Das Herz würde mir brechen, wenn ich...«

»Kanaille!«

»Und wie sollte ich es Herbert erklären?! Nein, Heino, du mußt doch einsehen, daß es nicht geht!«

Er starrte sie finster an. »Und so was wie dich habe ich für ein Mauerblümchen gehalten!«

Ihr Lächeln vertiefte sich. »Menschenkenntnis hast du ja nie besessen, Heino!«

»Paß mal auf, Judith, ich glaube, ich habe eine glänzende Idee!« sagte Evelyn begeistert.

Der Anblick ihrer Freundin, die sich schluchzend auf eines der Ehebetten geworfen hatte, weckte in ihr kein Mitleid, sondern beflügelte sie höchstens. Sie saß auf der Fensterbank, die Beine übereinandergeschlagen, und rauchte eine Zigarette. »Hörst du mir überhaupt zu, Judith?«

»Doch...«

»Dann paß auf! Wir haben doch beide Ärger mit unseren Männern, nicht wahr? Ich, weil meiner sich nicht scheiden lassen will, und du, weil du dich scheiden lassen mußt... und weißt du, was wir da machen? Wir packen unsere Sachen zusammen und hauen ab! Ich weiß auch schon, wohin. Nach Baden-Baden! Da bin ich vor drei Jahren mit Heino gewesen, und ich kann dir flüstern, da ist es ganz fabelhaft, da ist was los! Du sollst mal sehen, wie dir so ein kleiner Ausflug guttun wird!«

»Aber, Evelyn, das geht doch nicht!«

»Natürlich geht das. Alles geht, was man will. Warum sollte es nicht?«

»Ich kann doch die Kinder nicht einfach allein lassen!«

»Und warum nicht? Schließlich sind sie alt genug, um mal vierzehn Tage für sich selber sorgen zu können.«

»Nein, Evelyn!«

»Ja, Judith! Und wegen Geld brauchst du dir auch keine Sorgen zu machen. Heino wird mir schon so viel mitgeben, daß es für uns beide reicht. Ist das nicht wirklich ein glänzender Einfall?«

Judith versuchte zu lächeln. »Ich weiß, du meinst es gut, Evelyn, und es ist auch furchtbar lieb von dir, daß du mich einladen willst, aber es geht nicht, es geht wirklich nicht! Ich... ich bin so furchtbar verzweifelt!«

»Verzweifelt? Aber warum denn?«

»Wegen des Briefes! Das weißt du doch!«

»Nun hör mir mal gut zu, Judith!« Evelyn rutschte von der Fensterbank herunter und setzte sich zu ihrer Freundin aufs Bett. »Soll ich dir mal ganz ehrlich sagen, was ich über den Fall denke?«

»Das hast du mir ja schon gesagt!« Judith schluchzte wieder auf und preßte ihr Taschentuch vor die Augen.

»Ich fürchte, nicht deutlich genug. Die Wahrheit ist nämlich die, du bist zu beneiden!«

»Zu beneiden? Ich?«

»Jawohl! Du hast dich nicht jahrelang herumquälen müssen wie ich, du bist nicht von hinten und vorn belogen und betrogen worden, du hast doch keinen Beweis dafür finden können! Du hast gar nichts davon gemerkt. Im Augenblick, in dem du dahintergekommen bist, hast du den Beweis auch schon in Händen. Das ist doch fabelhaft!«

»Ich... verstehe dich nicht...«

»Weil du ein Schaf bist... immer schon gewesen. Mit diesem Brief, den du da gefunden hast, kannst du ohne weiteres zum Rechtsanwalt gehen, und du wirst sehen, eins zwei drei bist du geschieden!«

»Aber ich will doch gar nicht geschieden werden!«

»Nicht...?«

»Ich habe doch nicht geheiratet, um mich scheiden zu lassen!«

»Na wenn schon! Das tut schließlich niemand. Aber nach dem, was du jetzt weißt, bleibt dir doch gar nichts anders übrig, oder?«

»Vielleicht... vielleicht ist das Ganze ein Irrtum!«

»Ein Irrtum? Ich glaube, bei dir piept's!«

»Ich kann mir nicht helfen, wirklich, ich traue Eduard so etwas überhaupt nicht zu!«

»Daß ich nicht lache! Du hältst deinen Eduard wohl für einen weißen Raben?«

»Ich bin immer so überzeugt gewesen, daß er mir treu war! Ja, ich gebe zu, er war oft gereizt und nervös, aber daraus habe ich mir gar nicht soviel gemacht, weil ich doch wußte... er liebt nur mich, und er ist mir treu!«

»Armes Kind«, sagte Evelyn ungerührt, »so harmlos wie du möcht' ich mal 'ne halbe Stunde sein. Wo ist nun überhaupt der Brief?«

»Ich weiß nicht.«

»Na, erlaube mal, das mußt du doch wissen! Wo hast du ihn denn hingetan?«

»Ich war so durcheinander!«

»Du hast ihn doch nicht etwa weggeschmissen?«

»Nein, ich... ich glaube, ich habe ihn wieder in die Tasche zurückgesteckt!«

»Bist du wahnsinnig!? Hol den Brief, aber sofort!«

»Evelyn!«

»Los, los, hol ihn, auf alle Fälle! Du wirst mir einmal dankbar sein!«

Judith wischte ihr tränenüberströmtes Gesicht ab, und immer noch schluchzend ging sie an den großen Kleiderschrank. Sie griff in die Tasche einer grauen Hose und holte den zerknitterten Brief heraus.

»Gib her!«

Mechanisch gab sie ihn Evelyn.

Die Freundin las ihn. »Wunderbar«, sagte sie begeistert, »einfach wunderbar! Besser hätte man ihn sich gar nicht wünschen können!«

Judith schnupfte. »Ich finde ... ich finde, du bist einfach zynisch!«

»Ich? Nein, Judith, ich bin nicht zynisch, alles andere als das. Ich sehe die Dinge nur so, wie sie sind, und wenn du etwas Abstand genommen hast, dann wirst du mir in jeder Beziehung recht geben.«

»Abstand gewinnen? Wie soll ich denn Abstand gewinnen? Wie soll man denn Abstand gewinnen, wenn man mitten drin steckt?«

»Das habe ich dir ja gerade erklärt, pack deine Klamotten zusammen und komm mit mir! Du kannst heute nacht bei mir schlafen, und morgen früh fahren wir zusammen nach Baden-Baden!«

»Nein, Evelyn, nein, das geht nicht ...«

»Und warum, wenn ich fragen darf?«

»Weil, weil ... ich will jetzt nicht unter Menschen, kannst du das denn nicht verstehen?«

»Nein, kann ich nicht! Du wirst sehen, wie dir eine Luftveränderung guttun wird! Sei kein Frosch, komm, fahr mit mir nach Baden-Baden.«

»Nein, Evelyn, ich kann nicht.«

»Nimm dich zusammen, Judith, ich meine es doch nur gut mit dir! Du brauchst dich gar nicht gleich scheiden zu lassen, du begleitest mich einfach nach Baden-Baden, dann hast du Zeit, dir alles in Ruhe durch den Kopf gehen zu lassen, und kannst dich immer noch entscheiden. Du hast keine Ahnung, wie alles für dich anders aussehen wird, wenn du erst einmal Abstand gewinnen kannst!«

»Und Eduard, was wird Eduard denken, wenn er ... wenn er ...?«

»Wenn er nach Hause kommt, und du fort bist, wird er gleich wissen, was die Glocke geschlagen hat. Das wird ihn zur Vernunft bringen, wenn es überhaupt etwas gibt, was ihn zur Vernunft bringen kann. Überleg' nicht mehr lange, Judith, komm mit!«

Einen Augenblick saß Judith ganz still. Dann sagte sie plötzlich entschlossen: »Nein, Evelyn, ich werde nicht mitfahren! Ich werde jetzt zu ihm ins Büro gehen!«

»Dumme Gans!«

Als Heino Kammeritz die Wohnungstür aufschloß, lief ihm sein kleiner Sohn entgegen. »Vati, Vati!«

Heino packte den Jungen mit beiden Händen, hob ihn hoch, drückte ihm einen schallenden Kuß auf jede Wange, schwenkte ihn durch die Luft und setzte ihn wieder fest auf den Boden.

»Guten Abend, Kerlchen! Wie geht's dir denn?«

»Danke gut, Vati! Was hast du mir mitgebracht?«

Heino Kammeritz runzelte die Stirn in gespieltem Erstaunen. »Mitgebracht?«

»Ja... aus der Schweiz!«

Heino schlug sich vor die Stirn. »Ach herrje, das habe ich ganz vergessen!«

»Ist nicht wahr, Vati! Du schwindelst, Vati!« rief Felix und tanzte von einem Bein auf das andere.

»So? Du willst behaupten, daß dein alter Vater ein Schwindler ist?«

»Ja!«

»Das ist ja allerhand! Na, bitte, dann schau mal selber nach!«

Heino drückte Felix seine Aktentasche in die Hand und zog sich seinen Mantel aus. Mit ungeduldigen und ungeschickten Fingern versuchte Felix die Tasche zu öffnen, aber es gelang ihm erst, als der Vater half.

»Da! Ich seh's! Vati, ist das für mich!?« Felix hatte eine große Schachtel Schokolade herausgezogen.

»Ja, mein Sohn.«

»Oh, Vati, vielen, vielen Dank!« Felix fiel dem Vater um den Hals, küßte ihn heftig und raste dann davon, um der Mutter sein Geschenk zu zeigen.

»Sieh mal, Mutti, was Vati mir mitgebracht hat! Darf ich es aufmachen? Möchtest du auch ein Stückchen?«

Evelyn stand in der Küche und stellte die gefüllten Schüsseln auf ein Tablett. »Nicht jetzt, Felix.«

»Warum denn nicht, Mutti?«

»Weil wir jetzt gleich essen!«

»Och...«

Heino Kammeritz war seinem Sohn gefolgt; er griff ihm in den blonden Schopf und schüttelte ihn. »Nicht och sagen, wenn deine Mutti etwas wünscht. Nach dem Essen kannst du die Schachtel aufmachen, und dann kriegst du ein Stück zum Nachtisch und nachher noch ein Betthupferl. Ist das was?«

Felix betrachtete mit wehmütigen Blicken die große bunte Schachtel; er konnte sich nur schwer zurückhalten, sie gleich anzubrechen. »Aber aufmachen darf ich sie doch?«

»Wenn es sein muß!«

Felix legte die Schachtel auf den Küchentisch und begann das durchsichtige glänzende Papier abzureißen.

»Guten Abend, Evelyn«, sagte Heino Kammeritz.

»Guten Abend, Heino!« Ohne ihn anzusehen, nahm sie das Tablett und trug die Speisen in das Eßzimmer hinüber.

Er folgte ihr. »Und dich interessiert es gar nicht, was ich dir mitgebracht habe?«

»Nicht besonders.«

»Schade, dann muß ich es wohl behalten.«

Evelyn hatte das Tablett abgesetzt und stellte die Schüsseln auf den gedeckten Tisch. »Sei nicht albern, Heino, schließlich bin ich kein Kind mehr.«

»Bei Gott, du hast recht!«

Sie sah ihn an. »Soll das vielleicht eine Anspielung auf mein Alter sein?«

Er lachte und wollte sie an sich ziehen. »Sei doch nicht so empfindlich, mein Elfchen, du weißt doch selber am besten, wie jung und schön du bist!«

Sie konnte ein geschmeicheltes Lächeln nicht verbergen, aber sie entzog sich trotzdem rasch seiner Umarmung. »Was ist es denn? Gib her! Meinst du, ich merke nicht, daß du das etwas hinter deinem Rücken versteckt hältst?«

Heino Kammeritz zog die linke Hand hinter dem Rücken hervor, und tatsächlich hielt er ein in Seidenpapier eingewickeltes Päckchen darin. Sie nahm es ihm ab und öffnete es. Ein sehr geschmackvolles Tuch aus reiner Seide kam zum Vorschein. Sie strich mit der Hand darüber, ohne ein Wort zu sagen.

»Gefällt es dir nicht?«

»Es ist ganz schön.«

»Aber?«

»Du weißt doch genau, wie sehr ich mir schon seit langem eine Bluse aus echter Schweizer Spitze wünsche!«

»Sollst du auch bekommen, Elfchen, zu deinem Geburtstag!«

»Im Mai?«

»Warum nicht? Der Sommer ist doch gerade die richtige Jahreszeit für eine Spitzenbluse, nicht wahr?«

Sie packte das Tuch zusammen und legte es achtlos auf das Büfett. »Es ist immer dasselbe.«

»Willst du damit behaupten, daß ich dir jedesmal ein Seidentuch mitbringe?«

»Du weißt ganz genau, was ich meine, aber es hat keinen Sinn, darüber zu reden. Felix, komm, das Essen steht auf dem Tisch!«

»Es tut mir leid, Evelyn, aber wir können uns im Augenblick keine Extraausgaben erlauben. Wenn du so kostspielige Wünsche hast, dann hättest du besser daran getan, das Geld für die Rechtsanwälte zu sparen!«

»Was wird das schon kosten!«

»Zwölf- bis dreizehnhundert Mark mindestens... rausgeworfenes Geld!«

»Das ist deine Ansicht! Es wäre nicht rausgeworfen gewesen, wenn du nicht solche Schwierigkeiten gemacht hättest!«

»Du meinst also im Ernst, ich hätte in die Scheidung einwilligen sollen?«

»Natürlich, warum nicht?«

»Weil ich keinen Grund sehe, mich scheiden zu lassen!«

»Du hast recht, ich bin dir immer eine gute Frau gewesen!«

»Aber ich habe versagt, wolltest du wohl sagen?«

»Das weißt du selber am besten!«

»Hör mal zu, Evelyn, du hast ja heute vormittag erlebt, daß das Gericht nicht deiner Meinung ist.«

»Wenn der Richter eine Frau gewesen wäre...«

»Du lieber Himmel! Willst du etwa behaupten, daß du auf diese fadenscheinigen Anklagen und Beschuldigungen hin hättest geschieden werden müssen?«

»Natürlich! Aber ein Mann kann sich ja nicht vorstellen, was für ein Martyrium...«

»Ich bitte dich, Evelyn, ich bin gekommen, um mich mit dir zu versöhnen, und du...«

»Du machst dir die Dinge mal wieder sehr bequem!«

»Darf ich nicht doch jetzt schon ein Stück Schokolade essen?« fragte Felix, der, die geöffnete Schachtel vor sich hertragend, ins Eßzimmer gekommen war.

Heino Kammeritz verlor die Nerven. »Nein, das darfst du nicht!« sagte er etwas zu laut.

»Setz dich, mein armes Kind. Vati ist wieder einmal schlechter Laune!«

»Ich bitte dich, Evelyn, wie kannst du dem Jungen so etwas sagen?«

Das Essen verlief ziemlich schweigsam.

»Ich muß schon sagen, Evelyn«, versuchte Heino es noch einmal, als er sich einigermaßen beruhigt hatte, »es schmeckt wieder einmal ausgezeichnet!«

»Ich weiß, meine Fähigkeiten als Köchin hast du immer zu schätzen gewußt.«

»Darf ich jetzt ein Stück Schokolade haben?« fragte Felix, kaum daß er seinen Teller geleert hatte.

»Ja, mein Sohn, nimm die Schachtel und geh auf dein Zimmer!«

»Muß ich schon ins Bett gehen?«

»Sei lieb, Felix, wasch dich, zieh dich aus und leg dich ins Bett!« bat Evelyn. »Ich sage dir nachher noch gute Nacht!«

»Vati auch?«

»Ja, Vati auch«, versprach Heino Kammeritz.

Felix schob ab.

Evelyn wollte aufstehen, aber Heino Kammeritz hielt sie zurück. »Bitte, Evelyn, ich glaube, wir müssen uns doch einmal gründlich aussprechen!«

»Aussprechen!? Was soll das für einen Sinn haben?«

»Siehst du denn nicht, daß es so nicht weitergehen kann?«

»Natürlich sehe ich das, deshalb habe ich ja die Scheidung eingereicht!«

»Es gäbe ja noch eine andere Möglichkeit als die Scheidung!«

»Und welche?«

»Daß wir noch einmal ehrlich versuchen, von vorn anzufangen. Ich muß dir sagen, Evelyn...«

»Jetzt nicht! Du weißt, da ich mir kein Mädchen leisten kann, bin ich gezwungen, die Küche selber in Ordnung zu bringen.«

»Gut, ich werde warten.«

Judith Weinberger hatte nicht den Mut gefunden, Eduard vom Büro abzuholen und eine Aussprache zu erzwingen.

Als sie fertig angezogen war, um das Haus zu verlassen, hatte sie sich mit einemmal so elend gefühlt, daß sie glaubte, nicht einen Schritt weit gehen zu können. Die Beine versagten ihr.

Was sollte sie Eduard sagen? Was sollte sie ihn fragen? Und wenn sie ihm die ganze Wahrheit sagte, das, was sie wußte, und wie es in ihr aussah – was konnte das helfen? Evelyn hatte recht, wahrscheinlich würde er ihr einen Haufen Lügen auftischen, und sie mußte sich damit abspeisen lassen. Diese Aussicht war schlimm genug. Weit schlimmer aber noch war die Möglichkeit, daß er ihr einfach sagte – ja, ich liebe diese Frau, ich liebe sie mehr als dich, und ich möchte nicht mehr mit dir zusammenleben. Was dann?

Mutlos und erschöpft vom vielen Weinen blieb Judith lange Zeit auf dem kleinen Sessel in der Diele sitzen, unfähig, einen klaren Gedanken zu fassen, unfähig, etwas zu tun.

Erst als die Kinder nach Hause kamen, raffte sie sich zusammen und versuchte ihr Elend zu verbergen.

Das Abendbrot verlief sehr still.

Judith konnte nur mit Mühe ihre Haltung bewahren.

»Ich bitte dich, Esther, und auch dich, Ben... ich bitte euch von ganzem Herzen, stellt keine Fragen, seid artig und seht zu, daß ihr ins Bett kommt... ich bitte euch, seid artig und seht zu, daß ihr ins Bett kommt... ich bitte euch«, sagte sie, kaum, daß die Teller geleert waren.

Esther und Benjamin zeigten sich vernünftiger, als zu erwarten war. Nach einem herzlichen Gutenachtkuß zogen sie sich zurück, und nur an den Blicken, die sie rasch miteinander wechselten, war abzulesen, daß sie wohl spürten, daß etwas im Gange war.

Als der Abendbrottisch abgeräumt, die Küche in Ordnung gebracht war und die Kinder in ihre Zimmer gegangen waren, fiel die Stille der Wohnung wie eine Zentnerlast auf Judith. Sie war es seit langem gewohnt, abends allein zu sein, aber diese Einsamkeit hatte sie nie betrübt. Sie hatte Wäsche geflickt, mit den Kindern ferngesehen, Radio gehört, manchmal auch gebügelt oder ein Buch gelesen, und sie war dabei von guten und frohen Gedanken erfüllt gewesen. Sie hatte mit Mitleid an Eduard gedacht, von dem sie glaubte, daß er noch zu dieser späten Stunde über seine Kontobücher gebeugt saß, und jedesmal hatte sie ihn voll Freude empfangen, wenn er endlich nach Hause gekommen war.

Plötzlich war alles anders geworden. Die Stille der Wohnung war mit einemmal unerträglich, und wenn sie an Eduard dachte, kamen ihr die Tränen in die Augen. Sie fühlte sich belogen und betrogen und verlassen. Ihr ganzes Leben schien ihr verfehlt und sinnlos. Wie hatte Eduard ihr das antun können? Wie konnte ein Mann zu so etwas fähig sein? Er hatte ihr Vertrauen, ihre Liebe mißbraucht, er hatte nicht nur sie, er hatte auch seine Kinder im Stich gelassen.

Judith hatte nicht die Ruhe, still dazusitzen. Alle zwei Minuten sprang sie auf, lief zum Fenster, hoffte, daß ihr Mann doch noch nach Hause käme. Sie lauschte auf jedes Geräusch im Treppenhaus, glaubte, den Schlüssel in der Tür zu hören, aber jedesmal mußte sie feststellen, daß sie sich getäuscht hatte.

»Was soll ich denn bloß tun?« fragte sie sich in monotoner Verzweiflung. »Lieber Gott, was soll ich denn bloß tun? Wie soll das alles weitergehen? Ich weiß nicht mehr aus noch ein!«

Weshalb hatte Eduard sie betrogen? Was suchte und fand er bei einer anderen Frau, das sie ihm nicht geben konnte? Sie hatte sich doch immer so sehr bemüht, ihm eine gute Frau zu sein, sie hatte ihre Ansprüche so weit heruntergeschraubt, wie es nur irgend möglich war, und trotzdem war er nicht glücklich mit ihr. Dabei liebte er sie doch!

Liebte er sie wirklich? Hatte er sie je wirklich geliebt? Sie erinnerte sich an die erste Zeit ihrer Bekanntschaft. Damals war er verliebt gewesen, oder er hatte doch verliebt getan, aber heiraten hatte er eigentlich nicht wollen. »Sei doch vernünftig, Judith«, hatte er immer wieder gesagt, »wir müssen warten. Wir können doch nicht mit nichts anfangen!«

Aber sie hatte alle Bedenken in den Wind geschlagen. »Wir lieben uns! Irgendwie wird es schon gehen!«

Es war gegangen. Die ersten drei Jahre ihrer Ehe hatten sie in einem möblierten Zimmer gewohnt, bis sie sich so viel erspart hatten, daß sie eine Wohnung kaufen und Möbel auf Raten bestellen konnten. Jahrelang war sie weiter ins Büro gegangen, sie wußte ihre Kinder bei seiner Mutter gut untergebracht. Dann waren die Schwiegereltern gestorben, die Kinder kamen ins Haus, und seit damals war alles anders geworden. Ja, damals hatte es angefangen, daß Eduard gereizt und ungerecht wurde. Die Kinder machten ihn nervös. Vielleicht war es falsch gewesen, daß er sich nicht an die Kinder von klein auf hatte gewöhnen können, daß sie, lebhaft und altklug, auf einmal da waren und Zeit und Nerven der Eltern beanspruchten?

Plötzlich hatte er die Verantwortung für die ganze Familie allein tragen müssen, nur noch sein Gehalt stand für die täglichen Ausgaben zur Verfügung, und es reichte nicht hinten und nicht vorn.

Mit Entsetzen erinnerte Judith sich noch an den ersten schrecklichen Krach, den es gegeben hatte, als Esther, schon sechs Jahre alt, mit nasser Hose nach Hause gekommen war. Judith hatte es ganz harmlos erzählt, sie konnte heute noch nicht begreifen, wieso Eduard darüber so außer sich geraten war. Von da an hatte sie sich immer bemüht, die Fehler und Unarten der Kinder vor ihm zu verbergen, es hatte sie grausame Anstrengungen gekostet, denn sie hatte keinen Menschen, mit dem sie darüber reden konnte, was sie tatsächlich bedrückte.

Ob er schon damals eine Freundin gehabt hatte? Sie hatte nie hinter ihm herspioniert, sie hatte sich nicht einmal vorstellen können, daß Eduard zu so etwas fähig wäre. Wenn sie nicht zufällig heute diesen Brief gefunden hätte, sie wüßte es auch jetzt noch nicht. Wieviel besser wäre es gewesen, wenn sie es auch nicht erfahren hätte!

Wäre es wirklich besser gewesen? Die Wahrheit war immer gut, wenn sie auch schmerzhaft war. Sie wußte jetzt, daß Eduard nicht glücklich war, und sie mußte ihre Konsequenzen daraus ziehen. Aber was für Konsequenzen? Eines war ihr ganz klar – scheiden lassen wollte sie sich nicht. Sie erinnerte sich an die Worte des Priesters, als sie ihren Bund vor dem Altar geschlossen hatten. »Die Ehe ist ein Sakrament. Sie, liebe Hochzeitsleute, haben heute einen Schutzwall aufgerichtet, gegen alle Gefahren, die eine menschliche Gemeinschaft von außen bedrohen können. Sie haben aber auch, was weit mehr ist, eine Sicherung geschaffen gegen die Wankelmütigkeit des menschlichen Herzens!«

Eduards Herz war wankelmütig, ja, das wußte sie nun. Mußte sie nicht deshalb doppelt treu, doppelt zuverlässig, doppelt beständig sein? Sie mußte versuchen, ihn zurückzugewinnen, mußte ihm klarmachen, auf welchen Platz er gehörte – zu seiner Familie, zu ihr, und nirgendwo anders hin.

Sie wußte, Vorwürfe konnte er nicht ertragen, Szenen schon gar nicht. Aber hatte es denn überhaupt einen Sinn, ihm Vorwürfe zu machen? Durch eine Auseinandersetzung konnte sie ihn sicher nicht gewinnen.

Der einzige Weg war, zu schweigen, noch freundlicher, noch herzlicher, noch liebevoller zu ihm zu sein. Vielleicht hatte Evelyn recht, wenn sie sagte, daß sie allzu bescheiden und aufopferungsvoll gewesen war. Sie mußte es irgendwie möglich machen, auch einmal etwas für sich zu tun, sich ein neues Kleid zu kaufen, neue Wäsche, einen neuen Lippenstift. Sie mußte mit allen Kräften wieder versuchen, für ihn reizvoll zu werden. Vorwürfe wollte sie ihm auf keinen Fall machen. Nein, sie war fest entschlossen, so zu tun, als ob sie nicht das geringste ahnte. Es würde ihr einen starken Vorteil geben, daß sie es tatsächlich wußte.

Als Judith diesen Entschluß gefaßt hatte, fühlte sie sich plötzlich besser. Wahrscheinlich würde Eduard erst spät in der Nacht nach Hause kommen. Er sollte alles so vorfinden wie immer.

Judith entschloß sich, zu Bett zu gehen.

Evelyn hatte sich für die Aussprache mit ihrem Mann sehr schön gemacht. Sie hatte ein erdbeerrotes, dekolletiertes Kleid angezogen, das ihre prachtvollen Schultern und den schlanken Hals voll zur Geltung brachte. Sie hatte reichlich Make-up aufgelegt, damit ihr Gesicht gegen die leuchtende Farbe ihres Kleides nicht so blaß wirkte, und sie hatte ihr dunkles Haar sorgfältig und lange gebürstet und dann effektvoll zurechtgelegt.

Als sie zu Heino Kammeritz ins Wohnzimmer trat, war sie sich ihrer Wirkung voll bewußt. Sie nahm das Aufleuchten seiner Augen geschmeichelt zur Kenntnis und entzog ihm auch ihre Hand nicht, als er sie küßte.

»Du bist wunderschön, Evelyn...« sagte er ehrlich.

Sie griff nach einer Zigarette, ließ sich Feuer geben, hauchte den Rauch mit betonter Nachlässigkeit aus.

»Du wolltest mit mir reden, Heino!«

»Ja, Evelyn, ich wollte dir nur sagen, alles, was zwischen uns steht, ist nichts weiter als ein Mißverständnis. Du mußte es mir glauben. Wenn du nur einmal versuchen wolltest, mir zu glauben und mir zu vertrauen, ich bin überzeugt, es könnte alles wieder gut werden, es könnte alles wieder so sein, wie es anfangs war!«

»Das ist lange her.«

»Aber es hat sich nichts geändert, Evelyn, nichts Wesentliches... ich liebe dich!«

Sie sah ihn an, und in dem Blick ihrer großen braunen Augen lag keine Wärme. »Ich bin bereit, weiter mit dir zusammenzuleben... wenn es das ist, was du wünschst.«

»Das genügt nicht, Evelyn, wir müssen ganz von vorn anfangen, verstehst du das denn nicht?«

»Auch dazu bin ich bereit. Nur...«

»Nur?«

»Es gibt da gewisse Bedingungen...«

»Willst du mir ernsthaft Bedingungen stellen?«

»Ja, warum nicht?«

»Weil wir ein Ehepaar sind, Evelyn, und keine... keine feindlichen Unterhändler!«

»Wir sind Vertragspartner, Heino, weiter nichts.«

»Du hast eine etwas merkwürdige Auffassung von der Ehe!«

»Nicht immer gehabt, Heino, das weißt du sehr gut! Willst du nun meine Bedingungen hören, oder willst du mich weiter schulmeistern?«

»Evelyn!«

»Was habe ich denn jetzt schon wieder gesagt?«

»Du sprichst in einem Ton mit mir...«

»Entschuldige bitte, das habe ich nicht beabsichtigt, aber du mußt zugeben, es ist nicht so ganz einfach, den richtigen Ton zu finden, wenn man mit dem Mann redet, von dem man eigentlich geschieden sein möchte.«

»Das ist doch nicht dein Ernst, Evelyn! Das ist doch nie dein Ernst gewesen, du hast einfach versuchen wollen, wie weit du es treiben kannst!«

»Glaubst du?«

»Ich weiß es! Was hättest du denn überhaupt gemacht, wenn wir tatsächlich geschieden worden wären?«

»Darüber brauchst du dir keine Gedanken zu machen, und jetzt sowieso nicht mehr!«

»Du hast recht, Evelyn, wir wollen vergessen, was hinter uns liegt, wir müssen es vergessen. Wir müssen einen neuen Anfang finden. Und deshalb verspreche ich dir, ich werden deine Bedingungen erfüllen, wenn sie im Bereich des Möglichen liegen.«

»Danke!« Sie drückte ihre Zigarette aus.

»Und wie heißen deine Bedingungen?«

»Es sind nur zwei.«

»Erstens...«

»Du mußt Gisela Mauerhofer entlassen!«

Heino Kammeritz schob seinen Sessel zurück und stand auf; er begann mit großen Schritten im Zimmer auf und ab zu gehen.

»Bist du damit einverstanden?« fragte Evelyn.

»Die zweite Bedingung?«

»Du weißt, daß ich in letzter Zeit sehr viel mitgemacht habe, Heino, meine Gesundheit ist außerordentlich angegriffen, ich war heute nachmittag beim Doktor und...«

»Er hat dir zu einem Kuraufenthalt geraten.«

»Ja!«

Heino Kammeritz ging weiter unruhig im Zimmer auf und ab, dann blieb er plötzlich vor ihr stehen. »Sieh mal, Evelyn, ich bin gern bereit, dich nächstes Frühjahr ins Bad zu schicken...«

»Jetzt!«

»Auch das würde ich gern tun, Evelyn, aber...«

»... du hast das Geld nicht?«

»Das ist es. Ich müßte Schulden machen, um dir die Reise bezahlen zu können, und das kannst du doch wirklich nicht von mir verlangen...«

»Das kann ich wirklich nicht von dir verlangen«, wiederholte sie mit gefährlich sanfter Stimme.

»Evelyn, bitte, versuch' mich doch zu verstehen, ich bin ein einfacher kaufmännischer Angestellter, wenn auch auf gehobenem Posten, ich habe mein festes Gehalt, hin und wieder Provision, aber ich bin doch kein Millionär!«

»Du meinst also, daß nur Frauen von Millionären ins Bad fahren dürfen?« fragte sie sanft.

»Nein, natürlich nicht! Auch du kannst ins Bad fahren, du hat es übrigens dieses Jahr schon einmal getan, oder erinnerst du dich nicht mehr daran?«

»In was für ein Bad? In ein Bauerndorf hast du mich verfrachtet. Es wäre besser für dich, du hättest mich nicht daran erinnert!«

»Deine Gesundheit war doch angegriffen, Evelyn, du solltest dich erholen.«

»Ich habe mich auch herrlich erholt... es hat von früh bis spät geregnet und...«

»Das war wirklich nicht meine Schuld!«

»... ich mußte in einer elenden Gaststube rumsitzen und mir die Fliegen an der Decke angucken! Eine feine Erholung!«

»Evelyn, wenn ich dir nun verspreche, ich gebe dir mein Ehrenwort, daß ich dich nächstes Frühjahr in ein elegantes Bad schicken werde, genügt dir das?« Er hielt ihr seine Hand hin.

Aber sie legte die ihre nicht hinein. »Und wie steht es mit Gisela Mauerhofer? Weshalb kannst du sie nicht entlassen?«

»Es tut mir leid, Evelyn, aber das kann ich dir nicht erklären!«

»Das glaube ich dir aufs Wort!« Evelyn stand auf, nickte ihm flüchtig zu. »Gute Nacht, Heino!«

»Evelyn, du willst mich wie einen kleinen Jungen hier stehenlassen?«

»Was hast du denn sonst erwartet?«

»Ich bin dein Mann...«

»Leider.«

Plötzlich verlor er die Beherrschung, er packte sie beim Arm und schlug ihr kräftig mit der flachen Hand ins Gesicht.

Sie schrie auf, riß sich los, drehte sich um und stürzte aus dem Zimmer.

Heino hörte, wie sie den Schlüssel in der Schlafzimmertür zweimal herumdrehte, er stand wie erstarrt.

Stunde um Stunde hatte Judith wach gelegen oder im leichten Halbschlaf gedöst. Ihre Gedanken kreisten immer nur um das eine Problem – Eduard und seine Treulosigkeit. Weder ihr Verstand und noch viel weniger ihr Herz konnten begreifen, wie der Mensch, den sie am meisten auf der Welt liebte, sie so verraten konnte.

Sie war endlich eingeschlafen, als sie durch ein lautes Geräusch in der Küche geweckt wurde. Es rumorte, es klirrte, der Eisschrank wurde zugeworfen. Einen Augenblick dachte sie an Einbrecher, dann wurde ihr klar – Eduard war nach Hause gekommen. Sie nahm den Wecker mit den Leuchtziffern vom Nachttisch und sah, wie spät es war. Fünf Uhr vorbei. Sie stellte den Wecker wieder aus der Hand, legte sich auf den Rücken und starrte in die Dunkelheit.

Das Rumoren ging noch eine ganze Weile weiter, dann öffnete sich, nicht allzu leise, die Schlafzimmertür, und Eduard kam herein. Er pfiff kaum hörbar vor sich hin.

Judith wollte nicht sprechen, aber es war ihr, als wenn sie an ihrem eigenen Schweigen ersticken müßte.

Eduard...?« fragte sie mit halber Stimme.

»Natürlich bin ich's. Wen hast du denn sonst erwartet?«

»Entschuldige bitte«, sagte sie und fühlte, wie die Tränen in ihr aufstiegen.

»Warum schläfst du nicht?«

»Ich habe schon geschlafen, ich bin nur aufgewacht, als du in der Küche...«

»Darüber möchte ich gerade mal mit dir reden! Wieso hältst du es nicht für nötig, mir ein Abendbrot zu richten, wenn ich spät in der Nacht von der Arbeit nach Hause komme?«

»Du kommst nicht von der Arbeit, Eduard.«

»So? Nicht?«

»Nein.«

»Na, denn nicht!« sagte er und begann wieder zu pfeifen, diesmal lauter.

»Wenn es dir nichts ausmacht, möchte ich dich doch bitten, nicht solchen Lärm zu machen, Eduard, die Kinder müssen morgen in die Schule.«

»Die Kinder! Ja, die lieben Kinder! Die müssen morgen zur Schule! Und ich? Muß ich morgen früh nicht zur Arbeit?«

»Natürlich mußt du das, Eduard.«

»Na also! Warum dann das Theater wegen der Kinder?«

»Die Kinder können nichts dafür, daß du nachts bummeln gehst.«

»Na, erlaube mal! Ich war nicht bummeln, ich hatte eine wichtige geschäftliche Besprechung! Soviel Verstand solltest du und sollten auch die Kinder haben, um zu begreifen, daß es bei mir manchmal später werden kann!«

»Du lügst!«

»Na schön, dann lüge ich eben! Ich wäre dir aber dankbar, wenn du mir deine Beleidigungen zu einer anderen Tageszeit an den Kopf werfen würdest!«

»Wo warst du?«

»Da du mich für eine Lügner hältst, was nutzt es dir dann, wenn ich es sage?«

Sie richtete sich auf und knipste das Licht an. »Eduard, bitte, ich muß mit dir reden!«

»Jetzt? Mitten in der Nacht?«

»Ja, ich wollte nichts darüber sagen, aber ich halte es einfach nicht aus!«

»Und ich halte es nicht aus, daß man mir mitten in der Nacht, wenn ich todmüde von der Arbeit nach Hause komme, Szenen macht, verstanden?«

»Ich will dir keine Szenen machen! Ich will dich ja nur etwas fragen, Eduard! Bitte, sag mir, warum betrügst du mich?«

»Nun ist aber Schluß!« brüllte er. »Entweder du hältst den Mund, oder ich nehme mir mein Bettzeug und ziehe mich ins Wohnzimmer zurück!«

»Eduard, du schaffst die Sache doch nicht aus der Welt, indem du schreist! Ich habe mich so bemüht, alles zu verstehen, aber...«

»Sprich dich nur aus, wenn es dir Freude macht! Sprich dich nur aus! Aber ohne mich!«

Mit ein paar heftigen Griffen riß Eduard Weinberger das Kopfkissen und die Steppdecke an sich und stolperte aus dem Schlafzimmer hinaus. Sie hörte die Wohnungstür zuknallen, hörte, wie der Schlüssel sich im Schloß drehte.

Einen Augenblick saß sie wie erstarrt.

Das konnte doch nicht wahr sein! So konnte, so durfte Eduard sich doch nicht benehmen! Nein, das war nicht Wirklichkeit, das war ein wüster Alptraum!

Unentwegt tickte der kleine Wecker. Unordentlich über den Stuhl geworfen lag Eduards Jacke, die silberglänzende Krawatte. Es war kein böser Traum, es war Wirklichkeit.

Mit einem Satz war Judith aus dem Bett und begann sich in fliegender Eile anzuziehen. Tausend Gedanken stürmten auf sie ein, aber sie vertrieb sie alle. Sie wollte nicht mehr denken, sie wollte nichts mehr wissen, sie wolle nur noch handeln. Sie riß den kleinen Koffer, den Eduard meist für seine Reisen benützte, vom Schrank und begann ihn fieberhaft zu packen.

Erst kurz vor zwölf kam Heino Kammeritz dazu, auf die Bank zu gehen, um Geld abzuheben. Einen Scheck hatte Gisela Mauerhofer abgelehnt, sie wünschte Bargeld.

Heino Kammeritz trat an den Schalter, füllte das kleine, weiße Formular aus und reichte es durch das Fenster. Dann setzte er sich auf die bequeme Lederbank und schlug die Tageszeitung auf. Aber seine Gedanken waren nicht bei der Politik. Unentwegt grübelte er über die verfahrene Situation nach, in die er geraten war. Evelyn hatte er an diesem Morgen nicht gesehen, sie war nicht aufgestanden, solange er im Hause gewesen war, und er hatte für sich und Felix das Frühstück selber richten müssen. Gisela war ganz wie immer gewesen, die beflissene Sekretärin, aber er mußte an sich halten, wenn er sie sah. Am liebsten hätte er sie erschlagen. Aber es war genug, daß er einmal die Beherrschung verloren hatte – gestern abend.

Würde Evelyn ihm je verzeihen? Sie würde es tun, das wußte er sicher, aber es würde ihn einiges kosten. Achttausend Mark hatte er auf der Bank, und er kam einen Augenblick lang in Versuchung, das ganze Geld abzuheben, um für Evelyn für die fünftausend Mark ein Schmuckstück zu kaufen. Schmuck hatte noch nie seine besänftigende Wirkung auf sie verfehlt. Aber es ging nicht. Er konnte sich nicht so aller Rücklagen entblößen. Er bekam nichts weiter als sein Gehalt und seine Verkaufsprovisionen, und Miete, Haushalt und Evelyns Wünsche kosteten genug Geld.

Heino Kammeritz war in seine Gedanken und Sorgen versunken, er merkte nicht, daß er heute länger warten mußte als sonst. Erstaunt sah er auf, als Dr. Helmbrecht, einer der Prokuristen des Bankhauses, ihn ansprach.

»Herr Direktor...«

»Ja?«

»Darf ich Sie einen Augenblick zu mir bitten?«

Heino Kammeritz legte seine Zeitung zusammen. »Aber gern! Was gibt es?« Er folgte Dr. Helmbrecht in das kleine Sprechzimmer.

Der Prokurist schloß die Tür. »Darf ich Sie erst einmal begrüßen, Herr Direktor!« sagte er herzlich und schüttelte Heino Kammeritz die Hand. »Sie sehen glänzend aus!«

Heino Kammeritz lächelte gequält. »Na ja, es geht an, langsam fühlt man seine Jahre!«

»Aber Sie doch nicht, Herr Direktor!«

»O doch. Sie wissen ja, wie das ist, viel zuviel Arbeit und viel zuwenig Erholung!«

»Wem sagen Sie das? Privatleben wird für uns klein geschrieben. Meine Frau ist sehr unzufrieden mit mir...«

»Ich glaube langsam, alle Ehefrauen sind unzufrieden mit ihren Männern!«

»Kann schon sein. Entweder arbeiten wir zuviel, oder wir verdienen zuwenig Geld!«

»Oder beides!«

Die beiden Herren lachten. Sie hatten sich in die schweren Ledersessel gesetzt, und Dr. Helmbrecht bot Zigaretten an.

»Darf ich fragen, weshalb Sie mich...?« fragte Heino Kammeritz.

»Eine kleine Formalität, nichts weiter. Natürlich bekommen Sie die dreitausend Mark von uns, gar keine Frage, ein so guter alter Kunde wie Sie, es sind da nur einige kleine Formalitäten zu erledigen!«

»Formalitäten?«

»Natürlich, vor allem wegen der Zinsen, wir müssen natürlich für dieses Geld Debet-Zinsen erheben...«

»Ganz ehrlich, Herr Doktor, ich habe keine Ahnung, wovon Sie reden!«

»Ich verstehe... ich verstehe, Sie haben übersehen, daß Ihr Konto... nun, nicht gerade aufgelöst, aber doch immerhin...«

»Sie wollen mir sagen, daß ich kein Geld auf meinem Konto habe!?«

Dr. Helmbrecht schlug ein Aktenstück auf. »Jawohl, Herr Direktor... tut mir sehr leid, aber auf Ihrem Konto steht augenblicklich nur ein Mindestbetrag von fünf Mark.«

»Das ist doch nicht möglich!«

»Es tut mir leid, Herr Direktor, aber ich kann mir nicht vorstellen, daß meine Leute sich geirrt haben!«

»Aber sie müssen sich geirrt haben! Ich bin ganz sicher, daß noch achttausend Mark darauf sind!«

»Wann haben Sie den letzten Bankauszug bekommen?«

»Ich weiß nicht mehr genau, vor etwa acht Tagen. Aber ich bin seitdem nicht mehr hier gewesen.«

»Einen Augenblick, Herr Direktor, das werden wir gleich haben!« Dr. Helmbrecht nahm den Hörer des Haustelefons ab und wählte eine Nummer. »Hier ist Dr. Helmbrecht... Herr Schlüter, Sie sind es selber? Das ist gut... Sie haben doch eben festgestellt, daß das Konto von Direktor Kammeritz nicht mehr gedeckt ist... aber Herr Direktor Kammeritz ist fest überzeugt, daß noch achttausend Mark darauf sein müssen. Er hat den letzten Auszug vor etwa acht Tagen bekommen und seitdem nichts mehr abgehoben.«

Dr. Helmbrecht lauschte einen Augenblick. »Heute morgen? Ach so! Ich danke Ihnen, Herr Schlüter, ja, ich verstehe schon.«

Dr. Helmbrecht legte den Hörer in die Gabel und sah Heino Kammeritz an; einen Augenblick suchte er nach Worten. »Wahrscheinlich hat Ihre Gattin vergessen, Ihnen mitzuteilen...«

»Was?«

»... daß sie das Geld benötigte. Sie ist heute morgen kurz nach Öffnung des Schalters persönlich hier gewesen und hat achttausend Mark abgehoben!«

In dem hellen, langgestreckten und sehr modern gehaltenen Arbeitsraum, in dem Sybill Herder als Chefin der Werbeabteilung der Winter-Werke residierte, schrillte das Haustelefon. Sybill Herder, die zusammen mit einem jungen Grafiker aus gebührender Entfernung den Rohentwurf eines Plakates betrachtet hatte, nahm den Hörer ab.

»Hallo...« sagte sie.

Die Stimme am anderen Ende der Leitung wirkte so aufgeregt, daß sie kein Wort verstehen konnte.

»Langsam, langsam, Fräulein Liselotte! Wie oft soll ich Ihnen das noch sagen, ich verstehe kein Wort!«

»Ich wollte Ihnen nur berichten«, sagte Liselotte Lehmann, ihre Vorzimmerdame, jetzt mit betonter Langsamkeit, »daß ich versucht habe, eine Verbindung zu Herrn Direktor Kammeritz von der Plastik AG herzustellen...«

»Ja... und?«

»Herr Direktor Kammeritz ist im Augenblick nicht im Hause, aber sein Stellvertreter...«

»Ich möchte Direktor Kammeritz persönlich sprechen.«

»Er wird am Nachmittag zurückerwartet, soll ich gleich einen Termin ausmachen?«

»Tun Sie das, und geben Sie mir nachher Bescheid!«

»Danke.«

Sybill Herder legte den Hörer auf und ging zu ihrem alten Standort zurück.

»Ich kann mir nicht helfen«, sagte sie, »ich finde nicht, daß das Plakat hundertprozentig gelungen ist!«

»Schade!« sagte Günther Heiliger, der junge Grafiker, der es entworfen hatte.

»Wieso schade? Schade wäre es höchstens, wenn wir es so, wie es jetzt ist, vervielfältigen würden!«

»Sie sind eine schreckliche Frau!«

»Danke. Ist es sehr neugierig, wenn ich frage... wieso?«

»Müssen Sie immer so streng und geschäftsmäßig mit mir reden?«

»Dafür werde ich bezahlt!«

»Aber Sie könnten doch auch mal ausnahmsweise etwas tun, für das Sie nicht bezahlt werden!«

»Nicht im Geschäft...«

»Eben! Das sagte ich ja vorhin. Warum wollen Sie sich nicht einmal mit mir privat unterhalten?«

»Wozu?«

»Vielleicht würden Sie eine bessere Meinung von mir bekommen, wenn Sie mich näher kennenlernten!«

»Lieber junger Mann, ich habe die beste Meinung von Ihnen, die Sie sich nur wünschen können. Ich halte Sie für außerordentlich begabt, wenn auch leider etwas schludrig in Ihrer Arbeitsweise!«

»Mein Gott! Ich meine doch... privat!«

»Ich möchte Sie nicht kränken, aber, ganz ehrlich, privat interessieren Sie mich überhaupt nicht.«

»Also stimmt es doch!«

Sie wollte wieder auf das Plakat zu sprechen kommen, aber dann siegte doch ihre Neugier. »Was?« fragte sie.

»Daß Sie mit Plakaten ins Bett gehen und mit Kalkulationen aufstehen, Chefin!«

»Wer sagt das?«

»Jeder im Werk!«

»Wenn's den Leuten Spaß macht, ich kann es nicht ändern.«

»Doch können Sie das! Wenn Sie wollten, könnten Sie bestimmt den einen oder anderen menschlichen Zug entwickeln!«

»Sie meinen, ich könnte flirten?«

»Ja. Das könnten Sie ganz bestimmt!«

»Aber mir liegt nichts daran. Wenn Sie, wie ich, glücklich geschieden wären, würden Sie meinen Standpunkt verstehen.«

»Geschieden! Was besagt das schon!«

»Daß ich meine privaten Erfahrungen hinter mir habe.«

»Aber Sie haben doch noch mehr als die Hälfte des Lebens vor sich!«

»Sehr richtig, und die möchte ich gern auf andere Weise verbringen.«

Günther Heiliger seufzte tief. »Wenn ich Ihnen nur klarmachen könnte, wie ungeheuer verkaufspsychologisch wichtig es wäre, wenn wir uns ein einziges Mal außerhalb der Dienstzeit treffen würden.«

»Versuchen Sie lieber, Ihre Eitelkeit oder, wenn es Ihnen besser gefällt, Ihren männlichen Ehrgeiz innerhalb der Arbeitszeit zu betätigen, junger Mann! Was Sie in Ihrer Freizeit machen, ist mir völlig gleichgültig.«

»Ich weiß, ich weiß, und ich fürchte, ich muß mich damit abfinden... womit ich mich aber nie und nimmer abfinden werde, ist, daß Sie ständig junger Mann zu mir sagen.«

»Sie sind doch ein junger Mann... oder?«

»Wie würde es Ihnen gefallen, Chefin, wenn ich zu Ihnen schöne Frau sagen würde?«

»Da besteht doch wohl ein sehr wesentlicher Unterschied.«

»Kann ich durchaus nicht finden. Sie sind eine schöne Frau, also dürfte ich Sie doch mit Fug und Recht so anreden.«

»Sie müssen noch sehr viel lernen, lieber junger Freund. Ja, widersprechen Sie nicht, Sie haben noch nicht den Unterschied zwischen einem subjektiven und objektiven Begriff verstanden...«

»Subjektiv? Sie wollen mir einreden, daß Schönheit ein subjektiver Begriff ist? Nein, Chefin, so wahr dieses Plakat nicht hundertprozentig gelungen ist, sind Sie eine schöne Frau! Schauen Sie doch nur in den Spiegel, dann werden Sie mir recht geben!«

»Sie können sich freuen, junger Mann, daß ich heute so besonders gut gelaunt bin...«

»Ich freue mich ja auch!«

»Schön, dann packen Sie mal Ihr Plakat zusammen und machen Sie es jetzt so, daß ich auch einen Grund habe, mich zu freuen, verstanden?«

Günther Heiliger rollte das Plakat zusammen und legte die eine Hand an die Hosennaht, die andere grüßend an die Stirn und sagte: »Ich werde mich selber übertreffen!«

Wider Willen mußte sich lächeln. »Das möchte ich mal erleben!«

»Sie werden es!« Er salutierte noch einmal, dann drehte er sich um und ging zur Tür. Plötzlich blieb er stehen und sagte über die Schulter hinweg: »Aber glauben Sie mir eines, Spaß beiseite... Sie sind wirklich viel zu schön, um ungeliebt zu sein!«

Dann fiel die Tür hinter ihm ins Schloß.

Sybill Herder ging zu ihrem Schreibtisch, ließ sich in den Sessel fallen und zündete sich eine Zigarette an. Sie lächelte, dann wurde sie plötzlich ernst.

Woher konnte dieser Jüngling wissen, daß sie ungeliebt war? Denn sie war ungeliebt, und in keiner Sekunde ihres Lebens täuschte sie sich darüber hinweg.

Freunde, Abenteuer – selten genug in ihrem bis an den Rand ausgefüllten Leben mit Arbeit und Ehrgeiz – brachten keine Liebe.

Woran lag es nur? An Mangel an Gelegenheit, Mangel an Männern? Oder fehlte es ihr selber vielleicht an der Fähigkeit zu lieben? Sybill Herder konnte der Versuchung nicht widerstehen, ihren Taschenspiegel zu zücken. Sie sah in ein kluges, etwas herbes Gesicht, dem die rostroten Locken schmeichelnde Weiblichkeit verliehen.

Viel zu schön, um ungeliebt zu sein, dachte sie, das ist doch wohl leicht übertrieben!

»Evelyn!« brüllte Heino Kammeritz, kaum, daß er die Wohnungstür aufgeschlossen hatte.

Aber es kam keine Antwort; niemand war zu Hause.

Heino Kammeritz ging durch alle Räume, aber er fand weder Evelyn noch Felix.

Auf dem Küchentisch lag ein Brief. *Herrn Heino Kammeritz*, stand auf dem Umschlag in der geschwungenen, etwas gekünstelten, aber doch eleganten Handschrift, die er so gut kannte.

Er nahm den Brief an sich, riß den Umschlag auf.

»Lieber Heino«, las er, »Du wirst sicher nicht erwartet haben, daß ich Prügel mit genau demselben Gleichmut über mich ergehen lasse wie Deine üblichen Beschimpfungen. Ich bin dem Rat meines Arztes gefolgt und ins Bad gefahren. Felix ist bei der Mutter. Du wirst Dich selber versorgen oder auswärts essen müssen. Wenn es Dir nicht paßt, kannst Du ja auch ins Hotel ziehen. Mit lieben Grüßen, Evelyn.«

Heino Kammeritz preßte den Brief so fest zwischen die Fäuste, daß seine Knöchel weiß wurden. Einen Augenblick wußte er nichts mehr von sich selber, nichts mehr von dem, was ihm geschehen war. Ein lodernder Zorn erfüllte ihn. Dann atmete er tief durch, versuchte sich zu beruhigen.

Er öffnete den Eisschrank, warf ihn aber gleich wieder zu. Der Appetit war ihm vergangen.

Er überlegte einen Augenblick, dann ging er in sein Zimmer, nahm eine Flasche Cognac aus der Hausbar, goß sich ein Glas ein und leerte es mit einem Zug. Er warf sich in seinen Sessel, streckte die Beine weit von sich und steckte sich eine Zigarette an. Einen Augenblick dachte er daran, sich einen Aschenbecher zu holen. Dann aber ließ er es doch. Wozu? Es war gänzlich sinnlos. Er stäubte die Asche auf den Teppich ab.

Zum erstenmal seit vielen Jahren sah er sein Heim so, wie es war – eine dekorative kalte Pracht. Sein Zimmer war im Renaissance-Stil eingerichtet, einer nachgeahmten Renaissance, die keine Wärme ausstrahlte. Und so war es in der ganzen Wohnung. Evelyn schwärmte für Stilmöbel, und da Antiquitäten bei weitem seine Möglichkeiten überschritten, begnügte sie sich mit Nachahmungen. Sie hatte Geschmack, Kissen, Vorhänge, Decken und Vasen waren sorgfältig gewählt und dennoch – dies war kein Heim, sondern ein Ausstellungsraum.

Vielleicht lag es aber auch gar nicht an den Möbeln, vielleicht lag es nur an den Menschen, die in ihnen lebten. Evelyn war eine kalte Frau. War sie das wirklich? Nein, plötzlich wußte er ganz genau, daß er nur versuchte, sich etwas vorzumachen. Evelyn war so sinnlich und temperamentvoll, wie man es sich nur wünschen konnte. Sie war es gewesen, viele Jahre, bis – ja, bis wann eigentlich? Wann hatte sie aufgehört, ihn zu lieben? Wann hatte sie angefangen, ihn zu schikanieren, ihn mit ihrer Eifersucht zu quälen?

Als es ihnen noch schlecht ging, war sie eine großartige Frau gewesen. Sie hatte gespart und geschuftet und alles dafür getan, es ihm gemütlich zu machen, nur für ihn war sie auf der Welt gewesen. Aber dann, als sich die Verhältnisse gebessert hatten, als er sich in eine gehobene Position hochgearbeitet hatte, als sie sich die schöne Wohnung eingerichtet hatten, da war es plötzlich anders geworden.

Oder sah er die Zusammenhänge falsch? Hing Evelyns verändertes Wesen nicht viel eher mit der Geburt ihres Sohnes zusammen? Ja, plötzlich sah er ganz klar. Seit Felix auf die Welt gekommen war, war alles ganz anders geworden. Es war eine schwere Geburt für Evelyn gewesen, und nachher hatte sie lange Zeit gekränkelt. Sie hatte sich äußerlich rasch erholt, aber sie war noch immer zum Arzt gegangen, und sie hatte sich geweigert, ihm Geliebte zu sein. Er hatte ihr geglaubt, daß sie noch nicht gesund genug war, er wußte, daß es solche Fälle gab, und er hatte sich damit abgefunden. Er hatte sie nie gedrängt, sondern er hatte sie in Ruhe gelassen. Er war sehr glücklich gewesen, daß er jetzt einen Sohn hatte. Ja, und damals hatte sie angefangen, eifersüchtig zu werden.

»Ich weiß, daß es dir nichts ausmacht«, hatte sie gesagt, »du wirst dich sicher anderweitig entschädigen.«

Er hatte dazu gelacht, sich nichts weiter dabei gedacht. Aber es war schlimmer und schlimmer geworden. Ihre Eifersucht war geradezu krankhaft geworden. Sie verdächtigte ihn mit jeder Frau, mit der er in Berührung kam, am meisten natürlich mit seinen Sekretärinnen. Damals war es noch nicht Gisela Mauerhofer gewesen, sondern Lucie Schmidt, die nette kleine Blonde. Er hatte nie etwas mit ihr gehabt, und trotzdem hatte er Evelyn nachgegeben und sie entlassen. Dann war die rothaarige Renate gekommen, sie war nur ein halbes Jahr geblieben, denn Evelyn hatte damit gedroht, aus dem Fenster zu springen, wenn er sie nicht hinauswarf.

Und schließlich war Gisela Mauerhofer seine Sekretärin geworden, und auf sie hatte sich lange Zeit kein Verdacht gerichtet. Er hatte aufgeatmet.

Er hätte sich prügeln können, daß er sie damals auf dem Betriebsfest geküßt hatte. Aber er hatte sich gar nichts dabei gedacht, es war ein Spaß gewesen, nichts weiter. Wie Evelyn es erfahren hatte, wußte er bis heute noch nicht. Vielleicht war es sogar Gisela selber gewesen, die dafür gesorgt hatte, daß die Geschichte zu Evelyn kam. Kurz und gut, sie hatte es erfahren, und von dem Tag an war die Hölle los gewesen.

Er hatte ihr einen Smaragdring gekauft, um sie zu versöhnen, ein wundervolles Stück. Er hatte sich bemüht, den Abend – es war ihr Geburtstag gewesen – so festlich wie nur möglich zu gestalten, er hatte sie ausgeführt und wie eine große Dame behandelt. Sie schien glücklich zu sein. Aber dann, später, als er sie zärtlich in seine Arme nehmen wollte, hatte sie ihn mit heftiger Abwehr zurückgestoßen.

»Geh doch zu deiner Gisela!« hatte sie geschrien. »Wenn du das willst... geh zu deiner Gisela!«

Sie war aus dem Bett gesprungen, und als er sie, jetzt auch aufgebracht, mit Gewalt an sich reißen wollte, hatte sie ihm ins Gesicht geschlagen und war, so wie sie war, im Nachthemd aus der Wohnung gelaufen. Er hatte ihren Schritten gelauscht, wie sie die Treppe hinunterlief, aber die Haustür war nicht geöffnet worden. Da wußte er, daß sie zu ihrer Mutter gegangen war, die im Erdgeschoß wohnte.

Natürlich war das Ganze immer noch kein Grund gewesen, sich so vollaufen zu lassen, wie er es getan hatte. Noch viel weniger war es zu rechtfertigen, daß er in dieser Nacht tatsächlich zu Gisela Mauerhofer gefahren war. Er konnte heute noch nicht begreifen, wieso es dazu gekommen war. Er war gänzlich von Sinnen gewesen.

Erst drei Tage später war er nach Hause gekommen, und seltsamerweise hatte er Evelyn sanftmütig und versöhnlich vorgefunden.

Was war in ihr vorgegangen? Was ging überhaupt in einer Frau vor?

Heino wußte es nicht. Er mußte zugeben, daß er es nie gewußt hatte. Er war sehr froh, daß sein Kind ein Mann werden würde.

Baden-Baden lag im goldenen Herbstsonnenschein, der die riesigen Spiegelglasflächen der Cafés und Restaurants aufschimmern ließ und die alten Hotelpaläste vergoldete. Obwohl ein leichter Wind von den Höhen kam, saßen viele Kurgäste im Freien unter den bunt gestreiften Markisen und tranken ihren Traubensaft.

Evelyn schaute unentwegt aus dem Fenster, während das Taxi sie zum Hotel brachte. Sie fühlte sich großartig, glücklich und befreit. Nur mit halbem Ohr lauscht sie Judiths trauriger Stimme, deren Worte überhaupt nicht bis in ihr Bewußtsein drangen.

Das Taxi hielt vor dem überdachten Portal des Palast-Hotels.

»Wieviel macht es?« fragte Evelyn.

»Fünf achtzig!«

Evelyn gab dem Fahrer sechs Mark, er sprang auf und öffnete den Wagenschlag. Sie stieg aus, nickte dem grüßenden Fahrer gnädig zu und schritt wie eine Königin die Stufen hinauf und in die Halle des Hotels hinein. Judith folgte ihr beklommenen Herzens.

Mit einem Blick aus den Augenwinkeln stellte Evelyn fest, daß alles genauso war, wie sie es sich vorgestellt hatte. In der Halle pulsierte elegantes Leben. Gäste kamen und gingen, manche saßen in den tiefen Ledersesseln, rauchten, lasen Zeitung, tranken ein Glas Traubensaft oder eine Tasse Kaffee. Man plauderte, man grüßte sich. Pagen flitzten hin und her.

Evelyn fühlte, daß viele neugierige, gelangweilte und auch unbeteiligte Blicke ihr folgten, und dieses Kreuzfeuer erhöhte ihr Selbstbewußtsein. Sie wußte, daß sie in ihrem stahlblauen Schneiderkostüm blendend aussah.

Auch Judith fühlte diese Blicke. Sie war weder ungewandt noch eigentlich schüchtern, aber dennoch bereiteten sie ihr jetzt ein entsetzliches Unbehagen. Sie hätte nicht sagen können, woher es kam, aber sie fühlte sich wie eine Hochstaplerin.

Evelyn war beim Empfang angelangt. »Wir hätten gern zwei Einzelzimmer mit Bad!« sagte sie zu dem dunkel gekleideten Herrn hinter dem Tisch.

»Einzelzimmer sind leider keine frei, gnädige Frau!« sagte der Empfangschef rasch und wandte sich einem Gast zu. »Guten Tag, Herr Professor, es ist ein Brief für Sie gekommen!«

Er schob dem spitzbärtigen, grauhaarigen alten Herrn einen Brief über den Tisch zu.

»Danke, Herr Schulze!«

»Auf Wiedersehen, Herr Professor!«

»Dann geben Sie uns bitte zwei Doppelzimmer und rechnen Sie sie als Einzelzimmer«, forderte Evelyn.

»Jetzt in der Saison? Ausgeschlossen, gnädige Frau!« Herr Schulze wandte sich wieder ab und nahm von einem jungen Ehepaar den Schlüssel entgegen.

Der Hausdiener hatte die Koffer gebracht und stellte sie neben Evelyn und Judith auf den leeren Teppich.

»Dann geben Sie uns in Gottes Namen ein Doppelzimmer mit Bad!« Evelyns Stimme klang gereizt.

»Leider, gnädige Frau, im Augenblick nur Doppelzimmer ohne Bad frei«, erklärte Herr Schulze unbewegt.

Judith zupfte Evelyn am Ärmel. »Du... wollen wir nicht woanders hingehen?« flüsterte sie. »Hier ist es so...«

»Sei still!« zischte Evelyn zurück. »Du blamierst mich ja!«

Herr Schulze schien bereits jedes Interesse an den beiden Damen verloren zu haben, er begrüßte einen gutaussehenden dunkelhaarigen Herrn im Trenchcoat. »Guten Tag, Herr Doktor! Wieder einmal im Lande?«

»Geschäftlich, wie immer. Haben Sie etwas Passendes für mich?«

»Sie haben Glück, Herr Doktor, ein Einzelzimmer mit Bad, sehr ruhig, nach hinten hinaus!«

»Prachtvoll, Herr Schulze! Auf Sie ist doch immer Verlaß!«

Evelyn hatte das Gespräch mit angehört. »Für diesen Herrn haben Sie also ein Einzelzimmer frei!« sagte sie empört.

Der Gast und Herr Schulze wechselten einen raschen Blick.

»Herr Doktor Fohringer hat seine Ankunft telegrafisch angekündigt, gnädige Frau«, erklärte Herr Schulze.

»Wenn ich Ihnen irgendwie dienen kann, gnädige Frau«, sagte Dr. Fohringer mit einer leichten Verbeugung.

»Nein, danke... so war es nicht gemeint... natürlich kann ich mit meiner Freundin auch ein Doppelzimmer nehmen... nur...«

»Sie haben sich geärgert, weil Sie sich zurückgesetzt fühlten...«

»Ja! Denn ich finde, ich habe dasselbe Recht wie jeder andere Gast.«

»Aber selbstverständlich, gnädige Frau!« versicherte Herr Schulze. »Jeder Gast wird bei uns in gleicher Weise bedient, und wir geben uns alle Mühe, daß jeder Gast sich bei uns wohl fühlt. Darf ich Ihnen das Zimmer 217 zeigen lassen?«

»Bitte...«

Herr Schulze gab dem Hausdiener einen Schlüssel und verbeugte sich noch einmal zu Evelyn und Judith hin. »Ich hoffe sehr, daß den Damen das Zimmer gefällt!«

»Das hoffe ich auch!« sagte Evelyn.

Dr. Fohringer lehnte am Empfangstisch und fixierte sie lächelnd.

Sie erwiderte seinen Blick kokett.

»Wollen Sie sich jetzt das Zimmer ansehen, gnädige Frau?« mahnte Herr Schulze.

»Ich... ich möchte mich erst noch einschreiben«, sagte Evelyn, auf die der schlanke, selbstsichere Doktor Fohringer großen Eindruck gemacht hatte.

»Bitte...« Herr Schulze schob ihr den Block mit rosa Formularen zu.

Mit ihrer eleganten, etwas gekünstelten Handschrift füllte sie das oberste Blatt aus. Bei der Spalte *Familienstand* zögerte sie einen Augenblick, dann unterstrich sie kräftig das kleine Wort *geschieden*. Sie reichte den Block an Judith weiter, die sich Mühe gab, ihn so rasch wie möglich auszufüllen.

Herr Schulze hatte in dieser Zeit wieder mehrere Gäste abgefertigt.

»Komm doch, Evelyn«, drängte Judith.

»Ich komme ja schon! Warum hast du es denn so eilig?«

»Siehst du denn nicht...« Judith machte eine Kopfbewegung zu dem wartenden Hausdiener.

»Ach der, der kann doch warten, das ist schließlich sein Beruf.«

Aber dennoch entschloß sich Evelyn, nach einem sehr damenhaften Kopfnicken zu Dr. Fohringer hin, der es mit einer formvollendeten Verbeugung quittierte, dem Hausdiener zum Lift zu folgen.

»Dem habe ich es aber mal gegeben, diesem eingebildeten Laffen!« erklärte sie selbstzufrieden.

»Aber der Doktor war doch sehr nett!«

»Pah, den meine ich ja nicht. Ich meine doch diesen Schulze. Der wird noch lernen müssen, mich wie eine Dame zu behandeln.«

Judith schwieg.

Sie unterdrückte auch eine Bemerkung, als die beobachtete, wie Evelyn vom Lift her Dr. Fohringer noch einen heißen Blick zuwarf. Schließlich durfte sie sich keine Kritik erlauben, denn sie war Evelyns Gast. Aber schon jetzt bereute sie, daß sie überhaupt mitgekommen war.

Kaum waren die beiden Damen im Lift verschwunden, zog Dr. Fohringer den Formularblock zu sich heran. »Aha... geschieden!« sagte er.

»Hab' ich mir gleich gedacht!« bemerkte Herr Schulze ungnädig.

»Haben Sie etwas gegen geschiedene Frauen?«

»Gegen alleinstehende Frauen dieser Art! Die können den Ruf eines solchen Hotels ruinieren.«

»Na, na, Herr Schulze! Man nicht so streng! Bezahlen müssen sie schließlich auch mit barem Geld.«

»Ich will ja nichts gesagt haben.«

»Seien Sie gnädig, alter Freund, geschiedene Frauen sind auch Menschen, und schließlich waren Sie ja nicht mit ihr verheiratet.«

»Gott sei Dank!«

Herr Schulze verbeugte sich beflissen und wünschte einer alten Dame einen angenehmen und guten Tag.

»Jetzt hätten Sie es überstanden.«

»Überstanden? Und das hier?« Herr Schulze machte mit dem Daumen und Zeigefinger die Bewegung des Geldzählens.

»Da haben Sie sicher recht, aber trotzdem, mir gefällt die Dunkle, die hat Rasse.«

»Wenn Sie es sagen...« Herr Schulze gab einem jungen Mann den Zimmerschlüssel Nummer 410. »...daß Sie einen Blick für so etwas haben, Herr Doktor, das steht außer Zweifel.«

»Ist mir nicht angeboren worden, Herr Schulze, ganz im Gegenteil, ich habe teures Lehrgeld zahlen müssen, bis ich so weit war.«

»Ich hoffe, es reut Sie nicht!«

»Zur Reue ist dieses Leben viel zu kurz, Herr Schulze, das sollten Sie sich merken.«

Gisela Mauerhofer hatte eine Schürze umgebunden. Sie stand in der großen, altmodischen Küche, die zur Wohnung ihrer Wirtin gehörte, und bereitete, während die Schnitzel in der Pfanne brutzelten, einen Salat.

»Wenn ich mir das so ansehe...« sagte Frau Legler, ihre Wirtin, spöttisch; sie war damit beschäftigt, Geschirr abzuspülen.

»Was wollen Sie damit sagen?«

»Daß Sie sich soviel Mühe um diesen Kerl geben!«

»Herbert ist kein Kerl, er ist mein Bräutigam!«

»Sind Sie sicher, daß er Sie heiraten wird?«

»Natürlich.«

»Na, dann viel Glück!« Klirrend räumte Frau Legler das Geschirr in den Küchenschrank.

»Danke!«

»Jedenfalls, das eine kann ich Ihnen sagte, wenn ich so hinter den Männern herliefe, dann wäre ich längst nicht mehr allein.«

»Tun Sie es doch, Frau Legler. Oder sind Sie so zufrieden mit Ihrem Zustand?«

»Sie werden lachen, ja. Entweder einen richtigen Mann oder gar keinen, das war immer mein Standpunkt. Männer wie Ihren Herbert könnte ich zehn an jedem Finger haben, wenn ich nur wollte.«

»Ah, glauben Sie wirklich? Das möchte ich aber noch bezweifeln!«

Frau Legler zuckte die Achseln und machte Anstalten, die Küche zu verlassen.

Gisela Mauerhofer war aber nicht bereit, die Kränkung auf sich sitzen zu lassen. »Sie! Wo Sie noch nicht einmal Ihren eigenen Mann haben halten können!« sagte sie spöttisch.

»Sie reden, wie Sie es verstehen!« Mit einem Knall schloß Frau Legler die Tür des Küchenschrankes, welche die Neigung hatte, sich von selber zu öffnen.

»Na, stimmt es etwa nicht, daß er sich von Ihnen hat scheiden lassen?«

»Im Gegenteil! Ich bin es gewesen, die die Scheidung eingereicht hat.«

»Und wo ist da der Unterschied?«

»Wenn ich Ihnen das erst erklären muß!«

»Brauchen Sie gar nicht, ich weiß schon, was Sie sagen wollen. Aber warum haben Sie sich scheiden lassen? Weil Sie deutlich gemerkt haben, daß er Sie satt hatte. Stimmt's oder stimmt's nicht?«

»Mein liebes Kind! Wenn es so wäre, wie Sie sagen, warum würde er denn jetzt noch jeden Mittag zum Essen zu mir kommen?«

»Wahrscheinlich schmeckt ihm das, was Sie kochen.«

»Und warum würde er mich jeden Tag dreimal anrufen und mir Blumen mitbringen?«

»Um Sie bei guter Laune zu halten!«

»Das ist Ihre Ansicht. Ich aber sage Ihnen, es tut ihm jetzt schon leid, daß unsere Ehe geschieden worden ist.«

»Und Ihnen etwa nicht?«

»Mir? Daß ich nicht lache!«

»Soviel ich bemerkt habe, bemühen Sie sich doch heftig, wieder zu heiraten...«

»Wenn Sie das glauben, dann haben Sie falsch gemerkt!«

»Ach was! Das ist ja das Neueste! Ihr Ideal ist es also, Ihr Leben als Zimmervermieterin zu beschließen?«

»Nein, natürlich nicht. Aber ich bin nicht bereit, wie andere Frauen, jeden x-beliebigen Kerl zu nehmen, sondern jetzt möchte ich einen Mann haben, der mir in jeder Beziehung zusagt.«

»Und das hat Ihr Josef nicht getan?«

»Sonst hätte ich mich ja nicht scheiden lassen!«

An der Wohnungstür wurde dreimal hintereinander kräftig geklingelt.

»Du lieber Himmel!« Gisela Mauerhofer schrie auf. »Da ist er ja schon!«

»Warum regen Sie sich auf? Bis er die vier Treppen hoch ist...«

»Bitte, bitte, Frau Legler, drücken Sie auf den Öffner und führen Sie ihn dann schon in mein Zimmer, ich bin gleich so weit.«

»Dazu bin ich nun wieder gut genug!«

»Ich habe Sie ja nicht beleidigen wollen, Frau Legler... ich habe mich nur geärgert, weil Sie...«

»Ich weiß schon... weil Sie die Wahrheit nicht vertragen können. Aber das nehme ich Ihnen nicht übel, Kind, das können die wenigsten Menschen.« Damit rauschte Frau Legler aus der Küche wie eine seetüchtige Fregatte.

Herbert Bierbaum brauchte keine zwei Minuten in Giselas Zimmer zu warten, dann wurde das Essen schon aufgetragen, den Tisch hatte sie vorsorglich vorher gedeckt. Wie immer schmeckte es ihm ausgezeichnet, und Gisela war glücklich, ihn bemuttern zu dürfen. Sie selber aß wenig, ihre Augen hingen unentwegt an ihm. Er war, wie sie wieder einmal mit Genugtuung feststellte, kein schöner Mann und gewiß kein Casanova. Das, so glaubte sie, war die beste Gewähr für seine Treue, für eine glückliche Zukunft. Sein blondes Haar begann bereits an den Schläfen und auf dem Hinterkopf schütter zu werden und verstärkte noch den farblosen Eindruck, den sein Gesicht, ja, seine ganze Erscheinung, machte. Das einzig Prägnante an ihm war seine goldumrandete Brille, hinter der sich wasserblaue Augen verbargen.

»Ich liebe dich!« sagte Gisela Mauerhofer impulsiv aus ihren Gedanken heraus.

»Ich dich auch, Pussi!« Noch mit vollem Mund kauend legte er seine breite Hand auf die ihre.

»Was wünschst du dir zum Nachtisch?«

»Nichts, Pussi, ich bin restlos zufrieden...«

»Aber doch noch ein Täßchen Kaffee?«

»Wenn es dir nicht zuviel Mühe macht...«

»Ach wo! Ich glaube, das Wasser kocht schon.«

Bald darauf saßen sie bei einer Tasse Kaffee und einem Weinbrand zusammen. Das Zimmer, in dem Gisela Mauerhofer wohnte, war ein heller, angenehm modern eingerichteter Raum, den sie selber mit einer hübschen Stehlampe, bunten Kissen und Decken noch wohnlicher gestaltet hatte. Die Miete, die sie für dieses Zimmer mit Küchen- und Badbenutzung zahlte, war verhältnismäßig hoch, aber es reute sie niemals. Für sie war es sehr wichtig, wenigstens einen Raum zu besitzen, der ihr etwas wie Heim und Heimat sein konnte, denn sie hatte in ihrem Leben viele einsame Nachmittage und Abende verbringen müssen.

Wie gut, daß das nun bald anders werden würde.

»Ich bin froh, daß du heute gekommen bist, Herbert«, sagte sie, als er ihr Feuer für ihre Zigarette gegeben hatte.

»Ich hatte es dir doch versprochen...«

»Ist schon wahr, aber manchmal hast du auch schon etwas versprochen und dann...«

»... ist mir etwas sehr wichtiges Geschäftliches dazwischengekommen, Pussi!« sagte er mit Nachdruck und runzelte die Stirn.

»Ich weiß ja, Herbert, ich wollte dir natürlich keinen Vorwurf machen!«

»Warum sagst du dann so etwas?«

»Ich habe mir wirklich nichts dabei gedacht!«

»Das will ich hoffen!«

»Ich wollte nur sagen... ich bin froh, daß du gerade heute gekommen bist, weil ich etwas mit dir besprechen muß.«

Er setzte einen hellen Stumpen in Brand – er rauchte niemals Zigaretten, sondern Tabak immer nur in dieser Form. »Hast du das Geld?« fragte er und blickte auf seine Zigarre.

»Nein.«

Er hielt das brennende Streichholz in der Hand und sah sie an. »Aber du hast mir doch gestern am Telefon gesagt...«

»Ja, Herbert, er wollte es mir ja auch geben, nur...«

»... dann hat er es sich doch noch anders überlegt, wie?«

»Nein, Herbert, das hat er nicht! Es hat gar nicht an ihm gelegen. Seine Frau ... stell dir mal vor, diese unverschämte Person ist ohne sein Wissen zur Bank gegangen und hat sein Geld abgehoben!«

»Und das glaubst du?«

»Ich glaube es nicht, sondern ich weiß es!«

»So etwas gibt es doch gar nicht. Sie kann doch bloß dann Geld abheben, wenn sie eine Bankvollmacht hat.«

»Die hat sie natürlich, schon seit Jahren. Für den Notfall, weißt du. Aber sie hat nie Gebrauch davon gemacht, daß heißt, sie hat bisher immer nur kleine Summen abgehoben, wenn sie es mit ihm besprochen hatte.«

»Du scheinst ja über seine Familienverhältnisse sehr gut informiert zu sein.«

»Bin ich auch, Herbert ... wenn man fünf Jahre mit einem Mann als Sekretärin gearbeitet hat, dann weiß man meistens alles von ihm, wirklich alles. Nur deshalb habe ich ihn ja überhaupt um das Geld angehen können.«

Er sah sie an. »Das klingt ein bißchen merkwürdig, muß ich schon sagen.«

»Wieso?«

»Überleg' es dir mal selber! Ich hoffe, du läßt dich da nicht in irgend etwas ein, was du hinterher zu bereuen hättest.«

»Zu bereuen?«

»Ich hoffe, du versuchst nicht, krumme Sachen zu machen.«

»Aber du hast mir doch gesagt, daß du das Geld brauchst!«

»Mein liebes Kind, ich habe dir aber auch gesagt, daß ich das Geld jederzeit bekommen kann.«

»Von Frau Bohnkamp!«

»Und wenn schon. Ihr Frisiersalon geht ausgezeichnet. Ihr tut das Geld ganz bestimmt nicht weh.«

»Aber ich will nicht, daß du dir von einer fremden Frau Geld borgst.«

»Frau Bohnkamp ist eine gute alte Freundin von mir.«

»Um so schlimmer ... diese ... diese Person mit den gefärbten Haaren! Sie hat es ja nur darauf angelegt, dich zu heiraten!«

»Das glaube ich nicht ...«

»Das sagst du jetzt, um mich zu beruhigen. Es ist ganz ausgeschlossen, Herbert, daß du dir Geld von einer Frau leihst, die nichts weiter im Kopf hat, als dich zu heiraten. Diese ... diese gemeine Person, die!«

»Nun erlaube mal, Pussi, unterstellen wir aber, daß sie mich heiraten will... da ist doch nichts Gemeines dabei, das willst du doch schließlich auch!«

»Ich? Aber ich liebe dich doch!«

»Aber wer sagt, daß Frau Bohnkamp das nicht tut?«

»Ach die! Die ist gar nicht fähig, zu lieben. Das ist doch eine ganz raffinierte Person!«

»Das würde ich nun nicht so ohne weiteres behaupten, Pussi, ich muß ganz ehrlich sagen, mir tut sie leid. Sie hat in ihrer Ehe ja tatsächlich ein Martyrium durchgemacht, das kannst du dir gar nicht vorstellen.«

»Und wenn schon! Seit drei Jahren ist sie ja glücklich geschieden.«

»Glücklich? Glaubst du, daß es einfach für eine Frau ist, ein so großes Geschäft ganz allein zu führen? Es ist überhaupt nicht einfach, ganz allein auf der Welt zu sein, das weißt du doch am besten.«

»Ich begreife einfach nicht, warum all diese Frauen, die erst nichts Eiligeres zu tun hatten, als sich scheiden zu lassen, nun so schnell wie möglich wieder heiraten wollen! Und ich begreife auch nicht, wie du ausgerechnet diese Frau in Schutz nehmen kannst, Herbert, das muß ich schon sagen!«

»Ich nehme sie gar nicht in Schutz, Pussi, ich versuche nur, dir klarzumachen, daß ich mir das Geld, das ich brauche, jederzeit durch diese Frau Bohnkamp beschaffen kann. Es wäre also wirklich falsch, wenn du dich in Schwierigkeiten stürzen würdest.«

»Aber das tue ich doch gar nicht, Herbert!«

»Ich will es hoffen, Pussi, glaube mir, unehrenhafte und unehrliche Dinge lohnen sich nicht, außerdem widersprechen sie tief meinem Gefühl.«

»Ich weiß ja, Herbert, daß du so denkst, deshalb liebe ich dich auch so!«

»Ich will es hoffen!«

»Und du willst wahrhaftig das Geld von Frau Bohnkamp leihen?«

»Wenn du es nicht beschaffen kannst...«

»Aber ich kann es doch, Herbert!«

»Aber eben sagtest du doch...«

»Daß ich das Geld heute noch nicht habe! Aber ich kann es bekommen, darüber möchte ich eben mit dir sprechen.«

»Also, bitte!« Herbert Bierbaum lehnte seinen schweren Körper zurück, so daß der leichte, kleine Sessel unter ihm krachte.

»Siehst du, mein Chef hat versprochen, mir ein Darlehen zu geben, aber er kann es nicht, weil seine Frau so schrecklich eifersüchtig auf mich ist. Deshalb hat er mir zur Bedingung gestellt, daß ich mir eine andere Stellung suche.«

»Und du glaubst, er wird dir ein Darlehen geben, wenn du nicht mehr bei ihm arbeitest?«

»Gerade dann, Herbert, nur dann!«

»Das verstehe ich nicht.«

»Ich habe dir doch eben erklärt, daß eine Sekretärin...«

Er legte seine dicke Hand auf ihren Mund. »Ich will es gar nicht hören. Bitte, laß mich mit dieser Geschichte in Frieden!«

»Aber ich muß doch einen Menschen haben, der mir einen Rat gibt!«

»Ich kann dir keinen geben, weil ich die Zusammenhänge nicht kenne.«

»Aber ich will sie dir ja gern erklären.«

Er sah sie an, und in seinen hellen Augen war Spott. »Willst du das wirklich?«

Sie errötete.»Nein«, sagte sie, »nein...«

»Na also. Ich möchte nur eines klarstellen, damit du die Dinge richtig siehst, ich habe keineswegs verlangt, daß du mir Geld beschaffst.«

»Aber du heiratest mich doch, Herbert? Du wirst mich doch nicht sitzenlassen?«

»Von Sitzenlassen kann gar keine Rede sein, Pussi. Aber du wirst doch verstehen, es ist eine große Sache, eine Ehe zu schließen, das ist mehr als Hüte tauschen. Wenn ich heirate, will ich wirklich sicher sein, daß ich die Richtige zur Frau nehme. Deshalb möchte ich mich keineswegs in eine Ehe zwingen lassen, die...«

»Aber wer tut denn das, Herbert, da kann doch keine Rede von sein!«

»Es kommt mir aber fast so vor. Ich habe dich oft genug gebeten, nicht immer wieder vom Heiraten anzufangen. Wir kennen uns ja erst ein paar Monate, und wir müssen uns beide erst noch gründlich prüfen, bevor wir uns darüber klar sind, ob wir diesen Schritt auch tun wollen.«

»Ich bin mir darüber klar, Herbert!«

»Trotzdem wirst du es mir hoffentlich nicht übelnehmen, wenn es bei mir nicht ganz so schnell geht, ehe ich so schwerwiegende Entscheidungen fällen kann. Vielleicht wirst du mir noch eines Tages dankbar dafür sein.«

Über eine Viertelstunde mußte Eduard Weinberger warten. Er zündete sich eine Zigarette nach der anderen an, blickte immer wieder nervös zur Drehtür des kleinen Cafés. Als er seine Tasse Kaffee ausgetrunken hatte, bestellte er einen Cognac. Vergeblich versuchte er, sich die Zeit mit Zeitunglesen zu vertreiben, aber heute interessierte ihn nichts von dem, was in der Welt geschah. Seine eigenen Probleme verdrängten alles andere.

Dann endlich kam sie. Sie sah in dem sportlich geschnittenen grünen Winterkostüm, das ihre jugendliche Figur zur Geltung brachte, reizender aus denn je.

Sein Ärger verflog, als er sie sah, wie sie mit leicht geröteten Wangen und strahlenden Augen auf seinen Tisch zugestürzt kam.

»Guten Tag, Eduard, was ist geschehen?« sprudelte sie heraus. »Warum hast du mich hierher bestellt? Ist etwas passiert?«

»Ja«, sagte er.

»Was heißt... ja? Was willst du damit sagen? Ich bitte dich, Eduard! Meinst du, es macht mir Spaß, dir die Würmer aus der Nase zu ziehen?«

»Wenn du mich mal für kurze Zeit zu Wort kommen ließest.«

»Tue ich das nicht? Doch! Ich würde ja gar nichts sagen, wenn du reden würdest!«

»Bitte, setz dich erst, Erika, willst du einen Kaffee trinken? Ein Stück Kuchen?«

»Bitte, und bitte auch ein Stück Kuchen, oder besser noch zwei, ich habe wahnsinnigen Hunger.«

»Dann geh an die Theke und such dir was aus!«

»Wozu? Ich weiß schon, was ich esse! Schwarzwälder Kirschtorte natürlich und einen Blätterteig.«

Eduard gab die Bestellung auf, und die Kellnerin hatte sich noch nicht vom Tisch entfernt, als Erika wieder auf ihn eindrang. »Nun sagt doch endlich, oder willst du mich auf die Folter spannen?«

»Sie ist verreist, nach Baden-Baden!«

»Verreist? Was soll das heißen?«

»Meine Frau ist fort!«

»Und?«

»Sie hat sozusagen bei Nacht und Nebel das Haus verlassen, verstehst du das denn nicht?«

»Aber... warum?«

»Sie hat den Brief gefunden, den du mir geschrieben hast!«

»Ach so...«

»Ach so!« ahmte er sie nach. »Ist das alles, was du dazu zu sagen hast?«

»Was soll ich denn sonst sagen? Etwa Gott sei Dank?«

»Bist du wahnsinnig?«

»Findest du? Glaubst du denn, diese Heimlichkeiten und dieses ewige Versteckspiel hätten mir Spaß gemacht?«

»Ich habe dich so oft gebeten, mir nicht zu schreiben.«

»Willst du etwa damit sagen, daß ich daran schuld bin, daß deine Frau...«

»Ich habe dir doch immer wieder gesagt...«

»Nein, mir kannst du keinen Vorwurf deswegen machen, Eduard, mir ganz gewiß nicht! Warum hast du den Brief denn in der Wohnung herumliegen lassen?«

»Ich habe ihn nicht herumliegen lassen!«

»Und wo hat sie ihn dann gefunden?«

»Keine Ahnung.«

Einen Augenblick schwiegen sie beide, weil die Kellnerin Kuchen und Kaffee servierte.

Dann nahm Erika den Faden wieder auf. »Na, jedenfalls kann sie ihn doch nur in der Wohnung gefunden haben, denn wenn du ihn gleich im Büro vernichtet hättest...«

»Vernichtet! Wie stellst du dir das vor?«

»Ganz einfach. Du hättest auf die Toilette gehen und den Brief im Waschbecken verbrennen sollen. Die Asche hättest du dann mit Wasser in den Ausguß gespült.«

Er lachte, aber es war kein frohes Lachen. »Wo hast du denn das gelesen?«

»Ist doch ganz egal. Jedenfalls ist die Methode sehr einleuchtend, nicht wahr? Wenn du das gemacht hättest, hätte deine Frau niemals...«

»Hätte! Das hilft doch jetzt nichts mehr. Jetzt gibt es nur noch eine Frage, was sollen wir tun?«

»Tun?«

»Ja, jetzt, nachdem meine Frau alles weiß, kann es doch einfach nicht so weitergehen mit uns beiden!«

»Nein, das kann es nicht.«

»Na also...«

Erika hatte bis jetzt mit bestem Appetit die halbe Schwarzwälder Kirschtorte verzehrt; nun plötzlich schob sie den Teller von sich und sah Eduard durchdringend an. »Was willst du damit sagen?«

»Das hast du doch gehört!«

»Ich habe dich nicht richtig verstanden, Eduard«, sagte sie, indem sie jede Silbe betonte.

»Bitte, Erika, sei doch nicht so. Versuch mich doch zu verstehen! Es ist nun mal eine Tatsache, daß ich verheiratet bin, daß ich Kinder habe.«

»Ja, ich weiß, das habe ich immer gewußt. Aber ist es nicht auch eine Tatsache, daß wir uns lieben?«

»Erika...«

»Wenn du mir jetzt erklären willst, daß wir Schluß machen sollen, nur weil deine Frau...«

»Von Schluß machen kann doch keine Rede sein, Erika, ich wollte doch nur vorschlagen, daß wir vorsichtiger sein müssen in nächster Zeit.«

»Noch vorsichtiger?«

»Ja.«

Sie schwieg einen Augenblick, dann sagte sie: »Bitte, gib mir eine Zigarette!«

»Aber du hast doch deinen Kuchen noch gar nicht aufgegessen!«

»Mir ist der Appetit vergangen, Eduard...«

»Ich wollte dich nicht kränken, Liebling, ganz gewiß nicht.«

»Ich weiß, daß du das nicht wolltest. Das macht die Dinge doch nur noch schlimmer. Wenn du ein kalter herzloser Patron wärst, dann...«

»... dann hättest du mich bestimmt längst stehenlassen.«

»Kann sein, kann aber auch nicht sein. Weißt du, ich habe mir schon oft überlegt, warum liebt man einen Menschen? Wegen seiner guten Eigenschaften? Ich glaube es nicht. Es muß etwas ganz anderes sein...«

»Doch, Erika, ich könnte dich nicht lieben, wenn du nicht so anständig wärst.«

»Anständig nennst du das? Ein anständiges Mädchen würde sich nie mit einem verheirateten Mann einlassen.«

»Wie du redest! Man könnte denken, du hieltest uns beide für schlecht!«

»Nein, das tue ich nicht, nur unsere Handlungsweise halte ich für schlecht.«

»Dann, Erika, willst du dich von mir trennen?«

»Nein.«

»Aber du sagtest doch eben...«

»Erkennen, daß das, was man tut, schlecht ist, heißt noch lange nicht, daß man es auch besser machen will.«

»Das ist mir zu hoch!«

»Mein Armer...« Sie sah ihn durch den Rauch ihrer Zigarette an. »Willst du deine Frau wieder zurückholen?«

»Ich weiß nicht, ich weiß überhaupt nicht, was ich tun soll. Darüber wollte ich gerade mit dir reden!«

»Glaubst du wirklich, daß ich der Mensch bin, bei dem du dir den besten Rat holen kannst?«

»Ich habe niemanden außer dir, Erika, den ich um Rat bitten könnte. Was soll ich tun?«

»Hast du noch niemals erwogen, daß es noch eine ganz andere Möglichkeit gibt, Eduard?«

»Ich wüßte nicht, welche!«

»Du könntest dich zum Beispiel scheiden lassen, nicht wahr?«

»Das würde Judith niemals zulassen!«

»Hast du es ihr denn schon einmal vorgeschlagen? Was hast du denn plötzlich, Eduard, warum verdrehst du deinen Kopf so?«

»Da hinten an der Theke... das sind Esther und Benjamin!«

Erika sah zur Theke hinüber. »Und vor denen willst du dich verstecken, Eduard? Du bist naiv, die haben dich längst erkannt!«

»Glaubst du?«

»Natürlich. Sie haben sich gegenseitig angestoßen und hierher geguckt. Glaubst du denn, sie sind blind? Jetzt suchen sie sich zu verdrücken, anscheinend wollen sie genauso wenig von dir erkannt werden wie umgekehrt.«

Eduard sah sich um und sah, wie Esther und Benjamin sich so unauffällig wie möglich aus dem Café zurückzuziehen versuchten. Er stand auf und war mit wenigen großen Schritten bei der Drehtür, wo er sie abfing. »Hallo!« sagte er, vergeblich bemüht, sich freundlich und gleichmütig zu zeigen.

»Hallo, Vati«, sagte Benjamin kleinlaut.

»Guten Tag!« sagte Esther.

»Was habt ihr hier zu suchen? Warum versucht ihr euch zu verstecken?«

»Wir haben uns nicht versteckt, Vati«, sagte Esther und sah ihm gerade in die Augen, »wir wollten bloß nicht stören!«

»Das ist wahr, Vati«, stimmte Benjamin zu, »wir dachten, es wäre dir unangenehm.«

»Weshalb sollte es mir unangenehm sein?« fragte Eduard und betonte ganz besonders das ›mir‹. »Bitte, kommt an meinen Tisch, damit ich euch Fräulein Erika Sindelfing vorstellen kann, sie ist eine Kollegin aus meinem Büro.«

Esther und Benjamin reichten Erika artig die Hand; dann standen sie sichtlich verlegen da.

»Setzt euch doch! Warum steht ihr da rum?« fragte Eduard.

»Sie müssen nicht so hart mit den Kindern reden, Herr Weinberger«, sagte Erika lächelnd, »Sie schüchtern sie noch ganz ein.«

»Das möchte ich bezweifeln. Ihr habt mir meine Frage noch nicht beantwortet. Was habt ihr hier zu suchen?«

»Och...« sagte Ben.

»Heraus mit der Sprache! Ich möchte es wissen!«

»Das ist ganz einfach, Vati, da ist doch gar nichts dabei!« erklärte Esther. »Wenn alles so harmlos wäre wie das! Wir hatten Hunger, und weil Mutti doch verreist ist und du sowieso nie zum Abendessen kommst, haben wir uns gedacht, wir kaufen uns ein bißchen Kuchen, das ist auch nicht teurer als ein warmes Abendbrot, und es macht viel weniger Arbeit!«

»Habt ihr denn genug Geld für den Kuchen?» fragte Erika.

»Ja, Mutti hat uns Geld dagelassen!«

»Allzuviel kann das ja wohl nicht sein«, sagte Eduard Weinberger, »schließlich mußte sie ja auch Geld für die Reise haben.«

»Nein, dazu brauchte sie, glaube ich, nichts«, sagte Ben, »ich glaube, sie war eingeladen!«

Esther trat Benjamin unter dem Tisch heftig gegen das Schienbein, und er errötete.

»Eingeladen? Von wem?» forschte Eduard Weinberger.

Esther tauschte mit Benjamin einen Blick. »Ich weiß es nicht!«

»Wirklich nicht?«

»Nein.«

»Ihr könnt doch ruhig sagen, was ihr wißt, Kinder«, sagte Erika Sindelfing, »es ist ja gar nichts weiter dabei.«

»Wir können doch nichts sagen, was wir nicht wissen!« erklärte Esther.

»Aber Geld hat sie jedenfalls nicht mitgenommen?«

»Höchstens zwanzig Mark«, sagte Ben.
»Merkwürdig!« sagte Erika. »Findest du nicht auch?«
Esther und Benjamin wechselten einen raschen Blick.

»Nun, wie gefalle ich dir?« fragte Evelyn Kammeritz, ging drei Schritte vor, drei Schritte zurück und drehte sich vor den Augen der Freundin. Sie trug ein kleines Abendkleid, das aus schimmerndem grünen Stoff zugeschnitten war und ihren Hals, ihre schönen Schultern und Arme freigab. Es betonte ihre schmale Taille und bauschte sich weiter unten in üppiger Weite, um unter den Knien wieder leicht zusammengefaßt zu werden. Es war eine hochelegante Schöpfung, und sie hatte es zusammen mit einem lackschwarzen Abendmantel heute nachmittag erst erstanden.

»Es steht dir wunderbar«, sagte Judith ehrlich.

»Na also! Und dabei hast du doch alles getan, um es mir mies zu machen!«

»Ich habe nie gesagt, daß das Kleid nicht schön wäre, ich habe nur gemeint...«

»Zu blöd, daß in diesem Zimmer keine großen Spiegel sind!« Evelyn trat drei Schritte von dem Waschtischspiegel zurück, um wenigstens in etwa die Wirkung ihrer Robe auskosten zu können.

Das Hotelzimmer, prunkvoll und ungemütlich eingerichtet, war so unpraktisch wie alle Räume dieser Art älteren Datums.

»Wenn es bloß nicht so furchtbar teuer gewesen wäre«, sagte Judith.

»Na und? Ist es etwa dein Geld?«

»Nein...«

»Na also!« Evelyn legte noch einmal den Frisiermantel über und begann ihr dunkles Haar mit kräftigen Strichen zu bürsten.

»Sei mir nicht böse, Evelyn, es ist alles so furchtbar teuer! Ich verstehe auch nicht, warum wir ausgerechnet in diesem Hotel absteigen mußten. Weißt du überhaupt, wieviel dieses Zimmer kostet?«

Evelyn zuckte die Achseln. »Zwischen fünfundachtzig und hundertzwanzig Mark, denke ich!«

»Mein Gott!«

»Es tut mir leid, Judith«, Evelyn drehte sich um und sah der Freundin gerade in die Augen, »ich muß dir sagen... du bist eine Gans! Ein junges Mädchen kann ein billiges Fähnchen anhaben und kann gefallen, gerade deshalb, weil sie jung ist, aber Frauen in unserem Alter, die müssen sich schon etwas leisten, sonst kräht kein Huhn und kein Hahn nach ihnen. Und wenn man hier in Baden-Baden keine Adresse hat, dann ist man sowieso verraten und verkauft. Dieses Hotelzimmer ist wichtig, glaube mir, das ist unser Startbrett.«

»Startbrett?«

»Natürlich! Wir wollen doch was erleben, nicht wahr?«

»Ich weiß nicht, Evelyn...«

»Aber ich! Um ein solides, tugendhaftes Hausfrauendasein zu führen, hätten wir auch zu Hause bleiben können... nein, ich bin hierher gekommen, um... um meine Freiheit zu genießen!«

»Aber du bist doch noch gar nicht frei, Evelyn!«

»Weil es mit der Scheidung nicht geklappt hat, meinst du? Du lieber Himmel, als wenn das eine Rolle spielte. Jeder Mensch ist frei, wenn er sich frei fühlt, und... wenn er Geld in der Tasche hat. Geld ist wichtig, Judith!«

»Da siehst du, daß du uns beide gar nicht miteinander vergleichen kannst, Evelyn, das ist doch das, was ich dir immer sage... ich bin ein armes Hascherl, und du bist eine reiche Frau!«

»Unsinn! Daß du kein Geld hast, liegt einzig und allein an dir!«

»An mir?«

»Natürlich! Ich habe mir doch auch etwas beschafft. Jeder kann es, man muß nur ein bißchen Köpfchen dazu haben. Und außerdem, wenn du erst geschieden bist... Eduard muß für dich und die Kinder zahlen, bis er schwarz wird!«

»Aber das kann er nicht. Er verdient ja nur so wenig!«

»Das glaubst du! Und womit hat er die Geschenke für seine Freundin bezahlt? Wie hat er die Abende finanziert, die er nicht zu Hause war? Du bist wirklich eine Gans, Judith. Jeder Mensch, der seine gesunden fünf Sinne beisammen hat, kann dir sagen, daß er ganz bestimmt viel mehr verdient, als du weißt. Und dann mußt du immer dran denken, die Wohnung wirst du ja auch behalten. Sie ist ja nicht gerade komfortabel, aber immerhin. Die Wohnung gehört dir, die kann dir kein Mensch nehmen.«

»Das verstehe ich nicht, Evelyn. Wieso gehört die Wohnung mir? Ja, es ist wahr, wir haben damals gemeinsam auf den Baukostenzuschuß gespart, als ich noch gearbeitet habe, aber die Möbel hat er ganz allein verdient, und das Schlafzimmer hat er überhaupt von seinen Eltern geerbt.«

»Du kannst einen wahnsinnig machen. Judith! Hast du dich

denn noch niemals über diese Dinge informiert? Die Wohnung gehört auf alle Fälle der Ehefrau, verstanden? Und nun sieh zu, daß du endlich fertig wirst... wenn du schon nichts Großartiges anzuziehen hast, könntest du wenigstens ein bißchen mehr Make-up auflegen, oder glaubst du, es macht mir Spaß, mit einer trübtimpeligen Zimperliese durchs Casino zu ziehen?«

»Du willst ins Casino?«

»Wohin denn sonst? Wenn man in Baden-Baden ist, dann muß man auch ins Casino!«

»Guten Abend, Mutter!« sagte Heino Kammeritz, als Frau Weißmann, Evelyns Mutter, die Tür zu ihrer Wohnung öffnete.

»Du kommst jetzt erst?« fragte sie statt jeder Begrüßung.

»Vielleicht habe ich mich vorher nicht getraut!« Er grinste.

»Felix liegt jedenfalls schon im Bett...« Sie machte keine Anstalten, ihn eintreten zu lassen.

»Na, wenn schon, ich werde doch wenigstens meinen eigenen Sohn im Bett begrüßen dürfen!«

»Ich glaube, er schläft schon.«

»Bestimmt nicht, bevor ich ihm nicht gute Nacht gesagt habe!«

»Wie du meinst!« Sie trat einen Schritt zurück.

Heino Kammeritz ging rasch auf die Tür des Eheschlafzimmers zu. Er kannte sich in der Wohnung seiner Schwiegermutter gut aus, denn es war nicht das erste Mal, daß Evelyn Felix dort wochenlang in Pension gegeben hatte. Der Junge lag in einem der breiten Ehebetten, die Daunendecke fast bis über die Nasenspitze gezogen, aber seine Augen waren noch geöffnet.

»Vati!« sagte er mit einem leichten Seufzer.

»Guten Abend, Kerlchen!«

»Ich dachte schon, du kämst nicht mehr!«

Er setzte sich an das Bett seines Sohnes, nahm seine Hand. »Du mußt dir eines merken, Felix«, sagte er ernst, »dein Vater wird dich nie im Stich lassen, hörst du... nie, nie!«

»Magst du ein Stück Schokolade?«

»Hast du denn noch was übrig?«

»Ja.«

Heino Kammeritz sah sich um. »Wo ist die Schachtel denn?«

»Großmutti hat sie eingeschlossen!«

Heino Kammeritz lachte. »Und da denkst du, wenn ich sie recht schön bitte, dann bekommst du sie wieder frei?«

Felix nickte heftig mit dem Kopf.

»Könnte sein, mein Sohn, aber ich bin überzeugt, du hast heute schon genug Schokolade gegessen, morgen ist auch noch ein Tag.«

»Wann kommt Mutti wieder?«

»Keine Ahnung, Kerlchen!«

»Vielleicht schreibt sie mir einen Brief!«

»Ganz bestimmt, oder eine bunte Postkarte. Sicher ist morgen schon was für dich da.«

»Ja«, sagte Felix wieder mit einem kleinen Seufzer.

»Und nun schlaf' schön, Kerlchen, ich komme morgen nach dem Büro wieder bei dir vorbei.«

»Spielst du dann auch mit mir Herr Bär und Familie?«

»Aber nein, Felix, dazu bist du doch schon viel zu groß! Das ist ein Spiel für ganz kleine Kinder. Aber vielleicht spiele ich mit dir Eisenbahn!«

»Au fein, Vati... ganz bestimmt?«

»Was Bestimmtes weiß man nicht, und nun schlaf wirklich, Felix, und sei brav, ärgere die Großmutti nicht zu sehr!«

Felix kicherte. »Über mich ärgert sie sich nie, höchstens über euch!«

Tatsächlich machte Frau Weißmann einen höchst verärgerten Eindruck. Sie saß unter der Wohnzimmerlampe und nähte mit geradezu verbissenem Ärger Knöpfe an ein Hemd von Felix.

Heino Kammeritz erzählte auf die harmloseste Weise dies und jenes, aber er konnte nicht mehr als ein Brummen aus ihr herausbringen.

»Was ist eigentlich los mit dir, Mutter?« fragte er schließlich. »Habe ich dir etwas getan?«

Frau Weißmann ließ das Hemdchen sinken. »Das fragst du noch?«

»Mit gutem Recht. Schließlich wäre ich es ja, der sich beklagen dürfte.«

»Du?«

»Ja, ich! Nicht genug, daß Evelyn mich Hunderte von Mark bloß wegen dieser blödsinnigen Scheidungsgeschichte gekostet hat...«

»Ist es ein Wunder, wenn das Kind ein Leben an deiner Seite nicht länger ertragen konnte?«

»Ach du lieber Himmel! Du hast ihr wohl auch noch zugeredet? Also, ich muß ganz ehrlich sagen, dich hätte ich für vernünftiger gehalten, Mutter!«

»Ich konnte das Elend meines Kindes einfach nicht länger mit ansehen.«

»Aha, dann erübrigt sich wohl jedes weitere Wort. Ich glaube, ich tue besser daran, wenn ich mich zurückziehe.«

»Das könnte dir so passen! Erst kommst du dickbramsig daher, als ob gar nichts gewesen wäre, und jetzt, wo ich dir endlich einmal sagen will, was ich von dir und deinem Benehmen Evelyn gegenüber halte, jetzt willst du dich verdrücken!«

»Mutter! Was für Ausdrücke aus dem Mund einer Dame!«

»Glaub nur nicht, daß du mich ablenken kannst!«

»Aber das will ich doch gar nicht, Mutter, ich bin heilfroh, daß du dich mal mit mir über diese Angelegenheit unterhalten willst. Ich hätte dir immer schon gern gesagt, was ich von Evelyn halte, und ich muß dir auch ganz ehrlich sagen, daß du als Mutter nicht unschuldig bist.«

»Willst du etwa behaupten, daß sie schlecht erzogen ist?«

»Gerade das!«

»Das ist doch nun wirklich unerhört. Mein seliger Paul und ich, wir haben uns die größte Mühe mit Evelyn gegeben. Alles ... aber auch alles haben wir in das Kind hineingesteckt, damit es eine gute Ausbildung bekommen sollte. Du weißt, wir sind einfache Leute, aber wir haben es ermöglicht, daß Evelyn das Abitur machen konnte ...«

»Davon hat sie auch was!«

»Du bist zynisch, Heino, und es ist wirklich kein Wunder, daß das arme Kind es nicht mit dir aushalten kann. Wir hätten das Letzte für Evelyn ausgegeben, und da kommst du daher und sagst, sie ist schlecht erzogen!«

»Ich habe nie daran gezweifelt, daß ihr Evelyn abgöttisch geliebt habt, aber gerade das war falsch. Ich sehe doch, wie du es mit Felix machst.«

»Ich muß mich überhaupt wundern, Heino, daß du ihn mir überläßt, nachdem du so überzeugt bist, daß ich ...«

»Ich würde ihn dir nie überlassen, wenn Evelyn ihren Pflichten als Ehefrau nachkäme.«

»Was bist du für ein Mensch, Heino, nicht einmal die kleine Reise ins Bad gönnst du ihr!«

»Die kleine Reise kostet mich achttausend Mark, meine liebe Schwiegermutter! Achttausend Mark, die ich sehr dringend für andere Dinge gebraucht hätte!«

»Ich glaube nicht, daß irgend etwas wichtiger für dich sein sollte als die Gesundheit deiner Frau, mein Lieber! Und da müssen nun einmal alle anderen Dinge... ich kann mir schon denken, was du damit meinst... zurückstehen.«

»Was du denkst, ist ganz bestimmt falsch, Mutter! Du und Evelyn, ihr verdächtigt mich in einer Weise...«

»Und darüber wunderst du dich? Gestern abend hat Evelyn dich gebeten, unter Tränen gebeten, wie mir das arme Kind erzählt hat, sie ins Bad zu schicken, weil der Arzt es ihr dringend geraten hatte. »Aber du... du hast einfach gesagt, du hast kein Geld!«

»Aber ich habe doch auch keines!«

»Und die achttausend Mark? Du hattest sicher nicht damit gerechnet, daß Evelyn deine Bankauszüge kennt.«

»Du findest es also richtig, liebe verehrte Schwiegermutter... du willst also wirklich behaupten, daß du es für richtig hältst, wenn deine Tochter, ohne mich zu fragen und hinter meinem Rücken, hingeht und Summen von dieser Höhe von meinem Bankkonto abhebt?«

»Es ist nicht dein Bankkonto, Heino, es ist euer gemeinsames Konto, denn ihr seid Eheleute. Ich möchte wissen, wieso Evelyn nicht das Recht hat, einen Teil von dem Geld verbrauchen zu können, das du verdienst!«

»Aber das tut sie doch! Das tut sie andauernd. Sie lebt davon, sie kleidet sich davon, und die Rechtsanwälte mußte ich auch davon bezahlen!«

»Und für ihre Gesundheit? Für ihre Gesundheit ist also deiner Meinung nach kein Geld übrig?«

»Ihre Gesundheit... denk doch mal nach, Mutter... wenn du zum Arzt gegangen wärst und dich über deinen Mann beklagt hättest... was hätte dir der Arzt gesagt? Stecken Sie Ihre Füße ins Wasser, liebe Frau! Aber nur, weil ich der Direktor Kammeritz der Plastik AG bin, muß es natürlich eine Reise ins Bad sein!«

»Das glaubst du! Du siehst ja nicht, wie angegriffen und herunter das arme Kind ist...«

»Wovon, wenn ich fragen darf?«

»Das du die Stirn dazu hast! Ich habe mir ja geschworen, kein Wort davon zu erwähnen, es ist mir peinlich für mein armes Kind... wenn du mich aber soweit treibst, Heino, dann muß ich dir sagen... ein Mann, der seine Frau prügelt, ist in meinen Augen ein Schuft!«

»Mesdames, messieurs ... faites vôtre jeu!«

Hände, viele Hände, gierige und gleichmütige, gelassene und flatternde, schoben bunte Jetons auf das grüne Spielfeld.

»Rien ne vas plus«, sagte der Croupier gleichmütig und berufsmäßig.

Fasziniert starrte Evelyn der elfenbeinernen Kugel nach. Das Rad drehte sich langsamer, immer langsamer, die Kugel blieb liegen, tat noch einen Sprung und dann war es aus.

»Rouge, impair, sept!« sagte der Croupier so rasch, daß nur die alten Routiniers am Spieltisch es verstehen konnten. Die Rechen flogen über das glatte Spielfeld, kassierten Einsätze, teilten aus.

Evelyn hatte die wenigen Jetons, die ihr noch verblieben waren, auf das Feld 13 gesetzt. Es war leer. Sie hatte alles verloren.

»Mesdames, messieurs, faites vôtre jeu!« ertönte wieder die Stimme des Croupiers.

»Jetzt gehen wir aber«, flüsterte Judith, die hinter der Freundin stand, ihr zu.

»Gehen? Jetzt? Du hast Begriffe!« Evelyn öffnete ihre Abendtasche und holte einen Hundertmarkschein heraus. Nach einem sekundenlangen Zögern griff sie nach einem zweiten, drückte beide Judith in die Hand. »Lauf rasch zur Kasse, hol neue Jetons!«

»Aber Evelyn!«

»Los, los ... mach schon!«

»Bitte, Evelyn ...« Judith stiegen Tränen in die Augen.

»Reg' dich nicht auf, Schatz, du wirst sehen, ich werde alles zurückgewinnen und noch mehr!« versicherte Evelyn. »Aber jetzt mach zu!«

Judith drehte sich schnell um und ging. Ihr war nicht ganz wohl zumute. Inmitten der eleganten und festlichen Gesellschaft sehnte sie sich plötzlich mit unbeschreiblicher Macht nach Hause, in ihre kleine, bescheidene Wohnung, nach Eduard und den Kindern.

Es dauerte eine Weile, bis der ziehende Schmerz in ihrer Brust nachgelassen hatte, dann ging sie mit drei raschen Schritten zur Kasse, tauschte Evelyns Geld um. Sie wählte zehn Jetons zu zwanzig Mark, damit Evelyn das Geld nicht allzu rasch verspielte, und ging dann an den großen Spieltisch zurück, an dem Evelyn saß.

»Endlich!« sagte Evelyn und riß ihr fast die Jetons aus der Hand.

»Rien ne vas ...« hatte der Croupier schon begonnen, aber ehe er noch seinen Satz zu Ende sprechen konnte, hatte Evelyn noch rasch einen Jeton auf Zéro geworfen.

Die Kugel rollte, sprang, hüpfte, dann blieb sie liegen – in der Null. Die Rechen glitten über das Spielfeld, sammelten Jetons ein, teilten aus. Nur Evelyn war bei diesem Spiel Gewinnerin, sie hatte als einzige auf Zéro gesetzt. Ein beachtlicher Haufen Jetons lag vor ihr.

»Judith!« jauchzte sie auf. »Judith! Habe ich dir nicht gesagt...!«

»Wunderbar, Evelyn! Aber nun komm! Wenn man gewonnen hat, soll man aufhören.«

»Warum? Jetzt geht's doch erst richtig los! Paß auf, das war der Anfang meiner Glückssträhne.«

Aber Evelyn hatte sich geirrt, in einer knappen halben Stunde hatte sie alles verspielt, ihren Gewinn und ihren Einsatz.

»Machen Sie sich nichts draus, gnädige Frau«, sagte eine warme Männerstimme hinter ihrem Rücken. »Sie wissen doch: Pech im Spiel, Glück in der Liebe!«

Sie blickte auf und sah in Dr. Fohringers lächelnde Augen.

»Und was ist wichtiger?« fuhr er fort, als er merkte, daß Evelyn sich nicht so schnell von ihrer Enttäuschung erholen konnte. »Spiel oder Liebe? Sagen Sie selber.«

Jetzt lächelte auch sie. »Die Liebe!»

»Na also. Ich hoffe, Sie sagen nicht nein... ich möchte Sie zu einem kleinen Drink einladen...«

»Aber ganz im Gegenteil, ich glaube, das wäre jetzt das einzig Richtige für mich... nur...« Sie sah sich suchend nach ihrer Freundin um.

»Ich habe noch einen Bekannten mitgebracht, einen sehr netten Jungen. Wir sind dann also zu viert, wenn es Ihnen recht ist!«

»Ja, natürlich. Du bist doch einverstanden, Judith?«

Impulsiv wollte Judith nein sagen, aber dann überlegte sie, daß das vielleicht das einzige Mittel war, um Evelyn vom Spieltisch wegzulocken. »Ja, gern«, sagte sie, und als sie lächelte, merkte Dr. Fohringer erst, was für ein liebes hübsches Gesicht sie hatte.

»Dann los... gehen wir!«

Der Bekannte Dr. Fohringers stand nur wenige Schritte entfernt. Er wurde als Theodor Reichlin, Kaufmann, vorgestellt.

»Ich denke, wir gehen in den Kakadu«, schlug Dr. Fohringer vor, »da ist immer was los!«

Sie verließen den Spielsalon, holten ihre Garderobe und Evelyn genoß die bewundernden Blicke der beiden Herren, als sie mit größter Selbstverständlichkeit in ihren lackschwarzen Abendmantel schlüpfte.

Judith fühlte sich wie Aschenputtel neben der Freundin, und plötzlich hatte sie das Gefühl, daß es vielleicht doch besser wäre, Evelyn und ihre neu gewonnene Eroberung allein zu lassen.

»Sei mir nicht böse, Evelyn«, sagte sie, als sie auf der Straße standen, »ich habe plötzlich solche Kopfschmerzen, ich möchte lieber ins Bett!«

»Sei doch nicht töricht, Judith, du bist doch nicht nach Baden-Baden gekommen, um dich auszuschlafen!«

Judith lachte. »Wäre gar kein schlechter Gedanke. Vielleicht schlafe ich morgen früh wirklich bis in die Puppen hinein ... ich bin abscheulich müde!«

»Na ja, wie du meinst«, sagte Evelyn, »aber bitte, verlang nicht von mir ...«

»Natürlich nicht!« Sie küßte die Freundin leicht auf die Wange. »Gute Nacht, Evelyn, und viel Spaß!«

Sie wollte den beiden Herren die Hand geben, aber Theodor Reichlin schüttelte energisch den Kopf. »Aber wo denken Sie hin? Haben Sie im Ernst gedacht, wir ließen Sie mutterseelenallein durch die Nacht wandern?«

»Erstens ist es nicht stockdunkel ... und zweitens ...«

»Du hast ganz recht, Theodor ... bring du die gnädige Frau nach Hause!« sagte Dr. Fohringer. »Du triffst uns dann nachher im Kakadu.«

Die Paare trennten sich. Theodor Reichlin faßte Judith unter den Arm.

»Wo führen Sie mich denn hin?« sagte sie und trat einen Schritt zurück. »Das Hotel liegt doch gerade entgegengesetzt!«

Er lachte. »Wollen Sie etwa zu Fuß gehen?«

»Aber natürlich ... was dachten Sie denn?«

»Ich hatte mir vorgestellt, daß ich Sie in meinem Auto nach Hause bringen würde!«

»Bitte nicht, Herr Reichlin ... bitte, halten Sie mich nicht für unverschämt, aber ich finde diese klare Nachtluft so herrlich! Ich möchte gern zu Fuß gehen, aber Sie brauchen mich bestimmt nicht zu begleiten.«

»Unsinn. Natürlich begleite ich Sie. Vielleicht haben Sie sogar recht, Leute, die ein Auto besitzen, vergessen manchmal ganz, daß sie auch noch Beine haben.«

Eine Weile schritten sie schweigend miteinander. Sie fühlte seinen festen Griff um ihren Unterarm, und merkwürdigerweise tat es ihr gut. Wie lange war es her, seit sie mit einem Mann so gegangen war? Jahre, viele Jahre. Als Eduard und sie noch nicht verheiratet gewesen waren, da hatte er sie oft abends nach Hause gebracht, und immer hatte sie sich bei ihm eingehängt. Aber wie lange war es her, daß sie überhaupt zusammen aus gewesen waren? Sie konnte sich nicht mehr an das letzte Mal erinnern.

»Ich danke Ihnen«, sagte Theodor Reichlin, als sie vor dem Palast-Hotel angekommen waren.

»Für was?«

»Für diesen herrlichen Spaziergang.«

Sie lachte. »Das könnten Sie ja jeden Abend haben, wenn Sie nur wollten!«

»Vielleicht, aber mit Ihnen zusammen, war es doch etwas anderes!«

Sie wandte sich ab und ging in die Hotelhalle hinein. »Ich glaube, das hat nicht an mir gelegen, sondern an der herrlichen Luft.«

»Und dem Sternenhimmel!«

»Kann schon sein. Trotzdem glaube ich, ich habe Ihnen zu danken, daß Sie mich begleitet haben!« Sie reichte ihm die Hand. »Gute Nacht!«

»Ist das Ihr Ernst?«

»Natürlich. Deshalb bin ich ja nach Hause gegangen.«

»Liebe, verehrte gnädige Frau, ich muß ehrlich sagen, Ihre Freundin hat ganz recht... man kommt nicht nach Baden-Baden, um sich auszuschlafen!«

»Aber wenn man müde ist?«

»Zu müde für einen kleinen Schlaftrunk werden Sie bestimmt nicht sein.«

»Und wenn ich es doch bin?«

»Sie sind es nicht. Und Sie brauchen auch gar keine Angst zu haben, daß ich Sie entführe. Wir gehen hier in die Hotelbar, ja? Und sobald Sie wirklich zu müde sind, huschen Sie eins-zwei-drei auf Ihr Zimmer. Einverstanden?«

Sie sah ihn an. Zum erstenmal sah sie, daß er jung und sympathisch war, mit fröhlichen Augen und ein wenig strubbeligem blonden Haar. Unwillkürlich erwiderte sie sein Lächeln. »Ja...«

»Ist Ihre Freundin immer so? Oder hat sie einen ganz speziellen Kummer?« fragte Dr. Fohringer, als sie im Kakadu an einem Tisch nahe der Tanzfläche Platz genommen hatten; er mußte es zweimal sagen, ehe er eine Antwort bekam.

»Sowohl als auch!«

Evelyn war nicht recht bei der Sache. Die stark rhythmische und dennoch einschmeichelnde Musik der Drei-Mann-Band elektrisierte sie genauso sehr wie das brennende Gefühl, frei zu sein, wenn sie auch im Untergrund ihres Verstandes jeden Augenblick wußte, daß dies alles noch nicht Wirklichkeit war, sondern erst eine Probe auf das Leben, das sie führen würde, wenn sie eines Tages die Scheidung durchgesetzt haben würde. Sie hatte diesen Plan keineswegs aufgegeben, und sie fühlte sich hier im Rahmen eines eleganten und luxuriösen Lokals im Gespräch mit einem gutaussehenden Mann wie ein Fisch, den man endlich in sein Element zurückgeworfen hatte. Sie saßen dicht an der kleinen, runden Tanzfläche aus schimmerndem Glas, die gedämpfte Beleuchtung, die mit Brokat bezogenen Wände, die schweren Teppiche, der ganze Luxus, den der kleine Raum ausstrahlte, machte Evelyn fast schwindlig. Ihre Augen leuchteten groß vor Erregung, ihr Haar schimmerte dunkel.

Dr. Fohringer betrachtete sie mit lächelnder Bewunderung. »Sie erinnern mich an eine Sphinx«, sagte er.

»Wieso?«

»Sie sehen geheimnisvoll aus, geheimnisvoll und erregend... und Ihre Aussprüche haben etwas Sybillenhaftes.«

»Wieso? Weil ich das über Judith gesagt habe? Aber das stimmt! Sie war schon immer eine Zimperliese. Sie müssen wissen, wir kennen uns schon eine Ewigkeit, wir waren zusammen auf der Schule. Und jetzt kommt noch das Theater mit ihrem Mann dazu.«

»Macht er ihr Kummer?«

»Er betrügt sie!«

Dr. Fohringer winkte einen Kellner herbei. »Das ist bitter«, sagte er. »Was möchten Sie trinken, gnädige Frau?«

»Ich weiß nicht recht.«

»Champagner?«

»O ja!«

Der Kellner hielt Dr. Fohringer die Getränkekarte hin, er studierte sie einen Augenblick, dann tippte er auf einen bestimmten Namen. »Gut gekühlt, wenn ich bitten darf!«

»Selbstverständlich, Herr Doktor!«

»Bitter! Mein Gott«, nahm Evelyn den Gesprächsfaden auf, als sie wieder allein waren, »was sollte ich da sagen? Ganz ehrlich, ich finde die Art, wie sie mit ihrem Kummer posiert, einfach lächerlich... was ist schon dabei? Wenn man feststellt, daß man betrogen wird, läßt man sich eben scheiden.«

»Und das will sie nicht?«

»Nein. Warum, kann ich überhaupt nicht begreifen. Ich kenne ihren Mann nämlich, und es ist wirklich gar nichts Besonderes mit ihm los. Die Kinder würde sie natürlich zugesprochen bekommen.«

»Vielleicht liebt sie ihn.«

»Lächerlich! Einen Mann, der einen betrügt, kann man einfach nicht lieben, wenn man nur ein bißchen Ehrgefühl hat.«

»Oho!«

»Sie brauchen sich nicht über mich lustig zu machen, Doktor. Was ich sage, ist meine feste Überzeugung, und schließlich habe ich auch danach gehandelt.«

»Verzeihen Sie bitte, aber das hätte ich beinahe vergessen. Erlauben Sie mir eine Bemerkung: Wenn alle Ehefrauen so denken würden wie Sie, wie viele Ehen würden dann von Bestand sein?«

»Wenn alle Ehefrauen so handeln würden wie ich, würde sich wahrscheinlich kaum noch ein Ehemann trauen, seine Frau zu betrügen.«

»Schon möglich.«

»Sehen Sie! Und deshalb hasse ich alle Frauen, die sich von ihren Männern hintergehen lassen, ohne sich dagegen zu wehren, sie verderben die Moral der Männer mehr als alles andere, weit mehr als die Frauen, die sich mit den verheirateten Männern einlassen!«

»Ich begreife nur eines nicht, liebe, verehrte gnädige Frau... ich versuche schon die ganze Zeit, mir das vorzustellen... aber wie ist es überhaupt möglich gewesen, daß man Sie betrogen hat? Wie kann ein Mann, der Sie besitzen darf, überhaupt noch Augen für irgendeine andere Frau haben?«

»Würden Sie mich nicht betrügen?«

»Wenn Sie meine Frau wären... niemals!« Er sah sie an, bis sie die Augen senkte.

»Heino hat nicht so gedacht«, sagte sie.

»Er muß wahnsinnig gewesen sein.«

»Vielleicht war er es.«

»Und jetzt... jetzt tut es ihm nicht leid?«

»O doch! Er hat mit allen Mitteln versucht, mich zurückzuhalten. Aber es war schon zu spät.«

»Das begreife ich nicht, wenn mir so etwas passiert wäre... ich würde mich vor Ihnen in den Staub werfen, ich würde Ihnen die Füße küssen, ich würde Sie anflehen, und ich bin sicher, Sie würden mir verzeihen!«

Sie lächelte. »Ich dachte, Sie würden mich nicht betrügen, niemals!«

Er führte ihre Hand an seine Lippen. »Ich werde Ihr Sklave sein...«

»Aber ich wünsche mir einen Mann, zu dem ich aufsehen kann!«

»... Ihr Sklave und Ihr Gebieter!«

Er hielt ihre Hand noch immer fest und ließ sie erst los, als der Kellner die Flasche Champagner brachte. Schwungvoll bugsierte er sie vor Dr. Fohringers Nase. Dann entkorkte er mit geübten Händen die Flasche, es gab einen kleinen gedämpften Ton, der Champagner schäumte in Dr. Fohringers Glas.

Er prüfte, sagte: »In Ordnung...«

Der Kellner schenkte beide Gläser voll, stellte die Flasche in einen hohen Kübel mit Eis und zog sich zurück.

Dr. Fohringer hob sein Glas, sie sahen sich tief in die Augen, stießen an und tranken.

Dann saßen sie schweigend.

»An was denken Sie?« fragte Evelyn.

Er sah an ihr vorbei. »Das möchte ich nicht gern sagen.«

»Geheimnisse?«

»Nein, aber ich fürchte, Sie werden mich auslachen, wenn ich Ihnen die Wahrheit sage.«

»Bestimmt nicht!«

»Sie werden mir auch nicht böse sein?«

»Ist es denn so schrecklich?«

»Ich möchte mit Ihnen schlafen!«

Ihr Gesicht rötete sich vor Empörung. »Sind Sie wahnsinnig?«

»Nein, nur ehrlich.«

»Ich muß Ihnen sagen, Dr. Fohringer, Sie irren sich ganz entschieden in mir. Wenn Sie mich für eine Person halten, die...«

»Sie haben mich vollkommen mißverstanden, gnädige Frau, ich habe nicht gesagt, ich erwarte, daß Sie mit mir schlafen werden, ich habe nur gesagt, ich möchte es gern. Ist das wirklich so schlimm?«

»Es ist empörend!«

»Glauben Sie denn, daß ich der einzige Mann bin, der einen solchen Wunsch hegt? Haben Sie nicht die Blicke bemerkt, die Ihnen heute abend im Spielsaal gefolgt sind? Ich bin überzeugt, unter all den Männern dort war kein einziger, der sich nicht dasselbe gewünscht hätte. Sie sind eine Frau, die solche Wünsche erweckt, und ich kann nicht glauben, daß Sie das nicht selber wissen.«

»Sie sind unverschämt«, sagte sie schwach.

»Schon heute morgen, als ich Sie in der Halle zum erstenmal sah, dachte ich mir...«

»Bitte nicht, Doktor!« unterbrach sie ihn beschwörend. »Nicht noch einmal!«

»Es tut mir sehr leid, daß ich Sie verletzt habe, aber denken Sie doch mal nach – ist es wirklich eine Beleidigung, wenn man so etwas für eine Frau empfindet? Würden Sie sich wohler fühlen, wenn ich Ihnen sagen würde, liebe gnädige Frau, kein Mann der Welt käme in Ihrer Gegenwart auf die Idee, mit Ihnen schlafen zu wollen?«

»Sie sind genau wie Heino! Ich glaube, alle Männer sind so. Ihnen ist bloß das wichtig, und sonst nichts.«

»Wer hat denn das gesagt? Sie haben mich völlig mißverstanden. Mir ist viel, viel mehr an Ihnen wichtiger als nur dies.«

»Warum haben Sie denn gerade nur dies gesagt?«

»Sie haben recht, Evelyn, es war sehr ungezogen von mir. Aber sehen Sie, wir Männer sind wie kleine Kinder, wir schämen uns unserer Gefühle, und deshalb sind wir oft grob und unverschämt und zynisch. Ich hätte mich einfach geschämt, Ihnen zu sagen... ich liebe dich!«

»Aber jetzt sagen Sie es?«

»Nein«, sagte er lächelnd.

Einen Augenblick war sie verwirrt.

Er bemerkte es und sagte rasch: »Haben Sie eigentlich eine feste Vorstellung... nun, banal ausgedrückt... von dem Mann Ihrer Träume?«

»Nein... doch, ich glaube schon...«

»Sehen Sie, und so haben auch viele Männer eine Idealvorstellung der Frau, die sie sich wünschen. Sie wissen nicht, wie das ist, man sucht nach einer Frau, man sehnt sie herbei, und man findet sie nie. Und schließlich ist man fast schon bereit, diesen Traum zu begraben, man resigniert. Und dann eines Tages ... ganz überraschend ... trifft man sie! Es kann in der Eisenbahn sein, auf einem Ball oder in der Hotelhalle. Man sieht sie und weiß sofort, das ist sie. Und plötzlich hat das Leben einen ganz neuen und wunderbaren Sinn bekommen.«

»Sie sind doch ganz anders als Heino.«

Er zog wieder ihre Hand zu sich und bedeckte sie mit vielen kleinen Küssen, hielt sie fest und legte seine Wange daran. »Wieso?«

»Er würde niemals so schöne Worte finden.«

»Ist das der einzige Unterschied?«

Sie sah ihn an, aber plötzlich mußte sie die Augen niederschlagen. »Nein«, sagte sie leise.

»Es war wunderschön, aber ... Judith reichte Theodor Reichlin die Hand, »aber ich glaube, jetzt möchte ich doch lieber ins Bett gehen!«

Er hielt ihre Hand fest. »Müssen Sie das wirklich?«

Einen Augenblick sah sie ihn lächelnd an, und ein warmes, erregendes Gefühl durchströmte sie.

Ein Blitzlicht flammte auf, unwillkürlich fuhren sie auseinander und starrten auf den Fotografen, einen jungen schlanken Mann. Er verbeugte sich lächelnd, hob die Kamera ans Auge und blitzte noch einmal.

»Na, hören Sie mal! Was fällt Ihnen ein?« sagte Theodor Reichlin mit milder Entrüstung.

»Entschuldigen Sie, bitte, ich dachte, ein kleines Andenken an diese Stunde wird Ihnen Freude machen! Wünschen Sie einen Abzug?«

Reichlin sah Judith an. »Möchten Sie?«

»Ich glaube nicht. Danke nein!«

»Mir schicken Sie bitte einen von dem ersten Bild!«

»Gern, wenn der Herr mir seine Adresse geben würde!«

Der Fotograf reichte Reichlin eine Karte und einen gezückten Kugelschreiber. Reichlin schrieb seinen Namen und seine Adresse und gab die Karte zurück.

»Ein Abzug kostet fünf Mark.«

»Und die wollen Sie jetzt kassieren?«

»Wenn ich bitten darf.«

Reichlin fuhr in die Hosentasche, holte ein Fünfmarkstück hervor und gab es dem Fotografen.

»Sie werden sehen, das Bild wird gut.«

»Und wenn es nichts wird?«

»Bekommen Sie Ihr Geld selbstverständlich zurück... aber das ist mir in meiner Praxis noch nie passiert!«

»Na, das wollen wir hoffen, aber das nächste Mal fragen Sie gefälligst um Erlaubnis, bevor Sie knipsen.«

»Entschuldigen Sie, bitte, ich weiß, es war nicht korrekt, aber es war so ein reizendes Bild, und ich fürchtete zu stören.«

»Schon gut, und nun verschwinden Sie!«

Der Fotograf packte seine Kamera und seinen Blitzlichtapparat in ein Futteral und verschwand.

»Komisch«, sagte Judith.

»Diese Kerle treiben sich in allen Nachtlokalen herum, das kenne ich schon.«

»Aber daß er ausgerechnet uns geknipst hat!«

»Ach, wahrscheinlich hat er auch andere vor die Linse genommen, wir haben nur nicht darauf geachtet.«

»Ich glaube nicht.«

»Ist es Ihnen unangenehm?«

»Was?«

»Das ich ein Bild von Ihnen bekomme?«

»Nein, natürlich nicht!«

Der Kellner kam vorbei und Reichlin bestellte noch zwei Whisky.

»Oder möchten Sie etwas anderes trinken?«

»Eigentlich wollte ich ja...«

»Nein, das wollten Sie nicht ernstlich!«

»Doch! Dies ist mein letztes Glas. Wissen Sie eigentlich, wie spät es ist?«

»Keine Ahnung.«

»Aber ich weiß es. Schon zwölf vorbei!«

»Und um diese Zeit liegen Sie zu Hause natürlich schon längst im Bett?«

»Zu Hause«, sagte Judith nachdenklich, »zu Hause müßte ich schon um halb sieben aufstehen, denn kurz nach sieben frühstükken die Kinder, und Eduard...« Sie verstummte.

»Ich habe Ihnen nun schon so viel von mir erzählt... ich habe Ihnen alles von mir erzählt, Judith, ich habe Sie mit meiner ganzen Lebensgeschichte gelangweilt...«

»Nein, das haben Sie nicht. Es war alles furchtbar interessant für mich!«

»Aber glauben Sie mir, für mich wäre es noch viel interessanter, wenn Sie mir endlich etwas von sich erzählen würden.«

Judith lächelte. »Von mir gibt es gar nichts zu erzählen, ich bin eine ganz und gar uninteressante Person.«

»Das glauben Sie selber nicht!«

»Doch. Was soll an einer Frau schon interessant sein, die schon fast sechzehn Jahre verheiratet ist, ihren Haushalt macht und sich nur um ihren Mann und ihre Kinder kümmert? Es gibt doch wohl nichts Langweiligeres.«

»Ist es langweilig für Sie?«

»Nein, für mich nicht, ich habe mir nie etwas anderes gewünscht.«

»Warum sollte es dann langweilig für mich sein?«

»Weil es gar nichts gibt, was sich darüber erzählen läßt.«

»Judith, bitte, weichen Sie mir jetzt nicht aus, sagen Sie mir die Wahrheit: Sind Sie glücklich?«

»Glücklich? Ich weiß es nicht...«

»Vielleicht bin ich ein schlechter Menschenkenner, Judith, aber ich habe seit dem Augenblick, da ich Sie zuerst gesehen habe, das Gefühl, daß Sie einen Kummer mit sich herumschleppen.«

»Das ist schlimm«, sagte sie erschrocken.

»Was?«

»Daß man es mir so anmerkt!«

»Ich habe also recht?«

»Ja, Sie haben recht, Herr Reichlin.«

»Bitte, sagen Sie Teddy zu mir, wie alle meine Freunde.«

»Teddy...«

»Und Sie wollen mir nichts über Ihren Kummer erzählen?«

»Nein, das will ich nicht.«

»Haben Sie denn gar kein Vertrauen zu mir?«

»Doch, Teddy, ich glaube, ich habe sehr viel Vertrauen zu Ihnen. Ich habe nie gedacht, daß man zu einem Menschen so schnell Vertrauen haben kann.«

»Aber...?«

»Aber es hat gar keinen Sinn, wenn ich es erzähle, Sie könnten mir nicht helfen, niemand kann mir helfen.«

»Es ist etwas mit Ihrem Mann, nicht wahr?«

»Ja. Aber fragen Sie nicht weiter, ich werde es Ihnen bestimmt nicht erzählen.«

»Sie sind nicht glücklich mit ihm?«

»Ich glaube, darauf kommt es gar nicht so sehr an. Ich liebe ihn, Teddy, und ich bin mit ihm verheiratet.«

»Es ist schrecklich.«

»Was?«

»Immer, wenn ich einer Frau begegne, die mir wirklich gefällt ... das kommt nur höchst selten vor, Judith ... dann stellt sich heraus, daß sie verheiratet ist.«

»Das haben Sie aber von Anfang an gewußt.«

»Aber nicht, daß Sie Ihren Mann lieben!«

»Es tut mir leid, Teddy, wenn ich Sie verletzt habe, aber es hat doch keinen Sinn, Ihnen etwas vorzumachen, nicht wahr?«

»Es gibt auch gnädige Lügen!«

»Das erwarten Sie doch nicht im Ernst von mir?«

»Nein. Nein, das erwarte ich nicht. Aber trotzdem ist es für mich einfach scheußlich. Sehen Sie, ich habe Ihnen doch erzählt, ich habe unseren kleinen Betrieb in Schuß gebracht, ich verdiene so viel Geld, wie ich brauche, genug Geld, um eine Familie erhalten zu können. Ich habe gerade angefangen, mir ein Haus zu bauen, alles könnte wunderbar in Ordnung sein, aber ich finde keine Frau, die zu mir paßt.«

»Lieber Teddy, ich habe mir all Ihre Klagen mit großem Verständnis angehört, aber verstehen kann ich Sie nicht. Schauen Sie sich doch einmal um! Es gibt so viele Mädchen, es gibt so viele Frauen, die sich nach einem Heim, ein bißchen Sicherheit sehnen.«

»Aber ich will keine Frau, die sich nach Sicherheit sehnt, ich will eine Frau, die mich liebt.«

»Vielleicht habe ich mich falsch ausgedrückt. Ich wollte sagen, es gibt so viele Mädchen und Frauen, die gern bereit wären, Sie zu lieben!«

»Das sagen Sie nur zum Trost!«

»Nein. Das ist nicht wahr. Wirklich, Teddy, ganz im Ernst, wenn ich nicht verheiratet wäre, und wenn ich Eduard nicht liebte ... ich glaube, ich habe selten einen Mann kennengelernt, der mir so sympathisch war.«

»Sympathie ist aber doch keine Liebe!«

»Nein, aber der Anfang.«

»Das macht mich gerade so verzweifelt, daß es zwischen uns nur bei einem Anfang bleiben soll.«

»Es kann doch gar nichts anderes daraus werden, Teddy, nehmen Sie doch Vernunft an!«

»Sie haben recht, Judith, Sie haben in jeder Beziehung recht. Es ist für mich nur schwer, mich damit abzufinden. Einmal trifft man eine Frau, mit der man sich wirklich unterhalten kann. Eine Frau, die genau das ist, was man immer gesucht hat, dann ist diese Frau verheiratet und liebt noch dazu ihren Mann!«

Judith lächelte. »Entweder wollen Sie mir etwas einreden, Teddy, oder – und das glaube ich – Sie reden sich selber etwas ein. An mir ist doch gar nichts Besonderes, schauen Sie sich doch mal um! Alle Frauen hier in der kleinen Bar sind hübscher und besser angezogen als ich. Sie sind bestimmt auch klüger, geschickter und selbstbewußter. Mit mir ist doch gar nichts los. Ich mit meinen einfachen Kleidchen...«

»Es steht Ihnen bezaubernd, Judith. Es hat genau die Farbe Ihrer Augen, und die ist wunderschön. Glauben Sie denn wirklich, Männer legen Wert auf Eleganz bei Frauen?«

»Nicht?« fragte Judith erstaunt.

»Natürlich nicht. Wenn man ein Abenteuer sucht, eine Freundin, dann hat man es vielleicht gern, wenn sie elegant ist, damit man mit ihr angeben kann, verstehen Sie? Aber ein Mann, der sich nach einer Frau umsieht, mit der er sein Leben verbringen möchte, der ist glücklich, wenn sie ein einfaches Kleid trägt, dann kann er sich vorstellen, wie man mit ihr zusammenleben kann... er sieht sie so vor sich, wie sie zu Hause sein wird.«

»Wenn Sie glauben, daß ich zu Hause so angezogen bin wie heute abend...«

»Wenn Sie meine Frau wären, müßten Sie immer so angezogen sein. Zigarette?« Er hielt ihr sein Etui hin.

»Nein. Ich rauche nicht.«

Er nahm sich selber eine Zigarette, gab sich Feuer. »Und trinken tun Sie anscheinend auch nichts mehr. Schmeckt es Ihnen nicht?« Er hob sein Glas und trank ihr zu.

Auch sie nahm einen kräftigen Schluck. »Doch, sogar ausgezeichnet. Lachen Sie mich bitte nicht aus, aber ich habe Whisky bisher immer nur aus Büchern gekannt. Ich habe mir niemals vorgestellt, daß er mir wirklich so gut schmeckt.«

»Es ist mein Leib- und Magengetränk.«

»Das kann ich mir gut vorstellen. Er schmeckt so... so männlich, nicht wahr?«

»Und Eduard... was trinkt Ihr Eduard?«

»Warum wollen Sie das wissen?«

»Weil ich mir gern ein Bild machen möchte, was für ein Mensch er ist.«

»Er ist Buchhalter in einer großen Maschinenfabrik. Er ist sehr fleißig und sehr tüchtig, gewissenhaft und zuverlässig...«

»Also ein treuer Ehemann?«

Sie antwortete nicht. »Bitte, sprechen wir doch nicht von meinem Mann. Ich finde, das gehört sich nicht.«

Er ergriff ihre Hand. »Judith, wollen Sie mir nun etwas versprechen?«

»Wenn ich es halten kann.«

»Das können Sie? Ich spüre, Sie haben einen großen Kummer, Sie sind nicht glücklich mit Ihrem Mann, er hat Ihnen einen Schmerz zugefügt... nein, sagen Sie nichts, es ehrt Sie, daß Sie sich nicht über ihn beklagen mögen... aber es könnte doch sein, nicht wahr... nehmen Sie mir die Hoffnung nicht, daß es sein könnte, Sie ließen sich scheiden... werden Sie dann an mich denken?«

»Ich werde sicher, auch ohne daß ich mich scheiden lasse, an Sie denken.«

»Bitte, Judith, so habe ich es doch gar nicht gemeint. Sie versuchen absichtlich, mich nicht zu verstehen!«

»Verzeihen Sie, ich wollte nur...«

»Ich weiß, Sie nehmen mich nicht ernst, aber das sollten Sie tun, ganz bestimmt. Was ich Ihnen jetzt sage, ist mein heiliger Ernst... ich wäre zu jeder Stunde bereit, Sie zu heiraten, verstehen Sie? Zu jeder Stunde!«

»Seien Sie mir nicht böse, Teddy, wenn ich jetzt doch ein bißchen lächeln muß. Ich bin sechsunddreißig Jahre alt...«

»Und was soll das? Ich bin achtunddreißig, wir passen großartig zusammen.«

»... und ich habe zwei große Kinder!«

»Glauben Sie, es würde mich stören, wenn Sie Ihre Kinder mit in die Ehe bringen? Im Gegenteil, ich wünsche mir eine große Familie. Das wäre doch schon ein Anfang. Natürlich müßten Sie mir versprechen, daß es nicht das Ende wäre.«

»Sie sind sehr lieb, Teddy; ich weiß gar nicht, wie ich Ihnen für das alles danken soll.«

»Danken? Für was?«

»Daß Sie mich eingeladen haben, daß Sie mir alle diese schönen Dinge erzählen, eben für alles!«

»Sie glauben doch nicht etwa, daß ich das aus... aus Menschenfreundlichkeit getan habe?«

»Nein, Ihrem Freund zuliebe. Bitte, widersprechen Sie mir nicht, sonst kann ich Ihnen gar nichts glauben! Ich bin überzeugt, Doktor Fohringer hat Sie gebeten, sich mit mir zu beschäftigen, damit er...«

»Ja, Sie haben recht, damit er Ihrer Freundin den Hof machen konnte. Das ist wahr, und ich leugne es gar nicht. Männer sind nun mal so, und ich bin sicher, Sie werden es mir verzeihen. Denken Sie doch mal nach, wenn es nur deswegen gewesen wäre, hätte ich Sie nicht einfach ins Hotel bringen können? Aber wir haben uns hier in die Bar gesetzt und Stunde um Stunde miteinander geplaudert. Nein, Judith, zuerst war es wirklich nur ein Spaß aus Männerfreundschaft, ja, kann sein, ich habe mir ein kleines Abenteuer versprochen. Aber Sie müssen doch spüren, das alles ganz anders geworden ist!«

Es war schon drei Uhr vorbei, als Evelyn und Dr. Fohringer ins Hotel zurückkamen. Evelyn war noch gar nicht müde, sie war beschwingt und fühlte sich großartig, ja, sie war sogar ein wenig enttäuscht gewesen, daß Dr. Fohringer schon gezahlt hatte. Es war ein wunderschöner Abend gewesen; sie hatten Champagner getrunken, sie hatten getanzt. Er hatte ihr tausend schöne Dinge gesagt; und sie hatten sich geküßt. Als sie in seinem Wagen zum Hotel zurückgefahren waren, hatte er plötzlich in einer kleinen dunklen Straße gehalten, und sie hatten sich lange geküßt. Es war wundervoll gewesen.

»Ich bin beschwipst«, sagte sie, als sie sich vom Nachtportier die Schlüssel hatten geben lassen und zum Lift gingen, »ist das schlimm?«

Er hatte seinen Arm um ihre Schultern gelegt. »Warum sollte das schlimm sein?«

»Vielleicht kann ich mein Zimmer gar nicht finden!«

»Keine Angst, Evelyn, ich werde dir schon helfen!«

Der Lift stand unten, sie stiegen ein und fuhren hinauf. Dr. Fohringer öffnete die Tür, sie gingen durch den langen Gang.

»Komisch!« sagte Evelyn.

»Was ist komisch?«

»Daß gar keine Schuhe dastehen!«

Er lachte. »Die hat der Hausdiener schon eingesammelt.«

Er schloß ein Zimmer auf, ließ sie eintreten.

Einen Augenblick sah sie sich verblüfft um. »Aber, das ist doch gar nicht ... das ist doch nicht ...«

»Das ist mein Zimmer, Evelyn!«, sagte Dr. Fohringer und schloß die Tür ab.

»Dein ... bist du denn wahnsinnig?«

»Warum?«

»Du kannst mich doch nicht einfach mitten in der Nacht in dein Zimmer nehmen!«

»Du wohnst doch mit deiner Freundin zusammen ...«

Er nahm sie in die Arme und wollte sie wieder küssen, aber diesmal wehrte sie sich.

Sie stieß ihn zurück. »Nicht, laß mich los!«

»Was hast du denn auf einmal?«

»Ich kann doch nicht ... glaubst du denn, daß ich ...«

»Bitte, Evelyn, ich weiß, daß du eine anständige Frau bist ... das hast du mir lang und breit gesagt, wollen wir das unterstellen, ja? Es ist doch unsinnig, daß du dich jetzt so zierst!«

»Aber ... ich ziere mich doch gar nicht! Ich will einfach nicht! Verstehst du denn nicht ... ich will das nicht!«

»Was heißt das ... du willst das nicht?«

»Ich will nicht mit dir schlafen!«

»Na, erlaube mal, das fällt dir aber reichlich spät ein.«

»Du bist unverschämt! Was denkst du eigentlich von mir. Für was hältst du mich?«

»Genau für das, was du bist: Für eine geschiedene Frau, die ein Abenteuer sucht.«

»Da irrst du dich aber. Ich suche kein Abenteuer!«

»Suchst du etwa einen Ehemann?«

»Ich suche überhaupt nichts! Ich will jetzt schlafen gehen, bitte, laß mich raus!«

Wieder versuchte er sie in die Arme zu nehmen, und wieder versuchte sie sich loszureißen.

»Bitte, Evelyn, nimm doch Vernunft an! Du gefällst mir und ich gefalle dir ... sag nicht, daß ich dir nicht gefalle, sonst hättest du mich nicht so geküßt. Was ist denn nun dabei, wenn wir dies tun? Wir sind doch beide freie Menschen, nicht wahr?«

»Freie Menschen!«

»Ja! Zu was hast du dich denn scheiden lassen, wenn du jetzt das Leben einer Nonne führen willst?«

Sie versuchte verzweifelt, sich seinem festen Griff zu entziehen, aber er ließ nicht locker. Er drängte sie zum Bett hin.

»Laß mich los oder ich schreie!«

»Schrei nur, was glaubst du, was die Leute denken werden!«

»Bitte, bitte, laß mich los!«

»Ich denke nicht daran!«

Er hatte sie auf das Bett geworfen, lag halb über ihr. Sie fühlte, daß sie seiner Kraft nicht gewachsen war.

»Bitte... bitte«, stöhnte sie, »das darfst du nicht, das darfst du nicht! Ich bin ja gar nicht geschieden!«

Er ließ sie mit einer Plötzlichkeit los, die sie erschreckte. »Was sagst du da? Ist das wahr?«

Sie schluchzte. »Ich bin gar nicht geschieden«, wiederholte sie.

Er trat vor den Waschtischspiegel, bürstete sich das Haar, zog seinen Anzug glatt, seine Krawatte zurecht. »Das verändert natürlich die Situation.«

»Ich weiß gar nicht, warum ich das erzählt habe...«

»Das weiß ich allerdings auch nicht.«

»Ich weiß, ich habe mich auch so eingeschrieben; aber, du mußt doch verstehen...«

»Es tut mir leid, jetzt verstehe ich überhaupt nichts mehr.«

»Doch, es ist doch alles so einfach... er hat mich ja betrogen, und ich will mich doch scheiden lassen, aber er hat mir solche Schwierigkeiten gemacht... und deshalb...«

»Deshalb wolltest du ihn betrügen?«

»Nein«, sagte sie leise.

Er sah sie an. Sie wirkte zerzaust und ramponiert immer noch hübsch und anziehender denn je. »Ich glaube, Evelyn«, sagte er, »es ist das beste, du gehst jetzt!«

»Es tut mir alles schrecklich leid, das mußt du mir glauben.«

»Ich glaube es ja, aber jetzt möchte ich wirklich schlafen.«

»Darf ich dich noch was fragen?«

»Bitte!«

»Würdest du... würdest du mich heiraten?«

»Heiraten?«

»Ja. Du mußt das doch verstehen, ich kann meinen Mann nicht betrügen, bevor ich nicht geschieden bin, sonst braucht er doch nichts zu zahlen!«

»Ach so«, sagte er, »so ist das also, jetzt habe ich endlich verstanden!«

»Ist das denn das schlimm, was ich gesagt habe?«

»Wahrscheinlich nicht. Wahrscheinlich ist dein Standpunkt sogar ganz vernünftig, nur...«

»Nur...?«

»Ich bin ein Mann, Evelyn... ich bin genauso ein Mann wie dein Heino. Und deshalb...«

»Deshalb bist du mir jetzt böse?« Sie stand auf und strich sich ihr Kleid glatt.

»Nein, ich bin nur um eine Erfahrung reicher.«

»Wie meinst du das?«

»Daß man sich doch immer nur auf den ersten Eindruck verlassen soll, den man von einem Menschen hat.«

»Und was war dein erster Eindruck?« fragte sie in der vagen Hoffnung, daß er jetzt doch noch etwas Nettes sagen würde.

»Daß du eine dumme Gans bist, Evelyn, und das bist du! Gute Nacht!« Er schob sie aus dem Zimmer, und sie hörte, wie er den Schlüssel umdrehte.

Obwohl es am Abend zuvor spät geworden war, war Judith doch schon kurz vor acht in der Hotelhalle. Ihr frühes Aufstehen glich einer Flucht. Sie hatte Teddy Reichlin versprochen, um neun Uhr mit ihm zusammen zu frühstücken, und sie war keineswegs gewillt, dieses Versprechen einzulösen. Sie hatte schlecht geschlafen, und fortwährend hatte sie halbwach über sich, über Eduard und über Teddy nachgegrübelt, und sie war zu dem Ergebnis gekommen, daß sie Teddy auf keinen Fall wiedersehen durfte. Sie konnte unmöglich von ihm erwarten, daß er immer so zurückhaltend und verständnisvoll bleiben würde, wie er es gestern abend gewesen war, und sie spürte ganz deutlich, daß es für sie nur einen einzigen Platz auf der Welt gab, und der war bei Eduard und den Kindern.

Sie hatte ein leichtes Gefühl von Katzenjammer und dumpfer Furcht, sich irgendwie falsch benommen, irgend etwas Falsches gesagt zu haben. Aber etwas Reales dieser Art wollte ihr nicht einfallen, obwohl sie alle Ereignisse des Abends schon mehr als einmal von Anfang an durchdacht hatte.

Neben diesem Unbehagen, das auf den ungewohnten Alkoholgenuß und auf die schlaflose Nacht zurückzuführen war, fühlte sie noch ein anderes, ganz gegenteiliges Gefühl in ihrem Herzen – Freude darüber, daß sie einem gutaussehenden und sympathischen jungen Mann gefallen hatte.

Vielleicht hat er mir das alles doch nur aus Höflichkeit, aus Mitleid gesagt, versuchte sie ihre eigene Freude selbstzerstörerisch zu dämpfen. Aber warum sollte er es tun, wenn ich ihm nicht wenigstens sympathisch war?

Sie blieb vor dem Spiegel stehen, der das Bild jedes Menschen zurückwarf, der in die Halle kam. Sie erschrak. War sie das wirklich?

Ihr Kleid hatte eine unmögliche Länge, ihr Haar war schlecht frisiert, und ihr Lippenstift wirkte fade. Sie errötete. Also hat er sich nur lustig über mich gemacht. Wie konnte sie ihm nur ein Wort glauben! Sie drehte sich um und ging auf das Empfangspult zu.

»Guten Morgen, gnädige Frau, gut geschlafen?« fragte Herr Schulze freundlich.

»Ja, danke...« Sie hatte sich vorgenommen, Teddy eine Botschaft ausrichten zu lassen, daß er nicht auf sie warten möge, aber jetzt, vor den allzu wissenden Blicken des Empfangschefs, wurde sie unsicher. Sie biß sich auf die Lippe. »Ist Post für mich da?« fragte sie, obwohl sie keine Ahnung hatte, wer ihr geschrieben haben könnte, denn sie hatte ihre Adresse nicht hinterlassen.

Herr Schulze ging zur Hinterwand des Empfangsbüros und sah in ein bestimmtes Fach. »Leider nein, gnädige Frau... oder doch!«

In diesem Moment kam ein kleiner, grünlivrierter Page mit einem großen, von dünnem Papier umhüllten Blumenstrauß auf sie zu. Er machte eine kleine Verbeugung und überreichte ihn Judith.

»Für mich?« fragte sie erstaunt, und ohne es an sich zu nehmen, fragte sie Herrn Schulze: »Ist das nicht vielleicht ein Irrtum?«

Der Empfangschef lächelte: »Ich glaube nicht, gnädige Frau!«

Mit unsicheren Händen nahm Judith den großen Strauß entgegen, stellte fest, daß ein kleines, geschlossenes Kuvert mit einer Stecknadel daran befestigt war. Sie riß den Umschlag auf, nahm das Kärtchen heraus. *Ich habe es ernst gemeint, Teddy* stand darauf, nichts weiter. Judith errötete noch heftiger als zuvor, schaute sich scheu nach allen Seiten um, als befürchtete sie, daß jemand sie beobachtete. Aber Herr Schulze war damit beschäftigt, Post zu sortieren, und der Herr, der beim Empfangspult lehnte, las die Zeitung.

Sie öffnete rasch, fast verstohlen, die Umhüllung, steckte ihre Nase hinein. Ein berauschender Duft stieg ihr entgegen. Fünfundzwanzig auserlesene blaßrosa Nelken hatte Teddy ihr geschickt.

Sie hüllte die Blumen wieder ein, stand einen Augenblick zögernd. Dann wandte sie sich wieder an den Empfangschef. »Bitte, würden Sie so freundlich sein und diese Blumen auf Zimmer 217 bringen lassen? Ich habe einige Besorgungen zu machen.«

»Sehr gern, gnädige Frau, wird sofort geschehen!« versicherte Herr Schulze.

Judith wollte sich schon zum Gehen wenden, da fiel ihr etwas ein: »Bitte, Herr Schulze, bitte«, sagte sie und neigte sich weit über das Pult. »Wenn Herr Reichlin Sie um meine Adresse fragen sollte, bitte geben Sie sie ihm nicht, ja?«

»Selbstverständlich, gnädige Frau, Sie können sich ganz auf mich verlassen«, sagte Herr Schulze.

»Danke!« Sie wandte sich rasch ab und verließ durch die große, schwingende Drehtür das Hotel.

Der Herr, der sein Gesicht hinter der Zeitung verborgen hatte, war niemand anders als der junge Fotograf vom gestrigen Abend. Jetzt faltete er sein Blatt zusammen und trat noch näher an Herrn Schulze heran. Er faßte in die Hosentasche, holte ein Fünfmarkstück heraus und ließ es auf dem Pult diskret springen.

»Eine kleine Frage, Herr Schulze...«

Der Empfangschef sah ihn prüfend an.

»Um was hat Frau Weinberger Sie eben gebeten?«

Mit einer verächtlichen Bewegung schob der Empfangschef das Geld zurück. »Wir sind hier keine Auskunftei, mein Junge«, sagte er.

»War es so kompromittierend?«

»Sie täten besser daran, den Mund zu halten, verstehen Sie? Und wenn ich noch einmal erfahre, daß Sie sich abends mit der Kamera in unseren Räumlichkeiten herumdrücken ...«

»Wer hat Ihnen das gesagt?«

»Ich habe eine gute Nase für solche Dinge, mein Junge, seien Sie vorsichtig. Ich würde Sie mit Vergnügen bei der Polizei anzeigen.«

»Weshalb regen Sie sich so auf? Es ist mein Beruf, ein Beruf wie jeder andere. Bilden Sie sich nur ja nicht ein, daß man mich deswegen ins Kittchen stecken wird.«

»Deswegen vielleicht nicht, aber wegen Hausfriedensbruch.«

»Daß ich nicht lache!«

»Lachen Sie nur! Ich verbiete Ihnen letztlich und allen Ernstes, jemals wieder die Schwelle dieses Hauses zu übertreten, und da ich weiß, daß Sie sich aus freundschaftlichen Warnungen nicht viel machen, werden Sie morgen einen Einschreibbrief der Direktion erhalten!«

Zwischen zwei Vorlesungen – Erika Sindelfing studierte Volkswirtschaft und hatte Eduard Weinberger während der Semesterferien kennengelernt, als sie im gleichen Betrieb wie er gearbeitet hatte – lief Erika zum Telefonhäuschen und rief die Auskunftei Holmer an.

»Haben Sie schon etwas herausgebracht?« fragte sie atemlos.

»Für hundert Mark schon eine ganze Menge!«

»Hundert?«

»Sie haben leider Pech, die Dame ist teuer.«

»Das kann ich gar nicht zu glauben...«

»Wir wissen es, sie ist im Palast-Hotel abgestiegen, einem sehr feudalen alten Haus.«

»Aber woher hat sie denn das Geld dazu?«

»Das kann ich Ihnen leider nicht sagen, noch nicht. Genauer Bericht liegt noch nicht vor.«

»Wann, denken Sie denn?«

»Einen Augenblick, Fräulein Sindelfing, Sie haben Glück, meine Sekretärin sagt, daß der Bericht gerade über Fernschreiber hereinkommt. Warten Sie einen Moment, ich lese vor.«

»Ja, bitte...«

»Sind Sie noch da?«

»Natürlich, ich warte!«

»Passen Sie auf! Frau Judith Weinberger ist zusammen mit einer Frau Evelyn Kammeritz gestern abend im Palast-Hotel abgestiegen... das sagte ich Ihnen ja schon... die Damen haben ein Doppelzimmer genommen, im Hotel zu Abend gegessen und sind dann gleich ins Spielcasino gegangen. Dort haben sie sich mit zwei Herren, einem Dr. Georg Fohringer und einem Theodor Reichlin, getroffen und bald darauf das Casino verlassen. Auf der Straße haben sich die Paare getrennt. Frau Judith Weinberger ist mit dem besagten Theodor Reichlin zusammen ins Hotel zurückgegangen. Sie haben die Bar aufgesucht, und den Abend dort bei Whisky Soda bis nach ein Uhr zusammen verbracht. Wir besitzen auch eine Fotografie von dem Paar, die aber erst noch entwickelt werden muß!«

»Kompromittierend?«

»Selbstredend, Fräulein Sindelfing, sonst hätte unser Mann sie gar nicht aufgenommen. Um ein Uhr siebenundzwanzig hat Herr

Reichlin bezahlt, und sie sind zusammen mit dem Lift nach oben gefahren, Herr Reichlin wohnt im selben Hotel wie Frau Weinberger.«

»Und dann? Was ist dann geschehen?«

»Das hat unser Mann leider nicht herausbringen können, weil er vom Nachtportier aufgehalten wurde, und dann, als er schließlich doch nach oben konnte, war die Spur verwischt.«

»Schade.«

»Heute morgen hat Frau Weinberger einen Strauß mit fünfundzwanzig Nelken überreicht bekommen, ein Geschenk dieses Herrn Reichlin, kurz darauf hat sie das Hotel verlassen!«

»Mit Herrn Reichlin?«

»Nein, Herr Reichlin war zweifellos noch nicht aufgestanden, deshalb haben wir die Beobachtung einstweilen ausgesetzt. Wünschen Sie, daß wir unsere Recherchen fortsetzen?«

»Ja! Nein, das heißt... ich werde Sie in einer Viertelstunde noch einmal anrufen, ja?«

»Bitte... wir werden warten.«

»Und was das Geld anbetrifft...«

»Kein Grund zur Sorge, Fräulein Sindelfing, fünfzig Mark haben Sie ja angezahlt, und die restlichen fünfzig Mark sind im Laufe dieses Monats fällig.«

»Wäre es sehr schlimm, wenn ich sie erst Anfang nächsten Monats bezahlen würde? Ich bekomme nämlich erst dann meinen Wechsel!«

»Wir sind ausnahmsweise mit dieser Regelung einverstanden.«

»Danke... und, natürlich, wenn wir sie weiter beobachten lassen wollen, bekommen Sie das Geld sofort!«

»Danke, Fräulein Sindelfing, wir haben uns sehr gefreut, Ihnen helfen zu können.«

Erika legte den Hörer auf, sah auf ihre Armbanduhr. Zwanzig nach, die Vorlesung über Wirtschaftsrecht hatte schon begonnen. Sollte sie jetzt losrennen oder Eduard anrufen?

Einen Augenblick zögerte sie, dann aber wurde ihr klar, daß sie die Neuigkeit nicht mit sich herumtragen konnte, sie wählte die Nummer von Eduards Betrieb.

»Bitte, könnte ich wohl Herrn Weinberger sprechen?« fragte sie, als sich jemand meldete.

»Wer spricht dort, bitte?« fragte die Telefonistin.

»Seine Schwester!«

»Ach so!«

Erika kam es vor, als wenn dieses ›ach so‹ ziemlich zweideutig geklungen hätte, aber sie war im Augenblick viel zu aufgeregt, um sich etwas daraus zu machen.

»Ich verbinde«, sagte die Telefonistin.

Die Buchhaltung meldete sich, Erika hatte Glück, Eduard war selber am Telefon. »Eduard... du? Gott sei Dank! Ich muß dich dringend sprechen!«

»Ich habe dich wohl oft genug gebeten, mich nicht während der Arbeitszeit anzurufen, es ist einfach unmöglich!«

»Es ist so wichtig, Eduard! Bitte, bitte, leg nicht auf! Hör mich an... deine Frau betrügt dich!«

Judith schlenderte durch die Straßen Baden-Badens. Theodor Reichlins Nelken, sein kurzer Gruß hatten ihr unendlich wohl getan. Das Bewußtsein, sein Kärtchen in ihrer Handtasche bei sich zu tragen, beschwingte sie, ja, machte sie fast glücklich. Aller Katzenjammer war verflogen.

Goldener Sonnenschein erfüllte die breiten Straßen, und für eine Weile irrten Judiths Gedanken von dem brennenden quälenden Problem ihres Lebens ab.

Sie strich sich über das Haar, es saß mal wieder gar nicht. Ob sie sich nicht wenigstens das Haar waschen, sich eine moderne, aparte Frisur machen lassen sollte? Sie hatte hundert Mark bei sich, sie konnte es sich erlauben.

Konnte sie das wirklich? Wie lange würden sie in Baden-Baden bleiben? Mußte sie nicht wenigstens etwas Geld in der Tasche haben?

Sie seufzte tief und ging weiter. Langsam war es Zeit, sich auf den Heimweg zu machen. Evelyn würde böse sein, wenn sie erwachte, und Judith war nicht da. Sie bog in eine stille Parkstraße ein und schlenderte zurück. Von einem der ruhigen, vornehmen Häuser leuchtete ein weißes Schild. Ohne Neugier las sie den Text: *Tiefenpsychologische Eheberatungsstelle* stand mit schwarzen Buchstaben auf der weißen Emailletafel. *Frau Dr. med. Ilse Küfer.*

Sie war schon ein paar Schritte weitergegangen, als ihr plötzlich klar wurde, was das besagte. Tiefenpsychologische Eheberatungsstelle – ob es wirklich eine Stelle gab, die dazu da war, Ehen wieder in Ordnung zu bringen? Judith blieb stehen und ging zurück. Lange starrte sie das Schild an, und dann – ging sie auf die Haustür zu und drückte auf den Klingelknopf des dritten Stocks. Es blieb ihr keine Zeit mehr zu überlegen, die Tür wurde sogleich aufgedrückt. Sie hatte Herzklopfen, als sie die drei Treppen hinaufstieg. Im dritten Stock wäre sie am liebsten wieder umgekehrt, aber da wurde die Tür zur Praxis schon geöffnet und eine Sprechstundenhilfe im weißen Kittel, nicht anders als bei jedem praktischen oder Facharzt, steckte den Kopf heraus.

»Bitte, treten Sie ein, gnädige Frau!« Und schon hatte sich die Tür hinter Judith geschlossen.

»Sind Sie angemeldet?« fragte die Sprechstundenhilfe.

»Nein, ich bin auf der Durchreise.«

»Einen Augenblick, ich werde gleich einen Termin für Sie festlegen.«

»Bitte, kann es nicht jetzt sein?« Als Judith in das ruhige Gesicht des jungen Mädchens sah, gewann sie plötzlich soviel Mut zu sagen: »Wissen Sie, vielleicht verstehen Sie das gar nicht, aber ... ich weiß nicht, ob ich mich ein anderes Mal trauen würde!«

»Doch, das verstehe ich sehr gut, es ist ganz ähnlich wie beim Zahnarzt, nicht wahr? Aber Sie brauchen keine Angst zu haben, wirklich, gar keine Angst. Es tut überhaupt nicht weh.«

»Danke«, sagte Judith mit einem schwachen Lächeln.

»Darf ich um Ihre Personalien bitten?«

»Ja, gern, aber... ich meine, mein Mann... mein Mann darf es nie erfahren...«

»Durch uns gewiß nicht, gnädige Frau!«

Etwa eine halbe Stunde mußte Judith in einem wohltuend geschmackvollen und freundlichen Wartezimmer warten. Sie war allein im Raum und hatte das Gefühl, daß es mehrere Wartezimmer dieser Art gab, die miteinander in Verbindung standen, denn ein- oder zweimal wurde an der Wohnungstür geklingelt, offensichtlich wurden Patienten eingelassen, aber niemals wurde die Tür zu ihrem Raum geöffnet.

Dann erschien die Sprechstundenhilfe wieder und holte sie ab.

Im ersten Augenblick machte Frau Dr. Küfer auf Judith den Eindruck einer Frauenrechtlerin, ein Eindruck, der durch ihr kurzgeschnittenes, graues Haar, das strenge Jackenkleid und die funkelnden Brillengläser hervorgerufen wurde. Kaum aber hatte die Ärztin und Psychologin einige Worte zu ihr gesagt, da hatte Judith plötzlich das Gefühl, einer guten älteren und erfahrenen Freundin gegenüberzusitzen.

Das Sprechzimmer, in das sie geführt wurde, hatte keinerlei Ähnlichkeit mit irgendeiner Art, es war betont weiblich und gemütlich gehalten, der Raum sollte in den Patientinnen das Gefühl erwecken, daß sie auf einem freundschaftlichen Besuch wären.

Judith sah sich um. »Kommen keine Männer zu Ihnen?« fragte sie.

Frau Dr. Küfer lächelte. »Doch, auch. Aber natürlich sind die Frauen in der Überzahl. Die Frauen sind ja seit eh und je die Hüterinnen des heiligen Feuers gewesen, und Sie wissen, daß Heim und Ehe Jahrtausende lang durch das Feuer symbolisiert worden sind.«

»Ja, ich weiß. Aber trägt nicht eigentlich der Mann genausoviel Verantwortung für seine Ehe?«

»Sicher. Aber er ist sich dessen nicht so bewußt.«

Judith saß Frau Dr. Küfer gegenüber. Sie hielt ihre Handtasche fest umklammert. Plötzlich wußte sie nicht mehr, weshalb sie gekommen war. Konnte diese Frau ihr wirklich helfen?

»Können Sie mir wirklich helfen?« sprach sie ihren Gedanken laut aus.

»Sie haben recht, zuletzt können immer nur Sie selber sich helfen, Frau Weinberger; aber vielleicht können wir Sie doch auf den richtigen Weg weisen!«

»Ja, ich glaube, das ist gerade das, was ich brauche ... einen Rat ... einen wirklichen Rat ... und bitte, bitte, raten Sie mir nicht zu einer Scheidung, das versucht mir meine Freundin schon immer einzureden.«

»Was das betrifft, kann ich Sie beruhigen, Frau Weinberger, zu einer Scheidung raten wir nur sehr selten ... in ausgesprochen extremen Fällen! Im allgemeinen ist eine Ehe immer noch zu retten, wenn wenigstens der eine Teil guten Willens ist.«

»Ich ... ich habe sicher vieles falsch gemacht, Frau Doktor, aber ... aber über eines bin ich mir wirklich erst jetzt klargeworden ... wie sehr ich meinen Mann liebe, und wie sehr ich wünsche, daß unsere Ehe erhalten bleibt!«

»Es freut mich, daß Sie das sagen, die meisten Frauen kommen nämlich hierher, in der festen Überzeugung, daß die Schuld nicht bei ihnen, sondern nur bei ihrem Mann liegt. Sie wollen unbedingt wissen, ob es nicht eine gesetzliche Handhabe gibt, die Geliebte ihres Mannes zu bestrafen oder doch wenigstens ihrem Mann den Verkehr mit der anderen zu verbieten; denn meistens läuft es immer auf dieses Problem hinaus, mögen auch die Wurzeln ganz woanders und viel tiefer liegen.«

»Und ist das möglich?«

»Nein. Man kann nur dann einen Strafantrag gegen die Ehebrecher stellen, wenn man zugleich die Scheidung der Ehe verlangt. Oder wenn der Ehemann die Geliebte mit in die eheliche Wohnung oder in ein gemeinsames Geschäft bringt, sie im selben Betrieb wie die Frau arbeitet oder dergleichen, in den meisten Fällen sind aber die Voraussetzungen nicht gegeben.«

»Eigentlich schade.«

»Was?«

»Daß man so etwas nicht einfach verbieten kann. Sehen Sie, wenn mein Mann keine Geliebte hätte, wäre es doch viel leichter, unsere Ehe wieder in Ordnung zu bringen, nicht wahr?«

»Wenn er keine Geliebte hätte, würden Sie vielleicht bis heute nicht gemerkt haben, daß Ihre Ehe nicht mehr in Ordnung ist.«

»Das stimmt!« sagte Judith ehrlich.

»Sie glauben doch nicht wirklich, daß es gut wäre, wenn der Staat und die Justiz auch in diese intimsten und privaten Dinge eingreifen würden? Nein, liebe Frau Weinberger, zu diesem Punkt kann ich Ihnen nur dasselbe sagen, wie all meinen Klientinnen oder Patientinnen, wie auch immer Sie sie nennen wollen: Da wir nicht gewillt sind, den Staat um Rat zu fragen, wie und ob wir heiraten sollen, können wir ihn auch nicht zur Hilfe rufen, wenn in unserer Ehe etwas schiefgeht. Für unsere Ehe sind wir ganz allein verantwortlich... mit wir meine ich die beiden Ehepartner... in allererster Linie aber meine ich die Frauen. Ich gebe zu, daß das heutzutage ganz besonders schwer ist, da unsere Zeit ausgesprochen ehefeindlich ist.«

»Ehefeindlich? Wie meinen Sie das?«

»Ich will nicht behaupten, daß es zu anderen Zeiten einfach gewesen wäre, eine gute Ehe zu führen, daß die Ehe damals von keinen äußeren oder inneren Gefahren bedroht worden wäre. Aber heute ist noch etwas dazugekommen, was die früheren Generationen nicht kannten: eine verheerende Gier nach materiellem Besitz! Jede Familie versucht mit aller Kraft, ihren Lebensstandard zu erhöhen, es den anderen gleichzutun, sie noch zu übertrumpfen, und dabei geht das innere Glück in die Brüche. Man hat keine Zeit mehr, zu leben, man starrt nur noch auf Äußerlichkeiten... die ganze Lebensrichtung ist falsch!«

»Ich glaube, was Sie da sagen, habe ich bei meiner Freundin Evelyn beobachten können. Sie zerstört ihre Ehe, weil sie sich niemals mit dem zufrieden gibt, was sie bekommt. Sie will immer noch mehr haben, kostbareren Schmuck, elegantere Kleider, teuerere Reisen, verstehen Sie? Aber bei uns trifft das, was Sie sagen, ganz bestimmt nicht zu. Die Kinder und ich, wir leben wirklich bescheiden. Ich gönne mir eigentlich nie etwas, und zu dieser Reise nach Baden-Baden bin ich überhaupt nur dadurch gekommen, daß meine Freundin mich eingeladen hat!«

»Hm...« sagte Frau Dr. Küfer.

»Glauben Sie mir nicht?«

»Meine liebe Frau Weinberger, ich kann mir vorerst noch gar kein Urteil erlauben, denn Sie haben bisher eigentlich noch nichts von Ihrem Kummer erzählt!«

Judith nahm allen Mut zusammen. »Mein Mann betrügt mich!«

»Seit wie lange?«

»Ich weiß es nicht. Ich habe es erst vor einigen Tagen erfahren.«

»Und wodurch?«

Judith öffnete ihre Handtasche und suchte den Brief, dabei fiel ihr als erstes Teddys Gruß in die Hände. Sie errötete leicht und war froh, daß Frau Dr. Küfer bei all ihren Fähigkeiten doch keine Gedanken lesen konnte. Dann hatte sie Erikas Schreiben gefunden und gab es der Psychologin.

Frau Dr. Küfer überflog den Brief. »Aha«, sagte sie, »ohne diesen Brief hätten Sie nichts gemerkt?«

»Nein.«

»Ihr Mann war ganz wie immer?«

»Ja.«

»Ein guter Ehemann?«

»Ja, ja, er war immer ein guter Mann. Allerdings... er war oft... ehrlich gesagt, er war meist schlecht gelaunt, wenn er zu Hause war. Die Kinder gingen ihm auf die Nerven, und ich anscheinend auch, aber ich schrieb das seiner Überarbeitung zu. Er muß nämlich jeden Abend Überstunden machen, er kam immer erst nach neun oder sogar nach zehn nach Hause. Ich habe mir nie etwas dabei gedacht, aber heute weiß ich natürlich...«

»Ich verstehe. Haben Sie mit Ihrem Mann schon über diesen Fall gesprochen?«

»Ich wollte es. Aber es ist nichts dabei herausgekommen. Wahrscheinlich ist es meine Schuld. Ich habe den Zeitpunkt falsch gewählt, ich habe ihn nämlich zur Rede gestellt, als er mitten in der Nacht nach Hause kam, und dann habe ich auch die Nerven verloren, ich glaube, ich habe geweint. Ich habe mich recht töricht aufgeführt.«

»Glauben Sie, daß Ihr Mann Sie nur betrügt... verstehen Sie mich nicht falsch, wenn ich ›nur‹ sage, das an sich ist natürlich schlimm genug... oder könnten Sie sich auch vorstellen, daß er sich scheiden lassen will?«

»Ich weiß es nicht«, sagte Judith hoffnungslos.

»Und wenn ich Sie recht verstehe, sind Sie auf diese Auseinandersetzung hin Hals über Kopf nach Baden-Baden gefahren?«

»Ja. Meine Freundin hatte mich eingeladen. Ich... aber ich weiß es jetzt schon, daß es falsch war...«

»Woher wissen Sie das?«

»Ich... ich hätte nicht davonrennen sollen, man soll in solchen Situationen nicht fliehen, nicht wahr? Aber ich war dem allein einfach nicht mehr gewachsen, ich wußte überhaupt nicht mehr, wie ich noch mit ihm reden sollte. Er war in jener Nacht so... ich kann das gar nicht beschreiben... so kalt und feindlich zu mir!«

»Meine liebe Frau Weinberger, über eines kann ich Sie vollkommen beruhigen, ich glaube nicht, daß es falsch war, daß Sie die Einladung Ihrer Freundin angenommen haben. In jedem Fall ist es gut für beide Teile, ein bißchen Abstand zu gewinnen. Sie wissen heute mehr denn je, daß Sie zu Ihrer Familie und zu Ihren Kindern gehören... und wer sagt Ihnen denn, daß Ihrem Mann das während Ihrer Trennungszeit nicht auch klar wird?«

»Ich glaube, er liebt mich nicht mehr...«

»Das ist durchaus nicht gesagt, auch wenn er Sie betrügt, ich könnte Ihnen Fälle nennen...«

»Ja, ich weiß... aber je mehr ich über all das nachdenke, desto klarer wird mir, daß ich Eduard einfach nicht mehr genüge.«

»Meinen Sie, daß Sie so, wie Sie jetzt sind, irgendeinem Mann als Ehefrau genügen könnten?«

Judith errötete. »Wie meinen Sie das?«

»Genauso, wie ich es gesagt habe!«

»Ich glaube, daß ich meine Pflichten als Ehefrau niemals vernachlässigt habe, Frau Doktor... ganz gewiß nicht. Ich habe immer so sparsam gewirtschaftet, wie es nur möglich war, ich habe mir alle Mühe gegeben, die Kinder gut zu erziehen, das Essen pünktlich auf den Tisch zu stellen...«

»Und Sie glauben wirklich, daß das genügt?«

»Ich habe es geglaubt...«

»Aber Sie haben einsehen müssen, daß Sie irgend etwas falsch gemacht haben, oder besser gesagt, daß Sie zu wenig getan haben, nicht wahr?«

»Es muß wohl so sein.«

»Es ist so. Sehen Sie, ich kann Ihnen ganz genau sagen, was für eine Frau Ihr Mann sich wünscht. Vielleicht ist das nicht genau ausgedrückt, aber ich kann Ihnen sagen, was für eine Frau es ist, mit der Ihr Mann Sie betrügt. Diese Erika ist...« Frau Dr. Küfer betrachtete aufmerksam den Brief, »ich verstehe nämlich ein bißchen was von Graphologie... sehr selbstbewußt, unternehmungslustig, aufgeschlossen, fröhlich, vielseitig interessiert, warmherzig, vielleicht ein wenig flatterhaft und unkompliziert, sie neigt dazu, erst zu handeln und später nachzudenken, aber im großen und ganzen ist sie ein ausgesprochen positiver Mensch.«

»Ein positiver Mensch!« sagte Judith empört. »Ich kann mir nicht vorstellen, daß sich ein positiver Mensch mit einem verheirateten Mann einläßt!«

»Das habe ich mir gedacht. Ich fürchte, Sie können sich überhaupt nur sehr wenig vorstellen, was außerhalb Ihres eigenen, recht beschränkten Gesichtskreises liegt, und das eben ist Ihr Fehler. Sehen Sie, eine Frau darf nicht in ersten Linie und nur Ehefrau und Mutter sein, sie muß immer noch eine eigene Persönlichkeit bleiben.«

»Schön gesagt, aber wie soll man so etwas machen?«

»Sie sollten sich irgendwo ein Reservat bewahren. Sie sollten sich ein Hobby suchen, Sie sollten Interessen haben, die außerhalb Ihrer Familie liegen!«

»Wenn Sie wüßten, wie wenig Geld ich habe!«

»Das ist keine Sache des Geldes, liebe Frau Weinberger, es gibt heute Kurse in der Volkshochschule, die nur wenig, wirklich sehr wenig kosten, die für jeden Menschen erschwinglich sind; warum haben Sie niemals an so etwas teilgenommen?«

»Ich? Ich bin nicht der Typ dazu!«

»Nicht der Typ dazu? Wer hat Ihnen denn das eingeredet?«

Judith senkte den Kopf und schwieg.

»Liebe Frau Weinberger, stellen Sie sich einmal vor, es würde tatsächlich zu einer Scheidung kommen... es braucht nicht dazu zu kommen, ganz gewiß nicht, die Dinge liegen nicht so schlimm, wie Sie denken ... aber ich bitte Sie nur, stellen Sie es sich einmal vor, ja? Wie alt sind Ihre Kinder?«

»Esther ist fünfzehn und Benjamin zwölf ...«

»Aha. Also können wir damit rechnen, daß sie in rund sieben Jahren erwachsene Menschen sein werden, die ihre eigenen Wege gehen ... was dann? Was würden Sie mit sich allein anzufangen wissen?«

»Aber ich habe doch gerade geheiratet, damit ich nicht allein zu sein brauche.«

»Jeder Mensch muß allein sein können. Nur wenn man dem Leben allein und auf sich gestellt gewachsen ist, kann man auch einer so viel komplizierteren Form wie einer Ehe gewachsen sein, verstehen Sie? Ich will nicht etwa Ihren Mann in Schutz nehmen ... nichts liegt mir ferner, denn zweifellos hat er mindestens so versagt wie Sie. Sie sind von Haus aus ein intelligenter Mensch, wenn er sich die Mühe gegeben hätte, Sie an seinen Interessen teilhaben zu lassen, wenn er sich die Mühe gegeben hätte, Ihre Persönlichkeit und Ihren Verstand weiter zu entwickeln, säßen Sie jetzt nicht hier vor mir. Aber er hat sich diese Mühe nicht gemacht, und darin bildet er gar keine Ausnahme. Die meisten Männer geben sich in ihrem Beruf so vollkommen aus, daß sie zu Hause und nach Feierabend nichts mehr geben wollen, sondern nur noch empfangen möchten ... Gemütlichkeit, Ruhe, aber auch Anregung und Auftrieb. Gemütlichkeit und Ruhe haben Sie ihm sicher gegeben, aber das allein hat ihm nicht genügt. Wie alt ist er denn?«

»Vierzig!«

»Na, sehen Sie, ein Mann mit vierzig Jahren ist heutzutage noch ein junger Mann. Können Sie sich wirklich vorstellen, daß es für einen jungen Mann genügen sollte, ständig zwischen Büro und einem zwar gemütlichen, aber langweiligen Familienleben zu pendeln?«

»Ich bin so, wie ich bin, und ich kann mich nicht ändern, selbst wenn ich es wollte. Ich kann es nicht!«

»Wer sagt Ihnen denn das, daß Sie es nicht können?«

»Ich weiß es!«

»Meine liebe Frau Weinberger, Sie werden mir doch glauben, daß ich meinen Beruf gründlich gelernt habe, nicht wahr? Soll ich meinen Ausbildungsgang erzählen? Soll ich Ihnen erzählen, wie viele Frauen ich schon beraten habe? Ich denke, das ist nicht nötig. Sie werden mir auch so glauben, daß ich über die nötige Erfahrung und Menschenkenntnis verfüge. Ich sage Ihnen, Frau Weinberger, Sie könnten sehr wohl anders sein. Sie könnten ganz, ganz anders sein, wenn Sie nur wollten! Wenn Sie nur einmal dieses dumme und törichte und schlechte ›Ich kann es nicht!‹ vergessen wollten. Schauen Sie doch mal in den Spiegel! Sie sind eine gutaussehende Frau... Sie könnten eine gut aussehende Frau sein, wenn Sie nur etwas aus sich machen wollten!«

»Das sagen Sie so! Aber mein Haar sitzt immer so schlecht, und dann... für neue Kleider habe ich einfach kein Geld.«

»Daß Ihr Haar immer schlecht liegt, das glaube ich Ihnen nicht, das liegt an Ihrem Friseur. Und daß Sie kein Geld für Kleider haben, das glaube ich Ihnen auch nicht. Ich kenne Sie ganz genau, liebe Frau Weinberger, Sie sind nicht der erste Fall in meiner Praxis. Sie stellen Ihre eigenen Wünsche immer weit, weit hinter die Wünsche Ihres Mannes und Ihrer Kinder zurück. Es gefällt Ihnen sogar, sich aufzuopfern, es bereitet Ihnen Genuß. Sie leiden gern, weil Sie glauben, dadurch Ihren Wert zu erhöhen. Das ist aber grundfalsch. Ihrem Mann und Ihren Kindern wäre sehr viel mehr damit gedient, eine fröhliche, eine elegante, auch ein wenig ichsüchtige Mutter zu haben, als eine traurige, unscheinbare Frau, die sich fortwährend aufopfert.«

»Ich habe nie behauptet, daß ich mich aufopfere!«

»Behauptet! Vielleicht sind Sie sich selber nicht einmal darüber klar! Aber denken Sie doch mal nach... Sie haben sich doch immer sehr gut in der Rolle der großen Verzichterin gefallen, nicht wahr? Sie haben niemals daran gedacht, welche seelische Last Ihr Verhalten für Ihren Mann und Ihre Kinder bedeutet. Sie haben Ihre Familie ständig mit einem Schuldgefühl belastet, das sie aus eigener Kraft nicht von sich abschütteln konnten, weil Sie ihnen keine Gelegenheit dazu gegeben haben. Glauben Sie wirklich, daß Sie auf diese Weise Liebe erwirken können?«

In Sybill Herders hellem, modernen Arbeitsraum klingelte das Haustelefon. Sie nahm den Hörer ab.

»Herr Direktor Kammeritz!« meldete Fräulein Liselotte, die Vorzimmerdame.

»Bitte, lassen Sie ihn herein.«

Wenige Sekunden später wurde die Tür geöffnet, und Heino Kammeritz trat ein.

Er sieht gut aus, konstatierte Sybill in Sekundenschnelle, er hat durch die Jahre eher noch gewonnen als verloren. Ein selten sympathischer Mann!

»Hallo, Heino!« begrüßte sie ihn herzlich.

Sie hatte sich nicht wieder gesetzt, nachdem das Telefon sie zum Schreibtisch gerufen hatte; jetzt kam sie ihm mit ausgestreckten Händen entgegen.

»Sybill! Bist du es wirklich?« Er schüttelte ihre Hände.

Sie lachte. »Wer sonst? Ich habe keine Doppelgängerin!«

»Wäre auch schwer denkbar. Du warst ja immer schon eine ausgeprägte Persönlichkeit.«

»Eine Knalltype, wolltest du wohl sagen!«

Er stimmte in ihr Lachen ein, dann sah er sich um. »Du hast es geschafft, wie ich sehe... Donnerwetter!«

»Ja, einfach war es nicht.«

»Und wenn ich denke, daß du eigentlich nicht mehr gelernt hast als Evelyn!«

»Ja, aber dafür habe ich mich auch rechtzeitig scheiden lassen.«

Er schien etwas entgegnen zu wollen, sein Gesicht verfinsterte sich, dann sagte er unvermittelt: »Ihr interessiert euch für das neue Material, das die Forschungsabteilung der Plastik AG entwickelt hat?«

»Ja, Heino, aber deshalb brauchst du doch nicht so ein Gesicht zu machen!«

»Ach, ich kann das einfach nicht hören.«

»Was denn?«

Sie setzte sich an den niedrigen kleinen Tisch, der mit Werbezeitschriften und Plakatentwürfen vollkommen bedeckt war, und wies ihm mit einer Handbewegung den zweiten Sessel zu.

Er setzte sich zu ihr und zückte sein Zigarettenetui. »Sag mal, wann hast du Evelyn zuletzt gesehen?«

Sie nahm sich eine Zigarette. »Ich? Seit Ewigkeiten nicht mehr.«

»Würdest du das etwas genauer formulieren?«

Sie ließ sich von ihm Feuer geben und sah ihn verwundert an. »Nun, ich glaube... seit vier, fünf Jahren nicht mehr.«

»Ist das wahr?«

»Aber ja! Warum sollte ich lügen?«

»Also, du bist es wirklich nicht gewesen, die Evelyn diesen Floh mit der Scheidung ins Ohr gesetzt hat?«

»Will sie sich scheiden lassen?«

»Keine Gegenfrage, bitte! Erst antworte du mir!«

»Jawohl, Herr Kriminalinspektor... ich schwöre bei allem, was mir heilig ist: ich habe mit Evelyn niemals über eine Scheidung gesprochen, weder über ihre noch über meine eigene. Ich glaube sogar, davon weiß sie nicht einmal was.«

»Ihr Frauen seid euch doch alle gleich. Ob eine ein bißchen klüger oder dümmer ist, das macht anscheinend gar keinen Unterschied.«

»Herzlichen Dank für das Kompliment!« Sybill fixierte ihn lächelnd durch den Rauch ihrer Zigarette. »Wollen wir nun zum geschäftlichen Teil übergehen?«

»Entschuldige, ich wollte dich wirklich nicht kränken, Sybill, aber wenn ich etwas von Scheidung höre... das ist einfach ein rotes Tuch für mich.«

»Aha, ich verstehe. Du nimmst es mir also übel, daß ich mich habe scheiden lassen?«

»Ja.«

»Du meinst also, es wäre besser gewesen, wenn ich eine Ehe zu dritt geführt hätte?«

»Was?«

»Ja. Mein Mann brachte eines Tages... wir waren kaum ein Jahr verheiratet... eine Freundin mit ins Haus, eine rein platonische Freundin, wie er mir versicherte. Ich war damals noch jung und dumm und glaubte es auch, bis ich dahinterkam, daß er mich mit ihr betrog. Als ich meinem Mann daraufhin eine Szene machte, schlug er mir eine Ehe zu dritt vor. Nimmst du es mir wirklich übel, daß ich meine Koffer packte?«

»Ich glaube das nicht.«

»Was glaubst du nicht?«

»Daß sich ein Mann so benehmen kann!«

Sybill lachte. »Du liebe Güte! Gott erhalte dir deine Ahnungslosigkeit! Männer können sich noch ganz anders benehmen.«

»Es ist schade, daß du das nicht mal Evelyn erzählt hast.«

»Und du glaubst, sie würde gesagt haben... wieviel besser ist da mein Heino? Da irrst du dich aber ganz gewaltig, mein Lieber. Man sieht, du kennst die Frauen nicht. Soll ich dir sagen, was sie wohl geäußert hätte?«

»Bitte.«

»Die Männer sind alle schlecht... genau das, was ich immer schon wußte...«

»Anscheinend ist es also hoffnungslos.«

»Du willst dich nicht scheiden lassen?«

»Natürlich nicht. Ich liebe Evelyn, und wir haben einen Sohn.«

»Aha, ich verstehe.«

»Entschuldige, daß ich dir widersprechen muß, aber du verstehst überhaupt nichts. Wenn du meine Frau wärst, würde ich mich vielleicht von dir scheiden lassen...«

»Soll das ein Kompliment sein?«

»Du wirst lachen, ja! Denn du hast das Zeug dazu, im Leben allein deinen Mann zu stehen! Aber Evelyn... sie ist voll von überspannten Ideen, sie weiß gar nicht, wie es in der Welt zugeht...«

»Ja, ich erinnere mich. Sie hatte schon immer eine gänzlich falsche Vorstellung von sich selber und von der Wirkung, die sie auf ihre Umwelt ausübt.«

»Genau das. Evelyn als geschiedene Frau wäre eine Katastrophe.«

»Wenn ihr erst mal geschieden seid, bist du ja nicht mehr für sie verantwortlich.«

»Ich werde immer für sie verantwortlich sein, Sybill, denn für mich ist und bleibt sie meine Frau.«

»Ich bin selten genug im Leben einem Mann von so strengen Grundsätzen begegnet wie dir, Heino, und ich muß ganz ehrlich sagen, es tut mir ausgesprochen wohl, dich so reden zu hören. Aber irgendwie scheinst du die Dinge doch recht einseitig zu sehen, denn wenn es so wäre, wie du es mir schilderst, dann müßte Evelyn doch tatsächlich verrückt sein, wenn sie sich scheiden lassen will.«

»Sie ist verrückt.«

»Aber sie muß doch irgendeinen Grund oder einen Anlaß haben.«

»Sie glaubt, daß ich sie betrüge.«

»Aber das tust du nicht?«

»Nein, natürlich nicht.«

»Also, ich muß schon sagen, so natürlich ist das gar nicht nach dem, was ich bisher über die Männer erfahren habe.«

»Du bist zynisch, Sybill.«

»Kann schon sein. Es tut mir leid, wenn ich deine Gefühle verletzt habe. Wie will sie das denn überhaupt anstellen mit der Scheidung, wenn sie keine Beweise hat?«

»Natürlich wird unsere Ehe nicht geschieden werden, dafür

sorge ich schon. Aber glaubst du etwa, daß es ein angenehmer Zustand ist, wie Katz und Hund zusammenzuleben... mit einer Frau zu leben, die keinen anderen Gedanken und keine andere Sehnsucht hat, als die nach der Scheidung?«

Sybill sah Heino nachdenklich an, dann sagte sie: »Dazu kann ich leider gar nichts sagen.«

»Das heißt... du willst nichts sagen?«

»Vielleicht.«

»Sprich ruhig! Ich bin nicht so sensibel, wie du dir vielleicht einbildest.«

»Also schön. Ich an deiner Stelle, ich würde mich doch scheiden lassen, Heino.«

»Und warum?«

»Weil eine Ehe nur dann einen Sinn hat, wenn beide Partner freiwillig verheiratet sind. Sobald aber eine Ehe das Gefängnis für einen geworden ist... nein, für beide, denn einer ist der Gefangene darin, der andere der Wächter... ist es gar keine Ehe mehr.«

»Du hast eine hübsche und liebevolle Art, mit einem umzugehen, daß muß ich schon sagen, Sybill!«

»Die Wahrheit klingt selten freundlich, Heino, und die Wahrheit scheint in diesem Fall zu sein, daß Evelyn dich nicht liebt... oder dich nicht mehr liebt, nicht wahr?«

»Was für eine weibliche Anschauung von den Dingen! Das Wichtigste an einer Ehe ist doch nicht die Liebe.«

»Nein?«

»Du willst mich absichtlich nicht verstehen, Sibyll. Ich wollte etwas ganz anderes sagen!«

»Ich weiß schon: ›Die Leidenschaft flieht, die Liebe muß bleiben‹, nicht wahr?«

»So ähnlich.«

»Du siehst also, daß ich deinen Standpunkt voll und ganz verstehe, und ich glaube, jetzt können wir uns wirklich mal unseren Geschäften widmen. Ganz kurz, was wir suchen, ist ein Material, das dauerhaft und witterungsbeständig, also zur Herstellung von Außenplakaten geeignet ist, verstehst du? Es muß zur Aufnahme von Mehrfarbdrucken geschaffen sein, möglichst abwaschbar sein. Aber zu teuer darf das Ganze auch nicht sein, denn wir planen eine Großwerbeaktion damit. Da es eine enorme Bestellung würde, müßte die Plastik AG uns natürlich auch einen entsprechenden Rabatt einräumen.«

Über eine Stunde fachsimpelten Sybill Herder und Heino Kammeritz miteinander und einigten sich endlich darauf, daß Heino Kammeritz ein schriftliches Angebot einreichen wollte.

»So, das hätten wir«, sagte Sybill aufatmend, »darf ich dir einen kleinen Cognac anbieten, Heino?«

»Nein, danke, ich habe zwar nichts gegen Alkohol, aber so am hellen Vormittag...«

»Ganz ehrlich, ich bin auch nicht dafür, erst ist man etwas angeregt, nachher kriegt man einen dicken Kopf.«

»Wie rührend! Du wolltest dich also mir zuliebe aufopfern?«

»Nicht dir zuliebe... fürs Geschäft.«

»Ich will dir kein Kompliment machen, Sybill, aber so etwas wie dich könnten wir prächtig in unserer Firma brauchen!«

»Das werde ich unserem General erzählen. Wenn die Konkurrenz einen wegschnappen will, beginnt die eigene Firma meist erst den Wert ihrer Mitarbeiter zu erkennen.«

Heino Kammeritz stand auf. »Ich danke dir sehr, Sybill, daß du mit dem Auftrag an mich gedacht hast.«

»Und ich hoffe, daß es klappt! Bitte, grüß Evelyn von mir! Oder...«

»Was... oder?«

»Wenn du möchtest, daß ich mich einmal mit ihr unterhalte, vielleicht gelingt es mir als Frau leichter, ihr deinen Standpunkt klarzumachen.«

»Das wäre vergebliche Liebesmüh.«

»Das glaube ich nicht. Ich brauchte bloß damit auszupacken, was ich so als geschiedene Frau alles für Erfahrungen habe machen müssen. Die Haare würden dir zu Berge stehen!«

»Es ist furchtbar nett von dir, Sybill, aber...«

»Ich werde gleich mal bei Evelyn anrufen und einen Treff mit ihr ausmachen, du brauchst gar nichts davon zu wissen, Heino!«

»Evelyn ist nicht zu Hause...«

»Nicht?«

»Nein, sie ist in ein Bad gefahren.«

Sybill lachte. »Es muß doch wunderbar sein, einen großzügigen Ehemann zu haben!«

»Sie ist ohne meine Einwilligung gefahren, Sybill.«

»O je! Und woher hatte sie das Geld?«

Evelyn erschien erst zum Mittagessen. Sie hatte sich sehr schön gemacht; nichts war ihr mehr anzusehen von den Aufregungen der vergangenen Nacht. Sie trug ein großblumiges Chiffonsommerkleid, in dessen tiefen Ausschnitt sie sich eine blaßrose Nelke gesteckt hatte.

Judith staunte die Freundin an. »Du siehst wunderbar aus!« sagte sie ehrlich.

Evelyn lächelte etwas mühsam. »Findest du?«

»Wirklich! Und die Nelke paßt großartig zu deinem Kleid!«

»Ja, die Männer!« sagte Evelyn und warf einen Blick in die Speisenkarte.

»Wie meinst du das?«

»Ach, das ist eine lange Geschichte. Jedenfalls scheine ich doch großen Eindruck auf Dr. Fohringer gemacht zu haben.«

»Bestimmt.«

»Er war furchtbar enttäuscht, daß ich mich nicht mit ihm einlassen wollte, aber dann, heute morgen, hat er mir einen Strauß wundervoller Nelken geschickt. Ohne ein Wort, das ist typisch für ihn. Aber ich weiß auch so, was es bedeuten soll.«

Einen Augenblick lang kämpfte Judith gegen den Impuls an, ihr zu sagen, wie es sich tatsächlich mit den Nelken verhielt, aber dann ließ sie es doch. Was für einen Zweck hatte es, Evelyn so zu enttäuschen? Und außerdem fühlte sie einen heftigen inneren Widerstand bei dem Gedanken, ihr von Theodor Reichlin und ihrer gegenseitigen Sympathie zu erzählen.

»Du bist eine sehr schöne Frau, Evelyn«, sagte sie.

Evelyn nahm diese Bemerkung wie einen selbstverständlichen Tribut hin. »Was möchtest du essen?« fragte sie. »Ich nehme ein Pariser Schnitzel.«

Die Mahlzeit verlief schweigend. Beide Frauen waren mit ihren eigenen Gedanken beschäftigt. Judith grübelte und grübelte immer wieder über die Worte nach, die ihr Frau Dr. Küfer gesagt hatte. Sie sollte sich eigene Interessen suchen. Aber wie machte man so etwas? Ein Hobby! Diese Leute sprachen doch alle nur aus der Theorie. Sie sollte mehr Wert auf ihre äußere Erscheinung legen. Natürlich hätte sie sich schon längst dieses oder jenes zum Anziehen kaufen können, wenn sie die Wünsche der Kinder übergangen hätte. Wie sollte sie das übers Herz bringen? Und wozu? Eduard war doch ihr Mann, er mußte sie doch lieben, wie sie war.

Aber das tat er nicht, und das war der springende Punkt.

Vielleicht sollte sie mehr Geld verlangen. Sicher verdiente er viel mehr, als er ihr bis jetzt zugegeben hatte. Aber würde sie ihm dadurch sympathischer werden? Judith bezweifelte stark, daß es daran lag. Wenn sie nur eine Möglichkeit hätte, selber Geld zu verdienen, aber wie sollte sie das machen?

Ein Zufall kam ihr zu Hilfe. Als sie zum Empfang ging, um den Zimmerschlüssel abzugeben – Evelyn und sie wollten einen kleinen nachmittäglichen Bummel durch den Kurpark machen –, hörte sie, wie ein dicker, schweratmender Herr mit einer Sonnenbrille mit Herrn Schulze schimpfte.

»Du lieber Himmel!« polterte er. »Dies will ein erstklassiges Hotel sein! Soll ich Ihnen mal sagen, was ein erstklassiges Hotel ist?«

»Wir geben uns die größte Mühe, allen Wünschen unserer Gäste gerecht zu werden.«

»Daß Sie sich Mühe geben, nützt mir nichts, ich brauche eine Schreibkraft, verstehen Sie? Eine Schreibkraft!«

»Aber ich habe Ihnen doch schon gesagt, Herr Generaldirektor, ich habe sämtliche Schreibbüros der Stadt angerufen... und sobald dort jemand frei ist...«

»Und wie lange wird das dauern, wenn ich bitten darf?«

»Das Schreibbüro Charlotte hat mir fest versprochen, noch im Lauf des heutigen Nachmittags jemanden zu schicken.«

»Und da erwarten Sie von mir, daß ich mich jetzt hier hinsetze und Däumchen drehe und warte, bis diese ominöse Dame eintrudelt? Sie haben Vorstellungen, das muß ich schon sagen!«

»Herr Schulze...« sagte Judith, aber der Empfangschef war viel zu sehr damit beschäftigt, den Ärger des prominenten Gastes zu beschwichtigen, um auf sie zu hören.

Erst als der Generaldirektor brummend und wütend gegangen war, wandte sich der Empfangschef an Judith. »Womit kann ich dienen, gnädige Frau?«

»Herr Schulze, ich wollte nur sagen, ich kann Stenografie und Schreibmaschine.«

»Sie?«

»Ja, natürlich, ich bin schon seit ein paar Jahren aus dem Beruf, aber im Notfall...«

Herr Schulze musterte sie; sein Blick war weder freundlich noch unfreundlich, er war sachlich und abschätzend. »Wenn Sie glauben, daß Sie dieser Aufgabe gewachsen sind...«

»Das kann ich natürlich nicht sagen. Ich müßte erst einmal wissen, um was es sich eigentlich handelt.«

»Soviel ich weiß, hat Generaldirektor Bifang einige dringende Geschäftsbriefe zu erledigen. Er ist leider ein etwas schwieriger und anspruchsvoller Herr, das werden Sie schon bemerkt haben, aber einer unserer besten Kunden. Sie werden sich vorstellen können, wieviel uns daran liegt, ihn wirklich zufriedenzustellen.«

Das war eine Warnung, und Judith hatte sie gut verstanden. Noch gestern hätte sie sich daraufhin mit einer gemurmelten Entschuldigung zurückgezogen, aber heute war alles anders geworden. Sie hatte sich so fest vorgenommen, über ihr ›ich kann nicht‹ hinwegzuspringen, daß sie es dieses eine und erste Mal tatsächlich fertigbrachte. »Nun, ich denke, die Kräfte, die das Schreibbüro vermittelt, sind auch nur in den seltensten Fällen ganz erstklassig«, sagte sie und sah Herrn Schulze gerade in die Augen.

»Da mögen Sie recht haben...«

»Außerdem glaubte ich eigentlich Ihnen beziehungsweise dem Hotel einen Gefallen zu erweisen.«

»Selbstverständlich, gnädige Frau, aber natürlich! Ich werde Ihren Vorschlag Herrn Generaldirektor Bifang sofort unterbreiten. Eine Schreibmaschine wird Ihnen die Hotelleitung gern zur Verfügung stellen.«

»Danke!«

Es war nicht einfach, Evelyn klarzumachen, warum sie nicht mit ihr spazierengehen konnte, aber schließlich bedeutete der Gedanke, Judith könnte sich tatsächlich etwas Geld verdienen, eine Erleichterung für Evelyns Reisekasse.

So kam es, daß Judith kaum eine halbe Stunde später in der kleinen, etwas düsteren Schreibstube des Hotels saß und die Briefe aufnahm, die Generaldirektor Bifang ihr in rasendem Tempo und oft recht seltsamem Deutsch ins Stenogramm diktierte. Es war durchaus nicht heiß in diesem kleinen Raum, aber trotzdem fühlte Judith, wie ihre Hände feucht wurden, wie ihr ganz langsam die Schweißtropfen den Nacken hinab sickerten. Sie hatte nicht den Mut, den Generaldirektor zu bitten, langsamer zu diktieren, sie schrieb, daß ihre Finger schmerzten, und betete in ihrem Herzen, daß sie es nachher noch entziffern konnte.

Der Zusammenbruch kam erst, als sie dann später allein saß und versuchte, ihr Stenogramm in die Maschine zu übertragen. Anfangs ging es sehr gut, aber mitten im Brief kam dann eine Stelle, aus der sie überhaupt nicht mehr klug werden konnte. Sie hatte Kürzel angewandt, mit denen sie nichts mehr anfangen konnte, und wie sie diese auch zu übersetzen versuchte, niemals kam ein Sinn heraus. Was sollte sie tun? Ihre Unfähigkeit zugeben? Es war entsetzlich. Das immerhin verzeihliche Versagen – sie hatte schon jahrelang nicht mehr stenografiert – wurde in ihren Augen zur Katastrophe, die sie nicht überleben zu können glaubte. Ihr ganzes Leben schien verpfuscht. Eduard liebte sie nicht mehr, sie war nicht mal imstande, das kleinste Stenogramm zur Zufriedenheit aufzunehmen, Theodor Reichlin hatte sich bestimmt nur einen Scherz mit ihr gemacht. Wozu war sie auf der Welt? Was hatte das Leben für einen Sinn für sie?

Es kostete sie eine gewaltige Selbstüberwindung, noch einmal das Stenogramm vorzunehmen und sich an der Übertragung zu versuchen. Sie nahm einen Bleistift und schrieb Wort für Wort auf ein leeres Blatt. Es war wie ein Puzzle-Spiel, schließlich bekam sie einen Satz zusammen, aber sie konnte seine Bedeutung nicht erkennen. Tatsächlich – es war reiner Unsinn.

Das konnte ihr Bifang doch niemals diktiert haben! Das konnte sie so doch nicht einfach in den Brief schreiben!

Plötzlich kam ihr ein Gedanke, es war ihr, als wenn sie bis zu diesem Augenblick eine Binde vor den Augen getragen hätte, die nun mit einemmal herunterfiel. Es kam ja gar nicht darauf an, das Stenogramm Wort für Wort zu übersetzen, das Wichtigste war doch bestimmt, die Wünsche des Generaldirektors ihrem Sinn nach wiederzugeben. Dieser Sinn war doch ganz einfach – er versuchte, einen Bittsteller abzuwimmeln, ihm aber doch gerade so viel Hoffnung zu lassen, daß er nicht verärgert war. Judith riß den angefangenen Brief aus der Maschine und machte sich mit neuem Eifer an die Arbeit. Erst las sie jeden Brief auf dem Stenogrammblock nach seinem Inhalt und Sinn durch, dann übertrug sie ihn sozusagen in freier Übersetzung. Sie war gerade dabei, die Briefe in einer Mappe zusammenzulegen, um sie hinunterzubringen, als der Generaldirektor eintrat.

»Na, wie weit sind Sie, Fräulein?«

Sie lächelte ihn an. »Ich habe Ihnen schon einmal gesagt, daß ich verheiratet bin, Herr Generaldirektor.«

»Ach so. Ja, natürlich.«

»Und was Ihre Post betrifft... ich bin gerade fertig geworden!«

»Na, dann lassen Sie mal sehen!«

Sie reichte ihm die Briefe, er las einen nach dem anderen mit gerunzelter Stirn, manchmal brummte und knurrte er dabei. Judith atmete jedesmal auf, wenn er unterschrieben hatte und sie den Brief in den Umschlag stecken durfte.

Plötzlich stutzte er. »Nanu? Das soll ich gesagt haben?«

»Wahrscheinlich«, sagte Judith.

»Nie im Leben habe ich das Wort ›Gradmesser‹ gebraucht!«

»Entschuldigen Sie, Herr Generaldirektor, aber ich habe Sie so verstanden!«

»Sie hören wohl schlecht?«

»Das ist mir bisher noch nicht aufgefallen.«

»Aber jetzt wissen Sie es hoffentlich.«

Endlich hatte er auch den letzten Brief unterschrieben; sie faltete ihn zusammen, steckte ihn in den Umschlag, den sie zuklebte.

»Wie lange haben Sie nun alles in allem für mich gearbeitet?«

»Vier Stunden.«

»Lange genug! Und wie stellen Sie sich nun die Bezahlung vor?«

»Darüber habe ich noch gar nicht nachgedacht, Herr Generaldirektor.«

Er starrte sie unter seinen buschigen Augenbrauen an. »Wieviel?«

»Sie wissen, ich bin Gast im Hotel wie Sie, Herr Generaldirektor, ich habe mich aus Gefälligkeit bereit erklärt, Ihre Post zu schreiben. Wieviel Ihnen diese Hilfe wert ist, das möchte ich ganz Ihnen überlassen.«

»Nicht ungeschickt«, sagte er, »nicht ungeschickt!« Er holte einen Geldschein aus seiner Brieftasche und gab ihn Judith. »Genügt das?«

»Danke.«

Er stampfte zur Tür hin, aber plötzlich blieb er noch einmal stehen. »Wollen Sie morgen wieder für mich arbeiten?«

»Ich glaube...«

»Glauben heißt, nichts wissen! Wollen Sie, oder wollen Sie nicht?«

»Ich bedaure sehr, Herr Generaldirektor, aber ich reise morgen früh ab.»

»Na ja. Dann kann man nichts machen...«

Erika Sindelfing und Eduard hatten sich in ihrem Stammcafé getroffen. Diesmal war sie es, die hatte warten müssen, und kaum, daß er sich gesetzt hatte, schob sie ihm einen mit Maschinenschrift eng beschriebenen Bogen Papier und zwei Fotografien zu. »Ist das nicht wunderbar, Eduard?« rief sie vergnügt.

Stirnrunzelnd betrachtete er die Fotografien, die Judith und Theodor Reichlin in jener Nacht in der Hotelbar zeigten. »Was soll wunderbar sein?«

»Daß deine Frau dich betrügt!«

»Ich wüßte nicht, was daran so Wunderbares ist!«

»Aber, Eduard! Verstehst du denn nicht? Wenn sie dich betrügt, dann kannst du dich doch scheiden lassen! Sie wird dir nicht einmal böse deswegen sein, weil sie doch sicher auch einen anderen mehr liebt als dich! Wir brauchen also gar kein schlechtes Gewissen zu haben und können trotzdem heiraten!«

Eduard antwortete nicht, sondern las Zeile für Zeile den Bericht. Sie störte ihn nicht dabei, sondern zog die Schwarzwälder Kirschtorte, die sie sich schon vor seinem Kommen bestellt hatte, zu sich hin und aß mit gutem Appetit. Dann, als er immer noch nicht fertig war, zündete sie sich eine Zigarette an. Er errötete fast, als er aufsah und ihrem forschenden und ein wenig belustigten Blick begegnete. »Was findest du daran so komisch?« fragte er.

»Komisch? Habe ich denn gesagt, daß ich es komisch finde?«

»Nein, aber du machst so ein Gesicht!«

Sie lachte. »Ich bitte dich, Eduard, sei nicht so entsetzlich empfindlich! Ich finde gar nichts komisch, ich bin einfach vergnügt, daß sich die Dinge ohne unser Zutun so prächtig lösen!«

»Ohne unser Zutun ist gut. Schließlich hast du ja einen Detektiv auf sie gehetzt!«

»Wie du sprichst! Wenn sie die biedere, brave, treusorgende Ehefrau wäre, für die du sie gehalten hast, dann wäre ja nichts dabei herausgekommen, nicht wahr? Nur weil sie ...«

»Noch wissen wir überhaupt nichts.«

»Dies hier genügt dir nicht?«

»Nein. Es ist doch ganz klar, daß sich der Detektiv bemüht hat, für sein Geld etwas zu liefern!«

»Das hat er sicher. Aber immerhin hat sie es ihm doch einigermaßen leichtgemacht!«

»Du verstehst mich nicht!«

»Trink eine Tasse Kaffee und einen Cognac dazu, dann wird dir gleich besser.«

»Mir geht es ausgezeichnet.«

»Nein.« Sie schwieg und sah ihn lächelnd an.

»Kannst du nicht wenigstens einen Augenblick ernst sein? Das Ganze ist doch eine verdammt ernste Angelegenheit. Siehst du das denn nicht?«

»Ach so!« sagte sie erstaunt. »Du fühlst dich verletzt, weil sie dich betrügt?«

»Sie betrügt mich nicht!«

»Aber du bist gekränkt, weil sie mit einem netten jungen Mann nachts in einer Bar gesessen ist? Denn du wirst mir zugeben, das kann sich der Detektiv nun nicht aus den Fingern gesaugt haben. Oder glaubst du etwa gar, die Fotografie wäre gefälscht?«

Er starrte mit einem mißtrauischen und gekränkten Blick auf das Bild, das in eben jener Minute entstanden war, in der Judith und Theodor Reichlin sich strahlend in die Augen gesehen hatten.

»Nein, das glaube ich nicht.«

»Na siehst du.«

»Aber ich begreife einfach nicht, wieso sie sich ausgerechnet mit diesem Kerl hat einlassen können! Guck ihn dir doch einmal an, der ist mindestens sieben Jahre jünger als sie ... ein fader nichtssagender Bursche!«

Sie zog die Fotografie zu sich herüber. »Oho!« sagte sie. »Das möchte ich aber nicht sagen!«

»Gefällt er dir etwa?«

»Er wirkt nett und sympathisch, finde ich jedenfalls ... sieh doch mal genauer hin, er hat ein sehr liebes Lächeln. Und wie alt er ist, kann man auf solch einer Fotografie doch gar nicht sehen!«

»Hast du dich etwa auch schon in ihn verliebt?«

Jetzt lachte sie laut. »Eduard, Liebling, jetzt wirst du aber wirklich komisch! Glaubst du denn im Ernst, man könnte sich in einen Mann auf einer Fotografie verlieben?« Sie begann zu trällern: »Dies Bildnis ist bezaubernd schön, wie noch kein Auge es geseh'n ...«

»Bitte zahlen, Fräulein«, sagte Eduard zu der vorbeieilenden Kellnerin.

»Wieso willst du denn zahlen? Du hast doch gar nichts zu dir genommen!«

»Aber du!«

»Mein Lieber ... was ich esse und trinke, kann ich mir auch noch selber bezahlen. Und wenn du böse auf mich bist, dann verbiete ich dir einfach, auch nur einen Pfennig für mich auszugeben.«

Die Kellnerin stand zögernd da und sah von einen zum anderen.

»Bitte, bringen Sie dem Herrn eine Tasse Kaffee und einen Cognac, Fräulein Else«, sagte Erika mit unveränderter Munterkeit, und als die Kellnerin gegangen war, wandte sie sich wieder Eduard zu: »Eduard, mein Liebling, du weißt, es gibt nur einen Mann auf der Welt, den ich liebe, und das bist du! Es ist doch wirklich ungerecht von dir, daß du böse auf mich bist, nur weil deine Frau dich... nein, das will ich gar nicht sagen... nur weil deine Frau mal mit einem anderen ein Glas Whisky getrunken hat, nicht wahr?«

»Du hältst das alles also für ganz harmlos?«

»Es kann ganz harmlos sein, mein Liebling!«

»Bitte, sag nicht immerzu ›Liebling‹ zu mir!«

»Warum denn nicht?«

»Weil mir das auf die Nerven geht!«

Plötzlich stiegen Tränen in ihre klaren, grünen Augen. »Ich glaube fast, heute geht dir alles, was ich sage und nicht sage, auf die Nerven!«

»Erika! Ich habe das doch nicht so gemeint, wirklich nicht... kannst du denn nicht verstehen, daß mich diese Geschichte einfach umwirft?«

»Aber warum denn? Es ist doch alles herrlich so!«

»Nein, das ist es nicht! Du bist noch nicht verheiratet gewesen, deshalb kannst du da gar nicht mitreden. Stell dir doch bloß mal vor, du wärst sechzehn Jahre mit einem Mann verheiratet gewesen. Sechzehn Jahre! Das ist doch kein Pappenstiel. Und eines Tages entdeckst du, daß er dich betrügt. Was würdest du machen?«

Sie lächelte unter Tränen. »Wenn ich dich inzwischen kennengelernt hätte, Eduard, dann würde ich mich scheiden lassen.«

Er seufzte tief. »Sag mal ganz ehrlich, Erika... versuch doch den Fall objektiv zu beurteilen, so, als wenn du an der ganzen Geschichte überhaupt nicht beteiligt wärst... glaubst du wirklich, daß sie mich betrügt?«

Sie gab vor nachzudenken, dann sagte sie: »Es tut mir leid, Eduard, wenn ich ganz ehrlich sein soll, so kann ich dir nur sagen... ich weiß es nicht! Es ist möglich, daß sie dich betrügt, nach dem, was der Detektiv schreibt, und nach dem Bild zu schließen. Aber es kann natürlich auch ganz anders gewesen sein. Ich kann mir zum Beispiel vorstellen... ich kann mir ganz gut vorstellen, daß man mit einem Mann einen Abend lang an einer Bar sitzen kann, ohne daß man mit ihm irgendwie näher befreundet ist, du weißt schon, was ich meine. Und wenn ein Mann einem rosa

Nelken schickt, so ist das ganz gewiß noch kein untrüglicher Beweis für einen Ehebruch!«

»Aber wie kommt sie überhaupt dazu, mit einem wildfremden Kerl eine Nacht in der Bar zu verbringen?«

»Du weißt doch gar nicht, ob er wirklich wildfremd für sie war, Eduard. Es ist doch gut möglich, daß sie ihn schon lange kennt, daß sie ihn von früher her kennt!«

»Sie hat mir aber nie davon erzählt.«

»Weißt du das genau?«

»Ja. Von einem Menschen namens Theodor Reichlin habe ich nie in meinem Leben etwas gehört!«

»Vielleicht war die Rolle, die er bisher in ihrem Leben gespielt hat, so belanglos, daß...«

»Warum versuchst du Judith zu verteidigen, Erika?«

»Tue ich das?«

»Ja... fortwährend!«

»Das ist nicht wahr! Ich versuche nur, ihr Benehmen objektiv und gerecht zu beurteilen. Ich muß ehrlich sagen, anfangs, als ich das Material bekam, war ich fest überzeugt, sie betrügt dich... ich hielt die ganze Angelegenheit für eindeutig. Aber du hast ganz recht... die Dinge brauchen gar nicht so zu liegen, es ist gut möglich, daß alles ganz harmlos ist!«

»Du lügst ja!«

»Ich!?«

»Du erzählst mir das nur, um mir nicht weh zu tun!«

Erika nahm das Glas Cognac, das die Kellnerin gebracht hatte, und tat einen kleinen Schluck daraus. »Ich habe nie gewußt, daß du so kompliziert sein kannst, Eduard...«

»Ich bin auch nicht kompliziert.«

»Glaubst du. Du vernachlässigst deine Frau, du hast mir oft erklärt, daß du sie nicht mehr liebst... trotzdem bist du empört und verletzt, wenn es so aussieht, als ob sie dich betrügt. Du willst nicht wahrhaben, daß sie dich betrügt, weil du das nicht ertragen könntest, und wenn ich all das aufzähle, was die Angelegenheit tatsächlich in einem harmlosen Licht erscheinen läßt, dann paßt es dir auch nicht. Was willst du eigentlich?«

»Ich will die Wahrheit wissen!«

»Gut, Eduard... darüber wollte ich gerade mit dir sprechen. Sollen wir die Überwachung durch die Detektei fortführen lassen? Das kostet allerdings noch einiges!«

»Meinst du, daß noch etwas dabei herauskommt?«

»Sicher. Ich bin überzeugt, wir werden bald heraus haben, ob die ganze Geschichte harmlos ist oder ...«

»Es ist nicht zu fassen!« sagte Eduard wütend, die Fotografie schien eine magische Anziehungskraft auf ihn auszuüben. »Es ist einfach nicht zu fassen! Schau dir doch nur mal an, wie sie aussieht! Gefällt dir das Kleid? Gefällt dir die Aufmachung? Findest du etwa, daß sie hübsch ist?«

»Ja, das ist sie, Eduard ... ich habe dir schon oft und oft gesagt, sie ist eigentlich eine recht hübsche und sympathische Frau, nur versteht sie so leider gar nicht, etwas aus sich zu machen!«

»Irgend etwas an der ganzen Sache stimmt nicht, Erika, da kannst du mir sagen, was du willst! Es ist doch einfach nicht möglich, daß ein Mann in einer Stadt wie Baden-Baden, wo es wahrscheinlich von eleganten und hübschen Frauen nur so wimmelt, sich ausgerechnet mit Judith einläßt.«

»Vielleicht war dieser Herr Reichlin gar nicht so sehr auf eine elegante Frau erpicht ... sag mal ganz ehrlich, was hat denn ein Mann schon davon, wenn eine Frau, mit der er ausgeht, elegant ist? Das nutzt doch nur was, wenn er mit ihr angeben will ... viel netter ist es doch sicher auch für einen Mann, mit einem Menschen zusammenzusein, mit dem man sich unterhalten kann.«

»Glaubst du etwa, mit Judith kann man sich unterhalten?«

»Sicher. Ich könnte das bestimmt.«

»Du natürlich! Weil du selber die Kosten jeder Unterhaltung trägst.«

»Du meinst, ich rede zuviel?« Sie lachte. »Kann schon sein. Aber ich hoffe, du wirst es auch in Zukunft mit Fassung tragen.« Sie nahm den getippten Bericht und die beiden Fotografien und steckte sie in ihre Handtasche. »Und nun Schluß damit. Unser ganzes Gespräch führt zu gar nichts. Bevor wir wirklich etwas unternehmen können, müssen wir schlagende Beweise haben, und die haben wir bis jetzt noch nicht. Oder willst du sie ihr auf den Kopf zusagen?«

»Soll ich etwa nach Baden-Baden fahren?«

»Nein, natürlich nicht ... aber sie wird doch auch mal zurückkommen?«

»Wer weiß, wann!«

Heino Kammeritz war den ganzen Tag unterwegs gewesen. Erst gegen sechs Uhr nach Büroschluß kam er noch einmal zurück, um die Post zu unterschreiben. Mitten auf seinem Schreibtisch lag ein Zeitungsausschnitt, der mit einer Büroklammer an ein mit Schreibmaschine beschriebenes Blatt Papier geheftet war.

Er las die Zeitungsnotiz: *Meister vergriff sich am Lehrling,* stand dort fett gedruckt als Überschrift. Heiße Röte schoß ihm in die Stirn, er zerknüllte die beiden Blätter und war schon im Begriff, sie in den Papierkorb zu werfen, als er sich anders besann.

Heino Kammeritz lachte; es war ein böses Lachen. Dann las er die mit Schreibmaschine getippten Zeilen, die keine Unterschrift trugen: ›Werter Chef, ich möchte Ihnen wirklich keine Unannehmlichkeiten machen, aber ich brauche das Geld sofort!‹ Das Wort ›sofort‹ war doppelt unterstrichen. ›Ich kann auf Ihre Bedingung nicht eingehen, und ich glaube auch nicht, daß Sie nach der Lage der Dinge das Recht haben, mir Bedingungen zu stellen. Woher Sie das Geld nehmen, ist mir gleichgültig. Wenn es nicht bis übermorgen auf meinem Schreibtisch liegt, werde ich die Konsequenzen ziehen müssen.‹

Heino Kammeritz riß beide Bogen voll Wut kreuz und quer auseinander, dann war er sie zerknüllt in den Papierkorb. »Diese Kanaille«, sagte er laut, »diese Kanaille!«

Einen Augenblick saß er wie erstarrt, die Wut raubte ihm die Besinnung. Dann riß er ein altes Blatt von seinem großen Terminkalender und schrieb mit kräftigen Buchstaben auf die Rückseite: ›Erstens sind Sie nicht mehr sechzehn Jahre alt, zweitens sind Sie kein Lehrmädchen, und drittens bin ich nicht Ihr Meister. Trotzdem würde ich Ihnen das Geld geben, wenn ich es hätte – aber ich habe es nicht! Da machen Sie mal was! Ich bin gespannt auf die Konsequenzen, die Sie ziehen werden! Wie würde es Ihnen gefallen, wenn ich meine Konsequenzen ziehen und Sie bei der Polizei anzeigen würde wegen Erpressung?!‹

Er wollte weiterschreiben, aber unvermittelt ließ er den Füllfederhalter sinken. Er sah auf seine Armbanduhr, es war fünf Minuten nach sechs. Plötzlich kam ihm ein Gedanke. Warum sollte er nicht zu Gisela Mauerhofer fahren? Wäre es nicht das beste, die ganze Geschichte noch einmal gründlich mit ihr durchzusprechen? Es mußte doch möglich sein, sie zur Vernunft zu bringen.

Er stand auf – den Mantel hatte er gar nicht ausgezogen –, nahm seinen Hut und die Aktentasche und verließ das Büro.

Die Adresse von Gisela Mauerhofer würde ihm ewig unvergeßlich sein.

Evelyn und Judith saßen beim Frühstück. Der kleine, weiß gedeckte Tisch nahe dem Fenster war überflutet von Herbstsonnenschein, der große Raum erfüllt von sorglosen, plaudernden oder zeitunglesenden Menschen.

»Willst du wirklich heute schon abreisen?« fragte Evelyn.

»Das habe ich dir doch gestern abend schon gesagt.«

»Nun hör mal zu, Judith... siehst du denn nicht, daß das Wahnsinn ist? Wir sind doch gerade erst angekommen!«

»Aber ich muß zurück, Evelyn... ich kann doch die Kinder nicht so lange allein lassen!«

»Du machst dich lächerlich, Judith. Die Kinder können gut mal ein paar Tage für sich selber sorgen. Schreib ihnen einen Brief und sag ihnen genau, wie sie sich verhalten sollen. Das ist doch das Allereinfachste!«

»Du verstehst das nicht.«

»Ich weiß genau, was du in Wirklichkeit willst, Judith. Du denkst, du mußt deinen Eduard im Auge behalten. Du hast Angst, daß er sich ohne dich zu wohl fühlen könnte.«

»Evelyn!«

»Ist doch wahr! Du denkst, er macht sich jetzt mit seiner Erika eine feine Zeit, und das tut er auch ganz bestimmt. Warum willst du ihm das nicht gönnen?«

»Würdest du es deinem Heino gönnen?«

Evelyn lachte. »Aber von ganzem Herzen... wenn er mir dadurch einen Scheidungsgrund gäbe!«

»Wenn eine von uns beiden verrückt ist, Evelyn, dann bist du es! Die Scheidung ist bei dir ja geradezu zu einer fixen Idee geworden.«

»Na, bitte! Lieber eine fixe Idee als gar keine. Wie stellst du dir denn dein Leben vor, wenn du heimkommst? Würde es dir wirklich soviel Spaß machen, wieder im alten Trott einherzuschreiten?«

»Ich habe einen Plan...«

»Wahrhaftig?«

»Ja. Ich werde arbeiten...«

»Das hast du doch sowieso immer getan, oder...?«

»Nein, ich meine es anders. Ich werde mir eine Halbtagsbeschäftigung im Büro suchen, oder irgendwelche Schreibarbeiten übernehmen, so etwas muß es doch geben!«

»Und warum willst du das tun?«

»Um selber wieder etwas Geld in die Finger zu bekommen!«

Evelyn biß mit Genuß in das Brötchen, das sie sich mit Butter und Honig bestrichen hatte. »So ein Wahnsinn!« sagte sie mit vollem Mund. »Hast du wirklich dazu geheiratet?«

»In den ersten Jahren unserer Ehe habe ich ja sowieso mitgearbeitet, erst als die Kinder kamen, habe ich aufgehört. Aber ich glaube, jetzt sind Esther und Benjamin groß genug...«

»...daß du arbeiten gehen kannst! Wie bist du bloß auf diese blödsinnige Idee gekommen?«

»Bitte, Evelyn, sei doch nicht so! Du bist doch meine Freundin, nicht wahr? Bitte versuche wenigstens, mich zu verstehen! Wenn ich Eduard halten will, dann muß ich auch etwas für mich tun, das hast du doch auch gesagt, nicht wahr? Ich muß ein bißchen was anzuziehen haben, öfters zum Friseur gehen und all das. Aber das kann ich von dem Wirtschaftsgeld, das er mir gibt, einfach nicht bewerkstelligen.«

»Glaubst du, du wirst ihm besser gefallen, wenn du noch mehr abgerackert bist als bisher?«

»Ich weiß es nicht, Evelyn, aber ich sehe keinen anderen Weg.«

»Dieser Weg ist auf jeden Fall schlecht, Judith. Das ist gar kein Weg, das ist eine Sackgasse!«

»Und dann ist auch noch etwas anderes, warum ich das tun will... stell dir nur mal vor, es kommt doch zur Scheidung... nein, nein, widersprich mir nicht, Evelyn, du warst es doch gerade, die mir immer wieder gesagt hat, daß es keine andere Lösung gibt. Wenn es also soweit kommt... was soll ich dann tun?«

»Dann muß Eduard zahlen, das ist doch ganz selbstverständlich.«

»Aber wovon?«

»Du machst dir Sorgen! Das geht dich doch gar nichts an... das ist seine Sache, ganz allein seine Sache. Er hätte dich ja nicht zu betrügen brauchen.«

»Aber ich bitte dich, Evelyn, er hat doch nichts... selbst wenn er mehr verdient, als er mir bisher gesagt hat. So viel, daß er zwei Haushalte davon bestreiten kann, verdient er bestimmt nicht!«

»Wieso... zwei Haushalte?«

»Er wird doch natürlich wieder heiraten wollen!«

Evelyn starrte die Freundin an, als wenn sie sie zum erstenmal in ihrem Leben sähe. »Judith... ist das dein Ernst? Machst du dir jetzt schon Sorgen darüber, wie Eduard sein Leben mit der Frau finanzieren wird, mit der er dich betrogen hat?«

»Das natürlich nicht...«

»Was dann?«

»Ich kann das alles nicht so ausdrücken, Evelyn, du weißt, ich bin ein bißchen schwerfällig in solchen Dingen... aber ich habe einfach das Gefühl, daß die Ursache unserer Entfremdung, und überhaupt die Ursache von allem, was bisher passiert ist, irgendwie unsere schwache Finanzlage ist, verstehst du? Und ich meine einfach, ich müßte da irgendwie mithelfen, in irgendeiner Form. Sieh mal, der Haushalt allein macht mir jetzt nicht mehr so viel Arbeit, Esther und Benjamin können ja auch mitarbeiten, wenn sie mit ihren Schularbeiten fertig sind... sie hängen sowieso zuviel auf der Straße...«

»Und für dieses wirklich erstrebenswerte Ziel willst du jetzt Hals über Kopf nach Hause reisen?« fragte Evelyn spöttisch.

»Doch nicht Hals über Kopf! Ich habe es dir doch schon gestern abend gesagt.«

»Gefällt es dir hier nicht?«

»Doch, schon...«

»Das klingt nicht sehr begeistert.«

»Sieh mal, Evelyn, es ist wirklich alles wunderschön hier, aber... du mußt doch selber sagen, ich passe nicht hierher.«

»Willst du mir etwa Vorwürfe machen, weil du keinen Erfolg hast?«

»Bitte, Evelyn, sei nicht so!«

»Ist doch wahr! Seit Tagen läufst du schon mit einer trüben Miene herum, nur weil dieser Herr Reichlin sich sang- und klanglos verdrückt hat! Was hattest du denn anderes erwartet? Hattest du gedacht, er würde dir einen Heiratsantrag machen? Oder dich auf sein Schloß am Meer einladen?«

»Theodor Reichlin hat mir geschrieben!« sagte Judith ruhig.

»Was? Und davon hast du mir nichts erzählt?«

»Ich habe den Brief ja eben erst bekommen...«

»Und? Was schreibt er?«

»Ich weiß es nicht, ich habe ihn noch gar nicht gelesen. Ich bekam ihn beim Empfang, als ich eben den Schlüssel abgab.«

»Na, so etwas! Also, ganz ehrlich, Judith, das hätte ich dir nicht zugetraut. Oder schwindelst du mich etwa an?«

»Nein«, sagte Judith und holte den Brief aus ihrer Handtasche.

Evelyn riß ihn ihr fast aus der Hand, betrachtete ihn von allen Seiten. »Mit dem Federhalter geschrieben, der weiß, was sich gehört.«

»Ja, er hat sehr gute Manieren...«

»Du hast mir von der ganzen Sache überhaupt nichts erzählt... das fällt mir jetzt erst auf! Was für ein Mensch ist er überhaupt?«

»Das kann man in so kurzer Zeit nun wirklich nicht feststellen.«

»Ich will ja keine Seelenanalyse von ihm hören... ich möchte nur wissen, was für einen Beruf er hat, ob er Geld hat und so.«

»Er hat mir erzählt, daß er eine kleine, aber sehr gutgehende Textilfabrik aufgebaut hat.«

»Textilfabrik? Das ist ja großartig! Mein Gott, vielleicht...«

»Was?«

»Vielleicht war es eine Dummheit von mir, daß ich mich so vollkommen auf diesen Dr. Fohringer konzentriert habe... wenn man sich mit diesen attraktiven Männern einläßt, kommt meistens nichts raus. Aber das soll mir eine Lehre sein.«

»Ich dachte, ihr hättet einen sehr netten Abend zusammen gehabt.«

»Natürlich. Aber glaubst du, da kann ich mir jetzt was für kaufen? Ha, wenn ich auf nette Abende aus wäre, die könnte ich auch zu Hause haben! Alle Freunde von Heino sind doch hinter mir her. Wenn ich wollte, könnte ich jeden Abend mit einem anderen ausgehen... aber, na ja, ich suche eben etwas ganz anderes. Aber das kann ich dir nicht erklären, dazu bist du zu hausbacken.«

»Einen neuen Mann?«

»Nein, vom Heiraten habe ich vorläufig die Nase voll!«

»Dann verstehe ich überhaupt nichts mehr!«

»Ist auch gar nicht nötig, mein Schatz... Hauptsache, du hilfst mir. Schau mal, du kannst mir doch wirklich nicht zumuten, daß ich allein ins Spielcasino gehe, allein zum Tee, deshalb habe ich dich doch mitgenommen!«

»Ich weiß, Evelyn, und ich komme mir auch undankbar vor, daß ich dich jetzt so im Stich lasse. Aber ich muß nach Hause, ich halte es nicht mehr aus.«

»Jetzt erzähle bloß nicht wieder, daß du dich hier fehl am Platz fühlst... ich falle dir nicht wieder darauf herein! Wenn du mit den Männern gleich so anbändelst, daß sie dir Briefe schreiben...«

»Nicht Briefe, Evelyn... einen Brief... und überhaupt, vielleicht schreibt er nur, weil er irgend etwas vergessen hat, oder so!«

»Ach ja, das wird's sein!«

Evelyn schob den Frühstücksteller von sich und griff nach dem Brief, den Judith neben sich gelegt hatte. »Gib mal her!«

Judith legte ihre Hand darauf. »Was willst du damit?«

»Ihn lesen natürlich!«

»Es ist ja immerhin noch mein Brief, nicht wahr?«

»Na bitte, dann lies ihn aber wenigstens selber!«

»Ich wollte eigentlich...«

»Warten, bis du damit im Zug sitzst? Das kommt gar nicht in Frage! Schließlich hast du es ja mir zu verdanken, daß du ihn überhaupt kennengelernt hast!«

»Gut. Wenn du darauf bestehst...«

»Es ist mein gutes Recht. Schließlich möchte ich ja wissen, wie die Geschichte weitergeht.«

Judith sah Evelyn prüfend an; einen Augenblick kreuzten sich die Blicke der beiden Frauen.

Dann wandte Evelyn sich ab und rief: »Ober, eine Zeitung, bitte!«

Während Judith ihren Brief las, blätterte Evelyn in dem Blatt, das der Kellner ihr gebracht hatte.

»Judith!« sagte sie plötzlich.

Judith ließ den Brief sinken. »Was ist?«

»Ich... ich fahre mit dir nach Hause!«

»Ja? Evelyn, das ist wirklich das Vernünftigste!«

»Da hast du recht!« sagte Evelyn mit tonloser Stimme.

»Was ist denn los mit dir? Ist irgend etwas geschehen?«

»Ja...«

Mit einemmal begriff Judith, daß ein Zusammenhang zwischen Evelyns Zeitungslektüre und ihrem Entschluß abzureisen bestehen mußte. »Steht etwas in der Zeitung?« fragte sie.

»Ja...«

»Ist etwas geschehen? Um Himmels willen, Evelyn, wie siehst du denn aus? Hier, trink einen Schluck Wasser... Herr Ober, bitte, bringen Sie doch einen Cognac für meine Freundin! Evelyn!«

Evelyn hatte tatsächlich einen Augenblick ausgesehen, als wenn sie gleich zusammenklappen würde; ihr Gesicht war ganz weiß geworden, ihre Augen waren schwarz und umschattet. Erst als sie den Cognac getrunken hatte, stieg wieder etwas Farbe in ihre Wangen. »Da«, sagte sie und reichte Judith das Blatt. »Lies selber!« Sie zündete sich eine Zigarette an.

Judith brauchte einige Zeit, um den Artikel zu finden, der solchen Eindruck auf Evelyn gemacht hatte. Es war nur eine kurze Notiz. »Mord in der Schillerstraße«, las sie. »Die neunundzwanzigjährige Sekretärin Gisela Mauerhofer wurde heute morgen in ihrer Wohnung in der Schillerstraße tot aufgefunden. Sie ist offensichtlich mit einem Perlonstrumpf, der aus ihrem eigenen Besitz stammt, erwürgt worden. Der Tat voraus scheint ein heftiger Kampf gegangen zu sein, das Opfer hat sich gegen seinen Mörder mit aller Kraft zur Wehr gesetzt. Der Mord wurde in der Frühe von der Wirtin der Verstorbenen entdeckt, welche die Nacht bei einer Freundin außer Haus verbracht hatte. Wenige Stunden später wurde der Kaufmann Heino Kammeritz wegen dringenden Tatverdachts in Untersuchungshaft genommen. Er gestand, von der Verstorbenen – sie arbeitete als Sekretärin bei ihm – erpreßt worden zu sein, weigert sich aber bisher noch, ein volles Tatgeständnis zu machen. Die Polizei rechnet jedoch im Lauf des Tages mit einem vollen Geständnis.«

Kriminalkommissar Weyrer stand auf, als Sybill Herder eintrat; sie bemerkte es mit Genugtuung. Der junge Polizist, der sie hereingeführt hatte, meldete: »Frau Sybill Herder... sie möchte eine Aussage im Mordfall Mauerhofer machen!«

»Ist gut.« Kriminalkommissar Weyrer bot Sybill einen Stuhl an. »Bitte, wenn Sie Platz nehmen wollen...«

Sie setzte sich, schlug die langen schlanken Beine übereinander, öffnete die Jacke ihres grünen Winterkostüms.

Kriminalkommissar Weyrer nahm auf der anderen Seite des Schreibtisches Platz.

Sie waren allein in dem kahlen grauen Raum. Der goldene Herbstsonnenschein, der durch das verstaubte Fenster fiel, hellte ihn nicht auf, sondern ließ ihn eher noch trostloser erscheinen.

»Sie kannten die Tote?« fragte Kriminalkommissar Weyrer; er sah sie aufmerksam an.

Sie fuhr sich durch ihr rostrotes kurzgeschnittenes Haar. »Nein, ich kannte sie nicht!«

»Aber Sie haben irgend etwas beobachtet, was mit dem Mord zusammenhängt?«

»Herr Kriminalkommissar, ich fürchte, Sie erwarten etwas Falsches von mir... von dem Mord weiß ich gar nichts, nur, was in der Zeitung gestanden hat, ich...«

Er lächelte sie an. »Anscheinend habe ich verwirrende Fragen gestellt. Bitte, erzählen Sie mir doch ganz ruhig einmal, weshalb Sie gekommen sind... kann ich zuerst einmal Ihre Personalien haben?«

»Ja, natürlich...« Sybill Herder öffnete ihre braune Krokodilledertasche und nahm ihren Paß heraus; sie reichte ihn Kriminalkommissar Weyrer über den Schreibtisch. »Genügt das?«

Er verglich die Fotografie mit Sybills Gesicht. »Für den Anfang... ja.« Er klappte den Paß zu und legte ihn neben sich auf den Schreibtisch.

»Ich bin, ehrlich gestanden... ich weiß auch nicht, warum... ein bißchen aufgeregt, Herr Kriminalkommissar«, gestand Sybill Herder, »so etwas passiert mir sonst eigentlich nie.«

»Das macht die Atmosphäre hier, Frau Herder... die hat's in sich. Da werden die verstocktesten Sünder weich!«

»Aber ich bin gar kein Sünder! Ich habe gar nichts getan... wirklich nicht!«

»Davon bin ich überzeugt. Es wäre ein äußerst seltener Fall, daß ein Verbrecher freiwillig oder ohne jeden Zwang bei uns erschiene... aber, bitte, nun erzählen Sie mal, was Sie auf dem Herzen haben.«

»Darf ich rauchen?«

»Natürlich!« Kriminalkommissar Weyrer bot Sybill sofort eine Zigarette aus seiner eigenen Packung an, sie bemerkte, daß seine Hände lang und schmal waren, fast wie die Hände eines Künstlers. Er gab ihr Feuer, und sie tat einen tiefen Zug.

»Also, das war so«, begann sie, »an dem Tag, an dem seine Sekretärin ermordet wurde...«

»Was für ein Tag war das genau?«

»Aber... das müßten Sie doch wissen!«

»Natürlich weiß ich das, aber ich muß mich vergewissern, ob Sie sich nicht täuschen!«

»Ach so... also, es war Mittwoch, Mittwoch, der siebzehnte Oktober!«

»Ausgezeichnet. Und um wieviel Uhr?«

»Ich habe nicht auf die Uhr geschaut, weil ich ja nicht wußte, daß das mal wichtig sein würde... aber es war zwischen sieben und acht Uhr, das weiß ich genau... so ungefähr in der Mitte wahrscheinlich, kurz vor oder nach halb acht!«

»Gut... und was war da?«

»Herr Direktor Kammeritz klingelte an der Tür meiner Privatwohnung. Ich machte ihm auf und ließ ihn herein. Natürlich war ich erstaunt.«

»Eine Zwischenfrage, Frau Herder. Wie lange kennen Sie Herrn Kammeritz?«

»Seit Jahren ... seit vielen Jahren ... ich bin mit seiner Frau in die Schule gegangen, wissen Sie ... und ich habe ihn ungefähr zur gleichen Zeit mit seiner Frau kennengelernt, also vor ungefähr fünfzehn Jahren.«

»Und mit Herrn Direktor Kammeritz hat Sie eine persönliche freundschaftliche Beziehung verbunden?«

»Nein, das kann man wohl kaum so nennen ... er war mir sehr sympathisch ... er ist ja ein sehr sympathischer Mann ... aber befreundet war ich eigentlich nur mit seiner Frau. Aber wie das so geht, Evelyn und ich sind immer mehr auseinandergekommen, und so habe ich ihn tatsächlich jahrelang nicht gesehen, bis ...«

»Bis er dann am Mittwochabend vor Ihnen stand?«

»Nein, das stimmt nicht. Ich habe ihn vorher noch einmal in meinem Büro getroffen. Ich arbeite in der Werbeabteilung der Winter-Werke und habe mich an die Plastik AG gewandt, bei der er arbeitet, weil wir ein bestimmtes Material für Plakate beziehen wollten. Es war eine rein geschäftliche Besprechung, bei der wir aber auch auf seine persönlichen Verhältnisse zu sprechen kamen ... und das war wahrscheinlich auch der Grund, warum er an jenem Mittwochabend bei mir erschien!«

»Gut. Und was für einen Eindruck hatten Sie, als Sie ihn jetzt plötzlich vor Ihrer Wohnungstür wiedersahen?«

»Wie gesagt, ich war erstaunt. Ich dachte im ersten Moment, daß etwas mit Evelyn geschehen wäre ... er wirkte so außer sich ...«

»Verstört?«

»Nein, das kann man nicht sagen ... eher wütend, außerordentlich aufgebracht ... und dann erzählte er mir die ganze Geschichte!«

»Daß er sie umgebracht hat?«

»Nein, natürlich nicht! Er hat sie ja nicht umgebracht!«

»Wissen Sie das genau?«

»Ich glaube ja!«

»Sehr interessant«, sagte Kriminalkommissar Weyrer und streifte die Asche seiner Zigarette ab.

»Glauben Sie mir nicht?«

»Doch. Ich bin überzeugt, daß Sie nur das sagen, was Sie für wahr halten.«

Sybill wollte protestieren, aber dann sagte sie: »Ich verstehe, es ist Ihr Beruf, mißtrauisch zu sein...«

Er lächelte. »Ich danke für Ihr Verständnis, aber, bitte, erzählen Sie alles!«

»Er sagte mir, daß seine Sekretärin ihn erpreßt.«

»Ja, das wissen wir!«

»Sie hatte ihm einen unverschämten Brief mit einem Zeitungsausschnitt auf den Schreibtisch gelegt, und daraufhin war er in ihre Wohnung gegangen, um sich mit ihr auszusprechen. Sie wurde, wie er sagte, außerordentlich unverschämt und beschränkte ihre Forderung plötzlich nicht mehr auf Geld, sondern verlangte tatsächlich, daß er sich scheiden lassen und sie heiraten sollte! Er wurde verständlicherweise daraufhin sehr wütend, und die beiden gingen im Krach auseinander.«

»Das bestätigt durchaus das Ergebnis unserer Recherchen, nur mit einem kleinen Unterschied...«

»Aber er hat sie nicht umgebracht!«

»Bitte erzählen Sie weiter. Was sagten Sie zu dieser Geschichte?«

»Ich riet ihm natürlich, sich auf gar nichts weiter einzulassen, sondern sofort die Polizei zu verständigen und diese Person wegen Erpressung anzuzeigen. Dabei stellte sich heraus, daß er den Brief, den sie geschrieben hatte... ein wichtiges Beweisstück... zerrissen und in den Papierkorb seines Büros geworfen hatte. Wir fuhren zusammen in die Plastik AG hinaus und gingen in sein Büro...«

»Eine Zwischenfrage: Hat Sie jemand gesehen?«

»Ja, der Nachtportier.«

»Gut, weiter!«

»Wir stellten fest, daß der Papierkorb schon geleert war, und das regte Heino Kammeritz wieder sehr auf. Ich hatte vorher nämlich, um ihn abzulenken, besonderes Gewicht auf dieses Beweisstück gelegt. Natürlich hätte er aber auch noch andere Möglichkeiten gehabt, gegen sie vorzugehen. Ich versuchte ihm das klarzumachen, und im Gespräch fuhren wir wieder in meine Wohnung zurück. Es war noch immer ganz außer sich, ich machte ihm etwas zu essen, nachher tranken wir, und wie es in seinem Zustand ja ganz begreiflich ist, trank er sehr viel und konnte es nicht sehr gut vertragen...«

»Sie wollen also sagen, daß er betrunken war?«

»Ja, so kann man es nennen. Er war gegen elf Uhr abends schon vollkommen blau. Natürlich wollte ich ihn in diesem Zustand nicht nach Hause fahren lassen und machte ihm also ein Lager auf meiner Couch. Ich legte mich selber ins Bett und wurde so gegen vier Uhr morgens wach, als ich hörte, daß im Wohnzimmer rumort wurde. Ich stand auf und stellte fest, daß Heino Kammeritz wieder einigermaßen nüchtern war, seine Schuhe anziehen wollte. Er wollte nach Hause fahren, aber ich ließ es nicht zu, denn ich hatte das Gefühl, daß er, obwohl er vielleicht seine Trunkenheit überwunden hatte, doch seelisch nicht in der Lage war, ein Auto zu lenken. Ich zog mich also ebenfalls an und brachte ihn nach Hause...«

»Ich beginne zu begreifen. Sie wollen mir erklären, daß er für den fraglichen Abend von halb acht bis vier Uhr morgens ein Alibi hat?«

»Ja!«

»Ihre Geschichte ist sehr interessant, Frau Herder, und ich rechne es Ihnen hoch an, daß Sie einem Mann, mit dem Sie eigentlich nichts näher verbindet, aus einer schlimmen Situation helfen wollen.«

»Ehrlich gestanden... ich hatte damit gerechnet, daß mich die Polizei sowieso vorladen würde.«

»Und warum?«

»Weil Sie doch sicher einen Zeugen brauchten, um sein Alibi nachzuprüfen.«

Kriminalkommissar Weyrer drückte seine Zigarette aus. »Leider muß ich Sie sehr enttäuschen, Frau Herder, Heino Kammeritz hat von einer Begegnung mit Ihnen nichts gesagt.«

»Nicht?« fragte sie.

»Er hat vielmehr angegeben, gleich nach dem Gespräch mit der Ermordeten nach Hause gegangen zu sein. Er behauptet zwar, dort einiges getrunken zu haben, aber dann sei er gleich zu Bett gegangen. Wir haben ihn ja in den frühen Morgenstunden in seiner Wohnung verhaftet.«

»Das verstehe ich nicht, also, Herr Kriminalkommissar, das verstehe ich ganz und gar nicht!«

»Ja, eine merkwürdige Geschichte.«

»Ich muß Ihnen ganz ehrlich sagen, Herr Kriminalkommissar, ich habe Heinos Benehmen in der ganzen Angelegenheit für erstaunlich weltfremd gehalten. Aber daß er es jetzt so weit treibt!«

»Wie meinen Sie das?«

»Sind Sie verheiratet, Herr Kriminalkommissar?«

»Bis jetzt habe ich noch keine Frau gefunden, die sich mit den wenigen Stunden des Beisammenseins, die ich ihr bieten könnte, begnügen würde.«

»Bitte, dann versuchen Sie sich doch wenigstens einmal vorzustellen, Sie wären verheiratet! Sie wären mit einer Frau verheiratet, die Sie unentwegt mit ihrer Eifersucht verfolgt, die um jeden Preis geschieden sein möchte. Die es so weit treibt, daß sie hinter Ihrem Rücken auf Ihre Bank geht, Ihr gesamtes Geld abhebt, um damit in ein Bad zu reisen. Was würden Sie tun?«

»Nun, wahrscheinlich würde ich sagen... geh!«

»Natürlich... jeder normale Mann würde das tun. Aber er hat sich der Scheidung so widersetzt, daß sie nicht durchgeführt werden konnte, und daß diese Gisela Mauerhofer ihn erpreßte, war ja nur möglich, weil er um jeden Preis vor seiner Frau verbergen wollte, daß tatsächlich etwas zwischen ihm und seiner Sekretärin bestanden hat. Was würden Sie tun, Herr Kriminalkommissar, wenn eine Frau versuchen würde, Sie auf diese Weise zu erpressen?«

»Ich würde ihr schon heimleuchten.«

»Na, sehen Sie! Aber Heino Kammeritz hat das nicht getan. Er hat sich nicht scheiden lassen, er hat der Mauerhofer nicht heimgeleuchtet, aus völlig unerfindlichen Gründen. So betrunken, daß er wirklich davon keine Ahnung mehr hat, kann er nicht gewesen sein. Ich nehme also an, er hat entweder versucht, meinen Ruf zu schützen... oder er fürchtet, daß seine Frau...«

»Sie wären eine glänzende Rechtsanwältin geworden, Frau Herder!« unterbrach er sie.

»In einem so simplen Fall wie diesem braucht der Angeklagte gar keinen Rechtsanwalt, Herr Kriminalkommissar.«

»Leider, leider scheint mir das doch so! Oder können Sie noch Zeugen angeben, daß er tatsächlich bei Ihnen war?«

»Na... erstens den Nachtportier natürlich!«

»Gut. Wann sind Sie dort gewesen?«

»Wir sind bald aufgebrochen, nachdem er gekommen war. Wahrscheinlich waren wir vor neun bei der Plastik.«

»Und später? Haben Sie für die Zeit danach Zeugen? Daß er noch einmal mit Ihnen zurückgegangen ist?«

»Nein...«

»Mindestens müßte doch jemand seinen Wagen in der Nähe Ihres Hauses gesehen haben!«

»Natürlich, Herr Kriminalkommissar! Der steht ja noch dort! Heute morgen, als ich ins Büro ging, war er jedenfalls noch da. Ein anthrazitgrauer Opel Rekord, die Nummer weiß ich nicht.«

Sind Sie sicher, daß das der Wagen von Heino Kammeritz ist?«

»Aber natürlich! Wir sind doch mit seinem Wagen ins Büro und wieder zurückgefahren.«

»Das verändert die Sachlage.«

»Sehen Sie!«

»Sie werden natürlich Ihre Aussage beeiden müssen!«

»Mit dem größten Vergnügen. Jedenfalls werden Sie jetzt einsehen, daß er nicht der Mörder sein kann!«

»Und warum nicht?«

»Warum nicht? Das fragen Sie? Er war doch den ganzen Abend bei mir!«

»Und Sie wissen so genau, wann der Mord geschehen ist?«

»Nein, aber er muß doch später geschehen sein, Herr Kriminalkommissar! Denn als er gegen sieben Uhr die Wohnung der Ermordeten verließ, lebte sie ja noch!«

»Das sagen Sie!«

»Wann ist sie denn tatsächlich ermordet worden?«

»Es tut mir sehr leid, Frau Herder, aber das Untersuchungsergebnis des Gerichtsmedizinischen Instituts liegt leider noch nicht vor.«

»Noch nicht?«

»Nein. Sie dürfen aber versichert sein, sollten unsere Mediziner feststellen, daß der Mord erst nach acht Uhr...«

»Nach sieben Uhr, Herr Kriminalkommissar!«

»Also gut, nach halb acht Uhr begangen worden sein kann, werde ich Herrn Kammeritz sofort auf freien Fuß setzen!«

Evelyn und Judith verabschiedeten sich vor dem Bahnhof. Es war vier Uhr nachmittags. Judith nahm die nächste Straßenbahn, die sie nach Hause fuhr, und Evelyn ließ ihr Gepäck in ein Taxi verstauen und fuhr auf dem schnellsten Weg zu ihrem Rechtsanwalt Dr. Erhard. Er hatte seine Kanzlei im Zentrum der Stadt, in einem hypermodernen Hochhaus.

Evelyn bat den Chauffeur, ihr Gepäck zur Wohnung ihrer Mutter zu bringen, sie selber stieg in den Lift und fuhr bis zum fünften Stock. Eilig, daß die hohen Absätze klapperten, eilte sie zu der Kanzlei, die ganz am Ende des Flurs lag. Die Tür wurde mechanisch geöffnet, kaum, daß sie geklingelt hatte, und sie trat in den kleinen Vorraum, der indirekt durch Neonlicht beleuchtet war.

Sie kannte sich hier gut aus; sie war mehr als einmal bei Rechtsanwalt Dr. Erhard gewesen, während sie ihre Scheidung betrieben hatte. Ohne zu zögern ging sie an der Tür zur Anmeldung vorbei und geradewegs in den Arbeitsraum des Rechtsanwaltes.

Er sah erstaunt auf, als sie, nachdem sie leicht angeklopft hatte, gleich eingetreten war. »Sie wünschen?«

Auch seine Sekretärin, der er diktiert hatte, hob den Kopf und starrte Evelyn halb neugierig, halb belustigt an.

»Herr Doktor, ich muß Sie sofort sprechen!«

»Aber liebe verehrte gnädige Frau... ich muß doch bitten...«

»Es ist ungeheuer wichtig!«

»Sie können doch nicht so ohne weiteres...«

»Selbstverständlich kann ich! Alles andere ist jetzt nicht wichtig, ich...«

»Wenn Sie erlauben, möchte ich wenigstens den Brief hier zu Ende diktieren!«

»Na bitte, ich kann ja so lange warten!«

Sie wollte sich einen Sessel heranziehen, aber Dr. Erhard war aufgesprungen und begleitete sie höflich, aber bestimmt hinaus. »Draußen, gnädige Frau, draußen, wenn ich bitten darf!«

Die Tür fiel hinter ihr ins Schloß, und sie hörte, wie der Schlüssel umgedreht wurde.

»Unverschämtheit!« murmelte sie empört.

Unruhig ging sie in dem Raum auf und ab, setzte sich für einen Augenblick auf einen seltsam geformten, mit leuchtend buntem Kunststoff überzogenen Aluminiumstuhl, sprang aber sofort wieder auf und setzte ihre Wanderung fort. Sie blieb vor dem großen abstrakten Gemälde stehen, das die einzige Stelle des Raumes einnahm, an der keine Tür in ein anderes Zimmer führte. Sie betrachtete, ohne ihn wirklich zu sehen, den ausgezeichneten Kunstdruck, den sie schon oft und oft studiert hatte. Dann wandte sie sich ab, setzte sich wieder. Sie öffnete mit nervösen Fingern ihre Tasche aus Schlangenleder, die im Ton vollkommen mit ihrem hellbraunen Persianermantel harmonierte, nahm ein Päckchen Zigaretten und ein Feuerzeug heraus.

Sie hatte die Zigarette gerade erst angesteckt, als die Tür zur Kanzlei geöffnet wurde und die Sekretärin heraustrat.

»Gnädige Frau... der Herr Doktor läßt bitten!«

Evelyn sprang auf, raffte die Handtasche an sich und ging, die brennende Zigarette in der Hand, in Dr. Erhards Büro.

»Was für ein Theater!« sagte sie böse. »Sie tun gerade so, als wenn Sie eine Primadonna wären, die mit ihrem Anblick geizen muß!«

»Durchaus nicht, meine liebe gnädige Frau, aber es ist nun einmal so, daß man seine Arbeit einteilen muß. Sie sollten eigentlich wissen, daß ich heute nachmittag keine Sprechstunde habe, und selbst wenn ich sie hätte...«

»Ich weiß, ich weiß... richten Sie es immer so ein, daß man mindestens eine Dreiviertelstunde warten muß!«

»Ich bedaure sehr, daß Sie diesen Eindruck gewonnen haben.« Dr. Erhard sah auf seine Armbanduhr. »Darf ich fragen, was Sie heute zu mir führt?«

»Das fragen Sie noch!?«

»Müßte ich es wissen?«

»Ich denke doch!«

Evelyn ließ sich in einen der mit hellem Leder bespannten Sessel sinken, sah den Rechtsanwalt herausfordernd an.

Er setzte sich ihr gegenüber. »Ich habe leider keine Ahnung, wovon Sie sprechen!«

Sie lachte. »Ich kann mir schon denken, daß es Ihnen schwerfällt, zuzugeben, daß ich doch recht gehabt habe! Aber nun ist es ja heraus... es hat gar keinen Zweck mehr, wenn Sie sich dumm stellen!«

»Wovon sprechen Sie?«

»Wollen Sie wirklich weiter so tun, als ob Sie nicht wüßten, daß er sie jetzt umgebracht hat?«

»Wer... wen?«

»Mein Mann... Gisela Mauerhofer!«

»Aber, aber, liebe gnädige Frau...«

»Stimmt das etwa nicht?«

»Um das zu wissen, müßte ich...«

»Lesen Sie denn keine Zeitung?« Evelyn holte ein klein zusammengefaltetes Zeitungsblatt aus ihrer Handtasche hervor. »Hier, bitte, da haben Sie es, schwarz auf weiß!«

»Das habe ich natürlich auch gelesen, selbstverständlich habe ich das gelesen. Aber das berechtigt doch keineswegs zu der Annahme, daß er sie tatsächlich getötet hat.«

»Nicht?«

»Natürlich nicht! Das bedeutet weiter nichts, als daß die Polizei aus bestimmten Gründen einen Verdacht gegen ihn hegt ... es liegt weder ein Geständnis vor, noch scheinen die Indizien gegen ihn lückenlos zu sein!«

»Ich glaube, ich hätte von Anfang an einen anderen Anwalt nehmen sollen«, sagte Evelyn böse. »Sie halten ja doch immer nur zu meinem Mann. Manchmal habe ich den Eindruck, Sie würden von meinem Mann bezahlt und nicht von mir.«

Er lächelte. »Stimmt das nicht? Aber, liebe gnädige Frau, was alles andere betrifft, irren Sie sich gründlich. Natürlich vertrete ich Ihren Standpunkt, weil Sie meine Klientin sind ... und ich glaube, ich habe Sie in Ihrem Prozeß so gut vertreten, wie es nur ging. Auf die Gefahr, daß die Sache nicht klappen würde, weil die Beweise für eine Untreue Ihres Herrn Gatten nicht ausreichend waren, habe ich Sie pflichtgemäß von Anfang an aufmerksam gemacht!«

»Aber jetzt ... jetzt, wo ich komme und einen faustdicken Scheidungsgrund habe, jetzt sagen Sie ...«

»Wollen Sie sich denn etwa jetzt scheiden lassen?«

»Aber selbstverständlich! Ich denke doch, niemand kann mir zumuten, mit einem Mörder zusammenzuleben.«

»Aber es ist doch noch gar nicht heraus, ob er überhaupt ein Mörder ist! Was, wenn sich das Gegenteil herausstellt?«

»Auf alle Fälle weiß ich jetzt positiv, daß er mich mit ihr betrogen hat. Gewußt habe ich es ja immer, aber jetzt kann ich es beweisen. Ich habe von Anfang an recht gehabt ... aber niemand wollte mir glauben!«

»Wenn ich recht verstehe, wollen Sie eine neue Scheidungsklage einreichen?«

»Ja!«

»Wenn Sie es wünschen, werde ich Sie selbstverständlich vertreten, verehrte gnädige Frau ... aber ich muß Sie darauf aufmerksam machen, daß die ganze Sache einen sehr, sehr schlechten Eindruck erwecken wird.«

»Wieso?«

»Man sieht es nicht gern, wenn eine Frau sich gerade dann scheiden läßt, wenn der Ehemann ganz offensichtlich des Beistandes bedürfte.«

»Weil er ein Mörder ist, darf ich mich also jetzt nicht scheiden lassen?«

»Wenn er wirklich ein Mörder ist, verehrte gnädige Frau, versteht sich eine Scheidung ganz von selber. Wenn Sie sich nur daraufhin scheiden lassen wollen, würde ich Ihnen raten, erst einmal in aller Ruhe abzuwarten, bis er verurteilt ist und seine Strafe angetreten hat. In diesem Fall würde der Scheidungsprozeß ganz unter Ausschluß der Öffentlichkeit über die Bühne gehen. Und ich glaube sicher, das wäre auch in Ihrem Sinn, nicht wahr?«

»Und wenn er nicht verurteilt wird?«

»Wollen Sie sich dann auch scheiden lassen?«

»Natürlich! Ich habe mich doch immer scheiden lassen wollen. Warum sollte ich jetzt nicht mehr wollen, wo alles herausgekommen ist?«

»Sie wollen also als Scheidungsgrund wieder diese Gisela Mauerhofer angeben?«

»Ja! Nur da ich diesmal Beweise habe und mich nicht auf diesen läppischen Kuß auf dem Betriebsfest stützen muß. Jetzt ist es ja sonnenklar... er hat was mit ihr gehabt, sonst hätte sie ihn nicht erpressen können, nicht wahr? Und dann hat er sie umgebracht!«

»Diese letzte Schlußfolgerung ist etwas kühn, und ich möchte sie in meinen Betrachtungen außer acht lassen. Zweifellos haben Sie aber recht, daß ein Liebesverhältnis zwischen Ihrem Mann und Gisela Mauerhofer das Material für die Erpressung gebildet hat.«

»Sehen Sie!«

»Sie wollen also unter dieser Motivierung die Scheidungsklage einreichen?«

»Glauben Sie, daß das auch noch nicht genügt?«

»Doch, ich denke schon. Wenn Sie erlauben, möchte ich aber vorsichtshalber noch bei der Kriminalpolizei Erkundigungen einziehen, ob es sich nicht am Ende bei der Erpressung um etwas ganz anderes handelt.«

»Das wäre natürlich dumm.«

»Sicher. Sobald ich das klargestellt habe, werde ich alle Formalitäten einer neuen Scheidungsklage einreichen...«

Heino Kammeritz fuhr, sobald er aus der Untersuchungshaft entlassen war, ins Büro. Zwar war es schon kurz vor Büroschluß, aber er war sicher, daß sich in den Tagen seiner Abwesenheit eine Unmenge Arbeit angehäuft hatte. Er war ganz darauf gefaßt, bis Mitternacht arbeiten zu müssen. Wahrscheinlich war es ratsam, vom Büro aus zu Hause anzurufen, für den Fall, daß Evelyn zurückgekommen war. Sicher würde sie sich entsetzliche Sorgen um ihn machen. Jetzt würde sie doch bereuen, daß sie die Dinge auf die Spitze getrieben hatte.

Grüßend ging er am Portier vorbei, mit großen Schritten den Flur entlang, immer zwei Stufen auf einmal nehmend die Treppe hinauf.

Warum sahen ihn die Leute so seltsam an? Oder bildete er sich das nur ein? Nein, wahrhaftig, das Lächeln der kleinen Blonden aus Abteilung vier, die mit einem Stoß Akten unter dem Arm seinen Weg kreuzte, war verlegen gewesen. Sie hatte gleich beiseite gesehen.

Unwillkürlich fuhr seine Hand an die Krawatte. Sie saß richtig, auch die Hose rutschte nicht – was war los? Er konnte sich doch in den wenigen Tagen nicht so verändert haben; rasiert war er auch.

Zu blöd, daß sie ihm bei der Polizei die Schnürsenkel, die Krawatte und die Hosenträger abgenommen hatten – Gott sei Dank trug er ja keine Hosenträger – bloß der Beamte hatte danach gefragt. Warum nur? Bildeten sie sich ein, daß man sich wegen einer solchen dummen Geschichte aufhängt? Er hatte doch gewußt, daß man ihm nichts beweisen konnte. Es war nur eine Frage der Zeit gewesen, bis er frei kam.

Heino Kammeritz öffnete die Tür zum Vorzimmer seines Büros. Ein fremdes, junges Mädchen saß hinter der Schreibmaschine.

»Guten Tag, mein Fräulein«, grüßte Heino Kammeritz.

»Guten Tag, sind Sie angemeldet?« fragte das junge Mädchen.

»Angemeldet? Ich bin Direktor Heino Kammeritz, und dies hier ist meine Abteilung!«

Das junge Mädchen errötete. »Oh, entschuldigen Sie, Herr Direktor, ich bin ziemlich neu im Betrieb, ich habe Sie nicht erkannt.«

»Machen Sie sich nichts daraus, kann jedem passieren. Wie heißen Sie denn?«

»Martina Kummer.«

»Schön, Fräulein Kummer, dann bringen Sie mir gleich mal sämtliche Posteingänge herein, ja?«

Er hatte schon die Klinke zu seinem Büro in der Hand, als sie erschrocken aufsprang und ihn festhielt. »Nicht! Da dürfen Sie nicht hinein!«

»Was? Warum denn nicht?«

»Natürlich dürfen Sie hinein, nur...«

»Na also!«

»Herr Schwarzenberg hat jetzt die Verkaufsabteilung übernommen, Herr Direktor!«

»Das ist furchtbar nett, daß er mich vertreten hat, aber jetzt...«

»Es ist inzwischen alles umorganisiert worden, Herr Direktor. Herr Schwarzenberg sitzt auf Ihrem Posten, und Herr Lingen hat den Posten von Herrn Schwarzenberg übernommen, und...«

»Dann muß es jetzt eben wieder geändert werden!«

»Ich glaube nicht daß das so einfach geht.«

»Na, lassen Sie das mal meine Sorge sein, Fräulein, ich...« Wieder wollte er die Klinke niederdrücken.

»Bitte, bitte nicht!« flehte Martina Kummer. »Herr Schwarzenberg hat gerade einen Besuch und... nein, Herr Direktor, das geht wirklich nicht!«

»Ach so, ich verstehe! Ihr hattet wohl alle hier erwartet, daß ich nicht wieder zurückkommen würde? Ihr wart wohl alle froh, eins aufrücken zu können, was?«

»Nein, ganz bestimmt nicht, Herr Direktor!«

»Ach, reden Sie doch nicht! Bitte, verbinden Sie mich mit dem Herrn Generaldirektor.«

»Jawohl, Herr Direktor, das wollte ich Ihnen ja die ganze Zeit sagen. Es ist angeordnet, daß Sie sofort zum Herrn Generaldirektor kommen sollen, wenn Sie zurück sind.«

»Na, wenigstens etwas.«

»Ich werde gleich mal rüberläuten, ob es jetzt geht!«

»Ich bitte darum.«

Heino Kammeritz steckte die Fäuste in die Taschen, ging zum Fenster und starrte in den Fabrikhof hinaus. Er war weder wütend noch erschrocken, er war verwirrt. Das Ganze kam ihm so seltsam vor wie in einem Alptraum. Überhaupt – alles war ein Alptraum gewesen – die Verhaftung, die Zelle, und jetzt dies.

»Bitte, Herr Direktor, der Herr Generaldirektor läßt bitten! Bitte, gehen Sie gleich rüber.«

»Danke«, sagte Heino Kammeritz und verließ grußlos den Raum.

Fräulein Martina blickte bestürzt hinter ihm her.

Heino Kammeritz brauchte nicht zu warten, er wurde sofort in das Allerheiligste des Generaldirektors geführt, und der große alte Mann stand auf und kam ihm mit ausgestreckten Armen entgegen.

»Kammeritz, mein alter Junge, das ist wirklich großartig. Eine feine Sache, daß wir Sie wieder hier haben!«

»Diesen Eindruck hatte ich allerdings nicht.«

»Na, na, nicht empfindlich sein, Kammeritz. Wir beide haben doch so manchen Sturm erlebt, nicht wahr? Wir kennen das Leben, und wir machen uns nichts vor!«

»Ich verstehe nicht...«

»Kommen Sie, setzen Sie sich, kippen Sie erst einmal einen Cognac, das wird Ihnen guttun!« Der Generaldirektor drückte auf einen Knopf an seinem Schreibtisch, und zwei Minuten später erschien Frau Husum, seine Sekretärin.

»Bitte, zwei Gläser und die bewußte Flasche, Frau Husum!«

Sie setzten sich in die Besucherecke um den niedrigen Rauchtisch. Der Generaldirektor schob Heino Kammeritz seine Zigarettendose über den Tisch und zündete sich selber eine Zigarre an.

»Seit wann sind Sie denn entlassen, alter Junge?«

»Seit einer halben Stunde. Ich bin natürlich gleich ins Büro gegangen, weil ich dachte...«

»Sehr schön, sehr schön! Ich sage ja immer... was Gewissenhaftigkeit betrifft, da kommt hier keiner über Kammeritz! Nun, und... hat sich die ganze Sache aufgeklärt? Hat man den Mörder?«

»Noch nicht, Herr Generaldirektor.«

»Aber Sie sind entlassen?«

»Ja, ich hatte ja mit der ganzen Sache nichts zu tun.«

»Daran habe ich nicht gezweifelt, Kammeritz, nicht eine Sekunde! Ist doch einfach lächerlich... ein Mann wie Sie bringt doch keine Frau um, und noch dazu eine Sekretärin! Obwohl ich ganz ehrlich sagen muß... manchmal würde ich der Husum auch ganz gern den Hals umdrehen!« Der Generaldirektor lachte schallend.

»Ich habe für den fraglichen Abend ein lückenloses Alibi, Herr Generaldirektor.«

»Ein Alibi? Wunderbar! Es geht nichts über ein lückenloses Alibi, alter Junge, ich gratuliere. Sie sind also vollkommen auf freien Fuß gesetzt, haben Bewegungsfreiheit und alles andere, nicht wahr?«

»Jawohl, Herr Generaldirektor.«

»Wunderbar! Einfach großartig! Dann habe ich einen prächtigen Vorschlag für Sie, Kammeritz!«

»Ja...?«

»Machen Sie Urlaub! Während Sie weg waren, habe ich mit dem Leiter der Personalabteilung gesprochen. Sie haben dieses Jahr noch einen vierzehntägigen Urlaub ausstehen!«

»Natürlich, Herr Generaldirektor, aber ich nehme meinen Urlaub eigentlich immer im Winter!«

»Eigentlich... immer! Was sind das für Redewendungen, Kammeritz. Diesmal nehmen Sie ihn eben im Herbst, was ist da schon weiter dabei?«

»Nichts. Nur, ich denke, gerade im Augenblick, wo ich sowieso ein paar Tage weg war...«

»Machen Sie sich deshalb nur keine Sorgen, Kammeritz, Schwarzenberg hat sich schon sehr schön eingearbeitet. Natürlich ist er kein Kammeritz, das wird er nie werden, aber er macht seine Sache recht schön. Ein talentierter junger Mann. Sie kennen ihn doch, nicht wahr?«

»Ja, schon...«

»Na, sehen Sie! Also, warum wollen Sie nicht in Urlaub fahren?«

»Wenn Sie es wünschen, Herr Generaldirektor.«

»Richtig, mein Freund, Sie haben es erfaßt. Es ist mein ausdrücklicher Wunsch. Und wenn Sie dann zurück sind, gut erholt und bester Laune, werden wir uns über das andere unterhalten.«

»Unterhalten? Worüber müssen wir uns unterhalten?«

»Aber, aber... da gibt es doch einiges, was zu klären wäre, nicht wahr?«

»Ich verstehe nicht!«

»Dann passen Sie mal auf!« Der Generaldirektor hob sein Glas. »Auf Ihr Wohl!«

Er trank, und Heino Kammeritz tat es ihm nach.

»Da ist doch diese Geschichte mit der Mauerhofer...«

»Ich hoffe, Sie glauben nicht, daß ich mit ihr irgend etwas hatte!«

»Nein?«

»Nein! Ein einziges Mal... ich hatte mich mit meiner Frau gezankt, ich war völlig betrunken, und da...«

»Ich verstehe schon... ich verstehe vollkommen. Sie brauchen mir gar nichts weiter zu erzählen, ich glaube Ihnen aufs Wort...«

»Ich danke Ihnen, Herr Generaldirektor, das ist wirklich...«

»... nur nützt es Ihnen nichts, alter Junge!« Der Generaldirektor ließ sich nicht unterbrechen. »Leider nützt es Ihnen gar nichts.

Man wird sich fragen, warum hat er diese alberne Geschichte seiner Frau nicht erzählt? Warum hat er sich wegen einer solchen Lappalie erpressen lassen?«

»Ich habe mich nicht erpressen lassen, sie hat mir nur damit gedroht!«

»Sie haben ihr also nichts gegeben?«

»Nein!«

»Das macht die Sache schon besser! Viel besser. Sie werden also Ihrer Gattin alles erklären können, und ich bin sicher... Sie haben ja das Glück, eine so charmante und liebenswerte Frau zu besitzen... daß sie Ihnen verzeihen wird. Das würde die Lage natürlich schon wesentlich, sehr wesentlich zu Ihren Gunsten verändern.«

»Aber was haben meine Familienangelegenheiten mit dem Betrieb zu tun? Ich begreife gar nicht...«

»Doch, Sie begreifen schon, wenn Sie nur wollen. Sie wissen genau, daß Sie als Verkaufsdirektor Tag für Tag der Außenwelt das Gesicht unserer Firma repräsentieren müssen, und Sie werden, wenn Sie nur einen Augenblick nachdenken, sicher verstehen, daß für einen solchen Posten nur eine völlig integere Persönlichkeit brauchbar ist. Das sind Sie, ich weiß es... wenn ich es nicht wüßte, hätte ich Sie nie auf diesen Platz gesetzt, aber der Schein ist gegen Sie.«

»Sie wollen mir kündigen?«

»Davon kann gar keine Rede sein. Ich denke nicht einmal im Traum daran. Trauen Sie mir eine solche Torheit zu, mich von einer so tüchtigen und befähigten Kraft, wie Sie es sind, zu trennen? Nein, mein Freund, deshalb machen Sie sich keine Sorgen, ich erwäge lediglich eine Versetzung auf einen anderen Posten.«

»Aber, Herr Generaldirektor...«

»Regen Sie sich nicht auf, mein Freund, trinken Sie lieber noch einen«, der Generaldirektor schenkte Heino Kammeritz noch einmal das Glas voll, »beruhigen Sie sich, ich habe nicht gesagt, daß ich Sie versetzen werde, ich habe nur gesagt, daß ich es erwäge. Fahren Sie erst einmal in Urlaub, und wenn Sie zurückkommen, werden wir sehen, wie sich die Dinge entwickelt haben. Sie wissen, daß ich immer zu Ihnen halten werde, denn schließlich... wir haben ja schon schwere Zeiten miteinander durchgemacht, nicht wahr? Das verbindet, mein Freund!«

»Hallo... Heino!« hörte Heino Kammeritz eine dunkle sympathische Frauenstimme rufen, als er, einen Augenblick völlig geistesabwesend, vor dem Haus der Plastik AG stand und vor sich hin starrte.

Er zuckte zusammen und sah sich um.

»Heino! Hier bin ich!«

Jetzt erst sah er seinen Wagen, der dicht am Bürgersteig geparkt war, das Fenster war heruntergelassen, und Sybill Herder winkte ihm zu.

Mit drei schnellen Schritten war er bei ihr. »Sybill, du?«

»Ja, ich! Ich habe dir nur dein Auto gebracht.«

»Aber woher wußtest du...«

»Auf gut Glück!« Sie lachte. »Ich wußte, daß du entlassen wirst, und da dachte ich mir, du würdest zuallererst ins Büro gehen.«

»Verzeih, Sybill, ich bin so durcheinander. Ich muß dir ja noch danken, weil du...«

»Aber das war doch ganz selbstverständlich. Natürlich, Heino. Warum um Himmels willen, hast du es nicht selber gesagt?«

»Ich wollte nicht, daß du da mit hineingezogen würdest!«

»So was Dummes! Das kann sich auch wirklich nur ein Mann ausdenken. Komm rein. Soll ich dich nach Hause fahren, oder bist du selber in der Lage...«

»Warum sollte ich nicht?« Er ging um den Kühler herum und stieg ein.

»War eine gute Idee von mir, dir den Zündschlüssel abzunehmen, nicht wahr?« sagte sie, während er sich setzte. »Wenn dein Auto nicht noch vor meinem Haus geparkt hätte... auf mein ehrliches Gesicht hin hätten sie mir nicht geglaubt!«

Er löste die Bremse und gab Gas. »Du bist eine famose Frau, Sybill.«

»Danke!«

Heino fuhr los, er mußte sich ganz auf den Straßenverkehr konzentrieren, der um diese Zeit immer seinen Höhepunkt erreichte. Sie schaute ihn von der Seite an und stellte fest, daß sein Gesicht alles andere als glücklich wirkte.

»Was ist los mit dir, Heino?« fragte Sybill, als der Wagen bei rotem Licht stehenbleiben mußte.

»Was soll schon los sein?«

»Freust du dich denn gar nicht, daß du wieder frei bist?«

»Vielleicht wäre es besser gewesen, sie hätten mich behalten.«

»Aber wieso denn? Hat es dir so gut gefallen?«

»Bis sie den Mörder haben, meine ich.«

Das Licht wechselte von rot auf gelb, und Heino schaltete.

»Aber, entschuldige mal, Heino! Das ist doch Unsinn! Daß du es nicht warst, ist jetzt bewiesen... und für dich ist das doch die Hauptsache, oder?«

Die Wagenkolonne setzte sich in Bewegung, und es dauerte einige Zeit, bis Heino antworten konnte. »Sie behandeln mich wie einen Aussätzigen«, sagte er dann.

»Wer?«

»Alle! Mein Chef behauptet...«

»Ach so, ich verstehe. Typisch! Sie tun, als wenn ein Makel auf deinen guten Namen gefallen wäre und damit auf den Namen der Firma, wie?«

»So ähnlich.«

»Also... ich finde, das ist die Höhe! Als wenn du das geringste dafür könntest, daß du in diesen Verdacht geraten bist. Jedem kann so etwas passieren.«

»Nicht jedem.«

»Und warum nicht?«

»Weil nicht jeder sich erpressen läßt!«

»Aber du hast dich doch gar nicht erpressen lassen.«

»Gott sei Dank nicht, das macht die Sache etwas besser. Aber daß sie es überhaupt versuchen konnte.«

»Doch nur, weil du solch ein Ehrenmann bist, Heino. Ein normaler Mann läßt sich wegen solch einem Quatsch doch gar nicht erpressen!«

»Ich weiß, ich weiß, das hast du mir schon neulich nachts erklärt. Aber ich sage dir noch einmal, Evelyn hätte sich glatt scheiden lassen.«

»Und wenn?«

»Du bist zynisch, Sybill.«

»Entschuldige bitte.«

Schweigend saßen sie nebeneinander, bis das Auto aus dem Hauptverkehr heraus war und in die stilleren Straßen der Vorstadt fuhr.

»Und was willst du jetzt machen?« fragte Sybill endlich.

»Nach Baden-Baden fahren! Evelyn ist dort, sie hat Felix eine Karte geschickt.«

»Kannst du das so ohne weiteres?«

»Ich bin beurlaubt.«

»Für wie lange?«

»Vierzehn Tage.«

»Also, Heino, das ist doch nun wirklich kein Grund, so ein Gesicht zu machen. Vierzehn Tage Urlaub, jeder andere würde sich freuen. Ich finde überhaupt, daß es eine gute Idee von den Herren war. Du wirst sehen, in vierzehn Tagen ist längst Gras über die Sache gewachsen. So was geht heutzutage schnell.«

»Glaubst du?«

»Ganz bestimmt!«

»Wenn Evelyn sich nur nicht scheiden läßt...«

»Aber, Heino, das ist doch ausgeschlossen! Keine Frau bringt es fertig, ihren Mann in einer solchen Situation im Stich zu lassen! Nein, darüber würde ich mir keine Sorgen machen.«

»Weißt du, Sybill, das Ganze wäre ja nicht so schlimm... rauswerfen werden sie mich bestimmt nicht, nur... ich nehme an, sie haben vor, mich in eine andere Abteilung zu stecken, und das würde natürlich bedeuten, daß ich sehr viel weniger verdienen würde.«

»Aber wieso denn? Sie können dir doch nicht einfach dein Gehalt kürzen.«

»Das nicht. Aber ich habe doch bisher Verkaufsprovisionen bekommen, viele Spesen machen können, das fällt ja dann alles weg.«

»Aber immerhin nehme ich an, du wirst soviel verdienen, daß man davon leben kann.«

»Ja! Aber Evelyn...«

»Wird es eben lernen müssen. Weißt du, Heino, ich habe mir die ganze Geschichte von dir und Evelyn durch den Kopf gehen lassen, wahrscheinlich ist es ein Unglück für euch gewesen, daß du soviel verdienst. Jetzt kann sie natürlich den Hals nicht voll bekommen, und zudem bist du dann auch viel zuviel verreist. Wenn das alles anders wird, wenn ihr ein normales bürgerliches Leben führen... vielleicht wird dann alles wieder gut.«

Er sah sie von der Seite an. »Es ist sehr lieb von dir, Sybill, daß du mir das sagst, aber ich weiß nicht...«

»Ganz bestimmt, Heino, es hat gar keinen Sinn, daß du dir Sorgen machst, bevor du überhaupt mit ihr gesprochen hast. Warte erst mal ab, ich bin sicher, es kommt alles in Ordnung.«

»Dein Wort in Gottes Ohr!«

Einen Augenblick saßen sie wieder schweigend. Dann begann Sybill von neuem. »Nur finde ich es, ehrlich gesagt, nicht gerade vernünftig, daß du in dieser Situation nach Baden-Baden fährst.«

»Aber ich muß doch, ich muß sie doch zurückholen.«

»Ich würde ihr schreiben, sicher kommt sie dann von selber.«

»Schreiben hat keinen Zweck, ich muß mit ihr reden.«

»Das ist sicher richtig, nur... ich denke an deine finanzielle Lage. Baden-Baden ist ein verdammt teures Pflaster!«

»Schon, aber sie hat doch das ganze Geld von meinem Konto, davon können wir...«

Sybill lachte. »Nimm es mir nicht übel, Heino, aber ich finde, du bist reichlich naiv. Glaubst du wirklich, sie hat das Geld noch? Darauf würde ich mich an deiner Stelle nicht verlassen. Aber ich pumpe dir gern was. Wenn du das Geld nicht brauchst, kannst du es mir ja gleich wiedergeben, wenn du zurückkommst.«

Als Eduard Weinberger nach Hause kam, stürmten ihm Esther und Benjamin entgegen.

»Vati! Vati!«

»Stell dir vor, was passiert ist!«

»Ja, Vati, rate mal!«

»Ich hoffe, ihr habt nicht wieder etwas angestellt«, sagte er und hängte seinen Überzieher in der Garderobe auf.

»Wir? Aber überhaupt nicht«, protestierte Esther.

»Mutti ist wieder da!« platzte Benjamin heraus.

»Kamel!« Esther gab ihrem Bruder einen kräftigen Rippenstoß. »Wir wollten Vati doch raten lassen!«

»Wo ist sie?« fragte Eduard Weinberger.

»In der Küche!«

»Und toll sieht sie aus, du wirst dich wundern!«

Eduard Weinberger ließ die Kinder stehen und ging mit großen Schritten durchs Wohnzimmer – geradewegs in die Küche.

Judith hatte eine hübsche, bunte Schürze umgebunden, stand am Küchentisch und stellte die Speisen für das Abendbrot auf ein Tablett. Er sah mit einem Blick, daß sie sich verändert hatte. Es war nicht so sehr die Frisur – sie trug das blonde Haar jetzt auf eine damenhafte und anmutige Weise hochgekämmt – es war, als ob ihr Gesicht einen ganz anderen Ausdruck hätte.

Sie sah auf, als er eintrat, lächelte ihn freundlich an. »Guten Abend, Eduard.«

»Du bist also wieder da!«

»Ja!« Sie holte die Butterdose.

»Hat dich dieser Kerl also sitzen lassen!«

»Ich habe keine Ahnung, von wem du sprichst.« Sie tat so, als sei sie intensiv damit beschäftigt, mit Hilfe eines Teelöffels, den sie in heißes Wasser tauchte, eine Butterrose zu formen.

»Du weißt es ganz genau!«

»Nein, es tut mir leid, Eduard, ich weiß es nicht, und ich möchte dich bitten, mit mir nicht so herumzuschreien.«

»Daß du dich nicht schämst!«

»Ich«, sagte sie und setzte besonderen Nachdruck auf dieses eine Wort, »ich habe keinen Grund, mich zu schämen, Eduard.«

»Und was ist mit diesem Kerl? Woher kennst du ihn?«

»Du kannst dir jetzt die Hände waschen, Eduard, wir werden gleich essen«, sagte sie ruhig und ging, das Tablett in Händen, an ihm vorbei ins Wohnzimmer.

»Mutti, erzähl doch mal, wie es in Baden-Baden war!« bat Benjamin, als die Familie am Tisch saß.

»Wunderschön«, sagte Judith.

»Eigentlich hättest du uns ja was mitbringen können, Mutti, wo du uns so lange allein gelassen hast«, schmollte Esther.

»Dafür hatte ich kein Geld, Kinder.«

»Aber du warst doch beim Friseur, und du hast dir den tollen neuen Pulli gekauft!«

»Ich brauchte diese Dinge dringend, aber ich denke, ihr habt alles, was nötig ist.«

»Darf ich den Pulli wenigstens mal tragen?«

»Vielleicht...«

»Mutti! Du bist die beste, schickste Mutti auf der ganzen Welt!« rief Esther begeistert. .

»Immer Esther! Und ich?« rief Benjamin.

»Dir bringe ich etwas ganz besonders Hübsches mit, wenn ich das nächstemal verreise... und Esther natürlich auch.«

»Was? Du willst noch einmal weg?« fragte Eduard empört.

»Warum nicht? Es hat doch alles glänzend geklappt, während ich fort war.«

»Warum nicht? Das fragst du noch?« schrie Eduard. »Es ist deine Pflicht als Hausfrau und Mutter, hier bei deinen Kindern und deinem Mann zu bleiben, verstanden?«

»Bitte beruhige dich, Eduard, ich möchte nicht gern im Beisein der Kinder darüber diskutieren, wer seine Pflichten vernachlässigt hat.«

»Ich jedenfalls werde dir keinen Pfennig für so eine Reise geben!«

»Ich habe auch für diese Reise keinen Pfennig von deinem Geld gebraucht, lieber Eduard... das möchte ich jetzt gleich klarstellen.«

»Und woher hast du das Geld gehabt!?«

»Meine Freundin Evelyn hat mich eingeladen!«

»Ausgerechnet Evelyn!«

»Ja, ausgerechnet Evelyn. Möchtest du noch eine Tasse Tee haben?«

»Nein, danke.«

»Oh, schmeckt es dir nicht?«

»Weich mir nicht aus! Ich will jetzt wissen, woher du das Geld hast!«

»Das habe ich dir schon gesagt.«

»Willst du mir etwa weismachen, daß Evelyn dir Geld gegeben hat, um zum Friseur zu gehen, um dir einen neuen Pullover und was weiß ich sonst noch alles zu kaufen?«

»Nein, natürlich nicht.«

»Na also!«

»Ich habe mir dieses Geld verdient, Eduard... ehrlich verdient!«

»Das ist ja lächerlich!«

»Wie du meinst...«

»Ich will jetzt sofort wissen, woher...«

»Eduard! Wollen wir dieses Gespräch nicht lieber auf später verschieben? Wenn die Kinder im Bett sind?«

»Ich denke nicht daran! Es ist nur gut, wenn die Kinder rechtzeitig über ihre Mutter Bescheid wissen! Woher hast du das Geld? Womit hast du es verdient?«

»Ich habe für einen Herrn die Post erledigt.«

»Post erledigt! So nennt man das also!«

»Er hat mir seine Briefe ins Stenogramm diktiert, und ich habe sie auf der Schreibmaschine geschrieben, ich glaube doch, daß Post erledigen dafür der richtige Ausdruck ist.«

»Und wer ist dieser fabelhafte Mensch, der dir dafür, daß du ihm seine Korrespondenz erledigst, ein Vermögen schenkt?«

»Er hat mir kein Vermögen geschenkt, lieber Eduard, er hat mir hundert Mark gezahlt, wenn du es genau wissen willst: Er heißt Bifang und ist Generaldirektor einer großen Firma. Du kannst dich gern bei ihm erkundigen... das heißt, wenn es dir nicht doch zu peinlich ist.«

»Ja, damit rechnest du! Daß es mir zu peinlich ist! Aber du wirst dich wundern. Ich werde Erkundigungen einziehen. Ich werde einen Detektiv engagieren, der deinen Baden-Baden-Aufenthalt von der ersten bis zur letzten Minute durchleuchtet. Dann werden wir ja sehen, was tatsächlich passiert ist!«

»Ich hindere dich nicht daran, Eduard, es freut mich, zu hören, daß du so gut bei Kasse bist, dir solche Extraausgaben erlauben zu können. Ich möchte dich bei dieser Gelegenheit darauf aufmerksam machen, daß ich mit dem Wirtschaftsgeld, das du mir gibst, nicht mehr auskommen kann. Ich erwarte, daß du mir ab nächsten Ersten mindestens hundert Mark mehr gibst!«

»Hundert Mark? Du bist wohl nicht ganz richtig!«

»Was, glaubst du denn, wird ein Detektiv kosten?«

»Das geht dich nichts an! Aber ich erwarte, daß du mit dem Geld, das ich dir gebe, wirtschaften kannst. Ich werde nicht mitansehen, wie du es zum Fenster hinauswirfst.«

»Das habe ich bisher nicht getan, und ich werde auch jetzt nichts dergleichen tun, Eduard, das weißt du ganz genau. Das Geld, das du mir gibst, ist zuwenig, um davon vier Personen ernähren und kleiden zu können.«

»Sag das meinem Chef! Vielleicht gibt er dir daraufhin eine Gehaltszulage.«

»Ein ausgezeichneter Gedanke, Eduard... falls ich die hundert Mark nicht bekomme, werde ich mich an deinen Chef wenden. Auf diese Weise werde ich wenigstens einmal ganz genau erfahren, was du eigentlich verdienst.«

»Unverschämtheit!« Eduard stieß seinen Stuhl zurück und sprang auf.

»Es ist mein Ernst«, sagte sie und sah ihm freundlich und gelassen ins Gesicht.

Er drehte sich auf dem Absatz um und stürzte aus dem Zimmer.

Sie stand auf und ging ihm nach. »Ich werde dich nicht fragen, wohin du jetzt gehst, Eduard. Von mir aus kannst du tun und lassen, was du willst, wenn du glaubst, daß du es mit deinen Pflichten als Ehemann und Vater vereinbaren kannst.«

Als die Tür ins Schloß gefallen war, kam sie zum Abendbrottisch zurück. »Es tut mir leid, Kinder«, sagte sie, »wenn ihr solche Szenen miterleben müßt. Aber es ist nun einmal so im Leben, man darf sich nicht soviel gefallen lassen, sonst muß man sich eines Tages alles gefallen lassen, und das wäre schlecht. Nicht nur für mich, sondern auch für euch!«

Sybill Herder und Heino Kammeritz hörten nicht, daß die Wohnungstür aufgeschlossen wurde. Sie waren dabei, im Schlafzimmer einen Koffer für Heino zu packen. Sie sahen Evelyn erst, als sie über die Schwelle trat.

»Guten Abend, Heino«, sagte sie spöttisch, »ich freue mich zu sehen, daß du deine Koffer packst...«

Jetzt erst bemerkte sie Sybill. »Sybill... du? Reizend von dir, daß du dich Heinos angenommen hast.«

Heino Kammeritz, der über eine Kommodenschublade gebeugt dagestanden und Sybill die Wäsche herausgegeben hatte, die sie einpacken sollte, richtete sich auf. Er ging einen Schritt auf Evelyn zu. »Hör mal. Evelyn...«

»Rühr mich nicht an!«

»Aber ich möchte dir nur sagen...«

»Was du sagen willst, interessiert mich nicht!«

»Ich freue mich, daß du zurückgekommen bist!«

»Die Freude wird dir bald vergehen, ich bin nicht gekommen, um mir deine Lügen anzuhören!«

»Evelyn, so nimm doch Vernunft an!« mischte Sybill sich ein. »Heino liebt dich... er liebt dich mehr, als du es verdienst, wenn du die Wahrheit wissen willst, und...«

»Halt du deinen Mund, Sybill! Du hast immer schon eine große Klappe gehabt, und nichts war dahinter!«

»Aber Evelyn, ich will dir doch nur helfen!«

»Danke. Ich brauche deine Hilfe nicht. Sieh lieber zu, wie du dir selber hilfst!«

»Nun gut, vielleicht hast du recht... ich lasse euch lieber allein.« Sybill machte Anstalten, den Raum zu verlassen.

»Bleib!« befahl Evelyn. »Du kannst dir ruhig mitanhören, was ich deinem Heino zu sagen habe.«

»Aber, Evelyn, du glaubst doch nicht etwa, daß Sybill und ich...«

»Nein, Heino, das glaube ich nicht!« Evelyn lachte. »Nur keine Sorgen, ich weiß, daß Sybill nicht dein Typ ist... ein Jammer, daß sie das nicht selber schon gemerkt hat. Aber die klügsten Frauen sind meistens die dümmsten.«

»Ich habe gar kein Interesse, in euren Familienkrach hineingezogen zu werden...« sagte Sybill und wollte wieder zur Tür.

Evelyn vertrat ihr den Weg. »Ha, das könnte dir so passen! Du bleibst hier, verstanden? Ich habe keine Lust, mit einem Mörder allein zu bleiben.«

»Evelyn!« rief Heino. »Wie kannst du so etwas sagen! Du weißt doch ganz genau...«

»Nichts weiß ich. Du hast mich belogen und betrogen! Wie soll ich dir dann jetzt ein Wort glauben?«

»Es ist keine Sache des Glaubens, Evelyn«, sagte Sybill sanft, »Heino ist aus der Untersuchungshaft entlassen worden, weil sich herausgestellt hat, daß er gar nicht der Täter sein kann!«

»Die Polizei kann sich irren...«

»Evelyn!«

»... aber ich irre mich nicht, ich habe recht gehabt, tausendmal habe ich recht gehabt, obwohl keiner es mir geglaubt hat, nicht einmal mein Rechtsanwalt! Du hast mich mit dieser Gisela Mauerhofer betrogen, und das verzeihe ich dir nie!«

»Liebe Evelyn, weil du es willst, werde ich bleiben«, sagte Sybill und ließ sich auf den Bettrand nieder. »Bitte, jetzt setz dich aber auch mal, und laß uns die ganze Sache in Ruhe besprechen. Wenn du erst gehört hast, was tatsächlich zwischen Heino und Gisela Mauerhofer gewesen ist...«

»Das interessiert mich nicht!«

»Wenn es dich nicht interessiert, dann würde ich an deiner Stelle nicht so ein Spektakel machen. Also, sei vernünftig, gib Heino einen Kuß, und alles ist wieder in Ordnung!«

»Ja, Evelyn, ich bitte dich... wenn du darauf bestehst, ich bitte dich um Verzeihung für alles, was geschehen ist.«

»Verzeihung? Dafür ist es zu spät.«

»Bitte, Evelyn, sei doch nicht so... sei doch nicht so unmenschlich und verständnislos! Ich hätte dir doch längst alles gesagt, aber...«

»Du hattest Angst, daß ich meine Konsequenzen ziehen würde!«

»Ich wollte dich schonen, ich weiß, wie eifersüchtig du bist.«

»Ich und eifersüchtig? Daß ich nicht lache! Eifersüchtig kann man nur sein, wenn man einen Menschen liebt. Und ich... ich liebe dich schon längst nicht mehr!«

»Das kommt mir allerdings auch so vor«, sagte Sybill trocken und zündete sich eine Zigarette an.

»Vielleicht ist es besser, wir brechen die Unterredung jetzt ab«, schlug Heino vor, »wie wär's, wenn wir alle drei zusammen einen Happen essen gingen? Und nachher...«

»Für uns gibt es kein Nachher, Heino! Zwischen uns ist alles aus und vorbei, endgültig!«

»Das ist doch nicht dein Ernst, Evelyn?« fragte Sybill.

»Und warum nicht, wenn ich fragen darf?«

»Du kannst doch deinen Mann nicht in einer solchen Situation im Stich lassen... nimm doch mal Vernunft an! Das ist das Unanständigste, was man sich überhaupt denken kann!«

»Aber daß er mich betrogen hat, das war anständig, nicht wahr? Daß er mich betrogen und belogen hat all die Jahre über, das war menschlich großartig, wie?«

»Das ist doch kein Vergleich, Evelyn!«

»Natürlich, das ist kein Vergleich! Ach, ich kann diesen Unsinn schon nicht mehr hören! Laß mich in Ruhe... laßt mich alle beide in Ruhe! Ich brauche deine Unschuldsbeteuerungen nicht, Heino... und ich kann auch auf deine guten Ratschläge verzichten, Sybill! Ich will jetzt frei sein, endlich frei!«

»Gut, Evelyn, ich habe dich verstanden... darf da aber noch ein Vorschlag zur Güte gemacht werden? Ich will gar nicht, daß du mit Heino länger zusammenlebst, ich will etwas ganz anderes, was nur in deinem Sinn ist, Evelyn!«

»Da bin ich aber mal gespannt.«

»Heino hat augenblicklich große Schwierigkeiten bei der Plastik AG, verstehst du? Und es würde optisch außerordentlich ungünstig wirken, wenn du dich gerade in diesem Moment scheiden ließest... sei mal einen Augenblick still, Evelyn, hör an, was ich dir sage! Er würde dadurch auch in finanzielle Schwierigkeiten geraten, verstehst du? Und diese Schwierigkeiten würdest letzten Endes du auch zu spüren bekommen. Also, nimm dich zusammen und halte noch ein Jahr durch, mehr verlangt ja niemand von dir, spiel doch noch ein Jahr lang Ehefrau... und dann wird Heino dir bestimmt versprechen, daß er sich scheiden läßt.«

»Und du meinst, ich gäbe noch einen Pfifferling um seine Versprechungen?«

»Ihr könnt es ja schriftlich abmachen, bei einem Notar meinetwegen. Was hältst du davon?«

»Ich denke nicht daran, mich auf so etwas einzulassen, daß du es nur weißt. Ich denke nicht daran, auch nur einen Tag länger mit

Heino unter einem Dach zu schlafen. Ich habe genug, ich habe die Nase voll, wenn du es genau wissen willst... und wenn du glaubst, du kannst mir Angst einjagen wegen finanzieller Schwierigkeiten und so... ich werde an mein Geld kommen, worauf du dich verlassen kannst!«

»Komm, Sybill«, sagte Heino, »ich glaube, es ist zwecklos.«

»Ja, da hast du recht! Und damit du es genau weißt, ich habe schon die Scheidungsklage einreichen lassen... ja, da staunst du, was? Ich bin gleich vom Bahnhof aus zu meinem Rechtsanwalt gefahren. Und wenn ich dir einen guten Rat geben darf... pack deine Koffer, pack alles ein, was du brauchst, denn in diese Wohnung kommst du nicht mehr!«

»Na, erlaube mal!« sagte Sybill.

»Heute hast du noch die Möglichkeit, freiwillig zu gehen, aber vielleicht gefällt dir das doch besser, als wenn ich dich von der Polizei hinauswerfen lassen würde. Ich habe nämlich schon eine einstweilige Verfügung eingereicht, daß du...«

Sybill war aufgestanden. »Hast du nicht noch einen größeren Koffer, Heino?« fragte sie. »Ich glaube, es wird zweckmäßig sein, wenn du alles einpackst, was zu deinem persönlichen Besitz gehört. Sie ist in der Lage und bringt deine Anzüge zum Händler.«

Heino antwortete nicht; er ging ganz dicht auf Evelyn zu, die stehenblieb und ihn kampfbereit ansah. »Evelyn«, sagte er, »du bist aufgeregt, du weißt nicht mehr, was du redest... wir sind doch verheiratet, wir sind seit vielen Jahren verheiratet, es ist wahr, wir sind unglücklich miteinander gewesen, aber auch glücklich... wir haben einen Sohn... was soll aus Felix werden? Denkst du nicht einen Augenblick daran?«

»Felix? Daß ich nicht lache! Der wird froh sein, wenn er mit mir allein ist, wenn niemand mehr da ist, der ihn ständig schikaniert und tyrannisiert! Glaube nur nicht, du kannst mich zu Tränen rühren. Ein Kind bedeutet für eine Ehe nicht so viel, wie du denkst! Ein Kind kann man von jedem hergelaufenen Kerl bekommen... dafür braucht man nicht verheiratet zu sein!«

Und nachdem sie diesen letzten Trumpf ausgespielt hatte, drehte sie sich auf dem Absatz um und verließ das Schlafzimmer.

Heino wollte sich hinterherstürzen, aber Sybill vertrat ihm den Weg. Sie packte ihn bei den Oberarmen, schüttelte ihn, um ihn zur Besinnung zu bringen. »Heino!« sagte sie. »Heino! Nicht! Laß das! Glaub' mir, es hat keinen Zweck mehr!«

»Ich kann doch nicht...«

»Du kannst alles, was du willst! Laß sie laufen! Glaub' mir, Heino, sei froh, daß du sie los bist.«

Als Eduard Weinberger kurz nach acht Uhr nach Hause kam, stand Judith in der Garderobe und war gerade im Begriff, sich den Mantel anzuziehen. »Schon zurück?« fragte sie erstaunt.

»Das paßt dir wohl nicht?«

Sie sah ihn ruhig an. »Das ist mir völlig gleichgültig.« Sie blickte in den Spiegel, band sich ein hübsches buntes Tuch um den Kopf.

»Wohin gehst du?« fragte er.

»Ich habe versprochen, Evelyn anzurufen.«

»Ah... Evelyn! Daß ich nicht lache!«

»Ich sehe es gern, wenn du fröhlich bist, Eduard, aber ich werde tatsächlich Evelyn anrufen.«

»Weshalb machst du dich dann so schön?«

»Schön? Wenn ich mir ein Tuch um den Kopf binde?«

»Du weißt genau, was ich meine!«

Sie lächelte ihn an. »Ich freue mich, daß dir mein neuer Pullover gefällt. Den Rock habe ich mir heute nachmittag selber genäht.«

»Das interessiert mich nicht! Ich will wissen, wo du hingehst... sag die Wahrheit!«

»Ich werde Evelyn anrufen, und vielleicht werde ich mich noch mit ihr treffen, das ist alles.«

»Und das soll ich dir glauben?!«

»Das, lieber Eduard, kannst du halten, wie du willst!« Sie knöpfte ihren Mantel zu, schlug den Kragen hoch und wollte an ihm vorbei zur Wohnungstür.

»Ich erlaube das nicht.«

Sie blieb stehen und sah ihn voll Verwunderung an. »Du? Du glaubst, daß du mir etwas verbieten kannst? Mit welchem Recht?«

»Ich bin dein Mann!«

»Wahrhaftig? Ich dachte, das hättest du längst vergessen!«

»Ich habe es nicht vergessen und bestehe auf meinem Recht als Ehemann. Ich erlaube nicht, daß du dich hinter meinem Rücken mit einem Kerl triffst!«

Sie lachte. »Bist du etwa eifersüchtig?«

»Unsinn!«

»Kommt mir aber gerade so vor. Aber wenn es dich beruhigt, du kannst ja mitkommen!«

»Das werde ich auch. Von mir aus telefoniere, soviel du willst. Aber daß du heute abend noch fortgehst, kommt gar nicht in Frage!«

Sie antwortete nicht, sondern lief schweigend die Treppe hinunter. Er folgte ihr auf dem Fuß, eifersüchtig, wütend und verbittert. Er kam sich wie ein Narr vor. War er wirklich eifersüchtig? Schon Erika hatte es ihm vorgeworfen, als er heute so eilig nach Hause gedrängt hatte. Und jetzt sagte es selbst Judith. Wie konnte er eifersüchtig sein auf eine Frau, die er längst nicht mehr liebte. Liebte er sie wirklich nicht mehr?

Schweigend schritt er neben ihr her durch die nächtlichen Straßen. Es ging ein kalter Wind.

Das Telefonhäuschen an der Ecke war leer.

»Bitte warte!« sagte sie und wollte ihm die Tür vor der Nase zuschlagen.

»Sag, daß du heute abend nicht kommen kannst!« forderte er.

»Und warum nicht?«

»Weil ich mit dir zu reden habe!«

»Wenn du es wünschst!« Und dann schlug die Tür endgültig zu.

Krampfhaft bemühte er sich, gleichgültig zu erscheinen, aber er konnte es nicht verhindern, daß seine Augen immer wieder zu Judith in die Telefonzelle schweiften. Sie schien die Nummer auswendig zu kennen. Vielleicht war es doch Evelyn, die sie anrief. Aber was besagte das schließlich? War es nicht ganz naheliegend, daß Evelyn die Kupplerin spielte?

Eduard Weinberger hielt sich ganz dicht an der Telefonzelle, aber es war kein Wort zu verstehen.

Judith sprach wenig, sie hörte zu, stellte hin und wieder Fragen. Ihr Gesicht war ernst, aber um was es ging, konnte Eduard nicht einmal ahnen. Ungeduldig trat er von einem Fuß auf den anderen. Das Gespräch dauerte lange. Immer wieder sah er auf die Armbanduhr. Nach geschlagenen sieben Minuten öffnete sich endlich die Tür der Telefonzelle, und Judith kam heraus.

»War er enttäuscht?« fragte Eduard Weinberger.

»Evelyn läßt sich scheiden!«

»Das tut sie doch schon seit langem!«

»Aber jetzt ist es ernst... er ist schon aus dem Haus!«

»Ich dachte, er wäre verhaftet?«

»Sie haben ihn schon entlassen.«

»Da hat er Glück gehabt.«

»Wieso? Findest du, daß es ein Glück ist, wenn man verhaftet wird?«

»Rede nicht so übergescheit!« sagte er ärgerlich.

»Oder hattest du etwa geglaubt, Heino Kammeritz hätte wirklich eine Frau umgebracht?«

»Ein Verhältnis hat er ja, so scheint es, mit ihr gehabt.«

»Du hast ja auch ein Verhältnis, und trotzdem nehme ich nicht an, daß du sie eines Tages umbringen wirst.«

Er suchte nach einer Antwort, aber es fiel ihm im Augenblick nichts Treffendes ein; so schluckte er nur und schwieg.

»Wohin gehst du?« fragte er nach einer Weile.

»Ins Schwarze Ferkel.«

»Warum?«

»Ich dachte, du wolltest mit mir sprechen.«

»Das könnten wir doch genausogut zu Hause tun...«

»Ich glaube nicht. Ein neutraler Boden scheint mir auf jeden Fall geeigneter. Wenigstens kannst du dann nicht so mit mir herumschreien.«

Das Schwarze Ferkel war ein kleines Restaurant, das gerade zu jener Zeit eröffnet worden war, als sie ihre neue Wohnung bezogen hatten. Sie hatten damals wenig Geld gehabt, hatten sparen und Raten zahlen müssen, und doch waren sie öfters abends dorthin gegangen, um ein Bier zu trinken und, wie Eduard damals gern gesagt hatte, ›die Tapeten zu wechseln‹. Es war ein bürgerliches Lokal, dessen Reiz darin lag, daß es im Landhausstil eingerichtet war, mit einer braunen Balkendecke, getünchten Wänden, an denen ein Ochsenjoch, ein alter, handgeschnitzter Rechen und allerlei anderer bäuerlicher Krimskrams hingen.

Unwillkürlich steuerte Eduard auf den kleinen Ecktisch gleich an der Treppe zu, an dem sie seinerzeit meistens gesessen hatten; er half Judith aus dem Mantel und rieb sich die Hände.

»Schön warm, was?« fragte er.

»Ja, und es hat sich nichts verändert!«

Sie setzten sich.

»Was willst du trinken?«

»Was du willst«, hätte Judith beinahe gesagt, aber dann biß sie sich auf die Zunge. »Ein Viertel Weißwein, sehr trocken.«

»Seit wann trinkst du Wein?«

Sie lächelte. »Seit heute abend. Aber du kannst dir ruhig ein Bier bestellen, wenn es dir lieber ist.«

»Nein, ich werde auch Wein trinken. Warum eigentlich nicht? Bestellen wir doch gleich eine halbe Flasche, ja?«

»Gern.«

Der Kellner kam, Eduard gab seine Bestellung auf, dann saßen sie sich einen Augenblick schweigend gegenüber. Nervös zündete Eduard sich eine Zigarette an und schob ihr sein Päckchen hin.

»Danke, ich rauche immer noch nicht!«

»Ach so, ich vergaß ... das heißt, ich ...«

Sie streichelte seine Hand. »Macht nichts, Eduard, es macht wirklich nichts!«

»Was?«

»Daß du mich für eine Sekunde mit deiner Freundin verwechselt hast.«

»Könnten wir nicht zur Abwechslung mal über etwas anderes sprechen?«

»Ich dachte, wir wollten uns aussprechen.«

»Ja, natürlich, aber Erika steht doch hier gar nicht zur Debatte. Es handelt sich einzig und allein um deine Baden-Baden-Reise, über die ich jetzt Auskunft haben möchte.«

»Lieber Eduard, du weißt ganz genau, daß ich niemals auf den Gedanken gekommen wäre, nach Baden-Baden zu fahren, wenn ich diesen Brief nicht gefunden hätte, nicht wahr? Und ich begreife einfach nicht, was dich an dieser Reise so aufregt. Schließlich bin ich ja jahrelang zu Hause geblieben, vor vier Jahren sind wir zum letztenmal mit den Kindern verreist, alle zusammen. Das war, weiß Gott, keine Erholung für mich. Ich kann keineswegs ein Verbrechen darin sehen, wenn ich auch einmal ein paar Tage ausspanne!«

»Das hast du dir fein zurechtgelegt!«

»Möchtest du mir nicht wenigstens einmal klipp und klar sagen, um was es dir geht?«

»Du hast dich mit einem Kerl herumgetrieben!«

Sie sah ihm gerade in die Augen. »Das habe ich nicht!«

Einen Augenblick war er nahe daran, ihr den Bericht des Detektivinstitutes unter die Nase zu reiben, aber dann unterließ er es doch. Unter ihrem klaren Blick kroch Scham zu ihm hoch. Er errötete und ärgerte sich über seine Schwäche.

»Ich glaube, dieser Fall ist also geklärt, Eduard. Vielleicht bist du jetzt so nett und erzählst mir, wie es zu dieser Sache mit Erika gekommen ist, und wie du dir den Verlauf der Dinge vorstellst.«

»Da gibt es gar nichts zu erklären ...«

»Nein?«

»Erika ist Studentin, sie hat in ihren letzten Semesterferien in unserem Betrieb gearbeitet, und da habe ich sie kennengelernt... das ist alles!«

»Und du willst sie heiraten?«

»Heiraten? Wie kommst du denn darauf?«

»Wenn man einen Menschen liebt, ist es doch gewöhnlich so, daß man ihn heiraten will.«

»Nicht, wenn man schon verheiratet ist!«

»Das ließe sich ja ändern, nicht wahr?«

»Willst du dich scheiden lassen?«

»Nein.«

»Na also!«

»Oder... wünschst du es dir sehr?«

»Ich habe nie ein Wort davon gesprochen!«

»Auch zu ihr nicht?«

»Natürlich nicht... ich meine...«

In diesem Augenblick brachte der Kellner die Flasche und die Gläser, und Eduard schien erleichtert. Er kostete den Wein, ließ die Gläser vollschenken.

»Auf was trinken wir nun?« fragte Judith.

»Auf... ich weiß es nicht...«

»Vielleicht... auf unsere Liebe?«

»Liebst du mich denn noch immer?«

»Natürlich. Warum sollte ich es nicht?«

»Judith... aber diese Geschichte mit Erika...«

Sie hob ihr Glas, er folgte ihrem Beispiel, sie tranken sie zu.

»Ich bin bereit, dir zu verzeihen...«

»Unter welcher Bedingung?«

»Ich stelle keine Bedingungen...«

»Aber du verlangst doch, daß ich... daß ich mit ihr Schluß mache, nicht wahr?«

»Ich verlange gar nichts, Eduard, du sollst genau das tun, was du mit deinem Gewissen vereinbaren kannst... weiter erwarte ich nichts von dir.«

Der Geschäftsführer ging durch den Raum, verneigte sich grüßend zu den einzelnen Tischen; bei Eduard und Judith blieb er stehen. »Guten Abend, gnädige Frau, guten Abend, Herr Weinberger! Das ist aber eine Überraschung!« sagte er herzlich. »Ich hoffe, es wird ein neuer Anfang werden...«

»Das hoffen wir auch!« sagte Judith mit einem lächelnden Blick zu Eduard hin.

»Und die gnädige Frau ist schöner und jünger denn je! Wie machen Sie das? Ist es ein kosmetischer Trick... oder die Liebe?«

»Ein gutes Gewissen, Herr Nannen.«

Der Geschäftsführer lachte. »Wenn das helfen würde, müßte ich aussehen wie Clark Gable! Aber wirklich, Spaß beiseite, machen Sie sich nicht so rar! Kommen Sie mal öfter auf einen Sprung herein! Wir werden bestimmt alles tun, damit Sie sich bei uns wohl fühlen.« Mit einer eleganten Verbeugung verabschiedete er sich.

Eduard Weinberger sah seine Frau an. »Ich verstehe mich selber nicht mehr...« sagte er.

»Vielleicht kann ich dir helfen?«

»Entweder muß ich blind gewesen sein, oder du hast dich vollkommen verändert! Aber das ist doch nicht möglich, in diesen paar Tagen!«

»Doch, es ist möglich, Eduard, ich glaube, ich hoffe, ich habe mich verändert.«

»Du bist viel hübscher geworden... nein, hübsch ist gar nicht der richtige Ausdruck... wenn ich dich so ansehe, dann muß ich sagen... du bist eine schöne Frau!«

»Das habe ich nicht gemeint, Eduard... das macht die neue Frisur, der andere Lippenstift, und natürlich, der Pullover steht mir gut, deshalb habe ich ihn mir ja gekauft. Aber das ist es nicht, es ist etwas anderes...«

»Judith, bitte, ich weiß, daß ich kein Recht zu dieser Frage habe... aber ich werde keine ruhige Minute haben, bis ich es weiß... hast du mich betrogen?«

»Meinst du das im Ernst?«

»Nein.«

»Ich danke dir. Ich habe dich nicht betrogen, Eduard... aber vielleicht... ich glaube, es hat mir sehr wohl getan, daß ich wieder einmal erlebt habe, ich bin kein Aschenputtel, verstehst du? Ich habe einen Mann kennengelernt, dem ich gefallen habe...«

»Ich weiß«, sagte er.

»Du weißt?«

Wieder schämte er sich, von dem Bericht des Detektivinstitutes zu reden. »Ich habe es mir gedacht«, verbesserte er sich.

»Siehst du, und das hat mir eben Auftrieb gegeben! Dies und einiges andere...«

»Möchtest du mir nicht auch erzählen, was das andere war?«

»Nein, Eduard, das ist belanglos... und du würdest es auch gar nicht verstehen. Die Hauptsache ist doch, daß ich mich verändert habe, daß ich dir wieder besser gefalle...«

»Du bist noch nie so schön gewesen, wirklich, Judith... ich habe direkt Angst, daß ich mich in dich verlieben könnte!«

»Wäre das so schlimm?«

Er nahm ihre Hand. »Nein«, sagte er, »das wäre gar nicht schlimm!«

Frau Legler rauschte an dem jungen Polizeibeamten, der ihr die Tür geöffnet hatte, vorbei auf den Kriminalkommissar Weyrer zu, der hinter seinem Schreibtisch saß.

»Was ist denn nun schon wieder los?« fragte sie.

»Guten Morgen, Frau Legler, ich freue mich, Sie wiederzusehen...«

»Das kann ich nun von mir nicht gerade behaupten, Herr Kriminalkommissar, ich habe heute Hausputz, und Sie wissen, was das heißt... und da flattert mir ausgerechnet gestern eine Vorladung ins Haus. Als ob ich nicht schon genug Ärger mit dieser Geschichte gehabt hätte!«

»Ich verstehe Sie vollkommen, Frau Legler«, sagte Kriminalkommissar Weyrer lächelnd, »aber, bitte, beruhigen Sie sich. Sie werden doch sicher selber auch das größte Interesse daran haben, daß diese ›dumme Geschichte‹, wie Sie es nennen, aufgeklärt wird!«

»Ich dachte, Sie haben ihren Chef verhaftet.«

»Wir haben ihn wieder auf freien Fuß setzen müssen, er hat nämlich für die Mordnacht ein einwandfreies Alibi!«

»Na ja, das hab' ich mir gleich gedacht...«

»Wieso?«

»So ein Mann tut so was nicht, Herr Kriminalkommissar.«

»Sie haben eine Ahnung, Frau Legler, was solche Männer oft tun! Aber in diesem Fall muß ich zugeben, wir haben uns geirrt. Das ist schön für Herrn Kammeritz, aber traurig für uns, denn nun müssen wir anderen Spuren nachgehen.«

»Haben Sie das nicht sowieso getan?«

»Sie haben ganz recht, Frau Legler, aber bis jetzt haben uns die anderen Spuren keinen Schritt weitergeführt, deshalb habe ich Sie zu mir bitten lassen, weil ich dachte, Sie könnten uns helfen!«

»Ich?« sagte Frau Legler. »Wieso gerade ich?«

»Weil Sie immerhin die Wirtin der Ermordeten sind!«

»Leider, kann ich da nur sagen, leider! Deshalb habe ich ja schon die ganze Wohnung umräumen müssen!«

Kriminalkommissar Weyrer begriff nicht. »Wieso?« fragte er.

»Weil ich natürlich jetzt in das Zimmer gezogen bin. Meinen Raum habe ich für den neuen Untermieter eingerichtet. Sie wissen doch, wie die Leute sind... dumm, Herr Kriminalkommissar, dumm. Sie haben Angst, in ein Zimmer zu ziehen, in dem einer ermordet worden ist. Als ob das was ausmachte! Ganz im Gegenteil. Daß zweimal hintereinander jemand im selben Zimmer ermordet wird, kommt doch sicher höchst selten vor, oder?«

Frau Legler sah Kriminalkommissar Weyrer aus ihren schwarzen Augen herausfordernd an. Sie saß gerade aufgerichtet, wie ihr enges Korsett es verlangte, auf dem Stuhl, der gegenüber dem Schreibtisch stand, hatte die kräftigen, aber schön geformten Beine eng nebeneinandergestellt, ihre Handtasche hielt sie fest umklammert, als fürchtete sie, daß man sie ihr rauben wollte.

»Sie sind also selber in das Mordzimmer gezogen?«

Kriminalkommissar Weyrer lächelte. »Alle Achtung... Sie sind eine mutige Frau!«

»Das war ich schon immer, Herr Kriminalkommissar. Ich habe keine Angst vor dem Leben, ich nicht! Und ich würde mich auch nicht von einem so hergelaufenen Lumpen erwürgen lassen, darauf können Sie sich verlassen!«

»Ich muß noch einmal sagen... ich bewundere Sie! Aber möglicherweise war der Täter sehr stark.«

»Ausgeschlossen! Der Kerl war ja nur eine halbe Portion!«

»Von wem reden Sie?«

»Von ihrem Bräutigam! Ich habe doch von Anfang an gesagt... wenn der sie nicht umgebracht hat, dann weiß ich es nicht.«

Kriminalkommissar Weyrer blätterte in seinen Akten. »Ja... ich erinnere mich...«

»Aber Sie wollen ja nicht auf mich hören! Wenn Sie mir geglaubt hätten, wäre der arme Kammeritz erst überhaupt nicht verhaftet worden.«

»Meine liebe Frau Legler, unterstellen wir, daß Sie recht haben. Vielleicht übertrifft Ihre weibliche Menschenkenntnis tatsächlich unseren kriminalistischen Scharfblick. Aber Sie werden doch zugeben, daß außer Ihrem Mißtrauen nicht der geringste Verdacht gegen den Bräutigam vorliegt, nicht wahr?«

»Daß ich nicht lache!« Frau Legler verzog ihre vollen Lippen zu einer spöttischen Grimasse.

»Vielleicht sind Sie so freundlich, das zu erklären.«

»Ist das etwa nicht verdächtig, daß dieser Kerl sich nicht mehr hat blicken lassen, Herr Kriminalkommissar? Wenn wirklich alles in Ordnung wäre, dann hätte er sich doch um alles kümmern müssen. Bestimmt hat er doch in der Zeitung gelesen, was mit ihr geschehen ist.«

»Es wäre doch immerhin möglich, daß er die kleine Notiz übersehen hat.«

»Na wenn schon! Normalerweise ist er doch alle naselang gekommen! Warum hat er sich dann seitdem nicht mehr blicken lassen?«

»Es ist eben mal so, daß viele Leute eine natürliche Scheu davor haben, mit der Polizei in Berührung zu kommen...«

»Natürliche Scheu... daß ich nicht lache! Schlechtes Gewissen nenne ich das! Glauben Sie mir, Herr Kriminalkommissar, der Kerl hat sie umgebracht und niemand anders! Er war mir von Anfang an unsympathisch... geradezu unheimlich, Herr Kriminalkommissar! Ich habe sie auch immer und immer wieder vor ihm gewarnt. Aber sie war ja ganz vernarrt in diesen Burschen. Ganz im Vertrauen gesagt, Herr Kriminalkommissar, wahrscheinlich wäre sie in jeden vernarrt gewesen, der sich ein bißchen um sie gekümmert hätte. Aber das tat ja niemand. Sie war nicht häßlich, nein, das kann man nicht sagen, aber ihr fehlte das gewisse Etwas. Sie hatte keinen Sex-Appeal, möchte ich sagen... und dann kam natürlich die Torschlußpanik dazu, obwohl sie eigentlich noch gar nicht so alt war, aber sie hatte schreckliche Angst, keinen mehr zu bekommen, und deshalb hat sie sich wie eine Wilde auf diesen Kerl gestürzt. So blöd kann nur eine Frau sein, Herr Kriminalkommissar, das sage ich Ihnen. Ich hätte ihn schon aus dem Haus gepfeffert, wenn ich das erste Mal gemerkt hätte, daß er nicht mich, sondern mein Geld meint. Aber diese dumme Pute, ich weiß, sie ist jetzt tot, ich will auch nichts Übles über sie sagen, aber dumm war sie doch. Sie hat sich von diesem Kerl ausnehmen lassen bis aufs Hemd. Immer wollte er Geld haben. Ich glaube bestimmt, daß sie bloß deswegen auf die Idee gekommen ist, ihren Chef zu erpressen, ganz bestimmt! Denn an sich war sie gar nicht so, Herr Kriminalkommissar, das können Sie mir glauben! Sie hat seit drei Jahren bei mir gelebt, ich kannte sie gut... eine ordentliche Person, ganz bestimmt. Eine Zimmervermieterin weiß so etwas. Sie hat nicht zu denjenigen gehört, die mit schmutzigen Schuhen in die Wohnung stürzen oder einen schwarzen Rand im Waschbecken lassen oder all diese Dinge, nein, so war sie nicht. Ein ordentliches, anständiges Mädchen. Dieser Kerl war ihr Unglück... und jetzt hat er sie umgebracht...« Frau Legler machte eine Pause, um Luft zu holen.

Diese Gelegenheit nützte Kriminalkommissar Weyrer, um eine Frage einzuwerfen. »Hat sie Ihnen erzählt, daß er Geld von ihr haben wollte?«

»Natürlich nicht. Mir wollte sie immer weismachen, daß er sie liebt, ein großzügiger Kavalier und nur darauf aus sei, sie so bald wie möglich zu heiraten!«

»Und woher wissen Sie...?«

Frau Legler warf dem Kriminalkommissar einen verachtungsvollen Blick zu. »Eine Zimmervermieterin weiß alles.«

»Hm...«

»Sie glauben mir nicht? Das wäre der zweite Fehler, den Sie in dieser Angelegenheit machen... die Verhaftung von Kammeritz war der erste. Versuchen Sie den Kerl zu erwischen, hören Sie auf meinen Rat! Wenn Sie den haben, haben Sie auch den Mörder.«

»Das wird gar nicht so einfach sein, es ist zu schade, daß Sie seinen Namen nicht kennen.«

»Herbert hieß er... sie hat immerzu von ›ihrem Herbert‹ geredet, aber den Nachnamen hat sie mir nie gesagt, und ich habe mich auch nicht dafür interessiert. Sie behauptete, daß er Vertreter wäre...«

»Ich weiß, ich weiß, das haben Sie uns schon bei Ihrer ersten Vernehmung gesagt. Und ein anderer Anhaltspunkt ist Ihnen in der Zwischenzeit nicht eingefallen?«

»Ich kann ihn genau beschreiben, Herr Kriminalkommissar, das heißt... es ist, glaube ich, doch ziemlich schwer. Er sah nämlich nach gar nichts aus, verstehen Sie, was ich meine...«

»Noch nicht.«

»Er war so ein Mann, der nicht auffällt... sein Haar war, ja, ich glaube, es war blond, es hatte eigentlich gar keine Farbe, es war... ein bißchen schütter war es schon, sein Gesicht war blaß, volle Lippen, aber auch blaß, ja, und er trug eine Brille. Auffällig war an ihm überhaupt nichts. Es war direkt auffällig, wie unauffällig er war, wenn Sie mich recht verstehen! Und deshalb war er mir auch von vornherein verdächtig!«

»Sie sind eine gute Beobachterin und eine großartige Menschenkennerin, Frau Legler«, sagte Kriminalkommissar Weyrer, »nur leider... Sie werden doch zugeben, daß man aus dieser Beschreibung keinen Steckbrief machen kann, nicht wahr? Wir haben uns auch schon bei den anderen Hausbewohnern nach ihm erkundigt, fast jeder ist ihm das eine oder andere Mal im Treppenhaus begegnet. Aber beschreiben konnte ihn eigentlich niemand. Erst jetzt, nachdem Sie mir gesagt haben, was für einen Eindruck Sie von ihm hatten, kann ich mir einigermaßen ein Bild von ihm machen. Einen Wagen besaß er wohl nicht?«

»Nein. Das heißt, ich weiß es nicht. Jedenfalls tat er so, als wenn er keinen hätte. Er kam immer zu Fuß aus der Richtung der Straßenbahnhaltestelle.«

»Schade...«

»Man muß ihn doch finden können! Er hat ganz bestimmt hier in der Stadt gelebt, sonst hätte er doch nicht fast jeden Tag vorbeikommen können.«

»Da können Sie schon recht haben, und Sie können versichert sein, wir werden nichts unversucht lassen, diesen mysteriösen Herbert aufzuspüren. Aber trotzdem... so, wie die Dinge liegen, müssen wir auch anderen Spuren nachgehen.«

»Was meinen Sie damit?«

»Sagen Sie mal, Frau Legler... dieser Herbert war doch sicher nicht der einzige Besuch, den die Tote empfangen hat?«

»In letzter Zeit ja... es konnte ja kein anderer zu ihr kommen, weil immer dieser Herbert da war.«

»Und früher?«

»Da kamen manchmal Freundinnen... so am Sonntagnachmittag... sie sind dann zusammen ins Kino gegangen.«

»Und können Sie sich an die Namen erinnern?«

»Ja... da war ein Fräulein Inge und ein Fräulein Lilo... und einmal war auch noch so eine kleine Dicke da, sie hieß, glaube ich, Schmidt mit Nachnamen!«

Kriminalkommissar Weyrer seufzte. »Alle von der Plastik AG! Sie sind schon verhört worden, aber sie scheiden wohl aus. Denken Sie gut nach... sonst niemand?«

»Ja, einmal... das ist aber schon fast ein Jahr her... da hat sie einen jungen Mann mitgebracht, sie hat ihn im Kino kennengelernt. Aber er ist gleich wieder abgesprungen.«

»Verwandte?«

»Ihre Mutter lebt in Berlin, soviel ich weiß. Geschwister hatte sie nicht... doch, einen Bruder, der ist verheiratet, aber mit dem stand sie eigentlich gar nicht in Verbindung... sie schrieben sich zu Weihnachten und damit aus.«

»Das bringt uns auch nicht weiter...«

»Natürlich nicht! Sie müssen diesen Herbert fangen!«

»Wie stand die Verstorbene zu Ihren anderen Untermietern?«

»Gut, Herr Kriminalkommissar... ich sagte Ihnen ja, sie war eine ordentliche, verträgliche Person.«

»Sie halten es für ausgeschlossen, daß sie mit jemandem ganz plötzlich in einen Streit geraten ist und dabei...?«

»Ganz ausgeschlossen. Außerdem... unser Fräulein Simon, die Studentin, die bei mir wohnt, lag ja schon seit fünf Tagen mit einer Blinddarmreizung im Krankenhaus...«

»Ja, das haben wir schon festgestellt... aber da ist doch noch der Herr Karlsdorf! Er ist als einziger in der Mordnacht in der Wohnung gewesen. Wie war sein Verhältnis zu der Toten?«

»Gut, Herr Kriminalkommissar... etwas anderes kann ich nicht sagen, beim besten Willen nicht. Etwas anderes hätte ich auch gar nicht geduldet. Fräulein Mauerhofer war meine allererste Untermieterin. Sie war ja schon bei uns, als ich noch verheiratet war... die anderen sind erst später dazugekommen! Glauben Sie mir, Herr Kriminalkommissar, wenn es einen Streit oder dergleichen gegeben hätte... ich hätte Herrn Karlsdorf gekündigt. Jawohl, das hätte ich getan. Denn ich wünsche Frieden in meiner Wohnung, das ist das mindeste, was ich verlangen kann.«

»Wenn sich die beiden gut verstanden haben, wäre es doch durchaus möglich, daß sie...«

»Nicht was Sie meinen, Herr Kriminalkommissar«, unterbrach ihn Frau Legler, »Herr Karlsdorf hatte keinerlei Interesse an Fräulein Mauerhofer, da können Sie Gift darauf nehmen. Ich habe Ihnen ja schon gesagt... sie hatte keinen Sex-Appeal, das war ihr Unglück.«

»Es ist ein bißchen eigentümlich, daß Herr Karlsdorf nichts von dem Mord gemerkt haben will.«

»Wieso eigentümlich? Sie wohnte am einen Ende des Flurs und er am anderen. Man kann von einem Zimmer bis zum anderen gar nichts hören.«

»Nun, vielleicht doch eine gewisse Unruhe in der Wohnung, oder...?«

»Herr Kriminalkommissar, Herr Karlsdorf kommt selten vor zehn Uhr abends nach Hause ...«

»Ja, das hat er mir gesagt, er will in der fraglichen Nacht erst um elf gekommen sein. Leider hat er dafür keine Zeugen. Er behauptet, gegen zwölf Uhr ein Geräusch an der Wohnungstür gehört zu haben, er hat geglaubt, daß Sie heimkämen. Wenn seine Aussage auf Wahrheit beruht, scheint der Mörder in dieser Zeit die Wohnung verlassen zu haben.«

»Warum verdächtigen Sie dann den armen Herrn Karlsdorf?«

»Liebe Frau Legler, ich finde es großartig, wie Sie Ihren Untermieter in Schutz nehmen ... ich muß Ihnen sagen, ich verdächtige niemanden, ich möchte mich nur einmal in aller Ruhe mit Ihnen unterhalten, weil ich festgestellt habe, daß Sie eine besonders gute Menschenkenntnis besitzen. Wie steht es nun mit den Bekannten von Herrn Karlsdorf? Brachte er Freunde oder Freundinnen mit hinauf?«

»Nie!«

»Nie?«

»Einmal hat er seine Freundin mitgebracht, aber nur ein einziges Mal und nie wieder. Ich habe ihm gesagt, was ich von so etwas halte!«

»Entschuldigen Sie bitte, Frau Legler, aber das verstehe ich nicht ganz ... Fräulein Mauerhofer durfte ja auch Besuch empfangen!«

»Herr Karlsdorf war verheiratet, Herr Kriminalkommissar. Seine Frau lebt in Bremen, und bei verheirateten Männern dulde ich das nicht. Nicht vor zehn Uhr und nicht nach zehn Uhr, daß Sie es nur wissen. Von mir aus kann er tun und lassen was er will, aber nicht in meiner Wohnung.«

»Und ... dagegen hat er nicht protestiert?«

»Natürlich hat er das ... aber ich habe ihm gesagt: ›Wenn Ihnen das nicht paßt, dann packen Sie Ihre Koffer und suchen Sie sich eine andere Wohnung! Ich dulde das nicht!‹«

»Na schön ...«

»Natürlich hat er mit seiner Freundin deshalb nicht Schluß gemacht, so dumm bin ich nicht, so etwas zu glauben, aber ... was ich nicht weiß, macht mich nicht heiß. Im Vertrauen gesagt: Er war bis über beide Ohren in dieses junge Ding verschossen. Das Fräulein Mauerhofer hat er nicht einmal angesehen!«

»Besaß Fräulein Mauerhofer Geld? Pflegte sie Geld in der Wohnung zu haben?«

»Nein. Ich habe Ihnen ja gesagt... das hat ihr dieser Kerl alles abgenommen!«

»Aber sie muß doch von irgend etwas gelebt haben.«

»Natürlich. Sie bekam ein schönes Gehalt, sie war ja Chefsekretärin, wie Sie wissen... was sie fürs tägliche Leben brauchte, hatte sie.«

»Und wo bewahrte sie ihr Geld auf?«

»In ihrer Handtasche.«

»Wissen Sie das genau?«

»Ganz genau! Ich habe sie immer wieder gewarnt, nicht ihr ganzes Geld mit sich herumzuschleppen. Aber sie behauptete, das sei am sichersten.«

»Sie wissen doch über die Verhältnisse der Verstorbenen sehr gut Bescheid, Frau Legler... ich möchte Ihnen jetzt eine Frage stellen, auf die Sie nicht zu antworten brauchen, wenn Sie es nicht können. Wieviel schätzungsweise trug Fräulein Mauerhofer wohl in ihrer Handtasche mit sich herum?«

Frau Legler dachte einen Moment nach. »Als sie ermordet wurde, war der siebzehnte... sie war sehr sparsam, also, ich glaube, dreihundert Mark wird sie doch gehabt haben. Vom Kleingeld natürlich abgesehen.«

»So ähnlich haben wir uns das auch gedacht«, sagte Kriminalkommissar Weyrer.

»Was heißt gedacht? Sie muß es doch in ihrer Tasche gehabt haben!«

»Nein, sie hatte keinen Pfennig. Selbst ihr Portemonnaie war leer. Sie sehen, das kompliziert die Sache wieder... es könnte sich also um einen Raubmord handeln. Würden Sie es unter diesen Umständen für möglich halten, daß Herr Karlsdorf...?«

»Ausgeschlossen! Viel Geld hatte er ja nie... erstens muß er seiner Frau schicken, und zweitens kostet seine Freundin auch was... aber wegen dreihundert Mark! Er wußte doch, daß die Mauerhofer nichts hat.«

»Gut, dann wollen wir weitergehen. Sie sagen, Fräulein Mauerhofer wohnte seit drei Jahren bei Ihnen.«

»Das können Sie ja nachprüfen, Herr Kommissar.«

Er lächelte sie an. »Ich bin sicher, daß Sie die Wahrheit sagen. Worauf ich hinaus will, ist etwas anderes... Sie selber werden doch sicher öfter Besuch gehabt haben... kam Fräulein Mauerhofer mit Ihren Gästen in Verbindung?«

Frau Legler überlegte einen Augenblick. »Ja«, sagte sie dann, »ich habe sie oft mit meinen Gästen bekannt gemacht. Ich habe sie auch manchmal zu mir herübergeholt, wenn ich Besuch hatte... ich hatte meine Gründe dafür, Herr Kriminalkommissar.«

»Wer kam denn zu Ihnen?«

»Natürlich mein Mann, mein geschiedener Mann.«

»Kam er öfters?«

»Ja, er hat einen Hausschlüssel, er kommt regelmäßig zum Mittagessen... aber nachts war er nie in der Wohnung!«

»Und er kannte Fräulein Mauerhofer?«

»Natürlich. Sie hat ja schon bei uns gewohnt, als wir noch verheiratet waren.«

»Wollen Sie mir die Adresse Ihres geschiedenen Mannes geben?«

»Gern. Aber das wird auch zu nichts führen, Herr Kriminalkommissar. Mein Mann ist nämlich seit dem zehnten Oktober mit seiner jungen Frau auf Hochzeitsreise in Italien.«

Kriminalkommissar Weyrer warf ihr einen raschen Blick zu. »Das tut mir leid.«

»Warum?«

»Nun, ich denke, für Sie ist es nicht angenehm.«

Sie warf ihren Kopf zurück und sagte mit funkelnden Augen: »Da irren Sie sich, Herr Kriminalkommissar, da irren Sie sich aber gewaltig. Ich gehöre nicht zu den Frauen, die sich erst scheiden lassen und nachher jammern... ich nicht! Meinen Sie, ich wäre so dumm, daß ich geglaubt hätte, er würde nicht wieder heiraten? Ha, ich nicht! Ich hätte ihn ja haben können, wenn ich gewollt hätte, jeden Tag. Ich habe ihn satt, und deshalb habe ich mich scheiden lassen – und nicht, weil da so ein Mädchen war, in das er sich verguckt hatte!«

»Ich bewundere Ihre Haltung.«

»Ich habe mich zwanzig Jahre lang über ihn ärgern müssen, Herr Kriminalkommissar, Tag für Tag und Stunde für Stunde, ich kann nur sagen, ich bin froh, daß ich ihn los bin. Soll jetzt mal eine andere sehen, wie sie mit ihm fertig wird. Ich wette, ihr wird die große Liebe dann auch bald vergehen. Das soll aber nicht heißen, daß ich ihm Übles wünsche, o nein, vielleicht geht's diesmal gut, wer weiß. Er ist jetzt auch schon älter geworden, und sie ist jung. Wissen Sie, Herr Kriminalkommissar, bei einem jungen Ding trauen Männer sich nicht soviel wie bei einer alten. Da haben sie immer Angst, sie könnten sie verlieren, da nehmen sie sich zusammen. Und das geschieht ihnen ganz recht. Jetzt hat er gerade das, was er gesucht hat. Aus ist es jetzt mit den Herzschmerzen und mit dem Magenweh und dem Ischias im Bein. Jetzt muß er zeigen, daß er ein Kerl ist, und wenn nicht... sie wird sich das nicht gefallenlassen!«

Kriminalkommissar Weyrer unterdrückte ein Lächeln. »Ich bewundere Sie!«

»Ich bin der Meinung, Herr Kriminalkommissar, wenn man sich mit einem Mann lange genug geärgert hat, dann soll man ihn laufenlassen. Es geschieht ihm gerade recht, wenn er dann an eine Jüngere gerät.«

»Sie haben erstaunliche Grundsätze, Frau Legler, wirklich erstaunlich. Wir können Ihren geschiedenen Gatten also wohl ohne weiteres streichen... aber wie steht es mit Ihren anderen Besuchern? Würden Sie wohl so freundlich sein und uns alle jene Personen angeben, die Sie, sagen wir, im letzten Jahr besucht haben, und die Fräulein Mauerhofer kennen?«

»Warum?«

»Sehen Sie, Frau Legler, es besteht doch die Möglichkeit, daß jemand bei Ihnen geklingelt hat... ein Besuch für Sie... und Fräulein Mauerhofer hat ihn eingelassen. Halten Sie es für möglich, daß sie das bei einem Bekannten von Ihnen getan hätte?«

Frau Legler zögerte. »Ja«, sagte sie dann, »ich glaube doch...«

»Und es wäre doch auch wohl ohne weiteres möglich, daß sie diesen Besuch mit in ihr Zimmer genommen hätte?«

»Nein, das glaube ich nicht... wahrscheinlich hätte sie schon im Flur gesagt, daß ich nicht nach Hause komme, das wußte sie nämlich, und dann wäre der Besucher wieder gegangen.«

»Ich halte es aber doch nicht für ganz ausgeschlossen, daß sie...«

»Herr Kriminalkommissar, Sie wollen doch wohl nicht jemanden aus meinem Bekanntenkreis verdächtigten?«

»Nicht verdächtigen, Frau Legler, natürlich nicht, nur...«

»Von meinen Bekannten ist es ganz bestimmt niemand gewesen!«

»Man kann einer Sache nie so sicher sein, Frau Legler!«

»Doch, das kann ich! Die Idee, daß eine von meinen Freundinnen Fräulein Mauerhofer erwürgt haben könnte, ist einfach absurd!«

»Haben Sie nur weibliche Besucher empfangen?«

»Ich finde Ihre Frage reichlich indiskret, Herr Kriminalkommissar!«

»Es tut mir leid, Frau Legler, aber glauben Sie mir, es bleibt mir nichts anderes übrig, als Sie das zu fragen. Ich muß Sie sogar bitten, mir die Adressen von sämtlichen Damen und Herren, die Sie in Ihrer Wohnung aufgesucht haben, anzugeben.«

»Nein!«

»Doch, Frau Legler. Wir müssen den Mörder finden, und wir können dabei auf Ihre Gefühle keine Rücksicht nehmen.«

»Aber ich habe Ihnen doch gesagt, wer der Mörder ist!«

»Dafür haben wir bis jetzt leider noch keinerlei Beweise. Es kann der mysteriöse Herbert sein, genausogut aber auch jemand anderes. Es ist unsere Aufgabe, jeden Mordfall aufzuklären... und dabei müssen Sie uns helfen, Frau Legler.«

»Das geht nicht, Herr Kriminalkommissar, das geht wirklich nicht!«

»Liebe Frau Legler, Sie sind doch eine so vorurteilsfreie und großzügige Frau. Ich verstehe gar nicht, warum Sie sich gegen eine einfache Routinefrage so sträuben.«

»Frau Legler nestelte nervös an ihrer Handtasche herum. »Es ist nicht meinetwegen, Herr Kriminalkommissar...«

»Sondern?«

»Die Herren, die mich besucht haben, sind verheiratet... fast alle sind verheiratet!«

»Ach so.«

»Sie dürfen sich jetzt nichts Falsches denken... es war wirklich gar nichts dabei. Ich bin ja auch nur selten mit ihnen allein gewesen, meistens habe ich ja Fräulein Mauerhofer auch noch rübergeholt... gerade damit... Sie wissen schon, Herr Kriminalkommissar... es war alles ganz harmlos. Aber Sie können sich vorstellen, wenn die Frauen nun erfahren... Sie wissen doch, wie Ehefrauen meistens sind! Mißtrauisch und eifersüchtig bis dorthinaus! Nein, Herr Kriminalkommissar, wie können Sie verlangen, daß ich meine Bekannten in eine solche Situation bringe!«

»Liebe Frau Legler, das hätten Sie sich früher überlegen müssen! Wenn man schon verheiratete Männer zu Freunden hat...«

»Zu Bekannten, Herr Kriminalkommissar!«

»... dann muß man sich auch auf die Folgen gefaßt machen.«

»Herr Kriminalkommissar, glauben Sie etwa, unverheiratete Männer wären mir nicht lieber? Aber woher nehmen, wenn nicht stehlen? Ich bin fünfundvierzig Jahre alt, ich bin es wirklich, Sie wissen es ja aus meinen Papieren, und außerdem denke ich auch gar nicht daran, mich jünger zu machen, wozu? Aber nun sagen Sie mir, Herr Kriminalkommissar, wo finden Sie einen Mann, der im Alter zu einer Fünfundvierzigjährigen paßt? Nirgends! Ja, Sie mögen recht haben, es gibt da manchmal noch einen Junggesellen... aber würden Sie einen Junggesellen heiraten? Ein Mann mit fünfzig, der noch Junggeselle ist, ist für die Ehe verdorben, sage ich Ihnen... es hat gar keinen Zweck, sich mit so jemandem einzulassen. Und ich suche ja kein Abenteuer, ich suche einen Ehemann!«

»Einen Ehemann? Unter Männern, die schon verheiratet sind?«

»Was bleibt mir anderes übrig? Die werden doch nicht immer verheiratet bleiben, nicht wahr? Einmal werden ihre Frauen doch sterben... oder sie werden sich scheiden lassen, und dann...«

»Und dann wollen Sie einspringen?«

»Ja. Oder glauben Sie, daß ich meinen Lebensabend als Zimmervermieterin zubringen will? Nein, Herr Kriminalkommissar, ich habe nichts anderes gelernt, als Hausfrau zu sein, und das will ich auch wieder werden! Und sagen Sie mir jetzt nicht, ich soll warten, bis es soweit ist, und die Herren bis dahin in Ruhe lassen. Das wäre grundverkehrt. Die Männer sind ja verrückt, alle miteinander. Wenn man in einem solchen Fall nicht gleich bei der Hand ist, dann heiraten sie am Ende eine Achtzehnjährige... und das wäre ein Unglück für beide Teile. Hab' ich nicht recht?«

»Jedenfalls wissen Sie, was Sie wollen!«

»Und ob! Leute, die das nicht wissen, sind eine Landplage!«

»Ich verstehe Sie sehr gut, Frau Legler, und trotzdem muß ich darauf bestehen, die Namen und die Adressen zu erfahren!«

»Und wenn ich Ihnen schwöre, daß keiner dieser Herren auch nur das geringste an Fräulein Mauerhofer fand, das können Sie mir wirklich glauben, Herr Kriminalkommissar... schauen Sie mich an, und schauen Sie das Fräulein Mauerhofer an. Ja, sie war fast zwanzig Jahre jünger, aber was macht das aus? Sie hatte keinen Sex-Appeal, das habe ich schon einmal gesagt, niemand meiner Bekannten hat sich für sie interessiert. Und daß jemand sie wegen Geld umgebracht hätte... Herr Kriminalkommissar, da kann ich doch nur lachen, denn Sie werden mir doch wohl zutrauen, daß ich mir keinen armen Mann zum Heiraten aussuche, was?«

»Ich traue Ihnen alles mögliche zu, Frau Legler, aber ich muß auf den Adressen bestehen.«

Frau Legler überlegte einen Augenblick. »Versprechen Sie mir wenigstens, daß Sie bei Ihren Nachforschungen diskret vorgehen, ich meine, möglichst so, daß niemand...«

»Selbstverständlich, Frau Legler, wir haben doch kein Interesse daran, die Herren in irgendwelche Unannehmlichkeiten zu bringen. Sie können sich ganz auf uns verlassen.«

»Na schön...« Frau Legler versuchte ihre Beine übereinanderzuschlagen, aber dabei rutschte ihr der Rock über die kräftigen Oberschenkel hinauf, so daß sie ihn wieder glattstreichen und die Füße erneut nebeneinandersetzen mußte. »Dann notieren Sie...«

Die Liste, die Kriminalkommissar Weyrer aufschrieb, war beachtlich. Jetzt, da Frau Legler entschlossen war, die Adressen anzugeben, hielt sie mit keiner hinter dem Berg.

»Ich danke Ihnen, Frau Legler«, sagte der Kriminalkommissar herzlich, als sie geendet hatte. »Ich glaube, Sie haben uns damit einen großen Dienst erwiesen.«

»Überhaupt nicht, Herr Kriminalkommissar, überhaupt nicht. Das führt zu gar nichts. Sie werden sehen... dieser Herbert war der Mörder!«

»Wenn Sie mir bloß einen Anhaltspunkt geben könnten... irgend was! Haben Sie zum Beispiel mal nachgeschaut, was sein Mantel für ein Etikett hatte?«

»Er hat seine Sachen nie an der Garderobe aufgehängt, er hat sie immer mit ins Zimmer genommen...«

»Schade, jammerschade!«

Frau Legler schien scharf nachzudenken. »Herrjeh, das hätte ich beinahe ganz vergessen! Würde es Ihnen etwas nutzen, wenn ich Ihnen eine Fotografie zeigen könnte?«

»Was für eine Fotografie?«

»Wo dieser Herbert drauf ist! Ich habe diesen Sommer, als es so heiß war, ein kleines Fest auf unserem Balkon veranstaltet, und da hab' ich die beiden herübergeholt. Er wollte ja gar nicht gern, aber sie hat ihn dazu überredet... und dabei hat unser Herr Karlsdorf geknipst... mit Blitzlicht! Es ist zwar nicht viel zu sehen auf dem Bild, weil wir alle drauf sind, aber vielleicht...«

»Wo haben Sie es?«

»Hier, bei mir!« Frau Legler öffnete ihre Handtasche und holte eine Fotografie heraus. Sie reichte sie Kriminalkommissar Weyrer über den Schreibtisch. Er betrachtete sie. »Immerhin...« sagte er und holte eine Lupe aus der Schublade.

»Daß ich das ganz vergessen habe! Aber er ist ja bloß ganz klein drauf, ich bezweifle, daß Sie etwas damit anfangen können.«

»Ich glaube doch!«

»Wirklich?«

»Wenn er vorbestraft ist, bestimmt. Ich werde den entsprechenden Ausschnitt aus der Fotografie vergrößern lassen und ihn dann mit unserer Kartei vergleichen...«

»Wie lange dauert das?«

»Warum?«

»Wenn es geht, möchte ich gern darauf warten, jetzt interessiert es mich natürlich sehr!«

»Ganz so schnell geht es leider nicht, Frau Legler. Aber ich verspreche Ihnen, ich werde Sie benachrichtigen, wenn wir ihn tatsächlich in unserer Kartei haben!«

»Und dann werden Sie ihn finden können?«

»Ja, das ist dann nur noch eine Frage der Zeit.«

Eduard Weinberger hatte Erika mehr als eine Woche nicht mehr gesehen. Er war einer Aussprache mit ihr ausgewichen und hoffte gegen alle Vernunft, daß sich die Dinge von selber regeln würden und er sich ohne ein Wort aus der Affäre ziehen könnte. Endlich aber, als sie wieder einmal im Büro anrief, fiel ihm keine Ausrede mehr ein; er versprach, sie am Abend zu besuchen.

Sein Verhältnis zu Judith hatte sich grundlegend geändert. Er freute sich jetzt immer aufs Heimkommen, und sie war glücklich, daß er sie nicht mehr allein ließ. Sie verlebten fast eine Art zweiter Flitterwochen miteinander, und ihre großen Kinder waren ihnen dabei nicht im Wege, sondern ihr Dasein erhöhte eher ihr Glück.

Judith sagte nichts, als er ihr erklärte, daß er heute noch einmal fortgehen müsse. Er erzählte, daß er sich mit ein paar alten Freunden treffen wolle, und sie schaute ihn lächelnd an. »Das ist fein für dich, Eduard«, sagte sie.

Der ernste Blick ihrer klaren Augen strafte ihr Lächeln Lüge, und einen Augenblick lang fühlte er sich durchschaut. Dann aber sagte sie: »Ben, iß ordentlich, man streift das Messer nicht mit den Fingern ab, wir sind doch nicht bei den Botokuden!«

Der normale Klang ihrer Stimme beruhigte ihn wieder. Sie konnte ja nichts wissen, und sie würde es nie erfahren. Im übrigen – er war fest entschlossen, mit Erika Schluß zu machen, und das war doch wirklich kein Verbrechen.

Er küßte sie flüchtig auf die Wange, bevor er ging, versprach: »Ich werde so früh wie möglich heimkommen«, und dann verließ er die Wohnung.

Er rechnete fest damit, daß Erika ihn mit Vorwürfen überschütten würde, und das sollte ihm ein geeigneter Anlaß sein, ihr zu erklären, daß es aus sein müsse zwischen ihnen. Um es sich selber leichter zu machen, versuchte er sich schon auf dem Weg zu ihr in eine gewisse Wut hineinzusteigern. Wie oft hatte er ihr schon gesagt, daß sie ihn nicht im Büro anrufen sollte, und doch hatte sie es gegen sein ausdrückliches Verbot getan. Ja, sie hatte sogar die Unverschämtheit besessen, ihm wieder zu schreiben, und dabei wußte sie doch genau, was mit dem letzten Brief passiert war. Es war höchste Zeit, mit ihr Schluß zu machen, selbst wenn er sich mit Judith nicht wieder versöhnt hätte, denn sie wurde langsam wirklich zu fordernd. Sie schien sich geradezu einzubilden, daß er nur für sie auf der Welt war, dabei wußte sie doch ganz genau, daß er eine Familie und einen Beruf hatte, die beide vorgingen.

Dies alles sagte er sich immer wieder, noch während er die Treppe zu ihrer Mansardenwohnung hochstieg, aber die Wut, die er in sich hervorrufen wollte, blieb aus. Er fühlte selber, daß sein Zorn sehr lahm war.

Erika bewohnte eine sogenannte »sturmfreie Bude«, ein möbliertes Zimmer, das gleich vom Treppenhaus zu erreichen war, ohne daß man durch irgendeine Wohnung gehen mußte. Es war spärlich möbliert, im Sommer drang die Sonnenhitze durch die Dachpfannen, im Winter kam eine eisige Kälte vom Speicher her. Eduard hatte Erika geraten, sich ein anderes Zimmer zu mieten, aber sie hatte ihn nur ausgelacht. »Mir gefällt's«, hatte sie gesagt, »es ist doch gemütlich, findest du nicht? Wenn ich woanders wohnte, könntest du mich nie besuchen!«

Daran mußte er denken, während er die Treppe hinaufkeuchte, und eine ungewollte Rührung erfüllte sein Herz.

Erika öffnete, bevor er geklopft hatte. Ihr Haar flammte, ihre Wangen glühten, sie sah aus wie ein Kind, das eine Geburtstagsüberraschung erwartet. »Eduard!« rief sie glücklich. »Wie schön, dich wiederzusehen!«

Sie zog ihn rasch in ihr Zimmer hinein, schloß die Tür, drehte den Schlüssel um, dann wollte sie ihm um den Hals fallen, aber er verhinderte es, indem er sich umständlich mit dem Ausziehen seines Mantels zu schaffen machte.

»Eine Ewigkeit haben wir uns nicht mehr gesehen«, sagte sie und sah ihn an.

Er senkte die Augen vor ihrem Blick, aus dem nur Liebe sprach.

»Es ließ sich nicht anders machen«, murmelte er.

»Komm, setz dich, mach dir's bequem! Merkst du was?«

Er sah sich in dem kleinen Zimmer um und fand alles wie immer. Das Bett war tagsüber mit einer bunten Decke überzogen, der einfache, kleine Schreibtisch stand unter dem Mansardenfenster, ein Bücherregal füllte die eine Wand aus, neben dem Bett war gerade noch Platz für ihren schmalen Kleiderschrank. Das Bett und ein kleiner Strohschemel bildeten die einzige Sitzgelegenheit.

»Hast du den Vorhang gewaschen?« fragte er und wies auf den bunten Stoff, der den unteren Teil des Bücherregals verkleidete.

»Ach wo!« Sie lachte. »Was ganz anderes!«

»Tut mir leid, ich merke nichts.«

»Aber... ich habe doch geheizt! Dir zuliebe!«

»Heizt du etwa sonst noch nicht?«

»Wo denkst du hin! Natürlich nicht, Heizen kostet doch viel Geld!«

»Das ist sehr unvernünftig von dir, Erika... ich glaube nicht, daß deine Eltern damit einverstanden wären, wenn sie es wüßten.«

»Sei doch nicht so knurrig, Eduard!« sagte sie, ohne im mindesten beleidigt zu sein. »Ich finde das sehr unfair von dir. Wenn ich dir jetzt nicht gesagt hätte, daß ich sonst nicht heize, wüßtest du es doch gar nicht!«

»Aber jetzt weiß ich es. Und ich muß schon sagen...«

Sie setzte sich ihm gegenüber auf das Bett – er hatte auf dem kleinen Schemel Platz genommen – und nahm seine Hand in beide Hände. »Das ist sehr lieb von dir, Eduard, daß du dir Sorgen um mich machst... aber das ist ganz blöd. Sieh mal, wenn ich friere, gehe ich einfach ins Bett... im Bett ist es doch immer am allergemütlichsten, nicht wahr? Und je weniger ich für Heizung und Essen brauche, um so mehr kann ich ins Theater gehen und so!«

Er zog seine Hand zurück, so behutsam wie möglich, aber sie hatte es doch bemerkt. Zum erstenmal an diesem Abend zeigte ihr Gesicht Enttäuschung.

»Aber ich dachte immer... du bekommst doch eigentlich einen ganz schönen Wechsel, nicht wahr?«

»Natürlich! Ich bin keineswegs ein armes Waisenkind, wie du gern glauben möchtest.«

»Ach so!« sagte er. »Natürlich! Ich habe dir das Geld für das Detektivinstitut noch nicht gegeben.«

Sie lachte wieder ganz versöhnt. »Und du bildest dir ein, ich nehme das von dir an? Kommt gar nicht in Frage. Schließlich war es ja meine Idee!«

»Ich kann unmöglich gestatten, daß...«

»Gestatten!« Sie lacht wieder. »Wie du sprichst! Du bist doch nicht mein Vater, Eduard, du bist doch mein lieber, liebster, allergeliebtester Geliebter!« Sie sah ihn strahlend an.

Er wußte nicht, was er sagen sollte, suchte nervös nach seinen Zigaretten.

»Nur noch einen Augenblick, Eduard, ich schütte gleich einen Tee auf. Das Wasser muß schon kochen!« Sie ging zu dem kleinen Kanonenofen, hob den Deckel vom Topf, den sie dort aufgestellt hatte. »Wahrhaftig, es kocht. Noch eine Sekunde!« Sie goß das Wasser auf die Teeblätter in der vorgewärmten Kanne, legte den Deckel wieder auf und brachte zwei Tassen und eine Zuckerdose heran. Sie stellte alles vor Eduard auf den Fußboden.

»Wir müssen vom Fußboden trinken, macht aber nichts, was? Wenn du zu mir auf die Couch kommst, hast du es bequemer!«

»Auf was für eine Couch?«

»Auf mein Bett natürlich. Tagsüber nenne ich es Couch, weil das feiner klingt.« Sie streckte ihre Hand aus, zog ihn herüber. »Komm doch, sei nicht so!«

Er wußte nicht, wie er es verhindern sollte, ohne sie zu kränken, und ließ sich auf die Couch hinüberziehen.

Sie sah ihn prüfend an. »Du bist so sonderbar«, sagte sie.

Er schwieg. Er suchte krampfhaft nach Worten, wie er ihr die veränderte Situation klarmachen konnte.

»Hast du Ärger gehabt?« fragte sie.

»Nein, nicht im geringsten...«

»Das ist schön«, sagte sie.

Sie goß den Tee in die Tassen, tat ihm zwei Stück Zucker hinein, reichte sie ihm hin. Er war froh, daß er sich mit etwas beschäftigen konnte und ihrem Blick nicht begegnen mußte.

»Willst du mir nichts erzählen?« fragte sie.

»Ich wüßte nicht, was es zu erzählen gäbe!«

»Gott, bist du komisch! Ich weiß nicht mehr, als daß deine Frau plötzlich zurückgekommen ist... und du sagst, da gäbe es nichts zu erzählen!«

»Wirklich nicht.«

»Hast du herausbekommen, was in Baden-Baden war?«

»Nichts. Es war gar nichts!«

»Der Bericht des Detektivinstitutes stimmt also nicht? Das finde ich hochinteressant. Dann werde ich gleich morgen hingehen und mein Geld zurückverlangen!«

»Nein, tu das nicht, Erika! Nur... es war weiter nichts zwischen ihr und diesem... na, wie heißt er doch gleich!«

»Theodor Reichlin...« warf sie ein.

»Ja, mit diesem Theodor Reichlin.«

»Wo hat sie ihn denn kennengelernt?«

Er stellte die Teetasse aus der Hand, nahm allen Mut zusammen und sah sie an. »Liebe Erika, ich glaube, du machst dir völlig falsche Vorstellungen. Judith hat mir gesagt, daß nichts an der ganzen Sache ist, und damit mußte ich mich natürlich zufriedengeben.«

»Aber wieso denn?« fragte sie verständnislos.

»Begreifst du nicht, daß ich mich lächerlich gemacht hätte, wenn ich nach Einzelheiten gefragt hätte?«

»Hast du nicht über unsere Nachforschungen gesprochen?«

»Nein. Ich konnte es nicht.«

Sie schwieg, aber er spürte, daß sie auf eine nähere Erklärung wartete.

»Sieh mal, Erika, das Ganze ist doch beschämend. Es ist beschämend, wenn der Mann hinter seiner eigenen Frau her spioniert. Begreifst du das denn nicht?«

»Nein!« sagte sie prompt. »Beschämend finde ich es höchstens, wenn eine Frau ihren Mann betrügt.«

»Aber das hat sie doch gar nicht getan!«

»Na, dann ist ja alles in bester Butter!«

»Erika, ich hatte so sehr gehofft, du würdest das alles verstehen... du bist doch ein kluges Mädchen, nicht wahr? Du mußt dich doch in meine Lage versetzen!«

»Oh, ich verstehe sehr gut. Ihr beide habt euch wieder versöhnt, und da bin ich natürlich Nebensache...«

»Du siehst die Dinge ganz falsch, Erika, glaub mir das!«

»Dann sei so gut und erkläre sie mir. Vielleicht bin ich mit meinem bißchen Grips doch imstande, sie richtig zu verstehen.«

Eduard suchte nach Worten, dann begann er tastend. »Du hast insofern recht... Judith hat mir glaubwürdig versichert, daß sie mich nicht betrogen hat, da habe ich ihr natürlich keine Vorwürfe mehr machen können... schließlich war es ja wirklich nicht so schlimm, daß sie ein paar Tage verreist war, nicht wahr? Oder bist du auch darin nicht meiner Ansicht?«

»Doch, doch, durchaus. Sprich dich nur aus!«

»Sie wäre ja viel eher mit Vorwürfen im Recht gewesen, mir eine Szene zu machen... schließlich habe ich... haben wir...«

»Ich weiß schon, was du meinst... du darfst das Kind ruhig beim Namen nennen: Wir haben sie betrogen!«

»Ja«, sagte er erleichtert.

»Und hat sie dir eine Szene gemacht?«

»Nein.«

»Hm, hm«, sagte sie ausdruckslos.

»Ganz im Gegenteil, sie hat mir verziehen!« stieß Eduard hervor.

»Da sieh mal einer an!«

»Wenn du die Dinge nicht mit dem nötigen Ernst betrachten kannst...« sagte er verärgert.

»Doch, doch! Ich betrachte sie schon mit dem nötigen Ernst... mit mehr Ernst, als dir vielleicht lieb ist. Aber nützt es dir was, wenn ich es zeige?«

»Sie hat sich in dieser Angelegenheit sehr großartig gezeigt, Erika!«

»Bravo! Sie hat also verlangt, mach Schluß mit diesem Mädchen, und dann soll alles vergeben und vergessen sein, nicht wahr?«

»Nein, das hat sie nicht!«

»Was? Willst du etwa behaupten, ihr ist das ganz egal, ob du sie betrügst oder nicht?«

»Das auch nicht. Aber sie verlangt nicht, daß ich mit dir Schluß mache... sie hat gesagt, sie überläßt das ganz meiner eigenen Entscheidung!«

»Donnerwetter! Sehr geschickt!«

»Bitte, Erika, du weißt, wie ich diesen Ton hasse!«

»Entschuldige bitte, das ist mir nur so herausgerutscht. Aber der Ton, in dem wir miteinander sprechen, ist doch jetzt gar nicht wichtig, nicht wahr? Es kommt doch vielmehr darauf an, was wir sagen, oder... Also tu dir bitte keinen Zwang an, sag mir, was du dir vorgenommen hast. Du hast eingesehen, daß es so nicht weitergeht... du hast dir vorgenommen, ein ganz neues Leben mit deiner Frau zu beginnen, und ich werde bestimmt noch einen

Mann finden, mit dem ich glücklich werde, nicht wahr, das wolltest du doch sagen?« Sie sah ihn gerade an, und ihre grünen Augen sprühten.

»Nein, das wollte ich nicht!« sagte er, ohne es selber zu wollen.

»Nicht?«

»Nein. Erika, du siehst die ganze Sache falsch!«

»Du bist heute also nicht gekommen, um mit mir Schluß zu machen?«

»Nein, ich habe es dir doch schon einmal gesagt!«

»Du liebst mich also noch?« Jubel war in ihrer Stimme.

»Ja! Glaubst du denn, Liebe ist so etwas, was von heute auf morgen einfach aufhört?«

»Eduard!« Sie schmiegte sich eng an ihn.

Mit jäh erwachtem schlechten Gewissen wollte er sich aus ihrer Umarmung lösen, aber dann siegte das andere. Plötzlich wußte er, daß er nicht gelogen hatte – er liebte sie doch noch, trotz allem, trotz Judith, trotz der Versöhnung, trotz seiner Ehe und der Kinder. Er liebte sie, und er konnte es nicht ändern. Es war wunderbar, ihren jungen, elastischen Körper in den Armen zu halten, den frischen Duft ihrer Haut zu riechen, den Mund in ihr goldenes Haar zu legen.

»Es ist wahr!« flüsterte er. »Ich liebe dich, Erika, ich liebe dich, und ich werde niemals von dir loskommen!«

Frau Legler hatte es sich, noch im Morgenrock, mit einer Tasse Kaffee und der Morgenzeitung in der Küche bequem gemacht, als das Telefon schrillte. Sie wartete einen Augenblick, ob nicht einer ihrer Untermieter an den Apparat gehen würde, aber Herr Karlsdorf war schon im Büro, und Fräulein Simon war erst vorgestern aus dem Krankenhaus entlassen worden und schien noch zu schlafen.

Das Telefon klingelte ein zweites Mal, ehe Frau Legler sich mit einem kleinen Seufzer erhob, und noch ein drittes Mal, bis sie am Apparat auf dem Flur stand und den Hörer abnahm.

»Hallo«, sagte sie.

»Spreche ich mit Frau Legler?«

»Ja, aber wer ist denn dort?«

»Kommissar Weyrer vom Morddezernat!«

»Sie! Was ist denn nun schon wieder los?«

Er lachte. »Ich hatte Ihnen doch versprochen, anzurufen!«

»Ach so!« Sie gähnte hörbar. »Sie müssen schon entschuldigen, aber bei mir hat Morgenstund kein Gold im Mund. Haben Sie mit dem Bildchen was anfangen können?«

»Und ob! Wir haben ihn in unserer Kartei... Benno Kowalsky alias Benno von Ahrenheim, alias Rupert Bierbaum, alias... das könnten wir nach Belieben fortsetzen. Er ist schon zweimal vorbestraft wegen Heiratsschwindel!«

Plötzlich war Frau Legler munter. »Wie ich es Ihnen gesagt habe, Herr Kriminalkommissar... meine Rede!«

»Ja, Sie hatten recht...«

»Und, werden Sie ihn nun kriegen?«

»Wir haben ihn schon, Frau Legler, allerdings leugnet er noch.«

»Ach was, lassen Sie sich nur nichts vormachen! Er ist es bestimmt gewesen. Wer denn sonst?«

»Sie dürfen versichert sein, wir tun, was wir können. Obwohl er ein hartgesottener Bursche ist.«

»Wenn Sie gar nicht weiterkommen, Herr Kriminalkommissar, dann lassen Sie mich mal, ich schwöre Ihnen, ich kriege den weich!«

Kriminalkommissar Weyrer lachte wieder. »Ich hoffe, es wird nicht soweit kommen, Frau Legler, und Sie können Ihre ganze Tatkraft darauf verwenden, sich einen neuen Ehemann ins Joch zu spannen.«

»Beinahe war es schon soweit!«

»Was ist schiefgegangen?«

»Ach, wissen Sie, schiefgegangen kann man eigentlich nicht sagen. Er ist ganz darauf versessen, mich zu heiraten, und anfangs hat er mir auch gut gefallen, obwohl er ein alter Herr ist... aber dann merkte ich, daß er sich nicht in mich, sondern in meine Wohnung verliebt hat. Wissen Sie, immer wollte er nur zu mir kommen, nur zu mir. Niemals ausgehen, niemals spazierengehen, gar nichts. Sie werden doch zugeben, Herr Kriminalkommissar, das ist bestimmt nicht das Richtige!«

»Wahrscheinlich fühlt er sich bei Ihnen so wohl.«

»Das kann man wohl sagen, Herr Kriminalkommissar. Er ißt für drei, wenn ich ihm etwas vorsetze... ich tu's nur nicht mehr, weil es mir zu dumm ist. Und dann... sechzig Jahre ist er alt. Na schön, hab' ich mir gedacht, du bist auch nicht mehr die Jüngste, ein Junger wäre mir ja lieber, aber immerhin! Er hat eine schöne Pension, na also, aber stellen Sie sich vor, das dicke Ende kommt noch... dieser Kerl bildet sich ein, daß ich weiter Zimmer vermieten werden, wenn ich seine Frau bin! Haben Sie schon einmal so etwas erlebt? Wenn ich weiter Zimmer vermieten muß, wozu soll ich mir dann das antun? Zimmer vermieten und einen alten Mann pflegen, das ist zuviel. Aber so sind die Männer, Herr Kriminalkommissar... sie reden von Liebe und meinen ihre Bequemlichkeit. Aber bequem wird es keiner bei mir haben, ich verlange was... ich denke, ich habe schon ein Recht, was zu verlangen, Herr Kommissar, nicht wahr?«

»Unbedingt, Frau Legler! Meine Hochachtung haben Sie, das wissen Sie. Also weiterhin viel Glück!«

»Augenblick mal, Herr Kriminalkommissar, nur einen kleinen Augenblick! Bitte nicht einhängen, ich muß Sie was fragen.«

»Ja...?«

»Ich habe mir schon gedacht, ob ich nicht mal auf eine Heiratsanzeige schreiben soll...«

»Warum nicht?«

»Kann man da nicht reinfallen?«

»Man schon... aber Sie bestimmt nicht, Frau Legler!«

Rechtsanwalt Dr. Erhard warf einen verstohlenen Blick auf seine Armbanduhr. Vier vorbei. Das Wartezimmer war voller Klienten, und vor ihm saß Frau Evelyn Kammeritz und redete und redete über einen Fall, der ohnehin sonnenklar war. Er hatte Mühe, seine Ungeduld zu verbergen.

»Liebe verehrte, gnädige Frau«, unterbrach er sie, als sie ihm endlich einmal Gelegenheit dazu gab, »Sie brauchen sich wirklich nicht die geringsten Sorgen zu machen, Ihr Fall ist bei mir in den besten Händen. Es ist ganz selbstverständlich, daß ich versuchen werde, die Sache recht schnell und so gut wie möglich abzuwickeln und auch soviel es irgend geht für Sie dabei herauszuholen. Sie werden sich natürlich vorstellen können, daß ich nicht möchte, daß Sie später Ihren Freundinnen erzählen, daß Sie unzufrieden mit mir waren, nicht wahr?« Er lächelte sie an.

Sie blieb ernst. »Ich weiß, Herr Doktor, für Sie bin ich einer von tausend Fällen... aber ich... das ist doch meine Scheidung! Und für mich ist das alles unerhört wichtig!«

»Das verstehe ich vollkommen, gnädige Frau... aber da Ihr Gatte keine Gegenklage erhoben hat...«

»Das hätte noch gefehlt!«

»... und er zweifellos keinen Einspruch gegen Ihr Scheidungsbegehren erheben wird, kann eigentlich gar nichts passieren.«

»Das weiß ich auch so. Ich möchte eben nur... ich möchte, daß alles richtig geschieht, verstehen Sie? Nicht, daß Sie irgendeine Dummheit dabei machen!«

»Trauen Sie mir das zu?«

»Nein, das wollte ich nicht sagen... ich meine nur... zum Beispiel sein Auto! Die Wohnung werde ich ja wohl behalten, die steht mir doch zu, mit allem, was darin ist, nicht wahr? Aber wie ist es mit dem Auto? Kann ich Ansprüche auf das Auto erheben?«

»Ich fürchte...«

»Das ist keine Antwort, Herr Doktor, schauen Sie in Ihren Gesetzbüchern nach, sehen Sie, ob es doch eine Möglichkeit gibt, an das Auto zu kommen. Ich brauche es nämlich dringend, müssen sie wissen, ohne Auto ist man heutzutage nur ein halber Mensch!«

Er legte die Fingerspitzen seiner Hände gegeneinander. »Liebe verehrte, gnädige Frau, es hat in diesem Fall leider gar keinen Sinn, daß ich mich mit der juristischen Angelegenheit dieser Sache befasse...«

»Und warum nicht, wenn ich fragen darf?«

»Ich weiß, daß Ihr Gatte sein Auto verkauft hat!«

»Das ist nicht wahr!«

»Es tut mir leid, gnädige Frau, aber ich weiß es ganz sicher. Ein junger Kollege erzählte mir gerade heute morgen, daß er es übernommen hat.«

»Unverschämtheit! Das sieht Heino wieder einmal ähnlich! Wäre es nicht seine Pflicht gewesen, Herr Doktor, mir das Auto zu geben, wenn er es nicht mehr braucht? Und wieso kann er nun plötzlich darauf verzichten? Früher hieß es dauernd, er braucht das Auto für seine Geschäfte... jetzt auf einmal, jetzt geht es auch ohne Auto!«

»So weit ich orientiert bin, hat Herr Kammeritz seinen Posten als Direktor der Verkaufsabteilung mit einer anderen Aufgabe innerhalb der Plastik AG vertauscht. Verständlicherweise, da er jetzt wahrscheinlich ausschließlich drinnen tätig sein wird, braucht er das Auto nicht mehr.«

»Wenn ich das vorher gewußt hätte!«

»Würde es Ihnen wahrscheinlich auch nichts genützt haben, verehrte gnädige Frau.«

»Können wir nicht wenigstens an das Geld kommen? Er muß doch für das Auto etwas bekommen haben, nicht wahr?«

»Ich nehme nicht an, daß es bar gekauft worden ist, und so leid es mir tut, ich glaube nicht, daß wir da irgend etwas machen können... wenn wir tatsächlich nachweisen könnten, daß das Auto nicht ihm, sondern Ihnen rechtlich zustand, würde es doch so lange dauern, bis die Sachlage geklärt wäre, daß der Autokauf längst vergessen wäre, verstehen Sie? Es würden nur Unkosten entstehen, und es ist sehr zweifelhaft, ob irgend etwas dabei herauskäme.«

»Aber es ist doch ganz gleichgültig, ob das teuer oder weniger teuer ist... Heino muß es ja doch bezahlen!«

»Den Scheidungsprozeß ja, verehrte, gnädige Frau, darüber hinaus aber nichts. Ich kann Ihnen wirklich nicht raten, dieser Sache nachzugehen, denn so wie die Dinge liegen...«

»Na schön, Sie wollen nicht.«

»Ich habe keinerlei rechtliche Handhabe, gnädige Frau!« Er sah wieder auf seine Armbanduhr, diesmal ohne Heimlichkeit. »Aber ich kann Ihnen einen anderen Tip geben... alles, was Sie jetzt vor der Scheidung noch kaufen, muß Ihr Gatte nach der Scheidung bezahlen, verstehen Sie?«

Ihre Augen leuchteten auf. »Ganz bestimmt?«

»Natürlich hat es keinen Sinn, wenn Sie sich, sagen wir, Möbel auf Raten kaufen... oder ein Schmuckstück...«

»Aber dann...« sagte sie enttäuscht.

»Das sind Käufe, die wieder rückgängig gemacht werden können, verstehen Sie? Aber wenn Sie sich bei Ihrer Schneiderin noch Garderobe anfertigen lassen oder so... Sie dürfen diese Dinge natürlich jetzt nicht bezahlen, sondern Sie müssen die Rechnung direkt an ihn schicken lassen... am besten erst nach der Scheidung, denn sonst gäbe es eine Möglichkeit für ihn, wenigstens andere Einkäufe dieser Art noch zu verhindern!«

»Ich danke Ihnen, Herr Doktor!« sagte Evelyn und sprang auf.

Er hatte wieder einmal Gelegenheit festzustellen, daß sie tatsächlich eine besonders gutaussehende junge Frau war. Ihre Figur mit den breiten, vollen Schultern und dem hochsitzenden Busen, die sich sehr deutlich unter dem leichten Wollkleid abprägten, war außerordentlich reizvoll.

Er erhob sich ebenfalls, einen Augenblick standen sie sich gegenüber und sahen sich lächelnd in die Augen.

»Warum haben Sie mir das eigentlich nicht gleich gesagt, Herr Doktor?«

»Nun ja, im allgemeinen kommen meine Klientinnen ganz von selber auf die Idee, gnädige Frau!«

»Da sieht man wieder einmal, wie harmlos ich bin!« Sie reichte ihm die Hand. »Viel zu harmlos!«

»Dafür haben Sie ja mich, der Ihnen jederzeit mit Rat und Tat zur Seite steht!«

Er brachte Evelyn zur Tür.

Sie durchschritt das kreisrunde Vorzimmer, genoß angenehm berührt die neugierigen Blicke der Wartenden, nahm ihren Regenmantel vom Garderobenständer und ging den Flur entlang und auf den Lift zu. Natürlich war er wieder einmal unten, ungeduldig drückte sie den Knopf. Sie hatte es jetzt sehr eilig, es war ihr, als dürfe sie keine Minute zu spät zu ihrer Schneiderin kommen.

»Guten Tag, gnädige Frau!« hörte sie eine etwas heisere, tiefe Männerstimme hinter ihrem Rücken.

Sie versuchte, diese Stimme irgendwo einzuordnen, aber es gelang ihr nicht, obwohl sie sie ganz bestimmt schon gehört hatte. Langsam und anmutig drehte sie sich um.

»Oh, das ist aber eine Überraschung!« sagte sie, ehrlich erfreut. »Herr Brandhof!«

Herr Brandhof verbeugte sich leicht. »Die Freude liegt ganz auf meiner Seite, gnädige Frau!«

»Ja, wir haben uns lange nicht mehr gesehen«, sagte sie. Es fiel ihr schwer, ihre Freude nicht allzu offen zu zeigen. Herr Brandhof, fünfzig Jahre alt, seit langem verwitwet, Eigentümer eines bedeutenden Spinnereibetriebes, war gerade das, was sie suchte.

Er lächelte, als wenn er ihre Gedanken erraten hätte. »Es erübrigt sich wohl, daß ich mich nach Ihrem Befinden erkundige, gnädige Frau... wer so jung und blühend aussieht, kann sich ja nur wohl fühlen.«

»Danke, Herr Brandhof, danke... tatsächlich, ich fühle mich auch sehr wohl, den Umständen entsprechend natürlich...« Sie bemühte sich, einen tragischen Schatten auf ihr Gesicht zu zaubern.

»Und wie geht es Ihrem Gatten?«

»Ich denke doch... gut!« sagte sie.

»Ich hoffe, er hat keine Schwierigkeiten gehabt wegen dieser dummen Geschichte... inzwischen hat man ja den Täter gefaßt, wie ich in der Zeitung las.«

»Ach nein, ich glaube nicht, mein Rechtsanwalt sagte mir eben, daß er in eine andere Abteilung versetzt worden ist, aber das hat sicher keine weitere Bedeutung, nicht wahr?«

»Der Rechtsanwalt?«

»Ja«, sagte sie und errötete leicht, »wir lassen uns scheiden. Sie werden sicher verstehen, nach dieser Sache...« Sie schlug die langen, dunklen Wimpern nieder.

Herr Brandhof räusperte sich. Er war froh, daß die Ankunft des Liftes ihn fürs erste einer Antwort enthob. Sie traten ein, er schloß die Tür, und der Lift fuhr langsam nach unten.

»Jedenfalls werde ich mich bemühen, diese frohe Botschaft unter der männlichen Jugend des Landes zu verbreiten!« sagte er.

Sie lächelte ihn kokett an. »Die Jugend, Herr Brandhof, wird das wohl wenig interessieren... und auch ich muß ganz ehrlich sagen, mir haben die älteren Semester seit jeher mehr zugesagt!«

»Oh, darf ich das persönlich auffassen?«

»Wie Sie wollen!« Ihr Lächeln verstärkte sich. »Aber, ganz im Ernst, ich fürchte, ich werde mich als geschiedene Frau recht einsam fühlen...«

»Einsam? Eine so junge und schöne Frau wie Sie? Ausgeschlossen! Die Verehrer werden sich um Sie reißen!«

»Glauben Sie wirklich?«

»Ganz bestimmt!«

Mit einem kleinen Ruck hielt der Lift, er öffnete die Tür und ließ sie aussteigen.

»Ich würde mich sehr freuen, Herr Brandhof, wenn Sie mich einmal anrufen würden.«

»Oh, das tue ich ganz sicher... nur fürchte ich, Sie werden gar keine Zeit für mich haben!«

»Für Sie werde ich alle meine anderen Verabredungen absagen.«

»Sie sind entzückend«, sagte er lächelnd.

Sie hatten die Halle des Hauses durchquert und traten nun durch die gläserne, schwingende Eingangstür. Es regnete. Evelyn knöpfte ihren Mantel zu. Es war doch passender, daß sie ihn angezogen hatte, obwohl sie vorhin, als sie Herrn Brandhof begegnet war, einen Augenblick bedauert hatte, nicht im Pelz zu sein.

Er wandte sich ihr zu. »Also, leben Sie wohl, gnädige Frau, und auf bald!«

Er machte die Andeutung eines Handkusses, dann ging er mit

raschen, elastischen Schritten die Stufen hinab und auf eine schwarze Limousine zu, die dicht an den Bürgersteig herangefahren wurde. Ein livrierter Chauffeur stieg aus, öffnete den Schlag, Herr Brandhof stieg ein, der Schlag wurde wieder zugeworfen. Der Chauffeur ging um den Kühler herum, setzte sich ans Steuer. Gleich darauf brauste der Wagen davon.

Evelyn hatte das ganze Manöver beobachtet, und ein heißer Zorn mischte sich mit Beschämung. So eine Unverschämtheit, dachte sie, er weiß bestimmt, daß ich kein Auto habe, aber er denkt nicht daran, mich mitzunehmen. Er hat mich nicht einmal gefragt, wohin ich will, oder was ich vorhabe. Solch ein unverschämter Patron, der soll sich nur trauen, bei mir anzurufen, dem werde ich schon heimleuchten!

»Du willst dich also scheiden lassen, Judith?« fragte Frau Doktor Lotte Zerling und griff sich mit einer zugleich nervösen und mechanischen Bewegung an ihre Brille, die trotz der hübschen, modernen Fassung außerordentlich dick wirkte.

»Ja«, sagte Judith.

»Jedenfalls ist es ein Glück, daß du zu mir und nicht zu irgendeinem beliebigen Rechtsanwalt gekommen bist.«

Die Rechtsanwältin, die hinter ihrem Schreibtisch gesessen hatte, stand auf und trat auf Judith zu. Judith entging es nicht, daß die Freundin vergangener Jahre noch genauso reizlos war wie als Mädchen. Niemand hatte ihr ihre ausgezeichneten Schulleistungen mißgönnt, weil sie in der Tanzstunde und bei der männlichen Jugend so gar nicht konkurrieren konnte.

Heute nun war sie glücklich verheiratet, hatte zwei gesunde Kinder und ein Rechtsanwaltspraxis, die in nichts der ihres Mannes nachstand.

»Du bist soviel klüger als ich!« sagte Judith impulsiv.

»Wenn du das einsiehst«, Dr. Lotte Zerling zog sich einem Stuhl herbei, »dann sei auch bitte so gut und mach' von meiner Intelligenz Gebrauch!«

»Deshalb bin ich ja gekommen.«

»Dann, bitte, hör auf meinen Rat... tu es nicht!«

»Aber... es bleibt mir doch nichts anderes übrig!«

»Das glaubst du jetzt vielleicht, aber es gibt immer noch einen anderen Weg als die Scheidung!«

»Nein, für mich nicht.«

»Liebe Judith...«

»Glaub mir doch, ich habe alles versucht, wirklich alles! Ich gebe nicht leichten Herzens auf, nein, wahrhaftig nicht. Aber es hat einfach keinen Zweck mehr... verstehst du das denn nicht?«

»Es ist immer sinnvoll, eine Ehe aufrechtzuerhalten, Judith... um jeden Preis!«

»Du ahnst ja nicht, wie unglücklich Eduard ist!«

»Eduard! Und du?«

»Ich auch. Aber mir ist nicht zu helfen. Eduard könnte mit der anderen noch einmal glücklich werden.«

»Und für wie lange? Ach, Judith, mach dir doch nichts vor! Wenn er mit der anderen erst ein paar Jahre verheiratet ist, dann ist er genauso unglücklich wie jetzt!«

»Aber dann habe ich ihm wenigstens eine Chance gegeben!«

»Nicht Eduard braucht eine Chance, sondern du! Nein, glaub' mir, Judith, du darfst nicht aufgeben, du mußt um ihm kämpfen!«

»Meinst du denn, das habe ich nicht getan? Ich habe mir soviel Mühe gegeben, Lotte, so unendlich viel Mühe! Ich habe eingesehen, daß ich vieles falsch gemacht habe. Ich habe versucht, meine alten Fehler abzustellen, und es schien auch schon so, als wenn ich gewonnen hätte. Aber dann... ich weiß nicht, was los ist... er kommt nicht von der anderen los, oder sie läßt ihn nicht los, ich weiß es wirklich nicht.«

»Vielleicht solltest du mal mit ihr sprechen.«

»Nie!«

»Und warum nicht?«

»Weil ich nicht will, Lotte! Du kannst alles von mir verlangen, aber nicht, daß ich mich so sehr demütige und eine andere Frau um Gnade bitte... sie darum bitte, ihn mir zurückzugeben.«

»So habe ich mir das auch gar nicht vorgestellt.«

»Nein, Lotte, dieser Plan taugt nichts. Wenn du mir mit deiner berühmten Intelligenz nichts anderes vorschlagen kannst...«

Dr. Lotte Zerling zündete sich eine Zigarette an. »Auf Anhieb ist das natürlich sehr schwer. Vor allem... du müßtest mir erst mal die ganze Geschichte erzählen.«

»Geschichte! Da gibt es gar keine Geschichte! Es ist genau dasselbe, was dir schon unzählige Frauen erzählt haben. Eines Tages merkte ich, daß er mich betrog. Ich war wie erschlagen. Dann raffte ich mich zusammen und überlegte, ob ich nicht vielleicht etwas falsch gemacht hatte. Ich hatte eine Menge falsch gemacht.

Das sah ich auch ein. Und nun habe ich versucht, es richtig zu machen. Ich habe es vielleicht auch richtig gemacht, denn Eduard hat sich anscheinend wieder in mich verliebt.«

»Das ist doch ein sehr schöner Erfolg, Judith!«

»Schöner Erfolg! Ja, es ist wahr, ich bin ihm nicht mehr gleichgültig und lästig wie früher, er kommt jetzt auch abends öfters nach Hause, ist ganz anders zu mir als früher. Aber manchmal ... was heißt manchmal, mindestens dreimal in der Woche, geht er zu der anderen!«

»Und woher weißt du das?«

»So was spürt man als Frau, Lotte ... ich rieche es einfach!«

Die Rechtsanwältin lachte. »Das, liebe Judith, würde ich mir nicht zutrauen, aber wahrscheinlich ist dein Instinkt weiter entwikkelt als meiner. Hast du nun mal mit ihm darüber gesprochen?«

»Wozu? Soll ich mich anlügen lassen? Nein, das will ich nicht ... und die Wahrheit? Die braucht er mir nicht zu sagen, die weiß ich sowieso. Er kommt von der anderen nicht los. Eigentlich ist alles noch viel schlimmer geworden, als es früher war, Lotte. Früher, weißt du, da hat er mich einfach betrogen und sich nichts weiter dabei gedacht ... aber heute, heute hat er ein schlechtes Gewissen. Wahrscheinlich hat er nicht nur ein schlechtes Gewissen mir gegenüber, sondern auch gegenüber der anderen, habe ich das Gefühl. Er ist entsetzlich unglücklich, er leidet, er ist hin und her gerissen ... und ich kann das einfach nicht länger mitansehen, Lotte ... versteh das doch!«

»Trotzdem darfst du dich nicht scheiden lassen.«

»Und warum nicht?«

»Weil es kaum eine Ehe gibt, die so schlimm ist wie das Dasein einer geschiedenen Frau!«

»Unsinn! Wenn wir getrennt wären, dann würde jeder von uns doch mindestens seine Ruhe haben.«

»Was für eine Ruhe würde das sein, Judith? Ich kann es dir sagen, eine kalte Ruhe, eine tote Ruhe, die Ruhe des Grabes. Niemand wird sich mehr um dich kümmern, außer ein paar alten Freundinnen, denen du gerade recht bist, um dich zu bemitleiden. Das ist alles. Du wirst allein sein, schrecklich allein.«

»Ich habe doch meine Kinder!«

»Die Kinder! Was glaubst du, wie lange es dauern wird, bis sie aus dem Haus gehen? Kinder, liebe Judith, gehen aus dem Haus, ohne sich noch einmal umzudrehen. Sie danken dir nicht die

Opfer, die du für sie gebracht hast, und sie haben im Grunde genommen recht damit. Denn alles, was du für deine Kinder tust, tust du für dich.«

»Das ist verrückt, Lotte!«

»Es ist die Wahrheit, glaub' mir! Auf die Kinder darfst du dich nicht verlassen. Deine Wohnung, ja, aber was nützt dir deine Wohnung? Und er wird zahlen müssen, ja! Aber nur gerade soviel, daß du davon existieren kannst... und was nützt dir deine bloße Existenz... willst du ein Leben ohne Freude, ohne einen gewissen finanziellen Spielraum führen?«

»Das tue ich heute auch!«

»Das scheint dir nur so. Du warst noch nicht geschieden, deshalb weißt du nicht, wie es ist.«

»Warst du es schon?«

»Nein, und ich werde es auch nicht soweit kommen lassen, aber glaube mir, ich habe genug Klientinnen gehabt, die erst darauf gedrängt haben, frei zu sein... und was nachher kam, ich weiß es. Sicher haben sie niemandem anderen erzählt, wie es ihnen wirklich geht, aber vor mir, ihrer Rechtsanwältin, haben sie sich nicht geschämt, und deshalb weiß ich es. Ich habe da ein paar Fälle erlebt, Judith... und deshalb rate ich jeder Frau, die zu mir kommt, um sich scheiden zu lassen: Tun Sie es nicht.«

»Aber, um Himmels willen, man sagt doch, du hast eine so gutgehende Praxis, wenn du nun allen abrätst...«

»Ich versuche, die Ehepartner zu versöhnen, und auch dafür bekomme ich ein Honorar... und abgesehen davon«, Lotte lächelte, »Männer, die sich scheiden lassen wollen, verteidige ich natürlich gern.«

»So? Bei einem Mann ist das etwas anderes?«

»Es ist gar kein Vergleich!«

»Also... ein Mann ist nicht allein, wenn er geschieden ist? Um ihn ist nicht die Ruhe des Grabes, wie du so schön gesagt hast?«

»Natürlich nicht. Es ist eine feststehende Tatsache, sie ist nicht nur statistisch bewiesen, sondern hat sich auch in meiner Praxis erhärtet... auf einen geschiedenen Mann warten tausend Frauen. Eine geschiedene Frau steht allein da.«

»Vielleicht doch nicht«, sagte Judith.

»Oh, Judith, wie oft habe ich das schon gehört! Du kannst mir glauben, die meisten Frauen, die sich scheiden lassen, haben jemand anderen in petto... sie glauben, ihn in petto zu haben, aber du ahnst nicht, wie selten, wie ungeheuer selten sich diese Hoffnungen erfüllen. Es ist nämlich etwas ganz anderes, einer verheirateten Frau den Hof zu machen, als eine geschiedene Frau zu heiraten.«

»Vielleicht hast du recht, Lotte, aber das hilft mir alles nichts«, sagte Judith müde, »bisher hast du nichts getan, als mir den einzigen Weg vermiest, den ich überhaupt noch gesehen habe. Was soll ich denn sonst tun, wenn ich mich nicht scheiden lasse? Wenn mich nachher so Schauerliches erwartet, wäre es vielleicht doch besser, mich gleich aufzuhängen, was?«

»Red' nicht solchen Unsinn! Du weißt genau, daß du Unsinn redest, und so etwas sollte man nicht einmal im Spaß sagen! Ich versuche nur, dich dazu anzuregen, daß du deinen ganzen Grips anstrengst, wie wir die Sache ohne Scheidung wieder in Ordnung bringen können. Eine Scheidung bringt nämlich gar nichts in Ordnung, die verschlimmert die Dinge. Das wollte ich dir klarmachen.«

»Ach, Lotte, du glaubst nicht, wie schwer ich mich überhaupt zu diesem Entschluß durchgerungen habe. Als mir Evelyn damals gleich riet...«

»Evelyn! Das ist ja auch eine prächtige Ratgeberin!«

»Ich habe ja nicht auf sie gehört, Lotte... ich wollte mich um keinen Preis scheiden lassen. Nur jetzt... es ist alles so verfahren!«

»Wieviel verdient dein Mann eigentlich?«

»Ich weiß es nicht genau.«

»Er ist Buchhalter, nicht wahr?«

»Ja.«

»Wie willst du überhaupt von dem Geld leben, das er dir gibt? Wenn er tatsächlich diese andere heiratet und noch Kinder bekommt...«

»Ich hatte mir gedacht, ich würde für mich überhaupt nichts von Eduard verlangen, nur für die Kinder... ich selber wollte mir eine Stellung suchen, weißt du...«

»Liebe Judith, nun treibst du aber wohl die Aufopferung auf die Spitze!«

»Wie kann ich Geld von ihm verlangen, wenn ich nichts mehr für ihn tue? Solange ich mit ihm verheiratet bin, seine Frau bin, da ist es selbstverständlich, daß er für mich sorgen muß, aber wenn wir geschieden sind...«

»Schluß damit, Judith, du schwankst von einem Extrem zum

anderen. Es hat gar keinen Zweck, wenn ich mir deine fixen Ideen anhöre, schicke mir mal deinen Eduard, ich werde ihm schon den Kopf zurechtsetzen, und du wirst sehen, dann wird es gleich besser gehen.«

»Eduard? Ich kann doch Eduard nicht erzählen, daß ich bei dir war, daß ich mich über ihn beklagt habe!«

»Doch, das kannst du! Schließlich bin ich jetzt deine Rechtsanwältin, und einem Rechtsanwalt darf man nicht nur, sondern soll man alles sagen, was einen bedrückt.«

»Das würde Eduard nie einsehen! Nein, glaub' mir, Lotte, das würde die Dinge nur schlechter machen!«

»Nun gut, dann sollst du deinen Willen haben, wir werden ihm erst einmal eine Scheidungsklage ins Haus schicken.«

»Also doch«, sagte Judith, und es war keine Freude in ihrer Stimme, jetzt, da sie das, was sie gewollt hatte, endlich erreicht hatte.

Dr. Lotte Zerling lachte. »Nur keine Bange, mein Häschen... er wird sich schon nicht scheiden lassen. Nach dem, was du mir von ihm erzählt hast, wird er es bestimmt nicht.«

»Und warum... warum schickst du ihm dann die Klage?«

»Um ihm einen Schock zu versetzen. Um ihn zur Besinnung zu bringen. Damit er weiß, daß es so keinesfalls weitergeht.« Frau Dr. Zerling stand auf.

»Einen Augenblick noch, Lotte, ich weiß, du hast schrecklich viel zu tun, nur...«

»Was gibt's?«

»Ich habe gar nicht gefordert, daß er mit Erika Schluß macht, verstehst du? Ich habe es ganz ihm überlassen... und ich weiß gar nicht, ob das dann jetzt überhaupt noch ein Scheidungsgrund ist!«

»Doch, mein Häschen, das ist es! Ehebruch ist auch dann nicht erlaubt, wenn er im beiderseitigen Einverständnis geschieht. Ich würde dir nur raten, damit wir eine klare Sachlage haben... verzichte vorläufig mal auf... na, du weißt schon...«

»Ich soll nicht mehr mit Eduard...?«

»Ja. Es wäre besser... mach jetzt nicht so ein Gesicht. Wenn du tatsächlich von ihm geschieden würdest, müßtest du ja ein ganzes Leben auf ihn verzichten.«

»Es ist nicht deshalb, Lotte... ich weiß nur nicht, wie ich das kann, ohne ihm etwas zu sagen...«.

»Da gibt es zwei Möglichkeiten! Entweder du sagst es ihm doch, das macht gar nichts, oder du versuchst es mit deiner angeborenen Geschicklichkeit, das müßte doch auch gehen.«

Auch Judith stand jetzt auf. »Na schön, Lotte, jedenfalls danke ich dir. Ich weiß, du meinst es gut.«

»Laß den Kopf nicht hängen, altes Mädchen, glaub' mir, es wird alles wieder in Ordnung kommen. Ich kenne die Männer besser, als du es mir zutraust... wenn ihm erst einmal eine Scheidungsklage ins Haus flattert...«

»Ich wünsche, du hättest recht!«

»Ich habe heute Frau Kammeritz getroffen«, sagte Ralf Brandhof hinter seiner Zeitung hervor; er hatte es sich nach des Tages Arbeit bei einer dicken Zigarre und einem Glas Rotwein gemütlich gemacht.

»So...?« Die Stimme seiner Tochter klang betont gleichgültig. Sie saß an seinem schweren Eichenschreibtisch und war noch damit beschäftigt, die Berichte der Mitarbeiter im Außendienst zu überprüfen.

»Sie läßt sich scheiden, Vicki«, fuhr Ralf Brandhof fort.

»Wahrhaftig?«

»Ja, wahrhaftig! Sie kam gerade vom Rechtsanwalt!«

»Das wäre wunderbar!«

Ralf Brandhof ließ die Zeitung sinken. »Ich dachte mir, daß du es so auffassen würdest, Vicki, aber, bitte, mach jetzt mal mit deiner blödsinnigen Arbeiterei Schluß und komm zu mir her. Wenn man von früh an gearbeitet hat, dann hat man auch ein Recht auf Feierabend.«

»Unsere Leute ja, aber wir...?«

»Wir auch! Glaub' nur ja nicht, daß du mir mit deiner Emsigkeit imponierst. Wenn du jetzt noch arbeiten mußt, ist es nur ein Zeichen dafür, daß es dir an Übersicht fehlt.«

Vicki lachte. »Du weißt genau, daß es nicht so ist, Väterchen, aber, bitte, du sollst recht haben. Ich packe sofort zusammen und komme zu dir.«

Er vertiefte sich wieder in seine Zeitung, bis Vicki mit einem kleinen Seufzer ihre Bücher zuschlug und aufstand. Er sah hoch, und sein Herz war wieder einmal von väterlichem Stolz erfüllt. Sie war wahrhaftig ein verdammt hübsches Mädchen, schlank und hochbeinig, mit ihrem blonden Haar, der pfirsichfarbenen Haut und den klaren, grauen Augen. Es würde abscheulich einsam um ihn werden, wenn sie mal heiratete, aber immerhin, sie war jetzt dreiundzwanzig, und eine alte Jungfer sollte sie nicht werden.

Vicki setzte sich mit einem kleinen Schwung auf die Armlehne seines Sessels, schlang ihren Arm um ihn und gab ihm einen Kuß auf die Stirn. Als wenn sie seine Gedanken erraten hätte, sagte sie: »Du brauchst keine Angst zu haben, Väterchen, ich werde nie einen von diesen jungen Schnöseln heiraten.«

»Wie kommst du gerade jetzt darauf?«

»Nur so!« Sie sprang mit einem Satz auf beide Füße, setzte sich in einen gegenüberliegenden Sessel, schenkte sich ein Glas Rotwein ein und streckte die Beine aus.

»Manchmal bist du mir unheimlich, Vicki...«

»Herrlich. Warum?«

»Ich glaube fast, du kannst Gedanken lesen. Ich habe auch gerade übers Heiraten nachgedacht.«

»Und wie kommst du darauf?«

»Nun, als ich Evelyn Kammeritz heute traf...«

»Wo hast du sie getroffen?«

»Im Mertens-Haus, sie kam gerade von ihrem Rechtsanwalt.«

»Wie sah sie aus?«

»Na ja, eine rassige Person, das muß der Neid ihr lassen!«

»Rassig nennst du das? Ich habe sie immer für eine aufgedonnerte Ziege gehalten!«

»Vicki, Vicki! Die Intelligenz sollte dir verbieten, über eine Geschlechtsgenossin derart abfällig zu sprechen. Man könnte Schlüsse daraus ziehen.«

»Das werde ich ja auch sonst nie tun... außer bei dir!«

»Ich danke dir für dein Vertrauen! Aber ich muß darauf bestehen... sie ist wirklich reizend.«

»Na, wenn schon. Eine Frau, die es nicht versteht, ihren Mann zu halten, ist in meinen Augen auf jeden Fall eine Null.«

»Du urteilst mit der Unbekümmertheit deiner Jugend, Vicki. Es gibt Fälle...«

»Ja... es mag Fälle geben! Aber Heino Kammeritz ist kein Fall, Väterchen, das kannst du mir glauben! Wenn man sich von ihm scheiden läßt, dann ist man ganz allein schuld!«

»Du hast das also nicht vor?«

»Nie im Leben!« sagte sie impulsiv. Dann stutzte sie: »Ich? Wieso?«

»Liebe Vicki...«

Sie errötete. »Du hast eine Art, Väterchen...«

»Und du wirst rot. Hast du deine jugendliche Schwärmerei für Heino Kammeritz also immer noch nicht abgestreift?«

»Das ist einfach lächerlich. Vielleicht... es ist wahr, ich habe mal für ihn geschwärmt. Aber jetzt bin ich dreiundzwanzig, ich bin eine Frau, Väterchen, und kein Teenager mehr!«

»Aber Heino Kammeritz gefällt dir noch immer?«

»Gefällt er dir etwa nicht?«

»Nun, als Mann sieht man das doch aus einer anderen Perspektive.«

»Und was hältst du von ihm als Mann?«

»Nun ja, du hast recht... nicht übel...«

»Na also!«

»Liebe Vicki, ich weiß, du willst keinen von diesen jungen Schnöseln heiraten, wie du so schön sagst, und ich kann das auch sehr gut verstehen. Hast du dir aber schon einmal überlegt, daß Heino Kammeritz bestimmt über vierzig ist?«

»Na und?«

»Du bist dreiundzwanzig!«

»Ich habe mal gelesen, daß zwanzig Jahre Unterschied immer das beste wären... aber ganz davon abgesehen ist unser Gespräch ja nur graue Theorie. Heino Kammeritz macht sich nicht die Bohne aus mir, und dabei muß es bleiben!«

»Bist du sicher, daß er sich nichts aus dir macht?«

»Wenn ich mich bloß daran erinnere, wie er mich behandelt hat... wie ein Kind!«

»Du warst ja damals noch ein Kind, Vicki! Wann hast du ihn zuletzt gesehen?«

»Liebes Väterchen, das alles führt doch zu nichts. Und wenn Heino Kammeritz tausendmal geschieden ist... ich bin überzeugt, es gibt andere Damen, die größere Chancen bei ihm haben.«

»Wenn du meinst...«

Sie nippte an ihrem Glas, sah ihn aufmerksam an. »Liebes Väterchen, ich kenne dich jetzt schon lange genug, um zu wissen, daß du irgend etwas im Schilde führst. Willst du nicht so nett sein und mir sagen, was?«

»Ich wollte nur erst einmal deine Einstellung kennenlernen, und da du...«

»Kümmere dich nicht um meine Einstellung, Väterchen... sag, was du sagen wolltest!«

»Heino Kammeritz ist nicht mehr der Verkaufsleiter der Plastik AG!«

»Was? Haben sie ihn etwa entlassen?«

»Nein, er wurde nur auf einen Posten im Innendienst versetzt. Die Geschäftsleitung glaubt, daß er als Repräsentant der Firma nicht mehr tragbar ist.«

»Und warum?«

»Wegen dieser Affäre mit seiner Sekretärin.«

»Aber er hat sie ja gar nicht umgebracht.«

»Das nicht, aber er hat immerhin nähere Beziehungen zu ihr unterhalten, sie hat versucht, ihn zu erpressen, und das alles ist peinlich genug. Ich nehme an, wenn Evelyn die Ehe aufrechterhalten hätte, würde man einen Schleier des Vergessens und Verzeihens über die Geschichte breiten... aber so!«

»Man sollte glauben, die Leute sind wahnsinnig! Wissen sie denn nicht, was sie an ihm haben?«

»Der gute Ruf ihrer Firma ist ihnen eben mehr wert.«

»Idioten!« sagte Vicki überzeugt.

Einen Augenblick war es still zwischen ihnen; dann fragte sie: »Wo wohnt er denn jetzt?«

»Keine Ahnung.«

Wieder schwieg sie, und er machte keine Anstalten, das Gespräch in Gang zu bringen.

»Du sagst, er ist also nicht mehr Verkaufsleiter?«

»Ich denke, ich habe das deutlich genug ausgedrückt.«

»Ja, schon, natürlich... aber mir geht da gerade etwas durch den Kopf...«

»Ja...?«

»Meinst du, daß er unter diesen Umständen seine Firma wechseln würde?«

»Schon möglich.«

Sie sah ihn an, und plötzlich ging ihr ein Licht auf. »He, Väterchen, was bist du für ein alter Fuchs! Widersprich mir nicht, mach' jetzt nicht auch noch so ein scheinheiliges Gesicht, ich habe dich durchschaut! Du hast die ganze Zeit schon den Plan, ihn der Plastik AG wegzuangeln. Habe ich recht oder nicht?«

»Was für Ausdrücke!«

»Auf den Ausdruck kommt es ja jetzt nicht an, Väterchen, sondern auf die Tatsache! Du willst ihn zu uns rüberholen, habe ich recht?«

»Ich wollte nur mit dir einmal darüber sprechen, Vicki. Das würde natürlich eine Umstellung für unseren ganzen Betrieb bedeuten...«

»Du willst ihm die Verkaufsabteilung übertragen, nicht wahr, Väterchen? Und ich brauche mich dann bloß noch um den Versand zu kümmern und du...«

»Hoppla, hoppla, immer langsam mit den jungen Pferden! Meinst du denn, wir könnten es uns überhaupt erlauben, einen so kompromittierten Mann ausgerechnet als Leiter des Verkaufs einzusetzen?«

»Und warum nicht? Unsere Firma hat einen guten Namen, und das ist doch die Hauptsache. Und wenn wir ihn in unsere Firma aufnehmen, dann heißt das soviel, als daß wir ihm vertrauen, und daß die ganze Geschichte nur Geschwätz ist, nicht wahr? Du mußt ihm das klarmachen, Väterchen, es handelt sich nicht nur darum, daß wir ihm eine bessere Stellung bieten können als die, die er jetzt hat, sondern auch, daß dadurch sein Name wieder reingewaschen wird!«

»Möchtest du ihm das nicht selber sagen, Vicki?«

»Auf keinen Fall, Väterchen! Das ist einzig und allein deine Sache.«

»Du meinst also, ich soll mal anrufen?«

»Bitte!«

»Ich werde es tun, Vicki, ich werde es vor allen Dingen deshalb tun, weil ich weiß, daß du es wünschst. Aber bitte, mach keine Tragödie daraus, wenn er nicht will, oder wenn nicht alle deine Wünsche in Erfüllung gehen, du hast eben selbst gesagt... es werden andere Damen da sein, die größere Chancen bei ihm haben, und ich glaube, damit hast du recht gehabt. In unsere Firma kann ich ihn wahrscheinlich holen, aber weiter...«

»Ach, Väterchen, mach dir darüber nur keine Sorgen! Wenn er erst bei uns ist...«

»Es ist noch eine andere Gefahr bei der Sache, Vicki...«

»Was?«

»Ich nehme an, du willst nicht deines Geldes wegen geliebt und geheiratet werden, verstehst du, was ich meine?«

Sie wurde einen Augenblick nachdenklich. »Ja, Väterchen...« Dann hob sie den Kopf und sah ihn strahlend an. »Aber wenn einer kein Mitgiftjäger ist, dann Heino Kammeritz, Väterchen. Er wird mich niemals heiraten, wenn er mich nicht auch liebgewinnt!«

Sybill Herder und Heino Kammeritz hatten es sich angewöhnt, sich gegen sieben Uhr zum Abendessen in einem kleinen Lokal in der Altstadt zu treffen. Der gemütliche, holzgetäfelte Raum war um diese Zeit immer sehr voll, aber Heino Kammeritz hatte einen Dauerauftrag gegeben, einen Ecktisch für ihn und Sybill zu reservieren, und so fanden sie immer Platz. Sie hatten die übrigen Stühle fortnehmen lassen, damit sich kein dritter zu ihnen setzen konnte, denn sie genossen diese wenigen Minuten des Ausspannens und Beisammenseins. Oft mußte Heino Kammeritz nach der Mahlzeit noch ins Büro zurück.

Sybill nahm sich Arbeit mit nach Hause. Zwar hätte sie es sich vielleicht auch anders einrichten können, aber sie verstand gut, daß Heino sich auf dem neuen Posten bewähren wollte, und sie bemühte sich, keinerlei Ansprüche an ihn zu stellen.

Heute saß er schon da und rauchte eine Zigarette, als sie kam. Er stand auf und half ihr aus dem eleganten Ozelot-Mantel, der wundervoll zu ihrem rostroten Haar paßte. Sie trug diesen Mantel zum erstenmal in diesem Jahr, und sie hätte eigentlich erwartet, daß er ihr ein Kompliment gemacht hätte, aber er schwieg. Offensichtlich war er mit seinen Gedanken nicht bei ihr.

Sie lächelte ihn an und unterdrückte die leise Regung von Gekränktheit. »Ich habe dir etwas mitgebracht, Heino!«

»Er wartete, bis sie sich gesetzt hatte. »Ja...?« fragte er dann ohne Interesse.

»Eine Zeitung!« Sie holte das Blatt aus ihrer Tasche, faltete es auf und zeigte ihm eine bestimmte Stelle. »Lies mal! Von dir ist gar nicht mehr die Rede.«

Heino Kammeritz las die Überschrift: »Ein neuer Blaubart – aber kein Ritter!« Er sah auf. »Geht das um...?«

»Lies nur! Es ist sehr interessant!«

Gehorsam senkte er seinen Kopf wieder über die Zeitung. »Wie wir schon berichtet haben, ist als Mörder der Sekretärin Gisela Mauerhofer ein Mann verhaftet worden, der sich als zweimal vorbestrafter Heiratsschwindler entpuppt hat. Der Wirtin der Ermordeten ist es zu verdanken, daß die Polizei sich mit besonderem Interesse um den ›Bräutigam‹ der Sekretärin gekümmert hat, der nach einer Amateuraufnahme aus dem Besitz der Wirtin identifiziert werden konnte. Rupert Bierbaum alias Herbert von Meerheim alias Herbert Bierbaum usw. ist ein lang gesuchter, gefährlicher Heiratsschwindler. Er gab auch sofort zu, daß die Ermordete ihm in der Hoffnung auf eine Ehe Geld gegeben hatte, leugnete aber entschieden, ein Heiratsversprechen in irgendeiner Form abgegeben zu haben. Auch den Mord versuchte er hartnäckig zu leugnen. Erst als eine andere ›Braut‹ von ihm, die er dazu angestiftet hatte, ihm für die Mordnacht ein Alibi zu geben, im Verhör durch die Polizei zusammenbrach, bequemte er sich zu einem vollen Geständnis. Seiner Version nach habe die Ermordete durch einen Zufall sein Notizbuch in die Hand bekommen, in dem er pedantische Aufzeichnungen über alle seine Bräute und die von ihnen erhaltenen Summen gemacht habe. Sie habe ihn daraufhin durchschaut und mit einer Anzeige gedroht. In seiner Wut habe er sie gewürgt, ohne ihren Tod jedoch zu wollen. Es wird sich herausstellen, ob diese Angaben stimmen. Die Polizei ist weiterhin der Meinung, daß es sich um einen vorbedachten Mord handelt.

Der Prozeß, der morgen beginnt, verspricht in mehr als einer Beziehung interessant zu werden. Der Angeklagte steht nämlich unter einer zweifachen Anklage, der des Mordes und der des Heiratsschwindels. Zahlreiche Frauen – vor allem geschiedene Frauen – haben sich schon bei der Polizei gemeldet, weit mehr werden sich nicht melden, aus Scham, als Opfer eines Heiratsschwindlers aufzutreten. Wir werden fortlaufend über den Prozeß berichten.«

Heino Kammeritz hatte gelesen, er faltete das Blatt zusammen und gab es Sybill zurück.

»Interessant, nicht wahr?«

»Es tut mir leid, Sybill, mich interessiert es nicht mehr.«

»Aber ... das muß dich doch interessieren! Die Zusammenhänge, und wie das überhaupt alles kommen konnte, und ...«

»Für mich sind die Tatsachen entscheidend. Sie ist tot, und ich bin in den Verdacht geraten, ihr Mörder zu sein.«

»Aber Heino, da spricht doch heute schon kein Mensch mehr von!«

»So, glaubst du? Hast du eine Ahnung! Wie mich die Leute in der neuen Abteilung angucken ... als wenn ich ein Aussätziger wäre!«

»Das bildest du dir nur ein!«

Er lachte bitter. »Vielleicht hast du recht ... vielleicht leide ich unter Verfolgungswahn.«

»Du bist verrückt, so was zu sagen. Weißt du, was dir fehlt?«

»Nur zu gut!«

»Dir fehlt eine Arbeit, die dich wirklich befriedigt ... die dir eine

Bestätigung deines Könnens gibt, dir fehlt eine vernünftige Behausung. Oder willst du etwa behaupten, daß es dir in deinem möblierten Zimmer gefällt?!«

»Ich kann mir im Augenblick nichts anderes leisten.«

»Wie oft habe ich dir schon angeboten... meine Wohnung ist groß genug... drei Zimmer für eine einzige Person! Zieh zu mir, und du hast ein vernünftiges Zuhause.«

»Glaubst du wirklich, Sybill, das könnte ich tun? Bist du tatsächlich so naiv? Weißt du nicht, was die Leute sagen würden? Ah, der! Erst hat er fast seine Sekretärin ermordet, und jetzt läßt er sich von einer Frau aushalten!«

»Aber von Aushalten kann doch keine Rede sein! Du sollst durchaus deinen Beitrag zu unserem gemeinsamen Leben zahlen.«

»Das kann ich nicht, Sybill. Mit dem, was ich jetzt verdiene, bin ich schlechter gestellt als du, und das weißt du ganz genau! Dazu kommt noch das Geld, das Evelyn mich kostet. Der Scheidungsprozeß ist auch noch zu bezahlen und...«

»Wahrscheinlich wird Evelyn dir einen Haufen Rechnungen schicken.«

»Das kann schon sein.«

»Das brauchst du dir aber nicht gefallen lassen, Heino! Du könntest...«

»Ich habe dich schon mehrmals gebeten, Sybill, überlaß meine Sorgen mir. Das sind Dinge, die nur mich allein angehen, die nur ich allein zu tragen habe!«

»Bitte, wie du wünschst«, sagte Sybill wieder leicht gereizt; sie starrte auf die Speisekarte und versuchte, ihren Ärger hinunterzuschlucken. »Hast du schon was bestellt?« fragte sie, als sie das Gefühl hatte, daß ihre Stimme wieder gelassen klang.

»Ich habe auf dich gewartet...«

»Danke, das ist sehr lieb von dir... bitte, sieh doch mal zu, daß du den Kellner herbeilocken kannst, ich habe einen Mordshunger.«

Die gemeinsame Mahlzeit verlief recht einsilbig. Erst als der Kellner zwei Tassen Kaffee gebracht hatte, wurde Sybill wieder lebhafter. Sie konnte es nicht unterlassen, das alte Thema noch einmal anzuschneiden. »Es braucht doch niemand von dir zu sagen, daß du dich aushalten läßt!«

»Sybill, ich bitte dich!«

Sie überhörte den drohenden Ton in seiner Stimme. »Wenn wir heiraten würden ...«

»Du weißt, daß ich nicht mehr heiraten werde, Sybill, dich nicht und keine andere Frau!« sagte er, und es war nichts mehr von Freundschaft in seiner Stimme zu hören. »Du machst mich rasend. Als wenn ich nicht schon genug Sorgen hätte. Ich bin noch nicht geschieden, da fängst du schon an, mich zu bearbeiten, daß ich dich heiraten soll! Ich denke nicht daran, daß du es nur weißt. Ich denke nicht im Traum daran!« Seine Stimme war so laut geworden, daß die Leute von den Nebentischen sich umdrehten.

»Heino ... uns kann ja jeder zuhören!«

»Das ist mir gerade recht. Jeder soll es hören! Ich werde dich nicht heiraten. Meinst du, daß ich mir nachher noch sagen lasse, ich habe dir irgend was versprochen und dich nachher sitzenlassen? Ich habe dir nie etwas versprochen, Sybill, und das weißt du ganz genau. Und wenn du dich unter diesen Umständen nicht mehr um mich kümmern willst, dann kann es mir nur recht sein.«

»Du bist rücksichtslos, Heino!«

»Das weiß ich, meine Liebe, das weiß ich. Das hat mir Evelyn oft gesagt. Ich bin so rücksichtslos, daß ich zu einer Ehe einfach nicht tauge, versteh das doch endlich!«

»Das ist nicht wahr! Du wärst der beste Ehemann von der Welt.«

»Nein, das wäre ich nicht. Ich habe mich einmal unter den Pantoffel bringen lassen, ein zweites Mal nicht mehr. Ich weiß ja genau, wie alles werden würde ... jetzt bearbeitest du mich schon ständig, jetzt versuchst du schon, mich dahin zu bringen, daß ich mich Evelyn gegenüber unanständig verhalte. Wie würde das erst werden, wenn wir verheiratet sind! Jeden Monat, wenn ich mein Geld an Felix und Evelyn schicken müßte, würdest du mir eine Szene machen!«

»Unsinn, Heino, das würde ich bestimmt nicht! Wir haben doch Geld genug!«

»Du hast Geld genug! Ich nicht.«

»Aber was mir gehört ...«

»Das gehört dir allein. Und ich will keinen Pfennig davon sehen, verstanden?«

Sie spürte, daß Tränen in ihr hochstiegen, und sie schwieg. Sie hätte heulen mögen. Heino hatte ja so recht. Sie hatte alles falsch gemacht. Wie war es nur möglich, daß eine Frau wie sie, die im Berufsleben so sehr ihren Mann stand, in privaten Dingen vollkommen versagte? Hatte sie wirklich die Fähigkeit verloren, Liebe zu erringen? War sie wirklich eine so unausstehliche Tyrannin geworden?

»Ich bin schrecklich, Heino, ich weiß!«

Er legte ihr beruhigend eine Hand auf den Arm. »Das bist du nicht, Sybill... du machst dir nur ganz andere Vorstellungen...«

»Kannst du denn nicht begreifen... ich möchte so gern... du weißt doch, daß ich dich liebe...«

»Ich verstehe das alles, Sybill. Ich verstehe es sehr, sehr gut. Aber es geht nicht. Jede Frau, die mich heiraten würde, würde unglücklich werden, und du mehr als jede andere, Sybill, glaub mir das!«

»Ich will nie mehr darüber reden!«

»Ich wäre dir sehr dankbar, Sybill, du machst sonst noch alles kaputt.«

»Ist es nicht eigentlich furchtbar, wie undankbar die Menschen sind?«

»Ich bin nicht undankbar, Sybill, ich weiß genau, was du für mich getan hast, und daß du zu mir gehalten hast in einer Situation...«

»Das meine ich ja gar nicht, Heino, ich meine mich selber. Ich hätte nie daran zu denken gewagt, daß du mich lieben könntest, früher, und jetzt, wo alles so schön zwischen uns sein könnte, jetzt will ich gleich noch mehr.«

»Ich glaube nicht, Sybill, daß Ehe mehr ist als Liebe.«

»Vielleicht hast du recht. Jedenfalls, ich verspreche dir...«

»Versprich mir nichts, Sybill... wir wollen uns beide zusammennehmen.«

»Jedenfalls weiß ich, weshalb wir so gereizt sind, Heino, wir sind einfach alle beide überarbeitet. Ach, Heino, ich kann dir gar nicht sagen, wie ich mich auf das nächste Wochenende freue! In unserem Häuschen werden wir uns nicht streiten.«

»Du willst bei diesem Wetter...?«

»Aber das macht doch nichts! Wir haben ein großes schönes Feuer... wir laufen tüchtig spazieren, das ist bei jedem Wetter gesund, wir...«

»Bitte, Sybill, das tut mir furchtbar leid, ich habe nicht gewußt...«

»Was hast du nicht gewußt?«

»Daß du vorhast...«

»Aber das mußt du doch gewußt haben, Heino! Wir sind jetzt jedes Wochenende hinausgefahren ... und niemand hat ein Wort gesagt, daß wir es diesmal nicht tun würden!«

»Du hast recht, Sybill, ich bin ein Idiot, aber ich dachte mir ...«

»Hast du Karten fürs Theater besorgt?«

»Nein! Nun, hör mal, Sybill ... es ist etwas ganz anderes. Bitte, werde nun nicht wieder gleich böse ... bitte nicht, ja?«

»Aber ... was ist denn?«

»Ich bin heute morgen im Büro angerufen worden ... von Ralf Brandhof, ich weiß nicht, ob du von ihm gehört hast.«

»Ja, natürlich, der hat doch die großen Spinnereien, nicht wahr? Oder ist er es nicht?«

»Doch, der ist es! Er hat mich fürs Wochenende zu sich in sein Landhaus eingeladen.«

Sybill schwieg einen Augenblick; sie kämpfte gegen den Impuls an, ihre Enttäuschung oder auch ihren Zorn offen zu zeigen. »Stehst du denn so gut mit ihm?« fragte sie endlich mit gepreßter Stimme.

»Was heißt ... stehst? Ich kenne ihn schon sehr lange ... hauptsächlich geschäftlich. Evelyn und ich waren auch schon mal zu ihm eingeladen ...«

»Und wie kommt er plötzlich dazu, dich anzurufen und einzuladen?«

»Ich weiß es nicht, Sybill ...«

»Weiß er, daß du geschieden wirst?«

»Ich nehme an – gesagt hat er nichts davon.«

»Ich begreife das nicht.«

»Doch, warte mal, Sybill, jetzt fällt es mir ja wieder ein ... er hat gesagt, er weiß, daß ich nicht mehr zu Hause lebe, und er denkt, ich werde mich sicher etwas einsam fühlen, darum soll ich doch mal zu ihm kommen. Dann hat er gleich eine feste Einladung für das nächste Wochenende daraus gemacht.«

»Und du willst hin?«

»Natürlich!«

»Es ist dir also lieber, irgendeinen entfernt bekannten Geschäftsfreund zu besuchen, als mit mir ...«

»Bitte, Sybill, versuche doch, mich zu verstehen! Du mußt [illegible] doch vorstellen können, was das gerade jetzt für mich be[illegible] Wenn Brandhof mich einlädt, dann ist das fast eine Rehal[illegible] für mich.«

»Na schön, dann fahr' hin und laß dich rehabilitieren. Ich bin die letzte, die sich deinem Entschluß entgegenstellt.«.

Er überhörte den Spott in ihrer Stimme. »Das weiß ich, Sybill«, sagte er herzlich, »und gerade deswegen bin ich dir ja auch aus ganzem Herzen dankbar!«

»So eine unglaubliche Unverschämtheit! Eine Gemeinheit! Stell dir bloß vor, Judith, was mir passiert ist! Es ist einfach ungeheuerlich!« sprudelte Evelyn hervor und brauste wie ein Tornado in die Weinbergsche Wohnung hinein.

»Was ist dir denn passiert, Tante Evelyn?« wollte Esther wissen.

»Hat dich jemand in den Popo gepiekt?« fragte Ben.

»Unglaublich! Bitte, Judith, müssen denn die Kinder hier herumstehen? Ich finde das unausstehlich, wenn Kinder...«

»Ach, bitte, Evelyn, beruhige dich! Benjamin, Esther, geht in eure Zimmer. Seid brav, habt ihr verstanden?«

Die Kinder meuterten.

»Immer sollen wir in unser Zimmer!«

»Immer sollen wir brav sein!«

»Und dabei...«

Judith beachtete die Proteste nicht, sondern schob sie in das Kinderzimmer hinein. Dann sah sie ihre Freundin an. »Was ist los, Evelyn?«

Evelyn hatte ihren hellbraunen Persianer ausgezogen und über einen Stuhl geworfen; jetzt ließ sie sich erschöpft in einen Sessel sinken. »Ich bin vollkommen fertig, Judith... vollkommen erledigt!«

»Kann ich irgend etwas für dich tun?«

»Ja, du kannst! Eine Tasse Kaffee!«

»Ich mache ihn dir sofort.« Judith ging zur Küche; auf der Schwelle drehte sie sich noch einmal um: »Willst du nicht mitkommen, Evelyn?«

»Wozu? Ich bin... ich bin einfach erledigt, Judith!«

»Ich dachte, du wolltest mir etwas erzählen!«

»Willst du dich an meinem Elend weiden?«

»Evelyn!«

Mit betonter Müdigkeit erhob sich Evelyn. »Na schön, wenn du [illegible]bestehst, komme ich mit!«

[illegible]eiden traten in die kleine Küche; Judith schob einen alten [illegible]sel an den Küchentisch und schüttelte die verschossenen

Kissen ein wenig auf. »Setz dich hierhin, Evelyn, der ist toll bequem. Du wirst staunen!«

Sie füllte den Kessel mit Wasser und stellte ihn auf die Gasflamme. »Und nun schieß los, was gibt's!«

»Ach, Judith, du kannst dir gar nicht vorstellen, es ist ungeheuerlich... ungeheuerlich, sage ich dir!«

»Was denn? Was ist passiert?«

Evelyn öffnete die Handtasche, holte einen Brief hervor, der in einem aufgeschlitzten Umschlag steckte. Sie reichte ihn Judith. »Bitte... hier, lies das!«

Judith hatte die Kaffeemühle schon zwischen den Beinen. Mit der rechten Hand zog sie den Brief aus dem Umschlag, entfaltete ihn und legte ihn vor sich hin auf den Küchentisch. Dann begann sie zu lesen, während sie gleichzeitig den Kaffee mahlte.

»Was sagst du dazu?« rief ihr Evelyn durch den Lärm der Mühle zu.

»Hm«, machte Judith.

»Was?«

»Hm«, machte Judith noch einmal, diesmal stärker.

»Hm ist keine Antwort!« rief Evelyn erbost. »Sag klipp und klar, was du davon hältst... eine Riesengemeinheit, nicht wahr? Aber ich bin ja selber schuld! Ich Esel! Ich... nein, für so etwas gibt es keine Worte. Ich hätte doch von Anfang an wissen müssen, daß dieser Dr. Erhard eine Niete ist! Glaub' mir, Judith, der hat mich auf dem Kieker gehabt, von Anfang an. Er hat mich ganz mit Absicht reinsausen lassen, darauf kannst du dich verlassen!«

Judith stellte die Kaffeemühle aus der Hand. »Aber du wolltest doch geschieden sein, nicht wahr?«

»Ach, du lieber Himmel! Ich bitte dich, Judith, spiel jetzt nicht die Unschuld vom Lande! Es handelt sich nicht um die Scheidung, es handelt sich ganz einfach um das Geld!«

»Ach so«, sagte Judith unbeeindruckt und spülte eine kleine Kaffeekanne mit heißem Wasser aus.

»Hast du denn das Schreiben richtig gelesen, Judith?«

»Doch... schon...«

»Nein, du hast es nicht! Sonst könntest du nicht so ein dummes Gesicht machen! Ich bitte dich, lies es noch mal! Siehst du das denn nicht? Fünfhundertzwanzig Mark für mich muß er zahlen und hundertachtzig für Felix. Ist das denn nicht die Höhe!«

»Da das Gericht die Summe festgesetzt hat...«

»Das Gericht! Daß ich nicht lache! Dr. Erhard hat das gemacht. Er hat mich reingelegt, ganz mit Absicht! Ich bin sicher, der wird von Heino dafür gespickt. Judith, wenn ich nur einen Beweis hätte, wenn ich nur einen einzigen Beweis hätte, dem würde ich seine Praxis versalzen bis ans Lebensende!«

Judith hatte den Filter auf die Kaffeekanne gesetzt, jetzt schüttete sie das Kaffeemehl hinein und sagte sehr ruhig: »Ich begreife gar nicht, weshalb du dich so aufregst, Evelyn, du hast mir doch selber gesagt, daß Heino nicht mehr Verkaufsleiter bei der Plastik AG ist und in den Innendienst versetzt wurde. Du hast mir auch gesagt, daß er jetzt keine Spesen und keine Provision mehr bekommt, na also! Wahrscheinlich sind die siebenhundert Mark, die er dir monatlich zahlen muß, der angemessene Prozentsatz von seinem Gehalt.«

»Prozentsatz! Du hast gut reden! Wie soll ich denn von siebenhundert Mark im Monat leben können? Unsere Wohnung kostet allein vierhundert Mark Miete im Monat, stell dir das vor, und da sind das Telefon, die Heizung, Elektrizität und das alles noch gar nicht dabei!«

»Wahrscheinlich wirst du dir eine billigere Wohnung nehmen müssen...«

»Du bist verrückt! Du mußt verrückt sein, wenn du so etwas sagst!«

»Oder... vielleicht ist es das beste, wenn du zu deiner Mutter ziehst. Dann sparst du dir die Miete ganz, brauchst dich bloß noch an den Unkosten zu beteiligen, die deine Mutter hat...«

»Meine liebe Judith... glaubst du wirklich, daß ich mich habe scheiden lassen, um jetzt zu meiner Mutter zu ziehen?! Um mich statt von einem Mann von einer alten Frau tyrannisieren zu lassen? Daß ich nicht lache! Ich werde was ganz anderes machen... ich werde Einspruch gegen den Entscheid einreichen!«

Judith goß schweigend Wasser durch den Filter.

»Was ist? Warum sagst du denn nichts?« fragte Evelyn.

»Du hörst ja doch nicht auf meine Ratschläge...«

»Nein, das tue ich nicht, deshalb könntest du sie aber trotzdem hören lassen...!«

»Also, ich an deiner Stelle würde keinen Einspruch einlegen... ich glaube nämlich nicht, daß es Zweck hat, Evelyn. Zum Schluß sitzt du da, mit genauso wenig wie vorher, nur daß du noch die neuen Gerichtskosten zu zahlen hast...«

»Weiter, Judith, sprich dich nur aus!«

Judith nahm den Filter von der Kaffeekanne, legte den Deckel darauf und brachte sie zum Tisch. »Und wenn du es richtig bedenkst«, sagte sie, während sie zwei Kaffeetassen, Milch und Zucker dazustellte, »wenn du es richtig bedenkst... siebenhundert Mark sind gar nicht so wenig Geld. Schließlich brauchst du ja nicht dafür zu arbeiten...«

»Das wäre ja noch schöner!«

»Wenn du diese siebenhundert Mark nur als Grundlage deiner Existenz siehst, um die Miete und sämtliche Nebenkosten zu bezahlen, sind sie ja auch genug! Dann wirst du doch zugeben, daß dir dieses Geld ein sorgloses Leben sichert.«

»Sorglos? Daß ich nicht lache!«

»Aber ja doch, Evelyn! Du mußt doch immer bedenken, daß du dieses Geld zusätzlich zu dem, was du verdienen wirst, haben wirst!«

»Aber ich habe nicht im entferntesten die Absicht, etwas zu verdienen!«

»Nicht?«

»Hattest du gedacht, ich würde mich scheiden lassen, um ins Büro zu gehen?«

»Was hast du denn sonst vor, Evelyn?«

»Ich will mein Leben genießen... und ich wundere mich, daß du so ein erstauntes Gesicht machst! Habe ich dir das denn immer noch nicht deutlich genug gesagt! Ich will mein Leben genießen, ich will nicht als Ehefrau versauern, ich will alle Möglichkeiten ausnutzen, die sich mir bieten!«

»Über was regst du dich denn so auf?« fragte Erika verständnislos; sie saß mit Eduard an ihrem Tisch in ihrem Café, aber die Stimmung war alles andere als harmonisch.

»Ich habe heute morgen eine Scheidungsklage bekommen, Erika, wie oft soll ich dir das denn noch sagen!«

»Ja, ich weiß. Aber das ist doch kein Grund zur Aufregung.«

»Begreifst du denn nicht, was das für mich bedeutet?!«

Sie zündete sich mit betonter Ruhe eine Zigarette an. »Nein, das begreife ich nicht.«

»Daß Judith sich von mir scheiden lassen will!«

»Stimmt. Das ist aber doch nicht so ungeheuerlich.«

Eduard wollte etwas sagen, dann aber seufzte er statt dessen tief.

»Du bist noch zu jung, um das zu verstehen, Erika«, sagte er endlich, »du weißt nicht, was es heißt, verheiratet zu sein ... ich bin seit mehr als sechzehn Jahren mit Judith verheiratet!«

»Du hast dich aber bisher nicht viel um diese Tatsache gekümmert, nicht wahr?«

»Doch, das habe ich. Ich bin mir in jeder Minute, die ich bei dir war, bewußt gewesen, daß ich ein verheirateter Mann bin!«

»Und hast du danach gehandelt?«

»Nein.«

Einen Augenblick sahen sie sich in die Augen, dann senkte Eduard den Blick.

»Nun hör mal gut zu, mein Liebling«, sagte Erika sanft, »bitte, nimm dich zusammen und versuche die Dinge in aller Ruhe zu betrachten. Judith will sich also scheiden lassen. Kannst du ihr das verdenken? Ich nicht. Es ist sicher nicht sehr angenehm, dauernd betrogen zu werden.«

»Aber das weiß sie ja gar nicht! Sie ist bestimmt davon überzeugt, daß ich ...«

»Nein, das ist sie nicht, Eduard. Warum sollte sie auch? Hältst du sie tatsächlich für so blöd, daß sie nicht bemerkt hat, daß du mich wieder besuchst?«

»Ich habe mir alle Mühe gegeben ...«

»Da nützt Mühe geben gar nichts, Eduard. Du hättest dir Mühe geben sollen, sie nicht mehr zu betrügen!«

»Das sagst du mir ... ausgerechnet du?!«

»Ich habe niemanden betrogen, Eduard, und ich würde auch so etwas niemals tun!«

»Aber du hast es doch zugelassen, daß ich meine Frau mit dir betrogen habe!«

»Ja, das habe ich. Weil ich dich liebe, und weil ich nicht dein Kinderfräulein bin, Eduard ...«

Wieder seufzte er. »Ach, Erika ...«

»So ist also die Lage«, fuhr sie unerschüttert fort, »du betrügst Judith mit mir ... Judith will es nicht länger dulden, sie will sich scheiden lassen, was ist denn daran so furchtbar, Eduard? Diese Entwicklung ist doch ganz und gar natürlich. Meinst du nicht, daß es dir nicht auch wohler wäre, wenn du Judith nicht mehr zu betrügen brauchtest?«

»Und ob!«

»Na also! Dann ist der Fall ja schon geklärt. Du läßt dich scheiden, zahlst Judith monatlich ein entsprechendes Geld. Du brauchst dir deshalb keine Sorgen zu machen, du wirst es nicht allzu lange zu zahlen haben, denn wie wir wissen, ist Judith noch eine sehr reizvolle Frau, die leicht einen anderen Mann finden wird.«

»Und du glaubst, das ist ein Trost für mich?«

»Es soll kein Trost sein, Eduard, ich möchte dir die Dinge nur so zeigen, wie sie sind... und daß gar kein Anlaß zur Panik gegeben ist.«

»Aber ich will mich nicht von Judith scheiden lassen!«

Erika hob die Augenbrauen und sah ihn voll kindlichem Staunen an. »Nicht?«

»Nein... nicht! Judith ist meine Frau, und Esther und Benjamin sind meine Kinder, ich denke nicht daran, mich scheiden zu lassen!«

»Na, so wie die Dinge stehen, wird dir wohl nichts anderes übrig bleiben.«

»Das ist doch nicht möglich! Judith liebt mich, ich weiß es, sie liebt mich... und sie wird mir ganz bestimmt verzeihen, ganz bestimmt wird sie das, wenn...« Er stockte mitten im Satz.

»Wenn...?« wiederholte sie laut.

»Ach, nichts«, sagte er.

»Wenn du ihr schwörst, daß du mich nie wiedersehen wirst, nicht wahr?«

»Ja«, sagte er ruhig.

Einen Augenblick herrschte Schweigen.

»Ach, so ist das«, sagte Erika.

»Das soll natürlich nicht heißen, daß ich das sagen werde, ich werde Judith nicht noch einmal betrügen, nein, das hätte natürlich gar keinen Zweck... und ich will dich natürlich auch nicht verlieren, Erika, ganz bestimmt nicht! Ich habe dir das nur gesagt, damit du...«

»Spar dir deine Worte, Eduard, ich weiß Bescheid!« Erika stand auf, nahm sich ihren flauschigen Wintermantel vom Garderobenständer.

»Erika, wo willst du hin?«

»Zu dieser Frage bist du nicht mehr berechtigt.«

Er sprang auf, lief zu ihr hin. »Erika...« Er wollte ihr in den Mantel helfen, aber sie war schon angezogen. Er hielt sie am Ärmel fest, ohne darauf zu achten, daß er Aufsehen erregen könnte. »Erika, was habe ich nun schon wieder falsch gemacht?«

»Gar nichts, Eduard, wahrscheinlich bist du auf dem besten Wege, alles richtig zu machen. Wenn jemand etwas falsch gemacht hat, dann bin ich es, nur ich!«

»Aber, Erika, das ist doch gar nicht wahr! Du bist das beste, liebste, klügste, süßeste...«

»Ich war töricht und egoistisch, Eduard, und... ich habe an deine Liebe geglaubt. Ich habe mir eingebildet, daß man auf dem Unglück anderer sein Glück aufbauen kann. Das geht aber nicht. Ich danke dir, daß du mich zu dieser Erkenntnis gebracht hast. Ich danke dir dafür sehr.« Sie reichte ihm die Hand, aber er nahm sie nicht.

»Erika... so habe ich das doch nicht gemeint, wirklich nicht, bitte, laß uns noch einmal in Ruhe über alles reden!«

»Es wurde genug geredet, Eduard, ganz bestimmt. Du brauchst auch keine Angst zu haben, daß ich ins Wasser gehe oder so etwas. Ich denke ja nicht daran. Ich möchte die Zeit mit dir gar nicht missen. Aber ich habe eine Lehre daraus gezogen, ich werde mich nie wieder mit einem verheirateten Mann einlassen, und wenn er mir den Himmel auf Erden verspricht.«

Frau Weißmann ging zur Wohnungstür, als es klingelte.

»Paß mal auf, Mutti! Ich habe gar keine Zeit, ich wollte nur...« sprudelte Evelyn hervor, kaum daß die Tür geöffnet war.

»Guten Morgen, Evelyn«, sagte Frau Weißmann.

»Natürlich... guten Morgen, Mutti! Ich bin nur gekommen, weil...«

»Bitte, ich möchte mit dir sprechen!«

Evelyn stutzte. Sie hob die Augenbrauen, sah ihre Mutter erstaunt an, dann aber folgte sie dem unmißverständlichen Befehl und trat ein. Frau Weißmann schloß die Tür mit Nachdruck.

»Was ist los mit dir, Mutti? Hast du Ärger gehabt?« fragte Evelyn, während sie ihrer Mutter zögernd in das Wohnzimmer folgte.

»Ja.«

»Ist etwas mit Felix?« fragte Evelyn erschrocken.

»Mit Felix ist alles in Ordnung.«

»Ist er zur Schule gegangen?«

Frau Weißmann beantwortete die Frage nicht. »Setz dich, Evelyn, ich muß mit dir sprechen!«

»Das hast du mir schon mal gesagt! Es tut mir leid, Mutti, aber ich habe verdammt wenig Zeit... ich bin um elf Uhr beim Friseur angemeldet, und jetzt haben wir...« Evelyn warf einen Blick auf ihre Armbanduhr.

Frau Weißmann hatte sich hingesetzt. »Ich glaube, unser Gespräch ist wichtiger als dein Besuch beim Friseur!«

»Sei nicht so scheußlich feierlich, Mutti, ich kriege ja geradezu das Gefühl, daß du was gegen mich hast!«

»Ich habe gar nichts gegen dich, Kind, aber ich wäre dir schon wirklich dankbar, wenn du dich setzen würdest, damit ich nicht immerzu zu dir hinaufblicken muß!«

Evelyn zog sich einen breiten Sessel heran, ließ sich nieder und schlug die schlanken Beine übereinander; ihren hellbraunen Persianer hatte sie nicht ausgezogen. »Ich wollte dich nur um eine ganz winzige Gefälligkeit bitten, Mutti...«

»Ich weiß...«

»Wieso?«

»Du möchtest mich sicher bitten, daß ich Felix noch bis... na, sagen wir, bis morgen früh bei mir behalten soll, nicht wahr?«

»Ich danke dir, Muttilein! Du bist wirklich die beste und klügste und prächtigste Mutti, die es auf der ganzen Welt gibt!«

»Es besteht kein Grund, mir zu danken, Evelyn, ich werde Felix nämlich nicht länger bei mir behalten.«

»Nicht? Aber... aber warum denn nicht?«

»Weil ich nicht seine Mutter bin, Evelyn...«

»Aber du bist doch schließlich seine Großmutter... das ist fast dasselbe.«

»Nein, das ist es nicht. Ich bin eine alte Frau, Evelyn, und du kannst mir nicht zumuten, daß ich mich Tag und Nacht mit einem kleinen Jungen befasse, mir kannst du das nicht zumuten und Felix auch nicht!«

»Aber ich dachte... ich dachte, es wäre dein Liebling! Hast du das denn nicht immer gesagt?«

»Er ist mein Liebling, Evelyn. Mein liebster Enkelsohn. Aber nicht mein Sohn, da liegt der Unterschied!«

Evelyn lachte. »Ach was, Muttilein... mach nicht so ein Gesicht! Sicher ist Felix mal frech gewesen, das ist aber doch nicht so schlimm, er ist halt ein Junge, und er versteht's nicht besser! Das ist bestimmt kein Grund, eine solche Tragödie daraus zu machen.«

»Ich mache keine Tragödie daraus, Evelyn, obwohl man es wohl könnte... durch deine Scheidung hat Felix nicht nur seinen Vater verloren, nicht nur sein geordnetes Zuhause, sondern anscheinend auch deine Liebe!«

»Das ist ja nicht wahr!«

»Es hat aber ganz den Anschein. Der Junge ist dir bloß im Weg, du bist froh, wenn du ihn aus dem Haus hast.«

»Wie kannst du so etwas sagen, Mutti! Ich liebe Felix! Er ist ein so wunderbares Kind, aber...«

»...aber in deiner augenblicklichen Situation ist er dir einfach im Weg, nicht wahr?«

»Liebe Mutti, versuche doch, mich zu verstehen, versuche doch, mir zu helfen... urteile nicht über Dinge, von denen du keine Ahnung hast! Du mußt doch begreifen, daß ich jetzt mit allen Mitteln versuche, gerade für Felix...«

»Willst du wieder heiraten?«

»Nein!«

»Was willst du denn?«

»Mein Gott, habe ich denn keinen Menschen, der mich versteht? Kannst du denn gar nicht begreifen, Muttilein, daß es gar keinen Zweck hat, jetzt blind wie eine Fledermaus in irgendeine Richtung loszumarschieren? Ich kann und will kein bestimmtes Ziel haben, Mutti... ich will die Dinge vorurteilslos auf mich zukommen lassen!«

»Und was versprichst du dir davon?«

Evelyn öffnete ihre Handtasche und suchte nach einer Zigarette. »Ich begreife nicht, warum diese unsinnige Auseinandersetzung sein muß. Ich begreife es wahrhaftig nicht. Ich habe mich scheiden lassen, um endlich mal keine Szene mehr erleben zu müssen. Und jetzt geht dasselbe Theater wieder los, ausgerechnet mit meiner Mutter!«

Frau Weißmann schob Evelyn einen Aschenbecher zu. »Ja, ausgerechnet mit deiner Mutter. Wundert dich das? Gibt es so viele Leute, die sich Gedanken um dich machen?«

»Wenn du mir wirklich helfen willst, Mutti, das wäre doch so einfach! Wenn du mir bloß Felix in der nächsten Zeit ein bißchen vom Halse halten wolltest!«

»Vom Halse halten, ja, das ist es, was du willst! Damit du besser mit deinen Kerlen herumhuren kannst!«

»Mutti!« Evelyn sprang auf.

»Nun spiel bloß nicht noch die beleidigte Unschuld, Evelyn! Was glaubst du denn eigentlich von mir? Hältst du mich für blind und taub und stumm? Glaubst du wirklich, ich merke nicht, was in diesem Haus gespielt wird?«

Evelyn hatte sich wieder gefaßt. Ihre Stimme klang ruhig, als sie jetzt sagte: »Du täuschst dich, Mutti, du täuschst dich ganz bestimmt. Ich werde mich mit niemandem einlassen, wenn nicht...« Evelyn stockte.

»Wenn nicht?«

»Überhaupt nicht, Muttilein. Du mußt es mir glauben... ich schwöre es dir... beim Leben von Felix! Über einen Kuß bin ich nicht hinausgegangen!«

Frau Weißmann seufzte.

»Das ist doch nun wirklich kein Grund, zu seufzen, Mutti! Wäre es dir lieber, wenn...?«

Jetzt sah Frau Weißmann ihrer Tochter gerade in die Augen. »Evelyn! Sprich es nicht aus, nicht einmal im Spaß!«

»Warum hast du dich denn nur so, Mutti? Wenn ich dir doch schwöre, daß alles ganz harmlos ist!«

»Mir kannst du es schwören, Evelyn, und ich glaube dir auch... ich glaube dir, weil ich dich kenne und... weil ich dir glauben will. Aber die anderen...«

»Welche anderen?«

»Die Leute...«

»Oh, du lieber Himmel, Mutti! Du machst dir doch hoffentlich nicht wirklich was daraus, was die Leute sagen? Nein, Mutti, das glaube ich dir nicht, dazu bist du eine viel zu kluge Frau!«

»Meine liebe Evelyn, vielleicht hast du recht. Aber ich müßte lügen, wenn ich behaupten wollte, es täte mir nicht leid, daß Frau Regierungsrat Bender mich nicht mehr zum Kaffeekränzchen einlädt, seit du geschieden bist!«

»Das ist nicht wahr!«

»O ja, es ist wahr! Und sie hat es mir selber ganz offen gesagt.«

»Aber, ich bin doch schuldlos geschieden, Mutti... hast du ihr das nicht gesagt?«

»Sie sagt, es ist üblich, daß der Mann die Schuld auf sich nimmt... geschieden ist geschieden, ob mit oder ohne Schuld... in den Augen der Leute ist es immer gleich schlimm!«

»Na wenn schon! Dann laß sie laufen! An der hast du bestimmt nicht viel verloren!«

»Doch, Evelyn, eine ganze Menge. Sieh mal, ich bin eine alte Frau, ich hoffe nicht mehr darauf, einen Mann zu finden, der mich heiratet, oder einen Verehrer, der mich bewundert... mein Leben besteht nur noch aus der Rückerinnerung an die Vergangenheit und den täglichen kleinen Freuden...«

»Na und?«

»Und zu diesen kleine Freuden gehören die Einladungen zum Kaffee, die ich bekomme... die ich bisher bekommen habe. Denn Frau Regierungsrat Bender hat bestimmt nur den Anfang gemacht, die anderen werden folgen. Es wird nicht mehr lange dauern, dann werde ich ganz allein sein!«

»Und du willst mir wahrhaftig weismachen, daß das meinetwegen geschieht?«

»Nicht deinetwegen. Deiner Scheidung wegen, Evelyn!«

»Aber du hast mir doch selber zugeredet, Mutti, du hast mir immer wieder gesagt, daß es eine Zumutung wäre, wenn Heino...«

»Ja, es ist wahr, Evelyn, ich habe dir zugeraten. Nachdem, was du mir erzähltest...«

»Ich habe dir nur die Wahrheit gesagt, Mutti, das mußt du mir glauben!«

»Ich bereue heute, daß ich dir nicht abgeraten habe.«

»Mutti! Warum denn? Nur wegen deines blöden Damenkränzchens?«

»Nicht deshalb, Evelyn, sondern deinetwegen. Das ist doch kein Leben, das du jetzt führst. Morgens bis zehn Uhr schlafen...«

»Das ist einmal vorgekommen, Mutti! Als du morgens früh...«

»So was gehört sich nicht, Evelyn, ob einmal oder mehrere Male!«

»Mein Gott!« Evelyn drückte ihre Zigarette aus.

»Und es gehört sich auch nicht, daß du Herrenbesuch empfängst! Das hat sich zu meiner Zeit nicht gehört, das gehört sich zu keiner Zeit! Es ist schon schlimm genug für deinen Ruf, daß du eine geschiedene Frau bist. Wenn du es aber so weiter treibst...«

»Ich treibe ja gar nichts, Muttilein! Was redest du dir da ein! Es ist doch nichts weiter dabei, wenn ich einem Herrn eine Tasse Kaffee in meiner Wohnung anbiete!«

»Doch, da ist sehr wohl etwas dabei, Evelyn. Eine alleinstehende Frau kann sich so etwas nicht erlauben, und eine geschiedene Frau schon gar nicht. Wenn du glaubst, daß du auf diese Weise an einen Mann kommen kannst...«

»Aber das will ich ja gar nicht, Mutti!«

»Was willst du denn? Warum läßt du dich dann überhaupt mit diesen Kerlen ein?«

»Ich lasse mich in gar nichts ein, Mutti, das schwöre ich dir!«

»Ich beobachte dein Treiben... ich habe es seit der Scheidung beobachtet. Wenn es wenigstens immer ein und derselbe wäre. Aber jeden Abend bringst du einen anderen mit nach Hause?«

»Das ist nicht wahr!«

»Natürlich ist das wahr, Evelyn. Du bist ja nicht mal so klug, daß du die Autos in der Seitenstraße parken läßt, nein, hier vor dem Haus muß es sein. Jeden Abend ein anderer Wagen. Wie soll das noch enden, Evelyn?«

»Du machst dir ein falsches Bild, Mutti, und das kommt daher, daß du nichts von der heutigen Welt verstehst. Wenn ich mich mit einem von den Kerlen einlassen würde, dann würde der auch wiederkommen. Aber das tue ich nicht, weil ich eine anständige Frau bin.«

»Ja, ja, weil du eine anständige Frau bist, nimmst du dir am nächsten Abend gleich einen anderen mit nach oben!«

Evelyn stand auf. »Ich glaube, es hat keinen Zweck mehr, daß wir uns noch weiter unterhalten, Mutti!«

»Ich werde Felix nach oben schicken, sobald er aus der Schule kommt.«

»Dann bin ich leider nicht zu Hause.«

»Du wirst ja wieder mal nach Hause kommen, nicht wahr?«

»Ja.« Evelyn drehte sich um und ging auf die Wohnungstür zu; plötzlich blieb sie stehen. »Es ist ja wohl zwecklos, Mutti...«

»Was soll zwecklos sein?«

»Wenn ich dich unter diesen Umständen bitte...«

»Ich kann Felix nicht dauernd bei mir hier unten behalten. Ich bin eine alte Frau und kein Umgang für so einen kleinen Jungen.«

»Darum handelt es sich ja gar nicht!«

»Um was dann?«

»Bitte, sag mir jetzt nicht, daß ich das Geld zum Fenster hinauswerfe. Du kannst sicher sein, wenn ich abends ausgehe, bezahle ich keinen Pfennig.«

»Aber ich habe ja gar nichts gesagt!«

Evelyn kam drei Schritte zurück. »Ich brauche Geld, Mutti, kannst du mir fünfzig Mark leihen, bis zum Ersten?«

»Hat Heino denn nicht bezahlt?«

»Doch, er hat gezahlt. Er hat seine Pflicht getan. Ihm kannst du keinen Vorwurf machen!«

»Aber wie kommt es dann?«

»... daß ich nicht mit siebenhundert Mark auskomme? Wo die Miete allein vierhundert beträgt? Von Lichtrechnung, Telefon, Heizung ganz zu schweigen?«

»Du hättest dich nicht scheiden lassen sollen, Evelyn, das war ein großer Fehler.«

»Das sagst du jetzt!«

»Ich wollte, ich hätte es vorher getan. Das ist meine große Schuld.«

»Du hast gar keine Schuld, Muttilein, kein bißchen Schuld. Und glaub' mir, es war auch gar kein Fehler. Jetzt, die erste Zeit, ist es natürlich schwer... aber warte nur, bis es mir ein bißchen besser geht, dann...«

Frau Weißmann war zu ihrer Handtasche gegangen und hatte ihr Portemonnaie herausgeholt; jetzt öffnete sie es, zog einen zusammengefalteten Fünfzigmarkschein heraus und gab ihn Evelyn. »Armes Kind«, sagte sie voll Mitleid.

»Immerhin bin ich ja noch zehnmal besser dran als Heino! Der wird mit seinem Geld nämlich auch nicht auskommen... und dazu sitzt er noch auf seiner möblierten Bude, wie ich gehört habe! Der wird sich jetzt umschauen, ha, und das geschieht ihm recht!«

»Armes Kind...« sagte Frau Weißmann wieder.

»Warum sagst du andauernd ›armes Kind‹ zu mir? So arm bin ich schließlich wieder nicht. Ich hab' meine schöne Wohnung, ich hab' Garderobe, ich sehe blendend aus...«

»Weißt du, was Heino jetzt macht?«

»Keine Ahnung. Ich nehme an, tagsüber ärgert er sich in der Plastik AG herum, und abends hockt er in seiner möblierten Bude und träumt vergangenen Zeiten nach!«

»Ich weiß, wo Heino jetzt ist.«

»Du weißt es?«

»Ja.«

»Aber... dann erzähl doch, Mutti! Tu nicht so geheimnisvoll!«

»Willst du es wirklich wissen?«

»Natürlich! Schieß los!«

»Heino hat sich in der letzten Woche mit Vicky Brandhof verlobt. Sie ist ein steinreiches Mädchen, sagt Frau Elmann, einzige Erbin der Brandhof-Spinnereien!«

Judith hatte das Geschirr vom Abendessen gespült und die Küche in Ordnung gebracht. Jetzt wusch sie sich die Hände mit einer guten Seife, kremte sie ein, band ihre Schürze ab, bürstete sich über das schimmernde blonde Haar, zog die Linien ihres Mundes mit einem dezenten Lippenstift nach und betrachtete sie noch einmal im Spiegel. Erst als sie mit ihrer Aufmachung vollkommen zufrieden war – das schlichte graue Wollkleid, das sie billig erstanden hatte, stand ihr ausgezeichnet –, trat sie ins Wohnzimmer.

Eduard saß unter der Stehlampe, starrte, ein Buch in der Hand, ins Leere.

»Was ist los, Eduard?« fragte Judith. »Gefällt dir der Krimi nicht?«

Eduard fuhr zusammen. »Doch... natürlich... sehr nett!«

»Ich habe ihn heute früh extra für dich aus der Leihbibliothek geholt.«

»Das war nett von dir.«

Eduard versuchte, sich in den Kriminalroman zu vertiefen, aber seine Augen blickten über die Zeilen weg.

Judith beobachtete ihn. »Ist dir nicht gut, Eduard?«

»Doch, warum? Ich fühle mich glänzend!«

»Hast du Ärger im Büro gehabt?«

»Nein.«

Judith schwieg. Sie setzte sich Eduard gegenüber, schaltete das Radio ein. Der Zeiger glitt über die Skala, bis leise Tanzmusik ertönte. Judith stellte den Sender genau ein, drehte etwas lauter. »Es stört dich doch nicht?«

»Judith...« sagte er.

»Ja?«

»Warum willst du dich von mir scheiden lassen?«

Judith schwieg einen Augenblick, dann sah sie ihm gerade in die Augen. »Fragst du das im Ernst?«

»Findest du nicht, es wäre besser gewesen, mit mir über alles zu sprechen, statt mir einfach über deine Rechtsanwältin eine Scheidungsklage zu schicken?«

»Ich glaube, es hat keinen Zweck mehr, über diese Dinge zu reden!«

»Du liebst mich nicht mehr?«

»Erwartest du wirklich, daß ich dich noch liebe?«

Eduard starrte vor sich hin. »Es tut mir so leid, Judith.«

»Mir auch, Eduard, aber wahrscheinlich hat es so sein sollen.« Sie nahm eine Illustrierte und begann darin zu blättern.

»Was soll ich jetzt tun?« fragte Eduard nach einer Weile.

»Tun?«

»Ja, was tut man, wenn man eine Scheidungsklage erhält?«

Sie dachte nach. »Ich glaube, du müßtest dir einen Anwalt nehmen.«

»Wozu?«

»Ich glaube, bei einer Scheidung müssen beide Parteien durch einen Anwalt vertreten sein... Evelyn hat mir mal so etwas erzählt.«

»Müssen? Warum?«

»Ich weiß es nicht, Eduard, ich bin keine Expertin in Scheidungsangelegenheiten. Ich glaube nur, daß es so sein muß, wenn man geschieden sein will.«

»Aber ich will ja gar nicht geschieden werden!«

»Aber ich, Eduard!«

»Wenn ich mich nun weigere, mich scheiden zu lassen?«

»Du kannst es ja versuchen.«

»Ja, das werde ich, darauf kannst du dich verlassen!«

»Ganz wie du meinst... aber ich fände es nicht gerade fein von dir.«

»Nicht fein? Wie meinst du das?«

»Dann müßte ich nämlich deine Freundin als Scheidungsgrund angeben, sie müßte aussagen, und so weiter, und das wäre ihr sicher nicht angenehm.«

»Was Erika angenehm oder nicht angenehm ist, ist mir ganz egal. Ich will nicht geschieden werden, verstehst du?«

Sie lächelte. »Merkwürdige Ansichten hast du, Eduard, das muß man schon sagen! Es ist dir völlig gleichgültig, ob das Mädchen, das du liebst, kompromittiert wird...«

»Ich liebe sie doch gar nicht!«

»... und am Ende wirst du sogar noch versuchen, sie zu einem Meineid zu überreden.«

»Ich denke ja gar nicht daran!«

»Wenn Erika die Wahrheit sagt, kannst du dir jeden Einspruch ersparen.«

»Ich habe mich von ihr getrennt!«

»Seit wann?«

»Seit... seit... ich habe sie schon drei Tage nicht mehr gesehen!«

»Drei Tage, das ist ja ungeheuerlich!«

»Du kannst glauben, was du willst, Judith, ich werde sie auch nicht mehr sehen.«

»Ach...«

»Ich lüge dich nicht an, Judith!«

»Warum auch?«

»Ich habe dir klipp und klar gesagt, daß ich mich von Erika getrennt habe!«

»Ich glaube dir ja auch, Eduard, nur fragt sich, für wie lange.«

»Für immer!«

»Das hast du vor?«

»Ich werde es auch durchhalten!«

»Das, mein lieber Eduard, glaube ich dir nicht!«

»Und wenn ich dir sage, daß Erika...«

»Was?«

»Daß Erika gar nicht mehr will. Sie hat mit mir Schluß gemacht, nicht ich! Wenn Erika sich was in den Kopf gesetzt hat, dann führt sie es auch aus, da kannst du dich drauf verlassen.«

»Sehr interessant.«

»Ich bitte dich, Judith, ich flehe dich an, sei doch nicht so! Ich habe jetzt wieder alles falsch gemacht, ich weiß es. Du wirst jetzt denken... wie komme ich dazu, mich noch einmal mit Eduard einzulassen, nachdem eine andere ihn hinausgeworfen hat. Aber die Wahrheit ist, ich bin ja froh, daß sie von sich aus Schluß gemacht hat, ja, ich bin froh. Von allein hätte ich das nie fertiggebracht, ich kann dir das nicht so erklären, aber ich hätte ein entsetzlich schlechtes Gewissen gehabt. Sie ist noch so jung, und...«

»Und jetzt hast du kein schlechtes Gewissen?«

»Nein, natürlich nicht. Sie ist es ja gewesen, die...«

»Ist es nicht möglich, daß sie dir helfen wollte?«

Einen Augenblick dachte Eduard nach. »Doch.«

»Und ist es nicht möglich, daß sie jetzt sehr unglücklich ist?«

»Wahrscheinlich...«

»Aber ein schlechtes Gewissen hast du trotzdem nicht, weil sie ja mit dir Schluß gemacht hat, nicht wahr?«

»Judith! Du verdrehst mir das Wort im Munde!«

»Das kann ich nicht finden.«

»Und doch tust du es. Ich habe ein schlechtes Gewissen, ja, ich habe ein schlechtes Gewissen, weil ich mich seinerzeit überhaupt mit Erika eingelassen habe, da lag mein Fehler, das hätte ich nicht tun dürfen. Aber ich bin da hineingeschlittert, ich kann dir gar nicht sagen, wie. Und Erika ist es bestimmt ganz genauso gegangen. Du darfst nicht glauben, daß sie ein leichtfertiges Mädchen ist, das ist nämlich nicht wahr, sie ist einfach... wir beide sind einfach von unseren Gefühlen überrumpelt worden!«

»Aha...«

»Ja, so war es. Und dann, als du wiederkamst, da habe ich mir fest vorgenommen, mit ihr Schluß zu machen, aber ich konnte es nicht, ich konnte es einfach nicht. Ich hätte es auch heute noch nicht gekonnt, wenn Erika mir nicht geholfen hätte. Man kann nicht einem Mädchen, das einen liebt, einfach sagen... es ist Schluß, ich habe mich wieder mit meiner Frau versöhnt!«

»So, kann man das nicht? Aber seiner eigenen Frau kann man sagen: Es ist Schluß, ich liebe eine andere?«

»Das habe ich nie gesagt!«

»Aber du hast es mich spüren lassen!«

Voll Nervosität knickte Eduard Eselsohren in die Seiten seines Kriminalromans. »Judith, willst du mir nicht noch einmal verzeihen?«

»Ich habe dir längst verziehen.«

»Und du willst dich trotzdem scheiden lassen?«

»Wer spricht denn davon?«

»Aber... die Scheidungsklage!«

»Die läßt sich ja auch wieder rückgängig machen!«

Er sprang auf. »Judith!«

»Aber diesmal muß ich eine Bedingung stellen, Eduard...«

»Jede!«

»Bitte betrüg' mich nie wieder, ich könnte es nicht ertragen!«

Es war ein naßkalter Wintermorgen. Evelyn fühlte sich durchaus nicht wohl in ihrer Haut. Sie hatte bis an die Endstation der Straßenbahn fahren müssen, sich dann durch den Schneematsch bis zur Villa Brandhof durchgekämpft, hier hatte man sie an den Spinnereibetrieb verwiesen, der noch gut zwanzig Minuten weiter entfernt lag.

Evelyn hatte nasse Füße bekommen, ihr Haar war zerzaust, ihre Laune auf dem Nullpunkt. Es war ihr nur ein sehr schwacher Trost, daß sie, kaum daß sie ihren Namen genannt hatte, sofort in Vicki Brandhofs Büro geführt wurde.

Vicki stand auf, als Evelyn eintrat. Mit einem Blick stellte Evelyn fest, daß sie sehr jung und unbekümmert aussah.

»Guten Tag, Frau Kammeritz«, sagte Vicki freundlich, »bitte, nehmen Sie Platz, kann ich Ihnen etwas anbieten?«

»Eigentlich wollte ich Heino sprechen...«

»Natürlich, ich verstehe schon, aber ich halte es für besser, Sie sagen mir, was Sie auf dem Herzen haben.«

»Warum?«

Vicki überhörte die Frage, sie bot Evelyn noch einmal Platz an, setzte sich ihr gegenüber. »Wenn Sie telefoniert hätten, Frau Kammeritz, wäre es nicht nötig gewesen, bei diesem Wetter mit der Straßenbahn herzufahren!«

»Ich hatte ein Taxi!« log Evelyn.

Vicki durchschaute sie sofort, aber sie schwieg.

»Sie arbeiten hier?« fragte Evelyn nach einer Pause.

»Ja...«

»Das wundert mich.«

»Wieso?«

»Wenn ich soviel Geld hätte wie Sie...«

»Ich habe kein Geld, liebe Frau Kammeritz«, sagte Vicki sehr herzlich, »dies alles hier gehört meinem Vater, ich bin nichts weiter als eine Angestellte im Familienbetrieb...«

»Aha, ich verstehe! Und Heino ist auch nichts weiter als ein Angestellter im... wie sagten Sie doch so schön? Familienbetrieb!«

»Selbstverständlich!«

»Und sein Gehalt ist wahrscheinlich auch nicht höher als bei der Plastik AG?«

»Natürlich nicht.«

»Das haben Sie sich fein ausgedacht!« Evelyns Wangen röteten sich vor Zorn.

Vicki sah sie lächelnd an. »Sie hatten wohl angenommen, daß Heino, wenn er erst geschieden wäre, eine große Karriere machen würde?«

»Ich habe ihn nie für einen Mitgiftjäger gehalten!«

»Da mir, wie ich Ihnen eben erklärte, nichts hier gehört, kann man von Mitgiftjägerei wohl kaum sprechen!«

»Aber er will Sie doch heiraten?«

»Ich hoffe es.«

»Mein liebes Kind, wenn ich Ihnen einen guten Rat geben darf...«

»Ich glaube, liebe Frau Kammeritz, Sie könnten einen guten Rat viel besser gebrauchen als ich«, warf Vicki ein.

»... überlegen Sie es sich vorher noch einmal gut, bevor Sie ihn heiraten.«

»Seien Sie unbesorgt, Frau Kammeritz, ich habe mir alles wirklich gründlich überlegt.«

»Sie kennen ihn ja kaum.«

»Gut genug.«

»Das sagen Sie! Das habe ich damals auch gesagt, aber Sie haben ja keine Ahnung, wie er sich in der Ehe entpuppt hat.«

»Ich werde mich überraschen lassen.«

»Ich kann mir gut vorstellen, was für Märchen er Ihnen erzählt hat... und ich begreife auch, daß Sie ihm alles geglaubt haben... aber mein liebes Fräulein Brandhof, es wäre bestimmt gescheiter, Sie würden sich auch einmal die andere Seite anhören, ich habe nämlich...«

»Entschuldigen Sie, Frau Kammeritz, aber Heino hat mir niemals etwas über seine Ehe erzählt, ich möchte auch von Ihnen nichts darüber hören. Was vorgefallen ist, ist vergangen und sollte vergessen sein. Die Toten sollen ihre Toten begraben. Wir wollen einen ganz neuen Anfang machen!«

»Einen neuen Anfang, nachdem Sie mein Leben zerstört haben?«

»Wieso zerstört?! Sie wollten doch geschieden sein!«

»Ja, weil ich dieses Martyrium nicht länger ertragen konnte! Aber glauben Sie denn im Ernst, mit einer Scheidung sei alles ausradiert... alle Qualen einer geknechteten Seele wieder repariert, Glauben Sie, es ist eine reine Wonne, als geschiedene Frau durch die Welt zu laufen?«

»Das, liebe Frau Kammeritz, hätten Sie sich früher überlegen müssen. Jetzt nützt es nichts mehr.«

»Oh, ich will mich ja nicht bei Ihnen beklagen. Ich bin nicht gekommen, um mich bei Ihnen auszujammern, ganz gewiß nicht. Es geht jetzt nicht mehr um mich, es geht um Sie, mein liebes Kind. Ich will verhindern, und ich muß verhindern, daß Sie genauso unglücklich werden wie ich!«

Vicki lächelte noch immer. »Ich weiß nicht genau, ob nicht unglücklich sein mit zum Leben gehört, liebe Frau Kammeritz. Ich glaube, niemand hat das Recht zu verlangen, daß er rundherum glücklich wird, nicht wahr?«

»Sie wollen mich nicht verstehen!«

»Vielleicht nicht. Können Sie mir das verargen?«

»Ich will Sie doch nur warnen, Kind!«

»Das ist sehr nett von Ihnen, wirklich sehr nett...«

»Sie müssen nämlich wissen, Heino ist alleinschuldig geschieden worden. Glauben Sie ihm kein Wort von dem, was er über mich erzählt!«

»Ich habe Ihnen doch schon gesagt...« versuchte Vicki zu unterbrechen.

»Wenn Sie mir nicht glauben wollen, hier... hier ist das Scheidungsurteil!« Evelyn öffnete ihre Handtasche und zog die mit Schreibmaschine geschriebenen Seiten daraus hervor. »Hier, lesen Sie! Im Namen des Volkes!«

»Aber, ich bitte Sie...«

Evelyn war nicht mehr aufzuhalten. »Durch diese schuldhafte schwere Eheverfehlung des Beklagten«, las sie mit pathetischer Stimme, »ist die Ehe so tiefgreifend zerrüttet, daß die Wiederherstellung einer ihrer Lebensgemeinschaft entsprechenden Lebensweise nicht mehr erwartet werden kann...« Sie hob den Kopf und sah Vicki durchbohrend an. »Haben Sie das verstanden? Heino ist es gewesen, Heino hat durch seine schuldhafte, schwere Eheverfehlung unsere Ehe so tiefgreifend zerrüttet...«

»Ja, ja, daß die Aufnahme einer Lebensgemeinschaft nicht mehr erwartet werden kann. Natürlich habe ich das begriffen, ich bin ja schließlich nicht dumm. Wozu lesen Sie mir das vor? Was soll das? Was geht es mich an?«

»Ich kann nicht zulassen, daß Sie mit offenen Augen in Ihr Unglück rennen!«

»Gut, Frau Kammeritz, Sie haben mich also gewarnt, und ich bestätige Ihnen das gern. Soll ich es Ihnen schriftlich geben? Sicher haben Sie es sehr gut mit mir gemeint, aber ich glaube, damit ist unsere kleine Unterhaltung auch beendet, nicht wahr?«

Evelyn schluckte.

Vicky beobachtete sie interessiert. »Tut es Ihnen leid, daß Sie sich haben scheiden lassen?«

»Mir? Daß ich nicht lache. Ich bin glücklich, daß ich endlich frei bin!«

»Na, sehen Sie, Frau Kammeritz, damit ist ja alles bestens geordnet. Sie sind glücklich, daß Sie frei sind, Heino ist es auch, und ich bin glücklich, daß er mich heiraten wird... vielleicht müßten wir alle, von einer höheren Warte aus gesehen, todunglücklich über die Entwicklung der Dinge sein, aber wir sind es nicht, und wir sollten uns darüber doch freuen... finden Sie nicht auch? Wenn das dicke Ende nachkommt, werden wir es schon früh genug merken.«

»Sie werden mit Heino nicht glücklich werden!« sagte Evelyn düster.

Vicky lachte. »Ich werde mein Unglück mit Fassung tragen!«

»Niemand kann auf dem Unglück anderer sein Glück aufbauen.«

»Liebe Frau Kammeritz... was wollen Sie eigentlich wirklich? Sie sind doch wohl nicht gekommen, um mir moralische Vorhaltungen zu machen? Sie wissen ganz genau, daß ich mit Heino, bevor Sie geschieden waren, nicht einmal entfernt befreundet war!«

»Ich wollte Heino sprechen!«

»Was Sie Heino sagen wollen, können Sie genausogut mir sagen.«

»Heißt das, daß Sie...«

»Ganz genau. Heino hat in letzter Zeit genug mitgemacht. Ich dulde es nicht, daß man noch mehr auf seinen Nerven herumtrampelt, begreifen Sie das nicht?«

»Das ist ja höchst interessant. Sie scheinen eine ungeheure Angst zu haben, daß Sie ihn verlieren könnten, wenn Sie...«

»Ja, ich habe Angst, ihn zu verlieren, denn ich liebe ihn, Frau Kammeritz. Ich glaube, dasselbe können Sie wohl kaum von sich behaupten. Und nun, bitte, sagen Sie mir, was Sie sagen wollen!«

Plötzlich begann Evelyn zu schluchzen.

Vicky beobachtete sie verblüfft. Einen Augenblick dachte sie, daß dies nichts weiter als ein neues Theater wäre, dann aber begriff sie, daß es mit diesen Tränen ernst war, bitter ernst. »Aber, Frau Kammeritz«, sagte sie hilflos, »Sie dürfen es nicht so tragisch nehmen!«

»Tragisch nehmen! Wenn ich das schon höre!« schluchzte Evelyn.

»Was ist denn los mit Ihnen? Ich schwöre Ihnen, ich war immer fest überzeugt, daß Sie ihn nicht wirklich lieben, sonst hätte ich...«

Evelyn putzte sich energisch die Nase. »Lieben! Darum handelt es sich ja gar nicht! Aber versuchen Sie mal, mit siebenhundert Mark im Monat auszukommen, wenn die Wohnungsmiete allein schon vierhundert kostet.«

»Ach so«, sagte Vicki, »so ist das also!«

»Ja, so ist das! Sie erzählen mir, Sie haben kein Geld, und dabei wohnen Sie in einer feudalen Villa...«

»Na, so feudal ist sie nun wieder nicht...«

»Sie ist feudal, und wahrscheinlich gehört sie Ihrem Vater, und wenn Ihnen auch jetzt noch nichts gehört, dann werden Sie doch später einmal alles erben, und Heino wird in Geld schwimmen, und ich...«

»Wollen Sie Ihrem Mann einen Vorwurf daraus machen?«

»Ja! Es ist nicht recht, daß er mich... schließlich bin ich doch seine Frau!«

»Gewesen, liebe Frau Kammeritz, gewesen!«

»Daß ich so wenig bekommen würde, habe ich mir niemals vorgestellt!«

»Meine liebe Frau Kammeritz, sind Sie noch gar nicht auf die Idee gekommen, sich eine Arbeit zu suchen?«

»Wie Sie das sagen! Da sieht man mal wieder, daß Sie vom wirklichen Leben gar keine Ahnung haben, Sie mit Ihrer Villa! Wer, glauben Sie denn, nimmt eine Frau mit fünfunddreißig, die nichts gelernt hat, oder... was sie gelernt hat, schon wieder vergessen hat? Ich kann ja nichts. Ja, ich habe den Führerschein, ich kann gut kochen, zur Not auch ein bißchen schneidern... aber versuchen Sie mal, damit Geld zu verdienen... ich habe es versucht, aber was habe ich geerntet? Schmutzige Anträge! Sie ahnen ja nicht, wie die Männer sind... als geschiedene Frau ist man einfach Freiwild! Jeder tut so, als wenn er helfen will, und in Wirklichkeit will er nichts weiter als sich amüsieren!«

»Das tut mir leid.«

»Ihr Mitleid nützt mir nichts, aber auch gar nichts! Geben Sie mir einen Rat, was soll ich tun?«

»Nun, ich meine, Sie sollten sich trotzdem weiter nach einer Arbeit umsehen. Vielleicht sollten Sie Stenografie und Schreibmaschine...«

»Und Felix? Was soll mit Felix werden?!«

»Ich dachte, Ihre Mutter...«

»Meine Mutter macht mir schon die tollsten Szenen, weil sie den Jungen nicht ständig um sich haben will. Bitte, dann machen Sie mir mal vor, wie Sie tagsüber zur Arbeit gehen und dann noch einen Jungen versorgen können!«

»Es gibt genügend Frauen, die das müssen!«

»Das ist ein Trost! Es gibt bestimmt auch Frauen, die als Hilfsarbeiterin in der Fabrik arbeiten und zu Hause sieben Kinder haben!«

»Ich glaube nicht, daß Heino das sehr recht wäre«, gab Vicky zu, »ich meine, wenn Sie arbeiten gingen und Felix unbeaufsichtigt zu Hause wäre!«

»Da sehen Sie! Natürlich wäre es ihm nicht recht! Schon allein aus diesem Grund muß er mir soviel zahlen, daß ich ein sorgloses Auskommen habe!«

»Wollen Sie den Junge nicht in ein Internat schicken?«

»Von was?«

»Den Aufenthalt und den Unterricht im Internat würde vielleicht mein Vater bezahlen!«

»Aha, Sie wollen mir den Jungen fortnehmen?«

»Davon kann keine Rede sein. Er würde Sie selbstverständlich in den großen Ferien und zu Weihnachten besuchen... nur in den kleinen Ferien käme er zu uns.«

»Herrlich haben Sie sich das ausgedacht! Dann müßte ich also mir vierhundertzwanzig Mark auskommen!«

»Sie hätten dann Gelegenheit, sich in irgendeiner Richtung ausbilden zu lassen...«

»In was für einer Richtung, wenn ich bitten darf?«

»Nun, ich habe von verschiedenen Seiten gehört, daß Sie eine glänzende Hausfrau sind...«

»Versuchen Sie mal, damit etwas zu verdienen!«

»Ich könnte mir sehr gut vorstellen, daß man als Hausdame eines größeren Heimes...«

»Danke! Danke vielmals! Warum schlagen Sie mir nicht gleich vor, daß ich als Köchin gehen soll!«

»Liebe Frau Kammeritz...«

»Was würden Sie denn verdienen, wenn Sie in einem anderen Betrieb arbeiten würden? Bestimmt nicht halb soviel wie hier! Ja schön, aber immerhin haben Sie hier die Chance, alles zu erben, nicht wahr?«

Vicky lachte. »Sie erwarten doch wohl nicht, daß wir Sie als Teilhaberin in unseren Betrieb hineinnehmen?«

»Nein, das nicht. Aber ich erwarte, daß Sie etwas mehr für mich übrig haben als gute Lehren!«

»Sie brauchen also Geld?«

»Ja.«

»Wieviel?«

»Sie würden mir wirklich etwas geben?«

»Ich wäre bereit... ich glaube, daß mein Vater bereit wäre... Ihnen eine einmalige Abfindung zu zahlen! Dann müßten Sie aber selbstverständlich auf alle laufenden Unterstützungen endgültig verzichten. Überlegen Sie es sich also gut!«

Evelyn hatte die ganze Zeit gegen die Lust angekämpft, sich eine Zigarette anzuzünden. Sie hatte es nicht getan, weil Vicky offensichtlich nicht rauchte. Jetzt aber konnte sie sich nicht länger beherrschen. Erst nachdem sie ein paar tiefe Züge genommen hatte, fragte sie: »Wieviel würde ich kriegen können?«

»Fünfzigtausend Mark«, sagte Vicky prompt. »Sie müßten natürlich beim Notar eidesstattlich erklären...«

»Für fünfzigtausend Mark erkläre ich alles, was Sie wollen!«

Heino Kammeritz und Vicky schoben ihre Hochzeit nicht lange hinaus. Nachdem sie sich einmal darüber klargeworden waren, daß sie heiraten wollten, sahen sie keinen Grund zu einer langen Verlobungszeit. Ganz im Gegenteil, alles würde einfacher sein, wenn Heino als Schwiegersohn und Teilhaber in die Spinnerei eintreten konnte und mit seiner jungen Frau in der Brandhofschen Villa die erste Etage beziehen würde.

Die Hochzeit fand im kleinsten, wirklich im allerkleinsten Kreis statt. Vickys Vater, Ralf Brandhof, und Sybill Herder waren Trauzeugen. Dann fuhr das junge Paar zu einem Skiurlaub in die Berge.

Heino war kein besonders guter Läufer und Vicky hätte ihn, wenn sie es gewollt hätte, auf jeder Abfahrt weit hinter sich gelassen. Aber sie wollte es nicht. Sie hatte sich fest vorgenommen, ihn glücklich zu machen, und sie wußte, daß es zum Glück eines Mannes gehört, wenn man ihm das Gefühl von Überlegenheit läßt.

Eines Abends saßen sie zusammen in der Skihütte, im Ofen prasselte ein Feuer, sie waren ermüdet von der frischen Luft und den sportlichen Strapazen des Tages. Sie fühlten sich sehr wohl.

Vicky stöberte in einem Wochenblatt, das sie mit anderen Einkäufen aus dem Dorf heraufgeholt hatte.

»Du, Heino, hör mal... hier!« sagte sie plötzlich. »Die bringen noch einmal eine ausführliche Reportage über den Mordprozeß Mauerhofer!«

»Das interessiert doch keinen Menschen mehr.«

»Glaubst du! Aber da irrst du dich. Mich interessiert so etwas brennend, auch wenn es nichts mit dir zu tun hatt, Heino. Hör doch mal zu. Dieser Prozeß macht ganz deutlich, wie fraglich auch noch heutzutage die Stellung der alleinstehenden Frau ist. Gut ausgedrückt, nicht wahr? Das stammt aber nicht von mir, das hat der Verteidiger in seinem Plädoyer gesagt. Hier weiter: Der Staatsanwalt hat sich bemüht, uns den Angeklagten als ein Scheusal, als ein wahres Ungeheuer in Menschengestalt darzustellen; und das Auftreten der Zeuginnen, armer, vom Leben ohnehin betrogener Geschöpfe, mit deren Gefühl der Angeklagte sein ganz gewiß nicht schönes Spiel getrieben hatte, tat noch einiges dazu, um diesen Eindruck zu verstärken. Trotzdem sollten wir uns bemühen, gerecht zu bleiben, denn das ist die oberste Pflicht des Gerichtshofes. Es kommt darauf an, die Wahrheit zu finden. Die Wahrheit in diesem Fall liegt offen und klar vor unser aller Augen, wenn wir sie nur sehen wollen: Es ist dem Angeklagten ungeheuer leicht gemacht worden. Die Frauen, denen er sich genähert hat, haben seine Annäherungsversuche fast in jedem Fall mit Begeisterung erwidert. Sobald eine Frau auch nur das leiseste Mißtrauen, eine kaum merkliche Zurückhaltung an den Tag legte, hat er sich, wie er selber zugibt, sofort zurückgezogen. Keine von all den Frauen, die er betrogen hat, ist auf den Gedanken gekommen zu untersuchen, wie weit seine Geschichten auf Wahrheit beruhten, Erkundigungen über seinen Lebenswandel, seine Stellung einzuziehen. Sie haben ihn in Cafés kennengelernt, beim Tanz, auf dem Rennplatz, im Urlaubsort, er hat einen guten Eindruck auf sie gemacht, und das genügte ihnen. Er war ein Mann, der bereit war, sich um sie zu kümmern, ein Geschenk des Himmels. Es ist kaum zu fassen, daß Frauen, durch die Bank kluge, tüchtige Frauen, die ihren Platz im Leben voll und ganz ausfüllen, so leicht zu Opfern eines Schwindlers werden konnten, so leicht bereit waren, ihre Ersparnisse herzugeben, nur aus der Angst heraus, diesen Mann zu verlieren. Wie war das möglich? Schauen Sie sich den Angeklagten an! Er ist gewiß alles andere als ein Adonis, und trotzdem hatte er ungeheuren Erfolg bei Frauen. Weil er solide wirkte, weil er zwar keiner Frau – das hat die Verteidigung beweisen können – die Ehe versprochen hat, aber durch sein ganzes Auftreten zu versprechen schien. Besonders merkwürdig berührt es, daß die meisten seiner Opfer nicht etwa alte Mädchen waren, denen man eine gewisse Torheit zugute halten könnte, sondern überwiegend geschiedene Frauen gewesen sind, und schon einmal die Freiheit als das erstrebenswerteste Ziel gesehen haben. Niemals, meine Damen und

Herren Geschworenen, wäre der Angeklagte das geworden, was er heute ist, wenn man es ihm nicht so furchtbar leicht gemacht hätte. Wir wollen jetzt nicht zu der alten These zurückgreifen, nicht der Mörder, der Ermordete sei schuldig, wir wollen lieber offen zugeben, daß in unserer heutigen Gesellschaftsstruktur eine Lücke vorhanden ist, ein Vakuum, das den Angeklagten aufgesaugt hat. Wir haben heute die gesetzliche Gleichberechtigung. Trotzdem wird jeder mir zugeben, daß auch in unserer heutigen Gesellschaft die unverheiratete Frau nicht soviel gilt wie die Ehefrau, die geschiedene Frau – und sei sie noch so schuldlos geschieden – nicht einmal soviel wie die unverheiratete, berufstätige Junggesellin, die immerhin einen eigenen Kreis und einen eigenen Platz im Leben ausfüllt. Das Streben all dieser Frauen geht darauf aus, wieder einen Mann zu bekommen...«

»Und du findest das gut, was du da vorliest?« fragte Heino.

»Sicher. So ist es doch... oder?«

»Aha. Jetzt weiß ich auch, warum du mich geheiratet hast!«

Vicky lachte. »Du vergißt, daß ich nicht zu den geschiedenen Frauen gehöre, sondern zu den Junggesellinnen, die immerhin ihren Platz im Leben ausfüllen... außerdem wirst du zugeben, daß ich noch entschieden zu jung bin, um einer Torschlußpanik zu verfallen, nicht wahr?«

»Warum hast du mich denn geheiratet?«

»Weißt du das nicht?«

»Nein...«

»Dann denk mal gut darüber nach... paß auf, der Verteidiger sagte weiter... aber das ist alles Quatsch, interessant ist: der Bierbaum alias Meerheim, hat zwanzig Jahre Zuchthaus bekommen, das ist kein Pappenstiel, was?«

»Mußt du mir unbedingt dieses Zeug vorlesen?«

»Jawohl! Ich erfülle damit eine psychoanalytische Pflicht. Du solltest wissen, daß nichts falscher ist, als unangenehme Erlebnisse ins Unterbewußtsein hinunterzudrücken, bis sie...«

»Ich denke nicht daran, irgend was ins Unterbewußtsein zu drücken, aber bitte, wenn du schon vorlesen mußt, lies mir was Erfreuliches vor!«

»Wie du befiehlst!« Vicky blätterte über mehrere Seiten fort, bis sie zur Rubrik ›Heiratsanzeigen‹ kam. Sie las, vergnügt vor sich hinlächelnd, während sie alle paar Minuten eine Praline in den Mund steckte. Plötzlich schrie sie auf: »Heino!«

»Was ist?« fragte er brummig.

»Evelyn! Deine Evelyn hat eine Heiratsanzeige aufgegeben!«

»Mit voller Adresse?«

»Ach, Quatsch, so etwas tut man doch nicht. Aber hör mal gut zu, hier steht: Charmante, gutaussehende, gutgewachsene junge Frau, schuldlos geschieden, elegant möblierte Fünf-Zimmer-Wohnung und fünfzigtausend Mark Vermögen, sucht...«

»Es gibt bestimmt soundso viele Frauen mit eingerichteter Fünf-Zimmer-Wohnung und fünfzigtausend Mark Vermögen!«

»Aber es ist ganz bestimmt Evelyn!«

»Und wenn sie es wäre! Glaubst du, das interessiert mich heute auch nur noch so viel?«

»Nicht?«

»Nein, ganz bestimmt nicht. Die Vergangenheit ist vergangen. Ich kann mir heute überhaupt nicht mehr vorstellen, wie ich mit einer Frau wie Evelyn zusammenleben konnte... ich habe sie einfach vergessen!«

»Das ist aber falsch, Geliebter!«

»Wäre es dir lieber, wenn ich ständig sagte: ›Evelyn hat das so und so gemacht‹?«

»Das wäre noch falscher. Aber man sollte die schlechten Erfahrungen der Vergangenheit nicht vergessen, sondern eine Lehre daraus ziehen!«

»Aha! Und welche Lehre schlägst du mir vor?«

»Ich habe meine gezogen, Heino, ich werde mich niemals scheiden lassen.«

»Und warum nicht?«

»Aus demselben Grund, aus dem ich dich geheiratet habe!«

Er sah in ihr junges frisches Gesicht, in ihre klaren grauen Augen. »Ist das wahr?«

»Ja...«

Aus einem plötzlichen Impuls heraus zog er sie in die Arme. »Ich dich auch!« sagte er. »Ich liebe dich von ganzem Herzen.«

Glück ist keine Insel

PROLOG

Wir waren zusammen auf dem Münchner Oktoberfest gewesen, eine kleine Gruppe von Leuten aus dem Verlags- und Zeitschriftenwesen, hatten Schweinshaxen gegessen, Bier getrunken und uns einen vergnügten Abend gemacht. Zum guten Schluß war der harte Kern in Charly Holländers behaglicher Maisonette im ›Kurfürstenhof‹ gelandet. Charly ist Chefredakteur eines erfolgreichen Magazins und eingefleischter Junggeselle. Nach einigen Gläsern Whisky fanden wir es dann aber doch an der Zeit, aufzubrechen. Mitternacht war längst vorbei.

Während Charly die Wendeltreppe nach unten in sein Schlafzimmer ging, um unsere Mäntel zu holen, inspizierte ich seine Bücherwand. Als ich mich umdrehte, fiel mein Blick auf ein großes, in Silber gerahmtes Schwarzweißfoto, das mitten auf seinem Schreibtisch stand. Es zeigte Charly Holländer, in seinen Armen eine schöne junge Frau, die mit einem schwer zu deutenden Ausdruck zu ihm aufsah.

»Aber das ist doch«, rief ich unwillkürlich, »Sara König!«

Charly Holländer war inzwischen wieder heraufgekommen, warf die Mäntel achtlos über einen Sessel und trat hinter mich.

»Was erstaunt dich so daran?«

»Ich wußte gar nicht, daß du sie kennst.«

»Ich habe sie gekannt. Zu der Zeit, als ich noch Reporter war.«

»Du hast uns nie davon erzählt.«

»Es ist nicht wichtig.«

»Scheint mir aber doch so, sonst hättest du diesem Foto doch keinen Ehrenplatz eingeräumt.«

»Leg deiner Phantasie Zügel an, Marie Louise!« Man merkte, wie es in seinem Köpfchen tuckerte. »Schon bist du dabei, einen neuen Roman zu entwerfen. Aber damit war nichts.«

»Du hast also nicht ihretwegen auf eine Ehe verzichtet?«

Er lachte. »Typisch für dich! Tut mir leid, dich zu enttäuschen. Eine Romanze hat es nie gegeben.«

»Schade!«

»Nicht zwischen Sara und mir, aber davon abgesehen hat sich damals allerhand um das schöne Kind getan.«

»Wirst du es mir einmal erzählen?«

»Ich habe es sogar aufgeschrieben. Wenn du noch einen Augenblick Zeit hast ...« Er begann die Schubladen seines großen Schreibtisches aufzureißen.

Die anderen holten ihre Mäntel, und auch ich zog meine Jacke an.

»Das ist es!« Charly hatte einen hellblauen Schnellhefter in der Hand. »Du kannst es lesen.«

»Darf ich es auch verwenden?«

»Weil du es bist.«

»Danke, Charly.« Ich nahm das Manuskript an mich und gab ihm einen raschen Kuß auf die Wange, der zugleich mein Abschiedskuß war.

Noch in der gleichen Nacht begann ich Charly Holländers Erinnerungen an seine Begegnung mit Sara König zu lesen, und ich fand sie faszinierend genug, um sie ins reine zu schreiben.

Als ich am großen palastartigen Premierenkino vorbeifuhr, nahm ich unwillkürlich Gas weg. Aber es war natürlich längst alles vorbei. Die Menschmassen hatten sich verstreut, und die Polizisten, die die Absperrung gebildet hatten, waren zurückgezogen worden. Die teils beklommenen, teils siegessicher strahlenden Stars und Starlets hatten den Schauplatz verlassen. Kein Wunder, die letzte Vorstellung mußte um zehn oder elf Uhr zu Ende gewesen sein, die Uhr am Armaturenbrett meines Wagens zeigte zwanzig Minuten vor eins.

Aber noch immer warfen die Neonröhren ihr eiskaltes Licht auf das riesige, grob gemalte Plakat Sara Königs in einem neckischen zuckerrosa Trachtendirndl, bei dessen Anblick ich erschauerte. Der Titel des Films: ›Mit siebzehn fängt die Liebe an‹. Ehrlich gestanden bedauerte ich bei diesem Anblick nicht mehr, zu spät gekommen zu sein, wenn ich auch heute mittag jenes Flittchen, das mich mit stundenlangem Geschwätz in Frankfurt aufhielt, aufrichtig verflucht hatte. Diese kleine Mistbiene hatte einen Brief an die Redaktion geschickt, in dem sie sich damit wichtig gemacht hatte, etwas ganz Neues, Unerhörtes über den Fall Nitribitt zu wissen. Natürlich war ich der Spur nachgegangen, und natürlich war es ein Reinfall gewesen. Das war der Grund, warum ich drei Stunden zu spät nach Hamburg gekommen war, aber als ich das schaurig-schöne Plakat sah, wußte ich, daß mir einiges dadurch erspart geblieben war.

Ich hatte einen schweren Tag hinter mir und war hundemüde, aber Neugier und Pflichtbewußtsein – die Kardinaltugenden eines guten Journalisten – hielten mich aufrecht.

Im erholsamen Fünfzigkilometertempo schlängelte ich mich durch die Stadt und stand zehn Minuten später vor der Aufgabe, in nächster Nähe des Künstlerklubs ›Die Insel‹ eine Parklücke zu finden. Das war gar nicht so einfach, denn die Straßenkreuzer reihten sich dicht an dicht. Drinnen schien heute was fällig zu sein, und ich stellte beruhig fest, daß ich zur Premierenfeier nicht zu spät kam.

Etwas abseits, nahe dem Alsterufer, fand ich ein Plätzchen für meinen Gottfried – ich nannte ihn so, weil er mich, weiß, schlank, zäh und sportlich, wie er ist, immer an jenen berühmten Tennisspieler in seinen besten Jahren erinnerte – und zündete mir zuerst einmal eine Zigarette an.

Ich kann nicht mehr mit Sicherheit sagen, ob es ein Geräusch war oder eine Bewegung, die meine Aufmerksamkeit erregte – jedenfalls spürte ich, daß sich zwischen den Büschen am Alsterufer jemand herumtrieb. Ich stellte den Handscheinwerfer ein. Der kurzgeschorene englische Rasen leuchtete smaragdgrün auf. Dann plötzlich sah ich sie – ein zartes Ding, dessen schmale Taille durch das enganliegende, leuchtendblaue Mieder und den weit abstehenden starren weißen Rock, an dem es wie Silber- und Perlenstickerei glänzte, noch betont wurde. Sie stand mit dem Gesicht zur Alster, ich sah nur ihren Rücken. Die bloßen Schultern waren weiß und schmal, das Haar, das sich weich und zerzaust um den Kopf schmiegte, zeigte ein rötlich überhauchtes Blond. Sie stand einen Augenblick, ohne sich zu rühren, in dem Licht meines Scheinwerferkegels, starr wie ein hypnotisiertes Kaninchen. Dann plötzlich huschte sie, ohne sich auch nur einmal nach mir umzublicken, in den Schutz der rund beschnittenen Büsche.

Ich überlegte einen Augenblick, ob ich ihr nachlaufen sollte. Die Begegnung mit der reizvollen Unbekannten hatte mich seltsam berührt. Was trieb sie so allein zum nächtlichen Alsterufer? Warum hatte sie so unnatürlich reagiert? Jeder normale Mensch hätte in meine Richtung geblickt, aber dieses seltsame Wesen war einfach davongelaufen, ohne mir auch nur für eine Sekunde ihr Gesicht zu zeigen. Ich spürte, daß eine gute Story in dieser Begegnung steckte, aber dann verzichtete ich doch darauf, die Sache näher zu untersuchen. Ich kannte meinen Chef nur zu gut. Die besten Stories um ein unbekanntes Mädchen fand er nur halb so interessant wie die schlechten über Farah, Gracia Patricia oder Königin Silvia. Außerdem, ich hatte einen Auftrag und einen gewaltigen Durst. ›Die Insel‹ erschien mit jetzt, da die scheue Unbekannte verschwunden war, entschieden attraktiver.

Den dicken Portier veranlaßte mein Anblick, sich wie der Engel mit dem Flammenschwert aufzuführen. Er vertrat mir energisch den Weg ins Paradies. »He, Sie! Sie können doch nicht...«, rief er und musterte mißbilligend meinen Aufzug. Ich hatte keine Zeit mehr gehabt, mich umzuziehen, und mein dunkelgraues Wollhemd erschien ihm für diese heiligen Hallen äußerst unpassend.

Dann erst erkannte er mich. »Ach, Sie sind es, Herr Holländer!« sagte er, und in seiner Stimme schwang die behagliche Erinnerung an einige beachtliche Trinkgelder mit. »Fein, daß Sie auch mal wieder in Hamburg sind!«

»Was macht das Rheuma, alter Seebär?« fragte ich.

»Danke der Nachfrage, Herr Holländer.« Der Portier riß beflissen die Tür auf. »Im Sommer geht es immer ein bißchen besser!«

»Tagen die Orion-Leute noch?«

»Und ob! Sie haben sich das große Extrazimmer reservieren lassen. Wenn Sie mich fragen, gehen die vor morgen früh nicht nach Hause.«

Ich enttäuschte seine Hoffnungen nicht und ließ ein hartes Geldstück in seine Hand gleiten, bevor ich die teppichbelegten Stufen hinaufstieg.

Schon von weitem hörte ich die Melodie des Hauptschlagers aus Sara Königs neuem Film, der seit Monaten von sämtlichen Rundfunkstationen in das Bewußtsein und Unterbewußtsein der Normalverbraucher gehämmert worden war und dessen Refrain den sinnigen Text hatte: ›Ja, erst beim dritten Kuß, da merkt man, ob es Liebe ist oder Spiel!‹

In einer Ecke der geschlossenen Tür stand ein Pärchen, von einer gelblichgrünen Zimmerpalme geschmackvoll dekoriert, und küßte sich mit beneidenswerter Hingabe. Beim ersten Blick auf die mohnrote Mähne der jungen Dame glaubte ich Tamara Tess zu erkennen, aber beim zweiten Blick stellte ich fest, daß es sich nur um eine sehr gelungene Imitation des Sexstars handelte. Die beiden ließen sich durch mich nicht stören, wahrscheinlich hatten sie mich nicht einmal bemerkt.

Niemand wurde auf mich aufmerksam, als ich eintrat. Es waren etwa fünfzig Personen im Raum, und alle schienen ohne Punkt und Komma mit übertriebener Lautstärke aufeinander einzureden. Gelächter dröhnte, perlte, quiekte und schrillte. Gläser klirrten. Die kleine Band marterte ihre Instrumente, um der disharmonischen Geräuschkulisse einen melodischen Hintergrund zu geben. Weiße und bräunliche Frauenschultern schimmerten im Kerzenlicht, das feurigen und kalten Augen gleichermaßen Glanz verlieh, hochkarätige Steine funkelten mit dekorativem Talmi um die Wette. Es herrschte jene hektisch-heitere Stimmung, die gewisse Filmleute für den Gipfelpunkt wahrer Fröhlichkeit zu halten pflegen.

Ich eilte haarscharf dem nächsten freien Barhocker zu und

schwang mich hinauf. Beim Anblick der buntetikettierten Flaschen an der Spiegelwand hinter der Bar spürte ich, daß mir die Zunge am Gaumen klebte.

Jerry, der Mixer, erkannte mich sofort. »Was gibt's Neues in Monaco, Herr Holländer?« fragte er grinsend.

Ich wußte, daß diese Frage rein rhetorisch gemeint war. »Lesen Sie das ›Allerneueste‹, und Sie sind im Bilde, Jerry!« gab ich zurück. »Im übrigen war ich im letzten Monat in Paris!«

Jerry schnalzte neidvoll und anerkennend mit der Zunge. »Ja, ja – von der Presse müßte man sein!« Er goß mir einen tüchtigen Schuß Whisky in ein Glas, hob mit gekonntem Schwung die Wermutflasche von der Spiegelwand. »Einen Manhatten, wie immer?« fragte er.

»Wie immer«, bestätigte ich, »halb und halb.«

In Windeseile servierte er mir das Getränk, in das er einen Tropfen Angostura gespritzt und einen Eiswürfel geworfen hatte. Mit derselben Geschwindigkeit leerte ich das Glas und schob es ihm wieder hin.

Jetzt fühlte ich mich besser. »Wie war die Premiere?« fragte ich.

»Der größte Erfolg des Jahrhunderts, was denn sonst?« Er zwinkerte unverschämt mit den Augen.

»Waren Sie dabei?«

»Nein, danke, keinen Appetit auf Sahnebaisers!«

»Schade«, sagte ich, »ich hätte gern gewußt...« Ich sprach den Satz nicht zu Ende, denn in diesem Augenblick sah ich im Spiegel, wie die Tür hinter meinem Rücken zaghaft geöffnet wurde. Ich erkannte sie sofort – die scheue Unbekannte vom Alsterufer war Sara König. Ihre zarte Haut war fleckig vom Weinen, ihre schönen Augen waren gerötet.

Man behauptet von mir, daß ich ziemlich abgebrüht wäre, aber als sich das Idol unzähliger Fans mit der zerknirschten Miene eines Schulmädchens, das ein schlechtes Zeugnis mit nach Hause bringt, zur Tür hereinschob, erfaßten mich menschliche Gefühle. Das berühmte strahlende Saralächeln, das sie aufsetzte, als die Band zu einem Tusch ansetzte, war so verzweifelt, daß es mir mitten ins Herz schnitt.

Jerry stand da, den Mixbecher in Händen, den er zu schütteln vergessen hatte. »So etwas sollte man sie mal spielen lassen, was?« sagte er, genauso beeindruckt wie ich.

Ich gab ihm keine Antwort, sondern rutschte vom Hocker und

lavierte geradewegs auf Sara König zu. Ich hatte mich entschlossen, die Überrumpelungstaktik anzuwenden. »Hallo«, sagte ich nonchalant, »kommen Sie, trinken Sie einen Manhattan mit mir! Es gibt nichts Besseres für Leib und Seele.«

Sie zuckte vor mir zurück, als ob ich nicht, wie man mir von verschiedenen Seiten immer wieder versicherte, ein recht anziehender Mann Anfang Dreißig wäre, sondern ein Ungeheuer aus einem Gruselfilm. In ihren Augen stand für eine Sekunde hilfloses Entsetzen.

Ich fuhr mir mit der Hand über die Wange und stellte fest, daß meine Bartstoppeln ganz schön gewachsen waren. Wahrscheinlich sah ich aus wie ein Räuber aus dem Spessart. »Entschuldigen Sie«, bat ich zerknirscht, »aber ich schwöre Ihnen, ich habe mich heute morgen rasiert.«

Sie hatte sich schon wieder gefaßt. »Dann müssen Sie aber sehr früh aufgestanden sein«, sagte sie mit jener rührend kindlichen Stimme, die sie so berühmt gemacht hatte.

»Sie gefallen mir, Sara«, sagte ich ehrlich, »Donnerwetter – wer hätte das gedacht!« Ich bugsierte sie sanft zur Bar hin, und sie hatte anscheinend gar nichts dagegen einzuwenden.

»Einen Manhattan für die Dame, Jerry!«

Die Art, wie sie sich auf den Barhocker schwang, war ungeschickt, aber nicht ohne Anmut. Ich glaubte, diesen Schmetterling schon eingefangen zu haben, und setzte mein vertrauenerweckendstes Grinsen auf. Aber ich kam gar nicht dazu, loszulegen, denn bevor ich noch den Mund auftun konnte, kam Friedl König wie eine aufgeregte Henne herangeflattert, und auf lautlosen Sohlen folgte ihr der unvermeidliche Manager Geza von Vasary, schmal und superelegant mit seinem schwarzen Bärtchen auf der Oberlippe und purpurroter Weste zum Smoking. Der Hauch eines exquisiten Herrenparfüms umwehte ihn.

Friedl König stürzte sich mit einem Aufschrei auf ihre Tochter und begann sofort loszugackern: »Kind,wo hast du nur gesteckt? Wie konntest du mich so erschrecken! Wie siehst du überhaupt aus? Wo bist du gewesen? Du willst doch nicht etwa Alkohol trinken? Du weißt doch genau, daß du das nicht darfst! Wer ist dieser Mann überhaupt? Warum hast du mir nicht Bescheid gesagt, wenn du Luft schnappen wolltest?« Sie brachte es fertig, alle diese Fragen ohne einen Atemzug auf Sara niederprasseln zu lassen, und sie hätte wahrscheinlich auch jetzt noch nicht Schluß gemacht, wenn Geza von Vasary es nicht für angebracht gehalten hätte, sie zu unterbrechen.

»Charly Holländer von der ›Allerneuesten‹!« stellte er mich vor.

Sie hatte die Frage, die er ihr beantwortet hatte, anscheinend schon vergessen, denn sie rief konsterniert: »Wieso? Was? Wer?« Dann endlich verstand sie und setzte sofort ihr allerschönstes Käsekuchenlächeln auf. »Ach, Sie sind Charly Holländer!« sagte sie überschwenglich. »Wie reizend, daß Sie zu Saras Premiere gekommen sind! Wie haben Sie sie gefunden? Besser denn je, nicht wahr? Sie war einfach hinreißend. Ich sage immer: Unser Kind ist das reinste Wunder! War sie nicht zauberhaft? Sie müssen doch sagen...«

»Ich habe den Film nicht gesehen«, unterbrach ich sie nach Vasarys Muster.

»Sie haben nicht...?« Verblüfft runzelte sie die Stirn. »Aber dieses Erlebnis hätten Sie sich wirklich nicht entgehen lassen sollen, mein Lieber, wirklich nicht. Da haben Sie etwas versäumt. Natürlich, Sie können sich den Film auch noch morgen und übermorgen ansehen... Was sage ich, monatelang wird er sich in den deutschen Erstaufführungskinos halten! Aber es ist doch nicht dasselbe wie eine Premiere, nicht wahr? Mein Gott, es war überwältigend! Diese Begeisterung des Publikums! Fast hätten sie mein armes Kind zerrissen, wenn nicht die Polizei...«

»Danke, gnädige Frau«, sagte ich, »es ist sehr liebenswürdig von Ihnen, aber Sie machen sich wirklich zuviel Mühe. Ich denke, das werde ich sicherlich morgen in irgendeiner Zeitung nachlesen können.«

»Ach so, ja, natürlich. Sie haben recht.« Zum erstenmal begegnete ich dem Blick ihrer flinken Augen und stellte fest, daß er keineswegs so töricht war, wie sie sich gab. »Darf ich wissen, warum Sie überhaupt gekommen sind?« fragte sie mit veränderter, kalter Stimme.

»Herr Holländer wollte mich zu einem Manhattan einladen«, erklärte Sara, »er wußte ja nicht, daß ich ein Milchkind bin.« Ihre Stimme zitterte, und ich hätte gern ihre Hand gestreichelt, aber vor den Augen ihrer Mutter brachte ich nicht den Mut dazu auf.

»Armes Kind«, sagte Friedl König sarkastisch, »du glaubst doch wohl nicht im Ernst, daß Herr Holländer deswegen extra von München nach Hamburg gekommen ist?«

»Ihr Fräulein Tochter hat vollkommen recht!« erklärte ich mit

Nachdruck. »Ich hatte nichts weiter im Sinn, als mich freundschaftlich ein wenig mit ihr zu unterhalten.«

»Sie wollen das Kind aushorchen! Das hätte ich mir gleich denken können!«

Ich zündete mir eine Zigarette an. »Ich nahm an, daß Sie Wert auf eine gute Presse legen«, bemerkte ich, »falls Sie allerdings der Meinung sind, daß Sara das nicht mehr nötig hat...«

»Keineswegs. Ich hätte es nur für richtiger gefunden, wenn Sie mich, die Mutter, um die Erlaubnis zu einem Interview gebeten hätten. Aber, bitte, unterstellen wir, daß es kein schlechter Wille von Ihnen war. Also, was möchten Sie wissen? Ich bin gern bereit, Ihre Fragen zu beantworten.«

»Ich wollte Sara interviewen, nicht Sie, gnädige Frau. Obwohl ich überzeugt bin, daß auch Sie mir viele interessante Dinge zu erzählen hätten.«

»Sara ist noch ein Kind.«

»Ein Kind, das imstande ist, Millionen zu verdienen.«

»Ohne mich hätte sie das nie fertiggebracht.«

Da ich gute Manieren damals nur dann an den Tag legte, wenn es mir zweckmäßig erschien, drehte ich mich auf dem Barhocker um und wandte Friedl König den Rücken zu. »Na schön, Sie wollen nicht, schon ausgestanden.

Sie zeigte sich nicht im geringsten beleidigt, und jetzt erst begriff ich, wie gefährlich sie sein konnte. »Aber wer behauptet denn das!« rief sie unbefangen. »Natürlich wollen wir, nicht wahr, Kind? Fragen Sie nur, was Sie wissen möchten.«

»Die Wahrheit.«

»Leider fürchte ich, daß Sie eine etwas, nun ja, unrichtige Vorstellung von der Wahrheit haben, Herr Holländer«, sagte sie sanft wie Schmierseife. »Im Leben meiner Tochter gibt es keine Skandale. Sie ist ein unschuldiges Kind, unschuldig und völlig unberührt. Ich fürchte wirklich, ich kann Ihnen beim besten Willen nicht das erzählen, was Sie hören möchten.«

Sara war über und über rot geworden. »Mutter, wie kannst du!« rief sie verzweifelt. »Herr Holländer hat doch gar nicht gemeint, daß ich...«

Friedl König tat so, als ob sie erst jetzt wieder an die Gegenwart ihrer Tochter erinnert worden wäre. »Kind, du bist noch auf!« rief sie. »Es ist ja gleich zwei Uhr! Du gehörst längst ins Bett!« Sie zerrte die widerstrebende Sara fast mit Gewalt vom Barhocker, schenkte mir ein betörendes Lächeln und zwitscherte: »Sie müssen uns jetzt entschuldigen, Herr Holländer, das arme Kind hat morgen wieder einen anstrengenden Tag vor sich. Vielleicht sehen wir uns einmal in München, ja?«

Friedl König bewies, daß sie eine Meisterin der Organisation war, denn in wenigen Sekunden hatte sie die Szene aufgelöst und war, Sara vor sich herschiebend, Geza von Vasary im Gefolge, aus dem Raum entschwunden.

»Die hat Haare auf den Zähnen, was?« meinte Jerry mitfühlend und mixte mir einen neuen Manhattan.

»Kann man wohl sagen«, murmelte ich, aber tatsächlich hatte mich der erste Mißerfolg keineswegs entmutigt. Ganz im Gegenteil, die Sache schien wesentlich interessanter zu werden, als ich vermutet hatte. Möglicherweise war Friedl König hysterisch und hatte von ihrer langjährigen Tätigkeit als Operettensoubrette einen Hang zu dramatischen Effekten zurückbehalten. Aber sie war keineswegs dumm, und wenn ihr soviel daran lag, zu verhindern, daß Sara unter vier Augen mit mir sprach, mußte sie einen Grund dazu haben.

Ich hatte mir von Jerry schon die Rechnung geben lassen, als Geza von Vasary sich schmal und elegant neben mir auf den freien Barhocker schwang. »Ein Glas Orangensaft, bitte«, bestellte er mit leiser, höflicher Stimme, ohne mich anzusehen. Mir war klar, daß er etwas von mir wollte. Ich war zu neugierig, einfach fortzugehen, andererseits wollte ich ihm die Sache auch nicht zu leicht machen. So blieb ich sitzen und wartete ab.

Vasary räusperte sich, bevor er in seinem gepflegten, etwas gedrechselten Deutsch mit dem starken ungarischen Akzent zu sprechen begann. »Ich hoffe, Sie sind nicht verärgert, Holländer.«

»Durchaus nicht. Warum auch?:

»Ich gebe zu, Frau König ist etwas, nun, sagen wir, schwierig. Ich, als Manager ihrer Tochter, kann ein Lied davon singen, glauben Sie mir. Aber ich weiß, daß nur die Liebe zu Sara...«

»Wollten Sie mir das sagen?«

»Tatsache ist, Sara hat ihrer Mutter viel, wenn nicht alles zu verdanken. Ohne ihre unermüdliche Fürsorge und Energie...«

»Lieber Vasary, sparen Sie sich Ihren Atem. Das alles kann ich auswendig. Ich habe es oft genug in den Waschzetteln des Verleihs gelesen.«

»Dann werden Sie auch verstehen...«

»Wofür entschuldigen Sie sich? Ich habe Ihnen keinen Vorwurf gemacht.«

»Wenn ich Ihnen irgendwie helfen kann...«

»Sie könnten es sicher. Die Frage ist nur, ob Sie es wollen.«

Der sanfte Blick seiner tiefschwarzen Augen unter gebogenen Wimpern hätte jede einsame Frau über Vierzig wahrscheinlich zu Tränen gerührt. Aber ich war keine Frau und alles andere als sentimental. So war ich herzlos genug, zu grinsen.

Vasary wechselte die Taktik. »Weshalb interessieren Sie sich so plötzlich für Sara König?« fragte er.

»Weil mein Brötchengeber mir den Auftrag gegeben hat, die Sara-König-Story zu schreiben. Das ist alles. Persönlich habe ich mich noch nie für sie interessiert.«

»Wenn Herr Steinkampf Ihnen also einen anderen Auftrag geben würde...«, begann er hoffnungsvoll.

»Keine Chancen«, unterbrach ich ihn, »das tut er bestimmt nicht.«

»Nun, vielleicht, wenn ich ein paar Worte mit ihm reden würde...«

»Lieber Vasary, nun machen Sie aber mal 'nen Punkt. Sie sind doch nicht von gestern. Sie wissen ganz genau, daß Steinkampf dann erst recht Blut lecken und mich noch tiefer in die Sache hineinhetzen würde. Machen Sie mir nichts vor, Sie haben etwas zu verbergen. Nein, natürlich nicht Sie persönlich, sondern Friedl König. Ich habe keine Ahnung, was hier gespielt wird, aber ich werde es herausbringen, auch ohne Ihre Hilfe. Wenn ich Ihnen einen guten Rat geben darf, sagen Sie mir klipp und klar, was los ist. Vielleicht ist es für mich sowieso nicht interessant, und dann verspreche ich Ihnen, nichts darüber zu schreiben.« Ich zündete mir eine Zigarette an und schob Vasary mein Päckchen hin.

»O nein, danke!« sagte er mit einer Bewegung des Abscheus. »Ich rauche nicht.« Er holte eine flache Medikamentenschachtel aus seiner Westentasche, schüttelte zwei Pillen in die offene Hand, ließ sie in den Mund rollen und spülte sie mit einem Schluck Orangensaft hinunter. »Sie sind ein begabter Journalist, ohne Zweifel«, sagte er, »Ihr Fehler ist nur, Sie haben zuviel Phantasie.«

»Mehr als Ihnen lieb ist, das glaube ich Ihnen gern.«

»Das Geheimnis, nach dem Sie suchen, gibt es nicht.«

»Wer spricht denn hier von einem Geheimnis? Ich glaube, ich habe Sie verkannt, Vasary. Sie wollen mich neugierig machen, was? Aber das ist gar nicht nötig. Ich werde die Sara-König-Story schreiben, und sie wird ein Knüller werden, verlassen Sie sich drauf.«

»Sie sind ein schrecklicher Mensch, Holländer!« Vasary seufzte tief. »Ich sehe schon, ich bin Ihnen nicht gewachsen. Ich bin diesem ganzen nervenzerreißenden Filmbetrieb nicht mehr gewachsen. Wissen Sie, was es heißt, Manager zu sein? Nein, Sie wissen es nicht, Sie können es nicht wissen.« Er legte seine schmale Hand mit den sorgfältig manikürten Fingernägeln auf die Stirn. »Mir ist nicht wohl. Mir ist schon seit Tagen nicht mehr wohl. Ich spüre, daß ich Fieber habe. Bitte, entschuldigen Sie mich jetzt. Wann fahren Sie nach München zurück?«

»Spätestens übermorgen.«

»Bitte, besuchen Sie mich in meinem Büro. Wir müssen über diese ganze Sache ausführlich sprechen, wenn ich bei Kräften bin. Ich... Es tut mir wirklich leid, Holländer. Gute Nacht!« Er schob Jerry ein Geldstück über die Bar hinweg zu und verzog sich, ohne seinen Orangensaft auch nur halb ausgetrunken zu haben.

Als ich ging, war die Stimmung im Klub auf den Höhepunkt gestiegen. Die mohnrote Imitation des Sexstars Tamara Tess war auf einen der kleinen Tische geklettert und begann zwischen Gläsern und Sektflaschen einen Cha-Cha-Cha zu tanzen. Ich war so müde, daß selbst dieser Anblick mich nicht reizen konnte, noch fünf Minuten länger zu bleiben.

Am nächsten Tag sah alles anders aus.

Ich hatte mich nicht wecken lassen und erwachte erst gegen zehn Uhr, munter und ausgeschlafen. Von Kater keine Spur. Ich ließ mich mit dem Etagenkellner verbinden und bestellte mir ein Kännchen Mokka und sämtliche Tageszeitungen auf mein Zimmer. Dann zündete ich mir eine Zigarette an und überprüfte erst mal meine Eindrücke vom gestrigen Abend. Dabei kam ich zu dem erschütternden Ergebnis, daß ich ein ausgewachsener Hornochse gewesen war. Warum hatte ich mir eingebildet, einer interessanten Story auf der Spur zu sein? Sara König hatte Kummer gehabt – aber was besagte das bei einer Siebzehnjährigen? Offensichtlich bestand zwischen ihr und ihrer Mutter eine gewisse Spannung – so was kommt doch in den besten Familien vor. Daß Friedl König sie nicht einem gewieften Journalisten ausliefern wollte, war doch nur zu verständlich. Es war bestimmt nicht schwer, diesem Kind irgend etwas in den Mund zu legen, was es gar nicht hätte sagen wollen und seiner Publicity schaden konnte. Wie war ich Vollidiot dazu gekommen, ein Geheimnis zu wittern?

Es klopfte an der Tür, ich stand auf, schlüpfte in einen Morgenmantel und ließ den Kellner mit dem Frühstück herein. Der Mokka war heiß und stark und tat mir gut. Die Kritiken über Sara Königs letzten Film waren lau wie abgestandene Limonade. Es gab keinen einzigen wirklichen Verriß darunter, aber der wohlwollende, nachsichtige Ton, den die Federfüchse anschlugen, war vernichtend. Ich wußte, daß die Kritiker Sara niemals als Schauspielerin betrachtet hatten. Ihnen war ihr rasanter Aufstieg, ihr strahlender Ruhm von jeher unheimlich gewesen, ein Phänomen, das sie so wenig begreifen konnten wie ich selber. Man spürte deutlich die Genugtuung, mit der sie jetzt zwischen den Zeilen durchblicken ließen, daß Sara Königs Stern im Absinken war.

Für mich gab es bei der ganzen Sache nur noch ein Rätsel – wieso war mein Boß gerade jetzt so scharf hinter einer Sara-König-Story her? Ich hatte keine Ahnung, wie er auf diesen falschen Dampfer gekommen war. Ich für meinen Teil war wild entschlossen, mir die Sache so rasch wie möglich vom Hals zu schaffen.

Als ich das hämische Grinsen sah, mit dem die lieben Kollegen mich am nächsten Tag in der Münchner Redaktion empfingen, änderte ich blitzartig meinen Entschluß. Wenn ich jetzt den Auftrag zurückgab, würden sich alle in dem erhebenden Gedanken sonnen, daß ich es einfach nicht geschafft hätte. Diese Freude wollte ich den Brüdern keinesfalls gönnen.

Baumann, der Chef der Reportage- und Tatsachenabteilung, griff nach mir, als ich mich gerade bis zu meinem Kämmerchen durchgeschlängelt hatte. »Hallo, Charly«, sagte er launig. »Haben Sie sich schon Ihren Geburtstagstisch angesehen?«

Erst als ich meinen Schreibtisch ansah, begriff ich, was er meinte. In schwankenden Stößen war dort alles aufgestapelt, was jemals über Sara König veröffentlicht worden war, mit inbegriffen ein Haufen Fotografien von ihr, die irgendeinmal angekauft und später doch nicht gebracht worden waren.

»Ich hoffe, das hilft Ihnen ein Stückchen weiter«, sagte Baumann und weidete sich an meinem Entsetzen.

Paulchen Baumann war ein feiner Kerl, und er verstand etwas von seinem Fach, aber mir war er nicht ganz grün, weil er sich nicht von der kindlichen Einbildung losreißen konnte, daß meine Arbeit mehr oder weniger darin bestand, große Spesen zu machen und mir mit feinen und weniger feinen Leuten die Nächte um die Ohren zu schlagen. Meine freundschaftlichen Gefühle für ihn waren durch die Tatsache getrübt, daß er es nie unterlassen konnte, in meinen Artikeln herumzustreichen, um das beste in den Papierkorb fallen zu lassen.

Aber ich beherrschte mich. »Danke schön, Paulchen«, sagte ich heiter, »eure Fürsorge rührt mich zu Tränen. Ich werde den Mist sichten, sobald ich Zeit habe.«

»Wann können wir mit der ersten Folge rechnen?«

Ich zog es vor, diese Frage nicht zu beantworten, und bestellte über das Haustelefon in der Kantine zwei ›Halbstarke‹. »Sie trinken doch eine Tasse Kaffee mit mir, wie?« fragte ich, als ich den Hörer aufgelegt hatte.

Baumann hatte sich schon in dem Sessel gegenüber dem Schreibtisch niedergelassen und streckte seine kurzen Beine behaglich aus. Die Hände über dem rundlichen Bauch gefaltet, saß er da und strahlte mich an wie ein gesättigter Säugling. »Nichts erreicht, was?« krähte er. »Mich können Sie nicht für dumm verkaufen.«

»Wie man's nimmt!« Ich klopfte mir eine Zigarette aus meinem Päckchen und steckte sie in den Mund. »Immerhin habe ich eine Idee!« Ich ließ mein Feuerzeug bewußt umständlich aufklicken, um Zeit zu gewinnen.

»Wirklich? Ich höre immer ›Idee‹. Wollen Sie die Mutter mit einem Holzhammer narkotisieren, damit Sie das Töchterchen in aller Ruhe ausquetschen können?«

»Auch nicht schlecht«, sagte ich und ließ mein Feuerzeug wieder in der Hosentasche verschwinden, »aber die Mutter scheint mir nicht so interessant. Ich würde vorschlagen, wir sollten uns einmal ein bißchen um den Vater kümmern.«

Das hatte gesessen. Paulchen Baumanns Lächeln war wie weggeblasen, er starrte mich mit offenem Mund an. »Um – wen?«

»Ich sagte es schon. Um den Vater. Sara König muß ja schließlich auch einen Vater haben – oder wenigstens gehabt haben.«

»Sollte man annehmen. Aber der ist doch, wie es heißt, längst tot.«

»Was weiß man schon?« Ich wühlte in dem Stapel der Verleihmitteilungen und hatte in wenigen Sekunden gefunden, was ich suchte. ›Schon in frühester Jugend verlor Sara König ihren Vater...‹ las ich, und auf einem anderen Blatt stand: ›Kaum vier Jahre alt, wurde die kleine Sara Waise. Sie verlor den über alles geliebten Vater...‹ Ich legte das Blatt zurück. »Und so weiter und so fort«, sagte ich, »Sie wissen schon, was ich meine.«

»Stimmt«, sagte Paulchen neidisch. »Charly, Sie sind ein Genie! Ich habe Sie immer verkannt.«

»Kann natürlich auch eine Fehlzündung sein«, lenkte ich bescheiden, wie ich manchmal bin, ein, »aber immerhin glaube ich, es wird sich lohnen, die Sache zu untersuchen. Wer war der Vater? Wann starb er? Wie hieß er?«

»König schon mal nicht, da bin ich ganz sicher. König ist der Mädchenname ihrer Mutter.«

»Vielleicht waren ihre Eltern gar nicht verheiratet?« schlug ich vor.

»Sie meinen, unehelich? Das wäre die Masche. Aber ich fürchte, das können wir nicht bringen. Da schlagen uns unsere Leser die Redaktion ein.«

»Wer spricht denn hier von bringen? Bloß – wenn man's wüßte, könnte man...«

Baumann verstand, was ich sagen wollte, ohne daß ich es aussprach. »Dann hätten wir die Alte in der Tasche«, folgerte er. »Junge, das wäre ein Sieg!«

»Noch sind wir nicht soweit, Paulchen«, dämpfte ich seine Begeisterung. »Denken Sie immer daran – der Vogel, der morgens zu früh singt, den holt am Abend die Katze. Aber immerhin, setzen Sie jemanden dran. Es müßte festgestellt werden, wo Friedl König in den Nachkriegsjahren gesteckt hat, wahrscheinlich war sie an irgendeinem Theater als Soubrette engagiert. Wenn das klar ist, müssen unsere Leute dran, ich denke, man wird dann schon einiges bei den Einwohnermeldeämtern recherchieren können.«

»Wem erzählen Sie das?« fragte Paulchen aufgebracht. »Habe ich Ihnen schon einmal erklärt, wie man eine Reportage schreiben muß?«

»O doch, Paulchen«, sagte ich grinsend, »das tun Sie jedesmal. Sie können von Glück reden, daß ich mich nie nach Ihren Ratschlägen richte.«

Paulchen warf mir aus seinen kugelrunden Augen einen Blick zu, der wohl vernichtend wirken sollte, stemmte seine kurzen Beine auf den Boden und stand auf.

»Wollen Sie schon gehen?« rief ich.

»Ich wüßte nicht, was wir beide noch miteinander zu besprechen hätten«, sagte er mit der Miene einer tiefgekränkten Primadonna, »ich kann es mir nicht erlauben, meine Zeit mit Geschwätz zu vergeuden.«

»Was wird mit Ihrem ›Halbstarken‹?

»Trinken Sie ihn für mich mit, oder laden Sie eine Ihrer Anbeterinnen dazu ein.« Er stolzierte zur Tür, drehte sich überraschend um und zeigte wieder sein vertrautes Grinsen. »Machen Sie's gut, Charly!« sagte er. »Sobald wir den Fisch gefangen haben, kriegen Sie ihn serviert. Auf einem silbernen Tablett, versteht sich, wir wissen, was wir Ihnen schuldig sind!«

Er prallte in der Tür mit dem Jungen zusammen, der den Kaffee heraufgebracht hatte.

»Wollen Sie nicht doch...« fragte ich, aber da war er schon verschwunden.

Auch ich sollte heute mittag nicht mehr in den Genuß meines ›Halbstarken‹ kommen. Noch ehe der Junge die Tassen abgesetzt hatte, schrillte das Telefon. Ich nahm den Hörer ab und war in wenigen Sekunden mit Helmut Steinkampf, dem Chef persönlich, verbunden. Wie gewöhnlich schmetterte er seine Sätze wie Fanfarenstöße ins Telefon und ließ mich gar nicht erst zu Wort kommen. »Passen Sie auf, Charly!« dröhnte er. »Fahren Sie sofort raus nach Geiselgasteig! Ich habe schon mit Putzi Hoffmann Ihretwegen gesprochen. Sie dürfen herumschnüffeln, soviel Sie wollen. Eine interessante Situation. Gessler hat sich in den Kopf gesetzt, Sara vollkommen umzumodeln. Für Putzi Hoffmann hängt alles davon ab, wie es klappt. Der Verleihvertrag ist noch nicht erneuert. Also reißen Sie die Augen auf. Es liegt an Ihnen, was Sie da herausholen. Fahren Sie sofort los. Ende!«

Es knackte in der Leitung, Steinkampf hatte aufgelegt. Genau zweiunddreißig Sekunden später saß ich in meinem Gottfried und brauste los.

Der Film hieß ›Frühling in Berlin‹. Warum er ausgerechnet in München gedreht wurde, konnte ich nur ahnen. Das Stückchen Kurfürstendamm, im Hintergrund Gedächtniskirche, das sie in Halle vier aufgebaut hatten, war jedenfalls überwältigend. Bestimmt war der Architekt der Überzeugung, daß es in Wirklichkeit gar nicht so echt sein konnte. Schade, daß man die Berliner Luft nicht in der Retorte hatte herstellen können. Denn seit dem frühen

Morgen herrschte Föhn in München, und die Stimmung im Geiselgasteiger Filmatelier war dementsprechend. Vielleicht hatte die allgemeine Nervosität auch noch andere Gründe.

Der Produzent Otto Hoffmann, genannt Putzi, saß in einem der leinenbespannten Klappsessel. Seine Miene war grimmig. Putzi Hoffmann war ein alter Filmhase. Er hatte zeit seines Lebens Filme gemacht, und wenn er früher mal etwas anderes betrieben haben sollte, so konnte er sich höchstwahrscheinlich selbst nicht mehr daran erinnern. Er kannte das Filmgeschäft wie seine Hosentasche. Ein paarmal war er bankrott gewesen, aber er war immer wieder auf die Beine gekommen.

Warum er so trübe blickte, wurde mir klar, als ich drei Schritte von ihm entfernt Egon Pauly vom Orion-Verleih entdeckte. Er saß nicht, sondern er stand, und zwar auf eine unübersehbar ostentative Weise. Ich wußte wie jeder andere, daß er sich vom Buchhalter eines Bezirksverleihs zum allmächtigen Verleihchef hinaufgearbeitet hatte. Wer es nicht wußte, hätte es leicht erraten können, denn Egon Pauly sah noch immer aus wie ein Buchhalter in seinem engen, altmodischen, hochgeschlossenen Rock, dem kalten, humorlosen Gesicht und dem Zwicker vor den kurzsichtigen Augen. Pauly kannte keinen künstlerischen Gesichtspunkt und noch weniger Sentimentalitäten. Das einzige, worauf es ihm ankam, war der Kassenbericht. Wenn der nicht stimmte, wurde er sauer. Die Kasse der letzten beiden Sara-Filme hatten nicht ganz gestimmt.

Im Augenblick wurde nicht gedreht. Das Scriptgirl, platinblond, der Regisseur, der Aufnahmeleiter und einige andere Figuren, deren Funktionen ich nicht kannte, huschten, über Kabel stolpernd, hin und her, ohne daß ich den Sinn dieser eifrigen Betriebsamkeit hätte deuten können. Das tote Auge der Kamera starrte unablässig auf die noch leere Dekoration vor dem Blumenladen, die schon vollkommen ausgeleuchtet war. Der Hauptdarsteller Peter van Eyck hielt sich etwas abseits im Schatten, die Hände in den Hosentaschen, und wippte unaufhörlich auf den Zehen auf und ab. Ich konnte von meinem Posten aus sein Gesicht unter dem weißblond gefärbten Haar nicht erkennen, aber seine ganze Haltung drückte Unbehagen aus.

Auch Rolf Gessler, der junge Regisseur, war sichtlich nervös, obwohl er sich alle Mühe gab, es zu verbergen. Er konnte seine Hände keinen Augenblick ruhig halten, strich sich immer wieder über das dunkle, leicht gesträubte Haar, gab flüsternd Anweisungen, hierhin und dahin, die nach meiner Ansicht völlig überflüssig waren.

Alle warteten auf Sara König, die sich im Hintergrund des Raumes noch einmal den flinken Händen ihrer Maskenbildnerin überlassen hatte.

Der Duft eines starken exotischen Parfüms verriet mir, daß sich Tamara Tess in meiner Nähe befand, noch bevor ich sie gesehen hatte. Ich drehte mich nicht um, bis sie so nahe bei mir stand, daß ihr mohnrotes Haar meine Wange kitzelte. »Armes Schäfchen«, flüsterte sie.

Ich sah ihr in die aufregend grünen Augen, die durch kohlschwarze Striche geschickt vergrößert waren. »Wo stimmt's nicht?« fragte ich.

»Du wirst schon sehen!« raunte sie, dann fügte sie in einem Ton hinzu, der unverkennbar ehrlich war: »Ich würde ihr so gern helfen.«

»Können wir?« rief Rolf Gessler in diesem Moment.

Sara König war ins Scheinwerferlicht getreten, auch Peter van Eyck löste sich aus dem Schatten.

»Wir können!« rief jemand von der Kamera her.

»Fein, dann versuchen wir's jetzt noch mal. Achtung, Aufnahme!«

»Kamera läuft!«

»Ton läuft!«

Ein Jüngling in einem gestreiften Baumwollpullover trat vor die Kamera, die Klappe fiel. »Einstellung zweihundertsiebzehn, das elfte Mal!«

Die weiche Hand der Sexbombe neben mir klammerte sich um meinen Arm.

O weh, dachte ich, das elfte Mal, das ist ein dicker Otto!

Atemlose Stille herrschte im Atelier, als Peter Döring, einen Strauß roter Rosen im Arm, aus der Tür des Blumenladens kam. Sara, im eleganten französischen Kostüm, ein zauberhaftes Frühjahrshütchen auf dem Kopf, ganz auf junge Dame zurechtgemacht, trat ihm entgegen und rief mit glücklicher Stimme: »Für mich?«

Peter van Eycks Gesicht zeigte Verwirrung. Er verstand es mit einer winzigen Geste deutlich zu machen, daß diese Blumen eigentlich für eine andere Dame gedacht waren. Dann aber legte er sie ihr lächelnd in die Arme.

»Danke!« hauchte Sara, stellte sich auf die Zehenspitzen und bot ihm ihren Mund. Sie tat es auf eine natürliche Weise, wie ein Schulmädchen, das von einem guten alten Onkel einen netten kleinen Belobigungskuß erwartet. Und so küßte Peter van Eyck sie denn auch.

»Schluß! Schluß! Aus!« brüllte Rolf Gessler. »Zum Donnerwetter noch einmal! Seid ihr denn von allen guten Geistern verlassen? Dies ist kein Kleinmädchenfilm, die ist... Verdammt noch mal, van Eyck, warum helfen Sie ihr denn nicht? So macht man das!« Er riß die bestürzte Sara in seine Arme und brannte ihr einen Kuß auf, der alle Sprachen sprach. Sie stand da wie zur Salzsäure erstarrt, als er sie losließ. Er beachtete sie gar nicht. »Und jetzt das Ganze noch mal!« befahl er. »Und du, Sara, vergiß nicht, daß du kein Milchkind mehr bist, fang endlich mal an, ein Mensch zu sein. Zeig, was in dir steckt. Hör auf mit der Jungfernmasche! Du bist doch ein Mädchen, eine Frau, ein...«

Er sprach den Satz nicht zu Ende, denn Sara tat etwas, was niemand, und am allerwenigsten wohl Gessler selber, von ihr erwartet hätte. Sie riß sich das zauberhafte Frühjahrshütchen vom Kopf, warf es mit Schwung auf den Boden, trampelte mit beiden Füßen darauf herum und schrie: »Ich will nicht mehr!« Ehe noch irgend jemand eingreifen konnte, hatte sie sich auf dem Absatz umgedreht und war aus der Halle gerast.

Friedl König, die ich bisher noch gar nicht bemerkt hatte, obwohl ich es mir hätte denken können, daß sie ihr Kind auch vor der Kamera keinen Augenblick allein lassen würde, stürzte ihr wie eine Furie nach. Auch Rolf Gessler machte Anstalten, ihr nachzulaufen, aber Putzi Hoffmann winkte ab. »Lassen Sie, Gessler, es ist sinnlos.«

»Wieso denn?« protestierte Gessler, nicht sehr überzeugt. »Wir werden sie hinkriegen! Ich schwöre es Ihnen, daß ich sie hinkriege! Lassen Sie ihr Zeit!«

Putzi Hoffmann hörte ihm gar nicht zu, sondern warf einen fragenden Blick zu Egon Pauly hinüber, der sich mit angewiderter Miene abgewendet hatte und mit steifen Schritten den Schauplatz verließ.

»Ich glaube, sie ist mit den Nerven runter«, sagte Tamara Tess mit einem Lächeln, das einen Eisblock hätte schmelzen können, »das kann doch schließlich jedem passieren, nicht wahr?«

»Natürlich. Kann.« Putzi Hoffmann erhob sich ächzend aus seinem Sessel. »Aber nicht für mein Geld.«

»Sollen wir ohne Pony weitermachen?« fragte Gessler hilflos.

»Machen Sie, was Sie wollen!« Nach diesem orakelhaften Satz entfernte sich Putzi Hoffmann.

Ich hätte mich gern mal mit Gessler in aller Ruhe über Sara König unterhalten. Der junge Regisseur, der sich mit vier Filmen bereits nach vorn gespielt hatte, war ein sensibler und begabter Bursche. Daß er den Mut aufbrachte, eine neue Sara zu formen, ließ tief blicken. Aber der Zeitpunkt erschien mir dennoch verfehlt.

»Brauchst du mich noch, Rolf?« fragte Tamara mit sanftem Augenaufschlag.

»Fahr zum Teufel!« sagte er grob.

Tamara Tess zeigte sich nicht im geringsten betroffen; sie küßte ihn mit flüchtiger Sinnlichkeit auf beide Wangen, und sagte warm: »Es wird schon alles wieder werden, Rölfchen. Mach dir nichts draus!« Dann tänzelte sie hinaus. Ihr hautenges Seidenkleid umschloß aufregend prall ihren Körper.

Man wird es mir vielleicht nicht glauben, aber ich folgte ihr nicht deshalb, sondern weil sie, wie jeder wußte, Saras einzige wirkliche Freundin war. Ich hoffte, sie zum Sprechen bringen zu können und durch sie einige Sensationen zu erfahren.

Aber ich konnte mich nicht in ihrem Kielwasser halten, denn Friedl König dampfte mir dazwischen. Sie versuchte sich zu achtunggebietender Größe aufzurecken, aber klein und mollig, wie sie war, reichte sie mir bloß bis zur Schulter und mußte den Kopf zurücklegen, um mir in die Augen zu sehen. »Ich warne Sie! Wenn Sie etwas über diesen Zwischenfall schreiben...«, zischte sie mich zornig an.

»Ja, was dann?« fragte ich.

Plötzlich veränderte sich ihr Gesichtsausdruck, in ihren Augen stand echte Angst. »Bitte, Herr Holländer, schreiben Sie nichts!« flehte sie.

»Wo ist Sara?«

»Ich weiß es nicht.«

»Finden Sie, daß ich so dumm aussehe?:

»Ich weiß es wirklich nicht!« behauptete sie, und die Tränen, die in ihre Augen traten, waren offensichtlich echt. »Sie ist verschwunden. Sie hat sich nicht einmal abgeschminkt. Ich mache mir solche Sorgen.«

Ich ließ sie stehen, bevor sie zu schluchzen anfing. Friedl König war die letzte, der ich es gegönnt hätte, mich weich zu sehen. In der

Kantine genehmigte ich mir einen Manhattan, rauchte eine Zigarette, dann schlenderte ich zum Tor.

Draußen traf ich auf Tamara Tess, die, wie immer von einer Schar männlicher Bewunderer umgeben, vor Aufregung förmlich sprühte. »Mein Wagen ist weg!« schrillte sie. »Sara ist mit meinem Wagen abgehauen!«

»Na, gönn ihr das Vergnügen, Kindchen!« sagte ich beruhigend. »Sie wollte bestimmt bloß ein bißchen frische Luft schnappen. Das hatte sie wohl auch verdammt nötig.«

»Wie komme ich jetzt in die Stadt zurück?«

»Mit mir!« sagte ich freundlich. »Komm, Süße!«

Neidvolle Blicke folgten mir, als ich sie, den Arm um ihre Taille, zu meinem Wagen führte. Sie verstaute ihr Köfferchen unter dem Sitz, zündete eine Zigarette an, steckte sie mir zwischen die Lippen und nahm sich selber eine. Während ich den Wagen rückwärts aus der Parklücke lavierte, begann sie an meinem Radio herumzudrehen.

»Hier Isar eins!« sagte eine spröde männliche Stimme. »Isar eins ruft Zentrale!«

»Was ist denn das für ein komischer Sender?« fragte Tamara Tess verblüfft.

»Kurzwelle«, sagte ich, »Polizeifunk.«

»Habe ich noch nie gehört.« Sie war beeindruckt.

»Stell lieber Tanzmusik ein, Mädchen!«

Sie schüttelte ihre mohnrote Mähne und legte ihre Hand auf meinen Arm.

»Schweres Autounglück an der Unterführung Schragerndorfer Straße«, meldete sich die spröde Stimme wieder, »roter Sportwagen ist aus der Fahrbahn geschleudert worden und anscheinend mit hoher Geschwindigkeit gegen die Mauer geprallt. Auto total zertrümmert, Fahrerin schwer verletzt. Schickt sofort Krankenwagen.«

Im Radio tönte ein Knacken, dann sagte eine andere Stimme: ›Verstanden. Krankenwagen zur Unterführung Schragerndorfer Straße.‹

»Das ist ja toll!« flüsterte Tamara atemlos.

Wieder meldete sich die erste Stimme: ›Der Wagen hat das Kennzeichen M Strich L hundertachtundsiebzig...‹

Tamaras Hand krallte sich schmerzhaft in meinen Arm. »Mein Gott!« stieß sie hervor. »Das ist mein Wagen!«

Die Sekunde, die ich sie ansah, genügte fast, um mein Auto aus der Richtung zu bringen.

»Sara!« flüsterte Tamara Tess. »Mein Gott, Sara!«

Als wir an der Unfallstelle eintrafen, hatten sie das, was ehemals ein prächtiger roter Sportwagen gewesen war, schon von der Mauer abgekratzt. Der Kühler war zusammengedrückt wie eine Ziehhamonika, und die Karosserie war nicht mehr als ein Haufen bizarr verbeulten und verbogenen Blechs. Drei massive Männer vom Abschleppdienst waren gerade dabei, das Wrack auf einen schweren Lastwagen zu hieven.

»Mein Gott!«, stöhnte Tamara neben mir, »o mein Gott!«

»Sara König war ja nicht mehr drin!« sagte ich trostreich, nahm Gas weg und ließ mein Auto langsam auf den Funkstreifenwagen zurollen, der etwa zehn Meter von der Unfallstelle entfernt parkte. Dieses Manöver war gar nicht so einfach, denn obwohl eigentlich schon alles vorbei war, standen etwa zwei Dutzend Unentwegte, die offensichtlich nichts Besseres zu tun hatten, immer noch herum und ergötzten sich an dem schauerlichen Anblick und ihrer wahrscheinlich noch viel schauerlicheren Phantasie.

»Mein schönes Auto!« entfuhr es Tamara Tess.

Ich verstand sie erst gar nicht und sah sie von der Seite an.

»Hoffentlich wird die Versicherung, wo ich doch gar nicht am Steuer saß...«

»Sie wird, Mädchen, sie wird!« Ich stieg aus und knallte die Wagentür hinter mir zu.

Ich kam gerade noch zurecht. Die Polizisten klappten ihre Notizbücher zu, in die sie die Bremsspuren und anderes Wissenswerte aufgeschrieben hatten, und trabten zum Funkstreifenwagen.

»Hallo, Moment!« rief ich.

Sie beachteten mich gar nicht, sondern stiegen in aller Seelenruhe ein. Ich hielt dem Mann, der neben dem Fahrer auf dem Vordersitz saß, meinen Journalistenausweis vor die Augen. »Schweres Unglück? Wie ist es dazu gekommen?«

Der Polizist wurde, das sei zu seiner Ehre gesagt, sofort zugänglicher. »Hinterher schwer zu sagen«, erklärte er achselzuckend, »möglich, daß die Fahrerin betrunken war, oder sie konnte überhaupt nicht fahren, oder auch«, er beugte sich aus dem Wagenfenster zu mir heraus, »der rechte Vorderreifen war geplatzt. Das kann natürlich aber auch erst beim Aufprall gegen die Mauer geschehen sein.«

»Danke«, sagte ich, »und wo ist sie jetzt? Ich meine, die Fahrerin?«

»Der Sanitäter wollte es erst einmal bei der Privatklinik von Professor Werner versuchen. Die liegt ganz in der Nähe. Zweite Querstraße rechts. Sonst noch Fragen?«

»Haben Sie schon festgestellt, wem der Wagen gehört?«

»Nicht unsere Aufgabe. Das macht die Zentrale!«

Ich trat zurück, als der Fahrer Gas gab und der Funkstreifenwagen mit heulenden Sirenen und Blaulicht davonschoß.

Tamara Tess sah mir mit grünfunkelnden Augen entgegen. Mir fiel auf, daß sie sehr blaß war, das Mohnrot ihrer Mähne bildete einen schreienden Kontrast zu ihrer kalkweißen Haut. Es wirkte unnatürlicher denn je.

»Ist sie – tot?« flüsterte sie.

Ich stieg ein und sagte, ohne sie anzusehen: »Keine Ahnung. Jedenfalls hat man sie nicht ins Leichenschauhaus, sondern in eine Privatklinik gebracht.«

»Das arme Kind! Hoffentlich ist sie bloß...« Sie mußte mir wohl an der Nasenspitze abgelesen haben, daß ich im Augenblick nicht zur Konversation aufgelegt war, denn sie verstummte unvermittelt und verhielt sich schweigend, bis wir durch das schwere Eisentor in den Park der Wernerschen Privatklinik fuhren. Dann konnte sie sich nicht länger zurückhalten. »Ein Freund von mir hat hier mal gelegen«, platzte sie heraus, »verflixt teurer Laden. Astronomische Preise. Aber die können sich's erlauben. Es ist auch danach.«

Es war auch wirklich danach. Kein Filmarchitekt hätte ein Privatsanatorium pompöser aufbauen können. Das schneeweiße moderne Gebäude mit den riesengroßen Fenstern, die in der Mittagssonne funkelten, wirkte eher wie ein hypermodernes Hotel als wie ein Krankenhaus. Der Park mit den mächtigen alten Bäumen, den blühenden Büschen und dem sehr gepflegten, kurz geschorenen Rasen war eine Weide für das Auge und auch für die Füße der Kranken, die hier allein oder in Gruppen herumflanierten. Es fiel mir auf, daß niemand Krankenhauskleidung trug. Die Rekonvaleszenten spazierten in ihren eigenen Pyjamas und Morgenröcken, manche sogar vollkommen angezogen in hellen Sommerkleidern oder Flanellanzügen über den Rasen. Trotzdem war mir klar, daß unter all diesen bunten Vögeln Tamara doch der bunteste sein würde, und mir lag im Augenblick viel daran, jedes Aufsehen zu vermeiden.

»Hast du nicht eine Verabredung, Mädchen?« fragte ich deshalb, so liebenswürdig, wie es mir möglich war.

Sie durchschaute mich sofort. »Du willst mich wohl abhängen?« konstatierte sie ungerührt. »Aber da hast du Pech gehabt, mein Süßer!«

Sie stieg aus, ohne darauf zu warten, daß ich ihr die Wagentür öffnete.

Der Pförtner in seiner tadellosen dunkelblauen Uniform mit den silbernen Knöpfen hätte als Butler für einen Gesellschaftsfilm verwendet werden können. Da ich weiß, daß man in solchen Privatkliniken manchmal etwas oder viel gegen Presseleute hat, ließ ich durchblicken, daß ich von der Polizei wäre, und das machte ihn auch sofort weich. Mit wichtiger Miene überflog er die Eintragung im Aufnahmebuch und sagte dann: »Der Unglücksfall – Zimmer siebenundzwanzig, zweiter Stock« Dann fiel sein wachsames Auge auf Tamara. »Und Sie?«

»Meine Braut«, sagte ich rasch.

Ehe der Pförtner noch den Mund auftun konnte, hatten wir uns schon aus seiner Reichweite verdrückt. Wahrscheinlich gab es in dieser Superklinik einen oder mehrere Lifte, aber ich wollte mich nicht mit Suchen aufhalten, und so stiegen wir zum zweiten Stock hinauf. Zimmer siebenundzwanzig war ganz am Ende des breiten, hellen Ganges, dessen Wände in einem zuckrigen Rosa gestrichen waren, die Decke dagegen blau. Aber der fröhliche Anblick trug nicht dazu bei, meine Stimmung zu heben. Ich machte mir, obwohl ich es mir selber nicht eingestehen wollte, entsetzliche Sorgen um Sara.

Ganz leise pochte ich an die Tür, dann drückte ich auf die Klinke und trat ein. Zimmer siebenundzwanzig war leer. Ich drehte mich um und begegnete Tamaras grünen Augen, die vor Schreck fast schwarz geworden waren. Sie legte die Hand mit den überlangen Fingernägeln auf den rotgeschminkten Mund, um einen Entsetzensschrei zu unterdrücken.

In diesem Augenblick hatte uns eine Schwester entdeckt. »Sie wünschen?« fragte sie mit zurückhaltender Höflichkeit.

Ich schluckte trocken.

»Die Patientin, die Sie suchen, ist noch im Operationssaal«, sagte die Schwester, ohne meine Frage abzuwarten.

Ich hatte meine Stimme wiedergefunden. »Danke. Und wo ist der Operationssaal?«

»Dort dürfen Sie nicht hinein.«

»Ich weiß, natürlich. Aber könnte ich nicht wenigstens den Professor sprechen?«

»Den Chef? Der Herr Professor operiert selber.«

»Vielleicht könnten wir dann vor dem Operationssaal auf ihn warten?«

Die Schwester zögerte eine Sekunde, aber mein inniger Blick war so vertrauenserweckend, daß sie nicht widerstehen konnte.

»Operationssaal A im ersten Stock«, sagte sie, wandte sich um und entschwebte. Erst jetzt sah ich, daß ihre Beine lang, schmal und wunderbar geformt waren, und mir fiel nachträglich ein, daß auch ihre Vorderansicht nicht von Pappe gewesen war.

Tamara Tess bestätigte mir diese Ansicht. »Arrogantes Biest!« sagte sie verächtlich.

Über der Tür des Operationssaales leuchtete das rote Licht. Wir hätten gar nicht so die Treppen hinunterzujagen brauchen, denn wir kamen immer noch viel zu früh. Drinnen lag Sara König, die kindhafte, liebenswerte kleine Sara König, das Idol hunderttausender junger Menschen, und rang vielleicht mit dem Tod, während wir beide draußen standen und warten mußten. Wir konnten nichts für sie tun, beim besten Willen nicht, das versuchte ich mir immer wieder in mein Gehirn zu hämmern, aber die ganze Geschichte hatte mich verdammt mitgenommen. Ich nahm mir eine Zigarette und dachte natürlich erst zu spät daran, auch Tamara eine anzubieten, aber sie machte keine Bemerkung darüber. Sie war genauso nervös wie ich. Als ich ihr Feuer gab, merkte ich, daß ihr Hände zitterten.

»Du wirst es nicht glauben«, sagte sie und sah mir herausfordernd in die Augen, »aber Sara König ist meine einzige Freundin.« Nach einer kurzen Pause, in der sie einen tiefen Zug nahm, fügte sie hinzu: »Meine einzige wirkliche Freundin.«

Plötzlich kam mir eine Idee. »Dann müßtest du doch eigentlich auch ihren Vater kennen«, sagte ich langsam.

»Vater? Hat sie denn einen?«

Trotz meiner Niedergeschlagenheit mußte ich grinsen. »Tamara! Ich hätte nicht gedacht, daß ausgerechnet deine Kenntnisse ...«

»Nein, so meine ich das natürlich nicht«, unterbrach sie mich ärgerlich. »Bloß, soviel ich weiß, ist Saras Vater schon lange tot. Wenn sie überhaupt, ich meine, wenn Friedl König überhaupt verheiratet war.«

Ich pfiff durch die Zähne. »Du glaubst also, daß sie...?«

»Bitte, dreh mir nicht das Wort im Mund herum!« sagte sie schrill, obwohl ich wirklich nur das aussprach, was sie angedeutet hatte. »Ich kratze dir die Augen aus, wenn du irgend etwas Schlechtes über Sara schreibst! Übrigens...« Sie stockte und fuhr sich durch ihre mohnrote Mähne, »jetzt fällt es mir ein, sie hat bestimmt einen Vater gehabt!«

»Auf einmal?« fragte ich ungläubig.

»Nein, von eh und je!« gab sie spitz zurück. »Ich kenne sogar seinen Namen. Wenn ich mich recht erinnere, muß er Rotenburg – nein, ich hab's, ich weiß es jetzt wieder ganz genau – er hat Rodenberg geheißen.«

»Was weißt du sonst noch über diesen mysteriösen Herrn Rodenberg?«

»Nichts.«

»Wenn Sara mit dir über ihn gesprochen hat...«

»Hat sie ja gar nicht. Paß mal auf, das war so. Wir waren doch vor drei Jahren bei Außenaufnahmen in irgendeinem Dorf in Oberbayern. Ja, in Neubeuern war es, und da stießen wir auf so eine Schachtel, die anscheinend da zur Sommerfrische war. ›Mensch, Tamara‹, sagte Sara, ›das ist doch meine alte Mamuschka! Wir haben sie immer so genannt, weißt du, sie war meine erste Lehrerin beim Ballett in Gießen!‹«

»Was das mit Saras Vater zu tun haben soll, weiß ich immer noch nicht.«

»Warte es ab! Sara ging also hin und begrüßte die alte Frau. Die war erst ganz verwirrt und konnte sich anscheinend an nichts erinnern, und dann sagte sie plötzlich, als ob ihr eine Erleuchtung vom Himmel gekommen wäre: ›Ach, Sie waren doch die kleine Rodenberg!‹ Begreifst du jetzt, Charly? Rodenberg. Friedl König hat immer Friedl König geheißen, das weiß ich ganz genau, also muß ein Herr Rodenberg Saras Vater gewesen sein.«

»Du liest wohl Kriminalromane, was?«

»Ich bin keine Schnüfflerin, wenn du das meinst. Ich habe mit keinem Menschen über diese Sache gesprochen, und sie wäre mir auch überhaupt nicht mehr eingefallen, wenn du mich nicht danach gefragt hättest.«

»Um so besser«, sagte ich freundlich, »dann schweig auch weiter darüber, wenn es dir möglich ist.«

»Ist deine Neugierde befriedigt?«

»Vielleicht. Jedenfalls war es nett, daß du mir das erzählt hast.« Ich nahm Tamara die Zigarette aus dem Mund und warf sie zusammen mit meinem eigenen Stummel in einen der langhalsigen chromblitzenden Aschenbecher, die alle paar Meter auf dem Flur verteilt waren.

Die Tür des Operationssaales hatte sich geöffnet, das rote Licht war erloschen. Eine fahrbare Trage wurde herausgeschoben. Zwei Krankenschwestern rollten sie langsam den Flur entlang. Wir hatten nichts weiter erkennen können als die Umrisse eines menschlichen Körpers. Sara König war von den Zehenspitzen bis zum Kopf von einem weißen Laken bedeckt. Der Anblick hatte etwas Unmenschliches an sich. Ich spürte, wie die temperamentvolle Tamara neben mir buchstäblich erstarrte. Ich selber mußte die Zähne zusammenbeißen. Es war gräßlich, einen jungen, blühenden Menschen, dem noch vor wenigen Stunden die Welt zu Füßen gelegen hatte, so arm und ausgeliefert zu sehen. Oder – war sie vielleicht schon tot?

Jetzt trat Professor Dr. Werner mit seinem Gefolge aus dem Operationssaal. Er war ein schöner Mann mit einer hohen Stirn, einer kräftigen Nase und einem energischen Kinn, und noch ehe ich ein Wort mit ihm gesprochen hatte, wußte ich, daß er eitel und despotisch war.

Ich trat auf ihn zu. »Entschuldigen Sie, Herr Professor...«

Er hob leicht die grauen Augenbrauen und starrte mich an wie ein lästiges Insekt.

»Ist die Operation zu Ihrer Zufriedenheit verlaufen, Herr Professor?«

»Danke, ja«, sagte er um eine Nuance freundlicher.

»Besteht Lebensgefahr?«

»Wer sind Sie?«

Ich zückte wieder mal meinen Ausweis. »Charly Holländer, Presse.«

»Tut mir leid, Journalisten sind in meinem Haus unerwünscht.« Professor Dr. Werner wandte sich ab und wollte uns einfach stehen lassen. Ich vertrat ihm den Weg. »Herr Professor, wir sind gute Freunde der Verletzten.«

»Kennen Sie sie?«

»Ja.«

»Dann geben Sie bitte Ihre Personalien der Oberschwester an, damit wir die Familie benachrichtigen können.«

»Das mache ich schon selber, Herr Professor. Bitte, sagen Sie mir nur, sind die Verletzungen lebensgefährlich?«

Tamara Tess war noch schlauer, als ich erwartet hatte. »Wir sind ja so glücklich, Herr Professor«, flötete sie in einem Tonfall, der einen Stein hätte erweichen können, »daß unsere Freundin ausgerechnet in Ihre Hände gekommen ist. Ihre Bedeutung als Chirurg...« Sie sprach den Satz nicht zu Ende, sondern ließ nur vielsagend ihre überlangen Wimpern flattern.

»Nun ja,«, Professor Dr. Werner rieb sich wohlgefällig die Hände und konnte ein geschmeicheltes Lächeln nicht verbergen, »man kann wohl sagen, daß unsere Hilfe im rechten Augenblick kam. Im übrigen hat die junge Dame wirklich Glück gehabt in Anbetracht der Umstände. Eine schwere Gehirnerschütterung, Prellungen, Hautabschürfungen und Schnittwunden.«

»Im Gesicht?« fragte Tamara entsetzt.

»Kaum«, antwortete Professor Dr. Werner ausweichend. »Aller Wahrscheinlichkeit nach wird sie in drei bis vier Wochen wieder ganz gesund sein. Innere Verletzungen lassen sich jedenfalls im Augenblick noch nicht feststellen.«

»Danke, Herr Professor«, sagte Tamara Tess und legte so viel Sinnlichkeit in ihre Stimme, daß es dem Professor wahrscheinlich siedendheiß den Rücken herunterlief.

Er nickte uns gnädig zu und schritt, von seinem Assistenzarzt und einigen Schwestern gefolgt, von dannen.

Ich war unendlich erleichtert. »Na, der alte Knacker hat dir wohl mächtig imponiert?« fragte ich Tamara, um meine Rührung zu überspielen.

»Nein, der nicht! Aber der Junge hinter ihm«, erwiderte Tamara prompt und wies mit dem spitzgefeilten Nagel ihres Zeigefingers auf den Rücken des Assistenten. Ich hatte den jungen Mann überhaupt nicht beachtet und sah jetzt nicht mehr von ihm als eine schlanke Figur im weißen Kittel und einem schmalen Kopf mit kurzgeschnittenen dichtem braunen Haar.

Wenig später verabschiedete sich Tamara Tess. Wir hatten uns vorher noch ein bißchen gezankt, weil sie nicht einsehen konnte, warum ich noch bleiben wollte, aber nachdem ich ihr meinen Wagen großzügig zur Verfügung gestellt hatte, gab sie sich zufrieden. Wir verabredeten uns für den Abend im Opern-Espresso, wo sie mir die Autoschlüssel zurückgeben sollte.

»Tu mir einen Gefallen, Tamara«, sagte ich noch, »schweig über alles, war wir heute mit Sara erlebt haben! Schweig, wenn es dir auch schwerfällt!«

»Du hast wohl Angst, daß ich dir zuvorkommen könnte?«

»Denk, was du willst, aber halt den Mund!«

»Gut, werde ich. Aber vergiß nur nicht, Charly, eine Hand wäscht die andere.«

»Wenn's weiter nichts ist! Dir würde ich liebend gern noch einiges mehr waschen!«

Sie küßte mich mit ihrer gewohnheitsmäßigen Sinnlichkeit und stob davon.

Ich entschloß mich, draußen im Park auf Friedl König zu warten, denn ich hatte sie am Telefon nur ganz kurz informieren können. Übrigens hatte ich auch noch ein zweites Telefongespräch geführt, und zwar mit meiner Redaktion. Ich hatte die Jungens auf die Spur von Saras Vater gehetzt, jenes mysteriösen Mannes, der wahrscheinlich den Namen Rodenberg trug. Alles Weitere herauszubringen, konnte nicht so schwer sein. Sie mußten nur den alten Zeitungsjahrgängen entnehmen, wo Friedl König zur Zeit ihrer Eheschließung engagiert gewesen war.

Ich hatte meine Zigarette noch nicht halb aufgeraucht, als ›Mami‹ in Saras himmelblauer Luxuslimousine angebraust kam. Sie war irrsinnig aufgeregt, und das konnte ich ihr nicht verdenken. Ich erzählte ihr also die Geschichte von hintenherum und berichtete, daß Sara außer Gefahr war und niemand außer mir und Tamara Tess bis jetzt wußte, wer die Patientin von Zimmer siebenundzwanzig war.

Friedl König bekam ihre Nerven erstaunlich rasch wieder in die Gewalt. »Danke, lieber Herr Holländer«, sagte sie und sah mich an, als wollte sie auf der Stelle ihr Scheckbuch zücken, »was verlangen Sie, wenn ich Sie bitte, weiterhin zu schweigen?«

»Das habe ich Ihnen schon bei der Begegnung in Hamburg gesagt – ein Exklusivinterview mit Sara. Mit Sara allein.«

Sie dachte eine Sekunde lang nach. »Gut«, sagte sie dann, »wenn Sie mir versprechen, alles, was Sie über Sara schreiben, erst mir vorzulegen.«

»Nicht doch!« protestierte ich sanft. »Wir stellen Sie sich das vor, gnädige Frau?«

»Ich muß doch eine gewisse Gewähr haben.«

»Na schön. Weshalb sollen wir uns streiten? Das, was Sara sich

heute geleistet hat, wird meinen Chef mehr interessieren
Interview.« Ich tat so, als ob ich gehen wollte, aber ich
natürlich, daß sie mich zurückhalten würde.

»Ich bin in Ihrer Hand, Herr Holländer!.« sagte sie mit hinsterbender Stimme und sah mich dabei an, als wollte sie mich am liebsten umbringen.

»Fein, daß Sie das einsehen. Also abgemacht. Ich schreibe vorläufig nichts über den Skandal im Atelier und nichts über den Autounfall. Dafür werden Sie mir erlauben, mich wann und wo auch immer mit Sara unterhalten zu dürfen, ohne daß Sie aufkreuzen.«

»Aber...«, fing sie an, dann siegte ihre Vernunft. »Wie Sie wollen«, sagte sie spitz, »ich sehe ein, ich bin Ihnen ausgeliefert!«

Sie rauschte davon, jeder Zoll eine Operettenköniginmutter. Ich wußte, sie würde jetzt Professor Werner aufsuchen und ihn anflehen, das Inkognito ihrer Tochter aufrechtzuerhalten.

In der Pförtnerloge stand das Telefon, das ich schon zweimal benutzt hatte. Ich bestellte mir ein Taxi und fuhr in die Stadt zurück.

In der Nibelungenstraße ließ ich das Taxi halten, zahlte, stieg aus und schritt durch die quietschende Gartenpforte auf die kleine graue Villa zu. Auf dem messinggehämmerten Türschild über dem Klingelknopf waren die Buchstaben ›G. v. Vasary‹ eingeprägt. Sonst nichts.

Ein junges Mädchen öffnete, half mir in der Diele aus dem Mantel und führte mich in das Vorzimmer, wo eine junge Dame mit Brille ungeheuer schnell auf die Tasten einer großen Schreibmaschine einhämmerte. Das junge Mädchen, das mir geöffnet hatte, setzte sich an ein Tischchen und begann Stöße von Briefen zu sortieren. Offensichtlich fanden Vasarys Stars es bequem, ihre Verehrerpost über seine Adresse laufen zu lassen. Das Vorzimmer war ein kleiner, fast quadratischer Raum, dessen Wände über und über mit Filmplakaten bepflastert waren, selbst die Zimmerdecke war nicht verschont geblieben. Ein lebensgroßes Abbild des Sexstars Tamara Tess räkelte sich dort im spitzenbesetzten Negligé, und ich mußte zugeben, daß ihre Formen, von unten gesehen, recht gut zur Geltung kamen.

Die bebrillte Sekretärin schrieb einen Satz zu Ende, bevor sie meinen Gruß erwiderte.

»Sie wünschen?«

»Herr von Vasary erwartet mich.« Ich schob ihr meinen Presseausweis hin.

Sie drückte einen Knopf auf ihrer Sprechanlage und sagte dann mit einem Blick auf meinen Ausweis: »Ein Herr Holländer möchte Sie sprechen. Er behauptet, daß Sie ihn erwarten!«

Die Stimme von Vasary ertönte: »Er soll warten, bis ich meine Besprechung beendet habe!«

Das bebrillte Mädchen wandte sich wieder ihrer Schreibmaschine zu.

Ich ging quer durch den Raum und öffnete die Tür rechter Hand. Ich stand, wie ich es gedacht hatte, in Vasarys geheiligten Räumen. Der Manager saß hinter seinem großen Schreibtisch aus der Zeit Napoleons I., Mayer-Eckhardt, der Pressechef, hockte davor. Sie steckten die Köpfe zusammen und berieten mit Verschwörermienen.

»Nervenzusammenbruch ist nicht gut, gar nicht gut!« hörte ich von Vasary sagen. »Schreiben wir lieber: ›Sara König lehnte es ab, in einer gefährlichen Szene ein Double zu benutzen.‹ So was zieht immer. ›Und dabei...‹«

»›...verstauchte sie sich den Knöchel!›« schlug ich freundlich vor.

Die beiden fuhren hoch und starrten mich an, als ob ich eine Revolvermündung auf sie gerichtet hätte. Meyer-Eckhardts blasses Gesicht zeigte eine grünlichen Schimmer. Er machte den Eindruck eines Mannes, dessen Magengeschwüre vor fünf Minuten aufgebrochen waren.

»Was wollen Sie...?« schrie von Vasary, und seine gepflegte Tenorstimme überschlug sich beinahe. Aber bevor ich noch irgend etwas erklären konnte, hatte er sich schon wieder in der Gewalt. »Ach, Sie sind's Herr Holländer«, säuselte er mit der Herzlichkeit eines Vaters, dem unvermutet der verlorene Sohn ins Haus geschneit ist, »ich habe Ihren Namen vorhin nicht gleich verstanden, sonst hätte ich natürlich...«

»Genau das habe ich mir gedacht«, bestätigte ich.

Geza von Vasary erhob sich und kam auf mich zu, elegant und schlank im grauen Anzug mit rotkarierter Weste. Er legte mir die Hand auf die Schulter und führte mich Meyer-Eckhardt zu. »Das ist mein lieber Freund Charly Holländer«, flötete er, »ihm, wie Sie ja schon wissen, haben wir zu verdanken...«

Auch Meyer-Eckhardt hatte sich erhoben. »Danke, wir kennen uns«, sagte er sauer.

»Sie möchten sicher wissen, lieber Herr Holländer...« Geza von Vasary zeigte die krampfhafte Beflissenheit eines Erziehers, der das schlechte Benehmen eines seiner Zöglinge überspielen will, und warf dabei Meyer-Eckhardt einen vielsagenden Blick zu. »Sie möchten jetzt sicher wissen, wie es mit den Dreharbeiten zu ›Frühling in Berlin‹ steht. Herr Meyer-Eckhardt ist der richtige Mann, um Ihnen darüber Auskunft zu geben!«

Das Gesicht des Pressechefs blieb verkniffen.« Wir unterbrechen erst mal«, sagte er widerwillig, »und beginnen einen andren Film mit O. E. Adler, der bei uns noch unter Vertrag steht. Natürlich muß die Versicherung zahlen. Sobald Sara König wieder auf dem Damm ist, machen wir weiter.«

»Sie glauben, daß sie es schaffen wird?« fragte ich.

»Aber natürlich«, warf Geza von Vasary lebhaft ein, »aber selbstverständlich! Was denken Sie denn? Sara ist eine gute Schauspielerin, eine ausgezeichnete Schauspielerin! Nur vielleicht ein ganz klein wenig überarbeitet. Sie hat zuviel gearbeitet in letzter Zeit, viel zuviel, aber die gnädige Frau hat darauf bestanden, verstehen Sie? Was soll ich machen?« Er breitete seine schlanken, gepflegten Hände aus und ließ sie mit einer resignierenden Geste wieder fallen. »Zwei Wochen Pause...«

»Vier Wochen«, konnte ich mir nicht verkneifen, einzuwenden.

Er überhörte meine Zwischenbemerkung. »...und unsere Sara ist wieder in Form!«

»Na ja, dann ist ja alles in bester Ordnung«, konstatierte ich und zündete mir eine Zigarette an. Eine Pause entstand. Die beiden Herren schienen nun, nachdem sie mir alles Wissenswerte gesagt hatten, auf meinen Abgang zu warten. Ich dachte nicht daran.

»Wir könnten vielleicht ein andermal, lieber Herr Holländer...«, begann Geza von Vasary unbehaglich.

»Oh, ich will gewiß nicht stören«, versicherte ich rasch, »ich werde mich ganz klein machen und irgendwo in einer Ecke warten, bis Sie mit Ihrer Besprechung fertig sind.«

Meyer-Eckhardt gab sich geschlagen. »Ich wollte sowieso gehen«, murmelte er.

Der Manager nahm das Stichwort sofort auf. »Ich werde Sie hinausbegleiten. Wenn Sie eine halbe Stunde warten würden, lieber Herr Holländer.«

Ich blieb allein in dem großen Raum zurück. Aber es dauerte weit länger als eine halbe Stunde. Ich kannte das Zimmer mit den übereinandergelagerten Perserteppichen und der bequemen Rauchecke schon auswendig, und immer noch blieb die Tür geschlossen. Ich schlenderte zum Schreibtisch.

In Vasarys Zimmer gab es keine knalligen Filmplakate an den Wänden, aber auf dem Schreibtisch standen sieben große Starfotografien in silbernen Rahmen, und alle trugen eine handgeschriebene Widmung. Ich hätte mit soviel Lächeln und Schönheit vor der Nase keinen Gedanken fassen, geschweige denn eine einzige Zeile schreiben können, aber Vasarys Nerven schienen besser zu sein, als er zugab. Die Schreibtischplatte war mit Papieren – Briefen, Durchschlägen, Vertragsentwürfen – überhäuft. Unter der Bleistiftschale steckte ein blauer Luftpostbrief. Die Adresse lautete: ›Fräulein Sara König, p. A. Geza von Vasary.‹

Ich zog den Brief mit spitzen Fingern heraus, sah die amerikanischen Briefmarken, drehte ihn um. Der Absender war, wie die Adresse, mit der Hand geschrieben. Er lautete: ›Gotthold. E. Rodenberg.‹

Ich ließ den Brief in meine Jackentasche gleiten.

Natürlich war Tamara Tess nicht zur verabredeten Zeit im Opern-Espresso, und ich mußte warten. Aber das störte mich nicht, ich nahm die Gelegenheit wahr, mir Notizen über mein Gespräch mit Vasary zu machen. Als ich ihm den Brief Rodenbergs unter die Nase hielt, hatte er sich zuerst gewunden wie ein Aal. Aber dann war er schlau genug gewesen, einzusehen, daß er mich nicht länger belügen konnte. Er hatte zu singen begonnen. Der arme Kerl war ganz aus dem Häuschen gewesen, und ich hatte ihn nicht noch mehr irritieren wollen, indem ich mitschrieb. So blieb mir nichts anderes übrig, als das Geständnis dieser schönen Seele nachträglich aus dem Gedächtnis aufzuzeichnen.

Gotthold Emanuel Rodenberg war der Vater des Filmstars Sara König. ›Mami‹ und Geza von Vasary hatten ihn aus gutem Grund bisher unter den Tisch fallen lassen, denn eine geschiedene Ehe hätte zu dem Bild, das man dem Publikum von Mutter und Tochter gemalt hatte, schlecht gepaßt. Viel besser war die Story vom armen Waisenkind. Tatsächlich war die Ehe zwischen Friedl König und Gotthold Emanuel Rodenberg von Anfang an ein Fehlschlag gewesen. Woran das lag, wußte Geza von Vasary nicht zu sagen, aber da ich ›Mami‹ kannte, konnte ich es mir unschwer vorstellen. Rodenberg hatte eines Tages seine Familie sang- und klanglos verlassen und war im Jahre 1946 nach Amerika ausgewandert, genauer gesagt nach Hollywood. Rodenberg hatte in Deutschland an Provinztheatern als Regisseur und Schauspieler gearbeitet, er hatte auch einige Stücke geschrieben, malen konnte er, wie er glaubte, zu allem Überfluß auch noch. Er hatte also allen Grund, sich selber für ein Allroundgenie zu halten.

Friedl König hielt ihn für eine Niete. Als sie zwei Jahre nichts mehr von ihm gehört hatte – Geld hatte das Genie anscheinend niemals für seine Familie bezahlt –, ließ sie sich von ihm wegen böswilligen Verlassens scheiden. Sara erzählte sie, daß ihr Vater gestorben wäre. Auf Vasarys Vorschlag nahm Sara zu Beginn ihrer Karriere den Mädchen- und Künstlernamen ihrer Mutter an und nannte sich von nun an Sara König. Wie weit Vasary damals schon in die Familienverhältnisse eingeweiht war, ließ sich heute nicht mehr feststellen. Er behauptete, alles geglaubt zu haben, was Friedl König ihm erzählte.

Jedenfalls ging alles jahrelang glatt, bis eines Tages ein Brief aus Amerika bei Friedl König eintrudelte. Ein Brief von Gotthold Emanuel Rodenberg, dem gern Vermißten. Er schrieb, daß er am Broadway in einem deutschen Kino einen Film mit Sara König gesehen hatte. Daraufhin hätte er sein liebendes Vaterherz entdeckt, und er fand es an der Zeit, sich ein wenig um seine berühmte Tochter zu kümmern.

Diesen ersten Brief zeigte Friedl König Saras Manager, und die beiden beschlossen, überhaupt nicht darauf zu reagieren. Aber so leicht war Rodenberg nicht abzuwimmeln. Als er keine Antwort erhielt und der Brief auch nicht zurückkam, schrieb er ihr wieder. Diesmal wurde er schon massiver. Er verlangte Geld. Friedl König und Vasary schickten es ihm nicht. Sie hatten keine Lust, die Überfahrt des verschollenen Vaters nach Europa zu bezahlen. Rodenberg schrieb wieder und wieder. Er wollte Saras Interessen in Amerika vertreten, er bot einen Stoff an, der Sara auf den Leib geschrieben wäre. Kurzum, er ließ nicht locker. Friedl König fand keine Ruhe mehr. Sie war ständig auf der Jagd, jeden Brief abzufangen, der für Sara ins Haus kam – er konnte ja von ihrem Vater sein. Sara sollte und durfte nichts von der ganzen Geschichte wissen.

So standen die Dinge. Schlecht, aber nicht hoffnungslos. Als ich Vasary gefragt hatte, was er tun würde, wenn Rodenberg plötzlich in Deutschland auftauchen würde, hatte er mir schlicht geantwortet« »Er wird nicht. Ganz unmöglich.«

Ich hatte ihn in seinem Glauben gelassen. Der Arme hatte Sorgen genug, ich wollte ihn nicht noch mehr belasten. Er hatte mich fast auf den Knien angefleht, kein Zeile über seine vertraulichen Mitteilungen verlauten zu lassen. Aber ich hatte ihm das beim besten Willen nicht versprechen können. Schließlich war ich Journalist und nicht Psychiater. Was nutzte mir das interessanteste Material, wenn ich es nicht bringen durfte? Ich hatte ihm lediglich versichert, daß ich, wenn ich mein Talent nicht länger halten konnte, ihn benachrichtigen würde. Das war ein schlechter Trost, und ich wußte es.

Ich sah auf meine Armbanduhr. Es war bereits eine Viertelstunde vergangen, und ich hatte drei Seiten meines Notizbuches vollgekritzelt, aber nicht einmal ein Schimmer von Tamaras mohnroter Mähne war irgendwo zu entdecken. Ich zündete mir eine neue Zigarette an und vertiefte mich noch einmal in meine Aufzeichnungen. Irgend etwas in der Geschichte war faul. Und das ärgerte mich maßlos. Was es war, konnte ich im Augenblick nicht entdecken. Bis jetzt war es nur mein Instinkt, der mir sagte, daß Geza von Vasary nur die halbe Wahrheit erzählt hatte. Warum?

Ich hatte keine Gelegenheit, den Gedanken zu Ende zu denken, denn jetzt erschien Tamara Tess, genauer gesagt, sie rauschte herein. Ihr Haar hatte sie unter einem olivgrünen Turban versteckt, die Augen hinter einer übergroßen Sonnenbrille verborgen und ihre aufregenden Kurven mit einem locker fallenden, schwarzweiß karierten Jackett kaschiert. Dennoch erregte sie an den anderen Tischen Aufsehen genug, und sie saugte es in sich hinein wie ein ausgetrockneter Schwamm und warf mir eine aufgeschlagene Abendzeitung auf den Tisch.

»Da, lies!« sagte sie aufgekratzt. »Ist das nicht fabelhaft?«

Ich hatte gleich entdeckt, was sie meinte. Es war eine mittelgroße Notiz auf der ersten Seite. »Die beliebte Filmschauspielerin Tamara Tess«, las ich, »erlitt heute mit ihrem bekannten roten Sportkabriolett einen schweren Unfall auf der Schragerndorfer Landstraße. Der Wagen ist völlig zertrümmert, Tamara Tess selber schwebt in Lebensgefahr.«

»Wunderbar, was?« sagte sie begeistert. »Und morgen müssen sie es dementieren. Wie durch ein Wunder unverletzt geblieben und so weiter und so fort. Du weißt schon, du kennst ja die Masche.«

»Gratuliere, Mädchen!« sagte ich, faltete die Zeitung zusammen und gab sie ihr zurück. »Was möchtest du trinken?«

»Das gleiche wie du.« Tamara Tess zündete sich eine Zigarette an.

Ich trank mein Glas leer und bestellte zwei neue Manhattan.

Tamara begann, die qualmende Zigarette im Mund, in ihrer großen schwarzen Wildledertasche zu kramen. »Übrigens, Charly, ich habe dir noch was mitgebracht.« Sie schob mir einen Packen auf Hochglanz abgezogener Fotografien über den Tisch. »Ist er nicht süß?«

Ich begann die Fotos, eins nach dem anderen, zu sichten. Sie alle zeigten – Kopf in Großaufnahme – einen sehr fotogenen, sehr eitlen jungen Mann, einmal mit Käsekuchenlächeln, dann wieder mit tragischem Augenaufschlag und endlich schelmisch verschmitzt. Ein Foto war unnatürlicher als das andre. Trotzdem, das mußte ihm der Neid lassen, sah dieser Bursche glänzend aus – falls man ihm verzeihen wollte, daß die Augen vielleicht ein wenig zu klein waren, ein wenig zu dicht beieinander standen und das Kinn etwas kräftiger hätte sein können. Das lackschwarze Haar trug er über einer hohen, ausdrucksvollen Stirn straff zurückgekämmt. Mir war er widerlich.

»Weiß du«, sagte ich und schob Tamara die Fotografien wieder zu, »eigentlich interessiere ich mich mehr für Frauen.«

»Charly! Du hast doch versprochen, mir zu helfen!«

»Dir ja, aber doch nicht diesem Schnösel!«

Etwas Überraschendes geschah – Tamara stiegen Tränen in die Augen. »Du bist gemein, Charly«, sagte sie mit erstickter Stimme, »er ist – ich will nicht, daß du so über ihn sprichst! Ich liebe ihn.«

Der Kellner brachte die beiden Manhattan. Wir tranken.

»Ich mag nun mal keine Playboys, die sich von liebenden Frauen managen lassen«, sagte ich.

»Aber er weiß doch gar nichts davon, Charly, was glaubst du denn? Wenn er wüßte...«

»Ich nehme an, er wird es in spätestens zehn Minuten erfahren.«

»Wieso?« Sie sah mich verblüfft an.

»Weil er hier aufkreuzen wird, wenn mich nicht alles trügt, oder?«

Sie drückte ihre Zigarette aus. »Er spielt im Theater unter den

Arkaden. Ich finde nicht, daß irgend etwas einzuwenden ist, wenn er mich in der Pause begrüßt.«

»Und dabei den Reporter Charly Holländer kennenlernt, was?«

Tamara wechselte die Masche. Sie legte ihre Hände auf meinen Arm und rückte so dicht zu mir, daß ich durch ihr starkes exotisches Parfüm hindurch den Duft ihres Körpers spürte. »Charly«, sagte sie, »ich bitte dich, versuch mich einmal zu verstehen. Du ahnst nicht, was Kai Kramer für mich bedeutet. Er ist – er ist einfach der Mann meines Lebens. Begreifst du?«

»Du willst ihn heiraten?«

»Ja.«

»Das wäre das wievielte Mal?«

»Als ich Helmut geheiratet habe, war ich noch viel zu jung, das haben alle Zeitungen geschrieben. Und Marc Benger hat mich einfach ausgenutzt, das weißt du am allerbesten. Bei Kai Kramer ist das etwas ganz anderes.«

»Was soll ich dazu tun?«

»Er ist ein hochbegabter Junge, einfach großartig, sage ich dir! Ihm fehlt bloß – na eben, was man braucht, um nach oben zu kommen. Ein bißchen Reklame, ein bißchen Pipapo. Du weißt schon.«

»Ich bin kein Reklamechef, Tamara.«

»Ach was. Du willst bloß nicht«, sagte sie wütend.

»Wenn du ihn wirklich so liebst, warum heiratest du ihn nicht so, wie er ist? Ohne Reklame? Ohne Karriere?«

»Glaubst du, ich täte es nicht, wenn ich könnte? Aber sie würden es mir doch nie erlauben. Vasary nicht und der Verleih schon gar nicht. Tamara Tess heiratet unbedeutenden Provinzschauspieler! Unmöglich! Ich weiß, daß Kai es einfach nicht ertragen könnte, an der Seite einer berühmten Frau zu leben. Könntest du es?«

»Die Erfahrung hat gezeigt, daß ich überhaupt nicht imstande bin, an der Seite einer Frau zu leben«, sagte ich, und als ich sah, daß sie kurz davor war, mir ins Gesicht zu springen, fügte ich besänftigend hinzu: »Wenn dir so viel daran liegt, Mädchen, werde ich natürlich sehen, was ich machen kann. Gib mir mal eins von den Fotos her. Nein, nicht das, sondern das andere, auf dem er einigermaßen natürlich aussieht. Danke. Und dann erzähl mir mal, was er bis jetzt gemacht hat.«

»Das habe ich dir alles schon aufgeschrieben. Sogar mit der Maschine. Du sollst wirklich keine Arbeit damit haben.« Sie zog aus ihrer Handtasche den Durchschlag eines fünfseitigen Manuskriptes und reichte es mir hin.

»Wer hat diesen Schrieb vor mir bekommen?« fragte ich mißtrauisch.

»Niemand«, antwortete sie prompt, »fast niemand!«

Ich hatte keine Lust, mich mit Tamara zu streiten, und steckte Fotografie und Lebenslauf wortlos ein. »Hast du meinen Autoschlüssel mitgebracht?« fragte ich statt eines Kommentars.

»Du willst doch nicht etwa schon gehen?«

»Ich glaube doch!« Ich winkte den Ober herbei, um zu zahlen.

Es war mir nicht vergönnt, Kai Kramer zu entgehen. Anscheinend war er in der letzten Szene vor der Pause nicht mehr beschäftigt gewesen, denn bevor noch die Zuschauer aus dem kleinen Theater ins Opern-Espresso strömten, schlängelte er sich an unseren Tisch. Er war genauso, wie ich ihn mir vorgestellt hatte wenn sein Gesicht auch nicht ganz so glatt wie auf den Fotografien war, aber sein Benehmen war geschmeidig wie ranziges Öl. Ich behandelte ihn frostig, aber das schien ihm gar nichts auszumachen, im Gegenteil, er warf sich an mich wie eine Klette, und ich hatte Mühe, ihn wieder abzuschütteln. Er war ein penetranter Bursche, und ich war sicher, daß Tamara mit ihm gestraft sein würde. Trotzdem tat sie mir nicht leid. Sie hatte bisher den Männern, die sie liebten, einiges aufzulösen gegeben. Jetzt war sie dran.

In den nächsten Tagen kam ich nicht dazu, Sara König zu besuchen. Zwar fuhr ich ein paarmal zu Professor Dr. Werners Klinik hinaus, aber es gelang mir niemals, bis zu Zimmer siebenundzwanzig vorzudringen. Anscheinend hatten sich unvorhergesehene Komplikationen eingestellt, jedenfalls behauptete der Pförtner, der mich regelmäßig abfing, daß die Patientin Therese Schmid – unter diesem Namen wurde sie in der Klinik geführt – keinen Besuch empfangen dürfte.

Natürlich witterte ich eine Intrige, aber als ich feststellte, daß nicht einmal Friedl König zu ihrer Tochter gelassen wurde, gab ich klein bei. Was blieb mir auch anderes übrig?

Endlich, es war am fünften oder sechsten Tag, führte mich die junge Schwester – es war diesselbe adrette Person, die Tamara Tess bei unserem ersten Besuch in der Klinik so in die Augen gestochen hatte – in den zweiten Stock hinauf.

Sara König hatte sich sehr verändert.

Ihr rundes Kindergesicht war blaß und schmal geworden, die blauen Augen waren umschattet und wirkten unnatürlich groß, das rotblonde Haar war streng aus der Stirn zurückgekämmt und gab eine etwa zwei Zentimeter lange, rote Narbe gleich am Haaransatz frei.

Sie trug ein himmelblaues langärmeliges Batistnachthemd, das hoch am Hals mit einer kleinen blauen Schleife geschlossen war. Ihr schön geschwungener Mund war blaß und ungeschminkt. Sie streckte mir ihre kindliche Hand mit den unlackierten Fingernägeln entgegen, und ich tat etwas, was bei mir selten vorkommt – ich machte die Andeutung eines Handkusses. Sara König war sehr verändert, aber sie war mir noch nie so liebenswert und hilflos erschienen.

»Ich weiß, ich sehe schrecklich aus.« Sie strich sich unwillkürlich über die brandrote Narbe.

»Davon wird man nichts mehr sehen, wenn Sie erst wieder richtig frisiert sind, Sara!«

»Ja, ich weiß.«

»Überhaupt, ich muß schon sagen, Sie haben ein mordsmäßiges Glück gehabt! Wissen Sie das eigentlich?«

»Ich werde lange Zeit kein Dekolleté mehr tragen können. Hier auf der Brust und auch im Nacken! Es sieht schauderhaft aus!«

»Na wenn schon. Das kann man alles wieder in Ordnung bringen. So was ist heute gar kein Problem mehr.«

»Das sagt Professor Werner auch.«

»Na also. Sie haben gar keinen Grund, traurig zu seine, Sara. Ein paar Wochen Ruhe hatten Sie sich doch immer gewünscht, nicht wahr?«

»Ich wollte frei sein«, sagte sie leise.

»Deshalb sind Sie wie eine Wahnsinnige davongerast?«

»Ja. Ich – ich konnte das alles einfach nicht mehr ertragen. Natürlich war es verrückt von mir. Aber ich wollte einfach, ich kann Ihnen das nicht erklären...« Sie stockte.

»Ausbrechen?« warf ich ein.

»Ja, so ähnlich war es. Ich hatte es satt, mich wie eine Puppe behandeln zu lassen, mit der man machen kann, was man will. Es ist lächerlich, ich weiß. Aber ich bin mir wirklich vorgekommen wie eine automatische Puppe! Jemand drückt auf den einen Knopf, und ich muß lachen, auf den anderen, ich muß weinen, auf noch einen, und ich muß Händchen geben. Und wenn einmal ein Knopf versagt, dann schütteln sie alle an mir herum, um den Mechanismus wieder in Ordnung zu bringen. Niemand hat mich wie einen Menschen behandelt, Charly, niemand! Mami liegt mir von früh bis spät in den Ohren, wie großartig es ist, berühmt zu sein und reich, ein Star. Was bin ich denn mehr als ein Affe, den man im Zirkus ausstellt?«

Ich lächelte. »Zumindest sind Sie um vieles hübscher, Sara, und Sie haben ein Herz, Sie haben Verstand, eine Seele. Alles das, was ein Affe nicht hat.«

»Na und? Glauben Sie, jemand interessiert sich dafür? Meine Seele ist denen ganz egal. Hauptsache, ich mache Männchen, wie sie wollen. Mehr verlangen sie nicht von mir.« Sie seufzte tief. »Ach, Charly, ich wollte so gern einmal ich selber sein!«

Ich hätte ihr einen Vortrag über die Freiheit des Menschen im allgemeinen und eines Filmstars im besonderen halten können, aber ich verzichtete darauf. Ich sagte lediglich: »Anstatt in der Freiheit sind Sie jetzt im Krankenzimmer gelandet. Arme Sara!«

»Es ist nicht so schlimm.« Sie versuchte zu lächeln, aber es wurde nur ein leichtes Zittern der Lippen daraus. »Alle sind hier furchtbar nett zu mir.«

»Kein Wunder. Einen so zauberhaften Filmstar hat man nicht alle Tage in der Klinik.«

»Das weiß ja niemand, Charly«, erwiderte sie ernsthaft.

»Niemand hat Sie erkannt?«

»Nein. Nur die junge Schwester, die Sie hereingebracht hat, die hat gesagt, ich hätte eine gewisse Ähnlichkeit mit Sara König. Die Oberschwester geht nicht ins Kino, und Dr. Werner hat mir erzählt, er schaut sich höchstens Wildwest- und Kriminalfilme an. Zur Entspannung.«

»Professor Werner?« fragte ich. »Der muß es doch wissen!«

»Ich meine doch nicht den Professor«, erklärte sie, »sondern Dr. Wolfgang Werner, den Sohn!« Eine zarte Röte übergoß ihre weißes Gesicht.

»Ach so!« Ich wollte mir eine Zigarette anzünden, aber im letzten Moment fiel mir ein, daß es vielleicht nicht ganz angebracht war, im Krankenzimmer zu rauchen.

Sie hatte mein Bewegung beobachtet. »Rauchen Sie nur, Charly!« sagte sie. »Mehr als die Blumen kann der Rauch auch nicht stinken!« Sie warf einen fast haßerfüllten Blick auf die vielen

Blumen, die man auf dem Tisch gegenüber aufgebaut hatte. »Sie sehen, der Film vergißt die Seinen nicht!«

Ich verzichtete trotzdem darauf, von ihrer Aufforderung Gebrauch zu machen, denn ich wollte mich nicht gleich bei meinem ersten Besuch in der Klinik beim Pflegepersonal unbeliebt machen. »Darf ich Sie etwas fragen, Sara? Natürlich nur, wenn Sie...«

»Ich fühle mich ausgezeichnet!« sagte sie fast heftig. Dann fügte sie in verändertem Ton hinzu: »Übrigens weiß ich, was wir Ihnen zu verdanken haben, Charly. Mami hat mir alles erzählt.«

»Warum haben Sie mich in Hamburg versetzt, Sara?«

»Habe ich das?«

»Ja. Sie schrieben mir ein paar Zeilen, es wäre etwas Furchtbares passiert. Wollen Sie mir nicht erzählen, was das war?«

Sie sah an mir vorbei. Ihr Finger nestelten nervös an dem weißen Laken.

»Oder hat Mami es Ihnen verboten?« fragte ich.

»Sie weiß gar nichts davon.«

»Donnerwetter! Es gibt also wahrhaftig etwas, was Ihre Mami nicht weiß?«

»Ich konnte mit ihr nicht darüber sprechen. Es war so furchtbar. Ja, es ist wahr. Mami und ich haben uns oft gestritten. Aber ich war immer überzeugt, daß sie es ehrlich mit mir meint. Ich habe mir niemals vorgestellt, daß sie mich anlügen könnte.«

»Hat sie das getan?«

»Ja. Viele Jahre lang.« Sie richtete sich ein wenig in ihrem Bett auf und sah mich an. »Mein Vater lebt, Charly!«

Offensichtlich erwartete sie, daß diese sensationelle Mitteilung mich umwerfen würde, aber ich konnte ihr den Gefallen nicht tun. »Ich weiß«, sagte ich nur.

»Sie wissen...?«

»Ja. Man hat so seine Quellen.«

»Warum haben Sie es mir nicht gesagt?«

»Hatte ich denn Gelegenheit dazu?«

Sie ließ sich wieder in die Kissen zurücksinken. »Nein, natürlich nicht. Sie haben recht.«

»Wie haben Sie es denn erfahren, Sara?«

»Ich habe einen Brief gefunden. Einen Brief von meinem Vater. Er lag ganz zuunterst in Mamis Koffer. Ich habe ihn gefunden, als ich mir ein Paar Strümpfe von ihr ausleihen wollte. Es war ein scheußlicher Brief.«

»Das kann ich mir vorstellen, Sara. Finden Sie es wirklich so schlimm, daß Ihre Mutter Ihnen etwas sehr Scheußliches vorenthalten wollte?«

Sara kam nicht mehr dazu, mir zu antworten. Es wurde leicht an der Tür geklopft, Sara rief: »Herein!« Ein junger Arzt in weißem Kittel trat ein. Er war ein ausgesprochen sympathischer Mann mit sehr kurz geschnittenem braunen Haar. Ich erkannte ihn sofort, es war der junge Arzt, der Tamara Tess so gut gefallen hatte. Er hatte das gleiche energische Kinn, die gleiche hohe Stirn wie sein Vater, aber seine Nase war kürzer und kräftiger, seine Augen waren voller Wärme, wenn sie mich auch nicht gerade freundlich anblickten.

»Entschuldigen Sie, bitte, daß ich störe«, sagte er, »aber die Patientin braucht Ruhe!«

Sara König war leicht errötet. Sie reichte mir wie ein gehorsames Kind die Hand. »Auf Wiedersehen, Charly. Werden Sie mich noch einmal besuchen?« Sie wartete meine Antwort gar nicht ab, sondern hatte sich schon Dr. Werner zugewandt, bevor ich noch den Mund auftun konnte. »Wollen Sie nicht einen Augenblick Platz nehmen, Doktor?«

Ich stand auf dem Flur, ehe ich noch wußte, wie mir geschehen war. Eigentlich hätte ich ja jetzt gehen können, aber ich zog es vor, draußen noch eine Zigarette zu rauchen. Vielleicht wollte ich auch nur herausbekommen, wie lange der junge Arzt seine ruhebedürftige Patientin aufhalten würde. Ich stellte mich ans Fenster, rauchte und sah in den Park hinaus. Mein Gehirn beschäftigte sich wieder einmal mit dem Problem Nummer eins. Rodenberg mußte etwas über Friedl König in der Hand haben, sonst hätte sie vor seinem Wiederauftauchen nicht so sehr erschrecken müssen. Schließlich besaß er als geschiedener Mann, der niemals für seine Tochter in irgendeiner Weise gesorgt hatte, weder das menschliche noch das juristische Recht, Ansprüche zu stellen. Er mußte etwas über Friedl König wissen, mit dem er sie unter Druck setzen konnte – aber was? Meine Gedanken rannten gegen eine Mauer.

Ich hörte Schritte hinter meinem Rücken und drehte mich um. Eine junge Frau in einem gutsitzenden hellbraunen Kostüm kam den Gang entlang und traf, wenige Schritte von mir entfernt, mit einer Krankenschwester zusammen.

»Ich suche Dr. Werner«, sagte sie zu der Schwester, und ich stellte fest, daß sie eine sehr angenehme tiefe Stimme hatte.

Die Schwester sah auf ihre Armbanduhr. »Aber, Frau Doktor«,

sagte sie, »Herr Dr. Werner hat doch heute nur bis fünf Uhr Dienst gehabt!«

Ich fand, daß es an der Zeit war, mich einzumischen. »Dr. Werner ist auf Zimmer siebenundzwanzig«, erklärte ich.

Die junge Frau Doktor sah mich erstaunt, aber nicht unfreundlich an. »Danke!« Sie wandte sich an die Schwester. »Dann richten Sie ihm doch bitte aus, daß ich schon nach Hause gegangen bin!«

Sie schritt auf hohen schlanken Beinen, die in sportlichen Schuhen mit niedrigen Absätzen steckten, den Gang hinunter. Ich drückte meine Zigarette in einem der langstieligen chromblitzenden Aschenbecher aus und schlenderte ihr nach.

Als ich am Samstag noch einmal in meiner Redaktion anrief, teilte mir der Chef vom Dienst mit, daß ich schleunigst zu Tamara Tess hinausfahren sollte.

»Jetzt? Ausgerechnet am Samstag abend? Was ist denn los?« fragte ich.

»Eine Naturkatastrophe. Sie feiert Verlobung. Wir wollten schon Peter schicken. Aber sie bestand auf Charly Holländer. Sie scheinen Chancen bei dieser Dame zu haben, Charly. Nützen Sie sie bitte nicht aus, bedenken Sie, die gute Tamara ist Braut!«

Ich muß ehrlich sagen, daß mich dieser Auftrag nicht gerade erfreute. Auch ein Reporter, selbst wenn er Junggeselle ist, hat das Bedürfnis nach einem gewissen Privatleben, und diese törichte Verlobung Tamaras paßte mir noch weniger als mein Auftrag.

Tamara wohnte im Süden der Stadt, in einem der riesigen Wohnblöcke, in die der Orion-Verleih das gute Geld gesteckt hatte, das er mit seinen Unterhaltungsfilmen verdient hatte. Die Autoschlange, die den ganzen Block entlang zu beiden Seiten der Straße parkte, zeigte mir, daß die Party schon in vollem Gange sein mußte.

Ich fuhr mit dem Lift zum achten Stock hinauf, und als ich ausstieg, schlugen mir Musik und Stimmengewirr entgegen. Die Wohnungstür war nur angelehnt. In der kleinen Diele, deren mohnrote Wände hart mit der tiefschwarzen Decke kontrastierten, lagen und hingen Mäntel aller Art übereinander. Ich war froh, daß ich meinen Trenchcoat im Wagen gelassen hatte, und legte meinen Hut auf die Verkleidung der Zentralheizung, wo ich ihn am leichtesten wiederzufinden hoffte. Nicht zum erstenmal wunderte ich mich darüber, daß einige Damen bei wärmsten Sommerwetter im Pelzmantel auszugehen pflegten – ich entdeckte zwei Nerze und einen grauen Persianer –, aber anscheinend trägt man Pelzmäntel ganz unabhängig von der Witterung.

Im Wohnraum, der ganz in Schwarz und Knallgrün gehalten war, herrschte keineswegs festliche Heiterkeit. Einige Herren – ich erkannte im Vorübergehen den Produzenten Putzi Hoffmann, Pressechef Meyer-Eckhardt, Geza von Vasary, den jungen Regisseur Rolf Gessler und den bejahrten Regisseur Marc Benger, Ex-Ehemann von Tamara Tess – saßen mit todernster Miene beisammen und fachsimpelten. Auch O. E. Adler hatte er vorgezogen, drinnen zu bleiben. Es war in der Branche bekannt, daß er für seine Publicity den Trick benützte, keine Publicity zu machen.

Alle anderen Gäste waren auf dem Dachgarten und mimten für die Kameramänner und Pressefotografen überschäumende Fröhlichkeit. Tamara Tess gelangt es wie immer am besten. Ich war einmal Zeuge gewesen, wie sie sich auf Wunsch eines Fotoreporters mit unnachahmlicher Grazie am verlängerten Rücken gekratzt hatte – ein Bild, das in den nächsten Wochen durch sämtliche Illustrierten ging, unter dem Titel: ›Tamara Tess, als sie sich unbeobachtet glaubte.‹

Der Dachgarten bot übrigens wirklich ein prächtiges Bild. Es wimmelte nur so von aufreizender Weiblichkeit in tiefen Dekolletés mit märchenhaft getönten Haaren und überlangen Wimpern. Tamara Tess, die, Hand in Hand mit Kai Kramer, an der Brüstung der Dachterrasse lehnte und in die Linsen der Apparate starrte, hatte auch in diesem Punkt wieder den Vogel abgeschossen. Ihr Dekolleté war so tief und ihr Rock so kurz, daß das Stückchen goldfarbener Samt, das dazwischenlag, nur noch von einem Fachmann als Kleid angesprochen werden konnte. Ihr mohnrotes Haar hob sich im Schein der Lampions und Blitzlichter phantastisch von dem Hintergrund ab, den die nächtliche Stadt mit ihrem Millionen Lichtern bot.

»Jetzt mal was anderes!« verlangte ein Fotoreporter.

»Ja, wie wär's, Herr Kramer? Nehmen Sie doch mal Ihre Braut auf den Arm!« forderte ein anderer. »Ja, so ist's richtig. Und Sie, Tamara, legen Ihren Arm um seinen Nacken, ja, so, fabelhaft!«

Tamaras enger Rock war bei dieser artistischen Übung so weit hochgerutscht, daß bestimmt keine Zeitung es wagen würde, diese Bild zu bringen – aber immerhin, die Jungens hatten ihren Spaß dabei, und das war auch schon etwas. Ich hatte gewaltigen Durst und zog es vor, mich erst einmal an die Hausbar im Wohnraum zurückzuziehen. Mit steigender Achtung für Tamara stellt ich fest, daß hier alles vorhanden war, was eine durstige Männerkehle erfreuen konnte, und mixte mir meinen geliebten Manhattan. Ich machte es mir hinter der Bar bequem, zündete mir eine Zigarette an, öffnete mein Notizbuch und trug erst einmal die Namen aller Anwesenden, fein säuberlich ihrer Prominenz nach geordnet, ein. Als ich meine Notizen noch einmal überflog, stellte ich fest, daß nur wenige Stars erschienen waren, dafür um so mehr Starlets und solche, die es werden wollten.

Ich war beim dritten Manhattan, als Tamara Tess vom Dachgarten hereinrauschte. »'n Abend, Charly!« rief sie vergnügt. »Willst du nicht auch die Hausfrau begrüßen?«

»Hausfrau steht dir gar nicht, Mädchen«, sagte ich und bot ihr eine Zigarette an.

Sie lachte. »Ach, Charly, du kannst dir ja nicht vorstellen, wie glücklich ich bin. Heute ist der schönste Tag meines Lebens!«

»Na, na, na!« rief Marc Benger aus der Herrenecke. »Das hast du bei unserer Verlobung auch gesagt, Tamara!«

Sie ging auf diese Bemerkung nicht ein, sondern drehte ihrem geschiedenen Mann ostentativ den Rücken zu. »Gib mir was zu trinken, Charly. Ich habe furchtbaren Durst!«

»Das ist ziemlich schnell gegangen mit deiner Verlobung, wie?« Ich mixte mir einen Manhattan.

»Schnell?« Sie riß die grünen, mit schwarzen Strichen vergrößerten Augen auf wie ein verblüfftes Kind. »Aber, Charly, ich finde, es geht furchtbar langsam. Ich kann es einfach nicht mehr abwarten, bis wir endlich verheiratet sind.«

»Macht denn das so einen Unterschied?« fragte ich und schob ihr das Glas hin.

»Natürlich! Was denkst du denn? Kai würde nie – er sagt, er achtet mich viel zu sehr, um...« Sie geriet ins Stottern und merkte es selber.

»Kommt dir das nicht ein bißchen komisch vor?«

»Dir vielleicht. Weil du wie alle Männer bist. Aber ich kenne Kai.«

»Er ist nicht wie alle Männer, meinst du das?«

»Du drehst mir das Wort im Munde um!« sagte sie ärgerlich.

Kai Kramer war nach Tamara hereingekommen und hatte sich gleich in die Ecke der Filmmänner verzogen. Er schien gar nicht zu merken, daß er störte, sondern versuchte sich unentwegt durch charmantes Lächeln, Feuergeben und bewundernde Blicke beliebt zu machen.

Ich wußte, daß es keinen Zweck hatte, trotzdem versuchte ich noch einmal, Tamara zu warnen. »Siehst du denn nicht, daß er nur Karriere machen will?« fragte ich.

»Wer will das nicht?« gab sie zurück. »Hauptsache, wir lieben uns! Bist du etwa eifersüchtig, Charly?«

»Nimm's ruhig an, wenn es dir schmeichelt!« erwiderte ich. »Ich glaube, es wird Zeit, daß ich meinen Bericht durchgebe.«

»Ja, richtig, Charly. Ich bin eigentlich nur gekommen, um dir zu sagen, daß die anderen Zeitungsleute schon fort sind.«

»Soll das ein Hinauswurf sein?«

»Aber, Charly! Jetzt wirst du beleidigend. Wir sind doch Freunde, oder?«

»Klar«, sagte ich, zog den leuchtendroten Telefonapparat an mich heran und wählte die Nummer der Redaktion.

Tamara rutschte von ihrem Hocker. »Komm, Kai!« rief sie. »Laß uns tanzen! Jetzt wird's erst gemütlich!«

»Entschuldige mich bitte, Liebling«, gab er zurück, »wir sind gerade in einer so interessanten Unterhaltung.«

»Und wie ist es mir dir, Marc?«

Marc Benger erhob sich. »Dann muß ich mich wohl mal wieder opfern.«

»Opfern braucht sich niemand für mich!« erklärte Tamara Tess wütend, nahm die Whiskyflasche und goß sich ein Glas pur ein.

Ich sah, wie Marc Benger sich grinsend wieder niederließ.

»Gestern abend feierte Tamara Tess, Publikumsliebling des deutschen Films«, diktierte ich langsam der Sekretärin vom Nachtdienst ins Telefon, »ihre Verlobung mit dem Nachwuchsschauspieler Kai Kramer. Aus diesem Anlaß gab sie in ihrem zauberhaften Penthouse im Orion-Viertel eine Party, zu der sie ihre engsten Freunde geladen hatte.« Ich diktierte, mein Notizbuch in der Hand, alles herunter, was über dieses Fest und seine Gäste zu sagen war, dann schloß ich: »Die Party dauerte bis fünf Uhr früh. Es heißt aber, daß einige Unentwegte erst um neun Uhr, nach einem kräftigen Frühstück, Tamaras Wohnung verlassen haben.«

»Das geht nicht!« rief Tamara dazwischen. »Das ist ja gar nicht wahr!«

»Haben Sie's, Nelly?« fragte ich in den Apparat. »Ja, danke, das ist alles.« Ich legte den Hörer auf. »Du hast eine schmutzige Phantasie«, sagte ich, »wer denkt denn gleich an so was?«

»Aber ich muß erst Kai fragen.«

»Frag ihn«, sagte ich, aber dann stellten wir beide fest, daß Kai und O. E. Adler zusammen verschwunden waren.

In diesem Augenblick rauschte Friedl König herein, im großen Abendkleid, eine Nerzstola um die nackten, rundlichen Schultern geschwungen, im lockigen Haar ein funkelndes Diadem. Sie ähnelte mehr denn je einer Königinmutter. Geradewegs steuerte sie auf die Bar zu und begrüßte mich mit einem mißbilligenden Blick. »Ich dachte, die Presse wäre schon fort! Tamara, du hast mir fest versprochen...«

»Regen Sie sich nicht auf, gnädige Frau«, sagte ich, »mein Bericht ist schon durch.«

»Und Sie werden wirklich nicht...?« Sie beugte sich vor und fügte in einem gekonnten Bühnenflüsterton hinzu: »Sie wissen, es würde merkwürdig wirken, wenn ich ohne Sara...«

»Es würde viel merkwürdiger wirken, wenn man die Wahrheit über Sie und Sara schriebe, nicht wahr?« fragte ich.

Tamara rutschte von ihrem Barhocker. »Bitte, Charly, gib Mami was zu trinken. Ich muß mich um Kai kümmern.« Dann war sie schon fort. Auf der Suche nach ihrem frischgebackenen Verlobten.

»Ich wollte eigentlich nicht kommen...«, begann Friedl König.

Ich unterbrach sie. »Ich weiß, daß Sie sich nur höchst ungern mit mir unterhalten, gnädige Frau, aber vielleicht wäre es doch wichtig. Für uns beide.«

Ich reichte ihr über die Bar hinweg meinen Arm und half ihr auf einen der Barhocker.

»Danke«, sagte sie und schien sich in ihr Schicksal zu ergeben. »Sie haben Sara in der Klinik besucht, nicht wahr? Wie gefällt Ihnen das liebe Kind?«

»Hm«, sagte ich, »ich will sie ja nicht heiraten.«

Sie überhörte diese zynische Bemerkung. »Ich finde, sie hat sich sehr verändert, nicht wahr?«

»Stimmt. Aber nicht zu ihrem Nachteil.«

»Ich wollte sie nach Hause holen. Diese Krankenhausatmosphäre ist bestimmt nicht das Richtige für Sara. Sie ist immer sehr sensibel gewesen, müssen Sie wissen. Ich habe schon mit Professor Werner darüber gesprochen, und er war einverstanden. Aber...« Sie schwieg plötzlich.

»Sara hat nicht gewollt, wie?« fragte ich.

»Woher wissen Sie...« Sie sah mich mit erstaunten Kulleraugen an.

»Gefühlssache!«

»Ich begreife nicht, nein, ich begreife wirklich nicht, was in dem Kind vorgeht.«

»Sara ist kein Kind. Sie ist ein erwachsenes junges Mädchen. Wenn Sie mich fragen, ich finde, sie sollte heiraten.«

Friedl König strahlte. »Wirklich? Ist das auch Ihre Meinung? Ich habe gerade heute morgen mit Geza...« Sie verbesserte sich: »...mit Herrn von Vasary darüber gesprochen. Es wäre natürlich nicht ganz leicht, eine passende Partie zu finden. Wir hatten an Fürst Erhard von Grafenwöhr gedacht. Er ist ja schon seit Jahren ganz wild auf das Kind.«

Mir blieb die Spucke weg. »Ist das Ihr Ernst? Der Fürst ist, soviel ich weiß, über fünfzig und schwer degeneriert!«

Mamis Miene verschloß sich sofort. »Er stammt aber aus einer sehr alten Familie, und sein Ruf ist tadellos. Ich habe mich schon erkundigt.«

»Und Sara? Was sagt Sara dazu?«

»Ich habe noch nicht mit ihr darüber gesprochen. Aber sicher wird sie einsehen, daß ich recht habe. Sie hat bisher immer alles getan, was ich ihr vorgeschlagen habe.«

»Denken Sie eigentlich nur an die Publicity oder zwischendurch auch einmal an das Wohl Ihres Kindes?«

»Ich sehe, Sie verstehen mich nicht!« Friedl König knallte ihr Glas auf die Bar und ließ sich vom Hocker rutschen. »Es hat gar keinen Sinn, wenn wir uns unterhalten!«

»Gnädige Frau!« rief ich und wollte hinter ihr her. Da war sie aber schon im Gewühl der Tanzenden verschwunden. Ich hätte mich so gern einmal mit ihr über Gotthold Emanuel Rodenberg unterhalten. Aber anscheinend hatte ich an diesem Abend kein Talent, mich bei den Damen beliebt zu machen.

Als ich Sara König das nächstemal in der Klinik besuchen wollte, fand ich ihr Zimmer leer.

Von einer der adretten Schwestern – diesmal war es eine schwarzhaarige, mollige – erfuhr ich, daß die Patientin hätte aufstehen dürfen und wahrscheinlich im Park wäre.

Es war gar nicht so leicht, sie zu finden. Ich durchforschte den riesigen Park bis in seine letzten Winkel, ohne eine Spur von Sara zu entdecken. Schließlich gab ich es auf. Ich blieb in der Nähe eines mächtigen blühenden Jasminbusches stehen und zündete mir eine Zigarette an. Von hier aus, glaubte ich, konnte ich die auf und ab flanierenden Patienten besser überblicken, als wenn ich selber hin und her rannte. Einmal mußte sie, wenn sie wirklich im Park war, ja doch an mir vorbeikommen. Ich stand ganz still da und rauchte. Plötzlich hörte ich hinter mir – genauer gesagt hinter dem Gebüsch hervor – eine tiefe, angenehm klingende männliche Stimme. »Ich finde, Sie haben sich glänzend erholt, Fräulein Schmid. Sie sehen einfach wunderbar aus.«

Ein kleiner Seufzer war die Antwort. »Finden Sie?«

Jetzt erst horchte ich auf. Das war unverkennbar Sara Königs Stimme gewesen. Ich überlegte einen Augenblick lang, ob ich sie rufen sollte, aber dann zog ich es doch vor, mich still zu verhalten.

Der junge Dr. Werner – es konnte niemand anderer sein – lachte. »Das klingt gerade so, als ob es Ihnen leid täte, wieder gesund zu sein.«

»Vielleicht bedaure ich das wirklich ein bißchen, Doktor«, sage Sara König. »Ich habe die ganze Zeit hier sehr genossen. Die himmlische Ruhe, das hübsche Zimmer, die netten Schwestern!« Plötzlich wurde ihre Stimme flehend. »Könnten Sie nicht mir Ihrem Vater sprechen? Meine Mami möchte mich so schnell wie möglich nach Hause holen, aber ich... Wenn Professor Werner ihr sagen würde, daß ich noch nicht ganz erholt wäre, dann...«

»Ich habe gar keinen Einfluß auf meinen Vater«, erwiderte Dr. Werner, und in seiner Stimme klang Bitterkeit.

»Aber alle sagen doch, daß Sie sein Nachfolger sind!«

»Das ist noch gar nicht raus.«

»Nicht? Glauben Sie, er würde die Klinik einem anderen übergeben? Sie sind doch der einzige Sohn, nicht wahr?«

»Mein Vater möchte gern, daß ich die Klinik übernehme, Fräulein Schmid. Nur ich selber, ich weiß noch nicht recht. Wahrscheinlich werden Sie mich gar nicht verstehen, aber ich hasse diesen ganzen Betrieb hier.«

Aus dem langen Schweigen Saras konnte ich erkennen, wie verblüfft sie über diese Eröffnung war. »Ist das Ihr Ernst?« rief sie endlich. »Das begreife ich wirklich nicht. Es ist doch so wunderschön hier! Eigentlich gar nicht wie in einem Krankenhaus! Als Kind war ich einmal in einer Klinik, wo mir der Blinddarm herausgenommen wurde. Ich kann Ihnen gar nicht sagen, wie furchtbar es dort war. Und hier! Alles so hell und freundlich, und der schöne Park, und alle Patienten scheinen so glücklich und zufrieden zu sein. Und das gefällt Ihnen nicht?«

»Ich bin Arzt, Therese, ich bin Arzt geworden, weil ich den Menschen helfen will.«

»Aber das können Sie hier doch auch!«

»Ja, ich kann reichen alten Männern und Frauen helfen, ihr Leben zu verlängern. Ich kann all die Krankheiten behandeln, die niemals entstanden wären, wenn die Leute nur ein bißchen vernünftiger und mäßiger gelebt hätten. Ja, das kann ich. Aber glauben Sie, das ist wirklich eine Aufgabe für einen Arzt?«

»Sie haben hier doch auch wirkliche Krankheiten, Doktor! Sie haben mir doch selber erzählt, die junge Frau von Zimmer fünfzehn...«

»Ja, ja, natürlich. Es gibt hier auch wirkliche Krankheiten. Überhaupt, ich habe übertrieben. Es gibt nur wirkliche Krankheiten. Wir sind ja kein Sanatorium. Aber es macht mir einfach keinen Spaß, Leuten zu helfen, die sich jeden Arzt leisten können. Ich möchte denen helfen, die kein Geld haben, denen niemand hilft. Verstehen Sie wirklich nicht, was ich meine?«

»Doch, schon«, sagte Sara leise, »nur, ich glaube, Sie sehen die Dinge falsch. Die reichen Leute sind oft viel ärmer dran als die armen – besonders, wenn sie krank sind. Jeder sieht nur, daß sie Geld haben. Diese Leute werden immer nur beneidet.«

»Wer bemitleidet die Armen? Wer kümmert sich überhaupt darum, wie es den Armen geht? Ich denke gar nicht an Europa. Natürlich gibt es auch hier Arme, auch in der Bundesrepublik, auch in München. Aber was ist diese Armut verglichen mit dem völligen Ausgeliefertsein, der Hilflosigkeit der unterentwickelten Völker? Wo es oft viele hundert Kilometer weit überhaupt keinen Arzt gibt? Wo die Leute aus Hunger und Unwissenheit krank werden? Wo niemand da ist, der ihnen wirklich hilft?«

»Sie wollen nach Afrika?« fragte Sara erschrocken.

»Ich möchte, das heißt, ich habe es bisher immer gewollt. Jetzt weiß ich es auf einmal nicht mehr.«

»Sie dürfen nicht nach Afrika fahren, Wolfgang!« rief Sara erregt. »Sie dürfen das Ihrem Vater nicht antun!«

»Meinem Vater! Wieso setzen ausgerechnet Sie sich für meinen Vater ein?«

»Ich meine nicht nur Ihren Vater. Ich meine alle Menschen, die Sie lieben. Auch Ihre Mutter. Sie dürfen doch nicht einfach alles im Stich lassen. Sie haben bestimmt hier auch eine Aufgabe, Wolfgang. Bitte, bitte, fahren Sie nicht!«

Eine kleine Pause entstand. Dann sagte Dr. Werner: »Solange Sie hier sind, werde ich bestimmt noch nicht fahren!«

»Und wenn ich wieder zu Hause bin?«

»Können wir – ich meine, es gehört sich natürlich nicht, ich bin schließlich Ihr Arzt –, aber ich würde mich sehr freuen, wenn wir uns einmal wiedersehen könnten.«

»Ich werde sehen, ob es sich machen läßt. O ja. Es muß gehen.«

»So wie mit Ihnen, Therese, ganz ehrlich, habe ich noch nie mit einem Menschen reden können.«

»Auch nicht mit Frau Dr. Ritter?«

»Brigitte? Ich schätze sie. Sie ist eine Freundin, eine gute Kameradin, verstehen Sie? Aber wenn ich mit Ihnen spreche, habe ich niemals das Gefühl, daß ich eine Frau vor mir habe, die...«

Es war höchste Zeit, einzugreifen. Ich ging mit festen, betont lauten Schritten um das Gebüsch herum und sah Sara König und Dr. Wolfgang Werner nebeneinander auf der Bank sitzen – so nahe, daß es nur noch gefehlt hätte, sie hätten sich an den Händen gehalten. »Hallo, Therese!« rief ich munter. »Ich habe Sie überall gesucht. Da sind Sie ja endlich!«

In Saras Augen stand alles andere als freudige Überraschung. »Hallo, Charly!« sagte sie leise.

»Ich glaube, Sie sollten jetzt wieder in Ihr Zimmer gehen, Fräulein Schmidt!« mischte sich Dr. Werner ein. »Das Beste wird sein, ich bringe Sie gleich nach oben.«

Diesmal ließ ich mich nicht so leicht abwimmeln. »Danke sehr, Doktor«, sagte ich, »Sie dürfen mir Fräulein Schmid ruhig zu treuen Händen überlassen. Ich bringe sie selber hinauf.«

»Wird es Ihnen nicht zuviel?« fragte Dr. Werner und beugte sich besorgt zu Sara.

»Wir können uns auch in Ihrem Zimmer unterhalten, Therese«, schlug ich vor.

Sie ergab sich ihrem Schicksal. »Nein, danke, wirklich nicht, Doktor. Ich würde ganz gern noch ein bißchen unten bleiben.«

Dr. Werner zog sich mit einer knappen Verbeugung zurück.

»Glauben Sie, daß der Doktor jetzt beleidigt ist?« fragte Sara ängstlich.

»Dann müßte er verrückt sein. Er ist höchstens ein bißchen eifersüchtig, so was schadet niemals.«

Sie wechselte sofort das Thema. »Wie war's bei Tamaras Verlobung?«

»Na großartig. Sie können es sich sicher vorstellen. Tamara hat dauernd Putzi Hoffmann und Gessler in den Ohren gelegen, sie wäre kein Vamp und kein Sexstar, sondern eine Frau mit Herz und Gemüt, ein wahres Gretchen. Sie wollte endlich eine ›wirkliche‹ Rolle spielen. Es war sehr komisch, weil ihre ganze Aufmachung alles andere als sittsam war.«

»So wird sie immer, wenn sie etwas getrunken hat«, sagte Sara. Nachdenklich fügte sie hinzu: »Vielleicht hat sie nicht einmal unrecht. Wer von uns bekommt die richtigen Rollen?«

»Ja, und wer von euch weiß schon, was die richtigen Rollen sind?«

»Ich wüßte es.«

»Wirklich? Dann erzählen Sie mal!«

»Ich habe jetzt das Drehbuch von ›Frühling in Berlin‹ ein paarmal gelesen, Charly. Wahrscheinlich ist es lächerlich. Aber plötzlich sehe ich die Rolle ganz anders. Eigentlich ist sie sehr interessant...«

»Ganz bestimmt. Ein junges Mädchen, das um einen älteren erfolgreichen Mann kämpft, ist immer interessant.«

»Ich glaube, ob der Mann älter und erfolgreicher ist, spielt gar keine Rolle. Ich bin darauf gekommen, daß in den meisten Filmen und Romanen alles verlogen ist. Da werden die Mädchen immer von Verehrern bestürmt, sie doch endlich zu heiraten. In Wirklichkeit ist das ganz anders. Jede Frau muß um den Mann kämpfen, den sie liebt, nicht wahr?«

Ich sah Sara an. Sie hatte sich sehr verändert, und das, obwohl sie die Haare, wie früher, leicht in die Stirn gekämmt trug. Es lag nicht daran, daß ihr Gesicht unter dem rotblonden duftigen Haar immer noch etwas blaß und schmal war, es lag an etwas ganz anderem. Sie war anziehender geworden, weiblicher. Ihre großen blauen Augen unter den leicht getuschten Wimpern hatten einen wissenden Ausdruck bekommen, der schön geschwungene blasse Mund war nicht mehr so leicht zu einem Lächeln bereit. Plötzlich fiel bei mir der Groschen. Sara hatte sich verliebt.

»Sie müssen dem Doktor sagen, wer Sie sind, Sara«, sagte ich.

Sie schluckte. »Ich habe es immer wieder versucht, Charly. Das müssen Sie mir glauben. Aber er ist so ahnungslos. Ich bringe es einfach nicht fertig.«

»Je länger Sie es hinausschieben, desto schwieriger wird es.«

»Ich weiß. Aber was soll ich machen? Jetzt hat er mich gern, weil er glaubt, daß ich ein einfaches kleines Mädchen bin, durch einen Zufall in diese feudale Klinik geschneit. Aber wenn er es weiß! Ach, Charly, es ist schrecklich. Er mag keine reichen Leute. Er verachtet alle, die Geld und Erfolg haben. Wie soll ich es ihm beibringen?«

»Wenn er Sie wirklich liebt, wird es ihm nichts ausmachen.«

»Aber woher weiß ich das? Nein, Charly, ich kann es ihm bestimmt nicht sagen, bevor ich nicht Gewißheit habe.«

»Vielleicht ist es dann zu spät. Dies hier ist kein Film, Sara, es ist das wirkliche Leben. Männer hassen es, beschwindelt zu werden. Sie verlieren das Vertrauen, und es kränkt ihre Eitelkeit, daß sie den Schwindel nicht gleich durchschaut haben.«

Sie stand auf und strich sich über ihr blaues Leinenkleid. »Charly, wenn ich nur wüßte, wie!«

Zu der Uraufführung seines neues Films ›Sieben Männer auf einen Streich‹ beehrte sich der Orion-Verleih, die Presse zu einem großen Empfang einzuladen. Vom Lichtspielhaus am Münchner Stachus, wo der Film aus der Taufe gehoben worden war, bis zum Bayerischen Hof bildeten die Filmfans Spalier und drängten stürmisch gegen die Absperrung der Polizei, um ihren Stars möglichst nahe zu sein.

Der Orion-Verleih hatte die Sache ganz groß aufgezogen. Nicht nur die Mitwirkenden des neuen Films waren nach München beordert worden, sondern man hatte auch noch andere Stars, die in einer engeren oder loseren Verbindung zum Verleih standen, an diesem Tag aufmarschieren lassen. Sie mußten den Vorstellungen beiwohnen und gaben während der Pausen im Foyer Autogramme.

Da ich kein Filmkritiker bin, verzichtete ich darauf, mir das neue Meisterwerk der Otto-Hoffmann-Produktion im Orion-Verleih zu Gemüte zu führen, sondern schlängelte mich gegen zehn Uhr geradewegs zum Bayerischen Hof. Fotoreporter und Kameramänner hatten schon vor dem Portal ihre Stellungen bezogen, um den glänzenden Einzug der Stars für die staunende Mitwelt festzuhalten. Im Foyer drängten sich die Hotelgäste und weideten sich am Abglanz des großen Ereignisses. Als ich die breite Treppe hinaufschritt, hörte ich, wie ein junges Mädchen ihrer Mutter zuflüsterte: »Du, wer ist das? Den habe ich bestimmt schon mal in einem französischen Film gesehen!« Womit sie mich meinte, was mein Selbstbewußtsein enorm hob.

Im großen Konferenzsaal, den der Orion-Verleih für diesen Tag hatte reservieren lassen, war auf einer Reihe blütenweiß gedeckter, aneinandergeschobener Tische ein kaltes Büffet aufgebaut. Leuchtendrote Hummer, goldgelbe Mayonnaise, Kaviar auf riesigen Eisblöcken und zartrose Schinken machten einem den Mund wäßrig. Livrierte Diener in weißen Strümpfen und Schnallenschuhen reichten auf silbernen Tabletts Gläser mit perlendem Sekt herum.

Susanne Sattler, die weibliche Hauptdarstellerin von ›Sieben Männer auf einen Streich‹, hatte sich, ein Glas Sekt in der einen und eine Zigarette in einer langen Spitze in der anderen Hand balancierend, zwischen Putzi Hoffmann und Geza von Vasary gedrängt und stand der Presse Rede und Antwort. Sie sagte das, was alle Schauspielerinnen auf der Welt bei solch einer Gelegenheit sagen, weil sie wissen, daß es immer gut ankommt, auch wenn es noch so verlogen ist: »Die Arbeit an diesem Film hat mir ganz besondere Freude gemacht. Es war ein so reizendes und kollegiales Zusammenarbeiten. Die Stimmung in den Ateliers und bei den Außenaufnahmen war einfach prächtig. Ich möchte ...«

Sie verstummte konsterniert, denn in diesem Augenblick steigerte sich der Jubel der Fans draußen zu geradezu frenetischer Begeisterung. Die Blicke aller Anwesenden richteten sich auf die Tür. Aber es dauerte noch gute fünf Minuten, bis der Star, für den die Wogen der Begeisterung so hoch geschlagen waren, eintraf. Es war Sara König. ›Mami‹ folgte ihr, aufgeregt und besorgt wie eine Glucke, auf dem Fuß.

Sara sah zauberhaft aus. Sie schien während ihrer Krankheit einige Zentimeter gewachsen zu sein. In einem raffiniert einfachen Cocktailkleid aus weißer Seide kam sie auf uns zu, den schönen Kopf mit dem duftigen rotblonden Haar hocherhoben. Sie lächelte nicht, aber ihr ganzes Wesen strahlte so viel Wärme aus, daß selbst die anwesenden Journalisten, hartgesottene Burschen im allgemeinen, von ihrem Liebreiz ergriffen waren. Ausgerechnet Friedberg Loid, ein Kritiker, der wegen seiner ätzenden Verrisse gefürchtet war, hob als erster die Hände, um ihr zuzuklatschen, und alle anderen Anwesenden folgten seinem Beispiel. Die Sympathiekundgebung hatte eine doppelte Wirkung: Susanne Sattler erblaßte jäh und murmelte, daß ihr nicht ganz gut wäre, Sara König errötete leicht. Wie auf Kommando stürzte die ganze Meute der Journalisten auf sie zu. Die Antworten, die sie auf die Fragen der Reporter gab, waren Schablone und interessierten mich nicht. Ich wußte, daß Geza von Vasary und ›Mami‹ sie vorher gründlich mit ihr einstudiert hatten.

Währenddessen füllte sich der große Saal mehr und mehr. Schauspieler, Schauspielerinnen, Stars und Starlets trudelten nacheinander ein. Endlich gab Putzi Hoffmann das Zeichen, die Türen zu schließen, und rief laut über das Getümmel hinweg: »So, Freunde, ich glaube, es ist Zeit, daß wir einen Happen zu uns nehmen.«

Dieser freundlichen Aufforderung folgte eine kleine verlegene Pause, denn keiner wollte sich als erster auf das üppige kalte Büffet stürzen. In diesem Augenblick, noch ehe die Diener die Türen schließen konnten, trat ein Unbekannter in den Raum, ein breitschultriger untersetzter Mann in einem hellblauen Anzug von amerikanischem Schnitt. Auf seiner roten Krawatte galoppierten schwarze und weiße Pferde mit schreiend bunt gekleideten Jockeys auf den Rücken. Mich faszinierte diese seltsame Krawatte so sehr, daß ich mich geradezu zwingen mußte, den Blick davon loszureißen und in das Gesicht des späten Gastes zu schauen. Es war ein rundes Gesicht mit geschwollenen Augen, einer großen Nase und einem kleinen, sinnlichen Mund. Der Mann mochte etwa fünfzig sein, sein Kopf war bis auf einen grauen Haarkranz um den Schädel vollkommen kahl.

Niemand hätte den Fremden trotz seines seltsamen Aufzuges weiter beachtet, wenn er sich, gleich allen anderen, an das kalte Büffet herangemacht hätte. Aber das tat er nicht. Er ging vielmehr schnurstracks auf Friedl König zu, breitete seine Arme aus und rief, ohne ihr entsetztes Zurückweichen zu beachten: »Hallo, Darling! Das ist eine Überraschung, wie?« Er zog sie an seine breite Brust und knallte ihr einen Kuß auf jede Wange. »Stell mich doch den Leuten vor, Darling!« Er sah sich strahlend um. »Schließlich bin ich ja extra aus Amerika gekommen, um...«

Geza von Vasary war hastig auf ihn zugegangen. »Bitte, kommen Sie mit!« flüsterte er scharf. »Es hat gar keinen Sinn, hier Aufsehen zu erregen.« Er packte den Fremden am Arm und wollte ihn mit sich fortziehen.

»Wer ist dieser Mann?« fragte Putzi Hoffmann verblüfft.

Der Fremde hatte sich Geza von Vasarys Griff entzogen. »Ich bin Gotthold Emanuel Rodenberg!« posaunte er. »Der Vater von Sara König! Wo ist denn meine Kleine?«

Er blickte um sich, aber es waren so viele attraktive junge Mädchen im Raum, daß er sich nicht auskannte.

Für das, was Sara jetzt tat, erntete sie meine uneingeschränkte Bewunderung. Sie ging mit ruhigen, sicheren Schritten auf ihren Vater zu, reichte ihm die Hand und sagte dann in beherrschtem Ton zu den anwesenden Journalisten, die alle ihre Notizbücher gezückt hatten und denen die Augen vor Neugier fast aus dem Kopf fielen: »Ich habe meinen Vater so viele Jahre nicht mehr gesehen, daß ich ihn gar nicht mehr kenne!«

In diesem Augenblick fiel Friedl König in Ohnmacht. Aber sie stürzte nicht zu Boden. Sie fiel, wie abgezirkelt, in die Arme des schräg hinter ihr stehenden Managers Geza von Vasary. Er reagierte blitzschnell, fing sie auf und trug sie mit einer Kraft, die ich seinem schmalen Körper gar nicht zugetraut hätte, durch die Reihen der verblüfft zurückweichenden Gäste.

Sara König wandte sich sofort von ihrem Vater ab und folgte den beiden. Es war eine ganz natürliche Reaktion, und dennoch schien in ihren fast stolpernden Schritten etwas Fluchtartiges zu liegen.

Sie verließen den Saal durch eine eichene Tür, die ein livrierter Diener öffnete und hinter ihnen wieder schloß.

Alles hatte sich in Sekundenschnelle abgespielt. In verblüffendem Schweigen hatten Gäste und Journalisten den unerwarteten Vorgang beobachtet.

Jetzt brach ein Sturm los. Mit einem Aufschrei stürzten sich die Reporter auf den untersetzten Mann mit der seltsamen Jockey-Krawatte, der sich als Vater der Sara König ausgegeben hatte.

»Mister – wie war doch Ihr Name? Wann haben Sie Ihre Tochter zuletzt gesehen?«

»Seit wann wissen Sie, daß sie berühmt geworden ist?«

»Haben Sie mit Ihrer Tochter in Verbindung gestanden?«

»Sind Sie von Friedl König geschieden?«

»Wann waren Sie mit ihr verheiratet?«

Viele Fragen prasselten auf Gotthold Emanuel Rodenberg ein. Er stand da, mit leicht gespreizten Beinen, wie ein Fels in der Brandung, und hob abwehrend die dicken, fleischigen Hände. »Immer mit der Ruhe, Boys, wie sagt man so schön in Germany, alles der Reihe nach. Ich werde euch jetzt die Story des verschollenen Vaters erzählen. All right?«

Aber er kam nicht mehr dazu, mit seiner Geschichte loszulegen. Lautlos und unbemerkt war Geza von Vasary in den Saal zurückgekehrt. Er legte mit sanftem Nachdruck die Hand auf die Schulter von Sara Königs Vater und sagte leise, aber eindringlich: »Ich glaube, Sie sollten sich jetzt erst einmal um die gnädige Frau kümmern, Herr Rodenberg!«

Rodenberg wollte ihn abschütteln wie ein lästiges Insekt. »Ich? Natürlich, ich will nur erst...«

Aber da hatten sich schon die Orion-Leute wie ein Polyp größeren Ausmaßes zwischen den unerwünschten Vater und die Meute der Reporter gedrängt. Links durch von Vasary, rechts durch den Pressechef Meyer-Eckhardt flankiert, wurde Rodenberg mit sanfter Gewalt durch die rückwärtige Tür aus dem Saal gedrängt.

Die Journalisten protestierten heftig. »Hören Sie mal!«

»Das können Sie mit uns doch nicht machen!«

»Warum lassen Sie den Mann nicht reden?«

»Da ist doch etwas faul im Staate Dänemark!«

Egon Pauly, der Verleihchef, dessen rundes Gesicht bleich wie ein Vanillepudding geworden war, versuchte sich als Herr der Situation zu erweisen. »Nur keine Aufregung, meine Herren, Sie werden alle Gelegenheit haben, Herrn Rodenberg zu interviewen!«

»Wann?« fragte Lex Tiger von der ›Abendpresse‹ und starrte Egon Pauly durch seine dicken Brillengläser wie eine mißvergnügte Eule an.

»Noch heute. Selbstverständlich noch heute. Sobald Frau König sich ein wenig erholt hat. Bis dahin –, wie wäre es, wenn wir jetzt endlich einen Happen zu uns nehmen würden? Eine kleine Stärkung würde uns bestimmt allen guttun.«

Egon Pauly versuchte es nach dem alten Rezept: Füttere die Bestie, bevor du ihr den Kopf in den Rachen steckst! Aber diesmal verfehlte es entschieden seine Wirkung. Uns hatte die Aufregung nicht hungrig, sondern nur durstig gemacht, und selbst, wem der Magen knurrte, wagte es nicht, sich an dem prächtigen kalten Büffet zu laben, weil niemand die Rückkehr der entflohenen Familie versäumen wollte. Eine kleine Gruppe, unter ihnen Lex Tiger, drängte sogar ostentativ aus dem Saal hinaus. Ich nahm an, daß sie sich schon mit ihren Redaktionen in Verbindung setzen wollten, aber sie waren nach verhältnismäßig kurzer Zeit wieder zurück.

»Telefonleitung durchschnitten, Lex?« fragte ich.

»Das sähe denen ähnlich. Hier muß man auf alles gefaßt sein. Wir haben uns vorsichtshalber vergewissert, daß die Vögelchen nicht ausfliegen können. Karlchen Siebert hält Wache.«

»Aha«, sagte ich.

»Kann man nichts anderes zu trinken bekommen als diesen labbrigen Sekt?« fragte Lex angewidert, als einer der livrierten Kellner mit einem Tablett voll Sektgläser an uns vorbeischwebte.

»Die arme Sara!« ließ sich der Star Susanne Sattler laut und deutlich vom Büffet her vernehmen, und das Mitleid in ihrer Stimme war so falsch wie ihre Zähne. »Sie sah ohnehin schon elend aus, und jetzt das noch!« Sie hob ein Glas Sekt in die Höhe und präsentierte sich strahlend den Reportern.

Ich sah, daß sie nur mit Mühe ihre Wut unterdrücken konnte, als keine der Kameras gezückt wurde. Sara hatte ihr die Schau gestohlen, und Susanne lechzte nach Rache.

»Wissen Sie eigentlich, warum Sara die letzten Wochen unsichtbar geblieben ist?« plapperte sie los. »Sie hat eine Abmagerungskur machen müssen! Gessler hat ihr gesagt, daß sie für die neue Rolle einfach zu fett wäre. Lustig, nicht wahr? Ich hatte Gott sei Dank nie Sorgen wegen meiner Figur. Ich kann essen, was ich will!« Um ihren Worten Nachdruck zu verleihen, führte sie einen gehäuften Löffel Kaviar zum Mund.

Susanne Sattler war der einzige Star, der es sich schmecken ließ, alle anderen fürchteten um ihre schlanke Linie. Nur Otto Simmel, der Charakterkomiker, der seine Beliebtheit hauptsächlich seiner Leibesfülle verdankte, schlug mit gutem Appetit ein. Er war in Filmkreisen bekannt dafür, daß es ihm immer und überall schmeckte, wenn er es nicht selber zu bezahlen brauchte. Ansonsten tat sich nur der Nachwuchs gütlich, der sich an normalen Wochentagen die Butter vom Brot abzusparen pflegte, um sein Geld zum Friseur und in die Schneiderateliers zu tragen. Wie ausgehungert sie waren, die armen Kleinen, zeigte sich daran, daß die vor wenigen Minuten noch wunderbar dekorierten Tafeln jetzt Schlachtfeldern glichen.

Wir Presseleute warteten. Ich hätte, wie Lex Tiger, etwas dafür gegeben, wenn ich ein herzhaftes Männergetränk hätte auftreiben können, aber ich konnte mich nicht entschließen, die Tür, durch die Sara und ihre Eltern entschwunden waren, aus den Augen zu lassen. So entging es mir nicht, daß einer der Kellner herausschlüpfte. Er sah sich suchend im Saal um, und ich war sicher, daß er Putzi Hoffmann eine Nachricht zu überbringen hatte.

Ich hatte mich wieder einmal geirrt – ich selber war es, den er mit einer Botschaft beehrte.

»Herr Holländer?« fragte er leise.

»Ja?«

»Würden Sie mir bitte folgen?«

Das war aufregend. Meyer-Eckhardt und Vasary schienen einen Bundesgenossen zu suchen. Ich war mir nicht sicher, ob ich mitmachen würde, aber immerhin, ich mußte mir anhören, was sie zu sagen hatten.

Es war Sara König, die mich empfing. Ihr Gesicht war blaß, aber gegen die blütenweiße Reine ihres Seidenkleides wirkte es immer noch jung und frisch. Sie erschien mir nicht nervöser, als es in dieser Situation verständlich war.

»Sara!« sagte ich. »Sie sind nicht bei Ihrer Mutter?«

Sie schüttelte den Kopf und flüsterte: »Sie müssen mir helfen, Charly!«

Wir standen in einem Vorraum, der den großen Konferenzsaal, in dem der Empfang des Orion-Verleihs stattfand, mit dem sogenannten kleinen verband.

»Hat man Sie vorgeschickt?« fragte ich mit einer Kopfbewegung zu jener Tür, hinter der ich Friedl König und Co. vermutete.

»Nein, natürlich nicht, Charly. Ich – ich habe eine ganz persönliche Bitte!«

»Lassen Sie hören!«

»Bitte, Charly, ich muß hier raus. Verstehen Sie mich! Ich ertrage das alles einfach nicht mehr.«

»Waren Sie von dem Auftauchen Ihres Vaters wirklich so überrascht?« fragte ich.

»Bitte, Charly, bitte, jetzt nicht. Morgen ja, kommen Sie morgen früh zu mir, dann werde ich alle Ihre Fragen beantworten. Aber jetzt – helfen Sie mir!«

Ich kaute nachdenklich an meiner Unterlippe. »Ich nehme an, Sie wollen unauffällig verschwinden, was?«

»Ich kann keinesfalls durch den Saal zurück. Sie wissen selber, die Reporter...«

»Meinen Sie, wir sollten die Kleider tauschen, damit man Sie nicht erkennt?« sagte ich und spürte selbst, daß mein Witz nicht ankam.

Zwischen durch:

Susanne Sattler und Otto Simmel lassen es sich schmecken: Man ist ja eingeladen. Was aber macht der Leser, wenn sich bei ihm zwischendurch der kleine Hunger meldet? Dann sollte er sich einfach selbst einladen.
Wozu? Natürlich zur…

»Ach, Charly!« sagte sie nur, ohne ein Lächeln.

Ich riß mich zusammen. »Die Tür dort führt ins kleine Konferenzzimmer, nicht wahr? Und diese hier...«

»... ist verschlossen«, ergänzte sie meinen Satz.

Ich mochte ihr nicht sagen, daß außerdem noch, wenn mich nicht alles trog, Karlchen Siebert draußen Wache hielt. »Das werden wir gleich haben«, erklärte ich beruhigend. Vorsichtig öffnete ich die Tür zum großen Saal einen Spaltbreit. Der Kellner, der sich von draußen angelehnt hatte, purzelte ins Zimmer. Ich schoß die Tür rasch hinter ihm. »Hören Sie, Mann«, sagte ich, »wir brauchen sofort den Schlüssel zu dieser Tür hier!« Ich wies auf den Ausgang. »Wenn Sie uns den innerhalb von fünf Minuten bringen, ohne daß es jemand merkt...«

Er unterbrach mich. »Das ist nicht nötig, mein Herr. Wir haben ausdrücklich Anweisung bekommen...«

»Glaube ich Ihnen, mein Freund. Aber inzwischen hat sich hier einiges getan, wie Sie vielleicht schon gemerkt haben werden. Die junge Dame muß sofort so unauffällig wie möglich das Haus verlassen, verstehen Sie?« Ich verzichtete auf lange Erklärungen, sondern drückte ihm, um meiner Bitte Nachdruck zu verleihen, einen größeren Geldschein in die Hand. »Also los, zeigen Sie, was Sie können!«

Der Kellner verschwand.

»Wäre es nicht vielleicht ganz vernünftig, wenn Sie sich da drinnen wieder einmal sehen lassen würden?« schlug ich Sara König mit einer Kopfbewegung zum kleinen Konferenzsaal hin vor.

»Ach was!« sagte sie bitter. »Die haben längst vergessen, daß ich überhaupt existiere. Die interessiert nur...« Sie verstummte.

»... wie sie Ihrem verehrten Herrn Vater den Mund stopfen können, nicht wahr?«

Sara König schwieg.

»Mein liebes Mädchen, Sie wissen ja, eine Hand wäscht die andere. Fänden Sie es nicht ganz angebracht, wenn Sie mir jetzt mal erklären würden, was hier eigentlich gespielt wird? Ihr Vater muß doch irgend etwas gegen Ihre Mutter in der Hand haben, das ist sonnenklar. Wenn die beiden schon seit Jahren geschieden sind, hat er doch nicht das geringste Recht...«

Sie unterbrach mich heftig. »Fragen Sie mich nicht!« rief sie. »Bitte, fragen Sie mich nicht! Es hat keinen Sinn! Ich weiß genausowenig wie Sie! Vielleicht weiß ich sogar noch weniger!« Plötzlich schien sie sich zu besinnen, ihr Gesicht entspannte sich. »Wie gesagt, morgen früh werde ich Ihnen alles erzählen.«

Sara hatte Glück. Wir mußten unsere kleine Unterhaltung unterbrechen, denn der Kellner kam zurück. Er brachte einen passenden Schlüssel mit und wollte die Tür öffnen.

Ich nahm ihm das Ding aus der Hand. »Lassen Sie nur, das mache ich selber. Für Sie habe ich noch etwas anderes zu tun. Passen Sie mal gut auf. Draußen auf dem Gang, wahrscheinlich ganz in der Nähe dieser Tür, wenn mich nicht alles täuscht, muß ein junger Mann stehen. Wenn er nicht da ist, um so besser. Aber wenn ja, dann gehen Sie auf ihn zu und sagen: ›Herr Siebert, bitte, zum Telefon!‹ Haben Sie mich verstanden?«

»Wenn er merkt, daß es nicht stimmt, werde ich Ärger bekommen.«

»Sie sind ein kluges Köpfchen!« sagte ich anerkennend. »Das zum Trost für Ihren Ärger.« Ich drückte ihm noch einen Geldschein in die Hand. »Wenn Sie besagten Herrn Siebert aus dem Weg geschafft haben, klopfen Sie bitte von außen an die Tür, damit wir wissen, daß die Luft rein ist.«

Es klappte alles wie in einem amerikanischen Kriminalfilm. Ich fand, daß mir meine Rolle als Beschützer weiblicher Hilflosigkeit gut zu Gesicht stand, besonders als Sara König keine Anstalten machte, den Arm, den ich um ihre Schulter gelegt hatte, abzuschütteln, sondern sich schutzsuchend an mich schmiegte. Ich blickte auf meine Armbanduhr. Genau zwei Minuten, nachdem der Kellner uns verlassen hatte, ertönte das Klopfzeichen. Ich schloß die Tür auf, drückte dem Kellner den Schlüssel in die Hand und entwischte mit Sara über einen langen Korridor.

Ich hatte mir in meinem jungen Leben eine ziemlich genaue Kenntnis von Hotels aller Gattungen erworben. Der ›Bayerische Hof‹ entsprach genau meinen Vorstellungen. Es gab eine Hintertreppe für das Personal, die wir hinunterliefen, und einen Eingang für die Lieferanten und Angestellten. Ich wagte es nicht, Sara mit auf die Straße hinauszunehmen, sondern riet ihr, im Schatten des Torweges zu warten, während ich meinen Wagen holte.

Ich hörte, wie sie tief aufatmete, als sie neben mir saß. »Ich werde Ihnen das nie vergessen, Charly!«

»Mir genügt es, wenn Sie bis morgen früh daran denken!« erinnerte ich. »Wohin soll ich Sie bringen?«

Ihre großen blauen Augen waren ganz Unschuld, als sie mir antwortete: »Wohin? Natürlich nach Hause. Ich bin einfach erledigt.«

Sie schloß erschöpft die Augen, und nach einem Seitenblick auf ihr blasses kleines Gesicht verzichtete ich darauf, sie weiter mit Fragen zu quälen.

Als ich eine Stunde später aus Grünwald zurückkam, war der Empfang des Orion-Verleihs im ›Bayerischen Hof‹ bereits vorüber. Ich hatte den Schlußeffekt verpaßt, aber ich war deshalb nicht sehr traurig. Die Wahrheit, dessen war ich sicher, würde bestimmt nicht herausgekommen sein.

Der Artikel Lex Tigers in der ›Abendpresse‹, dem einzigen Münchener Abendblatt, das seinem Namen zum Trotz bereits morgens um zehn Uhr an allen Kiosken zu kaufen ist, bestätigte diese Ansicht. Unter zwei fetten Überschriften: ›Sara König im Glück‹ – ›Sensationelle Rückkehr des verschollenen Vaters aus Amerika‹ beschrieb Lex Tiger in ergreifenden Worten das unerwartete Erscheinen Rodenbergs, er unterschlug auch nicht, daß Friedl König in Ohnmacht gefallen war, dann aber zitierte er ihre Erklärung, als sie sich zusammen mit ihrem Gatten den Reportern zum Abschluß des Empfangs präsentiert hatte: ›Dies ist der glücklichste Tag meines Lebens! Ich bin vor Freude einfach schwindelig geworden!‹ Ein Foto, das Friedl König und Rodenberg strahlend Arm in Arm zeigte, schien diese Behauptung zu bestätigen.

Sara Königs Mami schien wirklich vor nichts zurückzuschrekken. Immerhin, die Sache war plump, aber gar nicht schlecht gemacht, sonst wäre ein so gewitzter Fuchs wie Lex Tiger nicht darauf hereingefallen. Wenn er die Story akzeptierte, würde niemand daran zu zweifeln wagen. Die Leser würden staunen, wenn ich ihnen eines Tages – und ich hoffte, daß dieser Tag nicht mehr allzu fern war – die ganze Wahrheit präsentieren würde.

Ich fuhr nach Grünwald hinaus. Vor Sara Königs Villa parkte eine schwarze geschlossene Limousine, die mir bekannt vorkam. Ich warf einen Blick auf das Nummernschild. Es stimmte. Geza von Vasary war zu seinem Schützling geeilt, um Kriegsrat zu halten.

Ich mußte einige Male an der Gartenpforte klingeln, bevor aufgedrückt wurde. Aber auch dann hatte ich mir noch nicht den Einlaß in die privatesten Bezirke der Familie König, sprich Rodenberg, erzwungen.

Der Diener erklärte mir mit Nachdruck, daß Sara König nicht zu sprechen wäre.

»Das muß ein Irrtun sein«, beharrte ich, »das deutsche Filmwunderkind hat mich ausdrücklich herbestellt!«

»Das müßte ich doch wohl wissen«, antwortete er.

»Hauptsache, daß Sara König und ich es wissen, nicht wahr?« sagte ich und stellte vorsichtshalber meinen Fuß zwischen Tür und Angel.

»Bitte, einen Augenblick, dann muß ich gleich mal...«

»Wenn Sie die gnädige Frau fragen möchten, dann erinnern Sie sie bitte daran, daß zwischen uns eine kleine Abmachung besteht. Sagen Sie ihr, es käme mir gar nicht ungelegen, wenn die Abmachung jetzt von ihrer Seite gebrochen würde.«

Das wirkte.

Fünfzehn Sekunden später stand ich in der riesigen Halle, die ganz so eingerichtet war, wie ein Filmfan sich den Wohnraum seines Stars vorstellt – dicke Perserteppiche auf dem Boden, tiefe, bequeme Clubsessel um niedrige Tische gruppiert, sehr moderne Gemälde und Lampen, antike Truhen und Schränke und Skulpturen.

Die Glastüren zur sonnenüberfluteten Terrasse standen weit offen, aber hier drinnen war es angenehm kühl. Trotzdem waren die Gesichter von Friedl König und ihrem Manager offensichtlich erhitzt. Sie schienen sich gestritten zu haben, und das Lächeln, mit dem mich ›Mami‹ begrüßte, wirkte vor Aufregung verzerrt. Geza von Vasary sah nicht einmal auf, als ich eintrat. Er machte ein leidendes Gesicht und strich sich nervös über seinen schmalen, gepflegten Schnurrbart.

Die Begrüßung fiel lahm aus.

Ich zog die Augenbrauen hoch und sah mich in dem feudal eingerichteten Raum um. »Ich vermisse das Oberhaupt der Familie!« stellte ich fest. »Sollte Herr Rodenberg noch nicht ausgeschlafen haben?«

»Es ist mir wirklich sehr peinlich«, sagte Friedl König statt einer Antwort, »meine Tochter hat mir rein gar nichts von ihrer Verabredung mit Ihnen erzählt. Anscheinend hat sie es selber vergessen. Sie ist in die Stadt gefahren.«

»Oh, das macht gar nichts!« Ich ließ mich in einen der tiefen Sessel sinken und streckte die Beine bequem von mir. »Ich habe Zeit und kann warten.«

Mami König warf einen hilfesuchenden Blick zu Geza von Vasary hinüber. Er reagierte nicht, sondern betrachtete nur angelegentlich seine schmalen, schön gefeilten Fingernägel.

»Es ist nur – ich weiß nicht, wann sie zurückkommt«, stotterte Friedl König.

»Wie gesagt, ich habe Zeit«, versicherte ich mit meinem charmantesten Lächeln und fügte, als ich sah, daß Mamis Augenlider zu flattern begannen, rasch hinzu: »Natürlich möchte ich nicht stören. Vielleicht könnte ich inzwischen ein paar Worte mit Ihrem Gatten sprechen?«

Geza von Vasary hob den Kopf und sah mich an. In seinen dunkelbraunen Augen lag tiefe Melancholie. »Herr Rodenberg wohnt nicht in diesem Haus«, sagte er.

»Nicht? Nach der herzlichen Begrüßung von gestern abend habe ich angenommen...« Ich unterbrach mich. »Nun ja, das ist Ihre Privatsache. Aber meiner Meinung nach wäre es gescheiter gewesen, den Heimkehrer hier einzuquartieren. Sie hätten ihn besser unter Kontrolle.«

»Herr von Vasary ist nicht dieser Meinung«, rief Mami erregt, und ich begriff, daß ich einen wunden Punkt berührt hatte, »Herr von Vasary behauptet...« Sie verstummte.

»Ihnen brauchen wir ja nichts vorzumachen, verehrter Herr Holländer«, sagte Geza von Vasary, »Sie wissen, daß uns das Auftauchen dieses Herrn in eine – nun, sagen wir, gewisse Zwangslage gebracht hat. Es ist uns aber gestern abend gelungen, einen – wie sagt man doch? – einen Waffenstillstand zu schließen. Ihn in dieses Haus aufzunehmen, gliche einer Kapitulation.«

»Was bleibt uns denn anderes übrig, Geza?« fragte Friedl König verzweifelt.

Geza von Vasary warf ›Mami‹ einen strafenden Blick zu, dann wandte er sich wieder an mich. »Wir dürfen uns doch auf Ihre Diskretion verlassen, Herr Holländer?«

Statt einer Antwort wandte ich mich an die Mutter des jungen Stars. »Was hat Herr Rodenberg gegen Sie in der Hand, gnädige Frau?«

Friedl König brauchte einige Sekunden, bis sie antwortete. »Nichts. Natürlich gar nichts. Was denken Sie denn? Es ist nur wegen der Publicity. Sie wissen doch selber, Charly. Es schien uns damals zweckmäßiger...« Sie stockte.

»... ihren Vater sterben zu lassen. Ja, ich weiß. Aber ein Kind aus einer geschiedenen Ehe zu sein, ist doch schließlich auch keine Schande. Außerdem ist die Katze jetzt aus dem Sack. Was befürchten Sie also noch?«

Friedl König machte ein Gesicht, als ob sie wieder in Ohnmacht fallen würde, aber im letzten Augenblick besann sie sich eines Besseren. Sie drückte sich ein winziges, parfümgetränktes Tüchlein unter die Nase und flüsterte mit zittriger Stimme: »Nein, es ist zuviel. Meine Nerven – ich ertrage das nicht länger. Bitte, Geza, ich kann nicht mehr!« Sie sprang auf und eilte mit hastigen Schritten die breite, geschwungene Treppe zum Oberstock hinauf.

Geza von Vasary räusperte sich. »Darf ich Ihnen etwas zu trinken anbieten, Herr Holländer?«

»Danke, nein.« Ich zündete mir eine Zigarette an. »Was wird hier gespielt?«

Er hob mit einer verzweifelten Geste seine schmalen weißen Hände. »Fragen Sie mich nicht, verehrter Freund, fragen Sie mich nicht! Es ist immer dasselbe. Es ist kein Leben für einen Mann. Ich werde mich aus diesem Geschäft zurückziehen. Erst kommen sie, ganz klein, und wären bereit, mir alles zu geben, was ich verlange, damit ich sie ins Filmgeschäft hineinbringe. Ich gutmütiger Mann glaube ihnen. Ja, das ist mein Fehler. Jedesmal glaube ich ihnen. Kaum habe ich jemanden groß gemacht, kaum kommt er groß heraus, dann ist jeder Pfennig zu schade, den er mir zahlen muß. Es ist immer dasselbe. Sie alle glauben, ohne Vasary fertig zu werden. Sie kennen das Sprichwort von dem Ei, das klüger sein will als die Henne. Ja, das ist es. Sie hören nicht auf meine Ratschläge, sie tun und lassen, was sie wollen, und dann, wenn der große Pallawatsch da ist, dann muß der gutmütige Geza von Vasary alles wieder ordnen. Ja, so ist es. Ich mag nicht mehr.« Der Manager schüttelte aus einem kleinen Döschen einige Pillen in seine offene Hand und schluckte sie mit angewidertem Gesicht hinunter.

»Wo ist Sara?« fragte ich.

Er zuckte die Achseln. »Was weiß ich.«

»Sie hat sich mit mir verabredet.«

»Vielleicht hat sie es vergessen, vielleicht haben Sie sich verhört. Vielleicht hat sie es nicht ernst gemeint.«

»Das werde ich wissen, sobald ich Sara gesprochen habe. Wo ist sie?«

Ein Stubenmädchen, sehr adrett in schwarzem Kleid und weißem Schürzchen und Häubchen, kam ins Zimmer. Ihr schwarzes

Kleid war so kurz, daß es die schlanken Knie freigab. Sie bemühte sich ganz offensichtlich, so anmutig wie möglich aufzutreten und ihre jugendlichen Formen ins beste Licht zu setzen. Wahrscheinlich hoffte sie, von Geza von Vasary entdeckt zu werden. Sie neigte sich tief zu ihm hinab, so daß ihre Lippen fast sein Ohr berührten, und flüsterte ihm etwas zu.

Geza von Vasary seufzte tief. »Lassen Sie Herrn Gessler hereinkommen!«

Rolf Gessler trug enge blaue Jeans, ein weißes, offenes Sporthemd und, leicht über die Schulter geworfen, eine helle Lederjakke. Er wirkte mit seiner schmalen Figur und dem kurzen Haarschnitt sehr jugendlich. Niemand hätte ihm angesehen, daß er immerhin schon über dreißig und ein äußerst fähiger Filmregisseur war.

Er kniff beim Eintreten die kurzsichtigen Augen zusammen, um erkennen zu können, wen er vor sich hatte, dann fragte er nach einem kurzen Gruß: »Ist Sara oben?«

»Hat Sara Sie etwa auch bestellt?« fragte ich.

»Was heißt hier – auch? Sie erwartet mich. Wir wollen heute morgen noch einmal ein paar Szenen aus dem Drehbuch durchgehen.«

»Merkwürdig«, sagte ich zu Geza von Vasary. »Ihr Star scheint an Gedächtnisschwund zu leiden.«

»Was heißt das?« Rolf Gessler sah unsicher und mißtrauisch von mir zu Vasary hinüber.

»Lieber, verehrter Meister«, sagte der Manager, »wollen Sie sich nicht erst einmal setzen?«

»Nein! Ich möchte zu Sara!«

Geza von Vasary drehte und wand sich wie ein gequältes Reptil. Ich grinste. Die Situation begann mir Spaß zu machen.

»Ja, ich weiß, selbstverständlich weiß ich das«, versicherte der Manager, »es ist nur leider so... Sara ist nicht da.«

»Na, dann kann ich ja wieder gehen«, sagte Rolf Gessler zerstreut. Dann erst schien er Geza von Vasarys Worte ganz zu begreifen. »Was soll das heißen, sie ist nicht da? Wo ist sie denn? Wann kommt sie wieder? Warum kann sie nicht da sein, wenn sie mit mir verabredet ist?«

Geza von Vasary zuckte zusammen. »Bitte, so lassen Sie sich doch erklären...«

»Wo ist Sara?«

»Ich weiß es nicht.«

Rolf Gessler brauchte einige Sekunden, bis er die überraschende Mitteilung ganz erfaßt hatte. Mit zusammengekniffenen Augen starrte er Geza von Vasary an. »Das soll doch nicht etwa heißen, daß Sara verschwunden ist?« fragte er ungläubig.

»Ich sagte doch schon, ich weiß es nicht!« von Vasarys sonst so sanfte Stimme klang plötzlich sehr gereizt.

»Wollen Sie nicht doch Platz nehmen, Gessler?« forderte ich den Regisseur freundlich auf. »Mir scheint, es lohnt sich, einige Worte über die Sache zu wechseln.«

Rolf Gessler warf seine Jacke ab und schwang sich auf die Lehne des Sessels, den Friedl König so plötzlich verlassen hatte.

»Seit wann ist Sara fort?« fragte ich.

Der Manager hob abwehrend die Hände. »Meine Herren...«, begann er, dann schien er sich plötzlich eines Besseren zu besinnen und sagte in veränderten Ton: »Seit gestern nacht. Als die gnädige Frau nach Hause kam, war Sara nicht mehr da.«

»Sind Sie sicher, daß sie überhaupt nach Hause gekommen ist?« fragte Gessler.

»Doch, das ist sie«, erklärte ich kurz, »ich selber habe sie hierher gebracht.«

Geza von Vasary und Rolf Gessler starrten mich an, als ob ich mich plötzlich als Kidnapper entpuppt hätte.

»Wieso – Sie?« fragte der Manager. »Davon weiß ich gar nichts.«

»Ich fürchte, es gibt einiges, was Sie über Ihren Schützling nicht wissen. Sara wurde gestern auf dem Verleihempfang die Luft zu dick, und sie bat mich, sie nach Hause zu bringen. Das ist alles.«

»Ich begreife nicht, warum Sara sich mit dieser Bitte ausgerechnet an Sie gewendet hat!« sagte Rolf Gessler wütend. Er begann an seinen Fingernägeln zu kauen, merkte es selbst und schob die Hand rasch in die Hosentasche.

»Ist sie mit dem Auto fort?« fragte ich den Manager.

»Nein.«

»Hat sie irgendwelche Sachen mitgenommen? Einen Koffer gepackt?«

»Sara hat ziemlich viel Garderobe, und in diesem Haus gibt es eine Menge Koffer, wie Sie sich vorstellen können. Die gnädige Frau glaubt einige Dinge zu vermissen, aber sie kann es nicht mit Gewißheit sagen. Sara ist sehr gutmütig. Sie pflegt oft Kleidungsstücke, ohne ihre Mutter zu fragen, zu verschenken. Sie wissen ja, wie das ist. Ich – wir stehen vor einem Rätsel.«

»Vielleicht hat es sie zu ihrem Daddy aus Amerika gezogen«, schlug ich vor.

»Nein, dort ist sie sicher nicht«, erwiderte Geza von Vasary im Brustton der Überzeugung, und da wußte ich sofort, daß er sich inzwischen bei Herrn Rodenberg erkundigt hatte.

Rolf Gessler kaute wieder an seinen Fingernägeln, sein Gesicht war tief besorgt. »Wenn ihr bloß nichts zugestoßen ist«, murmelte er, »ich meine, vielleicht ein Rückfall. Sie hatte doch eine schwere Gehirnerschütterung. Möglicherweise...«

»Also das, lieber Gessler, glaube ich nicht«, sagte ich, »gestern abend war sie jedenfalls noch ganz in Ordnung.«

»Die gnädige Frau meint... Geza von Vasary zögerte sekundenlang und überlegte sichtlich, ob er uns so weit ins Vertrauen ziehen dürfte, dann vollendete er seinen Satz: »... das plötzliche Auftauchen ihres Vaters sei ein schwerer Schock für sie gewesen.«

»Sicher«, sagte ich, »aber das ist doch kein Grund, sich einfach in Luft aufzulösen.«

»Montag ist Drehbeginn«, murmelte Rolf Gessler düster.

»Bis dahin sind immerhin noch vier Tage!« tröstete ich. »Wer sagt Ihnen, daß sie nicht morgen oder übermorgen, vielleicht sogar schon heute, wieder auftauchen wird?«

»Und wenn nicht?«

»Dann müssen Sie eben umbesetzen.«

Von Vasary war entsetzt. »Nein, bitte nicht! Malen Sie den Teufel nicht an die Wand! Sara wird zurückkommen, ich verbürge mich dafür. Ich...«

»Lieber Herr von Vasary«, sagte ich freundlich, »machen Sie sich nicht unglücklich. Kein Mann von Verstand sollte sich für ein verliebtes junges Mädchen verbürgen.«

»Verliebt?« Geza von Vasary starrte mich an, als ob ich etwas Ungeheuerliches gesagt hätte.

Ich versuchte meine Behauptung abzuschwächen. »Na, ich meine ja nur, sie könnte doch verliebt sein, oder?«

»Haben Sie Hoffmann benachrichtigt?« fragte Gessler.

»Nein, und ich möchte Sie bitten, meine Herren, von ganzem Herzen bitten... Niemand darf etwas von Saras Verschwinden erfahren. Das wäre das Ende ihrer Karriere. Begreifen Sie?«

»Kein Wort«, sagte ich, »sie ist ja augenblicklich drehfrei.«

»Aber denken Sie an ihren Vertrag! Sie hat einen Spezialvertrag, das sollten Sie doch wissen!«

»Bezieht sich dieser Vertrag etwa auch darauf, was sie in ihrer Freizeit tut?«

»Aber selbstverständlich!« Geza von Vasary rollte vor Aufregung das R wie nie zuvor. »Er bezieht sich auf alles, was sie tut. Sie muß dem Verleih ständig berichten, wo sie sich aufhält. Sie darf nur Bekanntschaften machen, die der Verleih genehmigt. Produktion und Verleih bestimmen, was sie essen darf, was sie trinkt, was sie anzieht. Sie ist nicht irgendein Mädchen, sie ist ein Star, verstehen Sie doch endlich!«

»Jedenfalls verstehe ich jetzt, warum sie ausgerissen ist«, sagte ich und stand auf.

»Wohin wollen Sie?«

»Wohin schon? Sara suchen. Leben Sie wohl, meine Herren!«

Die schneeweiße pompöse Klinik von Professor Werner lag wie ausgestorben in der glühend heißen Mittagssonne. Vor den riesengroßen Fenstern waren Jalousien herabgelassen. Kein Mensch wandelte heute zwischen schattigen Bäumen und blühenden Büschen. Ich warf einen Blick auf meine Armbanduhr. Anscheinend war in der Klinik gerade Essenszeit. Ich selber spürte keinen Hunger. Dem Pförtner war ich inzwischen bekannt. Er begrüßte mich mit einem Augenzwinkern wie einen Verschwörer.

Ich grinste zurück. »Hören Sie, Schmidthuber«, sagte ich, »ich muß dringend Herrn Dr. Werner sprechen. Wo kann ich ihn erreichen?«

»Überhaupt nicht. Dr. Werner ist in Urlaub gefahren.«

»Bitte, geben Sie mir seine Adresse!«

»Na, das muß ja eine furchtbar wichtige Sache sein«, sagte der Portier beeindruckt und begann das Haustelefon zu betätigen. »Will mal sehen, was ich machen kann.«

Er gab sich wirklich redliche Mühe, aber keine der Stellen, mit denen er sich in Verbindung setzte, schien ihm eine Auskunft geben zu können. Als er den Hörer auflegte, waren wir so klug wie zuvor.

»Tut mir leid, Herr Holländer«, sagte der Pförtner bedauernd, »wahrhaftig. Wo es Ihnen doch so wichtig ist.«

»Aber irgend jemand im Haus muß doch wissen, wohin der Doktor gefahren ist!«

»Habe ich mir auch gedacht. Sieht aber nicht so aus.«

»Haben Sie's auch beim Professor versucht?«

»Nein, lieber nicht. Wenn ich Ihnen einen Rat geben darf: Von unserem Alten bekommen Sie bestimmt nichts raus.«

»Bitte, Schmidthuber«, sagte ich, »lieber, verehrter Herr Schmidthuber. Ich habe Sie immer für einen der fähigsten Pförtner des kommenden vereinten Europas gehalten. Denken Sie nach! Wer könnte wissen, wohin er gefahren ist?«

Der Pförtner legte einen Finger an die Nase, und seinem Gesichtsausdruck nach schien er tief nachzudenken. Ich wartete gespannt.

»Vielleicht Frau Dr. Ritter«, schlug er dann vor.

»Ach ja, natürlich«, sagte ich erleichtert, »daß ich nicht gleich darauf gekommen bin! Ist sie im Hause?«

»Wird wohl in der Kinderabteilung sein. Gehen Sie ums Haus rum und hinten in den Park. Der kleine Pavillon ist es.«

Der Pavillon war durchaus nicht so klein, wie ich ihn mir nach Schmidthubers Beschreibung vorgestellt hatte. Er war ein durchaus beachtliches Gebäude im Bungalowstil, mit vielen französischen Türfenstern ringsum, von denen jetzt die Jalousien herabgelassen waren. Schon von weitem hörte ich ein Durcheinander von Kinderstimmen und Löffelgeklapper.

Der Vorraum mit den bunten Sesseln, die wohl für die Besucher bestimmt waren, stand leer. Niemand verwehrte mir den Eintritt. Ich öffnete aufs Geratewohl eine der zartblau lackierten Türen und verspürte im selben Augenblick eine heftige Sehnsucht, noch einmal Kind und womöglich recht krank zu sein. Es mußte ein Genuß sein, sich von der charmanten jungen Ärztin behandeln zu lassen. Obwohl die kleinen Patienten wohl kaum die Reize dieser schlanken, biegsamen Figur im weißen Kittel zu schätzen wußten, strahlten ihre Augen auf, sobald Frau Dr. Ritter an ihr Bettchen trat. Die Kinder hatten ihr Essen bekommen. Einige löffelten alleine, andere wurden von Schwestern gefüttert. Frau Dr. Ritter ging hin und her und hatte für jeden der kleinen Patienten ein ermunterndes Wort.

Ich hätte stundenlang dastehen und zuschauen mögen, aber eher, als mir lieb war, entdeckte sie mich. Ich grüßte höflich.

Sie runzelte die weiße Stirn ein wenig und sah mich mit ihren großen grauen Augen prüfend an. Offenbar dachte sie intensiv darüber nach, wo sie mich schon einmal gesehen hatte. »Sind Sie nicht der Vater unserer kleinen Lotte?« fragte sie. »Ja, natürlich. Lotte wird sich freuen. Sie hat sich inzwischen schon recht brav eingewöhnt.«

Ich konnte ein Grinsen nicht unterdrücken. »Leider muß ich Sie enttäuschen, verehrte Frau Doktor. Ich habe es bisher noch nicht bis zur Vaterschaft gebracht.«

»Nicht?« Sie sah mich erstaunt an. Dann errötete sie plötzlich und strich sich mit einer verlegenen Geste durch ihr kurzgeschnittenes, honiggelbes Haar. »Entschuldigen Sie bitte, ich fürchte, ich habe Sie verwechselt. Aber wir haben uns doch schon irgendwo gesehen?«

»Ja. Vor der Tür von Zimmer siebenundzwanzig. Erinnern Sie sich?« Ich verbeugte mich und stellte mich vor. »Charly Holländer.«

»Sie sind von der Presse, nicht wahr?«

»Wer hat Ihnen das verraten?«

Jetzt lächelte sie. »Oh, Sie werden sich wundern, aber ich lese hin und wieder Zeitschriften. Ihre Artikel gefallen mir übrigens nicht immer.«

»Sprechen Sie sich ruhig aus, ich bin nicht empfindlich.«

»Ich meine, Sie sollten einmal über ein wirklich echtes Thema schreiben, nicht immer nur über das, was die Leute lesen wollen.«

»Man macht Zeitungen, um sie zu verkaufen, verehrte Frau Doktor.«

»Ich dachte immer, Zeitungen wären dazu da, die Öffentlichkeit zu informieren. Es wäre zum Beispiel bestimmt wichtig, wenn Ihre Leser wüßten, daß wir immer noch zu wenig eiserne Lungen in München haben.«

»Da ich im Augenblick nicht in der Stimmung war, mir einen populär-wissenschaftlichen Vortrag anzuhören, auch wenn er aus einem noch so jungen und reizvollen Mund kam, unterbrach ich sie rasch. »Sie müssen mir über dieses Thema Unterlagen geben, liebe Frau Doktor«, sagte ich lächelnd, »ich verspreche Ihnen, ich werde dann sehen, was ich tun kann. Im Augenblick habe ich eine ganz andere Frage auf dem Herzen.«

»So?« In ihren grauen Augen erwachte das Mißtrauen. »Vielleicht gehen wir dann doch besser nach nebenan.« Sie führte mich in einen kleinen hellen Raum, der als Untersuchungszimmer diente. Es gab einen winzigen Schreibtisch, zwei Sessel, alles aus Stahl, und eine mit weißen Wachstuch überzogene Liege darin.

Die junge Frau Doktor machte keine Anstalten, mir einen Platz anzubieten.

»Darf ich rauchen?« fragte ich.

»Bitte«, sagte sie kühl. »Was wollten Sie mich fragen?«

»Wohin ist Dr. Wolfgang Werner gefahren?«

Sie antwortete nicht, sondern entschloß sich plötzlich, sich ebenfalls eine Zigarette anzuzünden. Erst als sie brannte, fragte sie: »Warum interessiert Sie das?«

»Ist es ein Geheimnis?«

»Nein.«

»Dann, bitte, geben Sie mir seine Adresse.«

»Es tut mir leid, aber da kann ich Ihnen nicht helfen.«

»Können Sie nicht oder wollen Sie nicht?«

»Weder noch. Ich sehe nicht ein, wozu Sie Wolfgangs Adresse brauchen.«

Ich versuchte es andersherum. »Hat er seinen Urlaub nicht ein bißchen plötzlich genommen?«

Sie fiel darauf herein. »Ja, wir wollten eigentlich...« Sie verstummte und biß sich auf die Lippen.

»Das habe ich mir gedacht.«

»Wie kommen Sie eigentlich dazu, ausgerechnet mich danach zu fragen? Warum wenden Sie sich nicht an die Leitung der Klinik oder an Professor Werner?«

»Ich dachte, Sie könnten mir an ehesten helfen. Es heißt ja, daß Sie mit Dr. Werner so gut wie verlobt sind.«

Sie versuchte zu lächeln. »Da sieht man wieder, wie die Leute sich irren können.«

»Ist Dr. Werner vielleicht in eine andere Frau verliebt?«

Jetzt wurde sie wütend. »Wenn das ein Interview sein soll«, sagte sie und funkelte mich an, »dann ist es aber ein schlechtes. Sehen Sie zu, von wem Sie die Adresse bekommen. Von mir jedenfalls nicht.« Sie drückte ihre Zigarette aus und ging zur Tür.

Ich packte sie beim Handgelenk. »Bitte, liebe Frau Doktor, Sie haben mich vollkommen mißverstanden. Wenn Sie glauben, daß ich aus Ihren Liebesgeschichten eine Story machen will...«

»Was denn sonst?« rief sie und riß sich los.

»... dann muß ich Ihnen sagen, daß Sie dazu gar nicht prominent genug sind. Das Publikum interessiert sich nicht für Ärztinnen, auch wenn sie noch so reizvoll sind. Sie sind keine Prinzessin, keine Schönheitskönigin und kein Filmstar!«

»Aha! Darum geht's«, sagte sie in verändertem Ton. »Entschuldigen Sie bitte, ich glaube, ich habe mich sehr dumm benommen. Sie suchen Sara König, nicht wahr?«

Jetzt war es an mir, verblüfft zu sein. Ich starrte sie an, und ich fürchte, daß ich dabei ein sehr blödes Gesicht gemacht haben muß, denn sie lachte herzlich.

»Aber woher wissen Sie?« fragte ich.

Sie wurde wieder ernst. »Ich habe Ihnen schon einmal gesagt, ich lese Zeitungen. Außerdem habe ich noch die ausgefallene Angewohnheit, hin und wieder ins Kino zu gehen. Ich habe die Patientin natürlich sofort erkannt.«

»Herrje«, sagte ich erschüttert, »was bin ich für ein Esel!«

»Halb so schlimm. Sie sollten sich nur abgewöhnen, alle anderen Leute für Dummköpfe zu halten, lieber Herr Holländer.«

»Haben Sie es Dr. Werner gesagt?«

»Was?«

»Daß seine Patientin Therese Schmid ein Filmstar namens Sara König ist?«

»Nein.«

»Ja, aber, Sie lieben ihn doch! Ich meine. Sie mögen ihn zumindest sehr, nicht wahr? Warum haben Sie ihn dann nicht aufgeklärt?«

»Ich mische mich grundsätzlich nicht in die Angelegenheiten anderer Leute. Er hat mich niemals gefragt, was ich von seiner Herzensdame halte, also habe ich geschwiegen. Finden Sie das so unerhört?«

»Sie sind eine tolle Frau!« sagte ich ehrlich. »Bisher waren für mich Frauen immer die geschwätzigsten Wesen auf Erden.«

»Wie man sich doch irren kann«, entgegnete sie lächelnd.

»Sie wollen also nicht um ihn kämpfen? Dumme Frage! Natürlich wollen Sie nicht. Er soll Sie aus freiem Willen lieben oder gar nicht. Von Intrigen halten Sie nichts. Ich habe verstanden. Vollkommen verstanden. Sie sind eine großartige Frau. Er muß verrückt sein, weil er ausgerechnet Sie betrügt.«

»Betrügt er mich denn?« fragte sie, und der klare Blick ihrer grauen Augen brachte mich in Verwirrung.

»Aber Sie haben doch vorhin selber gesagt, daß die beiden zusammen verreist sind, oder?«

»Ich kann mich an keine derartige Bemerkung erinnern. Ich war nur der Meinung, daß Sie es annehmen. Deshalb sind Sie doch so auf seine Urlaubsadresse versessen, nicht wahr?«

»Wo ist er hingefahren? Bitte, sagen Sie es mir! Es ist wirklich wichtig. Für Sara König. Es hängt ungeheuer viel für sie davon ab. Sie werden das nicht verstehen, aber sie hat einen Spezialvertrag mit dem Verleih. Sie darf mit keinem Mann ausgehen, den der Verleih nicht genehmigt, noch viel weniger darf sie mit irgendeinem Mann verreisen. Sie darf nicht einmal essen, was sie will, sie muß sich kleiden, wie die Herren vom Verleih es für richtig halten. Verstehen Sie? Wenn wir sie nicht ganz rasch finden, wird sie der Verleih fallenlassen. Wegen Vertragsbruchs. Gute Nacht, Sara König. Ich brauche Ihnen nicht zu sagen, daß das eine Katastrophe wäre.

Die junge Frau Doktor sah mich ungläubig an. »Ja, gibt es denn so etwas wirklich?« frage sie. »Wir leben doch nicht im Mittelalter, oder?«

»Liebe Frau Doktor, es gibt noch ganz andere Dinge, von denen Sie keine Ahnung haben. Bitte, seien Sie ein Mensch und geben Sie mir Dr. Werners Adresse. Ich verspreche Ihnen hoch und heilig, Ihrem Casanova in Äskulap wird nichts, aber auch gar nichts geschehen. Es geht mir nur darum, Sara zu finden und zur Vernunft zu bringen.«

»Glauben Sie, daß es vernünftig ist..., begann sie, dann unterbrach sie sich selber. »Es tut mir leid, Herr Holländer, ich habe Wolfgangs Adresse nicht. Ich weiß nur, daß er nach Italien gefahren ist. Wahrscheinlich wird er mir in den nächsten Tagen eine Ansichtskarte schicken. Wenn Sie mir Ihre Telefonnummer dalassen, werde ich Sie benachrichtigen.«

»Dann wird es leider zu spät sein«, sagte ich.

Als ich die junge Frau Doktor verließ, war ich nicht viel schlauer geworden. Ich wußte, daß Dr. Wolfgang Werner mit einem grauen Volkswagen losgefahren war, Frau Dr. Ritter hatte mir auch das Kennzeichen genannt. Das Reiseziel war wahrscheinlich Italien. Das war verdammt wenig. Schließlich konnte ich den verschwundenen Filmstar ja nicht durch die Polizei suchen lassen. Ich war ganz allein auf mich selbst und auf mein Köpfchen angewiesen, aber das hat mich glücklicherweise selten im Stich gelassen.

Während ich in die Stadt zurückfuhr, kreisten meine Gedanken unentwegt um die Frage, wohin Sara König den Mann ihres Lebens gelotst haben mochte. In einem Hotel zu übernachten, war für sie schwierig, denn ihre Papiere lauteten auf ihren Filmstarnamen.

Natürlich hätte sie sich von Dr. Werner als seine Frau ausgeben lassen können, aber ich glaubte nicht, daß sie es wagen würde, dem korrekten jungen Mann einen solchen Vorschlag zu machen. Also mußte sie irgendwohin gefahren sein, wo man sie nicht kannte oder wo sie sicher sein konnte, daß man sie nicht erkennen würde. Das war sicher kein einfaches Problem. Sara Königs Filme waren auch in Italien, übrigens mit beachtlichem Erfolg, gelaufen. Außerdem wimmelte es im sonnigen Süden um diese Jahreszeit von deutschen Touristen.

Nein, ich konnte mir nicht vorstellen, daß Sara König aufs Geratewohl in der Weltgeschichte herumkutschierte, sie mußte ein ganz bestimmtes Ziel haben, und zwar höchstwahrscheinlich eines, das in einer Tagesreise von München aus zu erreichen war – Florenz, Gardasee – Lago Maggiore, Grado, Venedig.

Plötzlich fiel mir etwas ein, und ich hätte mir vor den Kopf schlagen könne, daß ich nicht früher darauf gekommen war. Tamara Tess besaß ein Ferienhäuschen am Gardasee. Was lag näher, als daß Sara sich von ihr die Schlüssel hatte geben lassen?

Vor dem nächsten Postamt hielt ich an und versuchte Tamara in ihrer Wohnung zu erreichen. Ich hatte Pech, sie war nicht zu Hause. Eine etwas affektierte Person erklärte mir, daß sie nicht wüßte, wann ›die gnädige Frau‹ zurückzuerwarten wäre.

Ich fuhr in meine Redaktion und ließ mir die Nummer unserer Zeitschrift heraussuchen, in der seinerzeit eine ausführliche Reportage über Tamara Tess und ihr Ferienheim am Gardasee veröffentlicht worden war. Von dem Haus war auf den Bildern nicht viel zu sehen. Tamara Tess hatte die Gelegenheit benutzt, dem Kameramann ihre üppigen Formen im Bikini zu präsentieren. Aus den Bildunterschriften konnte ich entnehmen, daß das Häuschen in Gargagno lag, und zwar in nächster Nähe der Petacci-Villa, die Mussolini seiner Geliebten geschenkt hatte.

Ich war sicher, daß ich Tamaras Liebesnest nach dieser Beschreibung leicht finden würde. Alles drängte in mir, sofort loszufahren, aber meine Vernunft siegte. Wenn diese Spur falsch war, würde ich zwei volle Tage auf der Suche nach Sara verlieren, denn vom Gardasee aus konnte ich keine weiteren Recherchen machen. Ich mußte mich also erst einmal vergewissern, daß sie wirklich hingefahren war.

Im Laufe des Nachmittags versuchte ich immer wieder, Tamara Tess zu erreichen, aber ich hatte kein Glück. Zu allem Überfluß hatten sie auf der Redaktion einen dicken Otto für mich. Sie knallten mir ein Manuskript auf den Tisch, das noch heute abend in Druck gehen und vorher überarbeitet werden mußte. Ich arbeitete buchstäblich im Schweiße meines Angesichts, obwohl ich wußte, daß ich dieses Meisterwerk nicht einmal zeichnen würde.

Gegen acht Uhr abends fuhr ich nach Hause. Mein Zuhause besteht seit Jahren aus einem Pensionszimmer in der Reitmorstraße, und ohne Übertreibung kann ich behaupten, daß ich dort der älteste Bewohner bin. Die Leitung der Pension hatte während meiner Abwesenheit gewechselt, aber ich habe alle Wirrungen und Veränderungen erfolgreich überstanden.

Als ich die Wohnungstür aufschloß, lief mir die kleine Sissi, unsere neueste Kurvenschönheit, über den Weg. »Na, teure Unschuld vom Lande«, fragte ich, »was gibt's Neues?«

»Ein Herr wartet auf Sie – in Ihrem Zimmer!«

Ich verzichtete darauf, Sissi nach dem Namen des Herrn zu fragen, denn ich wußte, daß ihr Gedächtnis in dieser Hinsicht mehr als lückenhaft war. »Wie sieht er aus?«

»Jung. Er hat Jeans an und trägt keine Krawatte.«

»Wie lange ist er schon da?«

Sissi schlug die blauen Augen zur Zimmerdecke und dachte angestrengt nach. »Och, seit ungefähr zwei Stunden!«

Ich bat das kluge Kind, mir meine Whisky- und Wermutflasche, Zitrone und Eiswürfel zu bringen und öffnete die Tür zu meinem Zimmer.

Rolf Gessler hatte es sich bequem gemacht. Er saß in meinem Lieblingsstuhl und hatte die Füße in den hellen Slippern auf das Sofa gelegt. Er las in einer Taschenbuchausgabe von ›Ich spüre dich in meinem Blut‹, die, wenn mich nicht alles täuschte, aus meiner Bibliothek stammte. Die dunkle Hornbrille, die er zum Lesen aufgesetzt hatte, machte ihn, wenn möglich, noch um mehrere Jahre jünger.

Er veränderte seine Stellung nicht, als ich eintrat, sondern klappte nur das Buch zu und legte es auf den Tisch. »Das wäre ein toller Stoff«, sagte er.

»Aber nicht für Sara.«

»Warum nicht?«

Er hatte recht. Warum sollte Sara nicht das junge Mädchen mit den Komplexen spielen können, dessen Leben durch eine plötzliche Leidenschaft umgekrempelt wird? Es wäre eine lohnende Rolle für sie gewesen, aber ich bezweifelte stark, daß sie das wagen und vor allem, ob Mami König so etwas erlauben würde.

Rolf Gessler hatte seine Brille von der Nase genommen und begann sie mit einem nicht ganz sauberen Taschentuch zu putzen. »Haben Sie Sara schon gefunden?« fragte er.

»Noch nicht.«

»Schade.«

»Ihnen liegt wohl viel daran, daß sie rechtzeitig zurückkommt?«

»Und ob. Der Film steht und fällt mit ihr.«

Sissi brachte ein Tablett mit Gläsern, Eiswürfeln, Zitrone und den Flaschen.

»Darf ich Ihnen was mixen?« fragte ich.

Völlig überraschend sprang er auf und sagte: »Nein, danke, ich muß jetzt gehen.«

Ich war verblüfft. »Sie haben also zwei Stunden gewartet, nur um mich zu fragen, ob ich Sara gefunden habe?«

»Na und? Es war mir wichtig genug.« Er wandte sich zur Tür. »Also dann!« Aber er ging nicht hinaus, sondern kam noch einmal zurück. »Haben Sie eine Spur?« fragte er.

»Wie kommen Sie darauf?«

»Wissen Sie etwas über Sara?«

»Mag sein.«

»Würden Sie mich sofort benachrichtigen, wenn Sie Sara gefunden haben?«

»Warum sollte ich?«

»Hören Sie, Holländer!« Seine Stimme wurde auf einmal energisch. »Ich weiß, Sie stehen auf Saras Seite. Wir beide sind uns darüber klar, daß sie im Begriff steht, eine große Dummheit zu machen. Wenn sie die nicht schon gemacht hat. Wir – ich muß ihr helfen. Verstehen Sie doch! Ich habe sie in dieses Abenteuer hineingehetzt.«

»Sie?«

»Wer denn sonst? Ich habe ihr gesagt, daß ich mit einer Jungfrau nicht arbeiten kann, wie man eben so etwas sagt. Ich habe doch nicht geahnt, daß sie – na, Sie verstehen schon.«

Ich lachte. »Darüber würde ich mir wirklich keine Gedanken machen, Gessler. Jedes junge Mädchen ist eines Tages soweit. Jedes normale junge Mädchen jedenfalls. Zu so etwas braucht man sie nicht auch noch groß aufzumuntern.«

»Sara König ist kein normales Mädchen. Sie ist ein Star. Ein

Filmstar. Sie untersteht anderen Gesetzen. Sie wird sich ihre ganze Karriere verpfuschen, wenn sie jetzt...«

»Aus dem gleichen Grund suche ich Sara!« erklärte ich. »Was hatten Sie denn sonst gedacht? Glauben Sie, ich will sie heiraten?«

»Ich habe sie in diese ganze Sache hineingehetzt, und ich muß sie auch zurückholen«, sagte er hartnäckig.

»Ich will Ihnen mal was sagen, teurer Freund. Sie sind verliebt in Sara!«

»Ich? Na hören Sie mal!«

»Geben Sie es zu, und ich verspreche, Ihnen Bescheid zu geben, sobald ich sie gefunden habe.«

Gessler holte eine Visitenkarte aus der inneren Tasche seiner Lederjacke und kritzelte etwas darauf. »Hier, meine Telefonnummer. Sie werden mich anrufen, ja?«

»Ich hatte schon immer ein Herz für unglücklich Verliebte«, sagte ich und steckte die Visitenkarte ein.

Als ich noch einmal versuchte, Tamara Tess zu erreiche, meldete sich in ihrer Wohnung überhaupt niemand. Mir fiel ein, daß Tamara nur eine Zugehfrau hatte, die inzwischen längst nach Hause gegangen sein mußte. Da ich keine Lust hatte, mich wie ein verlorenes Wickelkind auf die Stufen vor ihrer Wohnung zu setzen und auf sie zu warten, fuhr ich nach Schwabing hinaus und klapperte nacheinander sämtliche Lokale ab, in denen Tamara zu verkehren pflegte. Niemand hatte sie gesehen.

Gisela – mit der Betonung auf der zweiten Silbe – die charmante Wirtin des gleichnamigen Lokals, empfing mich wie immer freundschaftlich, mit jener angenehmen Mischung von verkaterter Melancholie und urwüchsigem Humor, der ihren Erfolg ausmachte.

»Nein, Tamara war nicht hier«, sagte sie, »aber da hinten sitzt jemand, der Sie vielleicht interessieren wird.«

Da ich wußte, daß Gisela alles andere als geschwätzig ist, entschloß ich mich, mir das bemerkenswerte Individuum näher anzusehen. Ich drängte mich zwischen den eng beieinander stehenden Tischen hindurch, schlängelte und stieß mich über die Tanzfläche, die gestopft voll war, und gelangte so in den Hintergrund des Lokals. Es dauerte eine Weile, bis meine Augen den dicken Rauch so weit durchdringen konnten, daß ich erkannte, wen Gisela gemeint hatte. Es war Gotthold Emanuel Rodenberg, der Vater Sara Königs.

Sein Gesicht war sehr rot, die kleinen Augen quollen ihm fast aus den Höhlen, er hatte der Flasche Calvados, die vor ihm auf dem Tisch stand, sichtlich mehr zugesprochen, als ihm guttat. Den Hemdkragen hatte er geöffnet, und die farbenprächtige Jockeykrawatte hing schief. Seine dröhnende Stimme übertönte die Musik, das Gelächter und Gläserklirren.

»Meine Damen...«, sagte er gerade und beehrte mit dieser Anrede die beiden Flittchen, die es sich trotz der Hitze nicht nehmen ließen, sich dicht an ihn zu schmiegen. »... meine Damen, der alte Bob ist nicht so dumm, wie er aussieht. Ich habe geschuftet, meine Damen, wie ein Pferd, wie ein Kamel, wie ein Elefant, bis ich eines Tages daraufgekommen bin, daß ich auf dem falschen Dampfer war. Bob, sagte ich mir, von Arbeit ist noch niemand reich geworden. Du mußt unter die Goldgräber gehen, wenn endlich was aus dir werden soll.«

»Oh, Mister Bob, Sie haben Gold gefunden?« flötete die eine der wenig bekleideten Hübschen.

»Eine ganze Goldgrube, mein Schätzchen!« sagte Rodenberg und klopfte ihr zärtlich auf den verlängerten Rücken. »Gold in Hülle und Fülle. Seid recht lieb zu dem alten Bob, dann sollt ihr auch was davon abbekommen. Was wünscht ihr euch denn, meine Süßen?«

Diese Frage brachte die beiden ›Damen‹ in Fahrt. Sie überboten sich gegenseitig darin, ihre bescheidenen kleinen Wünsche zu äußern, angefangen von der Luxuslimousine bis zum Nerzmantel.

»Sollt ihr haben«, lallte Bob fröhlich, »sollt ihr alles haben. Kleinigkeit. Das Leben ist gefährlich, aber es bildet ungemein.« Es versuchte seine dröhnende Stimme zu einem Flüstern herabzusenken. »Ich muß auf der Hut sein, meine Damen, sehr auf der Hut. Die wollen den alten Bob übers Ohr hauen, aber er ist zu schlau für sie, viel zu schlau.«

»Wer will Sie denn übers Ohr hauen, Mister Bob?«

»Sie gönnen mir nicht, daß ich eine goldene Ader gefunden habe«, sagte Rodenberg statt einer Antwort, »sie glauben, sie können das große Geschäft allein machen. Aber da kann ich nur lachen. Hahaha, jawohl, lachen. Wenn ich will, gehört alles mir. Alles! Begreift ihr, was das heißt? Alles! Oh, die haben gescheffelt, sage ich euch, da sind wir nur Waisenkinder dagegen. Mietshäuser in der Schweiz und Hotels, Tankstellen, Wäschereien. Da staunt ihr, was? Aber wenn ich will, bekommen sie keinen Pfennig mehr.

Wenn ich will, gehört alles mir!« Er klopfte sich mit den kräftigen behaarten Fäusten auf die Brust. »Mir, mir! Gotthold Emanuel Rodenberg!«

Einen Augenblick überlegte ich, ob ich mich zu ihm setzen und versuchen sollte, ihn auszuquetschen, aber dann sah ich ein, daß es sinnlos war. So besoffen konnte Sara Königs Vater gar nicht sein, daß er mir das Geheimnis seiner Goldader verraten würde.

Ich kämpfte mich wieder zur Bar zurück, ließ mir einen Manhattan einschenken und zog das Telefon zu mir heran. Ich wählte die Geheimnummer von Sara Königs Villa. ›Mami‹ war selber am Telefon, ich erkannte sie sofort an ihrer Stimme.

»Hören Sie mal, gnädige Frau«, sagte ich ohne jede Einleitung. »Ihr teurer Gatte sitzt hier bei ›Gisela‹ und redet mehr, als für Sie gut ist. Sie sollten ihn zusammenpacken und abschleppen, verstehen Sie?«

Ich hörte, wie Friedl König tief nach Luft schnappte. »Wer ist denn da? Wer spricht da, bitte?«

»Ein Mensch, der es gut mit Ihnen meint«, sagte ich und warf den Hörer auf die Gabel.

Dann versuchte ich noch einmal Tamara Tess zu erreichen, und diesmal hatte ich Glück. Sie meldete sich, und ich sagte ihr, daß ich sofort zu ihr hinauskommen würde. Ehe sie noch protestieren konnte, legte ich auf.

Tamara Tess empfing mich und küßte mich mit der ihr eigenen sinnlichen Feuchtigkeit auf den Mund, hängte sich bei mir ein und sprudelte, ehe ich noch zu Wort kommen konnte, heraus: »Charly, war für eine wunderbare Idee, mich anzurufen! Du ahnst ja nicht, was ich dir alles zu erzählen habe! Stell dir nur vor, Kai Kramer und ich...«

»Hast du was zu trinken?« fragte ich.

»Habe ich!« sagte sie und begann vergnügt zu trällern. »Schatz, ich bitt' dich, komm heute nacht, alles ist bereit gemacht...« Dabei schleifte sie mich, ohne mein Unbehagen überhaupt zu bemerken, durch den in Schwarz und Knallgrün gehaltenen Wohnraum auf den Dachgarten hinaus. Sie verfrachtete mich in eine hypermoderne, aber erstaunlicherweise sehr bequeme Gartenschaukel, und während sie mir einen Manhattan mixte, fand ich es plötzlich sehr angenehm, hier sitzen zu dürfen.

Ein leiser Wind, der unten auf der Straße gar nicht zu spüren war, strich über die Dächer von München. Unter uns blitzten die

Lichter der Stadt, während wir im warmen Schein einer runden rosaroten Lampe beisammensaßen.

Zum erstenmal an diesem Tag fühlte ich mich wirklich wohl.

Mit halbem Ohr und ohne Tamara Tess zu unterbrechen, lauschte ich ihrem Geplapper.

Natürlich ging es um Kai Kramer. Sie hatte durchgesetzt, daß Probeaufnahmen von ihm gemacht wurden, natürlich waren sie, so behauptete sie, einfach sensationell ausgefallen. Jedenfalls hatte er eine beachtliche Rolle in einem Film der Sirius-Produktion bekommen, der in den nächsten Tagen in Berlin ins Atelier gehen sollte. Um das Glück vollkommen zu machen, spielte sie selber mit. Sie konnte also in allernächster Nähe ihres Lieblings bleiben und ihn auf Schritt und Tritt beraten.

»Jetzt können wir heiraten, Charly!« jubelte sie. »Sag selber, ist das nicht wundervoll?«

Ich schrak bei dieser direkten Anrede zusammen, denn ich hatte an etwas anderes gedacht. »Doch. Ganz bestimmt«, sagte ich lahm.

»Du freust dich ja gar nicht!« Ihre grünen Augen unter den angeklebten schwarzen Wimpern wurden noch größer.

»Wenn du nach einem Jahr oder, bitte, sagen wir nach drei Monaten, noch immer glücklich mit deinem Playboy bist, dann verspreche ich dir, daß ich mich freuen werden.«

»Was hast du bloß gegen Kai?« fragte sie verständnislos. »Ach, ich weiß schon, wie konnte ich das vergessen! Du bist eifersüchtig. Eifersüchtig und ein alter Miesmacher. Wie konnte ich bloß so blöd sein und dich einladen.«

Ich grinste, als ich ihren Ärger sah. »Ich habe mich selber eingeladen, Mädchen, täusch' dich nicht. Und wenn du schön brav bist, werde ich eine hübsche Story über dich und deinen Bubi schreiben. Tröstet dich das?«

Tamara Tess zündete sich eine Zigarette an und sah mich durch den Rauch hindurch mit schrägen Augen mißtrauisch an. »Was willst du von mir?«

»Kannst du dir das wirklich nicht denken?«

»Keine Ahnung.«

Ich begriff, daß es nicht so leicht sein würde, die Wahrheit aus ihr herauszubringen. »Es ist verdammt ungemütlich hier in der Stadt geworden«, sagte ich und fächelte mir Kühlung zu, »ich möchte ein bißchen raus, frische Luft schnappen.«

»Na und?«

»Du hast doch so ein Ferienhäuschen am Gardasee, wenn mich nicht alles täuscht. Wie wär's, wenn du mir das für ein paar Wochen zur Verfügung stellen würdest?«

Sie zuckte mit keiner Wimper. »Wann?« fragte sie bloß.

»Morgen brause ich los.«

Sie benetzte ihre hellrot geschminkten vollen Lippen mit der Zunge. »Da würde ich dir nicht ausgerechnet zum Gardasee raten. Um diese Zeit ist es dort verdammt heiß.«

»Ach, mir wird es schon genügen. Der See und das alles. Wirklich, Tamara, es wäre für mich ideal.«

»Eigentlich sollte man doch annehmen, daß du genug Geld verdienst, um dich in einem Luxushotel einquartieren zu können!«

»Ach, wenn du darauf hinauswillst. Natürlich werde ich dir für die Benutzung was bezahlen. Du weißt ja, größere Geschenke zerreißen die Freundschaft.«

Sie drückte ihre Zigarette aus. »Ich kann dir den Bungalow nicht überlassen, Charly. Wirklich nicht. Glaube mir, ich täte es gern. Aber es geht nicht. Vielleicht im Herbst.«

»Es ist also schon vergeben?«

»Das habe ich nicht gesagt!«

»Aber es ist so. Sara König. Du brauchst mir gar nichts vorzumachen, ich weiß längst Bescheid.«

Ich gehöre zu den Leuten, die es nicht nur anständig, sondern auch nützlich finden, gegebene Versprechungen zu halten. Deshalb tippte ich den Artikel über Tamara Tess und Kai Kramer noch in der Nacht in die Maschine. Am Morgen lieferte ich ihn auf der Redaktion ab, und gegen zehn Uhr brauste ich los – Richtung sonniger Süden. Wenn es nach mir gegangen wäre, hätte ich Grönland vorgezogen, denn die Sonne hatte für mich jeden Reiz verloren.

Ich hatte ein ganz schönes Tempo drauf. Die Grenzabfertigung am Brenner dauerte eine Viertelstunde, nachher machte ich eine Picknickpause, und gegen zwei Uhr tauchte, blau wie ein Saphir, der Gardasee vor mir auf. Auf der Uferstraße, die in den Berg eingehauen ist und deren dauernder Wechsel von blendend hellem Licht zu nachtschwarzem Dunkel mich etwas irritierte, nahm ich Gas weg. In Gargagno bog ich zum Ort hin ab, und es kostete mich einige Mühe, Tamaras Bungalow zu finden, ohne einen der Einheimischen zu fragen. Ich wollte nicht Gefahr laufen, daß Sara König vorzeitig über mein Auftauchen informiert wurde.

Von der Straße her war von dem Bungalow nicht viel zu sehen. Niedrige weiße Mauern schimmerten durch die Stämme eines Olivenhains, und vor dem einzigen Fenster, das ich von hier aus wahrnehmen konnte, waren die Läden geschlossen. Es gab keine Klingel an der Gartenpforte, die Tür war versperrt. Alles wirkte wie ausgestorben. Sollte Tamara, das Biest, mich auf eine falsche Spur gehetzt haben? Ich war entschlossen, über die Mauer zu klettern und mich selber zu vergewissern, als ich den Badeanzug sah. Es war ein hellblauer Damenbadeanzug, jemand hatte ihn über einen Ast geworfen und mit den Trägern befestigt. Er flatterte lustig im Wind.

Also doch! Im Tamaras Ferienhaus war ein weiblicher Sommergast. Es fragte sich jetzt nur, ob es wirklich Sara König war, aber ich zweifelte nicht mehr daran.

Ich setzte mich wieder in meinen Wagen und fuhr in Richtung Dorf zurück. Eine Villa, kaum dreihundert Meter von Tamaras Bungalow entfernt, gefiel mir auf Anhieb. Sie lag inmitten eines schattigen Parks, gleich am See. Es war die Petacci-Villa. Ich entschloß mich, hier nach einem Zimmer zu fragen. ›Pension Giulia‹ stand auf dem Türschild. Zufällig war gerade ein Raum frei geworden, und ich konnte einziehen. Auf dem Parkplatz hinter dem Haus standen verschiedene Autos, die meisten mit deutschen Kennzeichen. Ich war nicht weiter überrascht, einen grauen Volkswagen mit Münchener Nummer unter ihnen zu entdecken. Meine Kombination war also richtig gewesen.

Am Hafen von Gargagno fand ich sie, Sara König und ihren jungen Doktor. Sie sahen mich nicht. Sie schienen überhaupt nichts von dem zu sehen, was um sie herum vorging, nicht den Vergnügungsdampfer, der gerade an der Mole anlegte, nicht die Fischerbootte, auf denen braunhäutige Jungen die Segel zu hissen begannen, nicht die quietschenden Kinder, die unter den Alleebäumen der Uferstraße spielten. Sie sahen nur sich selber.

Sie saßen Hand in Hand an einem der Tischchen, die vor der Cafeteria im Freien aufgestellt waren, und sahen sich tief in die Augen, das heißt, soweit es möglich war, denn Sara trug eine sehr große Sonnenbrille, die sie fast unkenntlich machte. Ihr schöner, lebendiger Mund war ungeschminkt, das rotblonde Haar unter einem breitrandigen Strohhut verborgen. Ich selber hätte sie kaum erkannt, wenn ich nicht geahnt hätte, daß ich sie hier finden würde. Dr. Werner trug ein kurzärmeliges weißes Sporthemd, seine Arme waren muskulös und braun. Ich begriff, daß er ein Mann war, der einem jungen Mädchen gefallen konnte. Jetzt hob er Saras Hand mit den schöngefeilten unlackierten Nägeln zum Mund, küßte sie ganz zart auf jede Fingerspitze. Saras Gesicht war ein einziges Strahlen.

Ich brachte es einfach nicht fertig, diese Idylle zu stören. Natürlich mußte ich das tun. Aber jetzt noch nicht. Später.

In Tamaras Besitztum einzudringen war die einfachste Sache von der Welt. Ich kletterte über die Gartenpforte und schlenderte den schmalen Kiesweg entlang, der sich zwischen Büschen und Olivenbäumen zum Bungalow hinzog. Kaum zehn Schritte vom Haus entfernt führte ein hölzerner Bootssteg in den unwahrscheinlich blauen See hinaus. Ich hätte gute Lust gehabt, wenigstens einmal kurz in das lockende Wasser zu springen, aber ich konnte mir den Spaß nicht erlauben. Wenn Sara frühzeitig zurückkam, wäre die Situation für mich peinlich geworden. Aus langjähriger Erfahrung wußte ich, daß ein mangelhaft bekleideter Mann sich nie oder selten Respekt bei Damen verschaffen kann. Auf der Nordseite fand ich ein Fenster, das nur angelehnt war. Ich stieg ein.

Die Einrichtung des Bungalows verblüffte mich einigermaßen. Sie war nett und bescheiden, eher kleinbürgerlich als großzügig, eher altmodisch als modern. Entweder hatte Tamara Tess das Haus, so wie es war, mit den gesamten Möbeln übernommen, oder aber die Extravaganz ihrer Münchener Wohnung war nur Angabe und hatte nichts mit ihrem wirklichen Geschmack zu tun. Mir dämmerte, daß in Tamaras Brust ein kleinbürgerliches und sentimentales Herz schlagen könnte.

Es gab im ganzen Bungalow eigentlich nur zwei wirkliche Räume, ein großes Wohnzimmer, dessen Fenster, wenn die Läden geöffnet waren, den Blick auf den See freigaben, und an der anderen Seite ein Schlafzimmer mit einem breiten, altmodisch verschnörkelten Bett, dazu eine winzig kleine Küche und ein Badezimmer. Ich schnüffelte ein bißchen herum und stellte fest, daß nichts auf die Anwesenheit eines Mannes schließen ließ.

Im Kühlschrank fand ich eine Flasche Wermut und goß mir, im Ermangelung eines herzhafteren Getränkes, ein Glas ein. Ich trank es in einem Zug, zündete mir eine Zigarette an und ließ mich auf der Fensterbank des Schlafzimmers nieder. Von hier aus konnte ich den Gartenweg überblicken.

Als ich die Zigarette ausgeraucht hatte, überkam mich plötzlich bleierne Müdigkeit. Ich konnte der Versuchung nicht widerstehen, mich wenigstens für fünf Minuten auf Saras Bett auszustrecken.

Stimmen aus nächster Nähe schreckten mich auf. Ein Blick auf meine Armbanduhr zeigte mir, daß ich eine gute Stunde geschlafen hatte. Mit einem Satz war ich auf den Beinen und rannte zum Fenster. Auf den Kiesweg zum Haus rührte sich nichts.

Es dauerte noch eine Sekunde, bis ich geschaltet hatte. Dann lief ich in den Wohnraum. Als ich durch die Spalte des Ladens auf den See hinausblickte, sah ich sie.

Dr. Werner hatte gerade ein kleines Motorboot an einem Pfahl vertäut, jetzt reichte er Sara, die aufrecht im Boot stand und sich lachend bemühte, ihr Gleichgewicht zu halten, die Hand und half ihr beim Aussteigen. Sie stolperte und wäre um ein Haar ins Wasser gefallen, wenn er nicht blitzschnell zugegriffen und sie hochgehoben hätte. Sie schlang ihre Arme um seinen Hals, ihre Lippen fanden sich zu einem Kuß, an dessen Glut auch der anspruchsvolle Regisseur Rolf Gessler nichts auszusetzen gehabt hätte.

Dr. Werner stellte Sara wieder auf die Beine. Ihr Gesicht war rot, verwirrt und, wenn möglich, noch strahlender geworden als zuvor. Sie wirkten beide etwas verlegen, als sie jetzt, die kleinen Finger ineinander verhakt, auf das Haus zukamen. Sie traten nicht ein, sondern gingen vorbei, den Kiesweg entlang und auf die Gartenpforte zu.

Wenige Minuten später kam Sara allein zurück. Sie schloß die Tür auf und ging, ohne mich zu sehen, an mir vorbei und in die Küche. Es wurde mir klar, daß sich ihre Augen erst an das Halbdunkel des Hauses gewöhnen mußten. Ich wollte sie nicht erschrecken, deshalb schlich ich auf leisen Sohlen zur Tür hinaus. Dann klopfte ich kräftig an und rief: »Hallo!«

Sara stürzte heraus. »Was wollen Sie denn!« legte sie los. Dann erst erkannte sie mich und sagte, nicht ein Fünkchen freundlicher: »Ach, Sie sind's, Charly! Was wollen Sie?«

»Ich dachte, es wäre eine gute Idee, Ihnen guten Tag zu sagen.«

»Guten Tag!« sagte Sara und starrte mich böse an. »Sind Sie jetzt zufrieden?«

»Ich hatte mir eigentlich gedacht, Sie würden einen so alten Freund wie mich bitten, hereinzukommen und Platz zu nehmen.

»Es tut mir leid, Charly, aber ich habe überhaupt keine Zeit.«

»Sehen Sie«, erklärte ich triumphierend, »das habe ich Ihrer Mami auch gesagt! Sara arbeitet noch einmal das Drehbuch durch. Ich finde das großartig von Ihnen, Mädchen. Ich werde es sofort Ihrer Mami telegrafieren.«

»Nein!« rief Sara. »Nein, Charly! Das dürfen Sie nicht tun!«

»Und warum nicht?«

»Weil – na schön, kommen Sie herein!« Sie gab den Eingang frei.

Ich trat in den Wohnraum und setzte mich in den Sessel, den ich für den bequemsten hielt.

Sara blieb vor mir stehen und rang ihre kindlichen Hände. »Charly! Bitte, belügen Sie mich nicht! Wer weiß, daß ich hier bin?«

»Ich.«

»Und wer noch?«

»Bin ich ein Hellseher? Aber vielleicht beruhigt es Sie – von mir hat es niemand erfahren.«

»Ich könnte mir die Haare ausreißen.«

»Tun Sie's nicht«, sagte ich, »es wäre schade drum. Setzen Sie sich lieber. Ich glaube, wir haben einiges miteinander zu besprechen.«

Sie ließ sich willenlos auf einem kleinen Hocker nieder. »Ich hätte mir denken können, daß Tamara nicht den Mund halten kann.«

»Tamara hat geschwiegen wie ein Grab. Ihr dürfen Sie bestimmt keinen Vorwurf machen.«

»Aber wie haben Sie es dann bloß herausbekommen?«

»Sara, ist das wirklich so wichtig?«

»Ich hatte mir eingebildet, hier vollkommen sicher zu sein.«

»In diesem Leben gibt es keine Sicherheit, liebes Mädchen. Schlimm genug, wenn Sie das erst jetzt lernen. Haben Sie eigentlich keinen Augenblick daran gedacht, daß Sie Ihre Mutter durch diese plötzliche Flucht erschreckt haben?«

»Wann hat Mami denn je an mich gedacht?« gab Sara wütend zurück.

»Sie übertreiben herzhaft, mein liebes Kind. Ich müßte lügen, wenn ich behaupten wollte, daß mir Ihre Mutter besonders sympathisch wäre. Aber ich bin überzeugt, daß sie bei allem, was sie getan hat, immer nur Ihr Glück im Auge hatte.«

»Was weiß Mami denn von meinem Glück? Was wissen Sie davon? Ihr glaubt alle, daß es nur darauf ankommt, möglichst berühmt zu sein, möglichst hohe Gagen zu bekommen, eine möglichst gute Publicity zu haben! Aber was bedeutet das schon? Was bedeutet das wirklich? Gar nichts!«

»Was man besitzt, vergißt man leicht zu schätzen, liebe Dame. Seien Sie nicht undankbar. Millionen junger Mädchen würden dies und jenes darum geben, an Ihrer Stelle zu sein.«

»Nicht, wenn sie wüßten, wie es wirklich ist. Nein, Charly, glauben Sie mir, Sie verschwenden Ihre Zeit. Ich mag nicht mehr. Ich habe genug. Bis jetzt habe ich nur für den Erfolg gelebt, für Mami, für mein Bankkonto. Jetzt will ich endlich einmal für mich selber leben.«

»Sagen Sie lieber, für Dr. Wolfgang Werner. Das dürfte eher der Wahrheit entsprechen.«

Sie starrte mich erschrocken an. »Was? Das wissen Sie auch?«

»Sind Sie sicher, daß irgendein Mann ein solches Opfer überhaupt zu schätzen weiß? Von verdienen nicht die Rede!«

»Es ist kein Opfer.«

»Es wäre ein Verzicht, Sara, ein Verzicht auf alles, an das Sie gewöhnt sind.«

»Unsinn. Selbst wenn ich in meinem ganzen Leben nie mehr vor die Kamera trete, habe ich Geld genug. Wenn ich heirate, werde ich über alles, was mich und mein Geld betrifft, selbst bestimmen.«

»So weit sind wir also? Arme Mami!«

»Wieso arm? Für Mami werde ich natürlich sorgen. Sie braucht bestimmt keine Not zu leiden.«

»Sie sind sehr großzügig, liebe Sara, besonders, wenn man bedenkt, daß Sie Ihre ganze Karriere eigentlich nur der Energie Ihrer Mutter zu verdanken haben, nicht wahr? Ich finde es hochanständig, daß Sie sie jetzt wenigstens nicht verhungern lassen.«

Sara ballte die Hände. »Sie sind gemein!« Tränen schossen ihr in die großen blauen Augen.

»Sara, Sie können einen mit Ihrem Starrsinn schon zur Verzweiflung bringen!«

»Wenn Ihnen mein Benehmen nicht paßt, dann gehen Sie doch! Gehen Sie!« Sie sprang auf und wies mit einer dramatischen Bewegung zur Tür. »Ich habe Sie nicht gebeten, herzukommen.«

»Ja, ich weiß«, entgegnete ich ruhig, »und nichts wäre Ihnen lieber, als mich so rasch wie möglich loszuwerden. Leider geht das nicht. Ich habe mir nämlich in den Kopf gesetzt, Sie zur Vernunft zu bringen.«

»Was bilden Sie sich ein? Ich bin vernünftig! Ich bin vernünftiger als je zuvor. Ich bin viel vernünftiger als Sie! Ich weiß jetzt, was es heißt, glücklich zu sein. Ich müßte wahnsinnig sein, wenn ich dieses Glück aufgeben würde.«

»Sara, Sara«, sagte ich, »wäre es nicht besser, Sie würden Ihre schöne Stimme ein wenig schonen? Ich bin nicht gewohnt, daß man mit mir herumschreit, wissen Sie.« Ich zündete mir eine Zigarette an. »Sie rauchen nicht, wie?«

»Doch. Bitte, kann ich mir eine nehmen?«

»Klar. Aber erst sollten Sie sich die Tränen abwischen und die Nase putzen. Sonst schmeckt sie nicht.«

Gehorsam zog sie aus der Tasche ihres maisgelben Leinenkleides ein hauchdünnes Batisttüchlein und betupfte sich Wangen und Nasenspitze. Ich gab ihr Feuer, und sie begann mit anmutiger Ungeschicklichkeit zu rauchen.

»Ich meine es doch nur gut mit Ihnen, Sara«, sagte ich.

»Ja, ich weiß. Alle meinen es nur gut mit mir. Pauly, Putzi Hoffmann, Geza von Vasary, Mami, wahrscheinlich meint es auch Rolf Gessler nur gut mit mir. Aber ich habe es satt, mich am Gängelband führen zu lassen. Satt bis hier!« Sie deutete mit der Hand auf ihre Kehle. »Ich bin ein erwachsener Mensch und weiß selber, was ich zu tun und zu lassen habe.«

»Auch ein erwachsener Mensch sollte sich hin und wieder Ratschläge von anderen erwachsenen Menschen anhören, liebes Mädchen. Die Überzeugung, alles besser zu wissen, ist, das muß ich Ihnen leider sagen, ein Zeichen von Unreife. Ja, schauen Sie mich nur an, als ob Sie mich fressen wollten. Ich habe keine Angst vor Ihnen. Aber Sie vor mir. Das ist der Unterschied.«

»Das ist ja einfach lächerlich!« sagte Sara und blies den Rauch durch die Nasenlöcher.

»Doch. Sie haben Angst, weil Sie wissen, daß ich recht habe. Hören Sie mich an, Sara. Ich gebe zu, Dr. Werner ist ein ausgesprochen sympathischer junger Mann. Wahrscheinlich ist er auch noch tüchtig in seinem Beruf, zuverlässig, anständig, alles, was Sie wollen. Aber er paßt nicht zu Ihnen. Sie leben beide in zwei ganz verschiedenen Welten. Sie werden niemals zueinander passen.«

»Wir lieben uns.«

»Schlimm genug. Schlimm für ihn und vielleicht noch schlimmer für Sie. Wissen Sie, Sara, für Männer bedeutet Liebe nicht dasselbe wie für eine Frau.«

»Für Wolfgang bedeutet sie genau dasselbe wie für mich.«

»Sind Sie überzeugt, daß er Ihnen je ein so großes Opfer bringen würde?«

»Ja.«

»Sind Sie auch überzeugt, daß sich jedes Opfer für Ihre Liebe lohnt?«

»Ja. Jedes.«

»Ich will Ihnen mal was sagen, Sara. Sie sind bis über beide Ohren verliebt. So was kann vorkommen. Es kommt sogar sehr häufig vor. Im allgemeinen schadet es gar nichts. Das Schlimme ist nur, daß dies Ihre erste große Verliebtheit ist, und dabei bildet man sich meistens ein, daß sie ewig dauern wird. Tatsächlich aber gibt es kaum etwas Flüchtigeres oder Unberechenbareres auf der Welt als Verliebtheit. Sie kommt oft wie ein Blitz aus heiterem Himmel, und dann geht sie wieder vorbei, man begreift gar nicht, wie es geschehen konnte. Nehmen wir einmal an, es würde alles so klappen, wie Sie es sich jetzt wünschen. Nehmen wir an, Sie heiraten Ihren Wolfgang. Wie soll es dann weitergehen?«

»Ich werde ihm eine gute Frau sein«, sagte sie mit solch rührender Kindlichkeit, daß es beinahe weh tat.

»Sonst nichts? Sie könnten sich tatsächlich ein Leben vorstellen, das keine anderen Aufgaben für Sie hätte, als am Küchenherd zu stehen, Socken zu stopfen, Kinder großzuziehen und lieb und nett zu Ihrem Mann zu sein, wenn er abends erschöpft von der Arbeit nach Hause kommt?«

»Warum nicht?«

»Das kann ich Ihnen sagen. Weil Sie verrückt werden vor Sehnsucht nach dem Film. Verrückt darauf, endlich wieder einmal im Atelier zu arbeiten. Ich rede das nicht so daher, Sara, ich weiß es. Jetzt ist es Ihnen lästig, daß sich Ihr Leben dauernd im Blickpunkt der Öffentlichkeit abspielt. Aber wenn es mit einem Schlag anders wird, wären Sie die letzte, die es ertragen könnte.«

»Sie scheinen mich besser zu kennen als ich mich selber«, sagte sie mit gequältem Spott.

»Das ist leicht möglich. Sie kennen sich nämlich überhaupt nicht. Es ist Ihnen alles zu leicht gemacht worden. Sie haben sich nicht abrackern müssen wie andere junge Mädchen, um nach oben zu kommen. Das alles hat Ihre Mami für Sie getan, ja, Ihre Mami, auf die Sie augenblicklich gar nicht gut zu sprechen sind. Ein Glück, das einem in den Schoß fällt, weiß man nicht zu schätzen, so ist es mit Ihnen. Wissen Sie, daß Sie mit Ihrer Flucht Ihre ganze Karriere aufs Spiel gesetzt haben? Der Verleih könnte Sie jetzt schon hinausfeuern, wenn er wollte. Sie sind vertragsbrüchig geworden, liebe Sara. Vielleicht sind Sie sich nicht darüber im klaren, was das heißt. Sie haben sich nicht nur in der ganzen Filmindustrie unmöglich gemacht, Sie werden auch noch eine beachtliche Konventionalstrafe zahlen müssen. Daß der Verleih von Ihrem Ausflug noch nichts weiß, verdanken Sie nur Ihrer Mami und Ihrem vielgeschmähten Manager von Vasary. Die beiden haben alles darangesetzt, um Ihre Flucht zu decken.«

Saras Lachen klang böse. »Nicht aus Menschenfreundlichkeit. Weil sie an mir verdienen. Alle wollen an mir verdienen, auch mein Vater!«

»Ich werde Sie nach München zurückbringen, Sara. Wenn es sein muß, mit Gewalt. Sie wissen genau, daß Montag der erst Drehtag ist.«

»Versuchen Sie es doch!« sagte sie spöttisch. »So leicht, wie Sie sich das vorstellen, wird es sicher nicht gehen. Wolfgang ist stärker als Sie.«

»Wollen Sie etwa behaupten, daß Dr. Werner Ihre Haltung gutheißt?«

Sara schwieg eine Weile. »Ja«, sagte sie dann.

»Sehr interessant. Dann werde ich mir diesen Burschen mal vorknöpfen. Entweder ist er nämlich ein vollkommen verantwortungsloser Idiot, oder Sie haben ihm Ihre Situation nicht wahrheitsgemäß geschildert.«

Plötzlich änderte Sara den Ton. Sie beugte sich weit vor, sah mich mit flehenden Augen an. »Sie wollen wirklich mit Wolfgang sprechen?«

»Sie zwingen mich dazu.«

»Charly, das dürfen Sie nicht tun!«

»Ich muß es. In Ihrem eigenen Interesse!«

»Wenn Sie mit Wolfgang sprechen, ist alles aus. Er weiß nicht...«

Ich holte tief Atem.

»So ähnlich habe ich mir das vorgestellt. Sie haben ihm also noch nicht einmal gesagt, wer Sie wirklich sind. Und ausgerechnet Sie wollen selber wissen, was Sie zu tun haben! Ihr Glück, Ihre große Liebe, alles haben Sie auf einer Lüge aufgebaut. Sara, Sara, ich hätte Sie doch für ein bißchen gescheiter gehalten.«

»Ich wollte es ihm sagen, Charly, wirklich, ich wollte es ihm immer wieder sagen. Aber es ergab sich einfach keine Gelegenheit.«

»Sagen Sie lieber, Sie hatten Angst.«

»Ja, Charly, ich hatte wahnsinnige Angst, ihn zu verlieren.«

»Sara«, sagte ich, und plötzlich duzte ich sie. »Sara, für so ein zerbrechliches Glück willst du deine Existenz aufs Spiel setzen? Hast du keinen Augenblick daran gedacht, daß du dich zwischen zwei Stühle setzen könntest? Daß du Wolfgang nicht halten und den Film verlieren wirst?«

»Nein«, mußte sie zugeben.

Ich blieb bei meinem Du, denn sie kam mir immer kindlicher vor. »Na schön, ich gebe dir eine Chance. Du sprichst noch heute abend mit Dr. Werner. Sag ihm alles. Dann kannst du dich immer noch entscheiden, ob du ...«

»Nein. Ich lasse mich zu nichts zwingen. Auch nicht von Ihnen. Ich werde es ihm sagen, wenn ich den Zeitpunkt für richtig halte.«

»Dann werde ich selber mit ihm sprechen.«

»Wenn Sie das tun, Charly, dann – springe ich noch heute nacht in den See. Glauben Sie nur nicht, daß es mir nicht Ernst ist. Es ist mir bitter Ernst. Ich werde Schluß machen, und Sie werden schuld sein!«

Von der ›Pension Giulio‹ aus rief ich Rolf Gessler an. Er war sofort am Apparat. Es kam mir vor als hätte er seit unserer letzten Begegnung unentwegt auf meinen Anruf gewartet. Ich schilderte ihm in kurzen Stichworten die Situation und bekannte, daß ich allein mit Sara König nicht fertig wurde. Rolf Gessler versprach, sich sofort ins Auto zu setzen und mich morgen früh abzuholen, damit wir gemeinsam noch einmal die Bekehrung des abtrünnigen Filmstars versuchen konnten.

Ich war so froh, daß ich die Verantwortung nicht mehr allein zu tragen brauchte. Trotzdem blieb ein Gefühl des Unbehagens in mir zurück. Ich war auch dann noch nicht beruhigt, als ich vorsichtshalber die Zündkerzen aus Dr. Werners Auto geschraubt hatte, damit das Pärchen nicht etwa auf die Idee kommen konnte, noch einmal zu flüchten.

Verliebte sind völlig unberechenbar, das wußte ich. Der Zirkus, den ich mit Sara König an diesem Nachmittag erlebt hatte, hatte mich völlig fertiggemacht. Ich kam mir uralt und überflüssig vor, wie ein Huhn, das seine Küken plötzlich auf und davon laufen sieht. Die heitere Ferienstimmung der anderen Gäste, die bis in die warme Mitternacht hinein auf der Terrasse tanzten, hob meine Laune nicht. Ich verkroch mich mit einem Liegestuhl in einen düsteren Winkel des Parks, starrte auf den nächtlichen See hinaus und versuchte an etwas anderes zu denken als an Sara König und ihre Verrücktheiten. Ich hofftc zu Gott, daß sie wenigstens heute abend den Mut finden würde, Dr. Werner die Wahrheit zu sagen.

Am nächsten Morgen erwachte ich um sieben Uhr, nicht gerade ausgeschlafen, aber viel zu unruhig, um weiter im Bett zu bleiben. Ich zog meine Badehose an und ging hinunter. Es beruhigte mich einigermaßen, daß wenigstens Dr. Werners grauer Volkswagen noch da war.

Als ich von einem ausgiebigen Bad im See zurückkam, wurden auf der Terrasse die Frühstückstische gedeckt. Ich trank eine Tasse Kaffee, rauchte eine Zigarette. Dann hielt ich es nicht länger aus. Es kam mir plötzlich unfair vor, Sara mit Rolf Gessler zu überraschen. Ich wollte sie wenigstens schonend vorbereiten.

Es war nicht mehr möglich. Gessler hatte sein Versprechen, mich vor seiner Unterredung mit Sara abzuholen, nicht gehalten. Sein Wagen stand wenige Schritte vor der Gartenpforte.

Als ich die beiden fand, schienen sie ihr Gespräch schon beendet zu haben. Sie saßen einander auf dem Rasenplatz vor dem Haus in dumpfem Schweigen gegenüber. Sara wirkte reizvoller denn je. Sie trug einen kurzen weißen Bademantel. Ihr rotblondes, duftiges Haar, noch unfrisiert, umrahmte ihr klares Gesicht. Sie erwiderte meinen Gruß nicht, sie sah mich nicht einmal an. Sie hielt den Blick ihrer blauen Augen herausfordernd auf den Regisseur gerichtet.

Gessler hockte ihr im Gartenstuhl gegenüber. Sein junges Gesicht wirkte zerknautscht. Er starrte vor sich hin und malte mit dem Fuß Figuren in den Kies.

Ich sah keinen dritten Stuhl in der Nähe, also ließ ich mich auf den Rasen nieder. Ich zog die Beine an mich und zündete mir eine Zigarette an. Niemand sprach ein Wort.

»Feines Reisewetter, wie?« eröffnete ich endlich die Konversation.

Sara reagierte sofort. »Ja, da finde ich auch. Je schneller ihr beiden wieder abhaut, desto besser.«

»Hören Sie, Gessler, soll das ein Hinauswurf sein?« fragte ich unschuldsvoll.

Rolf Gessler sagte hilflos: »Sara, ich bitte dich! Kannst du denn nicht verstehen, daß...«

»Hör auf damit!« rief sie, stieß ihren Stuhl zurück, so daß er umfiel, und sprang auf. »Fang nicht wieder von vorn an! Ich kann es nicht mehr ertragen!«

»Jetzt weiß ich endlich, was dir fehlt, Sara«, erklärte ich freundlich, »die väterliche Hand.« Ich hätte sie in diesem Augenblick wirklich gern durchgehauen.

»Wollt ihr jetzt endlich gehen?« schrie sie wütend. »Ich habe genug von euch. Ich will meine Ruhe haben. Ich will allein sein!«

»Scheint so, als ob dir das nicht vergönnt sein würde«, sagte ich, denn in diesem Augenblick näherten sich deutlich hörbare Schritte auf dem Gartenweg.

Sara fuhr herum. »Wolfgang!« sagte sie, und obwohl sie es nicht einmal laut ausgesprochen hatte, klang es wie ein Aufschrei.

»Guten Morgen«, grüßte Dr. Werner förmlich.

»Ich sprang auf die Beine und schüttelte ihm herzlich die Hand. »Guten Morgen, Doktor! Sie werden sich sicher erinnern, wir kennen uns.«

»Ich erinnere mich.« Dr. Werners Stimme klang kühl.

»Das hier ist Rolf Gessler«, sagte ich mit einer Handbewegung zu dem Regisseur hin, »ich nehme an, daß...« Ich räusperte mich. »... Fräulein Schmid Ihnen von ihm erzählt hat.«

»Ich weiß im Augenblick wirklich nicht...« Dr. Werners Gesicht spiegelte Verwirrung wider.

»Die beiden Herren wollen gerade gehen, Wolfgang!« sagte Sara süß und warf dabei Rolf Gessler einen Blick zu, der ihn sehr rasch auf die Beine brachte. »Vielleicht bist du so nett, Wolfgang, und begleitest sie hinaus, ja?«

Rolf Gessler gab sich immer noch nicht geschlagen. »Du willst also wirklich nicht mitkommen, Sara?« fragte er.

»Aber wieso denn?« Sara lachte unnatürlich. »Mein Urlaub hat ja gerade erst begonnen.«

»Das heißt also, daß wir die Rolle umbesetzen müssen!«

»Das ist mir völlig egal, was ihr macht. Mit mir könnt ihr jedenfalls nicht rechnen.«

»Das ist Vertragsbruch, Sara!«

Dr. Werner hatte bisher mit wachsender Verständnislosigkeit zwischen Sara und Rolf Gessler hin und her geblickt. »Wovon ist hier eigentlich die Rede?« fragte er jetzt, sein ruhiges Gesicht wirkte plötzlich hellwach. »Sie sprachen da von einer Rolle, von einem Vertrag?«

»Sie sind nicht vom Film?« fragte Rolf Gessler in einem Ton, in dem man sonst höchstens zu fragen pflegte: »Sie haben die schwarzen Pocken?«

»Nein, ich bin Arzt.«

»Na, dann würde es zu weit führen, Ihnen die Zusammenhänge zu erklären.«

»Ja, aber was hat Fräulein Schmid mit dem Film zu tun?«

»Sie ist ein Star«, sagte Rolf Gessler schlicht, »ein Filmstar. Haben Sie das nicht gewußt?«

»Bitte, Wolfgang, bitte!« rief Sara König und lief auf Dr. Werner zu. »Bitte, laß dir erklären...«

Rolf Gessler war vollkommen in seine eigenen Gedanken versponnen. »Ich denke, ich nehme Katja Römer«, sagte er, »aus der ist etwas zu machen.«

»Sicher«, bestätigte ich sofort, »ein begabtes Kind.«

»Katja?« rief Sara empört. »Ihr macht wohl Witze! Katja hat bisher nichts anderes getan, als auf allen möglichen Filmbällen herumzuschwirren und...«

»Leb wohl!« fiel Rolf Gessler ihr ins Wort. »Ich muß sehen, wie ich alles bis Montag ins Lot bringe.« Er drehte uns den Rücken zu und ging, plötzlich gestrafft und energiegeladen, davon.

»Tu, was du willst!« rief Sara ihm nach und stampfte wütend mit dem Fuß auf den Boden. »Mir ist das egal. Völlig egal, hörst du?«

Rolf Gessler wandte sich nicht um. Ich sah, wie seine jungenhafte Gestalt zwischen den Olivenbäumen verschwand. Saras Augen füllten sich mit Tränen des Zornes.

»Soll ich ihn zurückholen, Sara?« fragte ich.

Sie funkelte mich an. »Nein, ich will ihn nie mehr wiedersehen! Nie mehr! Und Sie auch nicht, Herr Holländer. Verschwinden Sie, sonst...« Sie trat mit geballten Fäusten auf mich zu.

»Na, na, na, Mädchen!« sagte ich freundlich. »Auf einen Ringkampf würde ich es an deiner Stelle nicht ankommen lassen. Aber reg dich nicht auf. Ich gehe schon von selber.«

»Nein«, sagte Dr. Werner sehr bestimmt.

Sara fuhr herum und starrte ihn an.

»Ich wünsche nicht, daß Herr Holländer geht«, erklärte der Arzt.

»Nicht? Aber warum denn nicht?« In ihren Worten lag ungläubiges Staunen.

»Weil ich die Wahrheit wissen will. Die ganze Wahrheit.«

»Ich wollte dir doch gerade alles erklären, Wolfgang...«

Er schnitt ihr mit einer Handbewegung das Wort ab. »Du wirst verstehen, daß ich dir nach dem, was vorgefallen ist, wenig Glauben schenken kann.«

»Was ist geschehen? Was, um Himmels willen, ist denn geschehen?«

»Du hast mich belogen.«

»Das ist nicht wahr!«

»Doch. Du hast mir ein Märchen von einer kleinen vaterlosen Sekretärin erzählt. Du hast mir das reine, unverdorbene Mädchen vorgespielt, und ich Trottel habe dir geglaubt.«

»Aber, Wolfgang, es ist doch alles wahr, alles, was ich gesagt habe, ist wahr, ich meine natürlich – nicht alles. Aber ich liebe dich! Das mußt du mir glauben!«

»Einen Mann, den man liebt, belügt man nicht, Therese.« Plötzlich stutzte er. »Heißt du überhaupt Therese? Nicht einmal das weiß ich.

»Ich bin auf den Namen Therese getauft«, sagte sie trotzig.

»Therese Schmid?« fragte er mißtrauisch.

»Ich kann nichts dafür!« rief Sara verzweifelt. »Das hat Mami für mich arrangiert. Bitte, Charly, sagen Sie, daß es Mami war, die sich den Namen für mich ausgedacht hat!«

»Wie heißt du?«

»Sara König«, sagte sie leise.

Dr. Werner starrte Sara an, als ob er plötzlich entdeckt hätte, daß sie eine Mißgeburt mit zwei Köpfen wäre. »Sara König? Das Mädchen, von dem jede Illustrierte wöchentlich ein Bild bringt? Das bist du?«

Sara hielt die Augen zu Boden gesenkt. Sie kämpfte mit den Tränen, konnte nicht sprechen.

»Sara ist ein Filmstar«, sagte ich, »ein Stern am Filmhimmel. Ein strahlender Stern, der Millionen Menschen Freude geschenkt hat.«

»Jetzt wird mir manches klar«, preßte er mühsam durch die Zähne.

Sara verlor die Fassung, helle Tränen perlten ihr aus den Augen, sie warf sich schluchzend an seine Brust. »Ach, Wolfgang, ich bin ja so unglücklich. Wenn du mir nur glauben wolltest, wie sehr ich dich liebe!«

Er löste ihre schlanken Arme von seinem Nacken und schob Sara von sich fort. »Du kannst dir dieses Theater sparen«, sagte er hart, »du stehst nicht vor der Kamera.«

»Wolfgang!«

»Ich habe von Anfang an gespürt, daß etwas zwischen uns stand. Wie eine Wand. In allem, was du gesagt hast, war ein falscher Ton, alles war nur beinahe echt. Jetzt weiß ich, es war Film. Kintopp.«

»Nein!« schrie sie.

»Es hat keinen Sinn zu lügen, Sara, das Spiel ist aus. Hoffentlich war es für dich eine nette kleine Zerstreuung. Ich wünsche dir, daß du deinen Spaß gehabt hast. Leb wohl.«

Sara König stand wie versteinert da. Ihr Gesicht war von Schmerz verzerrt. Sie war nicht mehr schön in diesem Augenblick, sie war kein Filmstar mehr, sie war eine Frau, die um ihre Liebe litt.

Meine Mission war beendet. Ich hätte Dr. Werner gehen lassen sollen, Sara zusammenpacken und nach München zurückbringen. Aber ich tat es nicht. Ich fand, daß Sara dieses Ende ihrer Liebe nicht verdient hatte.

Mit wenigen Schritten holte ich den Arzt ein. »Dr. Werner«, sagte ich, »Sie wollten die Wahrheit wissen.«

Er ging, ohne mich anzusehen, weiter. »Jetzt weiß ich sie.«

»Sie irren sich, Doktor. Sie irren sich wahrhaftig. Mit müssen Sie glauben. Ich habe keinerlei Interesse daran, Ihnen irgend etwas vorzumachen.«

»Therese...«, er verbesserte sich. »...Sara hat mich von Anfang an belogen.«

»Ja!« Ich packte ihn am Arm und zwang ihn, stehenzubleiben. »Sie hat Sie belogen. Aber warum? Aus Angst! Sie wollte nicht von Ihnen, weil sie ein Filmstar ist, verehrt werden. Und später mußte sie fürchten, Ihre Liebe zu verlieren, wenn sie die Wahrheit sagte. Begreifen Sie das denn nicht?«

»Nein. Man kann eine Liebe nicht auf einem Lügennetz aufbauen.«

»Sie haben recht, man kann es nicht. Die Menschen versuchen es nur immer wieder. Bemühen Sie sich nicht selber, sich ins beste Licht zu setzen, wenn Sie verliebt sind? Welche Frau schwindelt sich nicht die schönsten Tugenden an, nur um den Mann, den sie liebt, zu gewinnen? Welche Frau würde nicht ihre Vergangenheit vertuschen, um dem Mann, den sie liebt, zu gefallen? Das ist eine ganz natürliche Schwäche, aber doch kein Verbrechen!«

»Ich werde Sara nie wieder ein Wort glauben können.«

»Dann sind Sie ein Narr!« rief ich aufgebracht. »Begreifen Sie denn immer noch nicht, daß Sara Sie liebt? Alles, was sie getan hat und was Sie jetzt so hart verurteilen, hat sie nur aus Liebe getan. Sie ist mit Ihnen hierhergefahren, obwohl ihr Spezialvertrag solche Eskapaden ausdrücklich verbietet. Sie wäre mit Ihnen hiergeblieben, so lange Sie es gewünscht hätten, obwohl am Montag ein Film mit ihr ins Atelier gehen sollte. Sie hat ihre ganze Karriere aufs Spiel gesetzt, nur um mit Ihnen beisammen zu sein. Ich habe Sara gleich gesagt, daß Sie nicht der Mann sind, der eine solche Liebe verdient. Ich habe recht gehabt. Aber es freut mich nicht. Wahrhaftig nicht.«

Ich sah, wie es hinter Dr. Werners Stirn arbeitete. Plötzlich drehte er sich um und lief den Weg um Bungalow zurück. Ich atmete auf. Ich verstand mich selber nicht, aber ich war erleichtert. Saras Liebe war gerettet und, wider aller Vernunft, gab es nichts anderes, was ich mir wünschte. Jetzt hatte ich hier nichts mehr zu suchen.

Ich hatte die Gartenpforte noch nicht geöffnet, als ich den Wagen sah, Geza von Vasarys schwarze Limousine. Ich wußte sofort, was die Glocke geschlagen hatte, noch ehe Friedl König in einem weißen Kleid, dessen Rüschen und Spitzen ihre mollige Figur noch rundlicher machten, herauskletterte. Ohne auf den Manager zu warten, der damit beschäftigt war, den Wagen zu parken, stürmte sie durch das Gartentor, ihren knallroten Sonnenschirm wie eine Waffe schwingend.

»Wo ist mein Kind?« rief sie in einem Ton, als ob sie mir zugetraut hätte, daß ich Sara zum Frühstück verspeist haben könnte.

Ich wies mit dem Daumen nach rückwärts.

Sie stob ohne ein weiteres Wort an mir vorbei, der Kies spritzte unter ihren hastigen Schritten hoch.

Mein Bedarf an Familienszenen war für diesen Vormittag eigentlich gedeckt, aber ich wußte, daß ich es mir nie verzeihen würde, wenn ich mir den nächsten Auftritt entgehen ließ. So drehte ich mich denn um und folgte ›Mami‹ auf dem Fuße. Ich hätte sie fast über den Haufen gerannt, so plötzlich blieb sie stehen, als sie ihre Sara und Dr. Werner vor dem Haus sah. Das junge Paar hielt sich eng umschlungen, es bot ein Bild inniger Leidenschaft.

»Sara!« kreischte Friedl König, und die beiden fuhren, wie vom Donner gerührt, auseinander.

Friedl König stürzte auf ihre Tochter zu. »Was machst du hier?«

sprudelte sie hervor. »Was ist dir eingefallen, bei Nacht und Nebel zu verschwinden? Wie konntest du mir solche Sorgen machen? Schämst du dich nicht, du ungezogenes, unartiges, gedankenloses Kind? Wer ist dieser Mann da?«

Sara zog es vor, nur die letzte Frage zu beantworten. »Das ist Dr. Wolfgang Werner, Mami«, sagte sie mit beherrschter Stimme, »du mußt ihn doch kennen. Er hat mich in der Klinik behandelt.«

»Behandeln nennst du das? Sie, Herr! Ich werde Sie vor die Ärztekammer bringen! Daß Sie es nur wissen! Schämen Sie sich nicht, eine Patientin zu verführen? Ein schutzloses Kind aus dem Schoß seiner Familie zu reißen?«

»Mami, ich bitte dich«, sagte Sara.

»Du hast mich um gar nichts zu bitten. Du hast nur den Mund zu halten, weiter nichts.« Friedl König wandte sich wieder an Dr. Werner. »Möchten Sie gefälligst eine Erklärung abgeben?«

»Sara ist aus freien Stücken mit mir gefahren.«

»Weiter haben Sie mir nichts zu sagen? Na, das kennt man ja! Aus freien Stücken! Daß ich nicht lache. Sie haben dem Kind den Kopf verdreht! Sie haben es verrückt gemacht!« Ihr Gesicht nahm plötzlich einen schlauen Ausdruck an. »Wer weiß, ob Sie nicht noch andere Mittel dazu gebraucht haben, Herr Doktor? Es ist ein Skandal!«

»Ich versichere Ihnen...«

»Ich glaube Ihnen kein Wort. Sie haben sich verantwortungslos, einfach unverantwortlich benommen.«

Wir sahen Geza von Vasary, selbst bei dieser Affenhitze äußerst korrekt gekleidet, mit grauem Flanellanzug, rosa Weste, hochgeschlossenem Kragen und Krawatte, den Weg heraufkommen. Sein Gesicht zeigte keinen anderen Ausdruck als die bekannte Melancholie. »Geza, bitte komm her!« rief Friedl König. »Dieser Kerl hier hat unser Kind entführt!«

»Bitte, gnädige Frau, regen Sie sich nicht so auf!« Geza von Vasary zog ein blütenweißes Taschentuch hervor, dem eine Wolke von Eau de Toilette entströmte, und tupfte sich zart über die Stirn. »Gehen Sie mit Sara ins Haus, ja? Ich werde die Sache mit dem Herrn in Ordnung bringen.«

Friedl König wollte Sara am Handgelenk mit sich fortzerren, aber Sara setzte sich energisch zur Wehr. »Ich denke gar nicht daran!« rief sie. »Ich lasse mich nicht mehr von euch bevormunden! Daß ihr es nur wißt!«

Ich sah, daß nicht viel gefehlt hätte, und ›Mami‹ hätte ihr eine Ohrfeige verpaßt.

Geza von Vasary hob beschwörend die Hände. »Bitte, bitte, meine Damen, bewahren Sie Contenance! Wenn du lieber hierbleiben willst, Sara, bitte. Ich wollte nur vermeiden, dich zu verletzen.« Er wandte sich an den Arzt. »Herr Doktor, wieviel verlangen Sie?«

»Ich verstehe nicht?«

»O doch. Sie verstehen sehr gut. Sie haben Sara König entführt!«

»Nein!« brüllte Dr. Werner. »Wie oft soll ich das denn noch sagen? Nein! Sie ist freiwillig...«

»Bitte, bitte, nicht diesen Ton! Meine Nerven sind wirklich strapaziert genug. Gut, wir unterstellen, Sara ist Ihnen freiwillig gefolgt.«

»Das brauchen Sie gar nicht zu unterstellen, Herr von Vasary!« rief Sara empört. »Es ist so. Ich liebe Wolfgang, und deshalb...«

»Meine liebe Sara, ich erinnere mich nicht, daß ich dich gefragt habe. Mit dir werde ich mich später noch unterhalten.« Er wandte sich wieder an den jungen Arzt. »Herr Doktor, ich habe Ihnen eine klare Frage gestellt und verlange eine klare Antwort.«

»Halten Sie mich für einen Idioten, wenn Sie wollen, aber ich verstehe immer noch nicht, um was es eigentlich geht.«

»Sie wissen, daß Sara ein sehr reiches Mädchen ist, und wir wissen, daß Sie uns in der Hand haben«, erklärte der Manager geduldig. »Ich mache Ihnen keinen Vorwurf daraus, Herr Doktor, ich stelle nur die Tatsache fest. Sara kann sich keinen Skandal erlauben. In diesem Augenblick weniger denn je. Wir müssen also versuchen, die Sache im gegenseitigen Einverständnis aus der Welt zu bringen. Ich verlange von Ihnen nichts weiter, als daß Sie Sara von nun an vollkommen in Ruhe lassen und über die Angelegenheit schweigen. Wir sind bereit, eine entsprechende Summe dafür zu zahlen.«

Dr. Werner verschlug es die Sprache. Er mußte vor Überraschung nach Luft schnappen. »Ja, was glauben Sie...«

»Wir wollen Sie nicht mit einem Trinkgeld abspeisen, Herr Doktor!«

Dr. Werner, außer sich vor Empörung, trat auf den Manager zu. »Sie erbärmliche Laus, Sie! Sie lächerliche Wanze! Was erlauben Sie sich denn? Ich könnte, wenn ich nur wollte...« Er packte den Manager bei seinen gut gebügelten Revers und schien ihn aus dem Anzug schütteln zu wollen.

Geza von Vasary machte eine ausgesprochen klägliche Figur, wie er da zwischen den kräftigen Fäusten des jungen Arztes zappelte. Ich überlegte mir, ob ich eingreifen sollte, aber ich kam zu der Überzeugung, daß dieses Erlebnis Geza von Vasary um eine Erfahrung reicher machen würde.

Plötzlich ließ Dr. Werner ihn los. »Ach was«, sagte er verächtlich, »ich mache mir meine Hände nicht an Ihnen schmutzig.«

Geza von Vasary rückte seine Krawatte gerade, stäubte mit einer leichten Handbewegung die Revers ab, dann sagte er: »Es hat mich wirklich sehr gefreut, die Bekanntschaft eines Ehrenmannes zu machen. Mein Angebot wird somit hinfällig. Ich sehe, Sie sind bereit, freiwillig auf Sara zu verzichten.«

»Aber wieso denn? Ich denke nicht daran!«

»Sie wollen behaupten, daß Sie Sara lieben?«

»Ja. Ich liebe sie. Was erscheint Ihnen daran so absurd?«

»Nichts. Aber Sie sollten sich doch noch einmal überlegen, ob Sie es verantworten können, Saras Leben zu zerstören.«

»Er wird mein Leben nicht zerstören!« rief Sara heftig. »Wolfgang, laß dir nichts einreden! Wir werden sehr glücklich miteinander werden. Ich weiß es ganz genau.«

»Diese lächerliche Romanze wird das Ende deiner Karriere sein«, sagte Vasary sanft.

»Und wenn! Ich pfeife auf meine Karriere. Ich will nie wieder filmen. Ich habe es Wolfgang versprochen.«

»Was hast du?« fragte Friedl König und sah ihre Tochter ungläubig an.

»Wolfgang will keinen Filmstar zur Frau«, sagte Sara trotzig, »deshalb habe ich ihm versprochen...«

Jetzt mischte ich mich ein. »Sara, Sara! Ich bitte dich, überleg genau, was du redest!«

»Da gibt es nichts zu überlegen. Ich habe genug vom Film, schon lange. Da Wolfgang nicht wünscht...«

»Ist das Ihr Ernst, Doktor?« fragte Geza von Vasary.

»Ja.«

»Ich habe sehr viel Ärger in meinem Leben gehabt, sehr viel Ärger«, sagte Geza von Vasary, »aber dies hier ist doch – das übertrifft alles.«

»Mein liebes Kind.« Friedl Königs Stimme klang sanft wie Olivenöl. »Dir scheint nicht ganz klar zu sein, daß du noch keine achtzehn bist. Noch brauchst du meine Erlaubnis, um zu heiraten.«

»Wenn du sie mir nicht gibst, werde ich mich eben an meinen Vater wenden!«

Friedl Königs vor Hitze und Aufregung rundes Gesicht wurde kalkweiß. Ich fürchtete, daß sie in Ohnmacht fallen könnte, und sprang ihr zur Hilfe. »Das ist nicht ganz fair, Sara«, sagte ich.

»Wer ist denn zu mir fair?« rief Sara verzweifelt.

Geza von Vasary hatte ein paar Pillen in die hohle Hand geschüttet, schluckte sie hinunter und zog eine Grimasse. »Ich möchte einen Kompromiß vorschlagen. In ein paar Monaten bist du, liebe Sara, mündig. Dann darfst du tun und lassen, was du willst. Wir wär's, wenn du diese paar Monate warten würdest?«

»Nein! Warum sollte ich denn? Ich bin alt genug, um zu heiraten! Endlich habe ich den Mann gefunden, den ich liebe. Warum sollte ich verzichten?«

»Nicht verzichten, Sara, warten!« sagte ich.

»Und weiterfilmen? Für euch Geld verdienen? Das habt ihr euch fein ausgedacht.«

»Es ist sehr bitter, sich so etwas von seiner eigenen Tochter sagen lassen zu müssen!« erklärte Friedl König, und der Schmerz in ihrer Stimme war echt. »Du weißt genau, mein liebes Kind, daß wir alles Geld, das du verdient hast, für dich angelegt haben, nur für dich. Ich habe nicht das geringste an dir verdient.«

»Aber du hast von mir gelebt!«

»Sara, ich bitte dich!« sagte Dr. Wolfgang Werner peinlich berührt.

Sie begriff sofort, daß sie übers Ziel hinausgeschossen war. »Verzeih, bitte«, murmelte sie, »aber es ist doch wahr!«

»Mein liebes Kind«, sagte Geza von Vasary, »ich glaube, es ist an der Zeit, einige Mißverständnisse zu bereinigen. Deine Mutter ist durchaus nicht auf dein Geld angewiesen. Ich habe ihr schon vor einiger Zeit den Vorschlag gemacht, in meine Agentur einzutreten. Sie hat es mit Rücksicht auf dich, liebe Sara, abgelehnt. Daß du nicht der einzige Star bist, den ich vertrete, weißt du. Wenn ich dich heute fallen lasse, wird niemand mehr ein Stück Brot von dir annehmen. Aber ich schwöre dir, in einem Jahr werde ich ein Mädchen deines Typs berühmt gemacht haben, so berühmt, wie du heute bist. Wir sind nicht auf dich angewiesen, Sara König. Weder deine Mutter noch ich. Wenn wir uns gegen diese unglückselige Verbindung mit diesem...« er räusperte sich, »...gewiß hochanständigen jungen Mann sträuben, so geschieht dies nur um deinetwillen. Solange wir noch etwas zu sagen haben, werden wir nicht erlauben, daß du heiratest. Hast du mich jetzt verstanden?«

»Gut. Vielleicht könnt ihr das. Vielleicht könnt ihr mir meine Liebe verbieten. Aber ihr könnt mich nicht zwingen, weiter zu filmen. Ihr könnte mich ins Atelier schleppen. Aber ich schwöre euch, ich werde der Kamera den Rücken drehen. Ich werde kein einziges Wort sprechen. Ich werde einen Skandal machen, daß ...«

»Augenblick«, sagte der Manager in verändertem Ton, »bitte, Herr Holländer, irre ich mich, oder?« Er wandte den Kopf zum See.

Ich folgte seinem Blick und sah sofort, daß er recht hatte. Eine kleine Barkasse näherte sich unserem Ufer. Sie war noch ziemlich weit entfernt, trotzdem war deutlich zu erkennen, daß ein Mann mit einer Kamera im Heck stand. »Reporter!« sagte ich.

Dieses einzige Wort genügte, um ›Mami‹, Sara König und Geza von Vasary ins Haus zu scheuchen.

Nur Dr. Werner hatte nicht begriffen. Er sah mich verwundert an.

»Kommen Sie, gehen wir!« drängte ich. »Oder wollen Sie schon morgen Ihr Bild in sämtlichen Illustrierten sehen?«

»Mein Bild? Aber – ich verstehe nicht. Bisher hat sich noch niemand für mich interessiert!«

»Da sehen Sie, wie sich die Zeiten ändern!« Ich schob ihn ins Haus hinein.

Blitzschnell schloß ›Mami‹ die Tür hinter uns. »Ich möchte bloß wissen, wer uns diesen Menschen auf den Hals gehetzt hat!« sagte sie und funkelte mich vorwurfsvoll an.

»Ich nicht«, gnädige Frau, ganz gewiß nicht!« versicherte ich. »Glauben Gnädigste etwa, daß ich ein Interesse daran hätte, meine Kollegen mit Neuigkeiten zu versehen?«

»Der Mann ist nicht von Ihrer Zeitung?«

»Jedenfalls nicht daß ich wüßte. Übrigens finde ich die ganze Sache gar nicht so erstaunlich. Wir sind hier im Ferienhaus eines Filmstars. Wahrscheinlich hat der Kollege gehofft, ein paar Bilder von Tamara Tess im Bikini schießen zu können. Ein feines Liebesnest hast du dir da ausgesucht, Sara. Hast du wahrhaftig geglaubt, hier ungestört flirten zu können?«

»Mir hast du erzählt, der Bungalow würde der Tochter deines Chefs gehören!« sagte Dr. Wolfgang Werner vorwurfsvoll.

»Ich konnte doch nicht wissen ...«, versuchte Sara sich zu verteidigen.

Geza von Vasary schnitt ihr das Wort ab. »Wir müssen fort!« sagte er, und in dieser sanften Stimme lag plötzlich Autorität. »Bitte, gnädige Frau, helfen Sie Sara ihre Sachen zusammenzupakken, und dann...«

»Ich will nicht fort!« rief Sara. »Warum auch?«

»Hier ist nicht der Ort, die Situation zu klären, Sara«, erwiderte der Manager. »Bitte, geh jetzt mit deiner Mutter!«

»Sei vernünftig, Sara!« bat ich.

»Gut. Aber das heißt noch lange nicht, daß ich auf Wolfgang verzichte! Ihr werdet euch noch wundern!« Den Kopf mit der Fülle rotblonden Haares noch erhoben, verließ Sara das Zimmer.

Wir Männer blieben im Halbdunkel des Raumes allein zurück.

»Ich hoffe, Sie werden keine Indiskretion begehen, Herr Holländer«, vergewisserte sich Geza von Vasary.

»Nicht, bevor ich die Story beisammen habe.«

»Wenn Sara König aus dem Geschäft aussteigt, wird sich kein Mensch mehr für Ihre Story interessieren.«

»Sagen Sie das nicht. Im Gegenteil. Dann wäre sie erst der richtige Knüller.«

Geza von Vasary lehnte sich mit leidendem Gesicht in seinem Sessel zurück und schloß die Augen. Dr. Werner ging auf und ab wie ein Löwe, der sich plötzlich zwischen Gitterstäben gefangen sieht. Ich selber zündete mir eine Zigarette an und vertrieb die Zeit damit, mir alle Einzelheiten der letzten Begebenheiten ins Gehirn einzuprägen.

Dann erschien ›Mami‹ in der Schlafzimmertür. »Wir können!« sagte sie.

Dr. Werner rannte, sichtlich erleichtert, auf die Tür zu.

Ich sprang auf und hielt ihn zurück. »Feind in Sicht«, sagte ich, »wir müssen hinten hinaus!«

»Bitte, Wolfgang, hilf mir!« rief Sara König aus dem Schlafzimmer.

Dr. Werner kletterte als erster durchs Fenster. Dann half er Sara hinaus. Sie hatte sich umgezogen und wirkte in dem knapp sitzenden Kostüm, das die Schmalheit ihrer Taille betonte, sehr damenhaft. Um das duftige Haar hatte sie einen Schal geschlungen, und sie trug wieder ihre große Sonnenbrille, die ihr Gesicht halb verbarg. Das Liebespaar schritt Arm in Arm davon, ohne auf uns zu warten. In der linken Hand trug Dr. Werner Saras schweinsledernen Koffer.

Ich kletterte als nächster durch das Fenster, blieb draußen stehen, und mit vereinten Kräften hievten Geza von Vasary und ich ›Mami‹ heraus, der die ungewohnte turnerische Übung sichtlich schwerfiel. Geza von Vasary folgte ihr mit angewidertem Gesicht. Die Flucht erschien ihm offensichtlich würdelos.

›Mami‹ König eilte, ihren Sonnenschirm schwenkend, drei Schritte vor uns her. »Wir müssen unbedingt verhindern, daß sie mit diesem Menschen zurückfährt«, sagte sie, ohne sich zu uns umzudrehen, »bitte, beeilen Sie sich doch, Geza! Das Kind weiß ja nicht mehr, was es tut!«

Der Manager blieb gelassen. Er dachte nicht daran, auch nur einen Schritt schneller zu gehen.

»Regen Sie sich nicht auf, gnädige Frau«, sagte ich. »Dr. Werners Wagen steht bei der ›Pension Giulia‹!«

Wir kamen gerade noch zurecht, um zu sehen, wie ein junger Mann, einen Fotoapparat an einem Lederriemen um den Hals, auf das junge Paar zukam.

»Einen Moment, bitte!« rief er.

Sara König und Dr. Werner fuhren unwillkürlich herum.

Wie eine kampfbereite Tigerin warf sich ›Mami‹ vor ihr Kind. »Kein Interview!« rief sie. »Keine Aufnahmen! Unterstehen Sie sich, junger Mann!«

»Entschuldigen Sie, ich wollte doch nur...«

Mamis Gesicht verzog sich zu einem honigsüßen Lächeln. »Natürlich, selbstverständlich, aber bitte nicht hier und nicht jetzt! Geben Sie mir Ihre Karte. Wir werden Sie in München zu einem Exklusiv-Interview empfangen, ja?«

»Wenn Sie meinen.« Der junge Mann angelte in sämtlichen Taschen herum, um seine Visitenkarte zu finden.

»Aber Mami, warum denn nicht jetzt?« fragte Sara König mit glitzernden Augen. »Wir haben doch nichts zu verheimlichen.«

»Bitte komm, Kind!« Friedl König versuchte Sara in Geza von Vasarys Limousine zu schieben.

Sara hängte sich bei Dr. Werner ein und sagte, noch ehe man es verhindern konnte, mit strahlendem Gesicht: »Ich habe mich in Gargagno verlobt!«

Der Reporter war sofort Feuer und Flamme. »Verlobt? Darf ich gratulieren? Das ist ja wunderbar! Sara König verlobt! Wer ist der Glückliche?«

»Dr. Wolfgang Werner, Arzt und Dozent aus München.«

»Sara! Wie kannst du nur?» rief Friedl König entsetzt.

»Warum soll ich es denn nicht sagen, Mami?« fragte Sara freundlich. »Die Presse würde es ja doch erfahren.«

»Sehr richtig, gnädiges Fräulein, sehr richtig. Die Presse erfährt alles. Darf ich fragen, gnädige Frau...« Er wandte sich wieder an Friedl König. »Was sagen Sie zu der Verlobung Ihrer Tochter?«

›Mami‹ hatte sich wieder in der Gewalt. »Nun, ehrlich gestanden, die ganze Sache hat mich ein wenig überrascht. Natürlich möchte ich dem Glück meiner Tochter nicht im Wege stehen.«

»Sehr richtig, gnädige Frau. Ein vernünftiger Standpunkt.«

»An eine Heirat ist vorläufig noch nicht zu denken,« fuhr Friedl König fort. »Sara hat noch zahlreiche Verpflichtungen abzuwikkeln, und außerdem bin ich der Meinung, daß sich die jungen Leute noch etwas besser kennenlernen sollten, bevor sie sich zu einem solchen endgültigen Schritt entschließen. Sara gehört nicht zu dieser Art Frauen, die drei-, vier-, fünfmal heiraten und sich wieder scheiden lassen. Ich kenne mein Kind. Eine Ehe bedeutet für sie etwas, nun eben etwas Endgültiges. Komm, Sara!«

»Einen Augenblick noch!« bat der Reporter. »Ein paar Aufnahmen. Bitte, Herr Doktor, legen Sie den Arm um die Schultern Ihrer Braut, ja, so! Etwas mehr Ausdruck, bitte! Zärtlicher, ich meine verliebter! Ja, so geht's!« Die Kamera klickte. »Und jetzt, wie wär's, wenn Sie sich einmal küssen würden?«

Dr. Werner zuckte sichtlich unangenehm berührt zusammen, aber Sara rettete die Situation. Sie stellte sich auf die Zehenspitzen, gab ihm einen zärtlichen Kuß auf die Nase. Wieder klickte die Kamera.

»Sehr schön. Und nun, bitte, gnädige Frau, stellen Sie sich doch für einen Augenblick zwischen die jungen Leute, ja?«

»Es tut mir wirklich leid, junger Mann«, sagte Friedl König, »aber wir haben keine Zeit. Wir müssen nach München zurück. Vielleicht ein andermal.« Sie packte Sara beim Arm, und diesmal folgte ihre Tochter ohne Widerstand.

»Auf Wiedersehen, Wolfgang!« rief sie fröhlich zurück. »Wir sehen uns in München!« Sie schien glänzender Laune zu sein und beehrte mich noch mit einer Kußhand. »Tschüs, Charly! Bis dann!«

Ich wandte mich an den Reporter. »Hören Sie, ich weiß zwar nicht, ob Sie fotografieren können...«

»Aber doch!« sagte er empört. »Ich habe es ja gelernt!«

»Um so besser für Sie. Die Bilder sind schon gekauft. Ich nehme sie für das ›Allerneueste‹. Hier haben Sie eine Anzahlung...« Ich gab ihm einen Hundertmarkschein. »Alles andere machen Sie bitte mit der Redaktion aus, ja?«

Der junge Mann kritzelte eine Quittung auf seine Visitenkarte und gab sie mir.

»Danke«, sagte ich, »Sie haben verdammtes Glück gehabt.«

Ich schloß die Gartenpforte ab, in der Sara den Schlüssel hatte stecken lassen, und dann machte ich mich eilig auf den Weg zur Pension. Ich mußte sofort meine Redaktion unterrichten.

Ich hatte mit München telefoniert, mein Köfferchen gepackt, meine Rechnung bezahlt und wollte zum Parkplatz hinuntergehen, als ich in einem schattigen Winkel der Terrasse Dr. Wolfgang Werner hinter einem Glas Campari sitzen sah. Mir fiel ein, daß es gar keine schlechte Idee wäre, mir selber einen Schluck zu genehmigen, und setzte mich zu ihm.

»Sie haben doch nichts dagegen«, sagte ich.

Er schüttelte stumm den Kopf.

Park und Terrasse der Pension waren heute morgen ziemlich leer. Die meisten Gäste schienen unterwegs zu sein. Ich bekam meinen Manhattan sehr rasch.

Ich nahm einen Schluck. Die Einwürfel klirrten. »Wollen Sie Ihren Urlaub abbrechen, Doktor?« fragte ich.

»Er hob den Kopf und sah mich an. »Brauchen Sie das für Ihre Zeitung?«

»Nein«, sagte ich.

»Ich weiß nicht.«

»Sehr glücklich scheinen Sie nicht zu sein.«

»Dieses Männchenmachen für die Presse war widerlich.«

»Daran werden Sie sich gewöhnen müssen. Wenn man sich mit einem Filmstar verlobt...«

»Sie haben mich da hineingedrängt!«

»Ich? Ich hatte den Eindruck, daß es Sara war.«

»Jedenfalls bin ich einfach überrumpelt worden.«

»Sie lieben Sara nicht?«

»Doch. Ich liebe sie. Aber als Frau, nicht als Filmstar. Ich kann keinen Filmstar heiraten. Ich kann es einfach nicht.«

»Das verlangt auch niemand von Ihnen.«

»Er sah mich verständnislos an.

»Gerade Sie haben mir gesagt...«

»Was denn? Daß Sara Sie liebt. Das stimmt. Deshalb brauchen Sie sie aber doch nicht zu heiraten.«

»Warum haben Sie mich nicht gehen lassen?«

»Weil Sie ungerecht waren. Sie haben Sara beleidigt. Sie würde für ihr ganzes Leben einen Knacks zurückbehalten, wenn die Sache mit Ihnen beiden so geendet hätte. Man kann auf einer Lüge zwar keine Liebe aufbauen, aber man sollte eine Liebe auch nicht durch eine Lüge beenden.«

»Wie soll es jetzt weitergehen?«

»Das ist Ihre Sache, nicht meine.«

»Ich bin in meinem ganzen Leben noch nie in einer solchen Situation gewesen«, sagte er hilflos. »Ich liebe Sara. Ich liebe sie wirklich. Sie ist ein wunderbares Mädchen. Jetzt weiß ich erst, wie wunderbar sie ist. Aber kann ich wirklich von ihr verlangen, daß sie ihr ganzes Leben meinetwegen ändert? Kann ich ihr zumuten, daß sie mit mir Europa verläßt? Sie wissen es vielleicht nicht, aber ich plane schon seit langem, meine Stellung in München aufzugeben und die Leitung eines Krankenhauses in Ostafrika zu übernehmen.«

»Mit Frau Dr. Ritter, nicht wahr?«

»Ja. Brigitte hätte es getan. Aber Sara?«

»Sara würde alles für Sie tun, was Sie von ihr verlangen.«

»Das ist ja gerade das Furchtbare! Ich – es wäre eine entsetzliche Verantwortung.«

»Sie sind ein Egoist.«

»Ja? Meinen Sie? Kann sein. Wer ist das nicht? Wenn ich bloß wüßte, was ich jetzt tun soll!«

»Das ist doch sehr einfach. Sie brauchen nur zu wissen, was Sie wirklich wollen. Entweder Sie wollen Sara um jeden Preis behalten, dann müssen Sie eben einen Kompromiß schließen. Ohne Kompromisse geht es nicht im Leben. Oder Sie wollen sie loswerden, dann müssen Sie Schluß machen. Ich persönlich fände die zweite Lösung weit vernünftiger. Nicht Ihretwegen, sondern Saras wegen. Ich bezweifle stark, daß Sie der Mann sind, der sie glücklich machen kann. Warum sagen Sie ihr nicht einfach, sie wäre das wunderbarste Erlebnis Ihres Lebens gewesen? Ich nehme sogar an, daß das stimmt. Warum sagen Sie ihr nicht die Wahrheit – daß Sie trotzdem nicht zusammenleben können, weil Ihre Welten zu verschieden sind?«

»Dazu habe ich einfach nicht die Kraft. Ich liebe Sara.«

»Dann gibt es noch eine dritte Möglichkeit. Ziehen Sie die Verlobungszeit hinaus, halten Sie es mit Schiller: ›Drum prüfe, wer sich ewig bindet, ob sich das Herz zum Herzen findet. Der Wahn ist kurz, die Reu ist lang.‹ Wie wär's damit?«

Er seufzte tief. »Wenn ich wüßte, was das Richtige ist...«

Ich trank mein Glas leer und stand auf. »Überlegen Sie sich's. Aber nicht zu lange. Sara weiß jedenfalls, was sie will. Sie werden es noch zu spüren bekommen.«

Am nächsten Morgen hatte ich die Ehre, an einer Sitzung des Orion-Verleihs teilzunehmen.

Sara König hatte nicht vergessen, daß ich in dem entscheidenden Augenblick Dr. Werner zurückgeholt hatte, sie versprach sich von meiner Anwesenheit eine Unterstützung. Geza von Vasary hatte meine Einladung durchgesetzt, weil er hoffte, daß Sara auf mich als Außenseiter am ehesten hören würde.

Ich persönlich begrüßte die seltene Gelegenheit, einem solchen Ereignis beizuwohnen, hatte aber nicht die geringste Absicht, mich in die Auseinandersetzung einzumischen.

Die Sitzung fand im großen Konferenzzimmer statt, einem eindrucksvollen Raum, dessen Fensterseite den Blick auf die Kuppeln der Frauenkirche freigab. An einem langen, mit grünem Leder bezogenen Tisch nahmen die Spitzen des Verleihs auf breiten und tiefen, mit Leder bezogenen Sesseln Platz. Ich wurde zwischen die Männer des Verleihs einerseits und von Sara König, ihrer Mami und Geza von Vasary auf der anderen Seite plaziert. Am oberen Ende der Tafel saß Egon Pauly, der gewaltige Verleihchef. Sein fleischiges Gesicht war düster bewölkt. Er wartete, bis die Mädchen, die uns nach Wunsch mit Getränken – Kaffee, Tee – Zigaretten und Zigarren versorgt hatten, den Raum verließen. Dann öffnete er den Mund, aber Meyer-Franke, der mir gegenüber saß, kam ihm zuvor.

»Ich möchte noch einmal betonen«, sagte er mit einem giftigen Blick zu mir herüber, »daß ich die Anwesenheit eines Journalisten bei dieser sehr internen Angelegenheit für äußerst unangebracht halte.«

Egon Pauly schnappte nach Luft. »Herr Meyer!« donnerte er dann. »Noch hat Sie niemand um Ihre Meinung gefragt. Im übrigen sollten Sie wissen, daß ich über diesen Punkt meine Entscheidung bereits gefällt habe.«

»Entschuldigen Sie, bitte, Chef.« Meyer-Franke duckte sich. Er schien über seinen eigenen Mut zu erschrecken. Meine Damen und Herren«, begann Pauly mit seiner dröhnenden, etwas ungehobelten Stimme, »Sie wissen alle, weshalb wir heute zusammenkommen müssen. Ich kann nicht behaupten, daß mich der Anlaß freut. Es gäbe Verschiedenes hierzu zu sagen, aber das möchte ich lieber für mich behalten. Ich bitte auch Sie...«, er ließ die rollenden Augen über seine Mannen gleiten, »...Ihre berechtigte Verärgerung zu unterdrücken. Wir müssen die Situation sachlich betrachten. Sara König hat es für richtig gehalten, der Presse ihre Verlobung bekanntzugeben. Was war das für ein Mensch?« Er überflog die Notizen, die er vor sich liegen hatte. »Na ja, spielt ja auch gar keine Rolle. Jedenfalls hat Meyer-Franke diese Geschichte nicht verhindern können.«

»Aber wie sollte ich denn?« Die Stimme des Pressechefs brach fast vor Empörung.

»Das ist Ihre Sache. Ich frage Sie ja auch nicht, wie ich mein Programm zusammenstellen soll. Also weiter, die Tatsachen: Sara König hat durch ihre unqualifizierte Handlungsweise unseren Vertrag gebrochen.« Er hob die Hand und ließ Geza von Vasary, der protestieren wollte, nicht zu Wort kommen. »Einen Augenblick, lassen Sie mich aussprechen. Sie hat den Vertrag gebrochen, das ist Tatsache. Muß ich Ihnen jetzt Paragraph siebenundzwanzig vorlesen?«

»Nein, danke«, entgegnete der Manager sanft, »ich wollte nur sagen...«

»Später. Jetzt bin ich dran. Sie werden doch wohl zugeben, daß ich damit unseren Vertrag als gelöst betrachten kann, wie? Nein, ich will jetzt nichts hören, lassen Sie mich ausreden! Wenn ich ehrlich sein soll, bin ich über die Geschichte nicht einmal traurig. Ich habe mir einmal die Einspielergebnisse von Saras letztem Film zusammenstellen lassen. Das sieht nicht sehr erfreulich aus. Es liegt mir fern zu behaupten, daß wir einen Verlust erlitten haben. Das wäre ja wohl auch noch schöner. Aber eines möchte ich doch hier mal mit aller Deutlichkeit sagen: Die Filme mit Sara König waren nicht das große Geschäft, das wir uns erwartet hatten. Sie wollten etwas sagen, gnädige Frau?«

Friedl König warf den Kopf zurück wie eine kampfbereite Stute. »Jawohl, Herr Pauly«, sagte sie mit Nachdruck, »jetzt will ich Ihnen mal was erzählen. Sara ist immer noch ungeheuer populär. Vielleicht ist sie augenblicklich so beliebt, wie sie es noch nie gewesen ist. Sie hat dreißig Klubs, bedeutende Klubs, die Post ihrer Fans wächst von Tag zu Tag. Ich sage das nicht nur so daher, wir können das beweisen. Wenn Saras Filme nicht das Geschäft geworden sind, das Sie sich versprochen haben, dann liegt das nicht an meinem Kind. Es liegt vor allem an den Herren Ihrer Dramaturgie. Das wollte ich Ihnen längst schon einmal sagen. Die Drehbücher waren miserabel, und die Stoffe...«

Egon Pauly knallte die Faust auf den Tisch. »Ich muß aber doch sehr bitten, gnädige Frau!« sagte er böse. »Wenn ich darauf verzichte, Ihnen Vorwürfe zu machen, und es wäre eine ganze Menge, was ich über das Verhalten Ihrer Tochter zu sagen hätte, dann kann ich doch wohl erwarten, daß Sie jetzt nicht mich angreifen. Ich habe niemals behauptet, daß der fehlende Kassenerfolg – von den Kritiken will ich ganz schweigen, die sind ja auch nicht wichtig – allein auf das Konto Ihrer Tochter zurückzuführen wäre. Ich stelle nur die Tatsache fest: Die Einspielergebnisse waren mager. Wenn Sie, gnädige Frau, der Meinung sind, daß Ihre Tochter bei uns nicht in den besten Händen ist – bitte, wir sind durchaus bereit, die Verletzung des Vertrages als Kündigungsgrund zu nehmen. Allerdings muß ich Sie darauf aufmerksam machen, daß das Ihrer Tochter ziemlich teuer kommen würde.« Er machte eine Kunstpause, und nachdem er mit Befriedigung festgestellt hatte, daß Friedl König nichts mehr zu entgegnen wagte, holte er zu einem neuen Hieb aus. »Sie scheinen die Situation zu verkennen, gnädige Frau. Ich bin nicht hierhergekommen, um mir von Ihnen oder Ihrer Tochter oder ihrem Manager irgendwelche Vorwürfe anzuhören, sondern um mir von meinen Herren berichten zu lassen, ob sich die Aufrechterhaltung des Vertrages unter den gegebenen Umständen überhaupt noch lohnt.« Er klappte sein Notizbuch zu und sagte: »Bitte, Herr Hoffmann!«

Der Produzent wischte sich den Schweiß von der Stirn und stand auf. »Na ja, ganz ehrlich gesagt, ich verstehe Ihre Frage nicht vollkommen, verehrter Herr Pauly«, sagte er. »Sie wissen, die Verträge, die ich als Produzent mit Ihnen beziehungsweise Ihrem Verleih habe, sind an die Bedingung der Mitwirkung von Sara König geknüpft. Ich bin nicht bereit, mich jetzt einfach ausbooten zu lassen.«

»Davon spricht niemand«, erwiderte Egon Pauly, und es klang wie das dumpfe, aber besänftigende Nachgrollen eines Gewitters,

»für unsere Verträge würden wir natürlich schon einen neuen Modus finden. Die Frage, die ich Ihnen stelle, lautet einfach: Versprechen Sie sich unter den gegebenen Umständen noch einen wesentlichen Erfolg von der Mitwirkung Sara Königs?«

»Wenn wir die Filme mit jemandem vom Nachwuchs besetzen würden«, sagte Putzi Hoffmann, »käme das natürlich billiger. Andererseits haben wir in Sara ungeheuer viel Propaganda gesteckt. Ihr Ausscheiden würde bedeuten, daß wir wieder ganz am Anfang stünden. Andererseits...«

Egon Pauly ließ ihn nicht aussprechen, sondern wandte sich an Rolf Gessler. »Nun möchte ich mal Ihre Meinung hören, Herr Gessler. Wie stehen Sie zu dieser Sache?«

Putzi Hoffmann ließ sich, etwas gekränkt, wieder in seinen Sessel sinken, der junge Regisseur fuhr erschreckt zusammen. Er war offensichtlich mit den Gedanken woanders gewesen. »Ich hätte ›Frühling in Berlin‹ gern mit Sara gedreht«, sagte er dann.

»Glauben Sie, daß Sie es ohne Sara nicht schaffen?«

»Doch. Das haben wir ja schon besprochen. Ich habe inzwischen festgestellt, daß Katja Römer zu haben wäre.«

Jetzt ließ Egon Pauly die Katze aus dem Sack. »Sie sehen also, meine sehr verehrte junge Dame«, donnerte er Sara an, »daß Sie durchaus nicht so unersetzlich sind, wie Sie zu glauben scheinen. Ich dulde keine Extravaganzen, verstehen Sie mich? Wenn ich diesmal noch einmal von meinem Recht Abstand nehme, so erwarte ich von Ihnen, daß Sie sich in Zukunft disziplinierter betragen. Solche Dinge können einmal, aber nie wieder vorkommen.« Ehe Sara noch antworten konnte, wandte er sich an Meyer-Franke. »Nun sind Sie dran, Meyer! Also, was haben Sie uns zu sagen?«

Meyer-Franke schien die Aufregung auf den Magen geschlagen zu sein. Sein zerknittertes Gesicht wirkte grünlich. »Ich sehe die Dinge natürlich nur als Pressechef«, begann er umständlich.

»Was anderes erwarten wir auch gar nicht!« parierte Egon Pauly.

Meyer-Franke holte tief Luft, um seinen Ärger hinunterzuschlucken. »Also, für mich geht es nur darum, daß die Verlobung aufrechterhalten bleibt. Sie jetzt zu dementieren, wäre das allerschlimmste. Das kann man einfach nicht machen. Ich habe mir die Fotos von diesem jungen Mann angesehen. Sie sehen durchaus brauchbar aus. Außerdem ist er Arzt, und so was zieht immer.

Also, ich muß sagen, ich sehe in dieser Verlobung eigentlich gar keinen Schaden. Sie hätte natürlich anders aufgezogen werden müssen. Aber immerhin, ich glaube, man könnte etwas daraus machen. Durch diese Verlobung könnte die Publicity für Sara König einen ganz neuen Auftrieb bekommen.«

»Um das zu erfahren, brauche ich keinen Pressechef, Herr Meyer«, sagte Egon Pauly bösartig, »ich habe spezielle Vorschläge von Ihnen erwartet!«

»Aber ich wußte doch gar nicht...«, versuchte Meyer-Franke sich zu wehren.

»Leider. Sie wissen nie etwas. Herr Hoffmann, was wollten Sie sagen?«

Diesmal blieb Hoffmann, durch seine üble Erfahrung von vorhin gewitzt, sitzen, als er das Wort ergriff. »Es wäre noch etwas zu überlegen«, sagte er. »Wir haben Sara bisher als Teenagerstar verkauft. Wenn wir jetzt die Verlobung propagieren, ändert das natürlich ihren Typ. Ich weiß, Herr Gessler wollte sich sowieso bemühen, sie in ein anderes Rollenfach hinüberzubringen. Aber bis jetzt haben wir noch keinerlei Gewähr dafür, ob das überhaupt klappt. Unsere bisherigen Erfahrungen mit ›Frühling in Berlin‹ waren ja nicht gerade erfreulich.«

»Stimmt. Ist mir aus der Seele gesprochen.« Egon Pauly zündete sich eine Zigarre an. »Jetzt wollen wir einmal die andere Seite hören. Gnädige Frau, soviel ich weiß, waren Sie gegen diese Verlobung, nicht wahr?«

»Nicht gegen die Verlobung«, erklärte Mami überraschend, »nur gegen eine Heirat.«

»Kann ich verstehen. Aber das steht doch wohl auf einem anderen Blatt.«

»Jedenfalls bin ich überzeugt«, fuhr Friedl König fort, »daß Sara den Übergang in das neue Fach schaffen wird. Sie ist ungeheuer begabt, das wissen Sie selber. Es kommt bloß darauf an, daß sie die richtigen Rollen bekommt und...«

»Also bitte, gnädige Frau, dieses Thema wollen wir heute nicht mehr berühren. Ihre Meinung, Herr von Vasary?«

»Ich habe Sie vorhin nicht unterbrechen wollen, Herr Pauly«, sagte der Manager ruhig, »aber ich bin überzeugt, es wäre ein schwerer Fehler, wenn Sie nur aufgrund dieser Verlobung Ihr Vertragsverhältnis mit Sara König als gelöst ansehen würden. Das Publikum steht immer auf der Seite der Liebespaare. Die Presse und die Richter übrigens auch. Ich gebe zu, juristisch wäre ein Grund zur Kündigung gegeben, aber nicht menschlich. Das sollten Sie bedenken.«

»Wovon reden Sie eigentlich?« rief Egon Pauly. »Von einer Lösung des Vertragsverhältnisses war doch nie die Rede!«

»Dann habe ich mich wohl verhört!« sagte Geza von Vasary friedlich. »Ich schlage also vor, Herr Meyer-Franke und ich setzen uns zusammen und entwerfen einen Plan für eine großangelegte Publicity. Sie werden sehen, Herr Pauly, die Sache mit der Verlobung wird einschlagen. Wir beide kennen das Geschäft, wir brauchen uns nichts vorzumachen.«

»Mein lieber von Vasary«, Egon Pauly zog heftig an seiner Zigarre, »Sie machen das wieder mal sehr einfach. So gut wie Sie möchte ich es mal für eine Stunde haben. Sie machen sich keine Kopfzerbrechen, Sie denken nur ans Kassieren. Aber wer trägt das Risiko? Ich, der Verleih. Wenn die Verlobung nicht einschlägt? Wenn die Fans von Sara König enttäuscht sind? Wenn sie das neue Rollenfach nicht schafft? Was dann? Entschuldigen Sie, bitte, aber ich lege doch Wert darauf, mich wenigstens abzusichern. Das Recht, das haben Sie ja selber zugegeben, liegt auf meiner Seite.«

»Herr Pauly«, sagte Sara überraschend, und ihre Stimme klang klar und entschlossen, »ich freue mich, daß ich Sie beruhigen kann. Sie brauchen sich gar keine Sorgen mehr um meine Einspielergebnisse zu machen. Ich steige nämlich aus. Ich filme nicht mehr. Ich begreife nicht, warum meine Mutter und mein Manager das nicht von Anfang an klargestellt haben.«

Egon Pauly beugte seinen schweren Oberkörper weit über den Tisch. »Was sagen Sie da?«

»Ich will nicht mehr filmen.« Sara betonte jedes einzelne Wort, um ihren schönen Mund spielte ein heiteres Lächeln. »Das ist doch sehr einfach zu verstehen, nicht wahr?«

»Wenn das ein Bluff sein soll...«, brüllte Egon Pauly.

»Nein, Herr Pauly«, sagte Geza von Vasary, »leider nicht. Ich hatte gehofft, Sara würde sich eines Besseren besinnen. Tatsache ist, sie will nicht mehr filmen, vor allem dieser Arzt wünscht es nicht.«

»Das ist ja höchst interessant.« Pauly ließ sich in seinen Sessel zurücksinken. »Sie wollen also mir nichts, dir nichts aus dem Vertrag aussteigen? Wissen Sie auch, wieviel Sie das kosten wird?«

»Interessiert mich gar nicht«, sagte Sara, »Wolfgang heiratet mich nicht meines Geldes wegen.«

Bis jetzt war die Sitzung einigermaßen ruhig und geordnet verlaufen. Nun aber brach ein wahrer Hexenkessel los. Alles diskutierte und gestikulierte heftig durcheinander, und niemand, der die Filmbranche nicht kannte, hätte sich vorstellen können, daß jemals eine Klärung in dieses Durcheinander gekommen wäre. Tatsächlich aber wurde nach fast zweistündigem Streit und nach bitterbösen Vorwürfen eine Kompromißlösung geschaffen, die alle Seiten einigermaßen zu befriedigen schien.

Sara König verpflichtete sich, ihre Rolle in ›Frühling in Berlin‹ zu Ende zu spielen. Nach Ablauf der Dreharbeiten würde ›Mami‹ ihr Einverständnis zur Heirat mit Dr. Wolfgang Werner geben. Bis dahin sollte Sara Zeit haben, darüber nachzudenken, ob sie den Vertrag wirklich platzen lassen wollte. Auch Egon Pauly behielt sich seine Entscheidung darüber, ob er den Vertrag als gelöst ansehen wollte, einstweilen vor. Er bestand darauf, den Termin für die nächste, entscheidende Sitzung jetzt und sofort festzulegen, und zwar für den 15. September.

Ich wußte natürlich, was das zu bedeuten hatte, und alle anderen, außer Sara, höchstwahrscheinlich auch. Egon Pauly wollte abwarten, ob der neue Film mit Sara König ein Erfolg würde oder nicht. Wenn er ein Geschäft wurde, dessen war ich sicher, würde es für einen armen Sünder leichter und vor allem billiger sein, einem Pakt mit dem Teufel zu entkommen, als für Sara, aus ihrem Vertrag auszusteigen.

Sara selber schien nichts davon zu ahnen, und ich sah auch keinen Anlaß, sie aufzuklären.

›Frühling in Berlin‹ ging termingemäß ins Atelier. Die Dreharbeiten verliefen, soviel ich hörte, ohne weitere Zwischenfälle. Meyer-Franke zeigte, was er konnte. In den nächsten Wochen waren sämtliche Illustrierten voll von Bildern und Reportagen, die eine strahlende Sara König und einen recht ernsten Dr. Wolfgang Werner zeigten. Dem Publikum gefiel die Zurückhaltung des jungen Arztes, er wirkte anständig und zuverlässig, ein Mann, dem man das Geschick der zauberhaften Sara König wohl anvertrauen konnte. Die Herzen aller Frauen, vom Teenager bis zur reifen Matrone, flogen ihm zu. Man interessierte sich brennend dafür, wie das junge Paar leben, wo es wohnen, wieviel Kinder es haben wollte. Gotthold Emanuel Rodenberg, der allzuspät heimgekehrte Vater, wurde mit keiner Zeile bedacht. Es gab Postkarten zu kaufen, die Sara König und ihren Bräutigam Wange an Wange zeigten, bunte Taschentücher, die ihre Namenszüge trugen, und sogar Kissenbezüge, auf denen das Brautpaar, handgemalt, sich zärtlich anlächelte. Der Sara-König-Rummel hatte seinen Höhepunkt erreicht.

Ich selber traf die beiden verschiedentlich, in Bars, auf dem Ateliergelände und einmal auch in Saras Villa in Grünwald. Kein Wölkchen schien das Glück des jungen Paares zu trüben. Sara strahlte förmlich vor Triumph und Verliebtheit, und Dr. Werner schien sich völlig mit seiner etwas zweideutigen Situation abgefunden zu haben. Entweder hatte er eingesehen, daß es für ihn keinen Rückzieher mehr gab, und er machte gute Miene zum bösen Spiel – oder er liebte Sara so sehr, daß er bereit war, alles in Kauf zu nehmen, nur um sie nicht zu verlieren.

Als ich ihn einmal sehr vorsichtig daraufhin ansprach, sagte er: »Wenn wir erst verheiratet sind, hört das ja alles auf. Sara hat mir fest versprochen, nicht mehr zu filmen. Wer wird sich dann noch für uns interessieren?«

Es hätte einige Argumente gegeben, mit denen ich seinen schönen Optimismus hätte trüben können, aber ich schwieg. Tamara Tess hatte mir Wunderdinge von einer neuen, völlig veränderten Sara erzählt, und ich wollte mich mit eigenen Augen überzeugen. Was ich erlebte, grenzte ans Wunderbare. Ich hätte es niemals für möglich gehalten, daß sich ein Mensch in so kurzer Zeit so völlig verwandeln kann.

In Halle IV war die Dekoration einer eleganten Hotelhalle aufgebaut. Als ich eintrat, war Rolf Gessler gerade dabei, mit einer langen Kamerafahrt und einem gewaltigen Schwenk die Atmosphäre des riesigen, luxuriös eingerichteten Raumes einzufangen. Da während dieser Szene viel Volk auf das ungezwungenste durcheinanderlaufen mußte – ich zählte bei flüchtigem Hinblick mindestens fünfzig Komparsen, von den Haupt- und Nebendarstellern ganz zu schweigen – mußte die Einstellung dreimal wiederholt werden. Rolf Gesslers Souveränität war erstaunlich. Er beherrschte seine Mannen wie ein General seine Soldaten oder, besser gesagt, wie ein Dompteur seine Raubtiere.

Dann trat Sara in Szene, eine damenhaft, sehr selbstbewußte, sehr weibliche Sara König. Sie trug das helle gerade geschnittene

Cocktailkleid mit dem verwegenen Ausschnitt so sicher, als stamme es mindestens von Dior. Das hochgesteckte duftige Haar betonte ihre zarte Nackenlinie, jede ihrer Bewegungen war voll Anmut. Sie hatte nicht mehr die geringste Ähnlichkeit mit dem gehemmten, verschüchterten Kind, das ich noch vor wenigen Wochen im selben Atelier, vor derselben Kamera und mit demselben Regisseur erlebt hatte.

An einem der niedrigen Tische nahe der breiten, geschwungenen Treppe saßen Peter van Eyck, der Mann, den Sara König in diesem Film erobern sollte und Tamara Tess, ihre Freundin im Leben und Rivalin auf der Leinwand. Es ging darum, daß Sara an an diesen beiden vorbei in die Bar gehen sollte, und zwar so, daß sie, ohne ein Wort zu sagen, Peter van Eyck durch ihr bloßes Erscheinen auf sich aufmerksam machte. Er sollte sich, laut Drehbuch, wenige Minuten später von Tamara Tess verabschieden und Sara König folgen.

Rolf Gessler war nicht zufrieden. »Ich verstehe dich nicht, Sara«, sagte er, »wenn du glaubst, auf diese Art einen Mann erobern zu können.«

»Nicht?« fragte Sara kühl. »Vielleicht bringst du es mir wieder einmal bei, wie?«

Rolf Gessler überhörte ihre Ironie. »Das werde ich, worauf du dich verlassen kannst! Paß auf, Sara! Wenn du an den beiden vorbeigehst, mußt du Peter einen Blick zuwerfen – einen solchen Blick! Einen, der es in sich hat! Und dann guckst du gleich wieder geradeaus, als ob du ihn gar nicht gesehen hättest, verstehst du? Dann können wir! Schweinwerfer!«

Fast gleichzeitig flammten sämtliche Scheinwerfer auf und erfüllten die Dekoration mit blendendem Licht.

Der junge Mann mit der Klappe sprang vor.

»Augenblick mal!« rief Sara.

»Was denn noch?« fragte Rolf Gessler ärgerlich.

»Mir gefällt das nicht, Rolf«, sagte Sara mit klarer, fester Stimme. »Ich glaube einfach nicht, daß ein normales Mädchen so etwas tut.«

»Quatsch. Jede Frau, die auf einen Mann Eindruck machen will, macht das so.«

»Vielleicht irrst du dich, Rolf«, sagte Sara sanft, »vielleicht hast du noch nie mit einem normalen Mädchen verkehrt.«

Ich wußte, das war Sara Königs Rache für jene Szene, bei der

Rolf Gessler sie damals so gedemütigt hatte. Ich wußte es, und alle anderen im Atelier wußten es natürlich auch.

»Die ist richtig«, kommentierte eine kräftige, männliche Stimme von der Beleuchterbrücke, eine Bemerkung, die von gedämpftem Gelächter quittiert wurde.

Tamara Tess lachte freimütig, und selbst Peter van Eyck hob die schmale, mit einem schweren Siegelring geschmückte Rechte zum Mund, um ein Lächeln zu verbergen.

»Scheinwerfer aus!« brüllte Rolf Gessler. Er hatte einen roten Kopf bekommen.

In diesem Augenblick mußte mir das Malheur passieren, daß ich über ein Kabel stolperte. Rolf Gessler war glücklich, daß er ein Opfer für seinen Zorn gefunden hatte. »Sie, was machen Sie denn hier?« empörte er sich. »Wer hat Ihnen erlaubt...?« Er tat so, als ob er mich jetzt erst erkannte. »Natürlich, Charly Holländer! Kommen Sie mir jetzt bloß nicht damit, daß Sie eine Sondererlaubnis haben! Es nutzt Ihnen gar nichts. Ich dulde keine Presse während der Arbeit!«

Ich verbeugte mich höflich. »Tut mir leid, Gessler«, sagte ich grinsend, »vielleicht war ich Ihnen aber doch als Blitzableiter von einigem Nutzen.« Ich verkrümelte mich, ehe er mir noch ein paar kräftige Arbeiter auf den Hals hetzen konnte.

Aus Sara Königs Garderobe hörte ich Stimmen. Ich klopfte kurz an und trat ein, ohne eine Aufforderung abzuwarten. Friedl König und Gotthold Emanuel Rodenberg standen sich gegenüber und starrten sich haßerfüllt an.

»Wenn du glaubst, du kannst mich mit deinen Drohungen einschüchtern, dann hast du dich geirrt!« zischte ›Mami‹: »Ich werde...«

»Entschuldigen Sie, bitte, ich wußte nicht...«, sagte ich und wollte mich wieder zurückziehen.

Friedl König tat einen tiefen Atemzug. »Kommen Sie herein, Herr Holländer, und machen Sie die Tür zu! Es ist mir sehr angenehm, bei dieser Unterredung einen Zeugen zu haben.«

»Sind Sie von der Presse?« fragte Gotthold Emanuel Rodenberg. »Dann wird es Sie sicher interessieren, was ich dieser Dame zu sagen habe.«

»Schießen Sie los!« Ich zündete mir eine Zigarette an.

»Du hast Glück, meine Liebe, daß ich so taktvoll bin!« behauptete Rodenberg. »Wenn ich reden wollte...«

»Nur keine Hemmungen! Tu, was du nicht lassen kannst! Wenn du dich nur nicht ins eigene Fleisch schneidest!«

»Du hast die Heirat meiner Tochter arrangiert, um mich auszubooten. Aber glaube nur nicht, daß das so einfach geht. Noch bin ich da – Gotthold Emanuel Rodenberg!« Er pochte sich mit der Faust auf die Brust.

»Leider«, sagte Friedl König trocken, »für dich und für uns alle wäre es besser gewesen, wenn du geblieben wärst, wo du warst.«

»Das hätte euch so passen können. Aber jetzt bin ich hier, und ihr müßt mit mir rechnen. Entweder du zahlst, oder...«

»Oder was?« Friedl König wandte sich an mich. »Hören Sie gut zu, Herr Holländer. Sie werden sehen, dies hier ist ein interessanter Fall von Erpressung.«

»Unsinn. Du weißt ebensogut wie ich, daß ich ein Recht auf das Geld meiner Tochter habe, ein menschliches und ein juristisches Recht. Das werden Sie doch zugeben, Herr Holländer?«

»Keine Ahnung!« sagte ich. »Warum haben Sie sich eigentlich früher nie um ihre Familie gekümmert, Herr Rodenberg?«

Er zog es vor, diese Frage nicht zu beantworten. »Was gedenkst du zu tun, um die Heirat meiner Tochter mit diesem Kerl zu verhindern, Friedl?« fragte er.

»Wie oft soll ich es dir noch erklären? Dagegen kann man nichts tun! Sie ist in ein paar Monaten volljährig! Glaub mir doch, ich habe die ganze Sache wiederholt mit Vasary durchgesprochen.«

»Das ist lächerlich. Wo ein Wille ist, ist auch ein Weg. Du willst diese Heirat gar nicht verhindern, sie kommt dir gerade recht.«

»Du irrst dich, Bob, ich bin überzeugt, daß sie ein Unglück ist.«

»Für wen? Für dich etwa? Daß ich nicht lache! Du weißt, daß mir dadurch meine Existenzgrundlage entzogen wird, und deshalb hast du sie betrieben.«

Friedl König zuckte die Achseln. Auf ihren runden Wangen waren hektische rote Flecke erschienen. »Denk, was du willst, ich habe es satt, mich mit dir herumzuzanken.«

»Du weißt, ich habe dich in der Hand!« sagte er drohend. »Wenn mir einfallen sollte, ein offenes Wort mit der Presse zu reden...«

»Droh doch nicht immer, Bob, das wird ja langweilig. Tu es doch endlich! Hier steht Charly Holländer persönlich. Sag ihm, was du auf dem Herzen hast.«

»Ich denke nicht daran. Noch nicht. Für mich gibt es jetzt Wichtigeres zu tun.«

»Was, wenn ich fragen darf?«

»Ich werde diese Heirat verhindern.«

»Mach dich doch nicht lächerlich, Bob! Glaubst du im Ernst, Sara und dieser Doktor werden auf dich hören? Für sie bist du ein alberner alter Schwätzer. Nein, gib dir keine Mühe. Ich bin froh, daß alles so gekommen ist. Wenn Sara erst verheiratet ist, werden wir dich endlich los sein. Es wird der schönste Tag meines Lebens sein.«

»Das glaube ich dir aufs Wort. Aber du wirst dich wundern. Sara wird diesen Burschen nicht heiraten, so wahr ich Gotthold Emanuel Rodenberg heiße!«

Ich nehme an, daß Sara Königs Vater noch einiges mehr sagen wollte, aber ich hielt den Moment für gekommen, ihn mit sanfter Gewalt aus der Tür zu schieben. Friedl König hatte sich auf einen Stuhl sinken lassen und verbarg das Gesicht unter ihren kurzen, rundlichen Fingern.

»Ziemlich unangenehmer Zeitgenosse, wie?« sagte ich.

Sie hob den Kopf und sah mich an. Ihr Gesicht wirkte verfallen. »Ich hasse ihn. Daß ich diesen Menschen einmal heiraten konnte!«

»Immerhin ist es Ihnen gemeinsam gelungen, unsere zauberhafte Sara auf die Welt zu bringen.«

»Nicht gemeinsam«, sagte Friedl mit tonloser Stimme.

»Er ist nicht Saras Vater?« fragte ich erstaunt.

»Er schon«, sagte sie, »aber ich bin nicht Saras Mutter.«

Ich war, ehrlich gestanden, so überrascht, daß mir die Worte fehlten. Diese Mitteilung war das letzte, was ich erwartet hatte.

»Geben Sie mir eine Zigarette!« bat Friedl König mühsam.

Ich beeilte mich, ihrem Wunsch nachzukommen. »Eine kleine Herzstärkung wäre vielleicht noch angebrachter«, schlug ich vor.

»Da hinten steht eine Flasche Cognac«, sagte sie mit einer andeutenden Kopfbewegung, »schenken Sie sich auch einen ein.«

Zwischen Schminke, Abschminke und Parfüm fand ich die Flasche Cognac und zwei gebrauchte Gläser. Ich spülte die Gläser unter der Wasserleitung aus und goß mir und Friedl König ein. Wir nahmen einen kräftigen Schluck.

»Natürlich hätte ich Ihnen das nicht erzählen sollen«, sagte sie, »aber ich weiß nicht, ob Sie das verstehen – manchmal kommt der Moment, wo einem alles über den Kopf wächst. Ich konnte einfach nicht mehr. Dieser entsetzliche Mensch!«

»Es war sehr richtig, die Wahrheit zu sagen«, beruhigte ich sie,

»bei mir ist sie in den allerbesten Händen. Sie wissen ja, selbst wenn man etwas veröffentlicht, kommt es immer darauf an, wie man es macht.«

»Sie haben recht, aber es wäre mir doch lieber, um Saras willen, verstehen Sie, wenn Sie damit bis nach der Hochzeit warten würden.«

»Wenn Sie es bis dahin niemand anderem sagen.«

»Natürlich nicht.« Sie nahm wieder einen Schluck. »Ich weiß, Ihnen kommt die ganze Sache sehr sonderbar vor, aber eigentlich ist sie höchst einfach. Rodenberg und ich haben geheiratet, als Sara noch kein Jahr alt war. Seine erste Frau war kurz nach der Geburt gestorben. Vielleicht war Sara überhaupt der Grund, daß ich ihn geheiratet habe. Ein Mann allein mit einem so kleinen Kind! Er wirkte so hilflos, und das machte ihn anziehend. Natürlich verstanden wir uns nicht, er verließ mich zwei Jahre später. Sara nahm er nicht mit. Was sollte er auch mit ihr anfangen? Ich zog mit Sara zu meiner Mutter nach Ostdeutschland und bekam auch glücklicherweise ein Engagement. Meine Mutter kümmerte sich um Sara, wenn ich nicht da war. Aber dann starb sie, und ich mußte mir etwas anderes einfallen lassen. Außerdem waren die Verhältnisse drüben... Was soll ich Ihnen erzählen, Sie wissen ja Bescheid. Ich wollte Sara nicht dort aufwachsen lassen. Sie war ein bezauberndes Kind und zeigte so viel Begabung. Also floh ich mit ihr in den Westen. Jetzt kommt das, weswegen Rodenberg mich heute zu erpressen versucht. Als ich mich hier neu anmeldete, habe ich Sara als meine Tochter ausgegeben. Ich habe mir gar nichts dabei gedacht. Ich tat es bloß der Einfachheit halber. Die Daten von Saras Mutter wußte ich nicht, und ich hatte Angst, daß man mir Scherereien machen könnte. Natürlich suchte ich Rodenberg. Ich hoffte trotz allem, er würde uns unterstützen oder mir wenigstens zu einem Engagement verhelfen. Aber ich erfuhr nur, daß er sich nach Amerika abgesetzt hatte. Das ist alles. Ich habe Sara als meine Tochter aufgezogen. Sie hatte ja sonst niemanden, der für sie gesorgt hätte. Ich weiß, alle halten mich für eine Egoistin, ein berechnendes Frauenzimmer... Aber ich konnte damals wirklich nicht wissen, daß Sara König einmal ein Filmstar würde, nicht wahr?«

»Und Sara, hat sie es gewußt?«

»Nein. Wozu sollte ich sie verwirren? Jetzt habe ich es ihr gesagt. Geza bestand darauf.«

»War es ein Schock?«

»Eigentlich nicht. Es gibt nichts, was sie augenblicklich erschüttern könnte. Sie lebt und denkt und existiert nur noch für ihre Liebe.«

»Beneidenswert, so verliebt zu sein«, meinte ich.

»Nein. Einmal wird auch sie erwachen. Das bleibt keinem erspart.«

Tamara Tess schritt, kaum daß die Einstellungen mit ihr für »Frühling in Berlin« abgedreht waren, mit ihrem Kai Kramer zum Traualtar.

Sie hatte Pech. Die Presse nahm nicht die Notiz von diesem Ereignis, die sie erhofft hatte. Sara König und ihr Dr. Werner standen immer noch im Mittelpunkt des Interesses. Der Sexstar Tamara Tess kam mit ihrer vierten Heirat dagegen nicht an.

Sie hatte doppeltes Pech, denn ausgerechnet beim Verlassen des Standesamtes stolperte sie und brach sich den Knöchel. Einige der anwesenden Journalisten lachten dabei, denn sie hielten diesen Sturz für einen vorausberechneten Trick. Ich sah sofort, daß Tamaras Schmerz echt war. Kai Kramer legte eine übertriebene Besorgnis an den Tag, die ich widerlich fand. In herzergreifenden Worten schilderte er, wie schmerzlich es ihm sei, jetzt ohne seine Frau nach Berlin fliegen zu müssen. Tamara Tess und Kai Kramer hatten gleich vom Standesamt aus zum Flughafen fahren wollen. In den nächsten Tagen ging der Streifen, für den Tamara Tess ihrem jungen Gatten die erste Filmrolle verschafft hatte, in Berlin-Tempelhof ins Atelier.

»Ich bin froh, daß ich meine Tamara bei Ihnen in guten Händen weiß«, sagte Kai Kramer zu mir. »Sie kümmern sich doch ein bißchen um sie, nicht wahr? Mach nicht so ein tragisches Gesicht, Tamara, es ist eine dumme Geschichte, aber sie geht bald vorüber. Ich rufe dich jeden Abend an.« Er gab ihr einen flüchtigen Kuß auf die Stirn und versicherte dann, daß er sich beeilen müßte, um sein Flugzeug nicht zu versäumen.

Tamara weinte hemmungslos, als ich sie im Wagen zum Krankenhaus fuhr, wo ihr Fuß eingegipst wurde. Nachher brachte ich sie nach Hause.

Am Abend dieses ereignisreichen Tages rief mich Friedl König an. »Herr Holländer«, sagte sie atemlos, »es ist etwas Furchtbares geschehen!«

»Mit Rodenberg?«

»Nein... Ich weiß nicht – vielleicht. Geza riet mir, Sie anzurufen, vielleicht wissen Sie...«

»Was ist denn los?«

»Sara hat ihre Verlobung gelöst!«

Ich glaubte mich verhört zu haben. »Was sagen Sie da?« brüllte ich in die Muschel.

»Bitte, nicht so laut! Sind Sie sicher, daß niemand mithört?« Friedl Königs Stimme klang gehetzt. »Die Sache muß ganz unter uns bleiben, verstehen Sie? Es darf natürlich nichts davon in die Presse kommen. Jedenfalls vorläufig nicht.«

»Aber, aber!« sagte ich. »Das ist doch nicht so furchtbar. Verliebte Leute streiten sich gern.«

»Nein, es ist nicht so, Charly, ganz bestimmt nicht. Sie ist völlig verstört. Sie will nicht sagen, was geschehen ist. Ich habe sie noch nie in einem solchen Zustand gesehen.«

»Hat Dr. Werner mit ihr Schluß gemacht?«

»Nein. Ich habe ihn noch fünf Minuten vorher getroffen! Er war ganz heiter und vergnügt, alles war in bester Ordnung. Und dann... Charly, ich begreife das einfach nicht.«

»Ich auch nicht. Hat sie Ihnen gar nichts erklärt?«

»Nichts. Nur daß sie nicht mehr an diesen Arzt erinnert werden will. Nie mehr. Sie hat uns allen verboten, jemals ein Wort über diesen Menschen zu erwähnen.»

»Wollen Sie, daß ich mit Sara darüber spreche?«

»Ich weiß nicht recht. Jedenfalls dürfen Sie nicht verraten, daß ich Ihnen etwas gesagt habe. Ich hatte eigentlich gedacht, Sie wüßten vielleicht etwas.«

»Leider nicht. Kann Rodenberg irgend etwas unternommen haben?«

»Wie denn? Wie sollte er Sara dazu gebracht haben, die Verlobung zu lösen?«

»Schwer vorstellbar«, gab ich zu, »auf jeden Fall werde ich ihn mir mal vorknöpfen.«

»Ja, bitte. Sie rufen mich dann sofort an?«

Ich versprach es.

Aber ich konnte mein Wort nicht halten. Meine Redaktion beauftragte mich mit einer Sonderreportage. Ein berühmter französischer Maler heiratete ein Pariser Mannequin, und ich sollte die beiden auf ihrem Landsitz in der Normandie interviewen. Dieser

Auftrag hielt mich vierzehn Tage von München fern, es stellte sich als überaus schwierig heraus, bis zu den beiden vorzudringen.

Als ich nach München zurückkam, war die Nachricht von Saras Entlobung immer noch nicht in die Presse gedrungen. Meyer-Franke baute vorsichtig vor. Es erschienen kurze Berichte von kleinen Streitereien und Meinungsverschiedenheiten zwischen den Verliebten, denen man entnehmen konnte, daß alles nicht mehr so ganz stimmte. Mit der Nachricht, daß die beiden sich nach so kurzem Glück für immer getrennt hatten, wagte man das Publikum nicht vor den Kopf zu stoßen.

Ich gabelte Gotthold Emanuel Rodenberg in einem Schwabinger Kellerlokal auf. Er war in jenem Zustand von Betrunkenheit, der nicht aufgeschlossen, sondern aggressiv stimmt. Zweifellos trug auch die Anwesenheit eines hoffnungsvollen Dämchens dazu bei, daß er sich mir gegenüber in einer Art und Weise aufspielte, die mich beinahe veranlaßt hätte, ihn zu ohrfeigen. Ich tat es nicht, weil er Sara Königs Vater war und ich den Namen des Filmstars nicht in einen Skandal hineinziehen wollte.

Was ich von Rodenberg erfuhr, war weniger denn nichts. Er behauptete, daß Dr. Wolfgang Werner seiner Tochter einfach nicht wert und würdig wäre, ein alberner Lackel ohne Grips im Schädel und Mumm in den Knochen. »Wenn Sie wissen wollen, warum sie die Verlobung gelöst hat, warum fragen Sie sie nicht selber, Sie lächerliche Wühlmaus, Sie!«

Ich mußte ihm, wenn er sich in der Ausdrucksweise auch entschieden vergriffen hatte, in der Sache selber recht geben. Ich hätte mir das Gespräch mit Rodenberg sparen können und mich an Sara wenden sollen.

Am frühen Sonntagnachmittag fuhr ich hinaus zu ihrer Villa in Grünwald. Ich hatte mich vorher nicht angemeldet, weil ich befürchtete, daß sie einem Gespräch mit mir aus dem Wege gehen wollte. Daß an diesem Sonntag nicht gedreht wurde, wußte ich, folglich konnte ich annehmen, daß sie zu Hause war.

Als ich in die Akazienallee einbog, sah ich, wie ihr weißer Sportwagen aus der Garage fuhr, wendete und in Richtung Stadt brauste. Ich konnte nicht sehen, wer am Steuer saß, aber auch auf die Gefahr hin, Mami König zu verfolgen, nahm ich die Jagd auf.

Sara König hatte mit Sondergenehmigung schon mit siebzehn Jahren ihren Führerschein gemacht. Es fiel mir nicht schwer, den weißen Wagen im Auge zu behalten, obwohl ich vorsichtshalber immer genug Zwischenraum ließ, um nicht aufzufallen. Es war ein trüber Tag. Eine graue Wolkendecke hing tief und drückend über München, der sonst so turbulente Straßenverkehr wirkte heute wie gelähmt.

Nach einer guten halben Stunde hielt der weiße Wagen vor der breiten Auffahrt am Waldfriedhof. Ich hatte mich nicht geirrt. Es war Sara König, die ausstieg, und ich erkannte sie sofort an ihrer schlanken, hochbeinigen Figur und der Anmut ihrer Bewegungen. Sie trug ein dunkelgraues, enganliegendes Kostüm, einen kleinen grauen Filzhut, unter dem ihr üppiges rotblondes Haar hervorleuchtete. Ihr Gesicht war bis zur Kinnspitze verschleiert. Ich blieb im Auto und beobachtete, wie sie an einem der Blumenständer einen großen Strauß langstieliger weißer Lilien kaufte. Erst als sie im Inneren des Friedhofs verschwunden war, folgte ich ihr.

Sie schien ihr Ziel zu kennen. Ohne nach links und rechts zu sehen, schritt sie geradeaus. Keiner der sonntäglichen Friedhofsbesucher – meist Mütter mit Kindern, wenige einzelne Männer – beachtete sie. Ich folgte ihr eine lange Allee hinunter, dann bog sie zwischen den Gräbern ein, erst links, dann wieder rechts, und endlich blieb sie stehen. Sie beugte sich zu einem Grabstein nieder, der von den niederhängenden Zweigen einer Trauerweide fast verborgen war, warf die verfaulten Blumen in einen Abfallkorb, füllte die Vase mit frischem Wasser, stellte ihre Lilien hinein und setzte sie vor das Grab. Dann blieb sie lange stehen.

Behutsam trat ich näher. Auf dem verwitterten Grabstein las ich: ›Therese Rodenberg, geboren 18. Januar 1923, gestorben 20. Dezember 1955‹.

Es war das Grab ihrer Mutter.

Als Sara König sich umdrehte, sah sie mich. Sie zuckte zusammen, ich faßte sie zart unter dem Arm.

»Komm, Sara, setzen wir uns doch!« Ich zog sie auf eine grüne Holzbank, wenige Schritte von Therese Rodenbergs Grab entfernt.

Sara schlug den Schleier zurück und sah mich an. In ihren schönen dunkelblauen Augen standen Tränen. »Sie werden mich sicher für kindisch halten, Charly«, sagte sie und schluckte.

»Nicht im geringsten! Willst du eine Zigarette? Ich nehme nicht an, daß das pietätlos ist.«

»Bitte.« Sie griff zu und rauchte in hastigen Zügen. »Es ist seltsam, wenn man seine Mutter nie gesehen hat. Ich kenne nicht einmal ein Bild von ihr.«

»Sie muß sehr schön gewesen sein.«

»Warum?«

»Weil sie deine Mutter war.«

Sara lächelte ein kleines, wehmütiges Lächeln. Sie hatte sich sehr verändert. Sie war kein Kind mehr, kein Teenager und auch kein glücklich verliebtes junges Mädchen. Sie war eine Frau geworden, eine reife, schöne Frau. »So jung zu sterben«, sagte sie.

»Sara, ich verstehe dich sehr gut«, versicherte ich. »Trotzdem – ich glaube, man sollte nicht zuviel auf den Friedhöfen der Vergangenheit spazierengehen. Die Lebenden brauchen deine Liebe notwendiger.«

»Wer?«

»Deine Mami macht sich große Sorgen um dich.«

»Ich weiß. Ich weiß auch, daß ich ihr oft unrecht getan habe. Ich verdanke ihr viel. Nicht meine Karriere und all das, daran denke ich gar nicht. Aber meine Kindheit. Vielleicht klingt es albern, Charly, aber heute weiß ich, daß ich ein sehr glückliches Kind war. Das verdanke ich nur Mami.«

»Stimmt. Ich selbst bin auch erst reichlich spät darauf gekommen, daß sie eine wunderbare Frau ist.«

»Nicht wahr? Es ist alles so blödsinnig. Erst war ich wahnsinnig wütend auf Mami, weil sie nicht wollte, daß ich...« Sie schluchzte heftig. »...daß ich heirate, und jetzt ist sie traurig, weil ich Schluß gemacht habe. Zu blöd, nicht wahr?«

»Warum hast du Schluß gemacht?«

»Sind Sie mir deshalb gefolgt?«

»Ja.«

Sie drückte ihre Zigarette aus. »Ich kann es Ihnen nicht sagen.«

»Dann sag es deiner Mami!«

»Nein.«

»Weiß wenigstens Dr. Werner den Grund?«

»Bitte, Charly, quälen Sie mich nicht so! Glauben Sie denn, es wäre mir leichtgefallen? Ich kann Ihnen nur eines sagen – ich schwöre Ihnen, ich konnte nicht anders handeln.«

Plötzlich kam mir eine Erleuchtung. »Hängt es mit deiner Mutter zusammen?«

»Woher wissen Sie das? Hat Rodenberg...«Sie verbesserte sich. »Hat mein Vater Ihnen irgend etwas gesagt?«

»Was hat er dir über deine Mutter erzählt?« fragte ich eindringlich. »Du mußt es mir sagen, Sara! Du weißt, ich habe immer auf deiner Seite gestanden. Ich habe versucht, dir zu helfen. Jetzt mußt du mir sagen, was los ist.«

»Ich kann es nicht.«

»Doch, du kannst es, Sara! Alles ist besser, als daß du diese Sache ganz allein mit dir herumträgst. Sag es mir doch! Vielleicht kann ich dir helfen.«

»Mir kann niemand helfen, Charly.«

»Na schön, du willst nicht. Dann werde ich eben mal deinen verehrten Herrn Papa aufs Korn nehmen. Wenn ich ihn richtig bearbeite, wird er's mir sagen. Verlaß dich drauf!« Ich stand auf.

»Charly!« Sie rief mich zurück.

»Ja?«

»Versprechen Sie mir, daß Sie mit niemandem ein Wort darüber reden?«

»Ich verspreche dir gar nichts, Sara«, sagte ich ruhig, »ich werde das tun, was ich für richtig halte. Was auch immer mit deiner Mutter gewesen sein mag, es geht nicht nur dich an, sondern einige andere Menschen auch.«

»Sie war krank, Charly, sehr krank.«

»Das habe ich mir gedacht. Sonst wäre sie ja kaum mit zweiunddreißig Jahren gestorben. Es sei denn, es wäre ein Unglücksfall gewesen, aber das hätte deine Mami wahrscheinlich gewußt.«

»Sie verstehen mich nicht. Es war etwas anderes... Nein, ich kann es nicht sagen. Ich kann es wirklich nicht.«

»Gemütskrank?« fragte ich. »Ist es das, was dein Vater dir erzählt hat?«

Eine blutrote Welle jagte über ihr zartes weißes Gesicht. »Er hat sie geheiratet, obwohl er wußte, daß sie... Auch ihre Mutter ist schon in geistiger Umnachtung gestorben, Charly. Er hat sie trotzdem geheiratet, weil er dachte, es würde sich geben. Aber kaum war ich auf der Welt, da ist es auch bei ihr ausgebrochen. Verstehen Sie? Ich – meine ganze Familie, wenn ich ein Kind haben würde...« Ihre Verkrampfung löste sich in einem heftigen Schluchzen.

Ich nahm sie sanft in die Arme. »Sara, Sara!« sagte ich. »Und das hast du dir weismachen lassen?«

Sie riß sich los. »Aber es ist wahr, Charly! Glauben Sie mir doch, es ist wahr! Warum sollte er mir denn so etwas erzählen, wenn es nicht wahr wäre?«

»Mein liebes Mädchen«, sagte ich ruhig, »dafür gibt es einige

Gründe. Außerdem – erzählt ist so etwas leicht. Hat er es dir bewiesen?«

»Ja. Er hat mir einen Brief gezeigt. Den Brief eines Professors, in dem er eben schreibt, daß meine Mutter...«

»Und deshalb willst du Dr. Werner nicht heiraten?«

»Ja. Ich liebe ihn doch. Wie könnte ich ihm dann zumuten, eine kranke Frau zu heiraten?«

»Bis jetzt wäre ich noch nie auf den Gedanken gekommen, daß du krank sein könntest, Sara.«

»Es steckt doch in mir drin. Und auch wenn ich niemals krank werde, unsere Kinder...«

»Man kann auch verheiratet sein, ohne Kinder zu kriegen, Sara.«

»Sie verstehen mich nicht, Charly.« In ihrer Stimme klang abgrundtiefe Traurigkeit mit.

»Doch, Sara. Du bist ein großartiges, tapferes Mädchen. Aber du hättest es sagen sollen. Deiner Mami und auch Dr. Werner.«

»Warum soll ich andere auch noch belasten?«

»Du hättest deinem Wolfgang eine Chance geben sollen. Wenn du mich fragst, ich würde dich auf der Stelle heiraten. Jetzt und sofort. Ich würde das Risiko eingehen.«

Sie lächelte mich durch ihre Tränen hindurch an. »Sie sind sehr lieb, Charly, aber seien Sie vorsichtig. Vielleicht nehme ich eines Tages Ihr Angebot an.«

»Jederzeit. Und bis dahin – wenn ich irgend etwas für dich tun kann...«

»Ja, das können Sie«, sagte sie überraschend, »begleiten Sie mich zu Tamara! Ich hätte sie längst besuchen sollen, aber ich weiß nicht, ob Sie es verstehen. Ich habe einfach Angst, mit ihr allein zu sein. Ich möchte nicht mit ihr über Wolfgang reden. Wollen Sie mich begleiten? Ich habe das Gefühl, sie ist sehr einsam.«

Die ersten Regentropfen fielen, als wir den Friedhof verließen.

Eine Superblondine in einem giftgrünen Seidenmantel, der so auffallend war, daß er nur Tamara Tess gehören konnte, öffnete uns die Tür. Gleichzeitig schlug uns eine Wolke von Tamaras schwerem exotischen Parfüm entgegen. Die Superblondine sah uns aus kalten kleinen Augen an. Ihr Mund war grell und ungeschickt geschminkt. »Sie wünschen?«

»Wir wollen Frau Tess besuchen, Evelyn«, sagte Sara König und trat, ohne das Mädchen anzusehen, in den tiefschwarz und knallrot gehaltenen Vorraum.

Evelyn stieß die Schlafzimmertür auf. »Besuch«, sagte sie, »ich gehe jetzt.« Mit einem Knall warf sie die Wohnungstür hinter sich zu.

»Wer ist da? Einen Augenblick, bitte!« rief Tamara Tess von drinnen.

»Wir sind's, Sara und Charly Holländer. Dürfen wir rein?«

»Sofort. Ich will nur gerade noch...«

Wir blieben vor der halboffenen Schlafzimmertür stehen und hörten, wie Tamara Tess sich drinnen zu schaffen machte. Döschen klappten auf und zu, irgend etwas fiel polternd zu Boden. Wahrscheinlich erneuerte sie ihr Make-up.

Es dauerte einige Minuten, bis Tamara Tess rief: »So, ihr könnt kommen!«

Wir traten ein. Ich war noch nie in diesem Raum gewesen und blieb unwillkürlich in der Tür stehen, während Sara auf das Bett zulief und Tamara herzlich auf beide Wangen küßte.

Alles, was die beiden Frauen taten, spiegelte sich drei-, vier-, fünf-, sechs-, sieben-, acht-, neun-, zehn-, elf-, zwölfmal und mehr in dem großen Raum. Die Wände und die Decken dieses bemerkenswerten Schlafzimmers bestanden aus nichts anderem als aus Spiegeln. Das einzige Fenster im Hintergrund gab den Blick über die Terrasse auf die Stadt frei. Heute sah man draußen nichts als Regen, der in langen schrägen Strichen niederfiel. Auch er spiegelte sich im Raum. Der Boden war völlig mit einem etwa drei Zentimeter hohen, dicken, weißwollenen Teppich ausgelegt, das Bett mit zartgrüner Seide bezogen, und am Kopfende befand sich, in das Oberbett eingebaut, links und rechts eine Art Nachttisch. Rechts stand ein großer Fernsehapparat mit Stereoanlage und Plattenspieler.

»Donnerwetter, Tamara!« sagte ich. »Hier läßt sich's leben!«

»Leider ist mein kleiner Kühlschrank kaputt«, erklärte Tamara und öffnete ihren Nachttisch, in dem eine winzige, aber komplette kleine Bar sichtbar wurde, »ihr müßt euch also nebenan versorgen.«

»Weißt du, daß Evelyn in deinen Kleidern spazierengeht?« fragte Sara.

»Ich habe ihr den Mantel geliehen. Was ist schon dabei?«

»Ich finde, daß man Kleider verschenken kann«, sagte Sara, »aber teilen würde ich sie nur mit einer sehr guten Freundin.«

»Evelyn ist der einzige Mensch, der sich um mich kümmert«, sagte Tamara Tess mit einer Bitterkeit, die mir an ihr fremd war.

»Du bezahlst ja dafür!« gab Sara zurück.

»Seid ihr gekommen, um mir Vorwürfe zu machen?« sagte Tamara Tess gereizt. »Ich weiß selber, daß ich alles falsch gemacht habe. Ich brauche nicht euch, um mir das sagen zu lassen.«

»Aber, Tamara, bitte, entschuldige. Ich habe es doch nicht so gemeint.«

»Du – ihr alle habt mich satt. Sag's doch offen. Du findest, daß ich eine unmögliche Person bin. Ich nehme es dir ja gar nicht übel. Aber warum bist du dann überhaupt gekommen?« Die Stimme des Sexstars klang hysterisch, aber ihre Verzweiflung war echt. Ihre meergrünen, mit schwarzen Strichen umrandeten Augen waren klein und vom Weinen verschwollen. Die Farbe ihres Gesichtes wirkte im Kontrast zu dem papageienhaft grell grün und gelb gemusterten Pyjama leichenhaft blaß. Ihre mohnrote Mähne war sei Wochen nicht mehr nachgefärbt, ein dunkler Haaransatz begann herauszuwachsen. Sie war in diesem Augenblick alles andere als reizvoll, die arme Tamara. Das Schlimmste war, sie wußte es.

Sara König begriff, daß Tamaras Gereiztheit nichts mit ihren sanften Vorhaltungen zu tun hatte. »Wie geht es Kai Kramer?« fragte sie freundlich.

»Danke, gut.«

»Macht ihm die Filmerei Spaß?« plauderte Sara König weiter.

»Ich glaube, ja.«

»Eigentlich sollte man annehmen, daß du es weißt, Tamara«, entschlüpfte es mir.

Tamara setzte sich im Bett auf und funkelte mich böse an. »Soll das ein Verhör sein? Sammelst du Material für einen deiner prächtigen Artikel?«

»Komm, Sara!« sagte ich. »Ich glaube, wir sind hier auf dem falschen Dampfer.«

»Ja, geht nur! Geht!« schrie Tamara Tess außer sich. »Es wäre ja auch ein Wunder, wenn sich jemand um mich kümmern würde! Wer macht sich denn schon etwas aus mir? Wie ein Hund könnte ich hier verenden, wenn nicht Evelyn wäre! Ich könnte schon gestorben sein, niemand würde es merken! Wenn ich noch ein halbes Jahr hier liege, dann weiß kein Mensch mehr, daß es mich je gegeben hat!«

»Nun mach aber mal einen Punkt, Mädchen!« sagte ich.

»Tamara, ich bitte dich!« Saras Stimme klang entsetzt. »Du weißt doch ganz genau, daß ich von morgens bis abends im Atelier gestanden habe. Heute ist mein erster drehfreier Tag, und da bin ich sofort gekommen. Charly Holländer war nicht in München. Du tust uns wirklich unrecht, Tamara!«

Ich sah, wie Tamaras üppiger Körper zu beben begann, und da mein Bedarf an weinenden Frauen für diesen Tag gedeckt war, sagte ich rasch: »Ich gehe nach nebenan und mach uns was zu trinken.«

Ich nahm mir die Zeit, um den beiden Frauen Gelegenheit zu geben, sich auszusprechen. Mit Liebe und Bedacht mixte ich mir einen Manhattan, trank ihn in kleinen Schlucken, zündete mir eine Zigarette an, rauchte sie zu Ende. Dann erst richtete ich etwas für die Damen, zwei Drittel Wermut und ein Drittel Whisky für Sara, dasselbe in umgekehrtem Verhältnis für Tamara.

Ich wollte ihnen die Gläser hineintragen, als Sara König auf der Türschwelle erschien. Sie drückte die Tür hinter sich sehr sorgfältig ins Schloß, bevor sie auf mich zukam.

»Es ist scheußlich!« sagte sie ehrlich.

Ich schob ihr ein Glas hin. »Trink einen Schluck, dann sieht alles gleich schöner aus.«

»Kai Kramer hat sie sitzenlassen.«

»Aber wieso denn?« fragte ich dumm. »Ich war doch selber dabei, als sie geheiratet haben!«

»Sie gehen zu oft ins Kino, Charly.« Sara nahm einen kräftigen Schluck. »Eine Heirat ist nicht immer ein Happy-End.« Sie zündete sich eine Zigarette an. »Der feine Herr hat seit damals nichts mehr von sich hören lassen.«

Ich mußte tief Luft holen. »Glaubst du nicht, daß die gute Tamara da ein bißchen übertreibt?«

»Nein. Er hat, seitdem er in Berlin ist, weder geschrieben noch angerufen. Sie hat versucht, mit ihm zu telefonieren, aber er hat sie nur angeschnauzt. Sie ist völlig mit den Nerven fertig.«

»Liebt sie ihn noch?«

»Kann man einen Mann lieben, der einen so behandelt, Charly?«

»Du kannst es sicher nicht, Sara, und das spricht für dich.«

»Mami sagt immer, daß ich kein Fünkchen Menschenkenntnis

habe. Aber dieser Kai Kramer war mir von Anfang an widerlich. Ach, Charly, die arme Tamara! Wenn wir sie bloß trösten könnten!«

Ich stellte mein Glas hin. »Soll ich's mal versuchen?«

»Nein, lieber nicht. Ich fürchte, es hat keinen Sinn. Jedenfalls im Augenblick nicht. Charly, wollen Sie mir helfen?«

»Ich habe dir schon gesagt, Sara, du kannst bei jeder Tages- und Nachtzeit mit mir rechnen.«

»Tamara hat mich gebeten, Kai Kramer anzurufen. Würden Sie das tun? Sie sind ein Mann. Ihnen fällt's bestimmt leichter.«

Ich sah, daß mir nichts anderes übrigblieb, und zog den knallroten Apparat zu mir heran. »Hast du die Nummer?«

Sie schob mir einen kleinen Zettel zu. »Ja, hier, das ist die Nummer vom Atelier, und das ist die Nummer vom Hotel.«

Ich versuchte es mit der letzten Nummer und schickte dabei ein Stoßgebet zum Himmel, daß der Bursche nicht erreichbar sein würde. Das würde für uns alle entschieden die beste Lösung sein. Aber ich hatte Pech. Die Verbindung nach Berlin klappte sofort, und eine Minute später hatte die Telefonzentrale im Hotel Kai Kramer ans Telefon gelockt.

»Ach, Sie sind's, Herr Holländer!« sagte er mit überströmender Herzlichkeit. »Das ist fein! Ich habe Ihnen eine Menge für Ihre Leser zu erzählen. Natürlich waren die Filmaufnahmen anfangs etwas ungewohnt. Ich muß sagen, der Film erfordert eine weit höhere Konzentration als das Theater. Es ist mir aber sehr schnell gelungen, mich umzustellen. Die Zusammenarbeit zwischen mir und Katherine Maybach klappt großartig. Schreiben Sie auch mit, Herr Holländer?«

»Nein«, sagte ich, »was Sie mir da erzählen, interessiert mich überhaupt nicht. Ich rufe Sie im Auftrag Ihrer Frau an...«

»Meiner – was?«

»Sie leiden wohl an Gedächtnisstörungen, mein Lieber, Sie sollten mal zu einem guten Psychiater gehen.«

»Ach so, Sie sprechen von Tamara!« Kai Kramers helle, etwas gequetschte Stimme klang gedehnt.

»Ja, ich spreche von Ihrer Frau. Bleiben Sie einen Augenblick dran, ich werde Tamara ans Telefon holen.«

»Oh, danke. Nein, danke! Das ist sehr liebenswürdig von Ihnen, aber wahrhaftig, ich wüßte im Augenblick gar nicht, was ich ihr sagen sollte. Sie werden das sicher verstehen. Wenn man bis über beide Ohren in der Arbeit steckt, dann bleibt einem für private Dinge einfach keine Zeit.«

»Vielleicht möchte Tamara Ihnen etwas sagen, Herr Kramer.«

Kai Kramer schnaufte. »Hören Sie mal, Holländer. Wir können doch ganz offen miteinander reden, sozusagen von Mann zu Mann. Sie kennen Tamara. Sie ist eine Nervensäge schlimmsten Ausmaßes. Sie wissen das vielleicht nicht, aber sie macht mich mit ihren ewigen Anrufen einfach wahnsinnig. Im Atelier wird darüber schon gelacht. Können Sie ihr nicht beibringen, daß sie mich in Ruhe lassen soll?«

»Wenn Sie das wünschen, warum haben Sie Tamara geheiratet?«

»Weil... Ach was, rutschen Sie mir doch den Buckel herunter!«

Es knackte in der Leitung. Entweder war unser Gespräch unterbrochen oder, was ich eher annahm, Kai Kramer hatte aufgelegt.

Ich hatte den Hörer so gehalten, daß Sara König unser Gespräch hatte verfolgen können. Jetzt zog sie den Apparat zu sich herüber. »Eine Unverschämtheit!« sagte sie wütend. »Dieser gewissenlose, kaltherzige Lump! Jetzt werde ich mit ihm reden! Der wird sich wundern.« Sie wählte die Nummer des Berliner Hotels. »Hallo, Fräulein, verbinden Sie ich bitte mit...«

Ich drückte die Gabel nieder. »Laß das, Sara«, sagte ich, »es hat keinen Zweck. Du verschwendest deinen Atem.«

»Aber wollen Sie ihm das einfach so durchgehen lassen? Man muß doch etwas tun!«

»Ich werde etwas tun, worauf du dich verlassen kannst.«

»Ich werde ihn fertigmachen.«

»Tamara darf jedenfalls nichts erfahren.«

»Was willst du ihr sagen?«

»Irgend etwas. Ob es wohl glaubhaft klingt, wenn wir erzählen, daß er heute Außenaufnahmen hat?«

Wir brachten diese Story so überzeugend wie möglich vor, und Tamara Tess gab sich damit zufrieden. »Ist schon gut«, sagte sie, »war nicht so wichtig. Sicher wird er später von selber anrufen.«

Wir blieben eine gute halbe Stunde bei Tamara. Die Unterhaltung zog sich sehr gequält hin. Sara mochte die Freundin von ihren eigenen Sorgen nichts wissen lassen, und Tamara tat es offensichtlich leid, daß sie Sara soviel erzählt hatte. Wir hatten das Gefühl, daß sie uns loshaben wollte. Sie schien aufzuatmen, als wir uns verabschiedeten.

Es regnete in Strömen.

Als ich in mein Pensionszimmer in der Reitmorstraße zurückkehrte, läutete das Telefon. Frau Dr. Brigitte Ritter war am Apparat. Sie sagte mir, daß sie mich schon öfter vergeblich angerufen hätte, und fragte mich, ob sie mich sprechen könnte. Wir verabredeten uns im Opern-Espresso in der Maximilianstraße.

Sie trat ein, als ich mich gerade gesetzt hatte, schlank und selbstsicher. Ich half ihr aus ihrem leuchtendblauen Regenmantel, sie nahm die hellblaue Baskenmütze von ihrem kurzgeschnittenen braunen Haar und setzte sich zu mir. Während wir die ersten belanglosen Worte wechselten, lächelte sie, aber ihre Augen blieben ernst. Als wir uns zwei Espresso bestellt und Zigaretten angezündet hatten, legte sie los.

»Dr. Werner hat mir einen Heiratsantrag gemacht«, sagte sie.

»Gratuliere! Brauchen Sie mich als Trauzeugen?«

Sie sah mich erstaunt an. »Begreifen Sie nicht, wie verzweifelt Wolfgang sein muß, wenn er so etwas tut? Ich meine – in dieser Situation?«

»Nein«, sagte ich. »Vielleicht hat er erkannt, daß Sie die richtige Frau für ihn sind.«

»Unsinn! Wolfgang ist gar nicht in der Lage, irgend etwas zu erkennen. Er ist völlig fertig mit den Nerven.«

»Wegen S.?« fragte ich, denn ich wagte den Namen des Filmstars im Café, in dem sich jetzt beim Regen die Menschen drängten, nicht laut auszusprechen.

»Ja. Er begreift nicht, was in seine Braut gefahren ist. Er glaubt fest, daß er schuld sein muß, weiß aber nicht, was er falsch gemacht hat.«

»Kommt der junge Mann nicht auf die Idee, daß man sich trennen kann, ohne daß von Schuld die Rede ist?«

»Das versuche ich ihm dauernd klarzumachen.«

»Dann sagen Sie ihm, daß S. gewählt hat zwischen ihm und dem Film. Kapiert?«

»Herr Holländer, ich glaube, Sie sind nicht imstande, die Situation zu verstehen. Wolfgang begreift nur, daß er sie verloren hat, und darüber kommt er nicht weg.« Sie lächelte ein wenig bitter. »Ich glaube, so etwas nennt man Liebe.«

»Schon möglich. Aber ich weiß nicht, wie ich da helfen soll.«

»Herr Holländer, Sie sind der einzige Mensch, der hier etwas tun kann. Es ist ernst, sonst hätte ich mich bestimmt nicht an Sie gewandt. Wolfgang trinkt.«

»Ich trinke auch«, sagte ich.

»Wenn Sie mich nicht verstehen wollen, muß ich deutlicher werden. Wolfgang säuft. Er hat früher auch hier und da ein Gläschen getrunken. Aber jetzt geht er nicht zu Bett, bevor er sternhagelvoll ist. Nicht nur ich, auch sein Vater macht sich Sorgen. Wenn Sie Wolfgang sehen würden, würde Ihnen das Lachen vergehen.«

»Ich lache nicht, verehrte Frau Doktor, und wenn, dann nur aus Rührung. Ich weiß, daß Sie mir nichts vormachen, aber für mich klingt es geradezu unwahrscheinlich, daß ein ausgewachsener Mann fähig ist, sich aus unglücklicher Liebe zu besaufen, womöglich sein Leben zu zerstören.«

»Genau das tut er. Er tut es bewußt. Sein Vater und ich tun alles, um – na ja, seine Exzesse und Trunkenheit zu decken. Ein Arzt, der trinkt, der vor dem Frühstück anfängt zu trinken! Eine Katastrophe!«

»Durchaus«, sagte ich, »aber ich begreife immer noch nicht, was ich dabei tun kann. Warum sprechen Sie nicht mit S.?«

»Wenn Sie mir nicht helfen, bleibt mir nichts anderes übrig. Es gibt keinen anderen Weg.«

»Aufopferung, meine liebe Frau Doktor, ist gut und schön. Aber man sollte sie nicht auf die Spitze treiben. Sie lieben Dr. Werner doch, nicht wahr?«

»Ja. Aus diesem Grund will ich ihm helfen.«

»Packen Sie die Gelegenheit beim Schopf, heiraten Sie ihn! Dann wird er schon wieder zur Vernunft kommen.«

»Sie kennen Wolfgang nicht. Wenn er nicht weiß, warum seine Braut mit ihm Schluß gemacht hat, wird er sich nicht ändern. Sagen Sie es mir, bitte!«

»Wie kommen Sie darauf, daß ausgerechnet ich...?«

»Ich hatte gehofft, Sie würden es wissen, und Sie würden es mir sagen.« Brigitte Ritter umklammerte mit einem fast schmerzhaften Griff meinen Arm, ihr klares, kluges Gesicht war eine einzige leidenschaftliche Bitte. »Helfen Sie ihm, Herr Holländer, bitte, helfen Sie ihm!«

Ich löste behutsam ihre schmale braune Hand von meinem Arm. »Na schön, ich will es Ihnen sagen. Obwohl ich mir klar bin, daß ich damit eine Indiskretion begehe. Aber der Fall scheint ja wirklich ernst zu sein.«

»Bitterernst, Herr Holländer.«

»Sie will ihn nicht heiraten, weil sie glaubt, daß sie aus einer erblich belasteten Familie stammt. Sie glaubt, daß ihre Großmutter und ihre Mutter in geistiger Umnachtung gestorben sind.«

Brigitte Ritters Gesicht drückte geradezu Erleichterung aus. »Ach, so ist das also?«

»Ja, so ist es. Sagen Sie das Ihrem unglücklichen Romeo, ich hoffe, es wird ihn von seinen Komplexen erlösen. Sollten Sie dann noch einen Trauzeugen brauchen, bitte, greifen Sie auf mich zurück. Anderer Leute Hochzeiten sind meine große Leidenschaft.«

Ich ging in dieser Nacht nach zwei Uhr zu Bett. Das schrille Läuten des Telefons riß mich aus dem ersten Schlaf. Mechanisch griff ich nach dem Hörer und meldete mich.

»Hallo, Charly. Gut, daß Sie da sind!« sagte eine atemlose weibliche Stimme. »Bitte, kommen Sie sofort!«

»Wer ist denn da?« fragte ich böse. »Soll das ein Witz sein, mich mitten in der Nacht zu wecken?«

»Ich bin es, Sara! Charly, ich glaube, es ist etwas Furchtbares passiert! Bitte, kommen Sie sofort!«

»Von wo sprichst du?« fragte ich.

»Ich bin in dem kleinen Lokal gegenüber von Tamaras Wohnung. Sie wissen schon!« sagte Sara König gehetzt. »Bitte, kommen Sie sofort!«

Ich hatte nicht die leiseste Ahnung, worum es ging, aber aus Saras Stimme hatte wahre Angst geklungen. Ich zog mich in Windeseile an, rannte die Treppe hinunter, mußte noch einmal umkehren, denn ich hatte meine Autoschlüssel vergessen, dann lief ich auf die Straße und stieg in meinen Wagen. Die Wolken hatten sich verzogen, die Luft war nach dem Regen klar und frisch und tat meinem vernebelten Gehirn gut. In einem Höllentempo brauste ich durch die nächtliche Stadt.

Sara erwartete mich auf der Straße vor dem großen Mietshaus des Orion-Verleihs, in dessen Penthouse Tamara Tess wohnte.

»Endlich, Charly!« rief sie, noch bevor ich ausgestiegen war.

»Endlich ist gut. Wenn ich ein Strafmandat bekommen sollte, wirst du es hoffentlich bezahlen.« Ich stieg aus und schloß die Wagentür ab. »Wo brennt's denn?«

Saras zartes Gesicht wirkte im Halbdunkel der Straße wie ein heller Fleck, in dem nur die weit aufgerissenen Augen sichtbar waren. »Tamara meldet sich nicht.«

Jetzt erst sah ich, daß sie einen Abendmantel trug, den sie am Hals fest zusammenhielt. Offensichtlich kam sie von einer Party. Bestimmt hatte sie etwas getrunken. »Was willst du von Tamara?« fragte ich mißtrauisch.

»Ach, Charly, verstehen Sie denn immer noch nicht? Ich will nichts von ihr, gar nichts! Bloß – mir ist plötzlich eingefallen ... Sie hat doch ein Telefon im Schlafzimmer, wußten Sie das nicht?«

»Keine Ahnung.«

»Warum hat sie uns nicht vom Schlafzimmer aus telefonieren lassen?«

Ich verstand immer noch nicht. »Sara«, sagte ich, »ich begreife nicht, warum dich das so aufregt. Es ist doch egal, von welchem Apparat aus man telefoniert.«

»Nein, das ist es nicht! Tamara konnte vom Schlafzimmer aus unser Gespräch mit Kai Kramer mithören, verstehen Sie doch endlich! Wir haben sie belogen, sie wußte aber alles. Haben Sie nicht gemerkt, wie sonderbar sie war? Wie sie uns so schnell wie möglich nachher loshaben wollte?«

»Du meinst, Tamara hat...?«

»Ja. Als es mir einfiel, habe ich bei ihr angerufen, immer wieder und wieder. Niemand meldete sich. Dann bin ich herausgefahren und habe bei ihr Sturm geläutet. Sie rührt sich nicht. Glauben Sie etwa, daß Tamara mit ihrem eingegipsten Fuß das Haus verlassen hätte?«

»Möglich ist alles.«

»Wir müssen etwas tun, Charly, jetzt, sofort!«

»Wenn nachher alles in Ordnung ist, haben wir uns blamiert!«

»Kommt es darauf an? Charly, ich weiß, sie hat sich etwas angetan. Wir hätten sie nicht allein lassen dürfen.«

Es war gar nicht so einfach, den Hausmeister wachzukriegen, und noch schwerer, ihm klarzumachen, warum wir unbedingt in die Wohnung von Tamara Tess wollten. Auch als er endlich begriffen hatte, worum es ging, wurde er nicht freundlicher. Es paßte ihm nicht, jetzt, mitten in der Nacht, in eine fremde Wohnung einzudringen. Wir stritten so lange und so laut in der kleinen Diele herum, bis die ganze Familie wach war.

Ein Teenager, barfuß, in einem knallroten Schlafanzug, die braunen Locken wirr um das stupsnäsige kleine Gesicht, kam aus einem Zimmer. Die Kleine erkannte Sara sofort. »Papa!« rief sie. »Das ist doch – ja, siehst du denn nicht? Das ist doch Sara König!«

»Und wenn die Dame die Königin von England wäre...«, begann der Hausmeister mürrisch.

Sein Töchterchen schnitt ihm das Wort ab. »Vater! Bitte, bitte, bitte! Laß mich die Herrschaften nach oben bringen, ja? Ich kann das genausogut wie du. Leg dich wieder hin, ich mache das schon!« Sie rannte in eines der Zimmer und kam wenige Minuten später mit einem riesigen Schlüsselbund zurück. »Kommen Sie, schnell! Menschenskinder, da werden die aus meiner Klasse staunen!«

Im Lift hielt uns die junge Dame einen Vortrag über Filme, die sie mit Sara König gesehen hatte, sprach sich unumwunden darüber aus, was ihr gefallen und was ihr nicht gefallen hatte. Ich mußte Sara bewundern. Sie zwang sich, dem Teenager zuzuhören, schenkte ihm sogar hin und wieder ein zustimmendes Lächeln. Dabei wußte ich, daß all ihre Gedanken bei Tamara waren.

Als ich ins Schlafzimmer gehen wollte, hielt sie mich zurück. »Lieber nicht, Charly«, sagte sie leise, »es könnte Tamara unangenehm sein.«

Mir war der Gedanke scheußlich, daß die zarte, behütete Sara in den nächsten Sekunden vielleicht einer Toten gegenüberstehen sollte. Aber ich sah ein, daß sie recht hatte. Im letzten Augenblick erwischte ich den Teenager noch beim Genick. »Das ist nichts für kleine Mädchen«, sagte ich freundlich.

Wir warteten.

Als Sara zurückkam, war ihr Gesicht kalkweiß. »Bitte, rufen Sie einen Krankenwagen, Charly«, sagte sie mit tonloser Stimme, »ich werde drinnen alles in Ordnung bringen.«

»Unsinn!« sagte ich hart. »Darauf kommt es jetzt nicht an. Schone deine Nerven, du wirst sie noch brauchen.«

Ich schob Sara in den Wohnraum hinüber und schickte den Teenager auf die Straße hinunter, damit er die Leute vom Krankenwagen gleich in die richtige Wohnung bringen konnte.

Dann ging ich zum Telefon und verständigte den Rettungsdienst. »Es ist alles in Ordnung, Sara«, sagte ich, als ich den Hörer auflegte, »sie kommen sofort.«

»Soll ich nicht doch...?« fragte Sara. »Es sieht scheußlich drinnen aus.«

»Auf keinen Fall. Trink lieber einen Schluck, sonst kippst du noch um.«

»Die arme Tamara!«

Wir warteten, bis der Krankenwagen kam, dann ging alles sehr schnell. Zwei Männer trugen Tamara Tess auf einer Bahre aus der Wohnung. Ich ließ einen Zettel mit ein paar Zeilen für Evelyn zurück, dann schloß der Teenager, aufgeregter denn je, hinter uns ab, und wir fuhren hinunter.

Ich bot Sara an, sie nach Hause zu fahren.

»Nein«, widersprach sie, »fahren Sie mich, bitte, ins Krankenhaus.«

»Morgen sind Aufnahmen, Sara«, sagte ich.

»Wenn schon! Es gibt Dinge, die wichtiger sind als der Film.«

Wir warteten auf einem langen Krankenhausgang. Wir warteten und warteten. Es dauerte lange, bis der Arzt aus dem Zimmer kam, in das sie Tamara Tess gebracht hatten.

Sara erhob sich von der grauen Holzbank und lief ihm entgegen. »Wie geht es ihr?«

Der Arzt hob beide Hände, lange, feingliedrige Hände, das einzig Bemerkenswerte an ihm. »Wir haben das Menschenmögliche getan.«

»Wird sie es überleben?«

Der Arzt rückte verlegen an seiner randlosen Brille. »Wir wollen es hoffen.«

»Können wir sie sprechen?« fragte ich.

»Nein, leider, das ist ganz ausgeschlossen. Morgen vielleicht, wenn alles gutgeht.«

In dieser Nacht verzichtete ich auf meinem Schlaf. Ich setzte mich, nach Hause gekommen, an meine Schreibmaschine und tippte den Artikel, der mir auf dem Herzen brannte. »Gewissen – nicht mehr fotogen?«, gab ich ihm als Überschrift. Ich schrieb die Tragödie der Tamara Tess, die an der Gewissenlosigkeit eines karrieresüchtigen jungen Mannes gescheitert war. Ich nahm kein Blatt vor den Mund, sondern schilderte schonungslos die Machenschaften des Kai Kramer, der in seinem Ehrgeiz vor nichts zurückgeschreckt war.

Durch Tamara Tess war er in den Film gekommen, und dann, als er sie nicht mehr brauchte, als sie krank war und ihm zur Last zu werden drohte, hatte er sie rücksichtslos fallenlassen.

Zum erstenmal in meiner Laufbahn als Journalist handelte ich nach dem Ausspruch der weltberühmten amerikanischen Klatschkolumnistin Elsa Maxwell: »Publicity kann einen Star machen, ihn in den Himmel heben – ihn aber auch töten und in die Hölle schicken.«

Ich gestehe offen, ich wollte mit meinem Artikel Kai Kramer in die Hölle schicken. Ich setzte es durch, daß mein Manuskript sogleich mit der Nachricht vom Selbstmordversuch des Sexstars Tamara Tess in der Presse erschien. Dann erst war mir leichter.

Ich haute mich aufs Ohr in dem Bewußtsein, daß ich getan hatte, was ich konnte. Jetzt mußte das Schicksal seinen Lauf nehmen.

Ich traf Sara König wenige Tage später bei Tamara Tess wieder. Tamara lag noch im Krankenhaus, aber sie schien den Schock schon überwunden zu haben. Nur die tiefen Schatten unter ihren schrägen Augen verrieten, was sie durchgemacht hatte. Ihr Krankenzimmer glich einem kleinen Treibhaus. Keiner ihrer Freunde und Kollegen hatte es sich nehmen lassen, Blumengrüße zu senden.

Tamara Tess strahlte mich an, als ich eintrat. »Charly, kannst du mir verzeihen? Es ist mir so furchtbar, daß ich euch solche Scherereien gemacht habe! Ich glaube, ich muß verrückt gewesen sein.«

»Gut, daß du das einsiehst, Mädchen. Ich muß schon sagen, du siehst blendend aus!«

»Wirklich? Was sie hier mit mir gemacht haben, war schauderhaft. Ich schwöre dir, so etwas tue ich nie wieder.«

»Würde ich dir auch geraten haben. Wenn Sara nicht gewesen wäre...«

Tamara Tess ergriff Saras Rechte. »Ich werde dir das nie vergessen, Sara.«

Sara lachte. Ich wunderte mich, daß sie so frei und herzlich lachen konnte. Ich hätte niemals gedacht, daß sie das Scheitern ihrer großen Liebe so rasch überwinden würde. »Es war wahnsinnig aufregend. Du hättest Charly erleben sollen, er war groß in Form.«

Lobhudeleien und Dankbarkeitsbezeugungen machen mich immer verlegen. Um das Gespräch auf ein anderes Thema zu bringen, steckte ich meine Nase in einen Riesenstrauß dunkelroter Rosen und begann sie mit Bedacht zu zählen. »Fünfzig Stück. Donnerwetter! Deine Verehrer haben sich nicht lumpen lassen, Tamara!«

»Von Kai«, sagte Tamara Tess ruhig, »er ruft dauernd an. Aber ich bin für ihn nicht zu sprechen. Ich mag ihn nicht.«

»Gott sei Dank! Du weißt, für mich war der Kerl immer ein Brechmittel.«

»Ich dachte, du wärst eifersüchtig!« Tamara seufzte. »Wie habe ich auf so was bloß hereinfallen können?«

Sara König lächelte. »Weil du eine Frau bist, Tamara. Frag Charly, verliebte Frauen sind niemals zurechnungsfähig, nicht wahr?«

»Nun bildet euch nur nicht ein, daß ihr die Liebe gepachtet habt!« sagte ich. »Auch einem Mann kann es passieren, daß er auf ein Miststück hereinfällt. Nur sind die meisten von uns, hoffe ich wenigstens, härter im Nehmen.«

Eine Krankenschwester ließ Geza von Vasary eintreten. Er trug eine fliederfarbene Weste, fliederfarbene Socken und ein fliederfarbenes Taschentuch zum grauen Anzug, wie aus einem Modejournal herausgeschnitten.

Er küßte den Damen die Hand, begrüßte mich mit einem Kopfnicken, sagte zu Tamara: »Meine liebe, gnädige Frau, ich hoffe, Sie finden es nicht unpassend, wenn ich Sie in diesem Augenblick mit geschäftlichen Dingen belästige.«

»Sollen wir gehen?« fragte Sara und stand auf.

»Nein, bitte nicht«, sagte Tamara rasch, »bleibt nur! Geschäfte interessieren mich im Augenblick überhaupt nicht, Herr von Vasary.«

»Schade, sehr schade!« sagte der Manager mit tiefer Melancholie in seinen braunen, mandelförmig geschnittenen Augen. »Darf ich mich nach Ihrem Befinden erkundigen, gnädige Frau?«

»Danke. Ich fühle mich ausgezeichnet.«

»Wann werden Sie wieder gesund sein?«

»Ich denke, daß ich morgen oder übermorgen nach Hause gehen kann.«

»Und Ihr Bein?«

»Der Gips kommt in zwei Wochen herunter.«

»Ausgezeichnet.« Geza von Vasary strich sich über sein schmales Schnurrbärtchen und ließ sich auf die Bettkante sinken. »In etwa vier Wochen soll der Film ›Mädchen ohne Moral‹ ins Atelier gehen. Ich kann also mit Ihnen rechnen, nicht wahr?«

»Was ist denn das für ein Film?«

»Eine ausgezeichnete Rolle für Sie, gnädige Frau. Hier ist das Drehbuch. Der Vertrag ist schon perfekt. Sie brauchen nur noch zu unterschreiben.« Er legte ihr das Drehbuch auf den Schoß, ein

Vertragsexemplar darauf, holte seinen Füllfederhalter aus der Westentasche, schraubte ihn auf und gab ihn ihr in die Hand.

»Aber ich weiß ja von der Sache noch gar nichts!« wehrte sich Tamara Tess.

»Es ist der Ersatzvertrag, gnädige Frau. Es ist alles durchaus in Ordnung, dafür verbürge ich mich. Dieselben Bedingungen wie bei Ihrem letzten Vertrag, den Sie ja leider durch Ihre – hm – Fußverletzung nicht einhalten konnten.«

Tamara Tess nahm schon den Füllfederhalter, der von der Feder bis zur Hülse aus schwerem Gold war, um zu unterschreiben, als Sara König hastig sagte: »Ich würde mir erst die Rolle anschauen, Tamara!«

Sofort wandte Geza von Vasary sich ihr zu. »Meine liebe Sara, ich muß dich doch sehr bitten, dich nicht in meine Angelegenheiten zu mischen. Wir haben mit dir gerade Schwierigkeiten genug.«

»Mit mir? Was soll das heißen?«

»Herr Gessler ist gar nicht zufrieden mit dir. Er hat gesagt, du hättest dich sehr zu deinem Nachteil verändert.«

»Das glaube ich! Weil ich nicht nach seiner Flöte tanze! Als er mich noch rumschubsen konnte wie ein Baby, war es ihm nicht recht, und jetzt...«

»Bitte, streiten wir uns nicht! Wollen Sie, bitte, unterschreiben, gnädige Frau?«

»Na klar«, sagte Tamara friedfertig, »die Rolle ist ja nicht so wichtig. Hauptsache, daß ich überhaupt noch beim Film gefragt bin, was?«

»Tamara, du wirst dich nie ändern«, sagte Sara lächelnd.

»Habe ich auch nicht vor. Ich gefalle mir so, wie ich bin.« Tamara hatte schon zur Unterschrift angesetzt, als sie plötzlich innehielt. »Sagen Sie, Vasary, wer spielt da sonst noch mit?«

»Weshalb wollen Sie das wissen?«

»Ich meine nur, wenn Kai Kramer dabei ist, unterschreibe ich nicht.«

»Sie können ganz unbesorgt sein«, sagte Geza von Vasary milde, »dieser Herr wird nicht mehr filmen.«

Tamara sah überrascht auf. »Soll das heißen, überhaupt nie mehr?«

»Ja. Bedanken Sie sich bei Herrn Holländer, falls Sie meinen, daß Sie einen Grund haben, sich zu bedanken. Die T.T.T.-Film hat ihren Vertrag mit ihm gelöst.«

»Das geht doch gar nicht.«

»Man wird die Szenen mit ihm neu drehen, Peter Schwendt hat die Rolle übernommen.«

»Und Kai? Hat er sich das einfach gefallen lassen?«

»Es ist ihm nichts anderes übriggeblieben. Die Kollegen und die vom technischen Stab haben sich geweigert, das Atelier zu betreten, solange Kai Kramer drinnen war, die Kinobesitzer haben sich geweigert, einen Film mit Kai Kramer zu terminieren.«

»Aber warum das alles?«

»Deinetwegen, Tamara!« sagte Sara. »Charly Holländer hat geschrieben, wie schändlich er an dir gehandelt hat. Damit ist Kai Kramer für die deutsche Filmindustrie untragbar geworden.«

Gedankenverloren unterschrieb Tamara Tess den Vertrag. »Armer Kai! Können Sie ihm denn nicht helfen, Vasary?«

»Nein. Niemand kann ihm helfen.«

»Ich auch nicht? Ich meine, Charly Holländer braucht doch nur einen Artikel zu schreiben, daß wir uns wieder versöhnt hätten, daß alles wieder in Ordnung wäre, dann müssen sie doch...«

»Ist alles wieder in Ordnung?« fragte ich scharf.

»Natürlich. Mir ist ja nichts weiter passiert.«

»Ja. Weil Sara auf den verrückten Einfall gekommen ist, mitten in der Nacht in deine Wohnung einzudringen. Sonst wärst du jetzt tot, vergiß das nicht.«

»Aber das war doch nicht Kais Schuld! Man kann ihn nicht dafür verantwortlich machen, daß ich mit den Nerven herunter war.«

»Doch, das kann man. Er hat an dir schändlicher als schändlich gehandelt. Er ist eine widerwärtige Null. Aber wenn du auch jetzt noch nicht bereit bist, das einzusehen, dann versöhne dich doch mit ihm! Zeig dich mit ihm in der Öffentlichkeit, setz dich für ihn ein. Vielleicht gelingt es dir noch einmal, ihn in den Sattel zu heben. Aber mich laß bitte aus dem Spiel bei diesen Machenschaften. Ich habe genug von diesem Herrn, übergenug, und ich denke nicht daran, mich deinetwegen lächerlich zu machen.«

»Und Sie, Vasary, was werden Sie tun?«

»Ich habe meiner Sekretärin Anweisung gegeben, daß ich für Herrn Kramer nicht mehr zu sprechen bin.« Geza von Vasary nahm seinen schweren goldenen Füllfederhalter entgegen, faltete den Vertrag zusammen und steckte ihn ein. »Das Drehbuch lasse ich Ihnen hier!« Dann küßte er den Damen wieder die Hand, nickte mir kurz zu und verschwand.

Tamara Tess seufzte tief auf. »Ich verstehe das alles gar nicht. Wie könnt ihr nur so hart sein?«

»Es ist sehr einfach, Tamara«, erwiderte Sara König, »wir haben immer zu dir gehalten, trotz deiner Verrücktheiten. Aber jetzt mußt du wählen zwischen Kai Kramer und mir. Zwischen Kai Kramer und uns, nicht wahr, Charly?«

»Ich hätte dir wenigstens ein bißchen mehr Haltung zugetraut, Tamara«, sagte ich bitter. »Anscheinend habe ich dich überschätzt. Du hast es so weit gebracht, daß ich mir wie ein Idiot vorkomme.«

»Aber, Charly, ich...«, setzte Tamara an.

Da wurde die Tür geöffnet, und die Krankenschwester steckte den Kopf herein. »Ihr Gatte möchte Sie sprechen, gnädige Frau!«

»Mein... Was? Ach so, natürlich!«

»Wirst du ihn empfangen?« fragte Sara.

»Sollen wir gehen?« fragte ich.

Tamara Tess überlegte keine Sekunde. »Bitte, bleibt! Führen Sie ihn herein, Schwester!«

Ein Mann von Charakter wäre jetzt wahrscheinlich gegangen. Aber es gibt Situationen, in denen sich ein Journalist keinen Charakter erlauben darf. Die Gelegenheit, das Wiedersehen des seltsamen Ehepaares zu beobachten, war mir unbezahlbar. Ich blieb. Sara König stand auf und trat zu mir.

Kai Kramer kam herein, geschniegelt und gebügelt, schön wie ein junger Gott, und stürzte, ohne mich und Sara auch nur eines Blickes zu würdigen, auf Tamaras Bett zu.

»Tamara, du hast mich da in eine scheußliche Situation gebracht!« sagte er, und seine hohe, etwas gequetschte Stimme klang wie die eines ungezogenen Kindes. »Wie konntest du so etwas machen? Hast du keinen Augenblick an mich gedacht? Es war für mich weiß Gott schwer genug, im Film Fuß zu fassen. Du wußtest genau, daß ich keinen Skandal brauchen kann. Ich begreife nicht, wie du so etwas tun konntest. Du muß jetzt gleich mit der T.T.T.-Film telefonieren. Sag den Leuten, daß es dir leid tut. Erzähl ihnen irgend etwas. Von mir aus, daß du in einem Anfall von Geistesverwirrung gehandelt hast oder so etwas. Sag ihnen doch, daß ich mit der ganzen Sache nichts zu tun habe. Es ist unglaublich, wie sie mich behandelt haben – als ob ich ein Verbrecher wäre. Du darfst das nicht zulassen, sonst bin ich dir ernstlich böse.«

Tamara Tess lachte, sie lachte herzlich und vergnügt. »O Kai«, japste sie atemlos, »wenn du wüßtest, wie komisch du bist!«

»Komisch? Komisch nennst du das? Ich bin verzweifelt! Telefoniere, Tamara, sofort! Morgen wollen sie mit Peter Schwendt zu drehen anfangen. Das darf nicht sein, Tamara! Das darfst du nicht zulassen!«

»Warum nicht?«

»Weil du mich liebst! Du hast doch gesagt, daß du mich liebst. Bitte, Tamara, tu's doch! Sobald ich mit dem Film fertig bin, können wir zusammen verreisen. Irgendwohin, wohin du willst. Das hast du dir doch immer gewünscht!«

»Ja, Kai«, sagte Tamara ernsthaft, »das habe ich mir immer gewünscht. Aber jetzt nicht mehr. Jetzt wünsche ich nur noch das eine, dich nie wiederzusehen. Du bist der traurigste und lächerlichste Reinfall meines Lebens. Geh! Aber sofort!«

»Was soll ich denn tun? Verstehst du denn nicht, sie haben mir die Rolle weggenommen!«

»Das interessiert mich nicht mehr, Kai. Es ist mir völlig gleichgültig, was du jetzt tust. Geh dorthin, wo du hergekommen bist. Ich will dich nicht mehr sehen, verstanden?«

»Ich werde mit Vasary telefonieren«, sagte Kai Kramer, »er muß das alles in Ordnung bringen. Ich werde...« Er ging zum Telefon.

»Tun Sie, was Sie wollen«, sagte ich, »aber nicht hier. Verschwinden Sie, sonst würden Sie mir die Gelegenheit geben, handgreiflich zu werden. Auf diesen Augenblick habe ich nämlich schon lange gewartet.« Ich trat auf Kai Kramer zu und drängte ihn rückwärts aus dem Zimmer. »So«, sagte ich, als ich die Tür wieder geschlossen hatte, »das wäre erledigt.«

Tamara Tess sah uns mit einem flehenden Lächeln an. »Könnt ihr mir noch einmal verzeihen? Ich bewundere euch, daß ihr soviel Geduld mit mir gehabt habt.« –

Als Sara und ich zu unseren Autos gingen, blieb sie plötzlich stehen. »Charly, ich muß Ihnen etwas sagen!«

»Ja?«

»Eigentlich sollte es ja noch ein Geheimnis sein. Aber ich kann es einfach nicht länger für mich behalten. Sie werden mich doch nicht verraten?« Sara errötete ein wenig und biß sich auf die Lippen. »Bitte, lachen Sie mich nicht aus! Mit Wolfgang und mir ist wieder alles in Ordnung.«

»Wirklich?« fragte ich überrascht.

»Wundert Sie das? Sie sind es doch gewesen, der ihm gesteckt hat, weshalb ich mit ihm Schluß gemacht habe.«

Mir fiel mein Gespräch mit Brigitte Ritter ein. »Nicht direkt«, sagte ich, etwas verlegen.

»Das habe ich mir gedacht. Woher sollte er es sonst auch wissen? Er sagt, daß ihm das alles nichts ausmacht. Er versteht etwas von Psychiatrie, müssen Sie wissen. Er sagt, ich werde bestimmt nicht geisteskrank, da wäre ich gar nicht der Typ dazu. Und was die Kinder betrifft, er sagt, man kann auch ohne Kinder verheiratet sein. Wenn wir wirklich später Sehnsucht nach Kindern hätten, könnten wir ja welche adoptieren, es gäbe so viele hilfsbedürftige, elternlose Kinder und es wäre eigentlich viel richtiger, erst mal für die zu sorgen.«

»Bravo! Ich gratuliere!«

»Freuen Sie sich, Charly?«

»Willst du immer noch mit dem Film Schluß machen?«

»Ja! Ich habe es Wolfgang versprochen. Es ist kein Opfer. Es fällt mir gar nicht schwer, das dürfen Sie mir glauben.«

»Ich wünsche es dir, aber ich muß dich warnen...« Ich wollte ihr sagen, daß ich überzeugt war, der Orion-Verleih würde sie nicht aus ihren Verträgen entlassen, wenn »Frühling in Berlin« ein Erfolg würde.

Sara ließ mich nicht ausreden. »Unken Sie nicht«, sagte sie, »das paßt nicht zu Ihnen, Charly. Ich weiß genau, was ich tue. Bitte, reden Sie mit keinem Menschen darüber, es soll eine Überraschung werden. Auch Mami hat mir versprochen, daß sie nichts verraten wird. Ich will warten, bis ›Frühling in Berlin‹ abgedreht ist. Dann aber werde ich die Bombe platzen lassen.«

Am 17. August war letzter Drehtag von ›Frühling in Berlin‹. Tamara Tess wollte gern an der kleinen Abschlußfeier, die nachher in der Kantine stattfinden sollte, teilnehmen. Sie bat mich, sie nach Geiselgasteig hinauszubringen. Der Gips war inzwischen abgenommen, aber sie humpelte noch ein bißchen und hatte sich einen sehr eleganten Stock mit Silberknauf zugelegt. Auf ihn gestützt überquerte sie mit mir das Filmgelände. Vom Pförtner angefangen, bemühte sich jeder, der uns begegnete, ihr seine Sympathie kundzutun. Es war Tamaras erster Ausgang seit jenem Unglückstag, an dem sie Kai Kramer geheiratet hatte, und ich fühlte förmlich, wie sie strahlte, weil sie wieder im Mittelpunkt stand.

Um sieben Uhr abends hätte Drehschluß sein sollen, und als wir ankamen, waren Peter van Eyck, der schon vor einer Stunde fertig geworden war, Putzi Hoffmann und Meyer-Franke in der Kantine versammelt. Wenig später gesellte sich Herr Obat, der Standfotograf, zu uns. Wir tranken Bier und sprachen über ›Frühling in Berlin‹ und das Filmgeschäft im allgemeinen. Von festlicher Stimmung war nichts zu spüren. In Halle IV wurde immer noch gedreht.

Putzi Hoffmann behauptete, daß Sara König an der Verzögerung des Drehschlusses schuld wäre. Sie hätte an diesem Tag mindestens fünf Atelierrunden spendiert, und der Stab sei nicht mehr in der Lage, exakt zu arbeiten.

Herr Obat lachte. »Ich denke eher, es liegt an Gessler«, sagte er, »er nimmt heute alles so genau, daß es direkt schon weh tut.«

»Von dieser Seite kenne ich ihn gar nicht«, erklärte Tamara Tess, »ich habe immer sein Tempo bewundert.«

»Seit Sara sich mit diesem Doktor verlobt hat, hat es sich geändert.« Der Standfotograf machte eine Pause. »Die Sache ist Gessler gegen den Strich gegangen.« Obat grinste. »Der Stab ist sich darüber einig, daß er nicht Schluß machen kann, weil er sich nicht von Sara trennen will.«

»Vielleicht sagen Sie ihm das mal«, schlug ich vor, »ich wette, er ist dann in fünf Minuten hier.«

»Ich bin ja nicht verrückt!« rief Herr Obat. »Ich mische mich aus Prinzip nicht in anderer Leute Liebesgeschichten.«

Meyer-Franke zog ein Manuskript aus der Tasche. »Wir werden die Verlobung übrigens genau drei Tage nach der Premiere platzen lassen. Ich habe schon alles vorbereitet. Vielleicht werfen Sie mal einen Blick hinein, Herr Holländer. Es wäre mir recht, wenn Sie den Artikel bringen könnten, aber nicht vor dem 3. September. Wenn Sie was ändern wollen, bleibt Ihnen das überlassen, obwohl... Ehrlich gestanden finde ich die Sache stilistisch sehr geglückt.«

»Von was für einer Verlobung sprecht ihr denn?« fragte Tamara erstaunt.

»Na, Sie wissen doch«, erklärte Meyer-Franke, »ich spreche von Sara König und diesem jungen Doktor.«

»Sie bilden sich ein, Sie können die Verlobung einfach platzen lassen, wenn es Ihnen paßt? Da kennen Sie Sara schlecht.«

»Mein liebes Kind...« Meyer-Franke versuchte seiner Stimme Würde zu verleihen. »... anscheinend sind Sie falsch orientiert. Die beiden haben sich getrennt. Meine Aufgabe besteht wie üblich darin, die Scherben möglichst diskret wegzuräumen, das heißt, das Publikum auf eine zuträgliche Weise mit den Tatsachen bekanntzumachen.«

Ich hatte den Artikel überflogen. »Sehr gut, ausgezeichnet«, sagte ich, »Meyer-Franke, ich gratuliere! Wie Sie das hingebracht haben! Jeder, der das liest, muß Dr. Werner für einen eifersüchtigen Othello halten. Ein wahres Glück, daß Sara König noch rechtzeitig den wahren Charakter ihres Verlobten erkannt hat. Sie sind ein wahrer Meister in Ihrem Fach!«

Meyer-Franke lächelte geschmeichelt und rückte sein Krawatte zurecht. »Gefällt es Ihnen wirklich?«

»Ich vestehe kein Wort!« sagte Tamara. »Ist er wirklich so eifersüchtig?«

»Das ist doch völlig egal!« Putzi Hoffmann zündete sich selbstgefällig eine Zigarre an. »Hauptsache, Sara hat eine gute Publicity.«

»Und ich dachte, sie wäre glücklich!« Tamara machte große Augen.

Peter van Eyck klopfte ihr, nicht ganz väterlich, auf die Schulter. »Das ist Film, mein liebes Kind. Daran mußt du dich langsam gewöhnen.«

In diesem Augenblick erschien Mami König, aufgeregt wie eine Gluckhenne. Ihre blonden Löckchen zitterten um ihr rundes Gesicht. »Sie kommen gleich«, sagte sie in einem Ton, als ob sie uns eine enorme Sensation mitteilte, »Gessler hat eben Schluß gemacht.«

»Höchste Zeit«, brummte Putzi Hoffmann, »ich hab' was gegen Überstunden.«

Ich erhob mich und wollte die Kantine verlassen.

Mami König verstellte mir den Weg. »Wo wollen Sie hin, Herr Holländer?«

»Keine Sorge, ich will Ihr Täubchen nicht fressen.«

Mami König kicherte, daß ihre Wangen und ihr kleines Doppelkinn schwankten. »Immer der alte Witzbold!«

»Im Ernst, ich habe eine Neuigkeit für Sara, die sie bestimmt interessiert.«

Friedl König hängte sich bei mir ein. »Später, mein Lieber, später!«

Als sich endlich – es war inzwischen neun Uhr geworden – die Tür wieder öffnete, begriff ich, warum Mami König mich nicht hatte gehen lassen wollen. Ich sollte Sara die Überraschung nicht verderben. Sie kam nicht allein, sondern Arm in Arm mit Dr. Wolfgang Werner, in einem einfachen, gerade geschnittenen blauen Leinenkleid. Ihr Gesicht war abgeschminkt, sie hatte sich nicht einmal Zeit genommen, ihr üppiges rotblondes Haar sorgfältig zu frisieren, aber sie wirkte strahlend wie ein junger Frühlingsmorgen. »Fertig!« rief sie. »Schluß für immer mit dem Film! Ach, Kinder, ihr wißt ja gar nicht, was das für ein schönes Gefühl ist!«

Putzi Hoffmann war in der Verwirrung die Zigarre aus dem Mund gefallen, jetzt bückte er sich und suchte sie unter dem Tisch. Peter van Eyck hob nur leicht belustigt die linke Augenbraue, Obat grinste, und Tamara Tess freute sich.

Meyer-Frankes Gesicht sprach Bände. »Soll das etwa heißen, daß Sie – nein – aber das kann doch nicht wahr sein!«

Sara König kam zum Tisch und tätschelte ihm leicht die Wange. »Wir werden heiraten, Herr Meyer-Franke! Ist das nicht wunderbar? Und ich werde nie, nie, nie mehr einen Film drehen!«

Meyer-Franke krümmte sich, als ob ihm ein Stein im Magen läge. »Das dürfen Sie nicht, Sara! Das können Sie mir doch nicht antun! Ich habe doch schon alles vorbereitet! Die Verlobung sollte am 3. September platzen!«

Mami König kam ihrer Tochter zu Hilfe. »Beruhigen Sie sich, mein Lieber«, sagte sie nicht ohne Bosheit, »Sie werden ja schließlich dafür bezahlt. Wozu würde man Sie brauchen, wenn es beim Film keine Überraschungen gäbe?«

Sara König bestellte Champagner. Man stieß mit gemischten Gefühlen auf das Wohl des jungen Paares an. Es gesellten sich noch ein paar Leute vom Stab zu uns. Ella, die Regieassistentin, und Ralf Rimsky, der Kameramann.

Dann geschah etwas, womit niemand gerechnet hatte – Gotthold Emanuel Rodenberg trat ein.

Ich sah, wie Saras Hand hilfesuchend zu Dr. Werner hinüberzuckte.

»Hallo! Guten Abend zusammen!« brüllte Gotthold Emanuel Rodenberg, kniff die Augen zu und blieb breitbeinig vor unserem Tisch stehen.

Sara Königs Vater hatte sich offensichtlich von Kopf bis Fuß neu eingekleidet. Sein dunkelgrauer Anzug saß tadellos, aber seine Vorliebe für knallbunte Krawatten schien er noch nicht aufgegeben zu haben. Auf seinem blutroten Schlips schlängelte sich ein mit einem Bikini nur spärlich bekleidetes Pin-up-Girl. Ich fragte mich, wo er diese bemerkenswerte Krawatte wohl aufgetrieben haben mochte. Wir alle starrten Rodenberg an wie ein Wundertier.

»Mir scheint, ich bin gerade im rechten Moment gekommen!« Seine Stimme schwankte, es war nicht zu überhören, daß er schon einiges getrunken haben mußte.

Sara König stand auf. Alle Freude war aus ihrem Gesicht gewichen. »Was willst du?«

Jetzt wurde auch Meyer-Franke lebendig. »Wie kommen Sie überhaupt hier herein, Herr? Der Zutritt zum Filmgelände ist für Unbefugte...«

Rodenberg brachte ihn mit einer Handbewegung zum Schweigen. »Shut-up! Halten Sie die Klappe!« Er wandte sich an Sara. »Ich dachte, es würde dich freuen, deinen alten Vater zu sehen.«

»Nein!« sagte sie.

Rodenberg schüttelte den Kopf. »Du bist schlecht erzogen, verdammt schlecht erzogen.« Plötzlich wechselte er den Ton. »Na, jedenfalls freue ich mich, dich in so guter Laune zu finden. Darf man fragen, was hier gefeiert wird?«

»Verschwinden Sie!« sagte Meyer-Franke mit grimmigem Gesicht. »Ich rate Ihnen das im Ernst, sonst...«

»Na, was?«

»Wenn du es genau wissen willst«, erklärte Sara herausfordernd, »ich feier' die Tatsache, daß Wolfgang und ich heiraten werden.«

»He, interessant! Hast du ihn also doch reingelegt, Kleines?«

»Wolfgang weiß alles!« sagte Sara wütend. »Er liebt mich, und alles andere ist ihm egal.«

Emanuel Rodenberg brachte mühsam eine ironische Verbeugung vor Wolfgang Werner zustande. »Alle Achtung, Herr Doktor! Sie schrecken also nicht davor zurück, die Tochter einer Geisteskranken zu heiraten?«

Wolfgang Werner stand auf. »Bitte, gehen Sie! Gehen Sie sofort! Ich werde nicht dulden...« Er trat drohend auf Emanuel Rodenberg zu.

Rodenberg wich keinen Schritt zurück. »Bravo, junger Mann!« rief er höhnisch. »Wollen Sie mich k. o. schlagen? Das wäre ein Fressen für die Presse. Sara Königs Bräutigam schlägt seinen Schwiegervater nieder!«

»Ich möchte endlich wissen, was hier gespielt wird!« sagte Meyer-Franke hilflos. »Sara König ist doch nicht... Stimmt es, daß sie...« Er schluckte. »...aber Friedl König ist doch nicht geisteskrank!«

Ich erkannte, daß ich eingreifen mußte. »Nicht die Bohne! Beruhigen Sie sich, Meyer-Franke! Was Herr Rodenberg vorbringt, sind nichts weiter als Phantasien aus der Neuen Welt!«

Rodenberg grinste spöttisch. »Jetzt sagen Sie nur noch, daß Sara auch nicht meine Tochter ist, und Friedl König...«

Er kam nicht dazu, den Satz zu Ende zu sprechen, denn in diesem Augenblick trat Rolf Gessler auf unsere Gruppe zu. »'n Abend, Rodenberg!« sagte er gelassen. »Fein, daß ich Sie treffe!« Offensichtlich hatte der junge Regisseur schon vor einigen Minuten die Kantine betreten, ohne daß ihn jemand in der allgemeinen Aufregung bemerkt hatte. »Ich habe schon versucht, Ihre Adresse ausfindig zu machen, aber...«

Emanuel Rodenberg war herumgefahren. »Was wollen Sie von mir?« brüllte er wie ein gereizter Stier.

»Ihren Rat!« sagte Rolf Gessler ruhig. »Ich bereite im Augenblick einen Film vor, der zu einem großen Teil in Amerika spielt, und da dachte ich mir, Sie könnten das Drehbuch...« Er unterbrach sich selbst. »Es war nur so eine Idee von mir. Wenn Sie natürlich keine Lust haben...« Er zuckte die Achseln.

Rodenberg starrte ihn mißtrauisch an. »Möchten Sie sich nicht ein bißchen deutlicher ausdrücken?«

»Nicht hier. Falls Sie Interesse haben – ich gehe in den Schneideraum. Ich würde gern die Einzelheiten mit Ihnen besprechen.«

Rodenberg zögerte einen Augenblick. »Na schön«, sagte er dann, »ich komme mit.« Er wandte sich zu Sara um und wollte sie auf die Schulter tätscheln, aber sie zuckte zurück. »Mit dir unterhalte ich mich später, Kleines. So long!« Er stapfte, breitbeinig wie ein Seemann, hinter Rolf Gessler aus der Kantine.

Mit Sara Königs Beherrschung war es vorbei. Sie warf sich in die Arme Wolfgang Werners und weinte hemmungslos. Er versuchte sie zu trösten. Die neugierigen Blicke der Anwesenden irritierten ihn offensichtlich. Die Szene war ihm denkbar peinlich.

»Reg dich doch nicht auf, Sara«, sagte er lahm, »was ist denn schon passiert? Wir haben doch gewußt... Ich habe dir gleich gesagt, wir hätten nicht hierherkommen sollen!«

»Es ist aus, Wolfgang«, schluchzte sie, »ich kann dich nicht heiraten. Ich würde dich unglücklich machen. Hast du nicht gehört, was er gesagt hat? Es geht einfach nicht!«

»Natürlich geht es, Liebes, ich habe dir doch erklärt...«

»Nein! Nein!«

Geza von Vasary hatte einen Blick mit Mami König getauscht. Die beiden erhoben sich und gingen aus der Kantine. Mir war klar, was sie vorhatten.

»Heul nicht, Sara«, sagte ich, »es ist kein Grund zum Verzweifeln. Alles, was er dir erzählt hat, ist erstunken und erlogen.«

»Nein! Ich weiß es ganz genau, ich... Meine Mutter...«

»Du hast dich ins Bockshorn jagen lassen, Sara. Ich wollte es dir schon früher erzählen, aber ich hatte keine Gelegenheit. Komm mit raus, ich erkläre dir die Sache!«

Ich packte Sara beim Arm und zerrte sie energisch zur Tür. Es war nicht nötig, daß das neugierige Filmvolk noch mehr Einzelheiten von der verworrenen Geschichte zu hören bekam. Wolfgang Werner folgte uns ohne Aufforderung, froh, dem Mittelpunkt des Interesses entweichen zu können.

Draußen erzählte ich Sara König alles, was meine Späher herausgebracht hatten. Ihre Mutter, Therese Rodenberg, war niemals geisteskrank gewesen. Sie war an einer simplen Lungenentzündung gestorben, und zwar in der Universitätsklinik München. An der Diagnose bestand nicht der geringste Zweifel.

Sara wollte mir nicht glauben. Sie hatte sich so in ihre Angst verrannt, daß sie nicht mehr in der Lage war, umzuschalten. Als sie endlich begriff, war die Erlösung fast so groß wie der Schrecken. Sie war bleich wie ein Leinentuch, ihre tiefblauen Augen waren unnatürlich geweitet. Sie zitterte am ganzen Körper.

»Warum nur hat er das gesagt?« fragte sie. »Wie konnte er mir das antun?«

»Er wollte unsere Heirat verhindern, Sara!« sagte Dr. Werner. »Nun beruhige dich endlich, Liebling. Jetzt ist ja alles gut!«

Ich überließ die beiden ihrem Glück und schlenderte zum Schneideraum hinüber. Aber ich war noch nicht bei der Tür, als Sara mir schon atemlos nachgelaufen kam. Dr. Wolfgang Werner folgte ihr mit langen Schritten.

»Warten Sie doch, Charly!« rief Sara. »Ich muß es ihm sagen. Jetzt werde ich es sagen!«

Emanuel Rodenberg, Rolf Gessler, Mami König und Geza von Vasary waren nicht im Schneideraum, sondern in einem Nebenzimmer, einem spärlich möblierten Büroraum. Rodenberg stand breitbeinig da, die Hände in den Hosentaschen.

Mami König hatte die molligen Hände zu Fäusten geballt und starrte ihn an, zu allem entschlossen. »Was willst du von uns?« schrie sie, und in ihrer Stimme schwang Hysterie mit. »Ja, ja und nochmals ja, Sara ist deine Tochter! Warum willst du sie unglücklich machen? Du gehörst nicht mehr in unser Leben, du bist freiwillig fortgegangen. Warum bist du nicht geblieben, wo du warst?«

Rodenberg verzog keine Miene. Das höhnische Lächeln um seinen Mund war wie eingefroren.

Geza von Vasary hob beschwörend die langen, gut manikürten Hände. »Ich bitte dich, Friedl, so geht das doch nicht!« sagte er mit sanfter, nasaler Stimme. »Ich dachte, wir wollten die Sache in Ruhe besprechen.«

»Eben«, sagte Emanuel Rodenberg und wippte auf den Hacken auf und nieder, »das hatte ich auch gehofft!«

Die drei waren so mit sich selber beschäftigt, daß sie unseren Eintritt kaum bemerkten. Nur Rolf Gessler, der mit unbeteiligtem Gesicht in der hintersten Ecke des Raumes hockte, sah kurz auf. Dann begann er mit übertriebenem Eifer seine Brille zu putzen.

»Du behandelst ihn ganz falsch!« schrie Mami König den Manager an. »Er ist ein Lump! Mit Lumpen kann man nicht verhandeln. Er hat nichts gegen uns in der Hand, gar nichts! Saras Papiere habe ich in Ordnung gebracht.«

»Na, wenn schon!« sagte Rodenberg. »Ich hatte niemals vor, euch ins Gefängnis zu bringen. Alles, was ich will, ist ein gerechter Anteil an Saras Verdienst.«

»Gerecht? Was hast du denn je für das Kind getan?« Ihre Stimme versagte.

»Ich habe viel Zeit gehabt in den letzten Jahren, über alles nachzudenken, meine liebe Friedl«, sagte Rodenberg mit aufreizender Ruhe, »und ich habe meine Memoiren geschrieben. Ein sehr interessantes Dokument, das darfst du mir glauben. Ich hielt es für richtig und anständig, es dir und Sara als ersten anzubieten. Solltet ihr allerdings kein Interesse haben – ich bin sicher, daß es in Deutschland Zeitschriften gibt...«

Es sah aus, als ob Mami König ihm an die Gurgel springen wollte, ich riß sie mit Gewalt zurück. »Sie befinden sich in einem schwerwiegenden Irrtum, Herr Rodenberg«, sagte ich ruhig, »traurig für Sie. Es gibt nämlich keine Zeitschrift, die sich Ihretwegen einen Prozeß wegen Verleumdung auf den Hals ziehen wird.«

»Wieso Verleumdung? Wollen Sie etwa behaupten, daß ich nicht Saras rechtmäßiger Vater bin?«

»Doch, du bist mein Vater!« rief Sara König. »Leider Gottes, das bist du. Ich schäme mich, einen solchen Vater zu haben. Jeder andere Vater wäre mir lieber als du. Du niederträchtiger Lügner, du Erpresser! Kein Wort von dem, was du mir erzählt hast, ist wahr! Meine Mutter war nicht geisteskrank, ich weiß es ganz genau. Warum hast du mir diese furchtbare Lüge erzählt? Wenn du schon kein Fünkchen Liebe für mich übrig hast, hättest du doch ein bißchen Mitleid mit mir haben können. Aber dir liegt nichts an mir, gar nichts. Von dir aus könnte ich mich aufhängen, wenn du nur nachher das Geld kassieren könntest.«

Eine dunkelrote Welle stieg in Rodenbergs Gesicht. Sein Mund öffnete sich, er schnappte nach Luft. Eine Sekunde lang befürchtete ich, daß ihn der Schlag treffen könnte.

Dann hatte er sich wieder gefaßt. Mit veränderter, sehr leiser Stimme sagte er: »Du hast recht, Sara, ich tauge nichts, ich bin ein Lump, ein kläglicher Lump. Du warst meine letzte Chance, ich habe sie verspielt. Ich habe jede Chance in meinem Leben verspielt. Weiß der Teufel, woran es gelegen hat. Du brauchst keine Angst zu haben, daß ich noch einmal deinen Weg kreuze. Ich bin fertig.«

»Dann halte uns keine Reden mehr, sondern geh endlich!« sagte Mami König unbeherrscht.

»Du kannst es wohl nicht erwarten, wie? Bildest du dir etwa ein, du wärst mehr wert als ich? Ich sage dir, du hast Glück gehabt, nichts weiter. Was wärst du ohne Sara? Eine alte, abgetakelte Soubrette! Kein Hund würde mehr ein Stück Brot von dir annehmen, daß du's nur weißt. Vielleicht könntest du noch als Souffleuse oder Garderobiere irgendwo unterkommen, das wäre schon viel. Du hast im richtigen Augenblick auf das richtige Pferd gesetzt, das ist alles. Ja, ihr alle kommt euch jetzt sehr groß vor, sehr edel, sehr überlegen. Aber was seid ihr denn schon? Nichts als ein Haufen Dreck. Wenn ihr soviel mitgemacht hättet wie ich, ich wette, ihr wärt auch nicht mehr solche Ehrenmänner, als die ihr euch heute fühlt. Lauft ihr mal Jahr für Jahr mit durchlöcherten Sohlen straßauf, straßab. Klopft wieder und wieder an Türen, die euch immer verschlossen bleiben. Ihr habt Glück gehabt, aber bildet euch ja nichts ein. Wenn man satt ist, dann kann man leicht anständig sein. Heute bin ich ausgebrannt und tauge zu nichts mehr. Ich weiß es. Aber es hat Zeiten gegeben, in denen ich etwas hätte schaffen können, vielleicht sogar was Großes. Aber niemand hat mir auch nur eine Chance gegeben! Ich mag euch nicht, keinen von euch, trotzdem wünsche ich euch nicht, daß das Leben euch eines Tages so mitspielt wie mir.«

Geza von Vasary hatte einladend die Tür geöffnet. Breitbeinig und steifnackig stapfte Emanuel Rodenberg ohne Gruß hinaus. Einen Augenblick lang blieben wir alle stumm. Dann ließ sich Mami König aufatmend in einen Stuhl sinken. »Gott sei Dank!«

Geza von Vasary reichte mir seine schmale Hand. »Ich glaube, wir sind Ihnen zu großem Dank verpflichtet, Herr Holländer.«

»Möchtest du dich nicht auch bei Rolf Gessler bedanken, Sara?« schlug Mami König vor. »Wenn er nicht rechtzeitig eingegriffen hätten, wer weiß...«

Sara stand ganz starr da. »Ihr könnt ihn nicht so gehen lassen!« sagte sie plötzlich. »Mami, Herr von Vasary, bitte, ihr könnt ihn doch nicht so gehen lassen!«

»Warum nicht, mein liebes Kind?« fragte Geza von Vasary verständnislos.

»Weil er mein Vater ist!«

»Aber, Kind, du hast doch selber gesagt...«, begann Mami König.

Sara ließ sie nicht ausreden. »Ja, ja, ja. Ich liebe ihn nicht, ich wünschte, ich hätte ihn nie gesehen. Aber ihr könnt ihn jetzt nicht so gehen lassen, versteht ihr das denn nicht? Wir haben doch Geld genug, um ihm zu helfen, nicht wahr, Herr von Vasary? Bitte, bitte, gehen Sie ihm nach! Kümmern Sie sich um ihn! Sie haben doch so viele Beziehungen auch drüben in Amerika. Sie müssen ihn doch irgendwo unterbringen können!«

»Ist das dein Ernst?«

»Gehen Sie schon, Vasary«, sagte Sara, »worauf warten Sie denn noch?«

Ich hatte Sara noch nie so sehr bewundert wie in diesem Augenblick.

In den nächsten Tagen konnte ich endlich darangehen, die Sara-König-Story ins reine zu bringen. Ich arbeitete Tag und Nacht daran, denn ich wußte, daß mein Chef einen Knüller von mir erwartete. Ich brauchte nichts dazuzudichten, die Geschichte an sich war stark genug, und ich schrieb die Wahrheit und nichts als die Wahrheit, allerdings mit einigen Auslassungen. Ich mußte auf jeden Fall vermeiden, daß Sara bloßgestellt wurde oder – was noch schlimmer war – daß ich mit allzu ungeschminkter Wahrheit das Publikum vor den Kopf stieß. Es gibt für einen Journalisten kein schlimmeres Vergehen, als seine Leser zu beleidigen.

Eigentlich hätte ich meinen Bericht so, wie er war, bei der Redaktion der »Allerneuesten« abliefern können, aber ich zog es vor, mir die Approbation von Geza von Vasary einzuholen. Es konnte nichts schaden, und ich wußte, daß es ihm schmeicheln würde. Ich rief den Manager an und wurde noch für denselben Nachmittag in die Nibelungenstraße bestellt.

Die Sekretärin sah von ihrer Schreibmaschine auf, als ich einrat. »Herr Holländer? Sie werden erwartet. Einen Augenblick bitte!« Sie bediente einen Knopf ihrer Sprechanlage und meldete mich an.

Kaum eine halbe Minute später trat Geza von Vasary in das Vorzimmer. »Mein lieber Charly Holländer«, sagte er mit einer Herzlichkeit, die mir verdächtig erschien, »wie schön, Sie wiederzusehen!«

»Wo brennt's?« fragte ich.

Er hob die schmalen schwarzen Augenbrauen in gut gespieltem Erstaunen. »Wieso? Ich verstehe gar nicht...«

»Um so besser.« Ich öffnete meinen Aktenkoffer und holte das Manuskript heraus. »Die Sara-König-Story, falls Sie irgendwelche Änderungswünsche haben...«

Er wehrte ab. »Nein, nein, das ist schon in Ordnung. Wir haben vollstes Vertrauen zu Ihnen, lieber Charly.«

»Schönen Dank für die Blumen. Was kann ich für Sie tun?«

Geza von Vasary streichelte sein schmales Schnurrbärtchen. »Nun ja, wenn es Ihnen nichts ausmacht...«

»Was?«

»Rodenberg ist gerade bei mir.«

»Na und?«

»Er fliegt heute nachmittag mit einem Jet der Lufthansa nach New York. Ich habe ihm soeben das Ticket und das nötige Kleingeld gegeben.«

»Aha«, sagte ich und verstand nichts.

»Es wäre mir sehr lieb – natürlich nur, wenn es Ihnen nichts ausmacht – wenn Sie Herrn Rodenberg zum Flughafen begleiten würden.«

»Warum?« fragte ich dumm.

Geza von Vasary rieb sich nervös die Hände. »Sie würden Sara

König und uns allen einen großen Gefallen tun. Herr Rodenberg ist ein ziemlich exzentrischer Mann, verstehen Sie? Wir möchten verhüten – na, Sie wissen schon.«

»Daß er sein Ticket verkauft und das Geld in Schwabing durchbringt?«

Geza von Vasary wand sich. »Nun, nicht gerade, aber immerhin. Sara hat sich ihrem Vater gegenüber sehr großzügig gezeigt, und es wäre doch für uns alle wünschenswert, wenn er versuchte, nun einen neuen Anfang in Amerika zu finden, nicht wahr? Sie würden ihm selber den größten Dienst damit tun, Herr Holländer.«

»Und wenn er nicht will? Soll ich ihn chloroformieren und mit Gewalt ins Flugzeug stecken?«

»Sie sind ein Spaßvogel, lieber Holländer.« Geza von Vasary lächelte gequält. »Natürlich will er. Es liegt uns völlig fern, ihn zu etwas zu zwingen, was er nicht will. Aber Sie könnten immerhin dafür sorgen, daß er – nun ja – daß er nicht durch einen unglücklichen Zufall das Flugzeug verpaßt, Sie verstehen?«

»Vollkommen. Wo ist der Unglücksrabe?«

»Sofort. Nur noch eins. Bitte, machen Sie es ganz unauffällig. Es wäre völlig verkehrt, ihn jetzt, sozusagen im letzten Moment, noch unnötig zu reizen.«

»Nur keine Sorge«, sagte ich und klopfte Geza von Vasary so kräftig auf die Schulter, daß er leicht einknickte, »ich habe einige Erfahrung als Irrenwärter.«

Emanuel Rodenberg ließ sich nicht anmerken, ob er meine Mission durchschaute. Es bereitete mir nicht die geringste Schwierigkeit, ihn in mein Auto zu lotsen und nach München-Riem hinauszufahren. Bis zum Abflug seiner Maschine war noch eine Stunde Zeit. Wir genehmigten uns ein paar Manhattan, und ich muß zugeben, daß Saras Vater das Peinliche der Situation sehr überlegen überspielte. Keiner von uns berührte mit einem Wort das, was geschehen war. Emanuel Rodenberg erzählte einige recht amüsante Anekdoten aus Hollywood, die, wenn auch nicht wahr, immerhin sehr gut erfunden waren.

»Sie sind eine großartige Geschichtenamme, Rodenberg«, meinte ich anerkennend.

»Ich weiß«, sagte er trocken, »wenn ich nur halb so gut schreiben könnte, wäre ich längst ein gemachter Mann.«

Die Boeing der Lufthansa nach New York wurde aufgerufen,

und wir begaben uns zu den Auslandsflugsteigen und zur Paßkontrolle. Ich hasse Abschiedsszenen, und obwohl Emanuel Rodenberg mir in keiner Weise nahestand, fand ich die ganze Situation scheußlich. Wider Willen tat er mir leid, wie er da in einem funkelnagelneuen Regenmantel vor mir stand, ein alter, verbrauchter Mann, der in eine ungewisse Zukunft abgeschoben wurde.

»Es war nett, daß Sie mich begleitet haben, Charly«, sagte er, »ich danke Ihnen und – never mind.«

Ich schämte mich und setzte ein Grinsen auf, von dem ich selber wußte, daß es albern wirken mußte. »Guten Flug, alter Junge, und viel Spaß!«

Wir schüttelten uns die Hände, und er wandte sich ab. Obwohl ich mir lächerlich vorkam, blieb ich stehen um, eingedenk meines Auftrags, festzustellen, ob er tatsächlich die Kontrolle passieren würde.

Er tat es, drehte sich dann noch einmal um und winkte. Erleichtert kehrte ich ihm den Rücken. Da sah ich sie – Sara König. Sie trug einen einfachen hellen Regenmantel, ein buntes Kopftuch um das Haar geschlungen und rannte, wie nur ein sehr junges Mädchen rennen kann.

Sie erkannte mich, ich wies mit dem Daumen zur Paßkontrolle, und sie rannte an mir vorbei.

Irgendwie gelang es ihr, den Zollbeamten zu überzeugen, daß sie auch ohne Ticket durch die Kontrolle mußte. Ich sah, wie sie Emanuel Rodenberg gerade noch erwischte, stand aber zu weit entfernt, um zu verstehen, was sie in diesen letzten Minuten sagte. Jedenfalls legte sie ihm die Arme um den Hals und küßte ihn auf die Wange. Dann drehte sie sich um, drängte sich an neuen Passagieren vorbei, schenkte dem Zollbeamten ein dankbares Lächeln und kam auf mich zu.

Sie hängte sich bei mir ein und hatte Tränen in den Augen. »Sie werden mich sicher für albern halten, Charly.«

»Überhaupt nicht.«

»Er ist mein einziger Verwandter, wissen Sie, und...«

»Du brauchst dich nicht bei mir zu entschuldigen, Sara, ich verstehe dich sehr gut.«

»Ich habe mir etwas überlegt, Charly. Ich hoffe, es wird Sie nicht schockieren.«

»So leicht nicht.«

»Sind Sie sicher, daß er wirklich schlechter ist als wir alle? Ich jedenfalls... manchmal hat man ganz abscheuliche Gedanken. Ich habe mir zum Beispiel oft gewünscht, daß Mami sterben würde. Ist das nicht genauso schlimm wie das, was er getan hat?«

»Du hast Mami nicht umgebracht.«

»Natürlich nicht. Aber gemein war es trotzdem.«

»Ich weiß schon, was du meinst. Die menschliche Seele ist ein Abgrund und so weiter. Trotzdem darfst du nicht übertreiben, es gibt da doch einen kleinen Unterschied. Aber im Grunde genommen hast du recht. Wir sollten uns nicht allzuviel auf unsere Anständigkeit einbilden. Dein Vater ist gar kein so übler Bursche. Er hat nur eine sehr schlechte Rolle in einem zweitrangigen Stück abbekommen. Sei dankbar, daß du Glück hast und die jugendliche Liebhaberin spielen darfst.«

Sara König war in einem Taxi gekommen, ich fuhr sie in meinem Wagen in die Stadt zurück. Wir redeten nicht viel miteinander.

Wir hatten schon die Innenstadt erreicht, als sie plötzlich sagte: »Ich habe eine große Bitte an Sie, Charly.«

»Ich werde niemandem etwas von deiner Exkursion verraten, wenn du das meinst.«

»Nein. Daß ich mich von meinem Vater verabschiedet habe, kann von mir aus jeder wissen. Ich möchte Sie bitten, Charly – wollen Sie mein Trauzeuge sein?«

»Aber ja«, sagte ich, »mit Vergnügen. Wer macht den anderen?«

»Brigitte Ritter.«

Ich schwieg, und das schien sie zu irritieren.

»Brigitte ist eine sehr reizende Frau«, sagte sie hitzig.

»Selbstverständlich. Ich habe ja gar nichts gesagt.«

»Wenn Sie meinen, daß zwischen ihr und Wolfgang...«

»Liebe Sara, weshalb regst du dich eigentlich auf? Dein Wolfgang hat sich ja entschieden. Wenn ihm Brigitte Ritter lieber wäre, hätte er nicht dich genommen, sondern sie, nicht wahr?«

»Sie ist ein selten sympathischer Mensch.«

»Unbedingt.«

Mir war klar, daß es ihr nicht ganz angenehm war, die junge Ärztin bei der Hochzeit zu haben, sonst hätte sie nicht so heftig reagiert. Aber mir konnte es gleich sein. Wolfgang Werner mußte selber wissen, was er tat.

»Darf ich einen Fotoreporter mitbringen?« fragte ich.

»Natürlich, Charly. Aber eines müssen Sie mir versprechen, auf

Ehre und Gewissen. Kein Mensch darf den Termin unserer Hochzeit erfahren!«

Ich versprach es ihr.

Die standesamtliche Trauung fand an einem grauen, unfreundlichen Novembertag statt. Unter den Teilnehmern herrschte die für einen solchen Anlaß übliche Nervosität.

Ich wußte, daß es zwischen Sara und ihrem Bräutigam vorher zu einigen Auseinandersetzungen gekommen war. Wolfgang Werner konnte sich nicht mit der Idee befreunden, nach der Hochzeit in die luxuriöse Villa des Filmstars zu ziehen, aber Sara hatte sich durchgesetzt. Vernünftig betrachtet, hatte sie recht. Die Villa lag ganz in der Nähe der Klinik Professor Werners, wo der junge Arzt arbeitete. Sie bot reichlich Raum und alle Bequemlichkeiten für das Paar, und Friedl König, die in naher Zukunft Geza von Vasary heiraten wollte, würde ohnehin bald ausziehen. Aber Wolfgang Werner widerstrebte es, in ein Haus zu ziehen, das vom Geld seiner Frau erworben und eingerichtet worden war. Sara lachte ihn nur aus.

In einem anderen Punkt war sie es, die nachgeben mußte. Sie hatte sich eine weiße Hochzeit gewünscht und sich schon ein wunderschönes Brautkleid aus weißer Brüsseler Spitze in einem der ersten Modellhäuser Münchens ausgesucht. Aber Wolfgang wehrte sich gegen diese Idee wie ein störrischer Esel. So war er selber im dunkelgrauen Anzug erschienen, Sara König in einem hellblauen französischen Kostüm mit Hermelinbesatz am Kragen und an den Ärmeln, einer kleinen Hermelintoque in dem rotblonden Haar. Bezaubernder hätte sie auch in dem schönsten Brautkleid nicht aussehen können.

Ich sagte es ihr.

Sie strahlte mich an. »Ach, das habe ich längst verschmerzt«, sagte sie, »Hauptsache, daß wir überhaupt heiraten können, nicht wahr?«

Wir fuhren in drei Autos. Den ersten Wagen chauffierte ich, neben mir saß Geza von Vasary, im Fond hatten Sara König und die Brautmutter Platz genommen. Im zweiten Auto – der schweren Limousine Professor Werners – saßen der Professor selber, Wolfgang Werner, Brigitte Ritter und Tamara Tess. Wir acht waren die eigentlichen Hochzeitsgäste. Axmann, unser Fotoreporter, folgte in seinem kleinen Sportwagen.

Wir fuhren aus München hinaus und auf die Landstraße nach

Kochel, wo, um jedes Aufsehen zu vermeiden, die Hochzeit Therese Rodenbergs – denn so hieß Sara laut ihren Papieren – mit dem Arzt Dr. Wolfgang Werner stattfinden sollte. Als unsere kleine Wagenkolonne vor dem Bürgermeisteramt in Kochel hielt, war tatsächlich weit und breit kein Reporter zu sehen. Die Zeremonie dauerte eine knappe halbe Stunde, dann wurden Gratulationen und viele Küsse ausgetauscht, und wir fuhren zum Gasthof »Schmied von Kochel« hinüber, wo ein kleines Champagnerfrühstück vorbereitet worden war.

Professor Werner brachte als erster einen Toast auf das junge Paar aus. Er sagte, daß er durch diese Hochzeit nicht nur eine zauberhafte Tochter geschenkt bekommen, sondern auch seinen Sohn zurückerhalten hätte, der nun, wie er hoffte, mit goldenen Fesseln an die Heimat gebunden wäre und eines Tages das Lebenswerk seines Vaters übernehmen würde.

Ich fand diese Anspielung darauf, daß Wolfgang Werner seine Lieblingspläne, nach Ostafrika zu gehen, für seine junge Frau aufgegeben hatte, nicht gerade geschmackvoll, aber die anderen schienen es nicht zu bemerken. Nur der Bräutigam selber machte ein Gesicht, als hätte er Zahnschmerzen.

Geza von Vasarys Toast fiel noch lahmer aus. Es wirkte wenig überzeugend, als er sagte, daß er dem jungen Paar von Herzen alles Glück wünsche. Wir alle wußten, daß Sara Königs Entschluß, nicht mehr zu filmen, einen schweren finanziellen Verlust für ihn bedeutete.

Es hatte gerade noch gefehlt, daß Tamara Tess von ihren verschiedenen Hochzeiten zu erzählen begann, und ohne es zu wollen, damit die Bedeutung des großen Tages für Sara herabsetzte.

»Hör doch damit auf, Tamara«, bat Sara, leicht gereizt, »wen interessiert das denn schon? Du hast es ja niemals ernst gemeint.«

»Sag das nicht, Kindchen, am Anfang meint man's immer ernst. Bloß am Ende, da sieht die Sache plötzlich ganz anders aus. Aber ich möchte nichts gesagt haben. Es kann ja auch mal glattgehen. Jedenfalls wünsche ich dir alles Glück!«

»Niemand von euch braucht mir Glück zu wünschen«, entgegnete Sara, »ich bin glücklich. Nicht wahr, Wolfgang, wir sind glücklich?«

Er küßte ihre Hand. »Sehr, Sara.«

Nachdem wir einige Gläser Champagner geleert hatten, wurde die Stimmung etwas lockerer. Tamara Tess flirtete in der ihr eigenen unverhohlenen Weise mit Professor Werner, der es sich nicht ungern gefallen ließ. Ich unterhielt mich angeregt mit Brigitte Ritter, deren Haltung bewunderswert war. Ich hätte, ehrlich gesagt, soviel Selbstbeherrschung und Großzügigkeit bei einer Frau nie für möglich gehalten. Zweifellos litt sie, weil sie Wolfgang Werner jetzt für alle Zeiten verloren hatte, aber sie ließ es sich in keiner Weise anmerken. Sie gab sich gelassen, herzlich und interessiert. Sie hatte sich die schönen schmalen Lippen ein wenig nachgezogen und wirkte mit ihrer klaren Haut, den großen grauen Augen und der blendenden Figur mehr als anziehend. Daß Mami König es zur Feier des Tages an Rüschen, Spitzen, Armbändern und Ringen nicht hatte fehlen lassen, brauchte wohl nicht gesagt zu werden. Was mich aber verblüffte, war die Entdeckung, daß sie unter dem Tisch die Hand von Geza von Vasary hielt.

Das junge Ehepaar war vollkommen mit sich selber beschäftigt.

Als wir aufbrachen, änderte sich die Platzordnung in den Wagen, ohne daß ein Wort darüber verloren wurde. Ich fuhr voran, neben mir Brigitte Ritter, und auf den hinteren Sitzen saß die frischgebackene Ehefrau Therese Werner mit ihrem Mann. Die anderen folgten im zweiten Wagen, Axmann fuhr, wie auf der Hinfahrt, hinterher.

Die kirchliche Trauung sollte um zwölf Uhr in der berühmten Rokoko-Wallfahrtskirche in der Wies stattfinden.

Als wir bei Steingaden abbogen, erlebten wir eine Überraschung. Es war ein ganz gewöhnlicher Donnerstag, trotzdem überholten wir drei Omnibusse von Reisegesellschaften, deren Insassen sich offensichtlich in bester Stimmung befanden. Es waren meist sehr junge Menschen, und sie lachten, jubelten und sangen durcheinander.

»Herrje – was ist denn das?« fragte Brigitte Richter verblüfft.

»Wahrscheinlich ein Schulausflug«, antwortete ich und glaubte es selber.

Erst als wir uns dem weiten Parkplatz am Fuße der mächtigen Kirche näherten, sahen wir, was los war. Über die Straße war ein riesiges Transparent gespannt mit der Aufschrift: »Glück und Segen für Sara König!« Gleich dahinter ein anderes: »Unserer Sara Glück für die Zukunft!« Der Parkplatz stand gerammelt voll großer Wagen, und der Strom junger Menschen, die zur Kirche unterwegs waren, versperrte uns die Durchfahrt. Ich sah die vielen Kameras, die vor dem Kirchenportal aufgestellt waren, sah die Fotoreporter, die hin und her wieselten, bemüht, den besten Platz zu erwischen, und wußte Bescheid. Ich wechselte einen raschen Blick mit Brigitte Ritter. Auch sie hatte begriffen, was los war. Aber wir verloren kein Wort darüber.

Im Rückspiegel sah ich, wie Dr. Werner, der bisher keinen Blick für seine Umwelt gehabt hatte, sich plötzlich von Sara löste. »Verdammt!« sagte er unbeherrscht. »Was ist das?«

Saras Stimme zitterte. »Bitte, Wolfgang, bitte!«

»Hast du davon gewußt?«

»Nein! Ich schwöre es dir! Du mußt mir glauben! Ich hatte keine Ahnung!«

Wolfgang Werner beugte sich vor. »Dann sind Sie's also gewesen!« sagte er wütend zu mir.

»Irrtum!« Ich schaltete in den ersten Gang. »Wenn Sie einen Schuldigen suchen, schauen Sie mal nach links! Da hinten steht Meyer-Franke, unser sehr verehrter Pressechef!«

Wolfgang Werner legte mir die Hand auf die Schulter. »Drehen Sie um! Sofort!«

»Aber, Wolfgang! Das können wir doch nicht machen!« rief Sara entsetzt.

»Und warum nicht? Bin ich verpflichtet, meine Hochzeit zu einem Rummel ausarten zu lassen?«

»Sei nicht albern, Wolfgang!« sagte Brigitte Ritter. »Du wußtest, daß du einen Filmstar heiratest.«

»Das ist noch kein Grund, mich zum Popanz machen zu lassen!«

»Niemand macht dich zum Popanz, Wolfgang, glaub mir doch!« rief Sara verzweifelt. »Diese jungen Leute haben mich gern, sie bewundern mich, sie wollen mir bestimmt nur eine Freude machen!«

»Unsinn! Sie wollen eine Sensation erleben. Dazu ist mir unsere Hochzeit zu schade.«

»Mein Gott, Wolfgang«, sagte Brigitte Ritter, »in einer knappen Stunde ist alles vorüber. Ich begreife nicht, warum du dich so anstellst.«

»Ich habe dich geheiratet, Sara, weil du mir fest versprochen hast, mit dem Film Schluß zu machen!«

»Das habe ich auch getan! Glaub' mir doch, ich kann nichts dafür!«

»Drehen Sie um, Holländer!«

»Wolfgang, ich bitte dich, wir können doch diese Leute nicht so enttäuschen und – und außerdem – es wäre doch mein letztes Auftreten in der Öffentlichkeit, mein Abgang sozusagen! Warum...«

»Umkehren!« donnerte Wolfgang Werner.

»Soll ich, Sara?« fragte ich.

»Bitte«, sagte sie fast unhörbar.

Es war gar nicht so einfach, einen Platz zum Wenden zu finden. Die Fans hatten Sara erkannt und drängten sich um das Auto. Die Polizei hatte alle Hände voll zu tun, um sie zurückzuhalten. Sie halfen uns wenig, weil sie nicht begriffen, daß wir wenden wollten. Ich schrie es ihnen durch das Wagenfenster zu. Die Fans tobten vor Enttäuschung.

Um ein Haar hätte ich ein junges Mädchen angefahren. Im letzten Augenblick konnte es von einem Polizisten zurückgerissen werden. Wir atmeten auf, als wir endlich dem Tumult entflohen waren.

Ich angelte eine Zigarettenpackung aus meiner rechten Jackentasche und drückte sie Brigitte Ritter in die Hand. Sie verstand, zündete mir eine Zigarette an und schob sie mir zwischen die Lippen. Hinter mir hörte ich es leise schluchzen.

»Tränen am Hochzeitstag bringen Glück«, behauptete ich, nur um etwas zu sagen.

»Du hast dich wie ein Narr benommen, Wolfgang!« sagte Brigitte Ritter böse.

»Halt du dich gefälligst raus!« fuhr er sie an.

Sie ließ sich nicht einschüchtern. »Entschuldige dich wenigstens bei deiner Frau!«

»Ich denke nicht daran. Wenn einer sich entschuldigen muß, dann ist sie es!«

»Aber, Wolfgang, ich habe dir doch gesagt, ich hatte keine Ahnung!« protestierte Sara. »Wenn ich das gewußt hätte... Ich hatte mich so auf meine Hochzeit gefreut!«

»Mach dir nichts daraus, Sara«, tröstete ich sie, »vor dem Gesetz seid ihr Mann und Frau.«

Sara putzte sich die Nase. »Jedenfalls – ich hatte mir meine Hochzeit anders vorgestellt.«

»Ich auch«, sagte Wolfgang Werner verbittert.

Brigitte Ritter lachte. »Kinder, ihr habt noch so viele Jahre vor euch, in denen ihr euch streiten könnte. Fangt nicht gleich heute an! Was ist denn schon passiert? Gar nichts. Die kirchliche Trauung könnt ihr an jedem anderen Tag und in jeder Kirche nachholen. Schluckt euren Ärger runter, gebt euch einen Kuß. Denkt daran, ihr habt sechs Wochen Hochzeitsreise vor euch! Seid glücklich, der Ernst des Lebens fängt noch früh genug an!«

In Kochel hielten wir an und warteten auf die anderen. Ich wußte, daß Geza von Vasary hier dem jungen Paar sein Hochzeitsgeschenk präsentieren wollte, und dieses Geschenk war wirklich aller Achtung wert – ein Porsche, fliederfarben mit perlgrauen Ledersitzen. Allerdings machte der Manager bei der Übergabe ein Gesicht, als ob ihn die Ausgabe reute.

Mami König schloß Sara herzlich in die Arme. »Mein armes, armes Kind!« sagte sie und schien nicht zu begreifen, warum Sara sie so böse zurückstieß.

Professor Werner konnte sich eine ironische Bemerkung nicht verkneifen, bei der seinem Sohn das Blut in den Kopf stieg. Tamara Tess schien alles für einen großen Witz zu halten.

Axmann, der Fotoreporter, hatte gar nicht mehr in Kochel gehalten, sondern war gleich nach München durchgefahren. Ich wußte, er war nicht traurig über den Ausfall der kirchlichen Trauung. Auf diese Weise war er der einzige, der überhaupt Bilder von Sara Königs Hochzeit bringen konnte.

Wir standen und winkten, bis der fliederfarbene Wagen unseren Augen entschwand. Dann war alles vorüber.

Wenn ich ein Romanautor wäre, würde ich meine Geschichte hier enden lassen – mit einem Happy-End in einem fliederfarbenen Traumwagen. Aber meine Aufgabe ist es, Tatsachen zu bringen – und tatsächlich fingen die Schwierigkeiten für die Liebenden nach der Hochzeit erst wirklich an.

Anfangs schien alles gutzugehen. Das junge Paar verbrachte seine Flitterwochen ungestört von der Öffentlichkeit in einer Villa am Luganer See. Sara schrieb mir einen Brief, aus dem ich spürte, daß ihr Glück ohne Schatten war.

Die Zeitungen brachten Saras Flucht vor der Öffentlichkeit an ihrem Hochzeitstag als Sensation. Die Fans machten ihrer Enttäuschung in wütenden Briefen und Protesten Luft. Tatsächlich aber hatte, als der erste Sturm verrauscht war, Sara nur noch Sympathien gewonnen, weil es dem größten Teil des Publikums gefiel, daß sie ihr Privatleben nicht zu einer Show machen wollte. Trotzdem mußte Meyer-Franke einen gewaltigen Rüffel wegen des mißglückten Arrangements einstecken.

Ich selber flog nach London, um die Hintergründe eines Skandals in Kreisen der englischen Hocharistokratie aufzudecken – eine sehr diffizile Aufgabe, die meine ganze Aufmerksamkeit beanspruchte.

Als ich nach München zurückkehrte, traf ich Mami König eines Nachts in einer Bar, wo sie an der Seite Geza von Vasarys in einem Kreis hoffnungsvoller Starlets saß und gute Ratschläge verteilte.

»Wie geht es Sara?« fragte ich.

Mami Königs Gesicht verschloß sich. »Sicher gut«, sagte sie kurz.

»Wieso? Wissen Sie's denn nicht?«

»Ich wohne nicht mehr in Grünwald.« Sie lächelte plötzlich, und in ihren runden Wangen erschienen Grübchen. »Die Rolle der störenden Schwiegermutter war mir zu undankbar.«

»Ich verstehe.«

»Friedl und ich haben geheiratet«, erklärte Geza von Vasary.

Ich brachte meine Glückwünsche an und zog mich zurück.

Erst zwei Monate nach jener merkwürdigen Hochzeit traf ich Sara wieder. Sie hatte mich angerufen und zu einer kleinen Party in ihre Villa eingeladen. »Wir werden ganz unter uns sein«, versprach sie, »nur die alten Freunde.«

Natürlich ging ich hin.

Es waren wirklich nur die bekanntesten Figuren erschienen. Das erste, was mir auffiel, war, daß Mami König und Geza von Vasary fehlten. Dafür war der Regisseur Rolf Gessler gekommen, in einem tadellosen dunkelblauen Anzug, aber mit offenem Hemd und ohne Krawatte. Professor Werner und Tamara Tess waren da und verheimlichten in keiner Weise, daß sie inzwischen ein, wenn auch nicht legitimes Paar geworden waren. Ich sah auch Brigitte Ritter in einem hautengen schulterfreien Cocktailkleid, das ihre blendende Figur zur Geltung brachte, und den Kameramann Ralf Rimsky. Alles in allem war es eine sehr bescheidene Party für einen Filmstar, der auf der Höhe seines Erfolges stand, denn das war Sara. Sie zeigte sich ungeschminkt, trug ein sehr einfaches Kleid und gab sich Mühe, die glückliche kleine Hausfrau zu spielen.

Sie stob herum, um alle Gäste mit Cocktails und Aschenbechern zu versorgen, und ließ ihren Mann keinen Augenblick aus den Augen, um nur ja jedem seiner Wünsche zuvorzukommen.

»Ich muß schon sagen, Frau Werner«, neckte ich sie, »Sie spielen Ihre Rolle prächtig.«

Sie sah mich aus großen Augen an. »Ich spiele nicht, Charly, ich bin glücklich, daß ich endlich sein kann, wie ich bin!«

»Ein guter Witz«, sagte ich und lachte.

Ihre Wangen röteten sich. »Ich bin sogar sehr glücklich«, behauptete sie.

»Wer sagt denn, daß du's nicht bist?«

»Ob Sie's glauben oder nicht, Wolfgang ist ein wahrer Engel!«

»Hoffentlich mit kleinen Fehlern.«

»Er hat überhaupt keine Fehler. Nein, wirklich, keinen einzigen. Er ist der wunderbarste Mann, den ich kenne. Er ist viel klüger als ich. Warum wollen Sie mir nicht glauben?«

»Wie kommst du darauf?«

»Machen Sie mir nichts vor, Charly! Das sehe ich Ihnen an der Nasenspitze an. Dabei stimmt es wirklich. Wolfgang hat mit allem recht gehabt. Auch mit dem Haus. Es ist viel zu groß für uns. Eine kleine Wohnung würde uns vollkommen genügen. Ich begreife gar nicht mehr, warum ich mich auf dieses Haus versteift habe.«

»Na ja, das läßt sich ja ändern«, sagte ich.

»Ich habe einem Makler die Villa zum Verkauf übergeben.«

»Bravo, Sara! Das Weib soll dem Manne untertan sein.«

»Lachen Sie mich nicht aus! Ich habe jetzt viel Zeit. Wenn ich eine kleine Wohnung hätte, könnte ich den ganzen Haushalt selber versorgen.«

Dazu gab es nichts mehr zu sagen, und ich zog es vor, meine Gefühle mit einem Manhattan hinunterzuspülen.

»Haben Sie ›Frühling in Berlin‹ schon gesehen?« fragte Ralf Rimsky den Hausherrn.

»Nein«, sagte Wolfgang Werner.

»Ich verstehe schon, daß Sie wenig Zeit haben, Herr Doktor. Aber den Streifen sollten Sie sich wirklich ansehen! Sara war noch nie so gut.«

»Ich interessiere mich nicht für die Filmarbeit meiner Frau.«

Ralf Rimsky starrte den jungen Arzt verblüfft an. »Aber das sollten Sie tun! Das ist doch wichtig für Sie! ›Frühling in Berlin‹ ist ein Bombenerfolg.«

Ich war froh, daß Wolfgang Werner jetzt wenigstens nicht »Na wenn schon!« sagte, denn dann hätte ich ausfallend werden müssen. Aber er schwieg.

»Seien Sie mir nicht böse, Rimsky«, sagte ich, »ich habe den Film auch noch nicht gesehen. Ich war längere Zeit im Ausland. Hat er wirklich so eingeschlagen?«

»Und wie! Eine Bombe erster Klasse!«

»Interessant.« Ich zündete mir eine Zigarette an.

»Du hast ihn dir aber doch angeschaut, Sara?« fragte Tamara Tess.

Sara setzte ihr Glas so plötzlich aus der Hand, daß der Inhalt überschwappte. »Was wollt ihr eigentlich von uns?«

»O pardon!« Tamara verzog den großen, sehr rot geschminkten Mund zu einem strahlenden Lächeln. »Ich wußte nicht, daß du so empfindlich geworden bist, Liebling!«

»Ich bin nicht empfindlich. Ich möchte nur, daß ihr uns in Ruhe laßt.«

»Wir schon«, sagte ich, »aber ich denke, der Orion-Verleih wird sich bald melden, oder hat er etwa schon? Jedenfalls stehen die Dinge doch so, Sara, daß du, da ›Frühling in Berlin‹ ein Erfolg geworden ist, wenigstens noch einen Film drehen mußt, nicht wahr?«

»Müssen wir das gerade jetzt besprechen?«

»Aber, Sara, Liebling!« Tamara Tess tätschelte Saras Hand. »Es hat doch keinen Zweck, den Kopf in den Sand zu stecken. Wir wollen dir ja nur helfen.«

»Sara wird nicht mehr filmen«, erklärte Wolfgang Werner mit Nachdruck.

»Na, dann viel Vergnügen!« sagte Tamara. »Das wird dich einiges kosten!«

»Geld! Ist das wirklich das Wichtigste für euch?« rief Sara wütend.

»Ich möchte mich da nicht einmischen, mein liebes Kind«, sagte Professor Werner, »aber es ist nicht zu leugnen, daß Geld einige Bedeutung auf dieser Welt hat. Bist du nicht ein bißchen engherzig, Wolfgang? Was würde es denn schon ausmachen, wenn Sara noch einen Film dreht? Wenn du eine Ärztin geheiratet hättest, würdest du dich doch auch nicht dagegen sträuben, daß sie weiter arbeitet.«

Brigitte Ritter öffnete den Mund, als ob sie etwas sagen wollte, dann überlegte sie sich's aber anders und schwieg.

»Das ist doch gar kein Vergleich«, entgegnete Wolfgang Werner. »Wenn Sara Ärztin wäre, könnten wir zusammenarbeiten.«

»Du müßtest deine Frau mit den Patienten teilen, Wolfgang«, sagte Professor Werner. »Wo liegt da der Unterschied? In Saras Fall teilst du sie mit dem Filmpublikum.«

»Ich habe nicht das Zeug dazu, den Prinzgemahl zu spielen.«

»Bitte.« Professor Werner zündete sich umständlich eine Zigarre an. »Ich will dich natürlich in keiner Weise beeinflussen.«

In diesem Augenblick erschien eine Hausangestellte. »Herr Professor Werner wird am Telefon verlangt.«

Der Professor stand auf, und wir anderen blieben in etwas unbehaglichem Schweigen zurück.

Er kam bald wieder ins Zimmer. »Du mußt in die Klinik hinausfahren, Wolfgang«, sagte er, »tut mir leid, Junge. Irene Simmer hat einen Herzanfall bekommen.«

Brigitte Ritter sprang auf. »Oh, Herr Professor, das könnte ich doch auch erledigen! Die Patientin kennt mich und...«

»Nein«, sagte Wolfgang Werner ruhig, »ich sehe keine Grund, warum ich mich vertreten lassen sollte.«

»Keinen Grund?« rief Sara. »Heute, wo wir zum erstenmal seit unserer Hochzeit Gäste haben?«

Er beugte sich über sie und küßte sie auf die Stirn. »Ich bin gleich wieder zurück, Liebling.«

Sara lächelte tapfer. »Ich glaube, an solche Zwischenfälle muß man sich als Arztfrau gewöhnen.«

»Ich fürchte, du wirst dich noch an viel mehr gewöhnen müssen!« Rolf Gessler hievte die Beine über die Lehne seines Sessels.

»Was meinst du damit?« fragte Sara scharf.

»Was ich gesagt habe. Bildest du dir etwa ein, es ist leicht, von heute auf morgen seinen Beruf aufzugeben? Was rede ich denn da – seiner Berufung untreu zu werden! Du bist zur Schauspielerin berufen, und du tust dir selber ein großes Unrecht an, wenn du darauf verzichtest.«

»Ich weiß selber sehr gut, was ich zu tun habe, ich brauche keine Ratschläge, deine am wenigsten, Rolf!«

»Schade.« Er saugte an seinem Strohhalm. »Ich hätte Pauly gern einen anderen Bescheid gebracht.«

»Hat er dich geschickt?«

»Unfug! Du hast mich doch eingeladen. Oder hast du das schon vergessen?«

»Aber nicht als Spion!«

»Entschuldige, daß ich auf der Welt bin. Soll ich also bestellen, daß du auf keinen Fall mehr filmst und bereit bist zu zahlen?«

Sara zögerte einen Augenblick. Dann faltete sie die Hände im Schoß und lächelte. »Ich kann gar nicht mehr filmen, denn ich – ich bekomme nämlich ein Baby.«

Wir alle fuhren herum und starrten sie an.

Brigitte Ritter war die erste, die die Sprache wiederfand. »Seit wann?«

»Das spielt doch keine Rolle.«

»O doch«, sagte Rolf Gessler, der sich wieder gefaßt hatte, »bis zum fünften Monat mußt du nämlich...«

»Ich werde ein Attest beibringen.«

»Das ist ja wunderbar, Sara!« schrie Tamara Tess und schloß sie herzlich in die Arme. Sie zwinkerte Professor Werner zu. »Ich hätte nie geglaubt, daß ich mich einmal in einen Großvater verlieben würde!«

Als die Welle der Glückwünsche verrauscht war, sagte Rolf Gessler gedankenverloren: »Das hast du wirklich prächtig hingekriegt, Mädchen, alle Achtung! Damit bist du aus all deinen Verpflichtungen heraus. Natürlich mußt du von nun an jedes Jahr ein Kind bekommen. Ich denke, fünf bis sechs werden genügen. Dann bist du eine dicke, abgearbeitete Hausfrau geworden, und der Film wird freiwillig auf dich verzichten. Immerhin, ich gratuliere.«

»Man braucht keineswegs dick und unscheinbar zu werden, wenn man Kinder bekommt, Herr Gessler«, warf Brigitte Ritter ein. »Kinder sind etwas ganz Wunderbares. Nur, glaube ich, sollte man sie nicht aus Spekulationsgründen bekommen.«

»Davon kann gar keine Rede sein!« sagte Sara heftig. »Wolfgang und ich lieben uns. Wir wünschen uns Kinder, das ist alles.«

»Großartig!« Rolf Gessler schwenkte seine langen Beine zu Boden, stellte sein Cocktailglas auf den Tisch. »Bitte, merk mich als Taufpaten für das fünfte vor. Wenn's ein Junge wird, müßt ihr ihn Rolf taufen, ein Mädchen, na, vielleicht Rolfine, ganz apart, wie? Darf ich mich jetzt verabschieden?« Er küßte Sara die Hand, nickte uns allen zu und schlenderte zur Tür.

Mir entging nicht, daß Saras Gesicht Betroffenheit zeigte.

Von heute auf morgen mußte ich nach Amerika fliegen. Ich war beim Kofferpacken, als Sara mich anrief. Sie behauptete, daß sie mich ganz dringend sprechen müßte, und ich hatte nicht das Herz, sie abzuweisen. Außerdem war ich neugierig. Der Einfachheit halber verabredeten wir uns in meiner Pension.

Ich war gerade dabei, meinen kleinen Koffer zu schließen, als Sara hereinkam. Auf den ersten Blick sah ich, daß sie sehr erregt war. Das Seidentuch, das sie sich in aller Eile um das rotblonde Haar geschlungen hatte, war halb in den Nacken gerutscht.

Ich warf ein paar gebrauchte Hemden vom Sessel, bot ihr Platz an und mixte uns beiden einen Manhattan. »Mach es hurtig, junge Frau«, bat ich, »die Zeit ist knapp.«

Sie sah mich über ihr Glas hinweg an. »Ich liebe Wolfgang.«

»Nur um mir das zu sagen...«, begann ich.

Sie schnitt mir das Wort ab. »Ich liebe ihn mehr als mein Leben, das müssen Sie mir glauben, Charly.«

»Gut. Unterstellen wir das«, sagte ich friedfertig, »mach weiter. Aber?« Ich sah sie aufmunternd an.

»Wieso aber?«

»Na, ich denke, ein ›Aber‹ wird doch dabei sein.«

»Rolf Gessler hat mir ein Drehbuch geschickt.«

»Aha.«

»Vielleicht hätte ich's gar nicht lesen sollen...« Sie stockte.

»Warum denn nicht? Oder hat Wolfgang dir auch das Lesen verboten?«

»Nein, das nicht. Was glauben Sie eigentlich von Wolfgang? Halten Sie ihn für einen Tyrannen?«

»Ja.«

»Dann kennen Sie ihn nicht.«

»Müssen wir uns jetzt über deinen Wolfgang unterhalten?«

»Nein, natürlich nicht. Bitte, entschuldigen Sie, ich bin ein bißchen durcheinander.«

»Du wolltest mir von dem Drehbuch erzählen.«

»Es ist eine großartige Rolle für mich drin, Charly. Eine Rolle, wie ich sie mir immer gewünscht habe! Stellen Sie sich vor, ein Mädchen, es heißt Claudia, heiratet. Es ist eine reine Liebesheirat, sie sind sehr glücklich, und dann stellt sie auf einmal fest, daß sie geisteskrank wird. Es ist unheimlich, Charly, sage ich Ihnen, faszinierend. Wissen Sie, ihr Geist verwirrt sich, aber zwischendurch spürt sie immer selber, daß sie krank ist und etwas nicht in Ordnung ist, und sie kämpft gegen diese Krankheit an, und ihr Mann...«

Ich unterbrach sie. »Kurz und gut, die Claudia ist eine Rolle, für die du dich brennend interessierst.«

»Es wäre die Rolle meines Lebens, Charly!«

»Jetzt tut es dir leid, daß du ein Baby erwartest?«

»Aber es geht doch nicht um das Baby, Charly. Sie verstehen die Sache ganz falsch. Das Baby – mein Gott, bis dahin ist noch so lange Zeit, dem würde es ganz bestimmt nicht schaden, wenn ich spielen würde, ganz bestimmt nicht. Nur – kann ich das Wolfgang antun?«

»Wenn er kein Tyrann ist, wie du sagst...«

»Ich habe ihm fest versprochen, nie mehr zu filmen. Es wäre doch unfair von mir, wenn ich jetzt... Es ist nicht, weil ich ihn nicht liebe, Charly, oder weil ich mich langweilen würde, es ist nur – also, erstens ist das eine Rolle, wie ich sie noch nie angeboten bekommen habe, und zweitens, wenn ich diesen Film noch machen würde, wäre ich ja richtig aus dem Vertrag heraus. Nicht nur durch einen Schwindel mit einem Baby nach dem anderen, verstehen Sie? Brigitte Ritter hat ja ganz recht, wir wollten aus dem Baby eine Spekulation machen, aber das wäre doch ganz schlecht, nicht wahr?«

»Willst du einen Rat von mir, Sara?«

»Ja, bitte! Ich habe keinen Menschen mehr, mit dem ich mich aussprechen kann. Mami läßt sich nicht mehr sehen, und Vasary... Na, Sie wissen schon.«

»Es tut mir leid.« Ich zündete mir eine Zigarette an. »Ich kann dir da nicht raten, Sara. Diese Entscheidung mußt du ganz allein treffen.«

Sie schwieg und biß sich auf die Unterlippe. »Würden Sie mich für schlecht halten, wenn ich es täte?«

»Nein.«

»Ich käme mir aber schlecht dabei vor.«

»Liebe Sara, es hat doch keinen Sinn, daß du dich mit Selbstvorwürfen zermarterst. Du wirst diese Rolle spielen, weil du nicht anders kannst. Du wirst sie vielleicht mit schlechtem Gewissen spielen, aber du wirst es tun. Jeder von uns tut immer das, was er muß, nie das, was er sollte. Sonst sähe die Welt anders aus.«

»Aber wenn ich nun nicht will?«

»Du willst, Sara. Mach dir doch nichts vor. Soll ich Gessler anrufen und ihm Bescheid sagen?«

»Nein, bitte nicht, Charly. Seien Sie mir nicht böse, aber ich habe eine große Bitte an Sie...«

»Ja?«

»Könnten Sie nicht mit Wolfgang darüber reden?«

»Ich? Was versprichst du dir davon?«

»Sie sind ein so vernünftiger Mensch. Sie könnten ihm doch klarmachen... Sie haben doch eben selber gesagt, daß ich nicht anders kann!«

»Hör mal, Sara«, sagte ich, »schlag dir das aus dem Kopf. Ich habe nicht den geringsten Einfluß auf deinen Mann. Mit dieser Sache mußt du schon allein fertig werden. Ich kann dir da nicht im im geringsten helfen. Ganz davon abgesehen, daß ich heute abend abfliege.«

»Ob ich, meinen Sie, daß Brigitte Ritter...? Er hat doch große Stücke auf sie gehalten. Sie würde bestimmt...«

»Sag es ihm selber. Das ist immer das einfachste und das beste. Er hat ja gewußt, daß er eine Schauspielerin geheiratet hat und nicht irgendein junges Mädchen. Wenn er dich wirklich liebt, wird er dich verstehen.«

Sie sah mich aus verzweifelten Augen an. »Ich kann es ihm nicht sagen, Charly!«

Ich weiß nicht, wie Sara König es ihrem Mann beigebracht hat – möglicherweise hat sie Vasary vorgeschoben oder ihn überhaupt vor die vollendete Tatsache gestellt, vielleicht hat sie es aber auf sich genommen, ihm die Erlaubnis abzuringen –. Jedenfalls, der Film »Faszination« ging vierzehn Tage später mit Sara ins Atelier. Ich erfuhr es aus einer Nummer der »Allerneuesten«, die mir nach New York nachgeschickt wurde, aber ich war dessen schon sicher gewesen, als ich München verlassen hatte.

Von New York aus flog ich zu einer Reportage über ein buddhistisches Tempelfest nach Sri Lanka und kehrte erst nach München zurück, als die Außenaufnahmen zu »Faszination« schon beendet waren und der Film für die letzten Drehtage ins Atelier gegangen war.

Ich besuchte Sara in ihrer Garderobe. Sie war schon abgeschminkt und im Straßenkostüm. Ich erschrak über ihre geisterhafte Blässe und die tiefen Schatten unter ihren Augen.

Friedl König-Vasary, die kurz nach mir in die Garderobe trat, sagte es ganz offen: »Du siehst entsetzlich elend aus, Kind, ich fürchte, Ehe und Beruf, das ist einfach zuviel für dich!«

Sara fuhr auf. »Mußt du immer auf Wolfgang herumhacken?«

»Aber, Kind, sei doch nicht so gereizt! Ich habe deinem Mann nicht den geringsten Vorwurf gemacht!«

Sara sackte zusammen. »Bitte, Mami, verzeih. Ich weiß, ich bin überempfindlich. Ich kann nichts dafür.«

»Du solltest mal zum Arzt gehen, Sara!« sagte ich.

»Zum Arzt? Wozu?«

»Weil du dich miserabel fühlst. In solchen Fällen pflegt man zum Arzt zu gehen. Besonders, wenn man ihn im Haus hat.«

»Mein Gott, ich bin doch nicht krank! Vielleicht bin ich ein bißchen überarbeitet. Die Rolle ist sehr schwierig, und Gessler erspart mir wahrhaftig nichts.«

»Soll ich mal mit ihm reden?« schlug Mami vor. »Er sollte dich mehr schonen. Er kennt doch schließlich deinen Zustand.«

»Unsinn! Ich habe die Rolle freiwillig übernommen, und ich muß sie jetzt auch zu Ende spielen. Schließlich sind es ja nur noch ein paar Tage, die werde ich schon durchhalten.«

»Und wenn nicht?« fragte ich.

»Ich muß!« sagte sie entschieden.

Wir begleiteten Sara zu ihrem Wagen, dem fliederfarbenen Porsche. Sie versuchte zu lächeln, als sie uns noch einmal zuwinkte, aber sie sah erbärmlich aus.

»Ich mache mir solche Sorgen«, sagte Friedl König-Vasary, »ich hätte sie nie allein lassen dürfen.« In ihren Augen standen Tränen.

»Sie brauchen sich wirklich keine Vorwürfe zu machen, gnädige Frau. Sara hat es selber so gewollt, wie es gekommen ist.«

»Sie ist noch ein Kind, Charly. Sie hat sich übernommen.«

»Vielleicht. Aber Sie haben ja gehört, was sie gesagt hat. In ein paar Tagen ist alles vorbei.«

»Hoffentlich.«

Ich sah sie erstaunt an. »Wie meinen Sie das?«

»Ich – versprechen Sie mir, daß Sie mit niemanden darüber reden?«

»Ganz bestimmt nicht.«

»Ich glaube, mit ihrem Baby ist was nicht in Ordnung. Nein, sie hat mir nichts davon gesagt. Aber ich habe so ein ungutes Gefühl. Bitte, lachen Sie mich nicht aus, ich habe nie ein Kind bekommen, aber schließlich bin ich eine Frau. Ich spüre einfach, daß irgend etwas nicht stimmt.«

»Haben Sie mit Dr. Werner darüber gesprochen?«

»Nein. Das würde Sara mir nie verzeihen. Wenn ich ihr doch bloß helfen könnte!«

Niemand konnte Sara helfen.

Zwei Tage nach Beendigung der Dreharbeiten brach sie zusammen. Sie mußte ins Krankenhaus gebracht werden. Professor Werner ließ nichts unversucht, trotzdem verlor sie ihr Baby.

Als ich von dem Unglück erfuhr, besuchte ich sie sofort. Mit weißem, spitzen Gesicht und übergroßen Augen lag sie in ihren Kissen. Brigitte Ritter saß an ihrem Bett.

»Es tut mir so leid, Sara«, sagte ich hilflos.

Sie schluchzte trocken. »Es wäre ein Junge gewesen, Charly.«

»Du darfst dich nicht so unnütz quälen, Sara!« tröstete Brigitte Ritter sie herzlich. »Was geschehen ist, ist geschehen. Du mußt dir jetzt Mühe geben, recht bald wieder gesund zu werden. Das ist das einzig Wichtige.«

»Wolfgang wird es mir nie verzeihen.«

»Unsinn. Das redest du dir ein. Wolfgang liebt dich.«

»Es war meine Schuld.«

»Nein. Vielleicht hättest du das Kind auch verloren, wenn du nicht gefilmt hättest. Ich habe viele Fälle erlebt, in denen sich die Mütter fast übertrieben geschont haben, und trotzdem ist es schiefgegangen. Glaub' mir doch, Sara, es hat alles so kommen sollen. Niemand ist schuld.«

»Doch. Ich hätte nicht filmen dürfen.«

»Du bist vollkommen gesund, Sara. Professor Werner hat es dir bestätigt. Du wirst noch viele Kinder haben können. Nur darfst du dich jetzt nicht gehen lassen. Denk immer daran, das Leben liegt ja noch vor dir.«

»Ich werde es mir nie verzeihen.«

Brigitte Ritter streichelte ihre Hände. »Ach, Sara«, sagte sie nur.

»Gestern habe ich Vasary getroffen«, erzählte ich, um sie abzulenken, »er hat ›Faszination‹ im Rohschnitt gesehen. Er sagt, die Aufnahmen wären unerhört geworden.«

»Ich hasse diesen Film!« sagte sie heftig. »Ich hasse diese verdammte Rolle!«

»Nicht so schnell, Sara!« sagte ich. »Wenn du den Film siehst, wirst du vielleicht anders denken.«

»Ich werde ihn mir nicht ansehen, nie, nie, nie! Er hat mir nur Unglück gebracht!«

Ich begriff, daß mit Sara in diesem Zustand nicht zu reden war und atmete erleichtert auf, als sich die Tür öffnete und Wolfgang Werner eintrat. Saras Augen leuchteten auf, dann brach sie in Schluchzen aus.

Brigitte Ritter und ich ließen das Ehepaar allein.

»Arme Sara«, sagte ich, als wir draußen standen.

Brigitte Ritter lächelte. »Sie wird darüber hinwegkommen. Seien Sie ohne Sorge. Wenn Sie wüßten, wie viele Frauen über so etwas hinwegkommen müssen!«

»Und er?« fragte ich.

»Würden Sie zusammenbrechen, wenn Ihre Frau ein Kind verliert?«

»Ich habe keine.«

»Männer nehmen das nicht so tragisch«, erklärte mir Brigitte Ritter, »Wolfgang muß jetzt in erster Linie an seine Frau denken. Ob er nun ein Jahr früher oder ein Jahr später das erste Kind bekommt, ist schließlich nicht so wichtig. Meinen Sie nicht auch?«

»Ich fürchte«, sagte ich, »auf meine Meinung kommt es in dieser ganzen Geschichte nicht an.«

Tatsächlich erholte sich Sara, wenigstens äußerlich – sehr viel schneller, als ich gedacht hatte. Als ich sie das nächstemal wiedersah – ich hatte in Grünwald zu tun gehabt und kam unangemeldet auf einen Sprung zu ihr herein – wirkte sie so blühend und jungmädchenhaft zart, daß ich sie, wäre mir die Wahrheit nicht bekannt gewesen, niemals für verheiratet gehalten haben würde.

Es war ein kalter Wintertag. Draußen fiel flockiger Schnee vom Himmel, der sich auf den Straßen der Stadt sofort in Matsch verwandelte. Der Garten hinter Saras Haus wirkte wie eine Weihnachtslandschaft. Sara trug lange graue Hosen, einen grauen Pullover mit Rollkragen und hatte es sich in einem Sessel vor dem brennenden Kaminfeuer gemütlich gemacht.

»Was für eine nette Idee, mich zu besuchen, Charly!« sagte sie ehrlich erfreut. »Ihr habt euch alle in letzter Zeit sehr rar gemacht.«

»Wenn ich eine Ahnung gehabt hätte, daß du dich allein fühlst...«, sagte ich und zog einen bequemen Lehnsessel ans Feuer.

»Ich fühle mich nicht allein«, sagte Sara, »ich habe ja schließlich Wolfgang.

»Genügt dir das?«

»Natürlich. Nur – er hat leider sehr viel zu tun. Sie wissen, die Grippe...«

»Geht auch vorüber, Sara. Wie vertreibst du dir so die Zeit?«

Sie lächelte. »Ich kümmere mich um den Haushalt. Wissen sie übrigens, daß ich sehr gern koche?«

»Na, wundervoll! Ich möchte auch mal etwas sehr gern tun.«

»Und außerdem lese ich viel. Diesen Pullover habe ich mir selber gestrickt.«

»Donnerwetter!«

»Ich könnte sehr glücklich sein«, sagte Sara nachdenklich und starrte in die Flammen.

»Du bist es also nicht?«

»Doch! Oder nein. Ich weiß es selber nicht.«

»Das ist meistens so. Man merkt immer erst zu spät, wenn man glücklich gewesen ist.«

»Meinen Sie?«

»Ganz sicher.«

Sie hatte ihre Beine auf den Sitz gezogen, ihre Hände um die Knie geschlungen und sah mich mit schiefgelegtem Kopf an. »Vielleicht habe ich kein Talent zum Glücklichsein. Ganz im Ernst, Charly, früher, als ich so mitten in der Arbeit steckte und in dem ganzen Rummel – Sie wissen ja selber, wie unglücklich ich damals war. Ich wollte nichts als aufhören mit dem allen. Jetzt, wo ich den ganzen Tag tun und lassen kann, was ich will, bin ich auch nicht zufrieden. Woran liegt das bloß?«

Ich zog es vor, ihr nicht zu antworten. »Wie geht's Tamara?« fragte ich. »Ich habe sie lange nicht gesehen.«

»Ich auch nicht. Wissen Sie, daß es zwischen ihr und meinem Schwiegervater aus ist?«

»Nein.«

»Eine Zeitlang sah es fast so aus, als ob sie heiraten würden. Das wäre lustig gewesen, nicht wahr? Stellen Sie sich vor, Tamara meine Schwiegermutter! Aber dann muß irgend etwas passiert sein. Ich glaube, sie hat ihn ein bißchen betrogen, und er hat von einem Tag zum anderen Schluß mit ihr gemacht.«

»Hat es sie sehr getroffen?«

»Ich glaube schon. Aber das Leben nehmen wird sie sich deshalb bestimmt nicht wieder. Ich glaube, so was tut man nur einmal im Leben.«

»Ich fürchte, da irrst du dich. Die meisten Menschen wiederholen dieselben Fehler immer wieder.«

»Ich nicht«, sagte sie, »ich glaube, ich habe viel dazugelernt.«

Die Uraufführung von ›Faszination‹ fand Ende Januar statt. Ich wußte, daß Sara sich geweigert hatte, bei dieser Gelegenheit vor ihrem Publikum aufzutreten und Autogramme zu geben. Der Orion-Verleih seinerseits verzichtete auf den üblichen Rummel, es gab weder eine Starparade noch einen Presseempfang. Offensichtlich hielt Egon Pauly es für unnütz, sein gutes Geld hinter einem Star herzuwerfen, der mit diesem Film endgültig aus dem Verleihvertrag ausstieg. Es war in der Branche nur zu bekannt, daß Rolf Gessler die Kalkulation des Filmes um zweihunderttausend Mark überschritten hatte.

›Faszination‹ wurde gleichzeitig in den Uraufführungstheatern Münchens, Berlins, Hamburgs, Hannovers und Düsseldorfs gestartet. Obwohl Meyer-Franke sich wirklich keine Mühe gegeben hatte, die Reklametrommel zu rühren, hatte der Film von Anfang an eine gute Mundpropaganda. Gerade ihr Entschluß, nicht mehr zu filmen, hatte Sara König in den Mittelpunkt des Interesses gerückt. Ihre Heirat mit dem jungen Arzt, ihr Verzicht auf eine kirchliche Trauung vor den Augen ihrer Fans, die Tatsache, daß sie kurz nach den Dreharbeiten zu ›Faszination‹ ihr Baby verloren hatte – all das hatte lange Zeit einen höchst interessanten Gesprächsstoff gegeben. Der Kassenandrang war groß und – was für mich das Überraschendste war – die Kritik, deren Meinung über Sara bisher stets zwischen Wohlwollen, Spott und Ablehnung geschwankt hatte, war diesmal einmütig von Sara Königs Leistung begeistert. Der gefürchtete Berliner Kritiker Erhard Wasser schrieb wörtlich: »Ich muß ehrlich zugeben, daß ich Sara König bisher niemals für eine Schauspielerin gehalten habe. Selten habe ich mich in meinem Urteil so geirrt. Sara König ist nicht nur eine Schauspielerin – sie ist, das hat sie in der Rolle der Claudia klar bewiesen – eine unserer größten.«

Ich selber war noch nicht dazu gekommen, mir den Film anzusehen, denn ich steckte mitten in einer Serie, die, wie immer in unserem Geschäft, eigentlich schon vorgestern hätte fertig sein sollen.

Trotzdem nahm ich mir die Zeit, Sara anzurufen und ihr zu der glänzenden Kritik – ich wußte, daß sie sich darüber freuen würde – zu gratulieren.

Saras Stimme am Telefon klang ein wenig atemlos. »Ja, lächerlich, nicht wahr? Damals, als ich noch alles für eine gute Kritik gegeben hätte, da hat man mir bestenfalls wohlwollend auf die

Schulter geklopft – geistig, meine ich. Und heute, wo es nicht mehr darauf ankommt, soll ich plötzlich eine ganz große Schauspielerin sein.«

»Na, immerhin ein wunderbarer Abgang, Sara. Was sagt denn dein Mann dazu?«

Sie zögerte. »Wolfgang – er ist ziemlich schwierig. Ich darf ihm nicht mal zeigen, daß ich mich freue. Ich glaube, ihm wäre es lieber gewesen, wenn dieser Film ein Reinfall geworden wäre.« Die Bitterkeit in ihrer Stimme war nicht zu überhören.

»Eifersucht«, tröstete ich, »mach dir nichts draus.«

Sie lachte, aber ihr Lachen klang nicht ganz echt. »Jedenfalls – heute abend sehe ich mir den Film an, ob er nun mitkommt oder nicht. Sagen Sie, Charly, haben Sie ihn eigentlich schon gesehen? Natürlich nicht, ich weiß schon. Sie brauchen sich nicht zu entschuldigen. Wenn Sie heute abend Zeit hätten – Vasary hat nämlich für uns eine Loge reserviert –, sind Sie herzlich eingeladen.«

Natürlich ging ich hin, und zwar mit einiger Spannung. Ich hatte Sara König nur in einer ihrer ersten Rollen gesehen, als sie noch den liebenswerten, zuckersüßen Teenager spielte. Inzwischen hatte sie einiges durchgemacht – Glück, Leid und Schuld –, es interessierte mich ehrlich, ihre Wandlung zur Schauspielerin, von der die Kritiker sprachen, mit eigenen Augen zu erleben.

Als ich kam, waren in der großen Mittelloge des Orion-Filmpalastes schon Friedl König, jetzt Friedl von Vasary, ihr Mann, der Manager, und ein unscheinbarer kleiner Herr mit einer randlosen Brille versammelt, der mir von Geza von Vasary als Mr. Bernstein aus den USA vorgestellt wurde. Ich kannte Mr. Bernstein nicht, aber ich wußte, daß er einer der bedeutendsten Filmagenten Amerikas war.

Sara König und ihr Mann erschienen erst, als das Vorprogramm schon gelaufen war. Es war gerade wieder dunkel im Kino geworden, und es blieb keine Zeit zu einer Begrüßung. »Mami« stand auf und schob Sara rasch auf ihren Platz in der ersten Reihe, so daß sie zwischen Geza von Vasary und Mr. Bernstein zu sitzen kam. Mami König-Vasary setzte sich zwischen mich und Dr. Werner in die hintere Reihe, was mir nicht gerade recht war, denn ich hätte gern den Eindruck beobachtet, den der Film auf Saras Mann machte. Soviel ich wußte, war es das erstemal, daß Wolfgang Werner seine Frau auf der Leinwand sah. Wahrscheinlich aber wäre ich sowieso nicht dazu gekommen, ihn zu beobachten, denn der Film nahm meine ganze Aufmerksamkeit in Anspruch.

Er war eindrucksvoll. Rolf Gessler hatte die Geschichte der jungen Frau, die plötzlich spürt, daß eine Geisteskrankheit von ihr Besitz ergreift, im Kammerspielton inszeniert. Nicht eine einzige Reaktion der Mitspieler wirkte übertrieben, die Tragik war oft nur angedeutet. Es gab keinen Ausbruch, keinen platten Dialog, aber viele ergreifende Zwischentöne. Sara war unwahrscheinlich gut.

Ich mußte wieder einmal feststellen, daß das deutsche Publikum weit besser ist als sein Ruf. Die Zuschauer gingen von der ersten bis zur letzten Szene mit. Im Parkett herrschte atemlose Stille, und als es endlich wieder hell im Kino wurde, sah man viele verweinte Augen, harte Männer, die verschämt ihr Taschentuch zogen.

Dr. Wolfgang Werner erhob sich als erster, dann erst standen wir anderen auf. Niemand sagte ein Wort über den Eindruck, den der Film auf uns gemacht hatte. Wir wechselten ein paar belanglose Worte und warteten, bis das Publikum das Kino verlassen hatte.

»Wie wär's«, schlug Geza von Vasary dann vor, »wollen wir alle zusammen noch einen Drink bei mir nehmen?«

»Kommt doch lieber zu uns raus«, sagte Sara.

»Das ist ein bißchen weit, Kind«, wehrte Mami ab, »Geza muß morgen früh nach Zürich fliegen.«

»Ach so, na dann – was meinst du, Wolfgang?«

»Ganz wie du willst, Sara.« Seine Stimme klang nicht begeistert, aber Sara schien es nicht zu merken.

Sara König und ihr Mann waren in einem Taxi zum Kino gefahren. Mami König-Vasary bugsierte ihre Tochter auf den Rücksitz von Geza von Vasarys Auto neben Mr. Bernstein. Ich schloß mein Auto auf und wollte Dr. Wolfgang Werner einsteigen lassen.

Er zögerte. »Würden Sie es mir sehr übelnehmen, wenn ich nicht mitkäme?« fragte er.

»Ich? Nicht im geringsten. Höchstens Ihre Frau.«

»Ich habe Kopfschmerzen.«

»Dagegen ist ein kleiner Whisky gerade das Richtige.«

»Hören Sie mal, Holländer, Ihnen brauche ich ja nichts vorzumachen. Ich möchte lieber nicht dabeisein, verstehen Sie?«

»Nein«, sagte ich.

»Wer ist dieser Mr. Bernstein?«

»Ein Filmagent aus Amerika.«

»So was Ähnliches habe ich mir gedacht.«

»Sie dürfen Sara jetzt nicht im Stich lassen«, sagte ich, »sie liebt Sie und ...«

Er unterbrach mich. »Möglich, daß sie mich liebt. Aber sie braucht mich bestimmt nicht.«

»Na, wie Sie meinen, Dr. Werner. Mich geht das Ganze schließlich nichts an. Aber ich fürchte, Sie machen da einen schweren Fehler.«

»Ich hätte sie niemals heiraten dürfen.«

»Das kann ich nicht beurteilen. Jetzt, da Sie es getan haben, müssen sie um sie kämpfen.« Ich setzte mich ans Steuer. »Kommen Sie nun mit oder nicht?«

Dr. Wolfgang Werner machte keine Anstalten einzusteigen, er tippte an seinen Hut. »Viel Spaß noch!« sagte er und war schon verschwunden, noch ehe ich den Motor angelassen hatte.

In der Nibelungenstraße hatte sich einiges verändert.

Als Mami König-Vasary mich einließ, stellte ich sofort fest, daß die Garderobe eine moderne abwaschbare Tapete bekommen hatte. Die Sessel im großen Arbeitszimmer Geza von Vasarys waren neu gepolstert und überzogen. Offensichtlich hatte die frischgebackene Frau von Vasary sich als Hausfrau betätigt. Immerhin war sie pietätvoll genug gewesen, die silbergerahmten Starfotos an ihren Plätzen zu lassen.

Als ich eintrat, hatten die anderen schon in der bequemen Rauchecke Platz genommen. Die Unterhaltung war noch nicht recht im Gange. Geza von Vasary mixte Getränke, Mr. Bernstein blätterte in dem neuen Prospekt des Orion-Verleihs, und Sara wollte sich gerade eine Zigarette anzünden. Ich stapfte über die dick aufeinandergelegten Perserteppiche auf sie zu, nahm ihr das Feuerzeug aus der Hand und gab ihr Feuer.

»Danke, Charly!« sagte sie mit einem kleinen Lächeln, doch plötzlich wurden ihre schönen blauen Augen dunkel. »Wo ist Wolfgang?«

»Er wollte sich ein bißchen die Beine vertreten.«

»Ist er nicht mit Ihnen gekommen?«

»Nein. Aber mach dir nichts draus, Sara. Du weißt ja, er ist nicht für Gespräche mit Filmleuten.«

»Aber wieso denn? Hier ist doch kein Gespräch unter Filmleuten. Wir wollten doch nur ein bißchen gemütlich zusammen sein.«

»Eben. Dein Wolfgang scheint offensichtlich von gemütlichen Zusammenkünften nichts zu halten.«

Sara stand auf. »Entschuldige bitte, Mami. Seien Sie mir nicht böse, Mr. Bernstein, aber ich muß sofort nach Hause.«

»Das ist doch nicht dein Ernst, Liebling!« rief Mami König-Vasary nervös.

»Kein Grund zur Panik, Sara«, beruhigte ich sie, »wer weiß, ob dein Mann gleich nach Hause gefahren ist.«

»Nicht?«

»Er hat nicht einmal angedeutet, was er vorhat. Er murmelte etwas von Kopfschmerzen, aber er erwartet sicher nicht von dir, daß du spornstreichs nach Hause eilst.«

»Es ist sehr schön, verliebt zu sein, Kind«, meinte Mami, »aber man darf es auch nicht zu weit treiben.«

»Ich möchte aber doch lieber...«

»Bleib, Sara«, sagte ich, »rauch ruhig deine Zigarette fertig, trink ein Glas. Ich verspreche dir, ich bringe dich dann sofort heim.«

Sara ließ sich langsam wieder in ihren Sessel sinken. »Vielleicht habt ihr recht, nur...« Sie lächelte ein bißchen verlegen. »Ich bin einfach so unruhig, wenn Wolfgang nicht da ist.«

»Einen Manhattan, Holländer?« fragte Geza von Vasary.

»Nein, bitte Whisky pur.« Ich ärgerte mich über mich selber. Warum hatte ich mich wieder in Saras Leben eingemischt? Ich hatte mir doch geschworen, sie mit keinem Wort mehr zu beeinflussen.

Mr. Bernstein faltete den Prospekt zusammen und sah Sara durch seine funkelnden Brillengläser an. »Sagen Sie mir, meine Liebe, haben Sie schon einmal Theater gespielt?«

»Nein, noch nie!« antwortete Sara rasch. »Davon habe ich keine Ahnung!«

»Aber, Kind! Wie kannst du denn so etwas sagen?« rief Mami. »Schließlich hast du monatelang Schauspielunterricht gehabt!«

Sara König wollte etwas entgegnen, aber Mr. Bernstein ließ sie nicht zu Wort kommen. »Sehr schön«, sagte er zufrieden, »und wie steht es mit Ihren Englischkenntnissen?«

»Englisch spricht Sara perfekt!« antwortete Mami König-Vasary für ihre Tochter.

»Warum wollen Sie das alles wissen?« fragte Sara.

»Ich bin Theateragent, mein liebes Kind!«

»Ach so.« Sara sah mit blitzenden Augen von ihrer Mutter zu Geza von Vasary. »Ihr habt das also eingefädelt!«

»Sie irren sich«, sagte Mr. Bernstein ungerührt, »Ihr Vater, Gotthold Emanuel Rodenberg, gab mir den Tip!«

»Vater?«

»Ja. Er meinte, es würde sich lohnen, Sie einmal etwas näher anzuschauen.« Er nahm einen Schluck aus seinem Glas, dann fügte er hinzu: »Er hat sich nicht geirrt.«

Sara beugte sich vor. »Hat er Ihnen auch erzählt, daß ich nie mehr filmen will?«

»Natürlich. Deshalb bin ich ja gekommen.«

Sara ließ sich wieder zurücksinken. »Jetzt verstehe ich gar nichts mehr.«

»Ich möchte Ihnen eine Theaterrolle anbieten«, sagte Mr. Bernstein ruhig, »es ist eine ausgezeichnete Rolle in einem ausgezeichneten Stück. Ihr Manager hat es schon gelesen, er wird es Ihnen gern geben, denke ich.«

»Aber ich habe Ihnen doch schon gesagt, ich habe noch nie Theater gespielt!«

»Dann wird es höchste Zeit für Sie.«

Ich sah, wie Sara mit sich kämpfte. Sie war sehr blaß geworden, strich sich mit einer nervösen Geste durch ihr schimmerndes rotblondes Haar.

»Wann und wo sollte denn das sein?« fragte sie zögernd.

»Es ist eine Uraufführung. Sie wird im September dieses Jahres am Broadway stattfinden. Sie müßten also im Frühjahr rüberkommen. Sie verstehen, die Proben und dann... wir pflegen in Amerika mit einem neuen Stück erst mal in die Provinz zu gehen, um es zu testen.«

»Nach Amerika? Das ist ganz ausgeschlossen.«

»Ich verstehe Ihre Einstellung sehr gut, mein liebes Kind«, sagte Mr. Bernstein, »aber Ihre Gage wird hoch genug sein, das versichere ich Ihnen, daß Sie Ihren Ehemann mitnehmen können.«

»Mitnehmen? Wolfgang? Wie stellen Sie sich denn das vor? Glauben Sie, er wird meinetwegen seine Arbeit, seinen Beruf im Stich lassen?«

»Warum nicht? Ärzte gibt es wie Sand am Meer, aber wirklich gute Schauspielerinnen nur selten. Sie sind für die Bühne geboren, meine liebes Kind. Glauben Sie mir, Ihr Ehemann hat nicht das Recht, Sie in Ihrer künstlerischen Entwicklung zu hindern.«

Sara hatte sich schon wieder gefaßt. »Es tut mir sehr leid, Mr. Bernstein«, entgegnete sie ruhig, »ich bin sicher, daß Sie es gut mit mir meinen. Aber ich kann Ihr Angebot nicht annehmen. Ich habe Wolfgang versprochen...«

»Ja, nie mehr zu filmen, Sara!« rief Mami dazwischen. »Aber vom Theaterspielen war doch nie die Rede!«

»Du weißt sehr gut, Mami, daß das für Wolfgang auf dasselbe herauskommt. Ich kann ihn nicht verlassen, und ich will ihn nicht verlassen. Nein, ihr könnt euch eure Worte sparen. Ich will nicht.«

»Bis Samstag bin ich noch in München. Sie können sich's bis dahin überlegen, mein liebes Kind«, sagte Mr. Bernstein gelassen. »Hier, nehmen Sie auf alle Fälle meine Karte mit!«

Sara stand auf, ohne die Karte zu beachten.

Ich nahm sie Mr. Bernstein aus der Hand und steckte sie ein.

»Gute Nacht!« sagte Sara kühl. »Ich hoffe, das war das letztemal, daß ihr mich reinzulegen versucht habt. Ihr müßt euch damit abfinden, daß ich verheiratet bin.«

Hocherhobenen Hauptes verließ sie den Raum. Ich küßte Mami König-Vasary die Hand, nickte Geza von Vasary und Mr. Bernstein zu und folgte ihr.

»Du warst großartig, Sara«, sagte ich, als sie neben mir im Wagen saß, »nur sei mir nicht böse, ich bin der festen Überzeugung, daß kein Mann der Welt so viel Aufopferung verdient.«

»Ich liebe Wolfgang«, flüsterte sie, und dann brach sie in Tränen aus.

Als ich meinen Wagen vor Sara Königs Villa in Grünwald geparkt hatte, stieg ich aus und wollte mich verabschieden. Sara hielt meine Hand fest. »Bitte, Charly, kommen Sie doch noch einen Sprung mit rein! Ich – ich möchte jetzt nicht gern allein sein.«

»Mit Vergnügen!« sagte ich.

Sie schloß die Gartenpforte auf, und wir gingen nebeneinander auf das Haus zu. Plötzlich blieb Sara stehen. »Eine Bitte, Charly ... Wenn Wolfgang schon zu Hause sein sollte, Sie sagen ihm nichts?«

»Was hältst du denn von mir?«

»Seien Sie mir nicht böse, Charly. Natürlich war das überflüssig. Aber ich bin ganz durcheinander.«

Dr. Wolfgang Werner saß am Kamin, eine Pfeife im Mund, eine Flasche Calvados und ein Glas vor sich. Er sprang auf, als wir eintraten. »Schon zurück?«

»Fühlst du dich besser, Wolfgang?« fragte Sara besorgt.

»Danke, es war nur – es ist schon vorbei.«

»Ich habe mir Sorgen um dich gemacht.«

»Unnötig. Du hättest ruhig länger bleiben können.« Wolfgang

Werner trat an die Hausbar. »Trinken Sie auch einen Schluck Calvados, Holländer?«

»Danke. Lieber einen Manhattan.«

»Ich auch«, sagte Sara.

Wir setzten uns. Der große Raum war nur von den Flammen des lodernden Feuers erleuchtet, niemand konnte bemerken, daß Saras Augen von Tränen gerötet waren.

Wolfgang Werner zog an seiner Pfeife. Wieder einmal mußte ich feststellen, daß er ausgezeichnet aussah. Die Ehe mit Sara schien ihm gut zu bekommen. Er wirkte männlicher als am Anfang unserer Bekanntschaft.

Wir sahen schweigend in die Flammen, jeder hing seinen eigenen Gedanken nach.

»Na, was wollte Mr. Bernstein denn von dir?« fragte Wolfgang Werner endlich.

»Nichts Besonderes. Warum?«

»Nur so.«

Ich hätte Saras Mann gern von Bernsteins Angebot erzählt, denn ich mag keine unklaren Geschichten. Gerade noch rechtzeitig fiel mir ein, was ich Sara versprochen hatte.

»Vielleicht ist es ganz gut, daß du früher nach Hause gekommen bist«, sagte Wolfgang Werner, »ich habe nämlich etwas mit dir zu besprechen, Sara.«

Ich erhob mich. »Wenn ich störe...«

»Nein, keineswegs!« protestierte Wolfgang Werner. »Ganz im Gegenteil. Ihre Anwesenheit könnte die Situation erleichtern.«

»Von was für einer Situation sprichst du denn, Wolfgang?« fragte Sara.

»Von unserer. Du weißt so gut wie ich, daß es so nicht weitergehen kann. Du bist unglücklich mit mir.«

Sara sprang auf. »Nein! Das ist nicht wahr!«

»Doch. Hältst du mich eigentlich für einen Büffel, daß ich das nicht merke?«

Sie lief zu ihm hin. »Wolfgang! Ich schwöre dir, das bildest du dir nur ein.«

»Glaube ich nicht. Daß ich selber nicht glücklich bin, merke ich jedenfalls sehr deutlich.«

»Liebst du mich denn nicht mehr?«

»Doch, Sara, ich liebe dich. Ich liebe dich sehr. Aber wir passen nicht zusammen.«

»Hat meine Mutter dir das eingeredet?«

»Unsinn! Ich habe seit Monaten nicht mit deiner Mutter gesprochen. Nein, Sara, es hat keinen Zweck, wenn wir uns etwas vormachen. Wir passen einfach nicht zusammen.«

»Du bist für mich der einzige Mann, den ich...«

Er unterbrach sie. »Das hat doch damit gar nichts zu tun. Versteh' mich richtig. Erinnerst du dich noch, was ich erzählte, als wir uns gerade kennengelernt hatten? Daß mir der Betrieb meines Vaters nicht paßt und daß ich vorhatte, ins Ausland zu gehen? Das kannst du doch noch nicht vergessen haben, nicht wahr?«

»Aber dafür kann ich doch nichts!«

»Ich mache dir auch keinen Vorwurf, Sara. Ich möchte nur die Tatsache feststellen. Wenn wir nicht geheiratet hätten, wäre ich schon längst nicht mehr in München.«

»Das weiß ich. Aber warum erzählst du mir das gerade jetzt?«

»Brigitte Ritter hat ihren Vertrag unterschrieben. Sie fängt am ersten März in Ostafrika an, in einem Seuchenhospital.«

»Ach so. Und ohne die liebe Brigitte kannst du es in München natürlich nicht mehr aushalten, wie?«

»Sara, sei nicht albern! Wenn ich Brigitte geliebt hätte, würde ich dich doch nicht geheiratet haben!«

»Na, vielleicht war das Ganze ein Irrtum. Vielleicht bist du inzwischen draufgekommen, daß sie dir mehr bedeutet als ich! Vielleicht...«

Sie kniete neben ihm nieder und schmiegte ihren Kopf an seinen Arm. »Bitte, verzeih mir, Wolfgang. Ich bin – ich bin entsetzlich unglücklich.«

»Ich weiß. Deshalb rede ich ja mit dir. Was würdest du davon halten, wenn wir beide nach Afrika gingen?«

»Nach Afrika?«

»Ja. Wir müßten nicht mehr in dieser Villa wohnen.«

»Aber, Wolfgang, wir können uns doch auch hier in München eine andere Wohnung suchen!«

»Du verstehst mich nicht.«

»Kann sein. Aber ich sehe nun einmal nicht ein, daß es darauf ankommt, wo man wohnt. Jedenfalls nicht, wenn man sich liebt.«

»Ich weiß, du hältst mich für einen Tyrannen, gib's doch zu, Sara! Aber ich kann nun einmal deine Freunde nicht ertragen! Das geht nicht auf Sie, Holländer, Sie sind ein hochanständiger Bursche. Überhaupt, wahrscheinlich sind sie alle hochanständig, nette und liebenswerte Leute, Tamara Tess, deine Mutter, Geza von Vasary und die anderen, aber ich kann sie einfach nicht ertragen.«

»Weil du mich nicht liebst, Wolfgang! Wenn deine Kollegen hier bei uns zu Besuch sind, langweile ich mich tödlich. Aber habe ich dir jemals einen Vorwurf daraus gemacht? Und wann kommen denn meine Bekannten überhaupt noch? Höchstens einmal im Monat! Du hast mich mit allen auseinandergebracht. So dumm, wie du glaubst, sind sie doch nicht. Sie merken genau, daß du sie nicht magst, deshalb kommen sie nicht mehr.«

»Willst du mit mir nach Afrika gehen, Sara?«

»Nein. Ich wüßte nicht, warum.«

»Vielleicht könnten wir doch noch einmal ganz von vorn anfangen.«

»Wozu? Wir sind noch kein Jahr verheiratet. Wir haben ja gerade erst angefangen. Wenn es hier nicht geklappt hat, warum soll es in Afrika klappen?«

»Du gibst zu, daß unsere Ehe nicht in Ordnung ist?«

»Nein. Ich sehe nur nicht ein, daß ich mit dir in die Wildnis gehen soll, bloß weil du dir eine fixe Idee in den Kopf gesetzt hast. Genausogut könnte ich von dir verlangen, mich nach New York zu begleiten.«

»Wohin?«

»Nach New York. Mr. Bernstein hat mir einen wunderbaren Vorschlag gemacht. Ich könnte eine große Rolle am Broadway spielen. Ich habe es mir keinen Augenblick überlegt, ich habe verzichtet, Wolfgang. Deinetwegen. Aber du verlangst von mir, daß ich mit dir nach Afrika gehen soll. Das ist doch ungerecht, nicht wahr, Charly, das müssen Sie doch auch sagen? Das ist einfach ungerecht.«

»Meinetwegen hättest du nicht zu verzichten brauchen, Sara«, sagte Wolfgang Werner.

»Du würdest mir das erlauben, Wolfgang?«

»Ja.«

»Du? Was würdest du inzwischen machen? Würdest du mich etwa begleiten?«

»Nein. Ich würde nach Afrika gehen.«

»Mit Brigitte Ritter.«

»Ja.«

»Dann könnten wir uns genausogut scheiden lassen.«

»Davon habe ich kein Wort gesagt, Sara.«

»Aber du hast daran gedacht. Was ist denn das für eine Ehe, wenn der eine in Afrika ist und der andere in New York!«

»Glaubst du, daß es besser ist, hier in München nebeneinander herzuleben?«

»Wolfgang, bitte, bitte, sei doch nicht so!« Aus Saras Stimme klang echte Verzweiflung. »Du komplizierst die Dinge, wirklich. Ich bin ja nicht unglücklich, und du bist es auch nicht mit mir. Nein, das redest du dir nur ein. Es ist immer schwer, verheiratet zu sein, besonders, wenn eine Ehe erst angefangen hat. Man muß sich aneinander gewöhnen und all das. Wenn wir erst Kinder haben...«

»Ja, wenn wir erst Kinder haben, werden wir es vielleicht nicht so fühlen. Vielleicht wird es sogar gehen. Ein Jahr lang, zwei Jahre, drei Jahre. Aber, Sara, sei jetzt doch mal ehrlich, glaubst du wirklich, daß du ein ganzes Leben mit mir zusammen glücklich sein könntest? Daß du es überhaupt aushalten könntest ohne deinen Beruf, ohne den Film, ohne das Theater? Du würdest es nicht. Das weiß ich ganz genau.«

»Wolfgang...«

»Bitte, mach mir nichts vor. Mach dir selber nichts vor. Ich hätte niemals mit dir über all das geredet, wenn ich dich nicht heute im Film gesehen hätte. Ich wäre genauso überzeugt gewesen wie du, daß noch alles zwischen uns gut werden würde. Aber seit heute abend...«

»Willst du etwa sagen, ich war schlecht?«

»Sara! Nein, du warst nicht schlecht. Du warst... Ich verstehe nichts davon, aber für meine Gefühle warst du unwahrscheinlich gut, unheimlich gut. Du bist eine Schauspielerin, Sara, und sonst nichts. Ich hätte dich nicht geheiratet, wenn ich das gewußt hätte. Ich habe immer gedacht – entschuldige bitte –, daß du nur zum Geldverdienen gefilmt hättest, aus Eitelkeit, was weiß ich! Aber seit heute abend weiß ich, daß du eine Schauspielerin bist. Du könntest dich nicht ändern, könntest das nicht einfach von dir abschütteln, selbst wenn du es wolltest. Du bist eine Schauspielerin und wirst es immer bleiben. Du kannst und du darfst nicht auf deinen Beruf verzichten, und ich will dir nie dabei im Wege stehen.«

»Aber – Wolfgang – ohne dich kann ich doch gar nicht leben«, erwiderte Sara tonlos.

»Du wirst es müssen, Liebling. Du wirst es können. Ich weiß es ganz genau. Ich war damals sehr traurig, als du das Baby verloren hast, sehr, sehr traurig. Aber heute weiß ich, daß es gut so war, wie es gekommen ist. Wir dürfen keine Kinder haben, Kinder brauchen Eltern. Ich weiß, daß du eine gute Mutter sein könntest, Sara, versteh' mich richtig. Aber wir beide, wir wären für das Kind keine guten Eltern gewesen. Ehe es noch hätte denken können, wäre es in unsere Auseinandersetzungen hineingerissen worden.«

»Aber wir zanken uns doch nicht! Heute abend, das ist doch eigentlich das erstemal!«

»Wir würden uns zanken, Sara. Wir würden uns sogar hassen. Glaube mir das. Jetzt können wir noch auseinandergehen. Bitte, sieh es doch ein, Sara! Jetzt geht es noch. Wir sind frei, wir sind ungebunden, wir haben keine Verpflichtungen. Jeder von uns kann seiner Berufung nachgehen.« Dr. Werner sah mich an. »Bitte, Herr Holländer, deshalb habe ich gewünscht, daß Sie bleiben. Sagen Sie ihr, daß ich recht habe!«

»Es ist nicht wahr, Charly, nein, es ist nicht wahr!« rief Sara verzweifelt.

Ich stand auf und griff in meine Jackentasche. »Hier, Sara, die Karte von Mr. Bernstein. Verhandle nicht allein mit ihm, er ist ein harter Bursche. Wenn du willst, rufe ich Geza von Vasary für dich an.«

Sie nahm die Karte entgegen, zerknitterte sie mit nervösen Fingern. Ich sah, daß sie etwas sagen wollte, aber sie brachte kein Wort über die Lippen. Plötzlich drehte sie sich um und lief die Treppe hinauf.

»Arme Sara«, flüsterte ich.

»Sie besitzt etwas, um das Millionen Menschen sie beneiden müssen«, sagte Wolfgang Werner, »eine große Begabung. Ich werde immer stolz darauf sein, daß sie einmal meine Frau war.«

Am Tag von Saras Abflug nach Amerika fuhr ich nach München-Riem hinaus, um mich von ihr zu verabschieden. Ich kam nicht dazu, ein einziges Wort mit ihr zu wechseln. Eine Herde von Kameramännern, Reportern und Pressefotografen umringte sie.

Sara sah bezaubernder aus denn je. Sie trug einen sportlichen Ozelotmantel, dazu eine kleine Pelzkappe, die ihr golden schimmerndes Haar nur halb verdeckte. Die Arme voll Blumen stand sie da und gab den Presseleuten lächelnd Antwort auf all ihre Fragen. »Ja, ich freue mich sehr auf Amerika!« – »Natürlich bin ich sehr gespannt!« – »Mr. Bernstein wird mich betreuen, ich bin sicher, daß er alles für mich arrangieren wird.« – »Natürlich komme ich wieder nach Deutschland. Ich liebe doch meine Heimat.« – »Sicher werde ich auch wieder filmen. Ich warte nur auf eine interessante Rolle.« – »Wie lange ich wegbleiben werde, weiß ich noch nicht. Das kommt ganz darauf an.« – »Nein, ich bin nicht geschieden. Ich liebe meinen Mann.« – »Ja, es ist mir sehr schwergefallen, mich von ihm zu trennen, ich hoffe, daß er mich bald in New York besuchen wird.«

Die Auslöser der Kameras klickten, die Blitzlichter flammten auf, die Kameras surrten. Winkend, lächelnd, ernst und kokett stellte sich Sara den Reportern, wie sie es haben wollten.

Sie stieg die kleine Treppe zum Flugzeug hinauf, winkte wieder, schwenkte Blumen, wurde erneut gefilmt und geknipst. Sie warf den Fans, die ihr hinter der Absperrung zujubelten, Kußhändchen zu, rief laut: »Vergeßt mich nicht! Ich komme wieder!«

Sie küßte ihre Mutter noch einmal und noch einmal, damit die Kameraleute genügend Gelegenheit hatten, sie bei dieser rührenden Szene von allen Seiten zu knipsen, verabschiedete sich auch von Geza von Vasary, stieg wieder zum Flugzeug hinauf.

Plötzlich sah sie mich. Unsere Augen begegneten sich. Ich nickte ihr zu.

Was jetzt geschah, damit hatte ich nicht gerechnet. Sie lief noch einmal zurück, drängte die Presseleute, die uns voneinander trennten, zur Seite, legte ihre Arme um meinen Hals und bot mir ihren schönen Mund. Ich küßte sie. Kaum eine halbe Sekunde hielt ich sie in den Armen, dann war alles vorbei.

Rührend, schmal, zerbrechlich und sehr allein verschwand sie im Flugzeug.

Das Bild, das Sara in meinen Armen zeigt, steht heute auf meinem Schreibtisch. Ich bin nicht sentimental, aber auf diese Erinnerung bin ich stolz. Ich bilde mir etwas darauf ein, diese wunderbare Frau einmal in meinen Armen gehalten zu haben, diese Frau, die nicht für einen einzigen Mann geschaffen ist, sondern die den Millionen dienen muß, die ihr zujubeln.

Marie Louise Fischer, eine Meisterin des Schicksals- und Gesellschaftsromans

Marie Louise Fischer gilt als eine der erfolgreichsten Autorinnen unserer Zeit. Allein die deutsche Auflage ihrer Bücher beträgt über 30 Millionen Exemplare. Ein »Erfolgsrezept« hat die international anerkannte Schriftstellerin (ihre Bücher wurden in 18 Sprachen übersetzt) nicht: »Es ist einfach so, daß ich in meinen Romanen Menschen schildere, die mich von ihrem Charakter und ihrer Persönlichkeit her interessieren. Ich setze sie einer Situation aus, die, ob nun alltäglich oder ungewöhnlich, schwer zu meistern ist. Mit großer Anteilnahme verfolge ich dann, während ich schreibe, ihre Enttäuschungen, ihre Ängste und Freuden. Wahrscheinlich überträgt sich das Interesse, das ich an meinen Helden und Heldinnen nehme, auf den Leser.« Genau dadurch vermag sie ihre Leser zu fesseln; ihr eigenes emotionales Engagement ist deutlich spürbar und zieht ihre Leser von der ersten bis zur letzten Seite in Bann. Der Wunsch, Schriftstellerin zu werden, tauchte schon auf, als Marie Louise Fischer noch ein kleines Mädchen war. »Ich war ein sehr unglückliches Kind, rothaarig, sommersprossig, Außenseiterin, und das Lesen bot mir einen Fluchtweg aus dem grauen und grausamen Alltag. Die ersten Bücher, die ich las, verzauberten mich derart, daß ich fest entschlossen war, selber Schriftstellerin zu werden.«

Ihre Kindheit und Jugend verlebte Marie Louise Fischer in Düsseldorf, wo sie 1922 geboren wurde. Nach dem Abitur begann die Neunzehnjährige an der Universität Köln zu studieren: Theaterwissenschaft, Germanistik, Kunstgeschichte. Neben dem Studium arbeitete sie als Dramaturgin am »Deutschen Theater« in Saarbrücken. Die engagierte Studentin wechselte an die Universität München, von dort an die Universität Prag. Während ihrer Prager Studienzeit arbeitete sie als freie Mitarbeiterin bei der »Prag-Film« und schrieb hier ihr erstes Film-Exposé. Nach dem Einmarsch der Russen in Prag wurde sie verhaftet und kam für ein Jahr in ein Internierungslager.

Im Herbst 1946 konnte Marie Louise Fischer nach Düsseldorf zurückkehren. Hier traf sie ihren früheren Chef der »Prag-Film« und nahm ihre Arbeit für Film und Funk wieder auf.

Nach seinem plötzlichen Tod beschloß sie, sich als Schriftstellerin selbständig zu machen. Ihre Karriere begann mit dem Kriminalroman *Zerfetz-*

te Segel, zahlreiche Romane und Jugendbücher folgten. Unter dem Pseudonym A. G. Miller verfaßte sie zusammen mit ihrem Mann, dem Schriftsteller Hans Gustl Kernmayr, populärwissenschaftliche Sachbücher.
Danach gefragt, weshalb sie Schriftstellerin sei, antwortete sie: »Ich möchte meinen Lesern Gelegenheit geben, dem grauen Alltag mit seinem Verdruß zu entfliehen, aber ich gaukle ihnen keine bunte Traumwelt vor, sondern stoße immer wieder auf Probleme unseres Daseins. Wahrscheinlich bin ich nicht zur Literatin, sondern zur Verfasserin von Unterhaltungsromanen geboren. Ich schäme mich dessen keineswegs, denn ich weiß, wie schwer es ist, einer großen Zahl Menschen wirklich gute Unterhaltung zu bieten.«
Marie Louise Fischers Auflagenzahlen beweisen, daß es ihr gelingt.

Marie Louise Fischer
Verzeichnis lieferbarer Titel

(Stand September 1989)

Alle Liebe dieser Welt (01/471)
Alles, was uns glücklich macht (01/5773)
Als wäre nichts geschehen
Die andere Seite der Liebe (01/6393)
Auf der Höhe des Lebens
Auf offener Bühne (01/6167)
Aus Liebe schuldig
Bleibt uns die Hoffnung
Da wir uns lieben
Damals war ich 17
Daniela und der Klassenschreck
Diese heiß ersehnten Jahre
Das Dragonerhaus
Dreimal Hochzeit (01/6067)
Die Ehe der Senta R.
Die Ehe des Dr. Jorg (01/845)
Ehebruch
Das eigene Glück
Flucht aus dem Harem (01/5836)
Frau am Scheideweg
Eine Frau in den besten Jahren (01/5011)
Eine Frau mit Referenzen (01/5206)
Eine Frau von 30 Jahren
Die Frauen vom Schloß
Der Frauenarzt
Frauenstation (01/427)
Frei wie der Wind
Freundinnen durch dick und dünn
Frucht der Sünde (01/14)
Für immer Senta
Das gefährliche Leben der Monika Berg
Gefährliche Lüge (01/6121)
Das Geheimnis der Greta K.
Das Geheimnis des Medaillons (01/330)
Gehirnstation (01/926)
Geliebte Lehrerin (01/5481)
Geliebter Heiratsschwindler (01/6220)
Gisela und der Frauenarzt (01/5389)
Glück ist keine Insel (01/6455)
Hasardspiel der Liebe (01/5908)
Hausgespenst
Das Herz einer Mutter (01/5162)
Ein Herz für mich allein
Ein Herz verzeiht (01/5438)

Ein Herz voller Tränen
Herzen im Aufruhr (01/5351)
Des Herzens unstillbare Sehnsucht
Ich spüre Dich in meinem Blut (01/7768)
Im Internat gibt's keine Ruhe
Im Schatten der Schuld
Im Schatten des Verdachts (01/7878)
In zweiter Ehe
Irrwege der Liebe (01/5264)
Der japanische Garten (01/6980)
Jede Nacht in einem anderen Bett (01/5871)
Jetzt schlägt's dreizehn, Gundula
Der junge Herr Justus (01/820)
Kein Vogel singt um Mitternacht
Kinderärztin Dr. Katja Holm (01/5569)
Kinderstation (01/945)
Klaudia
Küsse nach dem Unterricht (01/5106)
Landschulheim
Die Leihmutter
Liebe an Königshöfen
Liebe, ein gefährliches Spiel (01/5187)
Liebe im Grandhotel
Liebe meines Lebens (01/894)
Mädchen ohne Abitur (01/5717)
Das Mädchen Senta
Die Mädchen von der Parkschule
Ein Mädchen wie Angelika (01/6698)
Mädchenwohnheim
Der Mann ihrer Träume (01/6263)
Marie Forester – Die Frau mit dem zweiten Gesicht
Mehr als ein Traum
Michaela
Millionär mit kleinen Fehlern (01/6775)
Mit den Augen der Liebe (01/505)
Mit der Liebe spielt man nicht (01/5508)
Mit einem Fuß im Himmel
Mit einer weißen Nelke
Nie wieder arm sein (01/5639)
Plötzlicher Reichtum (01/6612)
Die Rivalin
Die Schatten der Vergangenheit (01/5329)
Der Schatten des anderen
Das Schicksal der Lilian H.
Die schönsten Liebesgeschichten der Welt (01/5945)
Schwester Daniela
Die silberne Dose (01/5211)
Süßes Leben – bitteres Leben
Susebill tut was sie will
Tödliche Hände
Die tödlichen Sterne (01/5156)
Der Traumtänzer (01/6528)
Ulrike
Und so was nennt ihr Liebe (01/5061)
Das unmögliche Mädchen setzt sich durch
Ein unmögliches Mädchen
Unreife Herzen (01/5296)
Unruhige Mädchen (01/5127)
Unruhige Nächte
Verbotene Liebe (01/829)
Vergib uns unsere Schuld (01/6308)
Versuchung in Rom (01/5088)
Der Weg zurück (01/7687)
Wenn das Herz spricht (01/296)
Wichtiger als Liebe (01/5993)
Wilde Jugend (01/5246)
Wildes Blut (01/770)
Wirbel im Internat
Zerfetzte Segel (01/5004)
Zu viel Liebe
Zweimal Himmel und zurück (01/6959)

Drei Romane in einem Band:

Die silberne Dose/Die tödlichen Sterne/Zerfetzte Segel (23/33)
Wichtiger als Liebe/Frauenstation/Ein Herz verzeiht (23/8)

Die Bandnummern der Heyne-Taschenbücher sind jeweils in Klammern angegeben.